Von Robert A. Heinlein
sind außerdem
im Goldmann Verlag lieferbar:

Die Leben des Lazarus Long · 23357
Die grünen Hügel der Erde · 23355
Die Ausgestoßenen der Erde · 23353
Revolte im Jahre 2100 · 23352

DAS GROSSE ROBERT A. HEINLEIN LESEBUCH

Tür in die Zukunft · Die Tramps von Luna
Bürgerin des Mars

GOLDMANN
VERLAG

Die Übersetzungsnachweise
sind in den einzelnen Bänden aufgeführt

Made in Germany · 1/86 · 1. Auflage

Umschlagentwurf: Design Team München
Umschlagillustration: R. J. Martin
Druck: Elsnerdruck, Berlin
Verlagsnummer 23485
Lektorat: Peter Wilfert
Herstellung: Peter Papenbrok
ISBN 3-442-23485-9

ROBERT A. HEINLEIN ist zusammen mit Isaac Asimov der wohl einflußreichste und bekannteste SF-Autor der USA.
1907 in Missouri geboren, Physikstudium, Beschäftigungen in Politik, Architektur, Landwirtschaft und Bergbau, Militärzeit und seit 1939 SF-Schriftsteller.

Heinleins Helden sind stets Tatmenschen, die jedes Problem durch Zupacken am Ende auch lösen. Tatkraft, Zukunftsoptimismus und Begeisterung für die Technik sind die Merkmale aller seiner Bücher.

Inhalt

TÜR IN
DIE ZUKUNFT

Titel der amerikanischen Originalausgabe:
The Door into Summer

Aus dem Amerikanischen übertragen von
Tony Westermayr

1

Im Winter kurz vor dem Sechswöchigen Krieg lebten Petronius, mein Kater, und ich in einem alten Farmhaus in Connecticut. Ich glaube nicht, daß es noch steht; denn es war nicht weit vom Randgebiet der Manhattan knapp verfehlenden Atombombenexplosion entfernt, und diese alten Holzbauten brennen wie Zunder. Selbst wenn es noch stünde, wäre es wegen des radioaktiven Niederschlages kein lohnendes Objekt. Damals gefiel es Pete und mir jedenfalls. Der Mangel an fließendem Wasser drückte die Miete, und das frühere Speisezimmer lieferte gutes Nordlicht für mein Zeichenbrett.

Das Dumme war nur, daß es elf Türen ins Freie gab.

Zwölf sogar, wenn man Petes Tür mitzählte. Ich versuchte immer, für Pete eine eigene Tür zu organisieren – in diesem Fall ein Brett im Fenster eines der unbenützten Schlafzimmer, in das ich eine Öffnung geschnitten hatte, die für Petes Schnurrbart eben breit genug war. Zu viele Stunden meines Lebens habe ich damit verbracht, Katzen die Türen zu öffnen – nach meinen Berechnungen sind seit Anbeginn der Zivilisation neunhundertachtundsiebzig Arbeitsjahrhunderte für diese Tätigkeit aufgewendet worden. Die Zahlen könnte ich Ihnen zeigen.

Pete benützte gewöhnlich seine eigene Tür, wenn er mich nicht dazu bringen konnte, eine Leute-Tür für ihn aufzumachen, was er bei weitem vorzog. Aber er weigerte sich, durch seine Tür hinauszuschlüpfen, wenn draußen Schnee lag.

Noch als wolliges Knäuel hatte Pete eine einfache Lebensanschauung entwickelt. Ich war zuständig für Quartier, Ernährung und Wetter; alles andere fiel in seinen Bereich. Aber vor allem machte er mich für das Wetter verantwortlich. Die kalte Jahreszeit in Connecticut taugt nur für Weihnachtskarten; in diesem Winter pflegte Pete regelmäßig seine eigene Tür in Augenschein zu nehmen, es des ekelhaften weißen Zeugs wegen abzulehnen, hinauszugehen, und von mir zu verlangen, ich solle ihm eine Leute-Tür aufmachen.

Er war fest davon überzeugt, daß mindestens eine davon in

Sommerwetter hinausführen müsse. Das hieß also, daß ich jedesmal mit ihm zu allen elf Türen gehen und sie offenhalten mußte, damit er sich davon überzeugen konnte, daß dort draußen ebenfalls Winter war, während seine Kritik an meiner Untüchtigkeit mit jeder Enttäuschung deutlicher wurde.

Dann blieb er im Haus, bis er es einfach nicht mehr aushalten konnte und ihn die Forderungen der Natur hinaustrieben. Wenn er zurückkam, klapperten die Eisklümpchen an seinen Pfoten wie Holzschuhe auf dem Boden. Er starrte mich grimmig an und weigerte sich zu schnurren, bis er den gesamten Schnee herausgekratzt hatte ... worauf er mir bis zum nächstenmal verzieh.

Aber seine Suche nach der Tür zum Sommer gab er nie auf.

Am 3. Dezember 1970 suchte ich ebenfalls danach.

Mein Wunsch war ebenso hoffnungslos wie Petes Sehnsucht in einem Januar Connecticuts. Das bißchen Schnee in Kalifornien bleibt für die Skifahrer auf den Bergen; in Los Angeles findet man nichts davon – durch den Smog könnte sich das Zeug wohl auch kaum durchkämpfen. Aber in meinem Herzen war Winter.

Ich war nicht krank – wenn man einmal von einem übersteigerten Kater absah –, bis zu meinem dreißigsten Geburtstag fehlten auch noch ein paar Tage, und mit den Finanzen war es nicht schlecht bestellt. Weder die Polizei noch wütende Ehemänner, noch Gerichtsboten suchten nach mir; es haperte an nichts, was nicht ein leichter Fall von Gedächtnisschwund geheilt hätte. Aber in meinem Herzen war Winter, und ich suchte nach der Tür zum Sommer.

Wenn sich das anhört, als sei es aus einem Zustand akuten Selbstmitleids heraus gesprochen, so haben Sie recht. Auf unserem Planeten mußte es mindestens zwei Milliarden Menschen geben, die in schlechterer Verfassung waren als ich. Trotzdem suchte ich nach der Tür zum Sommer.

Die meisten, die ich in letzter Zeit ausprobiert hatte, waren Schwingtüren gewesen, wie diejenige vor mir jetzt – ›Sanssouci-Bar-Grill‹, verkündete die Neonreklame. Ich ging hinein, stellte die große Tasche vorsichtig auf den Platz neben mir, rutschte in die Nische und wartete auf den Kellner.

Die Tasche sagte: »Warrrh?«

»Sei still, Pete!« flüsterte ich.

»Naaow!«

»Unsinn, du warst gerade. Halt den Mund, der Kellner kommt.«

Pete gehorchte. Ich sah auf, als sich der Kellner über den Tisch beugte, und sagte zu ihm: »Einen doppelten Scotch, ein Glas Wasser und ein Ginger Ale.«

Der Kellner machte ein betroffenes Gesicht. »Ginger Ale, Sir? Zum Whisky?«

»Haben Sie's verstanden oder nicht?«

»N-ja, natürlich. Aber –«

»Dann her damit. Ich will es nicht trinken, nur böse anschauen. Und eine Untertasse bitte.«

»Wie Sie meinen, Sir.« Er polierte die Tischplatte. »Wie wär's mit einem kleinen Steak, Sir? Oder die Muscheln sind auch recht gut heute.«

»Hören Sie mal, Sie bekommen das Trinkgeld für die Muscheln, wenn Sie mir versprechen, sie nicht zu servieren. Ich brauche nur, was ich bestellt habe . . . Und vergessen Sie die Untertasse nicht.«

Er hielt den Mund und ging. Ich fauchte Pete noch einmal zu, er möge gefälligst still sein. Der Kellner kam zurück. Seinen Stolz beschwichtigte er damit, daß er das Ginger Ale auf der Untertasse balancierte. Ich ließ ihn die Flasche aufmachen, während ich den Scotch mit Wasser mischte. »Möchten Sie noch ein Glas für das Ginger Ale, Sir?«

»Ich bin ein ganz toller Bursche, ich trinke es gleich aus der Flasche.«

Er blieb stumm und ließ sich bezahlen, einschließlich Trinkgeld für die Muscheln. Als er weg war, goß ich Ginger Ale in die Untertasse und klopfte auf die Tasche. »Die Suppe ist fertig, Pete.«

Der Reißverschluß war offen. Wenn er in der Tasche saß, machte ich sie nie zu. Er drückte sie mit den Pfoten auseinander, steckte den Kopf heraus, sah sich schnell um, stemmte sich dann heraus und stellte die Vorderpfoten auf den Rand der Tischplatte. Ich hob mein Glas, wir sahen einander an. »Auf die Damen, Pete – schnell gefunden, schnell vergessen!«

Er nickte; ich hatte ihm aus dem Herzen gesprochen. Er neigte den Kopf und begann, das Ginger Ale zu schlabbern. »Wenn man kann, heißt das«, fügte ich hinzu und nahm einen tiefen Schluck. Pete schwieg. Ein weibliches Wesen zu vergessen, fiel ihm nicht schwer; er war von Natur aus ein eingefleischter Junggeselle.

Durch das Fenster des Lokals blinkte Leuchtreklame herein. Zuerst lautete der Text: ›Arbeite im Schlaf.‹ Dann hieß es: ›Und träume deine Sorgen fort.‹ Dann flammte es in doppelt großen Lettern auf:

›MUTUAL VERSICHERUNGSGESELLSCHAFT‹

Ich las alle drei Zeilen mehrmals, ohne darüber nachzudenken. Ich wußte über den Kaltschlaf ebensoviel und ebensowenig wie alle anderen Leute auch. Bei der ersten Ankündigung hatte ich einen Artikel darüber gelesen, und zwei-, dreimal die Woche bekam ich eine Versicherungs-Werbebroschüre mit der Morgenpost. Ich warf sie gewöhnlich ungelesen weg, weil sie ebensowenig auf mich gemünzt wie, sagen wir, ein Werbefeldzug für Lippenstifte schien.

Erstens hätte ich bis vor kurzem den Kaltschlaf gar nicht bezahlen können; er ist teuer. Zweitens: Warum sollte ein Mann, der Spaß an seiner Arbeit hat, Geld verdient, Aussichten hat, noch mehr zu verdienen, verliebt ist und kurz vor der Hochzeit steht, Selbstmord begehen?

Wenn jemand unheilbar krank war und den Tod vor sich sah, aber glaubte, die Ärzte der kommenden Generation würden ihn heilen können – und wenn er es sich leisten konnte, für den Kaltschlaf zu bezahlen, während die Medizin eine Lösung für das Problem seiner Krankheit suchte –, dann war Kaltschlaf die logische Folgerung. Oder wenn sein Ehrgeiz darin bestand, einen Flug zum Mars zu machen, und er glaubte, die Entfernung einer Generation aus seinem privaten Lebensfilm würde ihm gestatten, sich eine Flugkarte zu kaufen, war das wohl auch ein logischer Weg. Die Zeitungen hatten von einem Brautpaar aus den Oberen Zehntausend berichtet, das vom Standesamt sofort zur Schlafhalle der Western World Versicherungsgesellschaft gefahren war, mit der Ankündigung, man dürfe es nicht wecken, bis man die Flitterwochen auf einem interplanetarischen Raumschiff verbringen könne ... obwohl ich einen von der Versicherungsgesellschaft erfundenen Reklametrick argwöhnte und die beiden unter falschem Namen bei der Hintertür hinausgeschlüpft sein würden. Daß jemand die Hochzeitsnacht im tiefgefrorenen Zustand verbringen will, klingt nicht gerade plausibel.

Und da war die übliche finanzielle Lockung, wovon sich die Versicherungsgesellschaften besonders viel versprachen: ›Arbeite im Schlaf.‹ Halt dich schön still und laß dein Gespartes zu einem riesigen Vermögen anwachsen. Wenn du Fünfundfünfzig bist und zweihundert pro Monat Pension bekommst, warum dann nicht die Jahre verschlafen, mit immer noch Fünfundfünfzig erwachen und tausend im Monat kassieren? Ganz zu schweigen von dem Gefühl, in einer hellen, neuen Welt zu erwachen, die dir wahrscheinlich ein weit längeres und gesünderes Leben versprechen kann, worin sich deine tausend pro Monat verprassen lassen. Damit gingen sie wirklich aufs Ganze, und jede Gesellschaft bewies mit unbestreitbaren Zahlen, daß ihre Auswahl an Aktien für ihren Investment-Fonds schneller mehr Geld anhäufte als irgendeine der anderen Firmen. ›Arbeite im Schlaf.‹

Mir hatte das nie zugesagt. Ich war nicht Fünfundfünfzig, ich wollte nicht in Pension gehen, und an 1970 war mir nichts Unangenehmes aufgefallen.

Das heißt: bis vor kurzem. Jetzt war ich im Ruhestand, ob ich wollte oder nicht. Und ich wollte nicht; statt in die Flitterwochen zu fahren, saß ich in einem zweitklassigen Lokal und trank Whisky, um mich zu betäuben. Anstelle einer Frau hatte ich einen Kater mit neurotischer Gier nach Ginger Ale, und was meine Einstellung zur Gegenwart betraf, so hätte ich sie auf der Stelle für eine Kiste Gin eingetauscht und dann alle Flaschen zerschlagen.

Aber ich war nicht pleite.

Ich griff in die Jackettasche und nahm einen Umschlag heraus. Er enthielt zweierlei. Einmal einen bestätigten Scheck über mehr Geld, als ich bisher jemals auf einmal gehabt hatte, und zum anderen eine Aktie der Firma ›Dienstboten-AG‹. Sie sahen beide schon ein bißchen zerzaust aus; ich trug sie bei mir, seit ich sie überreicht bekommen hatte.

Warum nicht?

Warum nicht aussteigen und meine Sorgen verschlafen? Immer noch angenehmer, als in die Fremdenlegion einzutreten. Selbstmord war zu unappetitlich, außerdem würde er mich für dauernd von den Ereignissen und Leuten, die mir mein Leben versauert hatten, ablösen. Warum also nicht?

An der Gelegenheit, reich zu werden, war ich nicht maßlos interessiert. Oh, ich hatte H. G. Well's ›Der Schläfer erwacht‹ gelesen, nicht erst, als die Versicherungsgesellschaften das Buch kostenlos verteilten, sondern schon vorher, als es nur ein klassischer Roman war. Ich wußte, was Zinzeszins und Aktienkenntnis zu erreichen vermochten. Aber ich hatte keine Ahnung, ob ich wirklich genug Geld für den Langen Schlaf und ein Konto von ausreichender Höhe besaß. Das andere Argument sprach mich mehr an: zu Bett gehen und in einer anderen Welt erwachen. Vielleicht in einer wesentlich besseren Welt, wenn man den Versicherungsgesellschaften glauben wollte ... vielleicht auch in einer schlimmeren. Aber anders würde sie auf jeden Fall sein.

Ein Unterschied ließ sich aber ganz bestimmt erreichen: ich konnte so lange schlummern, bis ich sicher war, daß es eine Welt ohne Betty Darkin – oder auch ohne Miles Gentry, aber vor allem ohne Betty sein würde. Wenn Betty tot und begraben war, konnte ich sie vergessen, vergessen, was sie mir angetan hatte. Dann würde ich nicht andauernd von dem Wissen gequält werden, daß sie nur ein paar Kilometer entfernt war.

Augenblick mal, wie lange müßte das dauern? Betty war dreiundzwanzig Jahre alt – das behauptete sie jedenfalls. Einmal schien es ihr aber doch entwischt zu sein, daß sie sich an Roosevelts Präsidentschaftszeit erinnerte. Nun ja, immerhin in den Zwanzigern. Wenn ich siebzig Jahre schlief, würde nur ein Nachruf von ihr übrig sein. Um ganz sicherzugehen, lieber fünfundsiebzig.

Dann erinnerte ich mich daran, mit welchen Riesenschritten man in der Behandlung von Alterskrankheiten vorankam; man sprach bereits davon, daß hundertzwanzig Jahre als erreichbare ›normale‹ Lebensdauer gelten dürften. Vielleicht mußte ich hundert Jahre schlafen. Ich wußte nicht einmal, ob irgendeine Versicherungsgesellschaft soviel anbot.

Dann hatte ich eine sanft brutale Idee, eingegeben vom warmen Glühen des Scotch. Ich brauchte ja gar nicht zu schlafen, bis Betty tot war. Es war mehr als ausreichend und genau die passende Rache gegenüber einer Frau, jung zu sein, wenn sie schon alt war. Gerade um so viel jünger, daß man es ihr unter die Nase reiben konnte – sagen wir, ungefähr dreißig Jahre.

Ich spürte einen sanften Pfotendruck auf meinem Arm. »Meerr!« erklärte Pete.

»Gieriger Kerl«, sagte ich und füllte seine Untertasse wieder mit Ginger Ale. Er bedankte sich mit höflichem Nicken.

Aber er hatte meine angenehm bösartige Gedankenkette unterbrochen. Was, zum Teufel, sollte ich mit Pete anfangen?

Man kann eine Katze nicht fortgeben wie einen Hund; sie lassen sich das nicht gefallen. Manchmal gehen sie mit dem Haus auf einen anderen Besitzer über, aber bei Pete war das hinfällig. Für ihn stellte ich das einzig Stabile in einer wechselhaften Welt dar, seit man ihn vor neun Jahren seiner Mutter weggenommen hatte ... Es war mir sogar gelungen, ihn beim Militärdienst in der Nähe zu haben, und dazu gehört wirklich einiges.

Er war bei guter Gesundheit. Daran würde sich auch nicht viel ändern, wenn seine Narben den ganzen Körper bedeckten. Ohne die fatale Neigung, ständig mit der Rechten zuzuschlagen, würde er mindestens die nächsten fünf Jahre hindurch noch Schlachten gewinnen und Nachkommen in die Welt setzen können.

Ich hätte ihn in einem Tierheim pflegen – undenkbar! – oder einschläfern lassen können – ebenso undenkbar! Oder ich könnte ihn einfach im Stich lassen. Darauf läuft es bei einer Katze immer hinaus: entweder man bleibt eisern dabei, oder man setzt das arme Wesen aus, läßt es verwildern und zerstört seinen Glauben an die ewige Richtigkeit aller Dinge.

Wie Betty es bei mir getan hatte.

Also dann, mein Junge, vergiß das möglichst schnell. Dein eigenes Leben kann so verpfuscht sein, wie du willst, das entläßt dich keineswegs aus deinem Vertrag mit dieser verzogenen Katze.

Gerade als ich bei dieser philosophischen Wahrheit angelangt war, nieste Pete. Die Kohlensäure war ihm in die Nase gestiegen. »Gesundheit«, erwiderte ich, »und sauf gefälligst nicht so schnell.«

Pete beachtete mich nicht. Seine Tischsitten waren im großen und ganzen weit besser als die meinen, und das wußte er ganz genau. Unser Kellner hatte sich an die Registrierkasse gelehnt und sich mit dem Kassierer unterhalten. Es war die ruhige Zeit nach dem Mittagessen, und wenige Gäste saßen in der Bar. Der Kellner hob den Kopf, als ich ›Gesundheit‹ sagte, und murmelte dem Kassierer etwas zu. Sie sahen beide zu uns herüber, dann öffnete der Kassierer die Klapptür in der Theke und kam auf uns zu.

»Tauchen, Pete«, flüsterte ich.

Er schaute sich um und verschwand in der Tasche. Ich drückte sie oben zusammen. Der Kassierer kam heran und beugte sich über meinen Tisch, wobei er hastig die Sitze in Augenschein nahm. »Tut mir leid«, sagte er tonlos, »aber die Katze müssen Sie fortschaffen.«

»Welche Katze?«

»Die Sie eben aus der Untertasse gefüttert haben.«

»Ich sehe keine Katze.«

Diesmal bückte er sich und schaute unter den Tisch. »Sie haben sie in der Tasche da versteckt«, beschuldigte er mich.

»Tasche? Katze?« sagte ich staunend. »Mein lieber Freund, ich glaube, Sie haben Halluzinationen.«

»Was? Lassen Sie das Gerede. Sie haben eine Katze in dieser Tasche. Machen Sie auf.«

»Haben Sie einen Durchsuchungsbefehl?«

»Was? Ach, machen Sie sich doch nicht lächerlich.«

»Sie machen sich lächerlich, wenn Sie in meiner Tasche kramen wollen, ohne einen Durchsuchungsbefehl zu haben. Vierter Verfassungszusatz – und der Krieg ist seit Jahren vorbei. Nachdem also das geregelt wäre, sagen Sie bitte dem Kellner, daß er dasselbe noch einmal bringen soll – oder holen Sie es selber.«

Er machte ein leidendes Gesicht. »Mein Herr, ich meine es nicht persönlich, aber ich muß schließlich an meine Lizenz denken. ›Keine Hunde, keine Katzen‹ – dort oben an der Wand hängt das Schild. Wir bemühen uns, ein hygienisches Lokal zu führen.«

»Dann hat sich die Mühe aber schlecht gelohnt.« Ich nahm mein Glas vom Tisch. »Sehen Sie die Lippenstiftspuren? Sie sollten sich lieber um Ihre Spülerin kümmern, anstatt Ihre Gäste zu durchsuchen.«

»Ich sehe keinen Lippenstift.«

»Weil ich das meiste schon abgewischt habe. Aber gehen wir doch zum Gesundheitsamt, und lassen wir eine Bakterienprüfung machen.«

Er seufzte. »Haben Sie einen Dienstausweis?«

»Nein.«

»Dann sind wir quitt. Ich durchsuche Ihre Tasche nicht, und Sie gehen nicht zum Gesundheitsamt. Wenn Sie noch etwas trinken wollen, dann bitte an der Bar ... das Haus bezahlt. Aber nicht hier.« Er drehte sich auf dem Absatz um und ging.

Ich zuckte die Achseln. »Wir wollten sowieso gerade verschwinden.«

Als ich am Kassierer vorbeikam, hob er den Kopf. »Sie tragen mir nichts nach?«

»Nein. Aber ich wollte eigentlich später mein Pferd zu einem kleinen Drink hereinbringen. Jetzt denke ich nicht mehr daran.«

»Wie Sie wollen. Von Pferden steht nichts im Gesetz. Aber noch eine Frage – trinkt die Katze wirklich Ginger Ale?«

»Vierter Verfassungszusatz, haben Sie's vergessen?«

»Ich will das Tier nicht sehen. Ich möchte nur Bescheid wissen.«

»Tja«, gestand ich, »er mag es zwar lieber mit einem Spritzer Bitters, aber wenn es sein muß, trinkt er es auch pur.«

»Schlecht für die Nieren. Schauen Sie einmal dort hinauf.«

»Wohin?«

»Lehnen Sie sich zurück, so ... Jetzt schauen Sie an die Decke über den Nischen ... die Spiegel oben in der Dekoration. Ich wußte, daß Sie eine Katze bei sich hatten, weil ich sie sehen konnte.«

Ich lehnte mich zurück. Die Decke des Lokals war mit billigem Zierat geschmückt, einschließlich zahlreicher Spiegel. Ich entdeckte jetzt, daß einige davon, in der Dekoration versteckt, so angebracht waren, daß der Kassierer sie als Periskope benützen konnte, ohne seinen Platz zu verlassen. »Das ist nötig«, meinte er entschuldigend. »Sie wären schockiert, wenn Sie wüßten, was oft in diesen Nischen vor sich geht ... wenn wir die Leute nicht im Auge behielten. Eine traurige Welt.«

»Und ob.« Ich ging hinaus.

Im Freien öffnete ich die Tasche und trug sie an einem Henkel; Pete steckte den Kopf heraus. »Du hast gehört, was der Mann sagte, Pete. ›Eine traurige Welt.‹ Mehr als traurig, wenn zwei Freunde nicht einmal mehr in aller Ruhe einen heben können, ohne gleich bespitzelt zu werden. Das schlägt dem Faß den Boden aus.«

»Naoow?« fragte Pete.

»Wenn du meinst. Es hat eigentlich keinen Sinn, noch lange herumzugrübeln, wenn wir es tun wollen.«

»Naow!« erklärte Pete nachdrücklich.

»Einstimmig angenommen. Drüben auf der anderen Straßenseite.«

Die Empfangsdame der Mutual-Versicherungsgesellschaft war ein wunderbares Beispiel für die Schönheit von Zweckkonstruktionen. Trotz einer Stromlinienform, die vielleicht für vierfache Schallgeschwindigkeit gereicht hätte, stellte sie frontmontierte Radargehäuse und alles andere aus, was sie für ihre Aufgabe brauchte. Ich rief mir ins Gedächtnis, daß sie eine uralte Dame sein würde, bis ich wieder herauskäme, und erklärte ihr, daß ich einen Verkäufer zu sprechen wünschte.

»Nehmen Sie bitte Platz. Ich werde nachsehen, ob einer unserer Kundendienstleiter frei ist.« Bevor ich mich hinsetzen konnte, setzte sie hinzu: »Unser Mr. Powell wird Sie empfangen. Kommen Sie bitte mit.«

Unser Mr. Powell benützte ein Büro, das ersehen ließ, über welch gesunde finanzielle Grundlage die Mutual verfügte. Er gab mir eine feuchte Hand, drückte mich auf einen Stuhl, bot mir eine

Zigarette an und versuchte, mir die Tasche abzunehmen. Ich ließ sie nicht los. »Wie können wir Ihnen behilflich sein, Sir?«

»Ich möchte den Langen Schlaf.«

Seine Brauen schossen in die Höhe, und sein Benehmen verriet sofort großen Respekt. Zweifellos würde die Mutual für sieben Dollar einen Werbespruch schreiben, aber der Lange Schlaf ließ die gesamte Habe eines Klienten in ihre Klauen geraten. »Eine sehr weise Entscheidung«, sagte er ehrfürchtig. »Ich wäre froh, wenn ich ebenfalls dazu in der Lage wäre. Aber ... die Verantwortung für eine Familie, wissen Sie.« Er nahm ein Formblatt vom Schreibtisch. »Schlafklienten haben es meist sehr eilig. Ich möchte Ihnen Zeit und Mühe sparen helfen, indem ich das für Sie ausfülle ... und Ihre Untersuchung werden wir sofort veranlassen.«

»Einen Augenblick.«

»Wie?«

»Eine Frage. Sind Sie in der Lage und willens, den Kaltschlaf für eine Katze zu arrangieren?«

Ich machte die Tasche auf; Pete steckte den Kopf heraus. »Darf ich Ihnen meinen Freund vorstellen? Beantworten Sie bitte meine Frage. Wenn die Antwort ›nein‹ lautet, möchte ich zur Central Valley Liability. Diese Gesellschaft hat ihre Büroräume doch im selben Haus, nicht wahr?«

Diesmal war er entsetzt. »Mister – äh, ich habe Ihren werten Namen nicht verstanden.«

»Dan Davis.«

»Mr. Davis, sobald jemand hier eintritt, befindet er sich unter dem wohlwollenden Schutz der Mutual. Ich kann Sie nicht zur Central Valley gehen lassen.«

»Wie wollen Sie denn das verhindern? Können Sie Judo?«

»Ich bitte Sie!« Er sah sich nervös um. »Unsere Gesellschaft ist eine ethische Firma.«

»Die Central Valley etwa nicht?«

»Das haben Sie gesagt, nicht ich. Mr. Davis, ich möchte Sie nicht beeinflussen –«

»Das wird Ihnen auch kaum gelingen.«

»– aber beschaffen Sie sich von jeder Gesellschaft Musterverträge. Nehmen Sie einen Anwalt, besser noch: einen lizenzierten Semantiker. Prüfen Sie, was wir anbieten – und tatsächlich auch leisten –, und vergleichen Sie es mit dem, was Central Valley behauptet, offerieren zu können.« Er schaute sich wieder um und rückte näher heran. »Ich darf das eigentlich gar nicht weitersagen – ich hoffe, daß Sie es für sich behalten –, aber dort benützt man nicht einmal die üblichen Tabellen.«

»Vielleicht kommt das dem Kunden zugute.«

»Wie? Mein lieber Mr. Davis, wir bringen den gesamten Vermögenszuwachs zur Ausschüttung. Das verlangt unsere Satzung ... während Central Valley eine Aktiengesellschaft ist.«

»Vielleicht sollte man sich ein paar Aktien kaufen – hören Sie, Mr. Powell, wir verschwenden nur Zeit. Nimmt die Mutual meinen Freund hier an oder nicht? Wenn nicht, dann habe ich mich hier schon viel zu lange aufgehalten.«

»Sie meinen, Sie wollen dafür bezahlen, daß diesem Wesen die Hypothermie zugute kommen soll?«

»Ich meine, daß wir beide den Langen Schlaf haben wollen. Und nennen Sie ihn nicht ›Wesen‹, er heißt Petronius.«

»Verzeihung, lassen Sie mich anders fragen. Sie wären bereit, zwei Treuhandhonorare zu erlegen, damit Sie beide, Sie und – äh – Petronius in unser Sanktum aufgenommen werden können?«

»Ja, aber nicht zwei Normal-Honorare. Ich will natürlich etwas drauflegen, aber Sie können uns beide in denselben Sarg stopfen. Für Pete dasselbe wie für einen Menschen zu verlangen, wäre doch alles andere als ehrlich.«

»Das ist äußerst ungewöhnlich.«

»Selbstverständlich. Aber über den Preis sprechen wir später ... oder ich verhandle mit der Central Valley. Im Augenblick interessiert mich nur, ob Sie es ermöglichen können.«

»Äh ...« Er trommelte mit den Fingern auf die Tischplatte. »Einen Augenblick bitte.« Er nahm den Telefonhörer ab und sagte: »Opal, verbinden Sie mich mit Dr. Berquist.« Mehr hörte ich vom Gespräch nicht, weil er den Mithörschutz einschaltete. Aber nach einer Weile legte er den Hörer auf die Gabel zurück und lächelte strahlend, als sei ein reicher Erbonkel gestorben. »Gute Nachrichten, Sir! Ich hatte momentan übersehen, daß die ersten erfolgreichen Experimente mit Katzen durchgeführt wurden. Technik und kritische Faktoren bei Katzen stehen längst fest. Tatsächlich gibt es im Marineforschungslabor in Annapolis eine Katze, die seit über zwanzig Jahren in Hypothermie gelebt hat und noch lebt.«

»Ich dachte, das MFL sei bei der Bombardierung Washingtons vernichtet worden?«

»Nur die Oberflächenbauten, Sir, nicht die Tiefgewölbe. Das ist ein Beweis dafür, wie vollkommen die Technik bereits ist. Das Tier war über zwei Jahre lang nur von automatischen Maschinen behütet... dabei lebt es immer noch, unverändert, ungealtert. Wie Sie leben werden, Sir, solange Sie sich der Mutual anvertrauen wollen.«

Ich befürchtete schon, er wollte in dieser Tonart weiterreden. »Schon gut, schon gut, dann fangen wir mit dem Handel an.«

Vier Faktoren waren zu beachten: erstens, wie wir für unseren Winterschlaf bezahlen wollten; zweitens, wie lange ich zu schlafen gedachte; drittens, wie mein Geld investiert werden sollte, solange ich im Kühlhaus steckte; viertens und letztens, was passierte, wenn ich nicht mehr aufwachen sollte.

Ich bestimmte schließlich das Jahr 2000, eine hübsche, runde Zahl, und nur dreißig Jahre in der Zukunft. Ich hatte Angst, mich überhaupt nicht mehr zurechtzufinden, wenn ich mich auf einen längeren Zeitraum einließ. Die Veränderungen der letzten dreißig Jahre – genauso lange war ich auf der Welt – reichten wirklich aus, um einem das Gruseln zu lehren: zwei große Kriege und ein Dutzend kleine, der Untergang des Kommunismus, die Große Panik, die Erdsatelliten, die Umstellung auf Atomenergie – du lieber Himmel, in meiner Kindheit gab es ja noch nicht einmal Multimorpha.

A. D. 2000 mochte mir ziemlich verwirrend erscheinen, aber wenn ich nicht wenigstens so weit in die Zukunft hineinsprang, reichte für Betty die Zeit nicht, sich eine schöne Sammlung von Falten zuzulegen.

Als wir auf die Frage zu sprechen kamen, wie mein Geld anzulegen sei, lehnte ich den Kauf von Staatsanleihen und ähnlich konservativen Anlagepapieren ab; die Inflation ist in unser Finanzsystem fest eingebaut. Ich beschloß, meinen Anteil an der ›Dienstboten-AG‹ zu behalten und das Bargeld in anderen Industrieaktien anzulegen, unter besonderer Berücksichtigung einiger Strömungen, die mir vielversprechend erschienen. Die Automation stand erst am Anfang. Ich wählte auch eine Düngemittelfabrik aus San Francisco; sie experimentierte mit Hefen und eßbaren Algen – die Bevölkerung wuchs mit jedem Jahr, und die Steaks würden sicherlich nicht billiger werden. Den Rest des Geldes wünschte ich in den Treuhandfonds der Versicherung einzubringen.

Aber die entscheidende Frage war doch: Was sollte geschehen, wenn ich im Kaltschlaf starb? Die Gesellschaft behauptete, die

Chancen stünden besser als siebzig Prozent, daß ich dreißig Jahre Kaltschlaf überleben würde ... und die Versicherung würde die Wette von beiden Seiten her halten. Die Chancen galten aber nicht umgekehrt, und das hatte ich auch nicht erwartet; bei jedem ehrlichen Glücksspiel hat die Bank leichte Vorteile. Nur betrügerische Spieler behaupten, dem Anfänger die besseren Chancen geben zu wollen, und das Versicherungsgeschäft ist ein gesetzlich zugelassenes Glücksspiel. Die älteste Versicherungsfirma mit dem besten Ruf, Lloyds of London, macht keine Ausflüchte – Lloyds' Partner übernehmen die Deckung jeder Wette von beiden Seiten. Aber bessere Aussichten als 50 zu 50 darf man nicht erwarten; irgend jemand muß ja für die maßgeschneiderten Anzüge unseres Mr. Powell bezahlen.

Ich entschied, daß jeder Cent meines Vermögens im Fall meines Ablebens dem Treuhandfonds der Gesellschaft zufallen sollte ... wofür mich Mr. Powell beinahe umarmt hätte, so daß ich mich zu fragen begann, wie optimistisch diese 7:3-Voraussage eigentlich sei. Aber ich blieb dabei, weil mich das, wenn ich weiterlebte, zum Erben aller anderen Kunden mit dem gleichen Entschluß machte, wenn diese starben ... Russisches Roulette, wobei den Überlebenden die Jetons zufielen und die Gesellschaft, wie üblich, den Anteil der Bank einheimste.

Ich wählte jede Möglichkeit des höchstmöglichen Gewinnes, ohne einen Ausgleich für eine Pechsträhne zu schaffen. Mr. Powell verehrte mich, wie der Croupier einen Anfänger liebt, der ausschließlich auf Zero setzt. Als wir mein Vermögen aufgeteilt hatten, wollte er sich bei Pete besonders erkenntlich zeigen; wir einigten uns auf 15 Prozent des üblichen Honorars für Petes Winterschlaf und setzten für ihn einen eigenen Vertrag auf.

Dann fehlten nur noch die gerichtliche Genehmigung und eine ärztliche Untersuchung. Letztere störte mich nicht im geringsten; seit die Gesellschaft auf meinen Tod gewettet hatte, würde man mich sogar in den letzten Stadien der Schwarzen Krankheit akzeptieren, wie mir schien. Aber die Genehmigung eines Richters einzuholen würde wohl ziemlich viel Zeit in Anspruch nehmen. Das mußte sein, weil ein Klient im Kaltschlaf gesetzlich unter Vormundschaft stand; er war am Leben, aber hilflos.

Ich hätte mir keine Sorgen zu machen brauchen. Unser Mr. Powell ließ von neunzehn verschiedenen Dokumenten vierfache Originale herstellen. Ich unterschrieb, bis sich die Finger verkrampften. Ein Bote sauste mit den Papieren davon, während ich zur ärztlichen Untersuchung ging; den Richter bekam ich nicht einmal zu Gesicht.

Die Untersuchung verlief bis auf eine Kleinigkeit normal. Am Ende sah mir der untersuchende Arzt streng in die Augen. »Sagen Sie mal, wie lange geht das jetzt schon mit dieser Sauferei?«

»Sauferei?«

»Sauferei.«

»Wie kommen Sie darauf, Doktor? Ich bin so nüchtern wie Sie. ›Fischers Fritz fischt frische Fische –‹«

»Lassen Sie den Unsinn und antworten Sie.«

»Mmm . . . ungefähr zwei Wochen, würde ich sagen. Vielleicht auch ein bißchen länger.«

»Quartalssäufer? Wie oft haben Sie das vorher schon gemacht?«

»Um genau zu sein, überhaupt noch nie. Wissen Sie –« Ich begann ihm zu erzählen, was mir Betty und Miles angetan hatten.

Er hob abwehrend die Hand. »Bitte. Ich habe selber Sorgen, außerdem bin ich kein Psychiater. Ich interessiere mich wirklich nur dafür, ob Ihr Herz die Belastung erträgt, die durch die Abkühlung Ihres Körpers auf vier Grad Celsius eintritt. Und es erträgt sie. Normalerweise ist mir gleichgültig, warum sich jemand in ein Loch verkriecht und es dann hinter sich zuschüttet. Ich sage mir immer, daß dann eben ein Narr weniger herumläuft. Ein Rest von beruflichem Gewissen hindert mich aber daran, irgendeinen Menschen, so armselig er auch sein mag, in einen von diesen Särgen steigen zu lassen, solange sein Gehirn vor Alkohol trieft. Drehen Sie sich um.«

»Was?«

»Drehen Sie sich um. Ich muß Ihnen eine Spritze geben.«

Ich drehte mich um, und er verabreichte sie mir. Während ich mir die schmerzende Stelle rieb, meinte er: »Jetzt trinken Sie das hier. In ungefähr zwanzig Minuten werden Sie nüchterner sein als seit Wochen. Wenn Sie ein bißchen Verstand haben – was ich bezweifle –, können Sie sich alles in Ruhe überlegen und entscheiden, ob Sie vor Ihren Schwierigkeiten davonlaufen . . . oder sich als Mann damit auseinandersetzen wollen.«

Ich trank.

»Das wäre alles. Sie können sich anziehen. Ich unterschreibe Ihre Papiere, aber lassen Sie sich gesagt sein, daß ich bis zur letzten Minute Einspruch erheben kann. Keinen Alkohol mehr, ein leichtes

Abendessen und kein Frühstück. Kommen Sie morgen mittag zur abschließenden Untersuchung.«

Er wandte sich ab und verabschiedete sich nicht einmal. Ich zog mich an und suchte zornig das Weite. Powell hatte alle Papiere fertig. Als ich sie nahm, sagte er: »Sie können sie auch hierlassen und morgen mittag abholen – die Ausfertigung für das Gewölbe meine ich natürlich.«

»Und was geschieht mit den anderen?«

»Eine Ausfertigung behalten wir, und nach Ihrem Eintritt hier wird eine zweite bei Gericht, die dritte an die Archive in den Carlsbader Höhlen eingereicht. Äh – hat der Arzt erwähnt, wie Sie sich mit dem Essen einrichten müssen?«

»Allerdings.« Ich studierte die Dokumente, um meinen Ärger zu verbergen.

Powell griff nach ihnen. »Ich bewahre sie über Nacht sicher auf.«

Ich zog sie zurück. »Das kann ich selbst. Vielleicht möchte ich noch Aktien umtauschen.«

»Äh – dafür ist es aber reichlich spät, mein lieber Mr. Davis.«

»Nur nicht drängeln. Wenn ich noch etwas geändert haben will, komme ich morgen früher.« Ich öffnete die Tasche und steckte die Papiere in ein Seitenfach neben Pete. Dort hatte ich schon oft wichtige Unterlagen aufbewahrt; sie waren vielleicht nicht ganz so sicher wie die Staatsarchive in den Carlsbader Höhlen, aber doch wesentlich sicherer, als man vielleicht annehmen möchte. Ein Taschendieb hatte einmal versucht, aus diesem Seitenfach etwas herauszunehmen; die Narben von Petes Zähnen und Krallen sieht man heute noch, nehme ich an.

2

Mein Wagen war unter dem Pershing Square geparkt, wo ich ihn am Vormittag abgestellt hatte. Ich warf Geld in den automatischen Parkwächter, stellte die Automatik auf Durchfahrt/West ein, nahm Pete aus der Tasche, legte ihn auf den Sitz und machte es mir bequem.

Das heißt, ich versuchte es jedenfalls. Der Verkehr in Los Angeles war viel zu schnell und zu mörderisch, als daß ich mich bei

Automatik-Steuerung wirklich wohl gefühlt hätte; die ganze Anlage mußte umkonstruiert werden – sie war tatsächlich nicht völlig narrensicher. Bis wir die Western Avenue verlassen hatten und wieder auf Handsteuerung umschalten konnten, war ich nervös und sehnte mich nach einem Glas Whisky. »Da ist eine Oase, Pete.«

»Blurr?«

»Genau da vorn.«

Aber während ich nach einem Parkplatz suchte – Los Angeles hatte von einer Invasion nichts zu fürchten; die Invasoren würden nicht einen einzigen Parkplatz finden –, fiel mir ein, daß der Arzt mir jeden Alkoholgenuß verboten hatte.

Ich gab also zunächst einmal meiner Meinung darüber lautstark und deutlich Ausdruck.

Dann fragte ich mich, ob er beinahe einen ganzen Tag später noch erkennen würde, daß ich getrunken hatte. Ich schien mich dunkel an einen Artikel über dieses Problem erinnern zu können, aber ich hatte ihn nur überflogen, weil er nicht in meine Branche fiel.

Verflucht und zugenäht, er brachte es glatt fertig, mir den Kaltschlaf zu verweigern. Ich mußte vorsichtig sein und auf den Schnaps verzichten. »Naoow?« fragte Pete.

»Später. Wir suchen uns jetzt zuerst einmal ein Autorasthaus.« Mir wurde plötzlich klar, daß ich in Wirklichkeit gar keinen Whisky wollte; ich brauchte etwas zu essen und Schlaf, eine ganze Nacht lang. Der Arzt hatte recht; ich war nüchterner und fühlte mich besser als in den ganzen letzten Wochen. Vielleicht hatte er mir nur Vitamin B_1 gespritzt, aber die Wirkung war erstaunlich. Wir fanden also ein Autorestaurant. Ich bestellte Brathuhn für mich und ein halbes Pfund Gehacktes und Milch für Pete. Bis die Sachen gebracht wurden, machte ich mit Pete einen kleinen Spaziergang. Wir aßen sehr oft in solchen Gaststätten, weil ich Pete dann nicht hinein- und herausschmuggeln mußte.

Eine halbe Stunde später steuerte ich den Wagen ein wenig abseits, hielt an, zündete mir eine Zigarette an, kratzte Pete unterm Kinn und dachte nach.

Dann, mein Junge, der Arzt hat recht; du hast versucht, dich in einer Flasche zu ertränken. Das reicht zwar für deinen Spitzkopf, aber für die Schultern ist sie zu schmal. Jetzt bist du stocknüchtern, du hast richtig gegessen, und zum erstenmal seit Tagen ist dein Magen friedlich. Du fühlst dich besser.

Was noch? Hat der Arzt auch mit dem übrigen recht gehabt? Bist du ein verzogenes Kind? Fehlt dir der Mut, dich gegen einen Rückschlag aufzulehnen? Warum tust du diesen Schritt? Ist das Abenteuerlust? Oder versteckst du dich einfach vor dir selbst?

Aber ich will es tun, sagte ich mir – ich will 2000 erleben. Junge, Junge!

Na schön, du willst also. Aber mußt du einfach davonrennen, ohne zuerst zu bereinigen, was hier faul ist?

Jaja – schon recht! –, aber wie soll ich es denn bereinigen? Ich will Betty nicht mehr, seit sie mir das angetan hat. Und was könnte ich sonst unternehmen? Sie verklagen? Lächerlich, ich habe ja keine Beweise – und außerdem hat außer den Juristen noch nie jemand einen Streitfall gewonnen.

Pete sagte: »Wrrr? Naaow!«

Ich sah auf seinen zerzausten, narbenübersäten Kopf hinunter. Pete würde nie vor Gericht gehen; wenn ihm der Schnurrbart eines anderen Katers nicht paßte, forderte er ihn schlicht auf, sich zu stellen und wie eine Katze zu kämpfen. »Ich glaube, du hast recht, Pete. Ich will mir Miles vorknöpfen und ihn auseinandernehmen, bis er zu reden anfängt. Den Langen Schlaf können wir nachher auch noch machen. Aber wir müssen einfach herausbringen, was sie uns angetan haben und wer das ausgeheckt hat.«

Hinter der Küche gab es eine Telefonzelle. Ich rief Miles an, erwischte ihn zu Hause und bat ihn, dortzubleiben, bis ich käme.

Mein Vater nannte mich Daniel Boone Davis, nach dem Helden der Pionierzeit im Westen, weil er sich für persönliche Freiheit und Selbstvertrauen aussprechen wollte. Ich bin 1940 geboren, in einem Jahr, als es hieß, die Einzelperson sei dem Untergang geweiht, der Masse Mensch gehöre die Zukunft. Dad wollte nicht daran glauben. Er gab mir meine Vornamen im Widerspruch gegen diese Meinung. Er starb in einem Gefangenenlager in Nordkorea, wo er bis zuletzt versucht hatte, den Beweis für seine These zu erbringen.

Als der Sechswöchige Krieg kam, hatte ich ein Ingenieurdiplom in der Tasche und leistete meinen Wehrdienst ab. Ich hatte mein Examen nicht dazu benützt, ein Offizierspatent zu erlangen, weil mir mein Vater den unüberwindlichen Wunsch vererbt hatte, nur auf mich selbst angewiesen zu sein, keine Befehle zu geben, keine entgegenzunehmen, nicht nach Plan leben zu müssen. Ich wollte meine Zeit abdienen und dann entlassen werden. Als der Kalte Krieg zum Sieden kam, war ich Feldwebel in der Sandia-Waffenzentrale in Neu-Mexiko, stopfte Atome in Atombomben und überlegte mir, was ich nach der Entlassung tun wollte. An dem Tag, als Sandia vom Erdboden verschwand, war ich in Dallas, um eine neue Lieferung Schrecklichkeit abzuholen. Da der radioaktive Niederschlag sich in Richtung Oklahoma City ausbreitete, blieb ich am Leben und konnte meine Wehrdienst-Prämien einstecken.

Pete überlebte aus einem ähnlichen Grund. Ich hatte einen Freund, Miles Gentry, der wieder aufgerufen worden war. Er hatte eine Witwe mit Tochter geheiratet, aber seine Frau war gerade um die Zeit gestorben, als er wieder einrücken mußte. Er wohnte außerhalb des Geländes in Albuquerque bei einer Familie, um ein Heim für seine Stieftochter Frederica zu haben. Die kleine Ricky – wir nannten sie nie ›Frederica‹ – sorgte für Pete. Dank der Katzengöttin Bubastis waren Miles, Ricky und Pete an diesem furchtbaren Wochenende weggefahren – Ricky nahm Pete mit, weil ich ihn in Dallas nicht brauchen konnte.

Ich war ebenso überrascht wie alle anderen Leute, als sich herausstellte, daß wir Divisionen auf Thule und an anderen Orten versteckt hatten, wovon sich niemand etwas träumen ließ. Seit den dreißiger Jahren wußte man, daß sich der menschliche Körper abkühlen läßt, bis seine Aktivität beinahe auf Null reduziert ist. Aber mehr als ein Labortrick oder eine letzte Möglichkeit der Behandlung war das bis zum Sechswöchigen Krieg nicht gewesen. Eines muß man der militärischen Forschung zugestehen: was Geld und Menschen schaffen können, setzt sie in Resultate um. Noch eine Milliarde drucken, noch einmal tausend Wissenschaftler und Techniker anheuern, und auf irgendeine unglaubliche, ausgefallene Weise ergibt sich eine Lösung. Stasis, Kaltschlaf, Winterschlaf, Hypothermie, verlangsamter Metabolismus, man mag es nennen, wie man will – die logistisch-medizinischen Forschungsgruppen hatten einen Weg gefunden, Menschen wie Brennholz zu stapeln, um sie im Bedarfsfall bei der Hand zu haben. Zuerst spritzt man dem Betroffenen Drogen, dann wird er hypnotisiert, abgekühlt und genau bei vier Grad Celsius gehalten, mit anderen Worten, bei der höchsten Wasserdichte, ohne daß sich Kristalle bilden. Wenn man ihn dann dringend braucht, kann man ihn durch Diathermie und posthypnotische Befehle in zehn Minuten auf die Beine bringen – in Nome, Alaska, schaffen sie es in sieben Minuten –, aber dieses Tempo läßt die Gewebe altern und den Betroffenen ein bißchen schwachsinnig werden. Wenn man es nicht eilig hat, sind zwei

Stunden als Minimum wesentlich besser. Die schnelle Methode nennt man bei den Berufssoldaten ein ›kalkuliertes Risiko‹.

Das Ganze war ein Risiko, mit dem der Feind nicht gerechnet hatte, und nach Kriegsende wurde ich daher ausbezahlt, statt liquidiert oder in ein Arbeitslager verschickt zu werden. Miles und ich bauten ungefähr zu der Zeit unser Geschäft auf, als die Versicherungsgesellschaften den Kaltschlaf zu verkaufen begannen.

Wir verfügten uns in die Mojave-Wüste, richteten in einem von der Luftwaffe nicht mehr benötigten Gebäude eine kleine Fabrik ein und begannen, ›Dienstmädchen‹ herzustellen. Ich steuerte die technischen Kenntnisse bei, Miles seine juristische und kaufmännische Erfahrung. Ja, ich habe ›Dienstmädchen‹ und alle ihre Verwandten erfunden – ›Fensterfritz‹ und die übrigen –, wenn Sie auch meinen Namen nicht auf ihnen finden. Während des Wehrdienstes hatte ich angestrengt darüber nachgedacht, was man als Ingenieur leisten könnte. Für die Standard, Du Pont oder General Motors arbeiten? Dreißig Jahre später bekommt man dann ein Abschiedsbankett und ein Ruhegehalt. Man kann sich in der Zwischenzeit immer satt essen und in den Flugzeugen der Firma ein paarmal hin und her fliegen. Aber sein eigener Herr ist man nie. Dann kann man auch noch Beamter werden – gutes Anfangsgehalt, ordentliche Pension, keine Sorgen, dreißig Tage Urlaub im Jahr, anständige Zuschüsse. Aber ich hatte gerade einen langen Urlaub auf Staatskosten hinter mir und wollte mein eigener Herr sein.

Was war klein genug, daß man es allein herstellen konnte, ohne sechs Millionen Arbeitsstunden dranzuhängen, bevor sich das erste Modell auf den Markt bringen ließ? Kleine Werkstatt ohne richtiges Kapital, wie Ford und die Gebrüder Wright angefangen hatten – diese Zeiten seien für ewig vorbei, hieß es.

Die Automation hatte Hochkonjunktur – chemische Fabriken, die nur zwei Meßgeräte-Ableser und einen Wächter brauchten, Maschinen, die in einer Stadt Flugkarten druckten und in sechs anderen diese Plätze als ›verkauft‹ anzeigten, Stahlmaulwürfe, die Kohle förderten, während die Burschen von der Bergarbeitergewerkschaft zuschauten. Während ich also von Onkel Sam besoldet wurde, stopfte ich so viel Elektronik, Kopplungstechnik und Kybernetik in mich hinein, wie mir zugänglich gemacht wurde.

Was würde als allerletztes automatisiert werden? Antwort: Das Heim der Hausfrau. Ich bemühte mich nicht, ein vernünftiges, wissenschaftlich fundiertes Haus zu entwerfen. Das interessierte die

Frauen nicht. Sie wollten nichts als eine immer besser gepolsterte Höhle. Aber die Hausfrauen klagten noch über das Dienstbotenproblem, als das Dienstpersonal längst den Weg der Saurier gegangen war. Mir war selten eine Hausfrau begegnet, die nicht eine Spur von Sklavenhalterin in sich gehabt hätte; sie schienen zu glauben, daß es einfach stramme Bauernmädchen geben müsse, die froh über die Gelegenheit wären, vierzehn Stunden am Tag Böden zu schrubben und bei einem Lohn, über den ein Schlosserlehrling nur lachen würde, die Überbleibsel vom Tisch der Herrschaft zu essen.

Deswegen nannten wir das Ungeheuer ›Dienstmädchen‹ – es erinnerte an das halbversklavte Einwanderermädchen, das sich von Großmutter herumschikanieren lassen mußte. Im Grunde handelte es sich einfach um einen besseren Staubsauger, und wir gedachten ihn zu einem Preis auf den Markt zu bringen, der mit gewöhnlichen Saugbohnern konkurrieren konnte.

Was ›Dienstmädchen‹ schaffte – das erste Modell, nicht der halbintelligente Roboter, zu dem ich es später entwickelte –, war, Boden säubern, jeden Boden, den ganzen Tag lang, und ohne Aufsicht. Einen Boden, der Putzen oder Polieren nicht nötig hätte, gibt es nicht.

Das Gerät kehrte, wischte, saugte und polierte, in seinem Idiotengedächtnis anhand von Magnetbändern nachforschend, was gerade an die Reihe kam. Alles, was größer als ein Schrotkorn war, hob es auf und legte es in eine Mulde in der Oberseite, so daß Klügere entscheiden konnten, ob es weggeworfen oder aufgehoben werden sollte. Es suchte den ganzen Tag nach Schmutz auf Suchkurven, denen nichts entging, über saubere Böden hinauf auf der endlosen Suche nach schmutzigen. Es verschwand aus einem Zimmer, in dem sich Leute aufhielten, wie ein guterzogenes Dienstmädchen. Gegen Abend verfügte es sich in seinen Unterschlupf und lud sich auf – das war noch, bevor wir die immerwährende Batterie einbauten.

Allzuviel Unterschied zwischen ›Dienstmädchen‹ Modell Eins und einem Staubsauger bestand nicht. Aber das Entscheidende – daß es ohne Aufsicht reinigte –, war ausreichend. Es verkaufte sich.

Das grundlegende Bewegungsmuster entnahm ich aus den ›elektrischen Schildkröten‹, die in den späten vierziger Jahren in der Zeitschrift ›Scientific American‹ beschrieben wurden. Einen Gedächtnisspeicher nahm ich aus der Steuerzentrale einer Fernlenkrakete – das ist das Angenehme bei geheimen Waffen, man kann sie nicht patentieren lassen –, und die Reinigungsanlagen und Kupplungen stammten aus einem Dutzend verschiedener Geräte, einschließlich eines Bohners, der in Militärlazaretten verwendet wurde, einem Limonadenautomaten, und den ›Händen‹, mit denen man in Atommeilern radioaktive Substanzen handhabte. Wirklich Neues enthielt der Apparat nicht; das Geheimnis lag einfach in seiner Konstruktion. Der ›Geniefunke‹, den unsere Gesetze verlangen, bestand darin, daß man den einen guten Patentanwalt fand.

Das echte Können trat aber bei der Produktionstechnik in Erscheinung; das ganze Ding ließ sich aus Standardteilen bauen, die wir nach Sweets Katalog bestellten, mit Ausnahme von zwei Nokkenwellen und einer gedruckten Schaltung. Die Schaltung ließen wir uns von einer anderen Firma herstellen, die Nockenwellen machte ich in der Baracke, die wir ›unsere Fabrik‹ nannten, selbst mit Hilfe von automatischen Werkbänken, die wir billig aus überschüssigem Kriegsmaterial erstanden hatten. Anfangs waren Miles und ich die gesamte Belegschaft. Das Testmodell kostete $ 4317.09, die ersten hundert Stück kamen je auf etwas über 39 Dollar – wir lieferten sie an eine Discount-Firma in Los Angeles für 60 Dollar, und dort wurden sie für 85 Dollar verkauft. Wir mußten sie auf Kommission hinausgeben, weil wir uns Verkaufswerbung nicht leisten konnten. Bis die ersten Beträge eingingen, wären wir beinahe verhungert. Dann erschien in der Zeitschrift ›Life‹ ein zweiseitiger Artikel über ›Dienstmädchen‹ . . . Von diesem Tag an fanden wir kaum genug Arbeitskräfte für den Zusammenbau unseres Ungetüms.

Bald danach kam Betty Darkin zu uns. Miles und ich hatten unsere Briefe auf einer uralten Schreibmaschine mit zwei Fingern getippt; wir stellten sie als Stenotypistin und Buchhalterin ein und mieteten eine elektrische Maschine. Ich entwarf einen Briefkopf. Wir steckten alles eingehende Geld sofort wieder ins Geschäft. Pete und ich schliefen in der Fabrik, während Miles und Ricky in der Nähe eine Hütte bewohnten. Aus Gründen der Selbstverteidigung bildeten wir eine Aktiengesellschaft. Dazu gehören bei uns mindestens drei Leute; wir gaben also Betty einen Anteil und bezeichneten sie als Sekretärin und Schatzmeister. Miles war Präsident und Geschäftsführer, ich Chefingenieur und Vorsitzer des Aufsichtsrates . . . mit 51 Prozent der Aktien.

Ich möchte klarstellen, warum ich die Mehrheit behielt. Ich war kein Raffer, ich wollte einfach mein eigener Herr sein. Miles arbeitete wie ein Verrückter, das muß ich zugeben. Aber über 60 Prozent der Ersparnisse, mit denen wir das Geschäft aufbauten, stammten von mir, ebenso hundert Prozent an Erfindungsgabe und technischem Wissen. Miles hätte ›Dienstmädchen‹ niemals bauen können, während ich es mit einem Dutzend beliebiger Partner oder möglicherweise sogar allein geschafft hätte – wenn auch vielleicht kein Geld damit zu verdienen gewesen wäre. Miles war Geschäftsmann, ich nicht.

Aber ich wollte sicherstellen, daß die Fabrik in meiner Hand blieb – ebensolche Freiheit ließ ich Miles auf dem geschäftlichen Sektor . . . zuviel Freiheit, wie sich herausstellte.

›Dienstmädchen‹ Modell Eins verkaufte sich wie eisgekühlte Limonade im Hochsommer, und ich hatte einige Zeit mit den Verbesserungen, der Aufstellung eines richtigen Fließbandes und der Anwerbung eines Werkstättenleiters zu tun, dann dachte ich glücklich und zufrieden über neue Haushaltgeräte nach. Der Hausarbeit war erstaunlich wenig Überlegung gewidmet worden, obwohl sie die Hälfte aller Arbeit auf der Erde ausmacht. Die Frauenmagazine sprachen von ›Arbeitsersparnis im Heim‹ und ›funktionellen Küchen‹, aber das war nur Gewäsch; die hübschen Farbfotos zeigten Dinge, die sich von denen zu Shakespeares Zeit nur unwesentlich unterschieden. Das Zeitalter des Düsenflugzeuges hatte im Heim noch nicht Einzug gehalten.

Ich blieb bei meiner Überzeugung, daß Hausfrauen Reaktionäre sind. Keine ›Maschinen zum Leben‹ – nur Apparate als Ersatz für das ausgestorbene Dienstpersonal, das heißt, für Putzen, Kochen und Babypflege.

Ich dachte an schmutzige Fenster und an den Rand in der Badewanne, der sich schwer entfernen läßt, weil man sich zu sehr verrenken muß. Es stellte sich heraus, daß eine elektrostatische Vorrichtung den Schmutz – peng! – von jeder polierten Silikonoberfläche springen ließ, ob es sich um Fensterglas, Badewannen oder Klosettschüsseln handelte. Das war ›Fensterfritz‹, und man muß sich wundern, daß er nicht schon früher jemandem eingefallen ist. Ich hielt ihn zurück, bis er auf einen Preis gebracht war, dem die Leute nicht widerstehen konnten. Wissen Sie, was Fensterputzen pro Stunde früher gekostet hat?

Ich ließ ›Fritz‹ viel länger nicht in Produktion gehen, als es Miles paßte. Er wollte ihn verkaufen, sobald er billig genug war, aber ich bestand auf einem: Fritz mußte leicht zu reparieren sein. Der größte Nachteil bei den meisten Haushaltgeräten war stets, daß, je besser sie waren und je mehr sie leisteten, gerade im ungeeignetsten Augenblick eine Panne einzutreten pflegte, für deren Beseitigung man dann einem Fachmann fünf Dollar pro Stunde in den Rachen werfen mußte. Dasselbe passierte dann eine Woche später noch einmal, wenn nicht beim Spülautomaten, dann bei der Klimaanlage ... gewöhnlich am späten Samstagabend im Schneesturm.

Ich wünschte, daß meine Geräte funktionierten, auch nach langer Zeit noch, ohne ihren Besitzern Magengeschwüre zu verursachen.

Aber Geräte versagen manchmal, sogar die meinen. Bis zu jenem großen Tag, da alle Apparate ohne bewegliche Teile konstruiert sind, werden Maschinen ausfallen. Wenn man ein Haus mit Apparaten vollstopft, werden immer ein paar davon defekt sein.

Aber die militärische Forschung erzielt Resultate, und mit diesem Problem war man beim Militär schon vor Jahren fertig geworden. Man darf nicht einfach eine Schlacht, Tausende oder Millionen von Männern, ja vielleicht sogar den Krieg verlieren, nur weil eine Vorrichtung von Daumengröße im entscheidenden Augenblick versagt. Zu militärischen Zwecken hatte man eine Menge Umwege gewählt – ›narrensichere Anlagen‹, Ersatzvorrichtungen, dreifache Kontrollen, und so weiter. Aber für Haushaltgeräte ließ sich vor allem eine der militärischen Erfindungen verwenden, nämlich das Teile-Anschalt-Prinzip.

Dabei handelt es sich um eine lächerlich einfache Idee: nicht reparieren, sondern ersetzen. Ich wollte jedes Teil von ›Fensterfritz‹, das ausfallen konnte, ersetzbar durch einfaches Einstecken machen und jedem Exemplar einen Satz Teile beigeben. Manche Ersatzstücke würde man wegwerfen, andere zur Reparatur geben, aber ›Fritz‹ selbst würde nie längere Zeit zusammenbrechen, als nötig war, das Ersatzteil einzustöpseln.

Miles und ich hatten unseren ersten Krach. Ich sagte, die Entscheidung, wann man vom Testmodell zur Massenproduktion übergehen müsse, sei technischer Art; er behauptete, es handele sich dabei um eine kaufmännische Frage. Wenn ich nicht maßgeblich gewesen wäre, hätte er ›Fritz‹ mit denselben Krankheiten auf den Markt geworfen, unter denen jedes halb ausgereifte ›arbeitsparende‹ Gerät leidet.

Betty Darkin glättete die Wogen. Wenn sie ebenfalls Druck auf mich ausgeübt hätte, wäre ich vielleicht bereit gewesen, Miles ›Fritz‹ verkaufen zu lassen, bevor ich das Gerät für ausgereift hielt, weil ich bis über beide Ohren in Betty verliebt war.

Betty war nicht nur eine perfekte Sekretärin, sie hatte auch körperliche Vorzüge, die jeden Bildhauer in Verzückung gebracht hätten, und einen Duft, der mich aufregte, wie Pete Baldriantropfen. Da erstklassige Bürodamen ungeheuer selten waren und hier eine der besten für eine kleine Firma zu untertariflichem Gehalt arbeitete, darf man sich wohl fragen: ›Warum?‹ Aber wir hatten uns nicht einmal nach ihrer letzten Stelle erkundigt, so glücklich waren wir darüber, daß sie uns aus dem Papierberg herausschaufelte, der sich durch den Erfolg unseres ›Dienstmädchens‹ aufgehäuft hatte.

Später hätte ich jeden Versuch, Bettys Vergangenheit nachzuspüren, entrüstet zurückgewiesen, denn inzwischen hatte ihre Oberweite mein Urteilsvermögen entschieden zu trüben vermocht. Betty ließ mich ihr erklären, wie einsam mein Leben bis zu ihrem Auftreten gewesen sei, und erwiderte sanft, daß sie mich erst besser kennenlernen müsse, aber im Ernst dazu neige, dasselbe zu fühlen.

Kurz nachdem sie den Streit zwischen Miles und mir geschlichtet hatte, erklärte sie sich bereit, mein Glück mit mir zu teilen. »Dan, Liebling, du hast es in dir, ein großer Mann zu werden ... Und ich hoffe die Frau zu sein, die dir dabei hilft.«

»Und ob du das bist!«

»Still, Liebling. Aber ich will dich nicht auf der Stelle heiraten, mit Kindern belasten und dir das Leben sauer machen. Ich will mit dir arbeiten und das Geschäft aufbauen. Dann heiraten wir.«

Ich protestierte, aber sie blieb fest. »Nein, Liebling. Wir beide, du und ich, bringen es noch weit. Die ›Dienstboten-AG‹ wird einen ebenso berühmten Namen bekommen wie ›General Electric‹. Wenn wir heiraten, will ich alles Geschäftliche vergessen und nichts anderes tun als dich glücklich machen. Zuerst muß ich mich aber deiner Arbeit und deiner Zukunft widmen. Schenk mir Vertrauen, Liebling.«

Das tat ich dann auch. Sie wollte sich nicht, wie ich beabsichtigt hatte, einen teuren Verlobungsring kaufen lassen; statt dessen überschrieb ich ihr einen Teil meiner Aktien als Verlobungsgeschenk. Wenn ich heute so darüber nachdenke, weiß ich nicht genau, wer den Gedanken an diese Art von Geschenk aufgebracht hat.

Danach arbeitete ich härter als je zuvor, dachte an Papierkörbe, die sich selbst entleerten und an ein Kopplungsgerät, das nach dem Spülen das Geschirr auch noch aufräumte. Alle waren glücklich ... alle außer Pete und Ricky. Pete ignorierte Betty, wie alles, was er nicht leiden und nicht abstellen konnte, aber Ricky war tiefunglücklich.

Mein Fehler. Ricky war ›mein Mädchen‹, seit ich sie als Sechsjährige mit Schleifen im Haar und großen, ernsten, dunklen Augen in Sandia kennengelernt hatte. Ich würde ›sie heiraten‹, wenn sie erwachsen war, und gemeinsam wollten wir für Pete sorgen. Ich hielt das Ganze für ein Spiel, und vielleicht war es das auch. Vielleicht meinte es Ricky nur bis zu dem Grade ernst, der ihr einmal das unbeschränkte Sorgerecht für Pete übertragen würde. Aber wer kann sagen, was im Gemüt eines Kindes vorgeht?

Ich bin Kindern gegenüber nicht sentimental. Die meisten von ihnen sind kleine Biester, die erst als Erwachsene zivilisierte Menschen werden, und oft nicht einmal dann. Die kleine Frederica erinnerte mich an meine eigene Schwester in diesem Alter, und außerdem hatte sie Pete gern und behandelte ihn richtig. Ich glaube, sie mochte mich, weil ich nie von oben herab mit ihr sprach – das hatte ich als Kind auch nicht leiden können – und ihre Begeisterung für die Pfadfinder-Organisation ernst nahm. Ricky war in Ordnung; sie hatte eine ruhige Würde und tobte nicht herum, sie plärrte nicht und setzte sich auch nicht jedem Menschen auf den Schoß. Wir waren Freunde und teilten uns in der Verantwortung für Pete. Soviel ich wußte, war es nur ein hübsches Spiel, daß sie sich als ›mein Mädchen‹ sah.

Ich hörte zu spielen auf, nachdem meine Schwester und Mutter zu Beginn des Sechswöchigen Krieges getötet worden waren. Das war keine bewußte Entscheidung – ich hatte einfach keine Lust mehr zu solchen Späßen und fing auch nie wieder damit an. Ricky war damals sieben; als Betty zu uns kam, war sie zehn. Als Betty und ich uns verlobten, war Ricky elf Jahre alt. Sie haßte Betty mit einer Kraft, die wohl nur ich spürte, da sie sich nur in einem eigenartigen Widerwillen, mit ihr zu sprechen, äußerte. Betty nannte das Schüchternheit, und Miles war der gleichen Meinung.

Aber ich wußte, was dahintersteckte, und versuchte, Ricky das auszureden. Haben Sie sich jemals bemüht, mit einem Kind Dinge zu besprechen, über die es nicht reden will? Man hat mehr davon, wenn man in eine Echoschlucht hineinbrüllt. Ich sagte mir, es würde sich schon geben, wenn Ricky einmal einsah, daß man Betty einfach gern haben mußte.

Mit Pete war das eine andere Sache. Wenn ich nicht verliebt gewesen wäre, hätte ich hier schon merken müssen, daß ich mich mit Betty nie richtig verstehen würde. Betty mochte meine Katze – oh, gewiß, gewiß! Sie verehrte Katzen, sie liebte die Stelle, an der mein Haar schütter zu werden begann, sie bewunderte meinen Geschmack in der Auswahl von Lokalen, und überhaupt mochte sie alles an mir.

Aber einer Katzenperson ist Zuneigung zu Katzen sehr schwer vorzuspiegeln. Es gibt Katzenfreunde und andere, eine übergroße Mehrheit wahrscheinlich, die eine harmlose, nützliche Katze nicht ausstehen können. Wenn sie aus Höflichkeit oder aus irgendeinem anderen Grund das Gegenteil behaupten, entlarven sie sich selbst sofort, weil sie nicht mit Katzen umgehen können – und das Katzenprotokoll ist komplizierter als jedes diplomatische.

Es beruht auf Selbstachtung und gegenseitigem Respekt und ist etwa in demselben Bereich angesiedelt wie die ›Dignidad de Hombre‹ Lateinamerikas – die Würde des Menschen –, die man nur unter Einsatz des Lebens verletzt.

Katzen haben keinen Humor, dafür aber ein stark übersteigertes Ich. Sie sind unglaublich empfindlich. Wenn mich jemand fragen würde, warum es sich lohnt, Katzen zu halten, so müßte ich antworten, daß es keine logischen Gründe dafür gibt. Lieber erkläre ich einem Menschen, der ein Faible für scharfen Käse hat, warum er Limburger vorziehen sollte. Trotzdem hat jener legendäre Mandarin mein Mitgefühl, der einen kostbaren gestickten Ärmel abschnitt, weil ein Kätzchen darauf schlief.

Betty versuchte zu beweisen, daß sie Pete gern hatte, indem sie ihn wie einen Hund behandelte ... Dafür wurde sie dann gekratzt. Als vernünftiger Kater rannte er anschließend davon und blieb lange Zeit fort – zum Glück, denn ich hätte ihm eins hinter die Ohren gegeben, und Pete ist nie geschlagen worden, von mir jedenfalls nicht. Eine Katze zu schlagen ist mehr als zwecklos; sie läßt sich nur mit Geduld erziehen, niemals mit Schlägen.

Ich gab also Jod auf Bettys Kratzwunden und versuchte ihr zu erklären, was sie falsch gemacht hatte. »Tut mir leid, daß das passiert ist – wirklich! Aber wenn du das wieder machst, geschieht genau dasselbe!«

»Aber ich habe Pete doch nur getätschelt!«

»Äh, ja . . . aber nicht, wie man es bei Katzen tun muß. Du hast ihn getätschelt wie einen Hund. Eine Katze muß gestreichelt werden. In Reichweite ihrer Klauen darf man nie eine plötzliche Bewegung machen. Man soll sie auch nicht berühren, ohne daß sie sehen kann, was man mit ihr vorhat . . . und man muß immer aufpassen, ob es ihr angenehm ist. Wenn sie nicht gestreichelt werden will, läßt sie sich die Liebkosungen kurze Zeit aus Höflichkeit gefallen – Katzen sind sehr höflich –, aber man sieht genau, ob sie es nur erduldet, und man muß aufhören, bevor ihre Geduld erschöpft ist.« Ich zögerte. »Du magst Katzen nicht, wie?«

»Was? Na hör mal! Natürlich mag ich Katzen.« Aber sie fügte hinzu: »Ich habe aber nie viel mit ihnen zu tun gehabt. Sie ist ziemlich empfindlich, nicht wahr?«

»Er. Pete ist ein Kater. Nein, eigentlich ist er gar nicht empfindlich, weil er immer gut behandelt worden ist. Aber man muß den Umgang mit Katzen lernen. Man darf sie zum Beispiel nie auslachen.«

»Was? Aber warum denn um Himmels willen nicht?«

»Nicht, weil sie nicht lustig wären. Sie sind sogar ausgesprochen komisch. Aber sie haben keinen Humor und sind schnell beleidigt. Eine Katze kratzt natürlich nicht, wenn man sie auslacht, sie stolziert einfach davon, und man hat es dann schwer, ihre Freundschaft zu gewinnen. Aber darauf kommt es nicht so sehr an. Viel wichtiger ist, eine Katze richtig aufzuheben. Wenn Pete zurückkommt, zeige ich dir, wie man das macht.«

Aber Pete kam nicht zurück, bei dieser Gelegenheit jedenfalls nicht, und ich zeigte es ihr nie. Betty rührte ihn von diesem Tag ab nicht mehr an. Sie sprach mit ihm und tat, als könne sie ihn gut leiden, aber sie hielt Distanz wie er. Ich dachte nicht darüber nach; etwas derart Nebensächliches durfte mich nicht an der Frau zweifeln lassen, die mir mehr als alles andere bedeutete.

Aber das Problem Pete wuchs sich später beinahe zu einer Krise aus. Betty und ich besprachen, wo wir wohnen wollten. Sie ließ sich noch immer nicht auf einen bestimmten Tag festlegen, aber wir verwandten sehr viel Zeit auf solche Einzelheiten. Ich war für ein Haus im Ranchstil nahe der Fabrik; sie erklärte sich für eine Wohnung in der Stadt, bis wir uns eine vornehme Villa mit Park leisten könnten.

»Das ist doch aber nicht praktisch, Liebling«, sagte ich. »Ich muß in der Nähe der Fabrik sein. Hast du außerdem schon einmal versucht, einen wanderlustigen Kater in einer Großstadtwohnung zu halten?«

»Ach, das! Paß auf, Liebling, ich bin froh, daß du davon anfängst. Ich habe mich über Katzen informiert, im Ernst. Wir lassen ihn operieren. Dann wird er viel sanfter sein und sich in der Wohnung auch ganz wohl fühlen.«

Ich starrte sie an, kaum meinen Ohren trauend. Aus diesem alten Krieger einen Eunuchen machen? Ihn in eine Kaminzierde verwandeln? »Betty, du weißt ja gar nicht, was du sagst!«

Sie schnalzte wegwerfend mit der Zunge und begann mir die üblichen Argumente jener Leute entgegenzuhalten, die in einer Katze nur eine Sache sehen ... daß er nichts spüren würde, daß es ja eigentlich zu seinem Besten sei, daß sie wüßte, wieviel er mir bedeute, daß sie nie daran dächte, ihn mir wegzunehmen, und im übrigen sei alles ja ganz einfach und für alle das beste.

Ich unterbrach sie. »Warum arrangierst du's nicht gleich für uns beide?«

»Was meinst du, Liebster?«

»Für mich auch. Ich wäre viel friedlicher, würde jede Nacht zu Hause bleiben und dir nie widersprechen. Wie schon erwähnt, tut es auch nicht weh, und ich wäre sicher viel glücklicher.«

Sie wurde blutrot. »Du bist unmöglich!«

»Du auch!«

Sie sprach nie wieder davon. Betty ließ eine Meinungsverschiedenheit nie zum offenen Streit ausarten; sie verstummte und wartete ab. Aber sie gab nie auf. In mancher Beziehung mag sie schon etwas Katzenhaftes an sich gehabt haben ... Das war vielleicht der Grund, warum ich ihr nicht widerstehen konnte.

Ich war froh, daß die Angelegenheit zu den Akten gelegt wurde. Bis über die Ohren steckte ich im ›Vielzweck-Frank‹. ›Fritz‹ und ›Dienstmädchen‹ würden uns haufenweise Geld einbringen, aber ich hatte eine fixe Idee – den perfekten Vielzweck-Haushaltautomaten, den Allzweck-Diener. Nun gut, nennen wir ihn Roboter, obwohl das ein abgenütztes Wort ist und ich keineswegs die Absicht hatte, einen mechanischen Menschen zu bauen.

Ich stellte mir ein Gerät vor, das im Haushalt einfach alles verrichten konnte. Säubern und kochen natürlich, aber auch wirklich schwere Aufgaben bewältigen, wie Windelnwechseln oder ein neues Farbband in die Schreibmaschine einziehen. Anstelle einer ganzen Horde von ›Dienstmädchen‹ und ›Fensterfritzen‹, ›Kindermädchen‹, ›Gärtner-Georges‹ und ›Einkaufs-Eriks‹ sollte sich ein Ehepaar für den Preis, sagen wir, eines guten Autos eine einzige Maschine kaufen können, die dem chinesischen Diener entsprach, von dem man so viel liest, den aber kein Mitglied meiner Generation jemals gesehen hat.

Wenn mir das gelänge, wäre die zweite Emanzipation bewirkt und die Hausfrau von ihrer ewigen Sklavenarbeit befreit. Ich wollte das alte Sprichwort außer Kurs setzen, wonach die Arbeit einer Hausfrau nie getan sei. Haushaltarbeit ist langweilige und unnötige Mühe; mir als Techniker mißfiel sie.

Um das Problem im Wirkungsbereich eines einzigen Ingenieurs zu halten, mußte beinahe der ganze ›Vielzweck-Frank‹ aus Standardteilen bestehen und ohne gänzlich neue Prinzipien auskommen. Grundlagenforschung kann ein Einzelgänger niemals betreiben; entweder war der Automat aus der derzeitigen Technik zu entwickeln, oder ich mußte meine Absicht aufgeben.

Zum Glück gab es in der Technik weite Gebiete, in denen man mir vorgearbeitet hatte, und mein Eifer im Militärdienst kam mir jetzt zugute. Was ich wollte, war nicht so kompliziert wie das, was man von einer Fernlenkrakete verlangte.

Was sollte ›Vielzweck-Frank‹ nun leisten können? Antwort: jede Arbeit, die ein Mensch im und am Haus zu erledigen pflegte. Er brauchte nicht Karten spielen, sich verlieben, essen oder schlafen zu können, aber er sollte nach dem Kartenspiel aufräumen, kochen, die Betten machen und Säuglinge pflegen – zumindest mußte er die Atmung des Kleinkindes überwachen und sich melden, sobald eine Änderung bemerkbar wurde. Ich entschied, daß er Telefonanrufe nicht abzunehmen brauchte, weil die größte Fernmeldegesellschaft bereits ein Gerät für diesen Zweck vermietete. Auch an die Tür sollte er nicht gehen müssen, weil die meisten modernen Häuser mit Wechselsprechanlagen ausgerüstet waren.

Aber um die Vielzahl der Dinge zu tun, die ich von ihm verlangte, brauchte er Hände, Augen, Ohren und ein Gehirn . . . ein gutes Gehirn.

Die Hände konnte ich bei den Firmen für Ausstattung von Atomkraftwerken bestellen, die auch die Hände für ›Dienstmädchen‹ lieferten, nur benötigte ich jetzt die beste Ausführung mit weitreichenden Servoanlagen und der exakten Rückkopplung, wie sie Mikroanalysemanipulation und die Messung radioaktiver Isotope erfordern. Die gleichen Firmen konnten Augen liefern – nur durften sie einfacher sein, weil ›Frank‹ nicht hinter meterdickem Stahlbeton, der in Atommeilern als Abschirmung dient, zu sehen und agieren brauchte.

Die Ohren konnte ich bei Funk- und Fernsehgeräteherstellern erwerben – obwohl ich mir vielleicht neue Schaltungsentwürfe abringen mußte, damit seine Hände ebensogut durch Sehen, Hören und Berühren gesteuert werden konnten – wie die menschliche Hand.

Mit Transistoren und gedruckten Schaltungen läßt sich aber auch auf engem Raum allerhand anfangen.

›Frank‹ sollte keine Staffeleien benötigen. Ich würde seinen Hals dehnbar wie bei einem Strauß und seine Arme ausfahrbar machen. Sollte ich ihn für das Begehen von Treppen konstruieren?

Nun, es gab einen motorisierten Rollstuhl, der das schaffte. Vielleicht sollte ich ein Exemplar kaufen und ihn als Chassis benützen? Das Testmodell müßte dann auf die Größe des Rollstuhls beschränkt werden und sollte auch nicht schwerer werden als das Gewicht, das dieser Stuhl zu tragen vermochte – damit hatte ich gleich einen Rahmen abgesteckt. Antrieb und Steuerung mußten dann nur über ›Franks‹ Gehirn geschaltet werden.

Das eigentliche Problem war das Gehirn. Man kann ein Gerät bauen, das wie ein Menschenskelett zusammengesetzt ist, oder vielleicht noch besser. Man könnte ihm ein Rückkopplungssystem von solcher Feinheit einbauen, daß es Nägel einschlagen, Böden schrubben und Eier aufschlagen – oder auch nicht aufschlagen kann. Aber wenn es zwischen den Ohren nicht das hat, was eben beim Menschen vorhanden ist, wird es kein Mensch, nicht einmal eine Leiche.

Zum Glück brauchte ich kein menschliches Gehirn; ich stellte mir einen folgsamen Schwachsinnigen vor, der in der Lage war, ständig wiederkehrende Haushaltarbeiten zu verrichten.

Und an diesem Punkt wurden die Thorsen-Gedächtnisspeicherröhren entscheidend. Die Interkontinental-Raketen, mit denen wir zurückgeschlagen hatten, dachten durch Thorsen-Röhren, und die Verkehrsleitsysteme in Los Angeles und anderen Städten verwendeten eine einfache Form davon. Es ist nun nicht nötig, eine Röhre theoretisch zu erläutern, die man nicht einmal in den Labors von Bell ganz versteht. Das Wesentliche ist, daß man eine Thorsen-Röhre in eine Kontrollschaltung einbauen, die Maschine über Handsteuerung eine gewisse Verrichtung ausführen lassen kann, und die Röhre wird sich an das Geschehene erinnern. Sie kann dann das zweitemal oder beliebig oft die Arbeit ohne menschliche

Aufsicht bewerkstelligen. Für eine automatische Werkzeugmaschine genügt das; bei Fernlenkraketen und bei ›Frank‹ fügt man zusätzliche Schaltungen an, die der Maschine Urteilsvermögen verleihen. In Wirklichkeit handelt es sich natürlich nicht um diese Fähigkeit; denn eine Maschine kann sie nie besitzen. Die Zusatzschaltung ist lediglich eine Suchschaltung, deren Programmierung erklärt: ›Such das oder jenes innerhalb dieser und jener Einschränkungen; wenn du es gefunden hast, dann arbeite nach deiner Grundinformation.‹ Die grundlegende Information kann so kompliziert sein, wie man will, soweit sie noch in eine Thorsen-Gedächtnisspeicherröhre hineingeht – und ihr Aufnahmevermögen ist beträchtlich! –, dann läßt sich so programmieren, daß die Urteils-Schaltungen die Grundinformation jederzeit zu unterbrechen vermögen, sobald der Zyklus mit dem zuerst in die Thorsen-Röhre eingebrachten nicht übereinstimmt.

Das bedeutet, daß man ›Frank‹ nur einmal dazu bringen muß, den Tisch abzuräumen, die Teller abzukratzen und sie in den Spülautomaten zu stellen. Von diesem Moment an kann er mit allem schmutzigen Geschirr fertig werden, das ihm begegnet. Mehr noch, man könnte ihm eine elektronisch vervielfältigte Thorsen-Röhre in den Schädel stecken, so daß er mit schmutzigem Geschirr schon beim ersten Zusammentreffen fertig werden könnte ... ohne auch nur einen Teller zu zerschlagen.

Eine andere Speicherröhre neben die erste, und er würde beim erstenmal Windeln wechseln, ohne das Baby auch nur ein einzigesmal zu pieken.

›Franks‹ eckiger Schädel vermochte leicht hundert Thorsen-Röhren aufzunehmen, von denen jede das elektronische Gedächtnis einer anderen Haushaltskraft enthielt. Dann brauchte man nur eine Schutzschaltung um alle Urteils-Schaltungen anzubringen, die ihn zum Stillstand bringen und plärren lassen würde, sobald er eine Situation vorfand, auf die seine Programmierung nicht paßte – auf diese Weise konnte weder den Babies noch dem Geschirr etwas zustoßen.

Ich baute ›Frank‹ also auf den Rahmen eines motorisierten Rollstuhls. Er sah aus wie ein Hutgestell, das in einen Oktopus verliebt ist ... aber Silber konnte er putzen, Junge, Junge!

Miles sah sich den ersten ›Frank‹ an, beobachtete ihn beim Mixen und Servieren eines Martini, sah ihn dann herumgehen, Aschenbecher leeren und polieren – ohne jemals einen sauberen zu berühren –, ein Fenster öffnen und es einhaken, zu meinem Bücherregal marschieren, die Bücher ordnen und abstauben. Miles nippte an seinem Martini und sagte: »Zuviel Wermut.«

»Ich mag den Martini so. Aber wir können ihm beibringen, daß er deinen auf diese, meinen auf andere Weise mixt. Er hat genug unbenützte Röhren in sich.«

Miles trank einen zweiten Schluck. »Wann kann er in die Produktion gehen?«

»Äh, ich möchte ungefähr zehn Jahre an ihm arbeiten.« Bevor er aufstöhnen konnte, fügte ich hinzu: »Aber ein einfacheres Modell läßt sich in fünf Jahren auf den Markt bringen.«

»Unsinn! Wir beschaffen dir genug Unterstützung und haben in sechs Monaten ein Grundmodell fertig.«

»Ausgeschlossen. Das ist mein Lebenswerk. Ich gebe ihn nicht frei, bis er ein Kunstwerk ist ... um zwei Drittel kleiner, alles durch Einstöpseln ersetzbar, bis auf die Thorsen-Röhren, und so vielseitig verwendbar, daß er nicht nur die Katze füttert und das Baby badet, sondern sogar Ping-Pong spielt, wenn der Käufer die zusätzliche Programmierung bezahlt.« Ich sah ihn an. ›Frank‹ staubte lautlos meinen Schreibtisch ab und legte jedes Blatt Papier wieder an die richtige Stelle. »Aber Tischtennis mit ihm wäre nicht sehr sportlich, er würde den Ball nie verfehlen. Nein, man könnte eine Schaltung einbauen, daß er immer wieder auch einmal danebenhaut. Mmm ... ja, das wäre möglich. Das machen wir, für die Verkaufsvorführung eignet sich das sehr gut.«

»Ein Jahr, Dan, und keinen Tag mehr. Ich werde jemand von Loewys Gestaltungsfirma abwerben, der dir bei der Formgebung hilft.«

»Miles, wann begreifst du endlich, daß ich alles Technische erledige?« meinte ich. »Wenn ich ihn an dich weitergebe, kannst du damit machen, was du willst ... aber nicht eine Sekunde früher.«

»Es ist trotzdem zuviel Wermut im Martini«, sagte Miles.

Ich plagte mich mit Hilfe der Fabrikmechaniker weiter ab, bis ›Frank‹ weniger wie das Resultat eines Autounfalls und mehr wie ein Gerät aussah, mit dem man bei seinen Nachbarn prunken konnte. In der Zwischenzeit beseitigte ich eine Menge Defekte in seinem Steuermechanismus. Ich brachte ihm sogar bei, Pete zu streicheln und so unter dem Kinn zu kraulen, daß er es sich gefallen ließ – und dafür, glauben Sie mir, ist eine mindestens ebenso exakte Rückkopplungstechnik nötig wie für die Arbeiten in den Atomlabors. Miles drängte mich nicht, obwohl er von Zeit zu Zeit vorbeikam, um den Fortschritt zu begutachten. Die meiste Arbeit leistete ich nachts, nachdem ich Betty zum Abendessen ausgeführt und sie heimgebracht hatte. Dann schlief ich fast den ganzen Tag, kam am späten Nachmittag, unterschrieb die Briefe, die Betty für mich vorbereitet hatte, besichtigte, was die Fabrik tagsüber geleistet hatte, und führte Betty wieder zum Essen aus. Vorher unternahm ich wenig, weil schöpferische Arbeit einen nicht gerade angenehmen Duft erzeugt. Nach einer harten Nacht im Labor konnte außer Pete niemand meine Gegenwart ertragen.

Als wir eines Abends eben mit dem Essen fertig waren, sagte Betty zu mir: »Gehst du in die Fabrik zurück, Liebster?«

»Sicher. Warum?«

»Gut. Miles erwartet uns nämlich.«

»Was?«

»Er möchte eine Aktionärssitzung abhalten.«

»Eine Aktionärssitzung? Warum denn?«

»Es wird nicht lange dauern. Du hast dich in der letzten Zeit tatsächlich sehr wenig um die geschäftlichen Dinge gekümmert, Liebster. Miles möchte ein paar Fragen geklärt haben.«

»Ich war mit der technischen Seite zu sehr beschäftigt. Was soll ich denn für die Firma noch tun?«

»Nichts, Liebling. Miles meint, daß es nicht lange dauern wird.«

»Was ist los? Wird Jake nicht mit der Fließbandproduktion fertig?«

»Bitte, Liebling. Miles hat mir den Grund nicht gesagt. Trink deinen Kaffee aus.«

Miles erwartete uns in der Fabrik und drückte mir so ernsthaft die Hand, als hätten wir uns vier Wochen nicht mehr gesehen. Ich sagte: »Miles, was ist hier eigentlich los?«

Er wandte sich an Betty. »Hol die Tagesordnung bitte.« Das allein hätte mir schon verraten sollen, daß Betty gelogen hatte, als sie behauptete, Miles habe ihr nichts über seine Absichten anvertraut. Aber ich dachte nicht daran – zum Teufel noch mal, ich traute Betty! –, und meine Aufmerksamkeit wurde noch durch etwas anderes abgelenkt, denn Betty ging zum Safe, drehte am Knopf und öffnete die Tür.

»Übrigens, Liebste, ich wollte den Tresor gestern nacht aufmachen und konnte nicht. Hast du die Kombination geändert?«

Sie nahm Papiere aus dem Fach und drehte sich nicht um. »Hab' ich dir das nicht erzählt? Der Wachdienst bat mich darum, nach dem Einbruchsversuch letzte Woche.«

»Ach so. Dann gib mir aber die neuen Ziffern, sonst muß ich dich einmal mitten in der Nacht aus dem Bett holen.«

»Selbstverständlich.« Sie schloß die Safetür und legte einen Aktenhefter auf den Tisch, den wir für Besprechungen benützten.

Miles räusperte sich und sagte: »Fangen wir an.«

»Okay«, sagte ich. »Liebling, wenn das eine formelle Sitzung ist, mußt du mitstenografieren ... äh, Mittwoch, 18. November 1970, 21.20 Uhr, alle Aktionäre anwesend – schreib unsere Namen hin – D. B. Davis, Vorsitzender des Aufsichtsrates. Irgendwelche alten Sachen?«

Es gab nichts dergleichen. »Na schön, Miles, du bist dran.«

Miles räusperte sich. »Ich möchte die Pläne der Firma überprüfen, ein Programm für die Zukunft aufstellen und dem Aufsichtsrat einen Finanzierungsvorschlag machen.«

»Finanzierung? Mach dich nicht lächerlich. Wir erzielen Überschüsse, die jeden Monat steigen. Was ist los, Miles? Unzufrieden mit deinem Spesenkonto? Wir können es ja erhöhen.«

»Beim neuen Programm wäre es mit den Überschüssen bald vorbei. Wir brauchen eine größere Kapitaldecke.«

»Welches Programm?«

»Bitte, Dan. Ich habe mir die Mühe gemacht, es im einzelnen schriftlich niederzulegen. Betty soll es uns vorlesen.«

»Na ... meinetwegen.«

Wenn man das Gewäsch fortläßt – wie alle Juristen hatte Miles eine Vorliebe für mehrsilbige Wörter –, wollte Miles dreierlei:

a) mir ›Frank‹ wegnehmen, ihn einer produktionstechnischen Gruppe übergeben und ohne weitere Verzögerung auf den Markt bringen; b) – aber an dieser Stelle war für mich schon Schluß. »Nein!«

»Einen Augenblick, Dan. Als Präsident und Geschäftsführer bin ich doch wohl berechtigt, meine Vorstellungen ungehindert vorzubringen. Spar dir deine Bemerkungen bis später. Laß Betty zu Ende lesen.«

»Also gut ... aber die Antwort lautet trotzdem: Nein!«

Punkt b) verlangte dem Sinn nach, daß wir aufhören sollten, als Kleinunternehmen zu existieren. Wir hätten eine große Sache in den Händen, seien von Anfang an dabei, deshalb müßten wir uns so schnell wie möglich erweitern und eine Organisation für Vertrieb und Verkauf im ganzen Land und auf der ganzen Welt einrichten, verbunden mit entsprechender Produktionssteigerung, versteht sich.

Ich begann auf die Tischplatte zu trommeln. Ich sah mich schon als Chefingenieur in einem solchen Unternehmen. Wahrscheinlich würde ich nicht einmal einen Zeichentisch bekommen, und wenn ich einen Lötkolben anrührte, würde die Gewerkschaft zum Streik blasen. Ebensogut hätte ich beim Militär bleiben und die Generalslaufbahn erstreben können. Aber ich schwieg zunächst.

Punkt c) erklärte, daß wir das nicht mit Pfennigen erreichen könnten; das erfordere Millionen. Die Firma ›Mannix Enterprises‹ würde das Geld einbringen – das Ganze lief darauf hinaus, daß wir alles an Mannix verkaufen und eine Tochtergesellschaft dieses Unternehmens werden sollten. Miles würde als Werkgeschäftsführer bleiben, und ich sollte den Posten eines Chef-Forschungsingenieurs bekommen, aber mit dem freien, ungebundenen Leben würde es vorbei sein. Damit wären wir beide Angestellte geworden.

»Ist das alles?« fragte ich.

»Mmm . . . ja, diskutieren wir, dann kann abgestimmt werden.«

»In dem Vorschlag fehlt noch etwas über unser Recht, nachts vor der Hütte zu sitzen und Spirituals zu singen.«

»Das ist kein Witz, Dan. So muß es gemacht werden.«

»Ich mache keine Witze. Ein Sklave braucht Privilegien, wenn er sich ruhig verhalten soll. Na schön, bin ich jetzt an der Reihe?«

»Fang an!«

Ich brachte einen Gegenvorschlag ein, der schon seit einiger Zeit in mir herangereift war. Ich wünschte, daß wir aus der Herstellung ausstiegen. Jake Schmidt, unser Produktionsleiter, war ein fähiger Mann, trotzdem wurde ich immer wieder aus meiner Denkarbeit gerissen, um Schwierigkeiten in der Produktion beheben zu helfen – und das ist dasselbe Gefühl, als werde man aus dem warmen Bett in Eiswasser gestoßen. Vorwiegend aus diesem Grund hatte ich meist nachts gearbeitet und mich unter Tags von der Fabrik ferngehalten. Wenn weitere Gebäude angeschlossen und eine Nachtschicht eingeführt werden sollte, konnte ich die Zeit kommen sehen, da mir überhaupt keine friedliche Stunde mehr zum Denken blieb, selbst wenn wir diesen völlig unsinnigen Plan, uns auf die Ebene von General Motors zu schwingen, verwarfen. Ich war schließlich kein Zwillingswesen; ich konnte nicht zugleich Erfinder und Produktionsleiter sein.

Ich schlug also vor, daß wir uns verkleinern statt vergrößern, Lizenzen für Bau und Verkauf von ›Dienstmädchen‹ und ›Fensterfritz‹ vergeben und nur die Tantiemen einstreichen sollten. Sobald ›Frank‹ serienreif sei, empfehle es sich, auch ihn in Lizenz herstellen zu lassen. Sollte Mannix die Lizenzen haben wollen und den besten Preis bieten, um so besser! Inzwischen würden wir unseren Firmennamen in ›Davis & Gentry-Forschungslabor‹ ändern und das Unternehmen auf uns drei beschränken, abgesehen von einem oder zwei Mechanikern, die mir beim Bau neuer Geräte behilflich sein könnten. Miles und Betty brauchten nur das heranrollende Geld zu zählen.

Miles schüttelte bedächtig den Kopf. »Nein, Dan. Die Lizenzvergabe würde uns sicher Geld einbringen, aber nicht annähernd so viel wie bei der Eigenherstellung.«

»Miles, wir würden ja gar nicht selbst fabrizieren, das ist doch der springende Punkt. Wir würden uns mit Haut und Haaren den Mannix-Leuten verkaufen. Wenn es um Geld geht, wieviel willst du denn haben? Du kannst schließlich nur immer eine Jacht oder einen Swimming-Pool benützen ... Und beides kannst du dir noch vor Jahresende leisten.«

»Ich will sie gar nicht.«

»Was willst du dann?«

Er hob den Kopf. »Dan, du möchtest Erfindungen machen. Dieser Plan erlaubt es dir. Du bekommst jede erdenkliche Hilfe, alle erforderlichen Einrichtungen und das nötige Kleingeld. Ich will ein großes Unternehmen aufbauen. Die Fähigkeiten dazu habe ich.« Er warf Betty einen Blick zu. »Ich denke nicht daran, mein Leben als Geschäftsführer für einen einsamen Erfinder mitten in der Mojave-Wüste zu verbringen.«

Ich starrte ihn an. »In Sandia hast du anders geredet. Willst du vielleicht aussteigen? Betty und mir täte es leid, dich gehen zu lassen ... Aber wenn du so denkst, kann ich ja den Laden unter Umständen mit Hypotheken belasten und dich auskaufen. Ich möchte nicht, daß sich jemand hier gebunden fühlt.« Ich war bis ins Mark erschüttert, aber wenn Miles die Unruhe gepackt hatte, war ich nicht befugt, ihn festzuhalten.

»Nein, ich will nicht aussteigen, ich möchte, daß wir uns vergrößern. Du hast meinen Vorschlag gehört. Ich stelle ihn als formellen Antrag zur Abstimmung.«

Ich scheine wohl ein verblüfftes Gesicht gemacht zu haben. »Du willst also stur sein, wie? Na schön, Betty, das Abstimmungsergebnis lautet ›nein‹. Aber meinen Gegenvorschlag stelle ich heute noch nicht zur Debatte. Wir sprechen noch darüber. Ich möchte schließlich, daß du zufrieden bist, Miles.«

Miles blieb hartnäckig. »Wir wollen exakt sein. Genaue Abstimmung, Betty.«

»Gut. Miles Gentry, Aktien mit Stimmrecht Nummer –«, sie las die Ziffern ab. »Entscheidung? ›Angenommen‹.«

Sie schrieb in ihr Büchlein.

»Daniel B. Davis, Aktien mit Stimmrecht Nummer –«, wieder las sie eine Reihe von Ziffern vor. Ich beachtete die Formalitäten nicht. »Entscheidung?«

»Abgelehnt. Das wär's. Tut mir leid, Miles.«

»Betty S. Darkin«, fuhr sie fort. »Aktien mit Stimmrecht Nummer –« Sie leierte Zahlen herunter. »Ich stimme mit ›Ja‹.«

Ich starrte sie mit offenem Munde an, schnappte eine Weile nach Luft und sagte schließlich: »Aber Liebling, das kannst du doch nicht machen! Sicher sind das deine Aktien, aber du weißt sehr gut, daß –«

»Stell das Ergebnis fest«, knurrte Miles.

»Die Ja-Stimmen haben die Mehrheit. Der Vorschlag ist angenommen.«

»Halte das schriftlich fest.«

»Selbstverständlich.«

Die nächsten Minuten herrschte heilloses Durcheinander. Zuerst brüllte ich sie an, dann versuchte ich es mit vernünftigen Argumenten, dann begann ich, zu fauchen und ihr zu erklären, daß sie etwas Unehrliches getan hatte – gewiß, ich hatte ihr die Aktien überschrieben, aber sie wußte genausogut wie ich, daß ich das Stimmrecht ausübte, daß ich nicht daran dachte, die Kontrolle über die Firma aufzugeben, daß es sich um ein Verlobungsgeschenk und um nichts anderes gehandelt habe. In Dreiteufelsnamen, sogar die Einkommensteuer darauf war von mir bezahlt. Wenn sie während unserer Verlobung so etwas fertigbrachte, wie würde dann erst unsere Ehe aussehen?

Sie sah mich an, und ihr Gesicht kam mir völlig fremd vor.

»Dan Davis, wenn Sie glauben, daß wir nach allem, was Sie mir eben gesagt haben, noch miteinander verlobt sind, ist Ihre Dummheit größer, als ich dachte.« Sie wandte sich an Gentry. »Bringst du mich nach Hause, Miles?«

»Gewiß, meine Liebe.«

Ich wollte etwas sagen, hielt aber an mich und stakte ohne Hut und Mantel hinaus. Es war höchste Zeit, sonst hätte ich wahrscheinlich Miles umgebracht, weil ich Betty nicht anrühren durfte.

Ich schlief natürlich die ganze Nacht nicht. Gegen vier Uhr früh stieg ich aus dem Bett, telefonierte ein paarmal, erklärte mich bereit, mehr zu bezahlen, als das Ganze wert war, und erschien gegen halb sechs Uhr mit einem kleinen Lastwagen vor der Fabrik. Ich ging zum Tor, das ich aufschließen wollte, um den Lastwagen zur Verladerampe zu fahren, damit ich den ›Vielzweck-Frank‹ auf die Brücke rollen konnte. ›Frank‹ wog hundertachtzig Kilo.

Am Tor hing ein neues Schloß.

Ich kletterte hinüber und verletzte mich am Stacheldraht. Von innen war das Tor leichter zu öffnen, weil es in der Fabrik Hunderte von Werkzeugen gab, die mit einem Vorhängeschloß schon fertig wurden.

Aber das Schloß an der Eingangstür war auch ausgewechselt worden.

Ich starrte es an und überlegte, ob es einfacher war, mit einem Stein ein Fenster einzuschlagen oder den Reifenheber aus dem Wagen zu holen und ihn zwischen Türrahmen und Klinke anzusetzen, als jemand rief: »He, Sie da! Hände hoch!«

Ich hob die Hände nicht, drehte mich aber um. Ein älterer Mann hielt eine Kanone auf mich gerichtet, mit der man eine ganze Stadt hätte demolieren können. »Wer zum Teufel sind Sie?«

»Wer sind Sie?«

»Dan Davis, Chefingenieur in diesem Laden.«

»Oh.« Er wurde ein bißchen friedlicher, zielte aber immer noch mit seiner Feldhaubitze auf mich. »Ja, Sie entsprechen der Beschreibung. Aber wenn Sie einen Ausweis dabei haben, zeigen Sie mir ihn lieber.«

»Warum? Ich habe Sie gefragt, wer Sie sind!«

»Ich? Sie kennen mich nicht. Ich heiße Joe Todd und arbeite bei der hiesigen Wach- und Schließgesellschaft. Privatlizenz. Sie müßten unsere Firma doch kennen. Wir haben vor Monaten für Sie den Wachdienst übernommen. Aber heute bin ich auf Sonderstreife.«

»So? Dann nehmen Sie mal den Schlüssel, den man Ihnen gegeben hat. Ich möchte hinein. Und tun Sie gefälligst die Kanone weg.«

Er zielte nach wie vor auf mich. »Das darf ich nicht, Mr. Davis. Erstens habe ich keinen Schlüssel. Zweitens liegen gerade bezüglich Ihrer Person besondere Anweisungen vor. Sie dürfen nicht hinein. Ich lasse Sie beim Tor hinaus.«

»Ich möchte das Tor aufgesperrt haben, aber ich werde in die Fabrik kommen.« Ich sah mich nach einem Stein um.

»Bitte, Mr. Davis . . .«

»Was?«

»Es wäre mir sehr unangenehm, wenn Sie darauf bestünden, wirklich. Ich kann nicht riskieren, Sie ins Bein zu treffen, ich bin kein guter Schütze. Ich müßte Ihnen in den Bauch schießen.«

Das war es wohl, was meine Meinung änderte, obwohl ich einen anderen Grund vorziehe. Als ich nämlich noch einmal durchs Fenster sah, erkannte ich, daß ›Frank‹ nicht an seinem Platz stand.

Als mich Todd beim Tor hinausließ, gab er mir einen Umschlag. »Das sollte ich Ihnen geben, wenn Sie sich blicken lassen.«

Ich las den Brief im Führerhaus des Lastwagens. Er lautete:

18. November 1970

›Lieber Mr. Davis,

in der heutigen Sitzung des Vorstandes wurde beschlossen, Ihr Beschäftigungsverhältnis zu unserer Firma – abgesehen von Ihrer Funktion als Aktionär – nach Klausel drei Ihres Vertrages zu lösen. Sie werden gebeten, das Firmengelände nicht zu betreten. Ihre Privatunterlagen und Ihr persönliches Eigentum stellen wir Ihnen zu.

Der Vorstand dankt Ihnen für Ihre Dienste und bedauert die Meinungsverschiedenheiten, die ihm diesen Schritt aufgezwungen haben.

Mit vorzüglicher Hochachtung

Miles Gentry
Vorstandsvorsitzender und geschäftsführender Direktor
i. A. B. S. Darkin, Sekr.-Schatzm.‹

Ich las den Brief zweimal, bevor mir einfiel, daß ich nie einen Vertrag mit der Firma abgeschlossen hatte, demzufolge man sich auf Klausel drei oder irgendeine andere Klausel berufen konnte.

Im Laufe des Tages brachte mir ein Bote ein Paket ins Motel, wo ich meine saubere Unterwäsche untergebracht hatte. Es enthielt meinen Hut und Mantel, den Füllfederhalter, meinen zweiten Rechenschieber, eine Anzahl Bücher und persönlichen Schriftwechsel sowie eine Reihe von Dokumenten. Es enthielt nicht meine Notizen und Zeichnungen für ›Vielzweck-Frank‹.

Ein paar von den Papieren waren äußerst interessant. Mein ›Vertrag‹ zum Beispiel – tatsächlich gestattete Klausel drei, mich fristlos mit drei Monaten Gehalt zu entlassen. Aber Paragraph sieben war noch weitaus interessanter. Es handelte sich dabei um die neueste Form einer Klausel, in der sich der Angestellte verpflichtet, fünf Jahre auf die Arbeit in einer Konkurrenzfirma zu verzichten, indem er seine Erfindungen dem früheren Arbeitgeber gegen entsprechende Bezahlung zuerst anbietet. Mit anderen Worten: ich konnte jederzeit an die Arbeit zurückkehren, brauchte also nur mit dem Hut in der Hand vorzusprechen und Miles und Betty um eine Stellung bitten – vielleicht hatten sie mir den Hut deshalb zurückgeschickt.

Aber fünf Jahre lang konnte ich nicht an Haushaltgeräten arbeiten, ohne sie zuerst zu fragen. Lieber hätte ich mich umgebracht.

Dann gab es da Kopien aller Patentschriften, die ich der ›Dienstboten-AG‹ für ›Dienstmädchen‹, ›Fensterfritz‹ und eine Reihe nebensächlicherer Erfindungen übertragen hatte. ›Vielzweck-Frank‹ war natürlich nicht patentiert worden – das heißt, ich glaubte es zunächst, doch ich kam bald hinter die Wahrheit.

Aber ich hatte nie Patente überschrieben, nicht einmal ihren Gebrauch formell an die ›Dienstboten-AG‹ weitergegeben. Die Firma war mein eigenes Geschöpf, ich hatte keine Veranlassung gesehen, mich damit zu beeilen.

Die letzten drei Dinge waren meine Aktiensammelurkunde – für jene Anteilscheine, die ich Betty nicht überschrieben hatte – ein Scheck und ein Brief, in dem alles genau ausgerechnet war – angesammelte Gehälter abzüglich der Eigenentnahmen vom Spesenkonto, drei Monate zusätzliches Gehalt zum Ausgleich für die fristlose Entlassung, eine Vorkaufssumme für Klausel sieben ... und eine Prämie von tausend Dollar als Ausdruck ›der Anerkennung geleisteter Dienste‹. Wirklich lieb von den beiden.

Während ich die ganzen Papiere noch einmal durchlas, hatte ich Zeit für die Erkenntnis, daß ich wahrscheinlich nicht sehr klug gehandelt hatte, als ich alles unterschrieb, was Betty mir vorgelegt hatte. Es gab nicht den geringsten Zweifel daran, daß meine Unterschriften echt waren.

Am nächsten Tag beruhigte ich mich so weit, daß ich die Sache mit einem sehr geschickten und geldgierigen Anwalt besprechen konnte, der in der Wahl seiner Mittel nicht allzu zimperlich war. Zu Anfang erklärte er sich gerne bereit, den Fall gegen Erfolgshonorar zu übernehmen. Nachdem er jedoch alle Unterlagen durchgesehen und sich die Einzelheiten hatte erzählen lassen, lehnte er sich zurück, verschränkte die Finger und sah mich mürrisch an. »Dan, ich gebe Ihnen jetzt ein paar Ratschläge, die Sie nichts kosten.«

»Also?«

»Unternehmen Sie nichts. Sie haben nicht die geringste Chance.«

»Aber Sie sagten doch –«

»Ich weiß schon, was ich gesagt habe. Sie sind betrogen worden. Aber wie wollen Sie das beweisen? Die beiden waren zu schlau, Ihre Aktien zu stehlen oder Sie ohne einen Cent abzuhängen. Sie sind genauso behandelt worden, als wäre alles in Ordnung gewesen, und Sie hätten gekündigt oder wären wegen Meinungsverschiedenheiten – wie sie sich ausdrücken – entlassen worden. Sie haben Ihnen alles gegeben, was Ihnen zusteht . . . und magere Tausend dazu, um zu zeigen, daß man nichts übelnimmt.«

»Aber ich hatte doch überhaupt keinen Vertrag! Und die Patente sind auch nicht überschrieben worden!«

»In den Dokumenten steht das Gegenteil. Sie geben zu, daß das Ihre Unterschrift ist. Können Sie durch irgendeinen Zeugen beweisen, daß Sie im Recht sind?«

Ich dachte nach. Natürlich konnte ich das nicht. Nicht einmal Jake Schmidt wußte, was im Hauptbüro vor sich ging. Die einzigen Zeugen, die ich hatte, waren . . . Miles und Betty.

»Nun zu dieser Aktienüberschreibung«, fuhr er fort. »Das ist die einzige Chance, den Knäuel aufzulösen. Wenn Sie –«

»Aber nur bei diesem Vorgang war nichts faul! Ich habe ihr die Aktien wirklich überschrieben.«

»Ja schon, aber warum? Sie sagen, Sie hätten sie ihr als Verlobungsgeschenk in Erwartung einer Heirat übertragen. Im Augenblick spielt es keine Rolle, wie sie abgestimmt hat; darauf kommt es nicht an. Wenn Sie beweisen können, daß sie als Verlobungsgeschenk im Hinblick auf Verehelichung gegeben wurden und Miss Darkin das bei der Übergabe wußte, können Sie sie zwingen. Sie entweder zu heiraten oder die Aktien wieder auszuspucken. Vergleiche McNulty gegen Rhodes. Dann sind Sie wieder Herr im Haus und können die beiden feuern. Ist das zu beweisen?«

»Verdammt noch mal, ich will sie nicht heiraten. Ich denke gar nicht daran.«

»Das ist Ihr Problem. Aber eins nach dem anderen. Haben Sie Zeugen oder irgendwelche Beweise dafür, Briefe oder ähnliches, die zeigen können, daß sie die Aktien in dem Bewußtsein nahm, sie als Ihre künftige Frau geschenkt zu bekommen?«

Ich dachte nach. Sicherlich hatte ich Zeugen ... wieder dieselben. Miles und Betty.

»Sehen Sie? Mit nichts als Ihrer Aussage gegen die der beiden einschließlich eines ganzen Stapels schriftlichen Beweismaterials werden Sie nicht nur nichts erreichen, sondern vermutlich noch in einer Heilanstalt landen mit der Diagnose ›Paranoia‹. Ich rate Ihnen, sich auf anderem Gebiet eine Stellung zu suchen ... oder bestenfalls unter Mißachtung der Klausel sieben ein Konkurrenzunternehmen aufzuziehen – ich weiß nicht, ob der Text hieb- und stichfest ist. Aber zeigen Sie die beiden nicht an. Sie werden gewinnen, Sie anschließend verklagen und Ihnen auch noch die restlichen Aktien abnehmen.« Er stand auf.

Ich befolgte seinen Rat nur zum Teil. Im Erdgeschoß des Hauses, in dem er sein Büro hatte, gab es eine Bar. Ich ging hinein und kippte zwei bis neun Drinks.

Mir blieb auf der Fahrt zu Miles Zeit genug, über dies alles nachzudenken. Als wir Geld zu verdienen begannen, war er mit Ricky in ein hübsches kleines Haus im San-Fernando-Tal gezogen, um der mörderischen Hitze zu entfliehen. Ricky hielt sich zur Zeit in einem Pfadfinderlager am Großen Bärensee auf – zum Glück, denn ich wollte sie nicht Zeugin einer Auseinandersetzung zwischen mir und ihrem Stiefvater werden lassen.

Im Sepulveda-Tunnel fuhren wir Stoßstange an Stoßstange, als mir einfiel, daß ich gut daran tun würde, die Aktiensammelurkunde an einen sicheren Ort zu bringen, bevor ich Miles besuchte. Mit Gewalttätigkeiten rechnete ich zwar nicht – wenn ich nicht selbst damit anfing –, aber es schien sich einfach zu empfehlen ... ein gebranntes Kind scheut das Feuer, so heißt es doch wohl.

Im Wagen lassen? Wenn man mich nun wegen Körperverletzung

verhaftete? Es wäre nicht besonders klug, das Dokument im Wagen zu haben, falls man ihn beschlagnahmte und abschleppte.

Ich konnte die Urkunde mit der Post an meine eigene Adresse schicken, aber die letzte Zeit war mein ganzer Briefwechsel postlagernd abzuholen gewesen, weil ich jedesmal in ein anderes Hotel ziehen mußte, sobald Pete auffiel.

Am besten war es wohl, das Dokument einer vertrauenswürdigen Person zu schicken.

Aber die Liste dieser Leute war äußerst kurz.

Dann fiel mir jemand ein, dem ich wirklich vertrauen konnte.

Ricky.

Vielleicht halten mich manche für einen Trottel, weil ich einem weiblichen Wesen traute, obwohl ich eben erst hereingefallen war. Aber das ist kein Vergleich. Ich kannte Ricky schon sehr lange, und wenn es je einen ehrlichen Menschen gegeben hat, dann ist es Ricky ... und Pete denkt genauso. Außerdem verfügte Ricky nicht über körperliche Vorzüge, wie sie das Urteilsvermögen eines Mannes zu trüben vermögen. Ihre Weiblichkeit lag nur in ihrem Gesicht, in ihrer Figur zeigte sie sich noch nicht.

Als es mir gelang, mich aus der endlosen Fahrzeugkette zu befreien, bog ich von der großen Autostraße ab und fand einen Drugstore. Dort kaufte ich Briefmarken, einen großen und einen kleinen Umschlag und Briefpapier. Ich schrieb ihr:

›Liebe kleine Ricky,
hoffentlich sehen wir uns bald, aber bis es soweit ist, mußt Du diesen Umschlag für mich aufbewahren. Es handelt sich um ein Geheimnis, das nur uns beide angeht.‹

Ich hörte auf zu schreiben und überlegte. Verflucht, wenn mir etwas zustieß ... ein Autounfall zum Beispiel oder irgendein anderes Unglück ... während Ricky das da aufbewahrte, würde es früher oder später bei Miles und Betty landen. Oder ich arrangierte alles so, daß das auf jeden Fall verhindert wurde. Während ich darüber nachdachte, wurde mir klar, daß ich im Unterbewußtsein eine Entscheidung hinsichtlich des Kaltschlafs getroffen hatte; ich würde mich ihm nicht unterziehen. Die Ernüchterung und der Vortrag des Arztes hatten mein Rückgrat gestärkt; ich dachte nicht mehr daran, davonzulaufen, ich wollte bleiben und kämpfen ... und diese Urkunde hier war meine beste Waffe. Sie gab mir das Recht, die Bücher einzusehen; sie gestattete mir, meine Nase in alle Angelegenheiten der Firma zu stecken. Wenn die beiden wieder versuchten, mich mit Hilfe eines bewaffneten Wächters fernzuhalten, würde ich das nächste Mal mit Gerichtsbeschluß, Anwalt und Polizei anrücken.

Ich konnte sie damit sogar vor Gericht zerren. Vielleicht würde ich nicht siegen, aber ich konnte Staub aufwirbeln und die Leute von Mannix dadurch scheu machen.

Vielleicht sollte ich sie überhaupt nicht Ricky schicken.

Nein, wenn mir etwas zustieß, mußten ihr die Aktien gehören. Ricky und Pete, das war meine Familie. Ich schrieb weiter:

›Wenn ich Dich in einem Jahr nicht treffen sollte, weißt Du, daß mir etwas zugestoßen ist. Falls es so weit kommt, sorge Du bitte für Pete, wenn Du ihn findest – und bring den Umschlag, ohne einem Menschen etwas davon zu sagen, in eine Zweigstelle der Bank von Amerika, leg ihn dem Treuhandbeamten vor und sag ihm, daß er ihn öffnen soll.

Alles Liebe
Onkel Danny‹

Dann nahm ich ein zweites Blatt und schrieb: ›3. Dezember 1970, Los Angeles, Kalifornien – Hiermit übergebe ich‹ – ich führte die Aktien mit Nennwert und Nummern auf – ›der Bank von Amerika zu treuen Händen für Frederica Virginia Gentry zur Übergabe an ihrem 21. Geburtstag‹, und unterschrieb. Die Absicht war klar zu erkennen, mehr ließ sich an einer Drugstore-Theke neben einer plärrenden Musikbox nicht machen. Damit sollte sichergestellt sein, daß Ricky die Aktien bekam, wenn mir etwas zustieß, während gleichzeitig verhindert wurde, daß Miles und Betty sie ihr wegnehmen konnten.

Aber wenn alles gut ging, würde ich Ricky später einfach bitten, mir den Umschlag zurückzugeben. Indem ich das Übertragungsformblatt auf der Rückseite des Dokuments unbeachtet ließ, vermied ich die bürokratischen Schwierigkeiten, mir die Aktien von einer Minderjährigen wieder überschreiben zu lassen; ich brauchte zur gegebenen Zeit nur das Beiblatt zu zerreißen.

Ich steckte das Sammeldokument mit dem Übergabeschreiben in den kleineren Umschlag, klebte ihn zu, gab ihn zusammen mit dem Brief in den großen Umschlag, adressierte ihn an Ricky in ihrem

Pfadfinderlager, klebte die Marken auf und warf ihn in den Briefkasten vor dem Drugstore. Ich sah, daß die nächste Abholung in vierzig Minuten stattfand, und setzte mich leichten Herzens wieder in meinen Wagen ... nicht, weil ich die Aktien sicher wußte, sondern weil ich alle größeren Probleme gelöst hatte.

Nun, vielleicht nicht gerade ›gelöst‹, aber ich hatte doch beschlossen, mich ihnen zu stellen, statt davonzulaufen und mich in ein Loch zu verkriechen ... oder den Versuch zu unternehmen, meine Sorgen mit Ethanol in den verschiedensten Geschmacksrichtungen zu betäuben. Sicher, ich wollte das Jahr 2000 erleben, aber auf ganz normale Weise ... indem ich sechzig Jahre alt wurde und mich hoffentlich noch jung genug fühlte, den Mädchen auf der Straße nachzupfeifen. Keine Eile. Mit einem langen Nickerchen in das nächste Jahrhundert zu springen, konnte einen normalen Mann sowieso nicht befriedigen ... das ist, als sähe man das Ende eines Filmes, ohne zu wissen, was vorhergegangen ist. Mit den nächsten dreißig Jahren mußte man etwas anderes machen: sie genießen, während sie vergingen; sobald dann das Jahr 2000 herankam, würde ich es auch verstehen können.

Inzwischen gedachte ich, mir einen erstklassigen Kampf mit Miles und Betty zu leisten. Vielleicht konnte ich ihn nicht gewinnen, aber ich wollte sie schon merken lassen, daß sie von einem Wirbelsturm heimgesucht worden waren.

Von dem Gespräch heute abend versprach ich mir nicht sehr viel. Mehr als eine formelle Kriegserklärung würde dabei nicht herauskommen. Ich gedachte, Miles den Schlaf zu verderben ... dann konnte er Betty anrufen und ihr ein Gleiches tun.

3

Ich pfiff fröhlich vor mich hin, als ich Miles' Haus erreichte. Über dieses feine Paar zerbrach ich mir den Kopf nicht mehr; statt dessen hatte ich mir während der letzten zwanzig Kilometer zwei nagelneue Apparate ausgedacht, von denen mich jeder allein schon reich machen mußte. Bei dem ersten handelte es sich um eine Zeichenmaschine, die wie eine elektrische Schreibmaschine zu bedienen sein sollte. Allein in den Vereinigten Staaten gab es nach meiner Schätzung mindestens fünfzigtausend Ingenieure, die sich jeden

Tag über Zeichenbretter beugten und sie im stillen verfluchten, weil man davon Rückenschmerzen und schlechte Augen bekam. Es war beileibe nicht so, daß sie nicht zeichnen, entwerfen, konstruieren wollten – ganz im Gegenteil –, aber die körperliche Anstrengung war einfach zu groß.

Mein Gerät sollte ihnen ermöglichen, sich in einem dickgepolsterten Sessel niederzulassen, Tasten zu drücken und die Zeichnung auf einer Bildfläche über die Tastatur entstehen zu sehen. Drei Tasten gleichzeitig gedrückt, und eine horizontal verlaufende Linie entstand dort, wo man sie haben wollte; eine weitere Taste, und sie wurde von einer vertikalen Linie durchschnitten, zwei und nochmals zwei Tasten gedrückt, und genau an der richtigen Stelle entstand eine Winkellinie.

Gegen geringe Mehrkosten konnte ich sogar als Zusatzgerät eine zweite Bildfläche anbringen, einen Architekten isometrisch planen und das zweite Bild in richtiger Perspektive erscheinen lassen, ohne daß er es auch nur ansehen mußte. Ja, das Gerät mußte sogar Grund- und Aufrisse aus der isometrischen Zeichnung selbständig fertigen können.

Das Großartige daran war, daß sich die Maschine beinahe ausschließlich aus Standardteilen herstellen ließ, von denen die meisten in Radiowerkstätten und Fotogeschäften verfügbar waren. Dann ging es nur noch um die Steuervorrichtung. Ich war überzeugt davon, die Lösung gefunden zu haben. Ich gedachte, eine elektrische Schreibmaschine zu kaufen, alle Innereien herauszureißen und die Tasten an die anderen Schaltungen anzuschließen. Vier Wochen Arbeit an einem primitiven Modell, sechs weitere Wochen, um Schwierigkeiten auszubügeln.

Aber diesen Plan merkte ich mir für später vor. Ich war überzeugt davon, daß er ausführbar war und für das Gerät Bedarf bestand. Was mich aber wirklich begeisterte, war die Idee, den armen alten ›Vielzweck-Frank‹ zu übertreffen. Ich wußte mehr über ›Frank‹, als ein anderer je lernen würde, und wenn er ihn ein Jahr lang studierte. Was die beiden nicht wissen konnten, was nicht einmal in den Unterlagen stand, war, daß es für jede von mir gefundene Lösung mindestens eine ebenso brauchbare Alternative gab – und daß ich bei der Wahl der Möglichkeiten durch die Überlegung gehemmt worden war, einen Dienstboten konstruieren zu müssen. Gleich zu Anfang konnte ich die Einschränkung wegfallen lassen, wonach er auf einen motorisierten Rollstuhl beschränkt war. Ausgehend davon konnte ich einfach alles anfangen, nur brauchte ich Thorsen-Gedächtnisspeicherröhren – und Miles konnte mich nicht daran hindern, sie zu verwenden; sie waren für jedermann auf dem Markt, der eine kybernetische Sequenz entfernen wollte.

Die Zeichenmaschine konnte warten; ich würde mich zunächst mit dem unbegrenzten Allzweck-Automaten beschäftigen, dem man alle Tätigkeiten eines Menschen einzuprogrammieren vermochte, solange nicht echte Urteilsfähigkeit verlangt wurde.

Nein, zuerst würde ich mir eine einfache Zeichenmaschine zusammenbauen, um mit ihr dann ›Proteus-Pete‹ zu entwerfen. »Was sagst du dazu, Pete? Wir geben dem ersten echten Roboter deinen Namen.«

»Mrarrr?«

»Sei nicht so argwöhnisch. Das ist eine Ehre.« Ich konnte Pete mit meiner Zeichenmaschine entwerfen und ihn sehr schnell verfeinern und verbessern. Ich wollte eine überwältigende Waffe schmieden, die ›Frank‹ verdrängen mußte, bevor er überhaupt produziert wurde. Mit etwas Glück würde ich die beiden in den Bankrott treiben und sie dazu zwingen, mich anzubetteln. Der Gans mit den goldenen Eiern wollte man den Kragen umdrehen, wie?

In Miles' Haus waren die Fenster hell, und am Bordstein stand sein Wagen. Ich parkte vor Miles' Fahrzeug, sagte zu Pete: »Du bleibst am besten hier und paßt auf den Wagen auf. Ruf dreimal ›halt‹, und dann drück ab.«

»Noooo!«

»Wenn du hineinwillst, mußt du in der Tasche bleiben.«

»Blerrt?«

»Kein Widerspruch. Rein in die Tasche, wenn du mit willst.«

Pete sprang in die Tasche.

Miles machte mir auf. Wir gaben uns nicht die Hand. Er führte mich in sein Wohnzimmer und deutete auf einen Stuhl.

Betty war da. Ich hatte sie nicht erwartet, aber eigentlich wunderte ich mich nicht. Ich sah sie an und lächelte. »So ein Zufall! Jetzt erzähl' mir bloß nicht, du wärst extra von Mojave hierhergekommen, um mit meiner Wenigkeit zu plaudern?«

Betty runzelte die Stirn. »Mach keine Witze, Dan. Sag, was du zu sagen hast und verschwinde.«

»Nur nicht so hastig. Ich finde es hier sehr gemütlich . . . mein früherer Teilhaber . . . meine frühere Verlobte. Jetzt fehlt mir noch noch mein früheres Geschäft.«

Miles sagte in beruhigendem Ton: »Na, Dan, sei doch nicht so. Das war nur zu deinem Besten ... du kannst jederzeit wieder bei uns anfangen. Ich würde mich freuen.«

»Zu meinem Besten, wie? Etwas Ähnliches sagte man dem Pferdedieb kurz vor der Hinrichtung. Aber was das Wiederkommen betrifft – wie steht's damit, Betty? Kann ich zurückkommen?«

Sie biß sich auf die Unterlippe. »Selbstverständlich, wenn Miles dafür ist.«

»Erst gestern hieß es noch: ›Wenn Dan einverstanden ist, selbstverständlich.‹ Aber alles verändert sich; so ist das Leben. Und ich komme nicht zurück, Kinder, ihr braucht euch nicht aufzuregen. Ich bin nur hergekommen, um ein paar Dinge in Erfahrung zu bringen.«

Miles sah Betty an. Sie fragte: »Zum Beispiel?«

»Na, erstens, wer von euch den Betrug ausgeheckt hat? Oder habt ihr den Plan gemeinsam entwickelt?«

Miles sagte schleppend: »Das ist ein häßliches Wort, Dan.«

»Na, komm, komm, nur keine Leisetreterei. Wenn das Wort schon häßlich ist, was soll man dann erst von der Tat sagen? Ich meine die Fälschung eines Vertrages, die Fälschung von Patentüberschreibungen – das sind Verbrechen, lieber Miles. Jeden zweiten Mittwoch darf man fünf Minuten an die frische Luft, glaube ich. Ganz bin ich mir nicht sicher, aber das FBI wird es mir sicher sagen können. Morgen«, fügte ich hinzu, als er zusammenzuckte.

»Dan, du wirst doch nicht so dumm sein und wegen dieser Sache Stunk machen?«

»Stunk? Ich greife euch von allen Seiten an, zivil- und strafrechtlich. Ihr werdet euch wundern ... wenn ihr nicht auf meine Bedingung eingeht. Aber ich habe eure dritte Masche noch vergessen – Diebstahl meiner Aufzeichnungen und Pläne für ›Vielzweck-Frank‹ ... und das Testmodell dazu, obwohl ihr vielleicht für das Material Geld verlangen könnt, weil ich es der Firma in Rechnung gestellt habe.«

»Diebstahl, so ein Unsinn!« fauchte Betty. »Du hast für die Firma gearbeitet.«

»Wirklich? Fast immer nachts. Und ich war nie Angestellter, Betty, wie ihr beide wißt. Ich habe aus dem auf meinen Aktienanteil entfallenden Gewinn lediglich Beträge für meinen Lebensunterhalt genommen. Was wird man bei Mannix sagen, wenn ich Strafanzeige erstatte und erkläre, die Geräte, für die sich Mannix interessiert – ›Dienstmädchen‹, ›Fensterfritz‹ und ›Frank‹ – waren überhaupt niemals das Eigentum der Firma, sondern sind mir gestohlen worden?«

»Unsinn«, wiederholte Betty grimmig. »Du hast für die Firma gearbeitet. Du hattest einen Anstellungsvertrag.«

Ich lehnte mich zurück und lachte. »Hört mal gut zu, Kinder. Ihr braucht jetzt nicht zu lügen; spart euch das für die Verhandlung auf. Wir sind ganz unter uns. Was ich wirklich wissen möchte, ist folgendes: Von wem stammt die Idee? Die Ausführung kann ich ja bezeugen. Betty, du hast mir ständig Unterlagen zur Unterschrift gebracht. Wenn mehr als ein Durchschlag zu unterschreiben war, hast du die anderen Kopien an das Original geheftet, damit ich es leichter hatte, versteht sich. Du bist ja immer die vollkommene Sekretärin gewesen – und was ich von den Mehrausfertigungen sah, war lediglich der Platz für die Unterschrift. Jetzt weiß ich natürlich, daß du mir in die sauberen Briefstöße ein paar Zeitbomben hineingeschmuggelt hast. Ich weiß auch, daß du die technische Seite des Schwindels übernommen hattest. Miles wäre dazu nicht in der Lage gewesen, mein Gott, er kann ja nicht einmal richtig Maschineschreiben. Aber wer hat die Texte formuliert? Du? Das glaube ich nicht . . . es sei denn, du hättest eine juristische Ausbildung, von der nie die Rede war. Wie steht's, Miles? Könnte eine bescheidene Stenotypistin diese wunderbare Klausel sieben so großartig formulieren? Oder war dazu ein Jurist nötig?«

Miles' Zigarre war schon ausgegangen. Er nahm sie aus dem Mund, sah mich an und sagte vorsichtig: »Dan, alter Freund, wenn du glaubst, uns zu Geständnissen bewegen zu können, hast du dich geirrt.«

»Ach, laß doch den Quatsch, wir sind hier allein. Ihr seid beide so oder so schuldig. Aber ich möchte mir gerne vorstellen, daß Delilah dort mit dem ganzen fix und fertig ausgearbeiteten Plan zu dir kam und dich in einem schwachen Augenblick überrumpelte. Aber ich weiß, daß das nicht stimmt. Wenn Betty nicht selbst Juristin ist, seid ihr Komplicen, vor und nach der Tat. Du hast den Schwindel verfaßt, sie tippte ihn und legte ihn mir zur Unterschrift vor. Richtig?«

»Gib ihm keine Antwort, Miles!«

»Natürlich nicht«, sagte Miles. »Vielleicht hat er ein Tonbandgerät in seiner Tasche.«

»Daran hätte ich denken sollen«, meinte ich, »aber ich habe leider kein Gerät dabei.« Ich öffnete die Tasche, und Pete streckte den Kopf heraus. »Hast du alles mitbekommen, Pete? Seid bloß vorsichtig, Pete hat das Gedächtnis eines Elefanten. Nein, ein Tonbandgerät habe ich nicht mitgebracht – ich bin eben der gute, alte, vertrottelte Dan Davis, der nie vorausdenkt. Ich stolpere so dahin und vertraue meinen Freunden ... wie ich euch beiden vertraut habe. Ist Betty Juristin, Miles? Oder hast du dich selbst hingesetzt und kaltblütig geplant, wie du mich übers Ohr hauen könntest, ohne daß dir etwas passiert?«

»Miles!« unterbrach mich Betty. »Mit seinem Talent könnte er ein Tonbandgerät von der Größe eines Zigarettenpäckchens machen. Vielleicht ist es nicht in der Tasche, sondern in seinem Anzug.«

»Gute Idee, Betty. Beim nächstenmal dann.«

»Ich bin mir klar darüber, Liebe«, erwiderte Miles. »Wenn er wirklich ein Gerät hat, redest du zu unvorsichtig. Paß lieber auf.«

Betty sagte ein Wort, von dem ich nie gedacht hätte, daß sie es verwenden würde. Ich hob die Brauen. »Ihr faucht euch an? Schon Zwietracht zwischen den Gaunern?«

Miles' Beherrschung begann abzubröckeln, stellte ich mit Genuß fest. Er sagte: »Überleg dir, was du sagst ... es könnte dir schlecht bekommen.«

»Tz, tz! Ich bin jünger als du und kann mich an den letzten Judolehrgang besser erinnern. Und schießen würdest du nie. Lieber legst du deine Gegner mit gefälschten Dokumenten aufs Kreuz. ›Diebe‹, habe ich gesagt, und ›Diebe‹ meine ich. Ihr seid beide Diebe und Lügner.« Ich wandte mich Betty zu. »Mein Vater brachte mir bei, daß man eine Dame nie als Lügnerin bezeichnen darf, Süße, aber du bist keine Dame. Du bist eine Lügnerin ... eine Diebin ... und eine Schlampe.«

Betty wurde feuerrot und warf mir einen Blick zu, der ihre ganze Schönheit auslöschte und Haß und Habgier enthüllte. »Miles!« sagte sie schnell. »Du sitzt einfach da und läßt zu –«

»Sei still!« fuhr Miles sie an. »Seine Unverschämtheit ist doch Berechnung. Er will uns ärgern, damit wir Dinge sagen, die wir später bereuen. Und das tust du beinnahe schon. Halt den Mund.«

Betty schwieg, aber ihr Gesicht war immer noch verzerrt. Miles drehte sich mir zu. »Dan, ich bin immer ein praktisch denkender Mensch gewesen. Ich habe versucht, dir Vernunft beizubringen, bevor du aus der Firma ausgestiegen bist. Schließlich habe ich mich auch bemüht, eine Lösung zu finden, die dir das Unvermeidliche erträglich machte.«

»Du wolltest mich auf die sanfte Tour aufs Kreuz legen, wie?«

»Wie du meinst. Ich bin immer noch für eine friedliche Regelung. Du würdest eine Klage nie durchfechten können, aber als Anwalt weiß ich, daß es immer besser ist, nicht vor Gericht zu gehen als zu gewinnen. Wenn es sich ermöglichen läßt. Vorhin sagtest du, daß ich etwas tun könnte, womit du zu beruhigen wärst. Heraus damit, vielleicht können wir uns einigen.«

»Ach, das. Darauf wäre ich schon noch gekommen. Du kannst es nicht selbst tun, aber vielleicht arrangieren. Es ist ganz einfach. Bring Betty dazu, mir die Aktien wieder zu überschreiben, die ich ihr als Verlobungsgeschenk gegeben habe.«

»Nein!« sagte Betty.

»Ich habe dich doch ersucht, endlich still zu sein«, erklärte Miles.

Ich sah sie an und sagte: »Warum denn nicht, mein vormaliger Liebling. Ich habe mir in dieser Angelegenheit Rat geholt. Da die Aktien im Hinblick auf die Tatsache gegeben wurden, daß du versprochen hattest, mich zu heiraten, bist du nicht nur moralisch, sondern auch gesetzlich verpflichtet, sie zurückzugeben. Es handelte sich nicht um ein ›uneingeschränktes Geschenk‹ – so nennt man das, glaube ich –, sondern um die Übergabe von Wertsachen im Gegenzug für eine versprochene Leistung, die ich nie erhalten habe, nämlich deine reizende Person. Wie wär's? Oder hast du es dir wieder anders überlegt und bist jetzt doch bereit, mich zu heiraten?«

Sie erklärte mir, wo und wie ich sie heiraten durfte.

Miles sagte erschöpft: »Betty, du machst alles nur noch schlimmer. Begreifst du denn nicht, daß er uns nur wütend machen will?« Er sah mich wieder an. »Dan, wenn du deswegen gekommen bist, kannst du gleich wieder gehen. Wären die Umstände so gewesen, wie du sie darstellst, dann hättest du nicht ganz unrecht. Sie waren anders. Du hast Betty die Aktien für geleistete Dienste übertragen.«

»Was? Für welche Dienste? Wo ist der eingelöste Scheck?«

»Er ist nicht nötig. Die Aktien waren Gegenwert für Dienste zugunsten der Firma, die über Bettys Pflichten hinausgingen.«

Ich starrte ihn an. »Das ist mir mal eine Theorie! Hör zu, Miles, alter Knabe, wenn damit Dienste für die Gesellschaft und nicht für mich persönlich bezahlt waren, mußtest du doch davon wissen und bemüht sein, ihr diese Summe zu geben. Schließlich teilten wir uns doch den Gewinn fifty-fifty, obwohl ich die Mehrheit besaß ... oder zu besitzen glaubte. Sag mir jetzt nur nicht, daß du Betty ein Aktienpaket von gleichem Umfang gegeben hast?«

Ich sah, wie sie einander Blicke zuwarfen, und hatte plötzlich eine tolle Idee. »Vielleicht hast du das tatsächlich getan! Ich möchte wetten, daß unser Liebling das verlangt hat, sonst hätte er nicht mitgespielt. Habe ich recht? Dann kannst du Gift darauf nehmen, daß Betty die Überschreibung sofort registrieren ließ ... und die Daten müssen zeigen, daß ich ihr Aktien am Tag unserer Verlobung übertragen habe – du lieber Himmel, die Ankündigung stand ja sogar im Lokalblatt –, während du ihr Aktien übergabst, als du mich hinauswarfst und sie die Verlobung löste – das ist alles schriftlich niedergelegt! Vielleicht wird mir der Richter doch glauben, Miles? Was meinst du?«

Ich hatte sie erwischt, ich hatte sie erwischt! An ihren Gesichtern konnte ich ablesen, daß ich auf den einen Umstand gestoßen war, für den sie keine plausible Erklärung vorbringen konnten und den ich nie hätte erfahren sollen. Ich nutzte meinen Vorteil ... und leistete mir wieder eine ausgefallene Vermutung. Ausgefallen? Nein, logisch. »Wie viele Aktien, Betty? So viel, wie du aus mir nur für das Verlobtsein herausgeholt hast? Für ihn hast du mehr getan; dabei hätte auch mehr herausschauen müssen.« Ich verstummte plötzlich. »Moment mal ... ich fand es schon merkwürdig, daß Betty den weiten Weg hierher gemacht haben sollte, nur um mit mir zu sprechen. Vielleicht war das gar nicht der Fall, vielleicht ist sie die ganze Zeit schon hier. Lebt ihr beiden zusammen? Oder sollte ich sagen: seid ihr verlobt? Oder ... etwa gar schon verheiratet?« Ich dachte nach. »Ich wette, daß es so ist. Miles, du bist kein Schwärmer wie ich. Ich wette mein zweites Hemd, daß du auf ein bloßes Heiratsversprechen hin Betty nie und nimmer Aktien übertragen würdest. Aber als Heiratsgeschenk vielleicht – vorausgesetzt, daß dir das Stimmrecht dafür bleibt. Schenk dir die Antwort. Ich werde morgen schon alles herausfinden. Das ist ja auch schriftlich niedergelegt.«

Miles sah Betty an und sagte: »Spar dir die Mühe. Ich darf dir Mrs. Gentry vorstellen.«

»So? Herzlichen Glückwunsch, ihr beiden. Ihr seid einander

würdig. Aber jetzt zu meinen Aktien. Da mich Mrs. Gentry verständlicherweise nicht heiraten kann, möchte ich –«

»Mach dich nicht lächerlich, Dan. Ich habe deine albernen Theorien längst zerfetzt. Betty bekam von mir genau wie von dir Aktien. Aus demselben Grund, für Dienste zugunsten der Firma. Wie vorhin erwähnt, ist das alles schriftlich niedergelegt. Betty und ich haben vor einer Woche geheiratet ... aber du wirst feststellen, daß die Aktien schon vor einiger Zeit an sie übergegangen sind. Du kannst die beiden Vorgänge nicht miteinander in Zusammenhang bringen. Nein, sie bekam Aktien von uns beiden, weil sie für die Firma sehr viel getan hat. Nachdem du die Verlobung gelöst hattest und aus der Firma ausgeschieden warst, heirateten wir.«

Ich war betroffen. Miles war zu klug, eine Lüge aufzutischen, die ich nach einigen Nachforschungen allzu leicht widerlegen konnte. Aber irgend etwas stimmte nicht.

»Wann und wo habt ihr geheiratet?«

»Letzten Donnerstag im Standesamt von Santa Barbara. Aber das geht dich ja nichts an.«

»Vielleicht nicht. Wann fand die Aktienüberschreibung statt?«

»Ich weiß es nicht genau. Wenn du willst, kann ich es feststellen.«

Verdammt noch mal, es klang einfach nicht echt, daß er ihr Aktien geschenkt haben sollte, bevor sie an ihn gebunden war. Solchen Blödsinn brachte nur ich fertig, zu ihm paßte so etwas nicht. »Mich stört da etwas, Miles. Wenn ich einen Privatdetektiv beauftragen würde, könnte ich dann vielleicht herausbringen, daß ihr beiden ein bißchen früher schon einmal geheiratet habt? Vielleicht in Yuma oder Las Vegas? Oder seid ihr schnell nach Reno geflogen, damals bei der Reise nach Washington wegen der Steuern? Vielleicht stellt sich heraus, daß eine solche Eheschließung registriert ist und die Daten der Aktienüberschreibung und meiner Patentschenkung sehr schön übereinstimmen. Wie?«

Miles klappte nicht zusammen; er sah Betty nicht einmal an. Der Haß in ihrem Gesicht hätte auch durch einen Treffer ins Schwarze nicht gesteigert werden können. Aber das Ganze schien trotzdem zu stimmen, und ich beschloß, meiner Vermutung nachzugehen.

Miles sagte ruhig: »Dan, ich habe Geduld mit dir gehabt und mich bemüht, versöhnlich zu sein. Dafür ernte ich nichts als Beschimpfungen. Es ist wohl an der Zeit, daß du jetzt gehst, sonst will ich doch noch einmal versuchen, ob ich dich nicht hinauswerfen kann – dich und deine lausige Katze!«

»Olé!« erwiderte ich. »Das ist das erste herzhafte Wort heute abend. Aber nenn Pete nicht lausig. Er versteht Englisch und könnte in Wut geraten. Na schön, mein Ex-Freund, ich verschwinde ... aber ich möchte eine kurze Abschiedsrede halten, eine ganz kurze. Wir werden uns dann kaum noch etwas zu sagen haben. Einverstanden?«

»Tja ... einverstanden. Mach es kurz.«

»Miles, ich muß mit dir reden«, zischte Betty.

Er winkte wortlos ab. »Schieß los.«

Ich wandte mich an Betty. »Du willst das sicher nicht hören, Betty. Ich empfehle dir zu gehen.«

Sie blieb natürlich. Darauf hatte ich ja abgezielt. Ich sah ihn wieder an. »Miles, ich bin nicht allzu zornig auf dich. Es spottet jeder Beschreibung, was Männer für unehrliche Frauen tun. Wenn Samson und Mark Anton verwundbar waren, kann ich dir den Unfall nicht übelnehmen. Eigentlich sollte ich dir sogar dankbar sein. Ein bißchen bin ich es auch. Jedenfalls tust du mir leid.« Ich sah zu Betty hinüber. »Du hast sie jetzt am Hals und mußt sehen, wie du mit ihr fertig wirst ... mich hat das Ganze nur Geld und vorübergehend meine Gemütsruhe gekostet. Aber was wird sie dich kosten? Sie hat mich betrogen, ja, es ist ihr sogar gelungen, dich, meinen Freund, dafür einzuspannen ... wann, glaubst du, wird sie sich mit einem neuen Trottel zusammentun und dich übers Ohr hauen? Nächste Woche? Nächsten Monat? Vielleicht erst nächstes Jahr! So sicher ein Mörder an den Tatort –«

»Miles!« schrie Betty auf.

Miles sagte mit gefährlicher Ruhe: »Hau ab!« und ich wußte, daß er es ernst meinte. Ich stand auf.

»Wir wollen eben gehen. Du tust mir wirklich leid, Miles. Wir beide haben ursprünglich nur einen Fehler gemacht, und dafür trage ich ebenso die Schuld wie du. Aber du mußt alleine dafür bezahlen. Das ist bedauerlich ... weil der Fehler so winzig war.«

Seine Neugierde gewann die Oberhand. »Was meist du damit?«

»Wir hätten uns fragen müssen, warum eine so kluge, schöne, fähige und allgemein weit über dem Durchschnitt stehende Frau sich bereit erklärte, für ein kleines Angestelltengehalt bei uns zu arbeiten. Wenn wir ihre Fingerabdrücke genommen hätten, wie es die Großfirmen machen, und eine Routine-Überprüfung durchgeführt worden wäre, hätten wir sie vielleicht nicht eingestellt ... und wir beide wären noch Partner.«

Wieder ins Schwarze getroffen! Miles blickte seine Frau plötzlich an, und sie sah aus wie eine – nun – in die Enge getriebene Ratte kann man nicht sagen, weil Ratten nicht die Figur Bettys haben.

Und ich konnte die Finger nicht davon lassen. Ich mußte noch in der Wunde herumstochern. Ich ging auf sie zu und sagte: »Na, Betty? Wenn ich das Glas neben dir mitnähme und die Fingerabdrücke überprüfen ließe, was würde ich finden? Steckbriefe in den Postämtern? Großbetrügereien? Oder Bigamie? Vielleicht heiratest du arme Idioten wegen ihres Geldes, wie? Ist Miles dem Gesetz nach wirklich dein Ehemann?« Ich nahm das Glas vom Tisch.

Betty schlug es mir aus der Hand.

Und Miles schrie mich an.

Ich hatte es zu weit getrieben. Ich war dumm genug gewesen, ohne Waffen in diesen Raubtierkäfig zu treten, und dann hatte ich das oberste Gesetz aller Dompteure vergessen. Ich wandte der Bestie den Rücken zu. Miles schrie, und ich drehte mich um. Betty griff nach ihrer Handtasche ... und ich erinnere mich noch, gedacht zu haben, warum sie ausgerechnet jetzt eine Zigarette rauchen wollte.

Dann spürte ich den Stich der Kanüle.

Ich entsinne mich nur, eines gefühlt zu haben, als meine Knie einknickten und ich auf den Teppich stürzte: fassungsloses Staunen darüber, daß Betty mir so etwas antun konnte. Wenn man alles andere beiseite ließ, lief es darauf hinaus, daß ich ihr immer noch vertraute.

4

Ich war nie völlig bewußtlos. Mir wurde schwindlig und dunkel vor den Augen, als die Droge zu wirken begann – sie wirkt noch schneller als Morphium. Miles brüllte Betty etwas zu und packte mich unter den Armen, als ich zusammenbrach. Nachdem er mich durchs Zimmer in einen Sessel gezerrt hatte, verging sogar das Schwindelgefühl.

Trotz meiner Wachheit war ein Teil von mir tot. Ich weiß heute, was sie mir eingespritzt hatte: die Geisterdroge, die Antwort Onkel Sams auf Gehirnwäsche. Soviel ich weiß, ist sie bei uns an Gefangenen nie ausprobiert worden, aber man erfand sie beim Studium der Gehirnwäsche, und nun war sie da, verboten, aber höchst wirksam. Dasselbe Zeug verwendet man bei der Schnell-Psychoanalyse, aber es bedarf meines Wissens eines Gerichtsbeschlusses, selbst für Psychiater.

Weiß Gott, woher Betty das Zeug hatte.

Aber damals hatte ich diese Gedanken nicht, ich hatte überhaupt keine. Ich lag einfach zusammengesunken da, passiv wie eine Pflanze, hörte, was vorging, sah alles, was sich vor meinen Augen abspielte – aber wenn Marilyn Monroe ohne Badeanzug vorbeigegangen wäre, hätte ich ihr mit den Blicken nicht einmal folgen können.

Außer, man hätte es mir befohlen.

Pete sprang aus seiner Tasche, trabte zu mir und erkundigte sich, was los sei. Als ich nicht antwortete, begann er meine Schienbeine zu bearbeiten und eine Erklärung zu verlangen. Als ich immer noch nicht reagierte, sprang er auf meinen Schoß, stellte die Vorderpfoten auf meine Brust, sah mir ins Gesicht und wollte jetzt endlich wissen, was los sei, und zwar auf der Stelle.

Ich sagte nichts, und er begann zu schreien.

Jetzt wurden Miles und Betty aufmerksam. Nachdem mich Miles im Sessel abgeladen hatte, war er zu Betty gegangen und hatte mit Bitterkeit gesagt: »Jetzt haben wir die Bescherung! Bist du verrückt geworden?«

»Nur die Nerven nicht verlieren, Liebling«, erwiderte Betty. »Wir besorgen es ihm ein für allemal.«

»Was? Wenn du glaubst, daß ich dir bei einem Mord behilflich bin –«

»Quatsch! Das wäre zwar das Logischste ... aber dazu fehlt dir der Mumm. Zum Glück ist das bei dieser Droge nicht nötig.«

»Was meinst du damit?«

»Er wird jetzt genau tun, was ich ihm sage. Schwierigkeiten kann er uns jetzt nicht mehr machen.«

»Aber ... mein Gott, Betty, du kannst ihn doch nicht in alle Ewigkeit betäubt halten. Wenn er aufwacht –«

»Hör mit dem Juristengeschwätz auf. Ich weiß, wie dieses Zeug wirkt, du nicht. Wenn er aufwacht, wird er tun, was ich ihm befohlen habe. Ich werde ihm sagen, daß er uns nie verklagen oder anzeigen darf, dann wird er es nie tun. Ich werde ihm befehlen, seine Nase nie mehr in unsere Angelegenheiten zu stecken, gut, er wird uns in Ruhe lassen. Wenn ich ihm sage, daß er nach Timbutku verschwinden soll, wird er hinfahren. Ich sage ihm, daß er alles Vorgefallene vergessen soll, und er wird es vergessen.«

Ich hörte zu, verstand sie, war aber nicht im geringsten interessiert. Wenn jemand gerufen hätte: »Das Haus brennt!« hätte ich auch das begriffen, wäre aber ebensowenig interessiert gewesen.

»Das glaube ich nicht.«

»Wirklich nicht?« Sie sah ihn seltsam an. »Das solltest du aber.«

»Was? Wie meinst du das?«

»Laß nur, laß nur. Dieses Mittel wirkt, Liebling. Aber zuerst müssen wir –«

In diesem Augenblick begann Pete zu heulen. Man hört so etwas nicht oft, mancher Mensch überhaupt nie. Katzen heulen nicht, wenn sie kämpfen, gleichgültig, wie schwer sie sich verletzen; aus einfachem Mißvergnügen heraus tun sie es nie, nur in einer unerträglichen Lage, der sie machtlos gegenüberstehen.

Miles drehte sich um und sagte: »Diese vermaledeite Katze! Wir müssen sie hinausschaffen.«

»Bring sie um«, sagte Betty.

»Was? Du bist immer so rigoros. Dan würde um dieses wertvollen Tieres willen mehr Stunk machen, als wenn wir ihm alles abgenommen hätten. Hier –«, er drehte sich um und nahm Petes Tasche.

»Dann bring' ich sie um!« sagte Betty wutentbrannt. »Das wollte ich schon seit Monaten tun.« Sie sah sich nach einer Waffe um und fand sie auch, einen Schürhaken vom offenen Kamin. Sie lief hinüber und holte ihn.

Miles hob Pete auf und versuchte, ihn in die Tasche zu stecken.

Versuchte ist das richtige Wort. Pete läßt sich von anderen Leuten als Ricky und mir nicht besonders gerne aufheben, und selbst ich hätte mich nicht ohne weiteres dazu bereit gefunden, solange er mit dieser Lautstärke heulte; das Risiko in solchen Fällen ist viel zu groß. Aber selbst wenn er nicht so nervös gewesen wäre, hätte sich Pete nicht ohne Protest am Genick packen lassen.

Pete fuhr Miles mit den Krallen in den Unterarm und mit den Zähnen in den linken Daumen. Miles schrie auf und ließ ihn fallen.

Betty kreischte: »Vorsicht, Miles!« und schlug mit dem Schürhaken zu.

Ihre Absichten waren klar, sie besaß die nötige Kraft und hatte eine geeignete Waffe. Aber sie war nicht sehr geschickt im Umgang damit, während Pete gut zu kämpfen verstand. Er wich dem Schlag aus und griff sie an, zwei Pfoten an jedes Bein.

Betty schrie und ließ den Schürhaken fallen.

Von der Jagd bekam ich nicht allzu viel mit. Ich sah immer noch geradeaus und konnte den Großteil des Wohnzimmers überblicken, aber außerhalb dieses Gesichtsfeldes blieb mir alles verborgen, weil mir niemand befahl, in eine andere Richtung zu blicken. Ich verfolgte also die Geschehnisse zumeist mit dem Gehör, bis auf eine Gelegenheit, als sie durch mein Sichtfeld rasten, zwei Menschen, ein Katze jagend – dann, mit unglaublicher Plötzlichkeit, zwei von einer Katze gejagte Menschen. Abgesehen von dieser einen kurzen Szene vernahm ich vom Kampf nur Poltern, Laufschritte, Rufe, Flüche und Schreie.

Aber ich glaubte nicht, daß sie Pete auch nur einmal berührt haben.

Das Schlimmste, was mir an diesem Abend passierte, war, daß ich in Peters größter Stunde, bei seiner größten Schlacht, seinem größten Sieg nicht nur nicht alle Einzelheiten mitbekam, sondern völlig unfähig war, ihn zu bewundern. Ich sah und hörte, aber ich hatte keine Meinung; in seinem mächtigsten Augenblick war ich betäubt.

Ich erinnere mich heute daran und finde ein Gefühl in mir, das ich damals nicht aufbringen konnte. Aber es ist nicht dasselbe. Ich kann das Verlorene nicht nachholen.

Das Poltern und Fluchen hörte plötzlich auf, und kurz danach kamen Miles und Betty ins Wohnzimmer zurück. Keuchend stieß Betty hervor: »Wer hat diese ... Tür offengelassen?«

»Du selbst. Halt den Mund. Er ist weg.« Miles blutete im Gesicht und an den Händen; er betupfte die Rißwunden im Gesicht, aber sie bluteten weiter. Irgendwann mußte er gestolpert und hingefallen sein, sein Anzug sah danach aus, und das Jackett war am Rücken geplatzt.

»Ich denke gar nicht daran, den Mund zu halten. Hast du eine Pistole im Haus?«

»Was?«

»Ich will die verdammte Katze abknallen.« Betty war in noch

schlechterem Zustand als Miles. Pete hatte bei ihr mehr Hautfläche für seine Angriffe gefunden – Beine, nackte Arme und Schultern. Sie würde in nächster Zeit keine trägerlosen Kleider tragen können, und wenn sie nicht schnell fachmännische Hilfe bekam, würden sogar Narben bleiben. Sie sah aus wie eine Furie nach einem ungezügelten Kampf mit ihren Schwestern.

»Setz dich hin!« sagte Miles.

»Ich will die Katze umbringen!«

»Dann bleib stehen. Wasch dich wenigstens. Ich helfe dir mit Jod und Verbandszeug, und du hilfst mir. Aber vergiß die Katze, wir sind sie endlich los.«

Betty erwiderte etwas Unverständliches, aber Miles hatte es offensichtlich besser verstanden. »Du mich auch«, sagte er. »Paß auf, Betty, wenn ich eine Pistole hätte – ich sage nicht, daß ich wirklich eine habe – und du würdest hinausgehen und damit herumknallen, käme binnen zehn Minuten die Polizei, würde herumschnüffeln und Fragen stellen, ob du die Katze triffst oder nicht. Willst du das, solange er hier ist?« Er deutete auf mich. »Und wenn du heute ohne Waffe hinausgehst, wird dich die Bestie wahrscheinlich umbringen.« Er machte ein finsteres Gesicht. »Solche Tiere gehören verboten. Dieses Viehstück ist ja lebensgefährlich. Hör ihn dir an.«

Wir konnten Pete um das Haus gehen hören. Er heulte nicht mehr, jetzt stieß er sein Kriegsgeschrei aus – er forderte sie heraus, ihre Waffen zu wählen und herauszukommen, einzeln oder zu mehreren.

Betty horchte und schauderte. Miles sagte: »Mach dir keine Sorgen. Er kann nicht herein. Ich habe alle Türen abgeschlossen, auch jene, die du vergessen hattest.«

»Ich habe sie zugemacht!«

»Wie du meinst.« Miles prüfte die Fenster. Nach einiger Zeit verließ Betty das Zimmer, und er folgte ihr. Während sie weg waren, hörte Pete plötzlich zu schreien auf. Ich weiß nicht, wie lange sie fortblieben; die Zeit bedeutete mir nichts.

Betty kam als erste zurück. Make-up und Frisur waren exquisit; sie trug ein langärmliges, hochgeschlossenes Kleid und hatte die zerfetzten Strümpfe gewechselt. Abgesehen von kleinen Heftpflastern im Gesicht waren keine Kampfspuren mehr zu sehen. Ohne die grimmige Miene hätte ich sie – unter anderen Gegebenheiten, versteht sich – reizend gefunden.

Sie kam direkt auf mich zu und befahl mir, aufzustehen, was ich auch tat. Sie durchsuchte mich schnell und geschickt, vergaß weder Uhrtäschchen, Hemdtaschen, noch die schräge Tasche in der linken Jackett-Innenseite, die bei den meisten Anzügen fehlt. Die Ausbeute war gering – die Brieftasche mit ein paar Banknoten, Ausweisen und Führerschein, Schlüssel, Kleingeld, Nasenspray gegen den Smog, verschiedene Kleinigkeiten und den Umschlag mit dem Scheck, den sie mir geschickt hatte. Sie drehte ihn um, las den Giriervermerk und sah mich fragend an.

»Was soll das, Dan? Hast du dich versichern lassen?«

»Nein.« Ich hätte ihr alles erzählt, aber ich konnte nur jeweils die letzte Frage beantworten.

Sie runzelte die Stirn und legte den Umschlag zu den anderen Sachen. Dann sah sie Petes Tasche. Anscheinend erinnerte sie sich an das Seitenfach, denn sie kramte darin herum.

Sie fand die vierfache Ausfertigung der mehr als zwölf Formulare, die ich bei der Mutual unterschrieben hatte. Sie setzte sich und begann zu lesen. Ich blieb stehen wie eine Schneiderpuppe.

Dann kam Miles herein. Er trug Bademantel und Hausschuhe und hatte für eine beträchtliche Menge an Gaze und Heftpflaster Verwendung gefunden. Er sah aus wie ein drittklassiger Mittelgewichtler nach einer schweren Niederlage. Eine Bandage trug er wie eine Skalplocke; Pete mußte ihn erwischt haben, als er am Boden lag.

Betty hob den Kopf und wies stumm auf die Dokumente. Er setzte sich und fing an zu lesen. Er holte sie bald ein und las das letzte Dokument über ihre Schulter gebeugt.

»Jetzt sieht die Sache ganz anders aus«, meinte sie.

»Milde ausgedrückt. Diese Papiere gelten für den 4. Dezember – das ist morgen. Betty, wir müssen ihn so schnell wie möglich fortschaffen!« Er sah auf seine Uhr. »Morgen früh werden sie ihn suchen.«

»Miles, wenn es brenzlig wird, verlierst du immer gleich die Nerven. Das ist doch ein ausgesprochen glücklicher Zufall.«

»Wieso?«

»Die Geisterdroge, so gut sie ist, sie hat einen Nachteil. Angenommen, du spritzt sie jemandem ein und erklärst ihm genau, was er tun soll. Schön, er tut es. Er führt deine Befehle aus; es bleibt ihm nichts anderes übrig. Verstehst du etwas von Hypnose?«

»Nicht viel.«

»Kennst du außer der Juristerei überhaupt etwas, Liebling? Du bist sehr einseitig. Ein posthypnotischer Befehl – und darum handelt es sich praktisch – mag im Widerspruch stehen zu dem, was der Betroffene wirklich tun will, in den meisten Fällen ist es tatsächlich so. Früher oder später kann ihn das zu einem Psychiater treiben. Wenn der Psychiater etwas taugt, wird er herausfinden, was los ist. Es besteht die Möglichkeit, daß Dan zu einem Psychiater geht und von meinen Befehlen loskommt. Dann könnte er uns ungeahnte Schwierigkeiten machen.«

»Verdammt, du hast doch gesagt, die Droge wirkt todsicher.«

»Mein Gott, Miles, man muß im Leben oft Risiken eingehen. Nur dann macht es Spaß. Laß mich nachdenken.«

Nach einer Weile sagte sie: »Das Einfachste und Sicherste ist, ihn seinen Schlaf tun zu lassen. Wir haben ihn dann ebenso endgültig los, als wäre er tot – dabei gehen wir kein Risiko ein. Statt ihm komplizierte Anweistungen zu geben und darauf zu hoffen, daß er sie auch beherzigt, brauchen wir ihm nur zu befehlen, daß er sich dem Kaltschlaf unterziehen soll, ihn dann zu wecken und fortzuschaffen – oder zumindest wegzubringen und dann zu wecken.« Sie wandte sich mir zu. »Dan, wann wirst du mit dem Schlaf anfangen?«

»Überhaupt nicht.«

»Was? Und die Dokumente hier?«

»Papiere für den Kaltschlaf. Verträge mit der Mutual-Versicherung.«

»Er ist übergeschnappt«, bemerkte Miles.

»Mmm ... natürlich. Ich vergesse immer wieder, daß man unter dem Einfluß des Mittels nicht denken kann. Man hört, spricht und kann Fragen beantworten ... aber es müssen die richtigen Fragen sein.« Sie kam ganz nah heran und sah mir in die Augen. »Dan, du sollst mir jetzt alles über die Sache mit dem Kaltschlaf erzählen. Fang ganz von vorne an. Du hast die Dokumente hier; anscheinend sind sie heute erst unterschrieben worden. Jetzt behauptest du, daß du nicht mehr magst. Erzähle mir alles, weil ich wissen will, warum du es tun wolltest und dich jetzt anders entschieden hast.«

Ich erzählte also. Auf diese genaue Anweisung konnte ich antworten. Der Bericht nahm viel Zeit in Anspruch, weil ich alles bis in die kleinste Einzelheit schilderte.

»In der Auto-Gaststätte hast du es dir also anders überlegt? Du hast beschlossen, hierherzukommen und uns Schwierigkeiten zu machen?«

»Ja.« Ich wollte weitersprechen, wollte alles über die Fahrt hierher erzählen, wollte berichten, was ich zu Pete und er zu mir gesagt hatte, daß ich an einem Drugstore ausgestiegen war, um meine Aktien sicherzustellen, wie ich zu Miles' Haus gefahren war, daß Pete nicht im Wagen hatte warten wollen, wie –

Aber sie gab mir keine Gelegenheit dazu. Sie sagte: »Du hast es dir wieder anders überlegt, Dan. Du willst den Kaltschlaf. Du wirst dich dem Kaltschlaf unterziehen. Du läßt dich durch nichts in der Welt davon abhalten. Verstehst du mich? Was wirst du tun?«

»Ich werde den Kaltschlaf machen. Ich möchte den ...« Ich begann zu schwanken. Seit über einer Stunde stand ich wie ein Fahnenmast auf derselben Stelle, ohne auch nur einen Muskel zu bewegen. Ich begann langsam nach vorn zu fallen.

Sie sprang zurück und sagte scharf: »Setz dich!«

Ich setzte mich.

Betty wandte sich an Miles. »Das wär's. Ich hämmere ihm das so lange ein, bis nichts mehr passieren kann.«

Miles sah auf die Uhr. »Mittags soll er also beim Arzt sein.«

»Wir haben Zeit genug. Aber wir fahren ihn lieber selbst hin, damit wir ganz ... Nein, zum Teufel!«

»Was ist denn?«

»Die Zeit ist zu kurz. Ich habe ihm sehr viel eingespritzt, weil das Zeug schnell wirken mußte – bevor er mich angreifen konnte. Gegen Mittag wird er zwar für die meisten Laien normal erscheinen, aber einen Arzt können wir nicht beschwindeln.«

Vielleicht wird er nur ganz oberflächlich untersucht. Das Gutachten ist doch schon fertig.«

»Du hast gehört, was ihm der Arzt gesagt hat. Er wird ihn danach untersuchen, ob er Alkohol getrunken hat. Das bedeutet, daß er die Reflexe prüfen, seine Reaktionszeit testen, ihm in die Augen sehen wird und – oh, einfach alles, was er nicht tun dürfte. Miles, es hat keinen Sinn.«

»Und wenn wir ihn einfach einen Tag später abliefern?«

»Sei still und laß mich nachdenken.«

Sie begann nach einer Weile meine Papiere durchzublättern. Dann verließ sie das Zimmer, kam mit einer Juwelierslupe zurück, die sie sich wie ein Monokel ins rechte Auge klemmte, und untersuchte sorgfältig alle Dokumente. Miles fragte sie, was das zu bedeuten habe, aber sie winkte ungeduldig ab.

Nach einer Weile nahm sie die Lupe aus dem Auge und sagte: »Gott sei Dank müssen alle die von der Regierung herausgegebenen Formulare benützen. Miles, bring mir das Branchen-Telefonbuch.«

»Wozu?«

»Hol es, hol es. Ich brauche den genauen Firmennamen – oh, ich kenne ihn schon, aber ich möchte ganz sichergehen.«

Murrend brachte Miles das Telefonbuch. Sie blätterte eine Weile darin, dann sagte sie: »Ja. ›Master Insurance Company of California‹ ... und auf jedem Formular ist Platz genug dafür. ›Motors‹ wäre zwar besser als ›Master‹, aber bei der ›Motors Insurance‹ habe ich keine Verbindungen, und außerdem weiß ich nicht einmal, ob man sich dort mit Kaltschlaf abgibt.«

Sie hob den Kopf. »Miles, du mußt mich sofort zur Fabrik hinausfahren.«

»Was?«

»Oder weißt du einen schnelleren Weg, zu einer elektrischen Schreibmaschine zu kommen? Nein, am besten fährst du alleine hinaus und bringst sie mir; ich muß telefonieren.«

Er runzelte die Stirn. »Ich begreife langsam, was du vorhast. Aber das ist Wahnsinn, Betty. Du weißt ja gar nicht, welches Risiko du eingehst.«

Sie lachte. »Das meinst du. Ich sagte dir doch, daß ich gute Beziehungen habe, bevor wir uns zusammentaten. Hättest du das Geschäft mit Mannix alleine geschafft?«

»Na ... ich weiß nicht.«

»Aber ich. Und vielleicht weißt du auch nicht, daß die ›Master-Versicherung‹ dem Mannix-Konzern gehört?«

»Nein, das wußte ich nicht. Ich verstehe aber den Zusammenhang nicht ganz.«

»Meine Beziehungen wirken immer noch, das meinte ich damit. Paß auf, Liebling, die Firma, bei der ich früher gearbeitet habe, half dem Mannix-Konzern bei den Steueranmeldungen ... bis mein Chef das Land verließ. Warum, glaubst du, haben wir so viel herausgeschlagen, obwohl wir Danny nicht anbieten konnten? Jetzt beeil dich und hole mir die Schreibmaschine, dann darfst du einer Künstlerin bei der Arbeit zusehen. Nimm dich vor der Katze in acht!«

Miles knurrte etwas, verließ das Zimmer, kam aber sofort zurück. »Betty? Hat Dan nicht unmittelbar vor dem Haus geparkt?«

»Warum?«

»Sein Wagen ist nicht mehr da.« Er wirkte bedrückt.

»Vielleicht hat er ihn in der Seitenstraße abgestellt. Das ist doch unwichtig. Besorg die Schreibmaschine und beeile dich!«

Er ging wieder. Ich hätte ihnen sagen können, wo ich geparkt hatte, aber da mich niemand fragte, dachte ich nicht darüber nach. Ich dachte überhaupt nicht.

Betty ging in ein anderes Zimmer und ließ mich allein. Als es langsam Tag wurde, kam Miles zurück, erschöpft unsere Schreibmaschine schleppend. Dann wurde ich wieder allein gelassen.

Einmal kam Betty herein und sagte: »Dan, du hast hier ein Papier, mit dem du die Versicherung bittest, sich um deine Aktien zu kümmern. Das willst du nicht; du möchtest sie mir schenken.«

Ich erwiderte nichts. Sie machte ein verärgertes Gesicht und sagte: »Drücken wir es anders aus. Du willst sie mir schenken. Du weißt, daß du sie mir geben willst. Das weißt du doch, nicht wahr?«

»Ja. Ich will sie dir geben.«

»Gut. Du willst sie mir geben. Du mußt sie mir geben. Du kannst nicht glücklich sein, bis du sie mir gegeben hast. Wo sind sie? In deinem Wagen?«

»Nein.«

»Wo denn?«

»Ich habe sie mit der Post verschickt.«

»Was?« schrie sie. »Wann? An wen? Warum?«

Wenn sie die zweite Frage als letzte gestellt hätte, wäre ich in der Lage gewesen, sie zu beantworten. Aber ich reagierte auf die letzte Frage, zu etwas anderem war ich nicht fähig. »Ich habe sie überschrieben.«

Miles kam herein. »Wohin hat er sie getan?«

»Er sagt, mit der Post verschickt ... weil er sie überschrieben habe! Du mußt seinen Wagen durchsuchen – vielleicht glaubt er nur, den Brief aufgegeben zu haben. Bei der Besprechung in der Versicherung hatte er die Urkunde jedenfalls noch bei sich.«

»Überschrieben!« wiederholte Miles. »Lieber Gott! Wem denn?«

»Ich frage ihn. Dan, wem hast du deine Aktien überschrieben?«

»Der ›Bank of Amerika‹.« Sie fragte nicht nach dem Grund, sonst hätte ich ihr alles über Ricky erzählt.

Aber sie ließ die Schultern hängen und seufzte. »Nichts mehr zu machen, Miles. Die Aktien können wir abschreiben. Aus der Bank holen wir sie nie heraus.« Sie richtete sich plötzlich auf. »Aber vielleicht hat er sie noch gar nicht abgeschickt. Wenn nicht, dann lösche ich die Übertragung von der Rückseite, daß man meinen könnte, die Urkunde sei in der Wäscherei gewesen. Dann wird er sie wieder überschreiben . . . aber mir.«

»Uns«, verbesserte Miles.

»Das ist Nebensache. Such den Wagen.«

Miles kam nach geraumer Zeit zurück und berichtete. »Er ist in der ganzen Umgebung nicht zu finden. Ich bin durch alle Straßen gefahren. Er muß mit der Taxe gekommen sein.«

»Du hast ihn doch selbst sagen hören, daß er seinen eigenen Wagen benützt hat.«

»Draußen steht er jedenfalls nicht. Frag ihn, wann und wo er den Brief aufgegeben hat.«

Betty tat es und ich sagte: »Kurz bevor ich hierher kam. Ich warf den Brief Ecke Sepulveda- und Ventura-Boulevard in den Briefkasten.«

»Glaubst du, daß er lügt?« fragte Miles.

»Er kann nicht lügen, nicht in seinem Zustand. Außerdem hat er so klar geantwortet, daß ein Irrtum ausgeschlossen ist. Vergessen wir's, Miles. Vielleicht stellt sich nach seiner Einlieferung heraus, daß die Überschreibung rechtsungültig ist, weil er sie bereits an uns verkauft hat . . . wenigstens laß ich mir seine Unterschrift auf ein paar Blatt Papier geben. Versuchen können wir es jedenfalls.«

Sie versuchte meine Unterschrift zu bekommen, und ich bemühte mich. Aber in meinem Zustand konnte ich für ihre Bedürfnisse nicht gut genug schreiben. Sie riß mir schließlich das Blatt aus der Hand und sagte bösartig: »Du ekelst mich an! Deinen Namen kann ich ja besser schreiben.« Dann beugte sie sich vor und zischte: »Hätte ich nur deine Katze umgebracht!«

Sie ließen mich ein paar Stunden in Ruhe. Dann kam Betty herein und sagte: »Danny, du bekommst jetzt eine Spritze, dann wirst du dich viel besser fühlen. Du kannst aufstehen, herumgehen und dich benehmen wie sonst auch. Du bist auf keinen Menschen wütend, schon gar nicht auf Miles und mich. Wir sind deine besten Freunde. Das sind wir, nicht wahr? Wer sind deine besten Freunde?«

»Du. Du und Miles.«

»Aber ich bin noch mehr. Ich bin deine Schwester. Sag es.«

»Du bist meine Schwester.«

»Gut. Jetzt machen wir eine schöne Autofahrt, und dann mußt du lange schlafen. Du bist krank gewesen, und wenn du aufwachst, bist du gesund. Verstehst du mich?«

»Ja.«

»Wer bin ich?«

»Du bist mein bester Freund. Du bist meine Schwester.«

»Braver Junge. Roll den Ärmel hoch.«

Ich spürte die Kanüle nicht, aber beim Herausziehen tat es weh. Ich setzte mich auf, schüttelte mich und sagte: »Das hat weh getan. Was war das?«

»Ein Mittel, damit du dich besser fühlst. Du bist krank gewesen.«

»Ja, ich bin krank. Wo ist Miles?«

»Er wird gleich hier sein. Jetzt deinen anderen Arm. Schieb den Ärmel hinauf.«

Ich sagte: »Wozu?« aber ich schob ihn hinauf und ließ mir noch eine Spritze geben. Ich zuckte zusammen.

Sie lächelte. »Das hat doch gar nicht weh getan, oder?«

»Was? Nein, es hat nicht weh getan. Wozu dient das?«

»Damit du auf der Fahrt schläfrig bist. Wenn wir dort sind, wachst du auf.«

»Schläfrig – schön. Ich möchte schlafen. Ich möchte lange schlafen.« Dann schaute ich mich um. »Wo ist Pete? Pete sollte doch mit mir schlafen.«

»Pete?« sagte Betty. »Ja, erinnerst du dich denn nicht, mein Lieber? Du hast Pete zu Ricky geschickt. Sie wird sich um ihn kümmern.«

»Ach ja!« Ich lachte befreit. Ich hatte Pete zu Ricky geschickt; jetzt fiel es mir wieder ein, wie ich ihn bei der Post aufgegeben hatte. Das war gut. Ricky liebte Pete; sie würde gut für ihn sorgen, während ich schlief.

Sie fuhren mich zum Consolidad-Sanktum in Sawtelle, das viele kleinere Versicherungsgesellschaften benützten, weil sie nicht über eigene Anlagen verfügten. Ich schlief den ganzen Weg, wurde aber sofort wach, als mich Betty ansprach. Miles blieb im Wagen, und sie führte mich hinein. Das Mädchen im Empfang sah auf und fragte: »Davis?«

»Ja«, bestätigte Betty. »Ich bin seine Schwester. Ist der Vertreter von ›Master-Insurance‹ da?«

»Sie finden ihn unten im Behandlungsraum neun – man wartet bereits. Sie können die Papiere dort dem Herrn von ›Masters‹ geben.« Sie sah mich interessiert an. »Ist er schon untersucht?«

»O ja!« versicherte Betty. »Mein Bruder kommt wegen eines schweren Leidens. Er steht unter Morphium ... wegen der Schmerzen.«

Die Empfangsdame schnalzte mitfühlend mit der Zunge. »Na, dann beeilen Sie sich. Durch diese Tür und dann links.«

In Zimmer neun befanden sich ein Mann im Straßenanzug, ein anderer in weißem Mantel und eine Krankenschwester. Sie halfen mir beim Ausziehen und behandelten mich wie ein schwachsinniges Kind, während Betty wieder erklärte, daß ich der Schmerzen wegen ein Betäubungsmittel bekommen hätte. Als ich ausgezogen auf dem Tisch lag, drückte mir der Mann im weißen Mantel die Finger tief in den Bauch. »Mit dem gibt es wenigstens keinen Ärger«, verkündete er. »Er ist leer.«

»Seit gestern abend hat er nichts mehr zu trinken und zu essen bekommen«, bestätigte Betty.

»Sehr schön. Manchmal treten die Leute vollgestopft wie Weihnachtsgänse hier an. Unvernünftiger geht es wirklich nicht.«

»Richtig. Sehr richtig.«

»Ja. Na schön, mein Sohn, jetzt mach mal eine Faust, damit ich dir die Spritze geben kann.«

Ich tat es, und wallender Nebel schien sich um mich auszubreiten. Plötzlich fiel mir etwas ein. Ich versuchte mich aufzusetzen. »Wo ist Pete? Ich will Pete sehen.«

Betty küßte mich auf die Stirn. »Nur ruhig, sei schön brav! Pete konnte doch nicht mitkommen, hast du das vergessen? Pete mußte bei Ricky bleiben.« Ich beruhigte mich, und sie sagte leise zu den anderen: »Unser Bruder Pete hat ein krankes kleines Mädchen zu Hause.«

Ich schlief ein.

Bald wurde es mir sehr kalt. Aber ich konnte mich nicht bewegen, um die Decke hochzuziehen.

5

Ich beschwerte mich beim Barmixer über die Klimaanlage – sie war zu weit aufgedreht, und wir mußten uns alle erkälten. »Macht nichts«, versicherte er mir. »Das fühlen Sie im Schlaf nicht. Schlaf . . . Schlaf . . . Abendsuppe, wunderbarer Schlaf.« Er hatte Bettys Gesicht.

»Wie wär's mit einem warmen Getränk?« wollte ich wissen. »Ein Tom und Jerry? Oder heißer Rum?«

»Sie sind ein Gauner!« erwiderte der Arzt. »Schlafen ist viel zu gut für ihn, werft den Kerl hinaus!«

Ich versuchte, mich mit den Beinen an der Messingstange festzuklammern, aber an dieser Bartheke gab es keine Messingstange, was mir komisch vorkam, und ich fiel flach auf den Rücken, was noch seltsamer war, falls man nicht einen Bettendienst für Leute ohne Füße eingerichtet hatte. Ich hatte keine Füße, wie sollte ich sie also unter einer Messingstange einhaken? Hände auch nicht. »Schau, Mammi, keine Hände!« Pete saß auf meinem Brustkorb und heulte.

Ich war wieder in der Grundausbildung . . . in sehr fortgeschrittener Grundausbildung, denn ich befand mich im Camp Hale bei einer dieser albernen Übungen, wo sie einem Schnee ins Hemd werfen, damit man ein Mann wird. Ich mußte den allergrößten Berg in ganz Colorado besteigen; er war aus Eis, dabei hatte ich keine Füße. Trotzdem trug ich den größten Rucksack, den es je gegeben hat. Ich erinnerte mich, daß man feststellen wollte, ob sich Soldaten anstelle von Mulis verwenden ließen, und man hatte mich genommen, weil ich entbehrlich war. Wenn die kleine Ricky nicht angeschoben hätte, wäre ich überhaupt nicht hinaufgekommen.

Der Hauptfeldwebel drehte sich um, und er hatte ein Gesicht wie Betty. Er glühte vor Zorn. »Los, du! Ich kann mir nicht leisten, auf dich zu warten. Mir ist es egal, ob du es schaffst oder nicht . . . aber du kannst nicht schlafen, bevor du oben bist.«

Meine fehlenden Füße trugen mich nicht mehr weiter, und ich fiel in den Schnee, und er war eisig warm, und ich schlief ein, während die kleine Ricky jammerte und mich anflehte, es nicht zu tun. Aber ich mußte schlafen.

Ich wachte im Bett bei Betty auf. Sie schüttelte mich und sagte: »Wach auf, Dan! Ich kann nicht dreißig Jahre auf dich warten;

eine Frau muß an ihre Zukunft denken.« Ich versuchte aufzustehen und ihr die Goldsäcke zu geben, die unter dem Bett lagen, aber sie waren verschwunden ... und außerdem hatte ein ›Dienstmädchen‹ mit ihrem Gesicht das ganze Gold hervorgeholt, in die Mulde auf seiner Oberseite gelegt und war aus dem Zimmer gerannt. Ich versuchte, ihm nachzulaufen, aber ich hatte keine Füße, überhaupt keinen Körper, stellte ich fest. »Ich habe nichts, und niemand kümmert sich um mich ...« Die Welt bestand aus Hauptfeldwebeln und Arbeit ... welchen Unterschied machte es also, wo oder wie man arbeitete? Ich ließ mir das Geschirr wieder anlegen und kletterte von neuem den Eisberg hinauf. Er war ganz weiß und wunderbar rund, und wenn ich nur bis zur rosigen Spitze steigen konnte, würden sie mich schlafen lassen; etwas anderes wollte ich nicht. Aber ich schaffte es nie ... keine Hände, keine Füße, nichts.

Auf dem Berg wütete ein Waldbrand. Der Schnee schmolz nicht, aber ich spürte die Hitze in Wellen gegen mich heranbranden, während ich mich hinaufmühte. Der Hauptfeldwebel beugte sich über mich und sagte: »Wachen Sie auf ... wachen Sie auf ... wachen Sie auf.«

Kaum hatte er mich geweckt, verlangte er schon wieder, daß ich schlafen sollte. Ich weiß nicht mehr genau, was dann alles passierte. Einige Zeit lag ich auf einem vibrierenden Tisch, Lampen leuchteten, Schläuche liefen durch den Raum, viele Menschen hatten sich versammelt. Aber als ich ganz wach war, lag ich in einem Krankenhausbett und fühlte mich recht wohl, abgesehen von dem schlaffen, halb schwebenden Gefühl, das man nach einem Schwitzbad hat. Ich besaß wieder Hände und Füße. Aber niemand wollte mit mir sprechen, und jedesmal, wenn ich eine Frage zu stellen versuchte, steckte mir eine Krankenschwester irgend etwas in den Mund. Ich wurde sehr viel massiert.

Dann fühlte ich mich eines Morgens großartig und stieg sofort nach dem Aufwachen aus dem Bett. Ich stand etwas unsicher auf den Beinen, aber das war alles. Ich wußte, wer ich war, ich wußte, wie ich hierher gekommen war, und ich wußte, daß alles andere Träume gewesen waren.

Ich wußte, wer mich hierher gebracht hatte. Falls mir Betty während meiner Betäubung Befehle gegeben hatte, ihre Tricks zu vergessen, schienen die Anweisungen entweder nicht gewirkt zu haben, oder dreißig Jahre Kaltschlaf beseitigten den hypnotischen

Effekt. Manche Einzelheiten blieben ein wenig verschleiert, aber ich wußte, wie sie mich hereingelegt hatten.

Ich war nicht besonders wütend deswegen. Gewiß, es war erst gestern passiert, weil gestern genau einen Schlaf lang hinter einem liegt – aber der Schlaf hatte dreißig Jahre gedauert. Dieses Gefühl läßt sich nicht präzise definieren, weil es rein subjektiv ist, aber meine Erinnerung hatte alle Ereignisse des Gestern deutlich bewahrt, während meine Stellung zu diesen Geschehnissen wie zu längst Vergangenem war. Sie haben sicher im Fernsehen Überblendungen gesehen, wenn z. B. das Gesicht eines Menschen in Großaufnahme übertragen wird? So ähnlich war das ... meine bewußte Erinnerung in Nahaufnahme, meine gefühlsmäßige Reaktion auf etwas weit Entferntes, weit Zurückliegendes.

Ich hatte wirklich vor, Miles und Betty aufzusuchen und sie zu Katzenfutter zu verarbeiten, aber das eilte nicht. Nächstes Jahr war früh genug. Im Augenblick drängte es mich, einen Blick auf das Jahr 2000 zu werfen.

Apropos Katzenfutter ... wo war Pete? Er mußte doch irgendwo in der Nähe sein. Oder der Arme hatte den Langen Schlaf nicht überlebt.

Dann – und erst in diesem Augenblick – fiel mir ein, daß mein Plan, Pete mitzunehmen, vereitelt worden war.

Ich nahm Betty und Miles aus dem Fach ›demnächst‹ und legte sie in das Fach ›dringend, eilt sehr!‹ Meine Katze umbringen wollen, wie?

Sie hatten Schlimmeres getan als Pete umzubringen; sie hatten ihn ausgesetzt ... er mußte seine Tage in engen Gassen auf der Suche nach Abfällen verbringen, während er abmagerte und sein freundliches Gemüt zu Argwohn allen zweibeinigen Wesen gegenüber verzerrt wurde.

Sie hatten ihn in dem Glauben sterben lassen – denn jetzt war er längst tot –, daß ich ihn im Stich gelassen hatte.

Dafür würden sie mir bezahlen ... wenn sie noch lebten. Mit allen Fasern meines Herzens hoffte ich, sie noch am Leben zu finden!

Ich entdeckte, daß ich vor meinem Bett stand, nur im Schlafanzug, das Gestell umklammernd, um mich aufrecht zu halten. Ich sah mich im Zimmer um, weil ich eine Schwester rufen wollte. Krankenhauszimmer hatten sich nicht sehr verändert. Es gab kein Fenster, und ich wußte nicht, woher das Licht kam, das Bett war hoch und schmal, wie Krankenhausbetten in meiner Erinnerung immer ausgesehen hatten, aber es war zu erkennen, daß man es nicht nur als Schlafplatz konstruiert hatte. Unter anderem schien es an der Unterseite eine Röhrenanlage zu besitzen, die ich für eine mechanische Bettpfanne hielt, und der Nachttisch war Teil des Bettrahmens. Obwohl ich mich normalerweise für solche Konstruktionen sehr interessiert hätte, wollte ich jetzt nur die birnenförmige Klingel finden, mit der man die Schwester herbeirufen kann – ich mußte meine Sachen verlangen.

Die Klingel fehlte, aber ich fand den Ersatz dafür: einen Druckschalter am Rand des Tisches, der kein richtiger Tisch war. Meine Hand streifte ihn beim Tasten, und ein durchsichtiges Feld gegenüber der Kopfseite meines Bettes leuchtete auf: ›Pflegeruf‹. Beinahe sofort blinkten die Worte auf: ›Einen Augenblick, bitte.‹

Schnell rollte die Tür zur Seite, und eine Krankenschwester kam herein. Diese Wesen hatten sich nicht sehr verändert. Meine Schwester war recht hübsch, hatte die Festigkeit eines Grundausbilders beim Militär, trug ein kleines weißes Käppchen auf kurzem, orchideenfarbenem Haar und eine weiße Uniform. Der Zuschnitt war eigenartig und der Stoff bedeckte hier Stellen, ließ dort Haut sehen, wo die Mode von 1970 dies nicht zugelassen hätte –, aber bei den Frauen muß man ja stets auf alles gefaßt sein.

»Sie gehen sofort wieder ins Bett!«

»Wo sind meine Sachen?«

»Gehen Sie ins Bett. Sofort!«

Ich blieb ruhig. »Hören Sie, Schwester, ich bin freier Bürger, volljährig und nicht vorbestraft. Ich brauche nicht ins Bett zu gehen, und ich werde es auch nicht tun. Zeigen Sie mir jetzt, wo meine Sachen sind, oder soll ich so hinausgehen und sie selbst suchen?«

Sie sah mich an, drehte sich dann plötzlich um und ging hinaus; die Tür schnellte vor ihr zur Seite.

Bei mir öffnete sie sich nicht. Ich versuchte immer noch, hinter das Geheimnis zu kommen, weil ich mir sagte, daß, was von einem Ingenieur ausgedacht worden war, von einem anderen auch zu erraten sein mußte, als sie wieder aufging und ein Mann hereinkam.

»Guten Morgen«, sagte er. »Ich bin Dr. Albrecht.«

Die Kleidung war für einen Arzt äußerst merkwürdig, aber seine Art und die müden Augen wirkten überzeugend. Ich glaubte ihm. »Guten Morgen, Doktor. Ich möchte meine Sachen haben.«

Er trat weit genug ins Zimmer, daß sich die Tür hinter ihm schließen konnte, dann holte er ein Päckchen Zigaretten aus der Tasche. Er nahm eine davon heraus, wedelte kurz damit hin und her, steckte sie in den Mund und rauchte; sie brannte von selbst. Er bot mir das Päckchen an. »Bitte?«

»Äh – nein, danke.« Ich schüttelte den Kopf. Ich habe immer mit einer neben mir glimmenden Zigarette an der Arbeit gesessen; der Fortschritt ließ sich an überquellenden Aschenbechern und den Brandflecken auf dem Zeichenbrett ablesen. Jetzt wurde mir beim Anblick einer Zigarette ein wenig mulmig, und ich fragte mich, ob ich mir in den verschlafenen Jahren das Rauchen abgewöhnt hatte.

»Mr. Davis, ich bin sechs Jahre hier tätig. Ich bin Spezialist für Hypnologie, Wiedererweckung und ähnliche Gebiete. Hier und anderswo habe ich insgesamt achttausenddreiundsiebzig Patienten geholfen, aus der Hypothermie ins normale Leben zurückzukehren – Sie sind Nummer 8074. Ich habe diese Leute alle möglichen seltsamen Dinge tun sehen, als sie erwachten, seltsam für Laien, nicht für mich. Manche wollten sofort wieder schlafen und schrien mich an, wenn ich sie wachhielt, andere schlafen tatsächlich wieder ein, und wir müssen sie in eine andere Anstalt überführen. Manche weinen unaufhörlich, wenn sie erkennen, daß sie nicht in das Jahr zurückkehren können, in dem sie zu Hause sind. Und wieder andere verlangen wie Sie ihre Sachen und wollen sofort auf die Straße hinauslaufen.«

»Na und? Warum denn nicht? Bin ich ein Gefangener?«

»Nein. Sie können Ihre Sachen haben. Sie sind wohl aus der Mode, aber das ist Ihr Problem. Während ich sie holen lasse, könnten Sie mir aber sagen, was denn so dringend ist, daß Sie es noch in dieser Minute erledigen müssen . . . nachdem es dreißig Jahre Zeit hatte? So lange sind Sie in Untertemperatur gewesen – dreißig Jahre lang. Ist es wirklich so dringend? Oder könnten Sie es bis zum Nachmittag verschieben? Vielleicht sogar auf morgen?«

Ich wollte eben antworten, daß es sehr dringend sei, dann klappte ich den Mund wieder zu und sah ihn betroffen an. »So dringend ist es auch wieder nicht.«

»Würden Sie mir dann den persönlichen Gefallen tun, sich wieder ins Bett zu legen, untersuchen zu lassen, zu frühstücken und mit mir zu reden, bevor Sie in alle Richtungen zugleich davongaloppieren? Vielleicht kann ich Ihnen dann sogar sagen, in welcher Richtung Sie davonstürmen müssen.«

»Schon gut, Doktor. Entschuldigen Sie.« Ich kroch ins Bett. Das tat mir gut – ich war plötzlich müde und zittrig.

»Macht nichts. Sie sollten andere Patienten erst sehen. Wir müssen sie oft von der Decke herunterholen.« Er strich die Bettdecke glatt, dann beugte er sich über den angebauten Tisch. »Dr. Albrecht auf Siebzehn. Schicken Sie einen Pfleger mit dem Frühstück ... Menü vier minus.«

Er sah mich an und sagte: »Drehen Sie sich auf die Seite und ziehen Sie die Jacke hoch. Während ich Sie untersuche, können Sie Fragen stellen. Wenn Sie Lust haben.«

Ich versuchte nachzudenken, während er meine Rippen betastete. Er benützte ein Stethoskop, das wie ein Miniatur-Hörgerät aussah. Aber einen Nachteil hatten sie immer noch nicht beseitigt; die Membrane auf meiner Haut war kalt und hart.

Was fragt man nach dreißig Jahren? Sind wir schon auf anderen Planeten gelandet? Wer versucht diesmal den ›Krieg als Ende aller Kriege‹ zu propagieren? Kommen Säuglinge aus Reagenzgläsern? »Gibt es in den Foyers der Filmtheater noch Puffreis-Automaten?«

»Bei meinem letzten Kinobesuch gewiß. Ich komme kaum ins Kino. Übrigens heißt das jetzt statt ›Film‹ ›Grabby‹.«

»So? Warum?«

»Gehen Sie einmal hin, dann werden Sie's schon sehen. Aber schnallen Sie sich fest an; bei manchen Szenen wird das ganze Theater genullt. Hören Sie, Mr. Davis, wir haben alle Tage mit diesem Problem zu tun. Für jedes Eingangsjahr gibt es ein Anpassungsvokabular sowie historische und kulturelle Zusammenfassungen. Das ist unbedingt nötig, weil eine Fehlanpassung sehr gefährlich werden kann, wenn wir den Schock auch abzufangen versuchen.«

»Äh – das kann ich mir vorstellen.«

»Eben. In Extremfällen wie bei Ihnen kommt das häufig vor. Sie haben immerhin dreißig Jahre geschlafen.«

»Ist das ein Maximum?«

»Ja und nein. Fünfunddreißig Jahre Kaltschlaf sind die längste Periode, mit der wir Erfahrungen haben, seit der erste Klient im Dezember 1955 auf Untertemperatur gebracht wurde. Sie sind der Mann mit der längsten Schlafdauer, den ich je ins Bewußtsein zurückgebracht habe. Aber hier gibt es inzwischen schon Leute, deren Vertragsdauer bis zu eineinhalb Jahrhunderten beträgt. Man hätte Sie eigentlich für dreißig Jahre gar nicht akzeptieren dürfen;

damals wußte man noch nicht genug. Man hat mit Ihnen allerhand riskiert. Sie hatten Glück.«

»Wirklich?«

»Sicher. Drehen Sie sich um.« Er untersuchte mich weiter und meinte: »Aber nach allem, was wir inzwischen dazugelernt haben, wäre ich in der Lage, einen Menschen für eine Periode von tausend Jahren im Kaltschlaf zu belassen, wenn es eine Möglichkeit der Finanzierung gäbe . . . ein Jahr lang müßte man ihn bei der Temperatur halten, bei der Sie geschlafen haben, um ihn dann in einer Millisekunde auf minus hundertzehn Grad fallen zu lassen. Er würde am Leben bleiben, glaube ich. Jetzt wollen wir einmal Ihre Reflexe prüfen.«

Diese Sache mit dem ›fallen‹ kam mir verdächtig vor. Dr. Albrecht fuhr fort: »Setzen Sie sich auf und schlagen Sie die Beine übereinander. Das Sprachenproblem wird für Sie nicht schwierig zu lösen sein. Ich habe mich natürlich bemüht, den Wortschatz von 1970 zu verwenden. Ich halte mir einiges auf meine Fähigkeit zugute, die Eingangssprache jedes meiner Patienten zu beherrschen; ich habe mich einem Hypnosekurs unterzogen. Aber Sie werden unsere Sprache binnen einer Woche beherrschen; es handelt sich nur um zusätzliche Wörter.«

Ich überlegte, ob ich ihm sagen sollte, daß er einige Ausdrücke gebraucht hatte, die 1970 noch nicht verwendet worden waren, hielt es aber für unhöflich. »Das wär's jetzt«, sagte er schließlich. »Mrs. Schultz hat versucht, Sie zu erreichen.«

»Wer?«

»Sie kennen sie nicht? Sic behauptete, eine alte Bekannte zu sein.«

»Schultz«, wiederholte ich. »Ich habe wohl irgendwann einmal mehrere Mrs. Schultzes gekannt, aber die einzige, an die ich mich erinnern kann, ist meine Volksschullehrerin. Sie wird ja inzwischen wohl schon gestorben sein.«

»Vielleicht hatte sie auch den Kaltschlaf gewählt. Na ja, Sie können sich die Nachricht geben lassen, sobald Sie Lust dazu haben. Ich werde Ihren Entlassungsschein unterschreiben. Aber wenn Sie schlau sind, bleiben Sie noch ein paar Tage, bis Sie sich zurechtfinden. Ich komme später noch einmal vorbei. Na dann, ›toi, toi, toi!‹, wie man in Ihrer Zeit sagte. Hier kommt schon der Pfleger mit Ihrem Frühstück.«

Ich fand ihn als Arzt besser denn als Sprachkenner. Aber ich dachte nicht mehr daran, als ich den Pfleger sah. Er rollte herein, wich sorgfältig Dr. Albrecht aus, der hinausging, ohne ihn zu beachten oder ihm aus dem Weg zu gehen.

Der Pfleger kam heran, schob den Tisch übers Bett, klappte ihn auf und stellte mein Frühstück auf. »Soll ich Ihnen Kaffee eingießen?«

»Ja, bitte.« Ich war nicht besonders scharf darauf, weil ich ihn lieber heiß trinken wollte, wenn ich alles andere verzehrt hatte. Aber ich wollte das Eingießen beobachten.

Denn ich war angenehm berührt ... vor mir stand ›Vielzweck-Frank‹.

Nicht das primitive, grob konstruierte, erste Modell, das mir Miles und Betty gestohlen hatten, natürlich nicht. Dieses Exemplar glich dem ersten ›Frank‹ wie ein superschnelles Turbinenauto dem ersten Personenwagen. Aber man kennt seine eigene Arbeit. Ich hatte die ersten Pläne entworfen, und das hier war das unvermeidliche Endprodukt ... Franks Urenkel, verbessert, verfeinert, hochgezüchtet, aber aus derselben Familie.

»Noch etwas?«

»Einen Augenblick.«

Anscheinend hatte ich etwas Falsches gesagt, denn der Automat nahm eine Plastikkarte aus seinem Leib. Die Karte blieb durch eine dünne Metallkette mit ihm verbunden. Ich sah mir die Karte an und las den Text:

»Stimm-Code ›Eifriger Erich‹, Modell XVII-a wichtiger Hinweis! Dieser Automat versteht die menschliche Sprache nicht. Er hat kein Begriffsvermögen, denn er ist nur eine Maschine. Zu Ihrer Erleichterung ist jedoch seine Reaktion auf eine Liste gesprochener Befehle justiert. Er ignoriert alles, was sonst in seiner Gegenwart geredet wird, oder er zeigt dieses Blatt vor, wenn ein Satz die Auslösung nicht bewirkt. Bitte genau durchlesen.

Danke
Aladin-Autotechnische Gesellschaft
Hersteller von ›Eifriger Erich‹, ›Mal-Max‹, ›Bau-Bruno‹, ›Gärtner-George‹, ›Nanny‹ und ›Williwaw‹, Planung nach Wunsch. Beratung bei Automatik-Problemen.
›Stets zu Ihren Diensten.‹«

Der letzte Satz fand sich auf dem Warenzeichen, das Aladin beim Reiben seiner Wunderlampe und einen aufquellenden Geist zeigte.

Darunter fand sich eine lange Liste einfacher Anweisungen ›Halt‹, ›Gehen‹, ›Ja‹, ›Nein‹, ›Langsamer‹, ›Schneller‹, ›Komm her‹, ›Hol eine Schwester‹, und so weiter. Dann kam eine kürzere Liste von Arbeiten, wie sie in Krankenhäusern üblich sind, wie Rückenmassagen, aber auch Tätigkeiten, von denen ich noch nie gehört hatte. Die Liste endete abrupt mit der Erklärung: »Die Arbeiten 87 bis 242 dürfen nur vom Krankenhauspersonal angeordnet werden. Aus diesem Grund sind die Befehlsformulierungen hier nicht angeführt.«

Ich hatte den ersten ›Vielzweck-Frank‹ nicht auf Stimmsteuerung konstruiert; man mußte Knöpfe drücken. Das lag nicht etwa daran, daß mir das nicht eingefallen wäre; vielmehr hätten die Analysator- und Telefonanlagen für diese Aufgaben mehr Raum eingenommen, mehr gewogen und gekostet als der ganze ›Frank‹ senior. Ich dachte, daß ich auf dem Gebiet der Miniaturtechnik und Vereinfachung noch allerhand zu lernen hatte, bevor ich mich hier an die Arbeit machen konnte. Aber es drängte mich, damit anzufangen, weil ich am ›Eifrigen Erich‹ sehen konnte, daß mir das mehr Spaß als je zuvor machen würde – wie viele Möglichkeiten gab es da! Die Technik ist die Kunst des Praktikablen und hängt mehr vom Gesamtzustand des Berufszweigs als vom einzelnen Ingenieur ab. Wenn die Zeit für Eisenbahnen reif ist, werden sie gebaut – nicht einen Tag vorher. Da brauchte man nur an Leonardo da Vinci zu denken, der seiner Zeit so weit voraus gewesen war, daß die meisten seiner Pläne nicht in die Praxis umgesetzt werden konnten.

Ich durfte mich auf das Leben hier – oder vielmehr ›jetzt‹ – freuen.

Ich gab die Hinweiskarte zurück, stieg aus dem Bett und suchte das Typenschild. Unten an der Karte hatte ich beinahe den Vermerk ›Dienstboten-AG‹ erwartet, und ich fragte mich, ob ›Aladin‹ eine Tochtergesellschaft des Mannix-Konzerns sei. Das Typenschild verriet mir nicht viel mehr als Modellbezeichnung, Seriennummer, Fabrik und ähnliches, aber es führte die Patente auf, etwa vierzig an der Zahl, und das erste davon war, wie ich interessiert vermerkte, 1970 zugeteilt worden . . . zweifellos auf meinem Originalmodell, auf meinen Plänen beruhend.

Ich fand auf dem Tisch Bleistift und Notizblock und notierte mir die Nummer des ersten Patents, aber mein Interesse war rein platonisch. Auch wenn man es mir gestohlen hatte – wovon ich überzeugt war –, war es 1987 ausgelaufen, wenn sich die Patentgesetze nicht geändert hatten, und nur die nach 1984 gewährten Patentrechte würden noch gelten. Aber ich wollte Bescheid wissen.

Im Automaten glomm ein Lämpchen auf, und er verkündete: »Ich werde gerufen. Darf ich gehen?«

»Was? Natürlich. Geh nur.« Er begann nach der Befehlsliste zu greifen. Hastig sagte ich: Gehen!«

»Danke. Auf Wiedersehen.« Er machte einen Bogen um mich.

»Ich danke auch.«

»Gern geschehen.«

Der Mann, der die Antwortsätze des Automaten diktiert hatte, verfügte über eine angenehme Baritonstimme.

Ich kroch wieder ins Bett und aß mein Frühstück, das ich hatte kalt werden lassen – aber es war nicht kalt. Frühstück vier minus mochte etwa einem mittelgroßen Vogel genügen, aber ich stellte fest, daß es ausreichte, obwohl ich sehr hungrig gewesen war. Mein Magen mußte eingeschrumpft sein. Erst nach dem Essen fiel mir ein, daß ich zum erstenmal seit dem Ablauf einer ganzen Generation wieder etwas zu mir genommen hatte. Ich kam darauf, weil eine Speisekarte beilag – was ich für Speck hielt, war aufgeführt als ›Gegrillte Hefestreifen nach Bauernart‹.

Aber trotz des dreißigjährigen Fastens dachte ich nicht ans Essen; man hatte dem Frühstück eine Tageszeitung beigegeben; die Groß-Los-Angeles-›Times‹ für Mittwoch, den 13. Dezember 2000.

Im Format hatten sich die Zeitungen nicht verändert. Sie bestanden aus Glanzpapier, und die Bilder waren entweder vielfarbig oder Schwarz-Weiß-Stereo – die Herstellung der letzteren konnte ich mir nicht vorstellen. Seit meiner Kindheit hatte es Stereobilder gegeben, die man ohne Bildgucker betrachten konnte; als kleiner Junge in den fünfziger Jahren hatte ich immer gebannt vor den Reklamen für Tiefkühlkost gestanden. Aber dafür hatte man ziemlich dicken, durchsichtigen Kunststoff für einen Raster aus winzigen Prismen verwenden müssen. Die Stereobilder hier befanden sich auf dünnem Papier.

Ich gab es auf und sah mir den Rest der Zeitung an. Der ›Eifrige Erich‹ hatte sie auf ein Lesegestell gelegt, und eine Weile schien es, als könnte ich nur die erste Seite lesen, weil ich nicht wußte, wie das vermaledeite Ding aufzumachen war. Die Blätter schienen festgefroren zu sein.

Schließlich berührte ich zufällig die rechte untere Ecke des ersten Blattes; sie rollte sich auf und klappte um ... ein Phänomen elektrisch geladener Oberflächen, von dort aus gesteuert. Die anderen Seiten rollten sich der Reihe nach rasch um, sobald ich die erwähnte Stelle berührte.

Mindestens die Hälfte der ganzen Zeitung war mir so vertraut, daß ich heimwehkrank wurde – ›Ihr Horoskop heute‹, ›Bürgermeister eröffnet neue Talsperre‹, ›Sicherheitsbestimmungen schränken Pressefreiheit ein‹, ›Baseball-Sensation‹, ›Ungewöhnliche Hitze gefährdet Wintersport‹, ›Pakistan warnt Indien‹ – und so weiter. Das kannte ich schon.

Einige der anderen Meldungen waren mir neu, erklärten sich aber von selbst: ›Mondverbindung für Gemeinden noch gesperrt‹, ›Raumstation durch zwei Lecks beschädigt, keine Todesopfer‹, ›Vier Weiße in Kapstadt gelyncht – Einschreiten der UN gefordert‹, ›Gastgeber-Müller fordern höhere Honorare‹, ›Amateure sollen nicht mehr geduldet werden‹, ›Mississippi-Pflanzer nach Antigeisterdrogen-Gesetz angeklagt‹, – Seine Verteidigung: ›Die Kerle sind nicht süchtig, nur dumm!‹ –

Ich war mir ziemlich sicher, was das letzte zu bedeuten hatte ... aus eigener Erfahrung.

Aber einige Nachrichten blieben mir völlig unklar. Die ›Wogglies‹ hatten sich ausgebreitet, und drei weitere Städte in Frankreich waren evakuiert worden; der König wollte das Gebiet bestäuben lassen, König? Na ja, in der französischen Politik war alles möglich, aber was war dieser ›poudre sanitaire‹, den man gegen die ›Wogglies‹ verwenden wollte? – was immer das sein mochte. Radioaktivität vielleicht? Hoffentlich hatte man sich einen windstillen Tag ausgesucht ... vorzugsweise den dreißigsten Februar. Ich hatte selbst einmal eine Überdosis Radioaktivität erwischt, durch die Schuld eines idiotischen Technikers in Sandia. Bis zum Erbrechen war mein Zustand damals noch nicht gediehen, aber eine Curie-Mahlzeit möchte ich keinem Menschen empfehlen.

Die für den Strand von Laguna zuständige Abteilung der Polizei von Los Angeles war mit ›Ley-Spulen‹ ausgerüstet worden, und der Abteilungschef empfahl allen Halbstarken, die Stadt auf dem schnellsten Wege zu verlassen. »Meine Leute haben Anweisung, zuerst zu narken und dann erst zu subspüren. Das Theater hat aufzuhören!«

Ich merkte mir vor, den Laguna-Strand zu meiden, bis ich in Erfahrung gebracht hatte, worum es hier ging. Ich wußte nicht recht, ob ich mich subspüren lassen wollte, auch wenn es erst nachher sein sollte.

Das sind nur Beispiele. Es gab alle möglichen Meldungen, die ganz normal begannen und sich dann im Kauderwelsch verloren.

Ich las weiter, und mein Blick fiel auf neue Überschriften. Da gab es die bekannten über Geburten, Todesfälle, Heiraten und Scheidungen, aber jetzt fand man auch ›Einlieferungen‹ und ›Austritte‹, die nach Sanktum-Namen aufgeführt waren. Ich suchte unter ›Sawtelle Cons. Sanc.‹ und fand meinen Namen. Ich gehörte also irgendwie dazu.

Aber das weitaus Interessanteste an der ganzen Zeitung waren die Anzeigen. Eine Annonce unter ›Bekanntschaften‹ hatte es mir besonders angetan: ›Attraktive, noch junge Witwe mit großer Reiselust wünscht reifen Mann mit ähnlichen Neigungen kennenzulernen. Wunsch: Zweijahres-Heiratsvertrag.‹ Aber die Geschäftsanzeigen schossen den Vogel ab.

›Dienstmädchen‹ und ihre Schwestern, Kusinen und Tanten starrten mich aus allen Seiten an . . . und man benützte immer noch das von mir für unseren Briefkopf entworfene Markenzeichen – ein stämmiges Mädchen mit Besen. Ich bereute, mich so hastig meiner Aktien der ›Dienstboten-AG‹ entledigt zu haben; wahrscheinlich waren sie jetzt mehr wert als alles andere. Nein, falsch. Wenn ich die Aktien damals bei mir gehabt hätte, wären sie mir von diesem Gaunerpaar abgenommen worden. Statt dessen hatte Ricky sie bekommen.

Ich notierte mir, vor allem zuerst Ricky zu suchen. Sie allein war mir von meiner Welt geblieben, und ich dachte sehr viel an sie. Liebe kleine Ricky! Wenn sie zehn Jahre älter gewesen wäre, hätte ich nicht einen Blick an Betty verschwendet . . . und mir nicht die Finger verbrannt.

Moment mal, wie alt mußte sie jetzt sein? Vierzig – nein, einundvierzig. Es war schwer, sich Ricky in einem solchen Alter vorzustellen. Immerhin, heutzutage war man damit noch längst keine alte Frau – nicht einmal zu meiner Zeit. Aus einer Entfernung von zehn Metern konnte man Einundvierzig von Achtzehn kaum unterscheiden.

Wenn irgend etwas schiefgegangen und sie trotz der ihr überschriebenen Aktien arm geworden war – dann, verdammt noch mal, würde ich sie heiraten! Jawohl! Es spielte keine Rolle, daß sie etwa zehn Jahre älter war als ich; angesichts meiner Dummheiten brauchte ich einen älteren Menschen, der sich um mich kümmerte und mir gelegentlich auf die Finger klopfte – und dazu war Ricky genau die richtige Frau. Sie hatte Miles und sein Haus mit Kleinmädchenernst gemanagt, als sie noch nicht einmal zehn Jahre alt gewesen war. Mit vierzig Jahren würde sie genauso sein, nur ein wenig milder.

Ich kam mir gar nicht mehr vor, als sei ich zum erstenmal in einem freien Land. Ricky – das war die Lösung aller Probleme.

Tief in mir hörte ich dann plötzlich eine Stimme: »Hör mal zu, du Trottel, du kannst Ricky nicht heiraten, weil ein so liebes Mädchen wie sie mindestens schon seit zwanzig Jahren verheiratet ist. Sie wird vier Kinder haben . . . vielleicht einen Sohn, der größer ist als du . . . und ganz bestimmt einen Mann, der dich in deiner Rolle als guter alter Onkel Danny gar nicht schätzt.«

Ich lauschte und riß die Augen auf. Dann sagte ich mit schwacher Stimme: »Na schön – ich hab' den Zug also wieder mal verpaßt. Aber ich will sie trotzdem suchen. Mehr als erschießen kann man mich nicht. Sie ist außerdem der einzige Mensch, der Pete verstanden hat.«

Ich blätterte wieder um, plötzlich sehr bedrückt bei dem Gedanken, zugleich Ricky und Pete verloren zu haben. Nach einer Weile schlief ich über der Zeitung ein und schnarchte, bis der ›Eifrige Erich‹ oder sein Zwillingsbruder das Essen brachte.

Während ich schlief, träumte ich, daß mich Ricky auf dem Schoß hatte und sagte: »Ist ja alles gut, Danny. Ich habe Pete gefunden, und jetzt bleiben wir alle bei dir. Nicht wahr, Pete?«

»Yeeow!«

Der zusätzliche Wortschatz war eine Kleinigkeit; viel mehr Zeit brauchte ich für die geschichtliche Zusammenfassung. In dreißig Jahren kann eine Menge passieren, aber warum das niederschreiben, wo doch alle Leute besser Bescheid wissen als ich? Ich war nicht davon überrascht, daß die Großasiatische Republik uns aus dem südamerikanischen Handelsgebiet verdrängte; seit dem Vertrag von Formosa hatte man damit rechnen müssen. Auch die Verwirrung in Indien setzte mich nicht in Erstaunen. Daß England eine Provinz Kanadas geworden war, verblüffte mich einen Augenblick. Wedelte der Schwanz jetzt wirklich mit dem Hund? Ich schenkte mir die Panik von 1987; Gold war ein wunderbares Material für viele Zwecke, ich konnte es nicht als Tragödie ansehen, daß es jetzt billig war und keine Währungen mehr stützte, gleichgültig, wie viele Menschen bei der Umwälzung das letzte Hemd verloren hatten.

Ich hörte auf zu lesen und dachte über die Dinge nach, die man mit billigem Gold jetzt machen konnte – im Hinblick auf das hohe spezifische Gewicht, auf die gute Leitfähigkeit und außerordentliche Verformbarkeit ... dann schrak ich zusammen, weil ich begriff, daß ich zuerst die technische Literatur nachlesen mußte. Trotzdem, allein in der Atomtechnik war Gold von unschätzbarem Wert. Die Bearbeitungsfähigkeit dieses Stoffes, für Miniaturtechnik wie geschaffen ... wieder dachte ich nach, weil ich mir plötzlich ziemlich sicher war, daß der ›Eifrige Erich‹ den Schädel sicher voll Gold hatte. Ich mußte herausfinden, was seit meiner Abwesenheit ausgetüftelt worden war.

Das Sawtelle-Sanktum hatte keine Bibliothek, die mir technische Lektüre geboten hätte, deswegen erklärte ich Dr. Albrecht, ich sei jetzt reif für die Entlassung. Er zuckte die Achseln, bezeichnete mich als Idioten und stimmte zu. Aber ich blieb noch eine Nacht. Ich stellte fest, daß ich allein vom Liegen und Lesen der Texte mit einem Buchlesegerät völlig erschöpft war.

Kurz nach dem Frühstück am nächsten Morgen brachte man mir moderne Kleidung ... und ich brauchte Hilfe beim Anziehen. Die Kleidung war an sich nicht einmal so merkwürdig – obwohl ich noch nie kirschrote, weit ausladende Hosen getragen hatte –, aber ich brachte die Verschlüsse ohne fachmännische Unterweisung nicht zu. Meinem Großvater wäre es mit Reißverschlüssen ebenso ergangen, wenn man ihn nicht langsam an die Aufgabe herangeführt hätte. Es handelte sich natürlich um die ›Engsitz-Verschlußsäume‹ – ich dachte schon, ich müßte mir jemand engagieren, der mich ins Badezimmer begleitete, bevor ich begriff, daß die Adhäsion axial polarisiert war.

Dann verlor ich beinahe meine Hose, als ich versuchte, das Hüftband ein wenig zu weiten.

Niemand lachte mich aus.

»Was werden Sie anfangen?« fragte Dr. Albrecht.

»Ich? Zuerst besorge ich mir eine Straßenkarte, dann suche ich mir ein Zimmer. Ich werde geraume Zeit nichts tun als Fachliteratur verschlingen ... vielleicht ein ganzes Jahr lang. Ich bin ein überholter Ingenieur. Das möchte ich nicht bleiben.«

»Mmmm. Na, viel Glück. Rufen Sie mich ruhig an, wenn Sie Hilfe brauchen.«

Ich streckte die Hand aus. »Vielen Dank, Doktor. Sie haben mir sehr geholfen. Äh, vielleicht sollte ich nicht davon sprechen, bevor ich mit der Vermögensverwaltung gesprochen habe, und einigermaßen feststeht, wie wohlhabend ich bin – aber ich möchte mich nicht nur mit Worten erkenntlich zeigen. Der Dank für das, was ich von Ihnen bekommen habe, sollte ein wenig handgreiflicher sein. Sie verstehen mich doch?«

Er schüttelte den Kopf. »Ich bin Ihnen verbunden, aber meine Honorare sind durch meinen Vertrag mit dem Krankenhaus gedeckt.«

»Aber –«

»Nein. Ich kann nichts nehmen, also sprechen wir nicht mehr darüber.« Er drückte mir die Hand und sagte: »Auf Wiedersehen. Wenn Sie auf dieser Gleitbahn bleiben, kommen Sie zum Hauptbüro.« Er zögerte. »Falls es Ihnen anfangs ein wenig zu anstrengend ist, Sie haben noch Anrecht auf vier Tage Erholung und Neu-Anpassung ohne zusätzliche Kosten. Alles schon bezahlt. Warum sollten Sie das nicht ausnützen? Sie können kommen und gehen, wie Sie wollen.«

Ich lachte. »Danke. Sie können eine Wette darauf eingehen, daß ich nicht zurückkomme – höchstens als Besucher.«

Ich sprang beim Hauptbüro von der Gleitbahn ab und erklärte der Empfangsdame, wer ich sei. Der Automat überreichte mir einen Umschlag, in dem sich, wie ich sehen konnte, eine weitere telefonische Nachricht von Mrs. Schultz befand. Ich hatte sie immer noch nicht angerufen, weil ich nicht wußte, wer sie war, und das Sanktum Besuche und Anrufe für wiedererweckte Klienten nur zuließ, wenn diese damit einverstanden waren. Ich sah mir den Umschlag nur kurz an und steckte ihn dann in meine Bluse. Währenddessen dachte ich, daß ich vielleicht einen Fehler begangen hatte, als ich ›Vielzweck-Frank‹ zu vielseitig machte. Früher gab es als Empfangsdamen nur hübsche Mädchen, keine Maschinen.

Der Empfangsautomat sagte: »Hier herüber bitte. Unser Schatzmeister möchte Sie sprechen.«

Nun, auch ich wollte zu ihm, also ging ich hinüber. Ich fragte mich, wieviel Geld ich inzwischen angesammelt hatte, und gratulierte mir zu meiner Kühnheit bei der Investierung meines Vermögens. Zweifellos waren meine Aktien bei der Panik von 1987 gefallen, aber inzwischen mußten sie wieder oben angelangt sein – ich wußte sogar, daß zwei Aktienpakete jetzt hohen Wert besaßen. Ich hatte den Wirtschaftsteil der ›Times‹ gelesen. Die Zeitung trug ich immer noch bei mir.

Der Schatzmeister war ein menschliches Wesen, wenn er auch allzusehr wie ein Schatzmeister aussah. Er drückte mir hastig die Hand. »Guten Tag, Mr. Davis. Ich heiße Doughty. Nehmen Sie bitte Platz.«

»Guten Tag, Mr. Doughty«, sagte ich. »Ich werde Ihre Zeit nicht über Gebühr in Anspruch nehmen müssen. Sagen Sie mir nur das eine: Regelt meine Versicherung die finanzielle Seite durch Ihr Büro oder soll ich zur Zentrale gehen?«

»Nehmen Sie doch bitte Platz. Ich muß Ihnen verschiedenes erklären.«

Ich setzte mich. Sein Büroassistent – wieder der gute alte ›Frank‹ – brachte ihm eine Akte, und Doughty sagte: »Das sind Ihre Originalverträge. Wollen Sie sie sich ansehen?«

Und ob ich das wollte. Seit dem Erwachen fragte ich mich, ob es Betty gelungen war, den Scheck zu ihren Gunsten auszuwerten. Gewiß, er war notariell beglaubigt gewesen, also nicht so leicht zu stehlen wie ein normaler, aber Bettys Ideen waren oft recht originell.

Mit großer Erleichterung stellte ich fest, daß sie bis auf den Nebenvertrag für Pete und die schriftliche Abmachung über die Verwendung meines Aktienbesitzes an der ›Dienstboten-AG‹ nichts genommen hatte. Die beiden anderen Papiere mußte sie wohl verbrannt haben, um keine Unannehmlichkeiten zu haben. Sorgfältig prüfte ich die Stellen, wo sie ›Mutual Versicherungsgesellschaft‹ in ›Master Versicherungsgesellschaft für Kalifornien‹ abgeändert hatte.

Sie war wirklich eine Künstlerin in ihrem Fach, das mußte man neidlos zugeben. Ein guter Kriminalist mit Mikroskop, Vergleichs-Stereo, chemischen Untersuchungen und ähnlichem hätte wohl beweisen können, daß die Dokumente gefälscht worden waren, aber ich nicht. Ich fragte mich nur, wie sie mit dem Giriervermerk auf der Scheckrückseite zurechtgekommen war, da beglaubigte Schecks grundsätzlich nur auf nicht radierbarem Papier ausgefertigt werden dürfen. Einen Radiergummi hatte sie wohl auch nicht benützt – was dem einen einfällt, kann ein anderer übertrumpfen ... und Betty war in dieser Hinsicht mit allen Wassern gewaschen.

Mr. Doughty räusperte sich. Ich hob den Kopf. »Können wir die Sache gleich hier abschließen?«

»Ja.«

»Dann also kurz und bündig: Wieviel?«

»Mmm ... Mr. Davis, bevor wir zu dieser Frage kommen, möchte ich Ihre Aufmerksamkeit auf ein zusätzliches Dokument lenken ... und auf einen besonderen Umstand. Das hier ist der Vertrag zwischen unserem Institut und der ›Master-Versicherung‹ für Ihre Hypothermie, Betreuung und Wiedererweckung. Sie sehen, daß das Gesamthonorar im voraus bezahlt ist. Damit sind sowohl Sie als auch wir gedeckt. Das Vermögen wird beim obersten Gericht hinterlegt und daraus vierteljährlich der jeweilige Betrag an uns abgeführt.«

»Gut. Klingt sehr vernünftig.«

»Das ist es auch. Die Hilflosen werden dadurch geschützt. Sie müssen sich nun darüber im klaren sein, daß dieses Sanktum eine eigene Gesellschaft ist und der Betreuungsvertrag mit dem für die Bearbeitung Ihrer Vermögensangelegenheiten abgeschlossenen nichts zu tun hat.«

»Worauf wollen Sie hinaus?«

»Besitzen Sie, abgesehen von den Beträgen, die Sie bei der Master-Versicherung hinterlegt haben, noch anderes Vermögen?«

Ich dachte nach. Früher hatte ich einmal ein Auto besessen ... aber der Himmel wußte, was daraus geworden war. Mein Konto in Mojave hatte ich gleich zu Beginn der Sauftour abgeräumt, und an dem Tag, als ich in Miles' Haus und in der Patsche gelandet war, trug ich höchstens dreißig bis vierzig Dollar bei mir. Bücher, Kleidung, Rechenschieber und die übrigen Kleinigkeiten waren sowieso dahin. »Nicht einmal eine Busfahrkarte, Mr. Doughty.«

»Dann – so leid es mir tut, Ihnen das sagen zu müssen – stehen Sie ohne Vermögen da.«

Ich brachte geraume Zeit kein Wort heraus. »Was soll das heißen? Du lieber Gott, einige der Firmen, bei denen ich Aktien gekauft hatte, sind in ausgezeichneter Verfassung. Das weiß ich ganz genau. Hier steht es schwarz auf weiß.« Ich hob anklagend meine Zeitung.

Er schüttelte den Kopf. »Tut mir leid, Mr. Davis, aber Sie besitzen keine Aktien mehr. Die ›Master-Versicherung‹ mußte Konkurs anmelden.«

Ich war froh, daß ich saß. Mir wurde ganz übel. »Wie ist das passiert? Bei der Panik?«

»Nein, nein. Zum Teil lag es am Zusammenbruch des Mannix-Konzerns ... aber natürlich wissen Sie davon nichts. Er ereignete sich nach der Panik, und man kann wohl sagen, daß er in der Panik seinen Ursprung hatte. Die ›Master-Versicherung‹ wäre trotzdem nicht zusammengebrochen, wenn man sie nicht systematisch ausgeraubt hätte ... ›Melken‹ nennt man das mit einem unfeinen Wort. Bei normaler Konkursverwaltung hätte man noch einiges retten können, aber sogar daran haperte es. Bis man dahinterkam, war die Firma nur noch ein hohles Gebäude ... und die Verantwortlichen hatten sich rechtzeitig abgesetzt. Unter der heutigen Gesetzgebung könnte so etwas nie passieren, wenn Ihnen das ein Trost ist.«

Nein, das war kein Trost, und außerdem glaubte ich es nicht. Mein Vater hatte immer behauptet, daß sich die Möglichkeiten für Betrügereien mit der Komplizierung der Gesetze vervielfachten.

Aber er pflegte auch zu sagen, daß ein kluger Mann immer darauf vorbereitet sein muß, auf sein Gepäck zu verzichten. Ich fragte mich, wie oft man mich noch dazu zwingen würde, bis ich als ›klug‹ gelten durfte. »Äh, Mr. Doughty, aus reiner Neugier eine Frage: Wie ist es der ›Mutual-Versicherung‹ ergangen?«

»Der Mutual? Eine erstklassige Firma. Während der Panik mußte sie natürlich wie alle anderen Unternehmen Verluste hinnehmen, aber man hat sie überstanden. Sind Sie dort etwa versichert?«

»Nein.« Ich klärte ihn nicht auf, es war sinnlos. An die Mutual konnte ich mich nicht wenden; meinen Vertrag dort hatte ich nicht erfüllt. Ich konnte die ›Master-Versicherung‹ auch nicht verklagen, weil man einer Leiche nichts mehr wegnehmen kann.

Wenn Miles und Betty noch am Leben waren, konnte ich sie verklagen – aber wozu? Ich hatte ja nicht den geringsten Beweis.

Außerdem wollte ich Betty nicht verklagen. Es würde viel schöner sein, sie mit ›null und nichtig‹ zu tätowieren – mit einer möglichst stumpfen Nadel. Dann mußte ich Rache für Pete nehmen. Ich hatte mir für dieses Verbrechen die passende Strafe noch gar nicht ausgedacht.

Plötzlich fiel mir ein, daß Miles und Betty an die Mannix-Leute hatten verkaufen wollen, als sie mich übers Ohr hauten. »Mr. Doughty, sind Sie sicher, daß der Mannix-Konzern kein Vermögen mehr besitzt? Ist er denn nicht Eigentümer der ›Dienstboten-AG?«

»›Dienstboten-AG‹? Meinen Sie die Automatik-Geräte-Firma?«

»Ja, natürlich.«

»Das halte ich kaum für möglich. Es ist sogar ausgeschlossen, weil der Mannix-Konzern überhaupt nicht mehr besteht. Natürlich kann ich nicht behaupten, daß es nie eine Verbindung zwischen der ›Dienstboten-AG‹ und den Mannix-Leuten gab. Aber sehr eng kann sie nicht gewesen sein, sonst hätte ich davon gehört.«

Ich ließ es sein. Wenn Miles und Betty von Mannix mit in den Untergang gerissen worden waren, sollte es mir recht sein. Sollte aber Mannix die ›Dienstboten-AG‹ besessen und sie ebenfalls gemolken haben, so mußte Ricky schwere Verluste erlitten haben. Und Ricky sollte nicht zu Schaden kommen, gleichgültig, was sonst auf dem Spiel stand.

Ich erhob mich. »Na, dann vielen Dank dafür, daß Sie es mir sanft beigebracht haben, Mr. Doughty. Ich muß jetzt gehen.«

»Bleiben Sie noch, Mr. Davis ... wir in diesem Institut fühlen uns für unsere Klienten weit über den Buchstaben des Vertrages hinaus verantwortlich. Sie werden begreifen, daß es sich bei Ihnen nicht um den ersten derartigen Fall handelt. Unser Vorstand hat mir nun einen kleinen Fonds für Überbrückungen in solchen Härtefällen zur Verfügung gestellt. Er –«

»Keine Wohltätigkeit, Mr. Doughty. Trotzdem vielen Dank.«

»Es handelt sich nicht um Almosen, Mr. Davis, sondern um ein Darlehen. Glauben Sie mir, Verluste mit solchen Darlehen haben wir kaum ... und wir möchten nicht, daß Sie unser Haus mit leeren Taschen verlassen.«

Ich dachte angestrengt nach. Ich hatte nicht einmal Geld fürs Haarschneiden. Geld ausleihen ist aber andererseits eine äußerst riskante Sache ... und ein kleines Darlehen ist schwerer zurückzuzahlen als eine Million. »Mr. Doughty«, sagte ich schleppend, »Dr. Albrecht erklärte mir vorhin, mir stünden noch vier Pflegetage zu.«

»Das ist sicherlich richtig – ich müßte auf Ihrer Karte nachsehen. Übrigens werfen wir keinen Menschen hinaus, auch wenn der Vertrag abgelaufen ist.«

»Das hatte ich auch nicht angenommen. Aber wie hoch ist der Tagessatz für ein Zimmer wie meines?«

»Wie? Unsere Zimmer stehen nicht gegen Bezahlung eines bestimmten Pflegesatzes zur Verfügung. Wir sind ja kein Krankenhaus; wir betreiben nur ein Therapieheim für unsere Klienten.«

»Ja, gewiß. Aber Sie müssen den Satz doch kennen, weil er immerhin für die Kalkulation wichtig sein dürfte.«

»Mmmm... ja und nein. Die Zahlen werden nicht auf dieser Grundlage errechnet. Die Unterkonten sind Abschreibung, Spesen, Betrieb, Reserven, Diätküche, Personal und so weiter. Ich könnte aber schätzen.«

»Äh, nicht nötig. Was würden in einem vergleichbaren Krankenhaus Bett und Verpflegung kosten?«

»Da weiß ich nicht genau Bescheid. Immerhin darf man vielleicht von etwa hundert Dollar pro Tag ausgehen.«

»Vier Tage ständen mir noch zu. Leihen Sie mir vierhundert Dollar?«

Er erwiderte nichts, statt dessen rief er seinem mechanischen Gehilfen einen Zahlen-Code zu. Dann wurden mir acht Fünfzig-Dollar-Scheine in die Hand gezählt. »Danke«, sagte ich erfreut, als ich das Geld einsteckte. »Ich werde mich bemühen, den Betrag nicht allzulange schuldig zu bleiben. Sechs Prozent? Oder sind die Zinsen gestiegen?«

Er schüttelte den Kopf. »Das ist kein Darlehen. Nach Ihren Bemerkungen vorhin habe ich den Betrag mit der von Ihnen nicht in Anspruch genommenen Zeit aufgerechnet.«

»Was? Hören Sie, Mr. Doughty, ich wollte Sie nicht einseifen. Selbstverständlich werde ich –«

»Bitte. Ich habe meinem Gehilfen aufgetragen, den Betrag auszugleichen, als ich ihn anwies. Wollen Sie unseren Buchhaltern wegen lumpiger vierhundert Dollar Schwierigkeiten machen? Ich wäre bereit gewesen, Ihnen weit mehr zu leihen.«

»Na ja... da kann ich wohl nichts mehr sagen. Übrigens, Mr. Doughty, wieviel Geld ist das eigentlich? Wie stehen die Preise?«

»Hmmm... das ist eine schwierige Frage.«

»Geben Sie mir einfach einen Hinweis. Wieviel muß man für eine Mahlzeit in einem Restaurant bezahlen?«

»Das ist noch verhältnismäßig preiswert. Für zehn Dollar bekommen Sie eine sehr anständige Mahlzeit, wenn Sie sich auf preiswerte Lokale beschränken.«

Ich bedankte mich und ging angenehm überrascht von dannen. Mr. Doughty erinnerte mich an einen Zahlmeister, den ich beim Militär kennengelernt hatte. Es gibt nur zwei Sorten von Zahlmeistern: Die einen zeigen einem, wo in den Vorschriften steht, daß man nicht bekommen kann, was einem zusteht, und die anderen suchen in den Bestimmungen, bis sie einen Paragraphen finden, der einem etwas zukommen läßt, selbst wenn man keinen Anspruch hat.

Doughty gehörte zur zweiten Sorte.

Das Sanktum stand am Wilshire-Boulevard. Vor der Fassade standen Bänke, Sträucher und Blumen. Ich setzte mich auf eine Bank, um Inventur zu machen und zu entscheiden, ob ich mich nach Osten oder nach Westen wenden sollte. Bei Mr. Doughty hatte ich mir nichts anmerken lassen, aber in Wirklichkeit war ich ziemlich erschüttert, obwohl ich so viel Geld in der Tasche bei mir trug, daß ich wenigstens für eine Woche nicht Hunger zu leiden brauchte.

Aber die Sonne schien warm, und das Dröhnen des Autoverkehrs war angenehm, ich war jung – biologisch wenigstens –, hatte zwei Hände und meinen Kopf. Ich pfiff vor mich hin und schlug die ›Times‹ auf, um die Stellenangebote zu überfliegen.

Ich widerstand der Versuchung, unter der Rubrik ›Ingenieure‹ nachzuschauen, und wandte mich sofort zur Spalte ›Ungelernt‹.

Die Spalte war außerordentlich kurz. Ich konnte sie kaum finden.

6

Am zweiten Tag, Freitag, dem 15. Dezember, fand ich eine Stellung.

Ich kam ein wenig unsanft mit dem Gesetz in Berührung und hatte einige Schwierigkeiten mit neuartigen Gewohnheiten. Ich stellte fest, daß ›Wiederanpassung durch Lektüre‹ etwas gänzlich anderes war als durch Erfahrung am eigenen Leib.

Ich hätte mich wohl leichter zurechtgefunden, wenn ich in Omsk, Santiago oder Djakarta aufgewacht wäre. In einer fremden Stadt weiß man, daß anders gelebt wird, aber in Groß-Los-Angeles erwartete ich unbewußt, alles wie früher vorzufinden, obwohl ich die Veränderungen mit eigenen Augen sehen konnte. Dreißig Jahre vergehen natürlich wie nichts; jeder macht im Lauf seines Lebens Veränderungen in kleinerem und größerem Umfang mit, aber schlagartig sind sie eben doch schwer zu verdauen.

Manche Wörter hatten einen völlig anderen, meist auch zweideutigen oder gar eindeutigen Sinn bekommen. Ich geriet zu Anfang häufig in peinliche, ja sogar in gefährliche Situationen.

Aber ich kam zurecht. In meiner Stellung mußte ich neue Bodenlimousinen zu Schrott zerdrücken, damit sie nach Pittsburgh in die Stahlwerke geliefert werden konnten. Cadillacs, Chryslers, Eisenhowers, Lincolns – alle Arten großer, neuer, starker Turbinenautos, die noch nicht einen Kilometer gefahren waren. Zwischen die Pressenkiefer schieben, dann knirsch! peng! – Schrott für Hüttenöfen.

Mir tat das anfangs weh, weil ich immer noch mit den Gleitbahnen zur Arbeit kommen mußte und mir nicht einmal einen Schwerkraftwagen leisten konnte. Ich gab meiner Meinung Ausdruck und hätte beinahe meinen Posten verloren ... bis dem Schichtführer einfiel, daß ich ein Schläfer und somit nicht ganz zurechnungsfähig war.

»Das ist eine ganz einfache Wirtschaftlichkeitsrechnung. Die überschüssigen Fahrzeuge hat die Regierung als Sicherheit für Preisstütz-Darlehen angenommen. Sie sind jetzt zwei Jahre alt und können nie verkauft werden ... also verschrottet die Regierung die Fahrzeuge und verkauft sie wieder der Stahlindustrie. Man kann einen Hüttenofen nicht nur mit Erz betreiben; er braucht auch Schrott. Das müßten sogar Sie als Schläfer wissen. Tatsächlich wird bei dem herrschenden Mangel an hochwertigen Erzen der Bedarf an Schrott immer größer. Die Stahlindustrie hat diese Autos bitter nötig.«

»Aber warum werden sie denn überhaupt gebaut, wenn man sie nicht verkaufen kann? Das sieht doch nach Verschwendung aus.«

»Es sieht nur so aus. Wollen Sie Arbeitslosigkeit? Soll der Lebensstandard sinken?«

»Na ja, warum exportiert man dann die Fahrzeuge nicht? Auf dem freien Markt im Ausland müßte doch mehr dafür zu erzielen sein als der Schrottwert.«

»Was! – und den Exportmarkt kaputtmachen? Wenn wir Fahrzeuge in großen Mengen ins Ausland exportieren, würde man außerdem sehr böse auf uns werden – Japan, Frankreich, Deutschland, Großasien, alle Länder. Was haben Sie vor? Wollen Sie einen Krieg anfangen?« Er seufzte und fuhr in väterlichem Ton fort: »Gehen Sie in die Stadtbibliothek und holen Sie sich ein paar Bücher. Sie haben kein Recht auf eine eigene Meinung über diese Angelegenheiten, bis Sie sich genau informiert haben.«

Ich hielt den Mund. Ich sagte ihm nicht, daß ich meine ganze Freizeit in der Stadt- oder Universitätsbibliothek verbrachte. Ich hatte bisher nirgends zugegeben, daß ich – jedenfalls früher – Ingenieur war – das jetzt zu behaupten wäre dasselbe gewesen, als hätte ich mich bei Du Pont eingefunden, um zu erklären: »Herr, Ihr seht einen Alchimisten vor Euch. Könnt Ihr meine Dienste gebrauchen?«

Ich kam noch einmal auf das Thema zu sprechen, weil mir auffiel, daß nur sehr wenige der zu verschrottenden Autos wirklich fahrbereit waren. Die Verarbeitung zeigte erhebliche Mängel, und oft fehlten Armaturen und Klimaanlagen. Aber als ich eines Tages ein Fahrzeug entdeckte, bei dem man sogar die Turbinen vergessen hatte, machte ich den Mund auf.

Der Schichtführer starrte mich an. »Du lieber Himmel, Sie verlangen doch wohl nicht, daß man bei Überschuß-Fahrzeugen beste Handwerksarbeit liefert? Diese Autos waren als Sicherheit gedacht, bevor sie überhaupt vom Fließband gingen.«

Diesmal hielt ich endgültig den Mund. Ich würde gut daran tun, mich auf Ingenieurtechnik zu beschränken; von Wirtschaftstheorie verstand ich nichts.

Aber ich hatte sehr viel Zeit zum Nachdenken. Mein Posten war für mich keine richtige Stellung; die ganze Arbeit leistete ›Vielzweck-Frank‹ in seinen verschiedenen Verkleidungen. ›Frank‹ und seine Brüder steuerten die Presse, schoben die Autos an die richtige Stelle, fuhren den Schrott an, zählten und wogen die Ladungen; meine Aufgabe bestand nur darin, auf einer kleinen Plattform zu stehen – sitzen durfte ich nicht – und einen Schalter zu bewachen, mit dem die ganze Anlage stillgelegt werden konnte, sobald irgend etwas schiefging. Das kam nie vor, aber ich stellte bald fest, daß ich in jeder Schicht mindestens einen Defekt entdecken, alles abstellen und eine Reparaturmannschaft auf den Weg schicken mußte. Das erwartete man von mir.

Nun ja, ich verdiente einundzwanzig Dollar am Tag und konnte mich wenigstens ernähren.

Nach Abzug von Sozialversicherung, Gewerkschaftsbeitrag,

Einkommensteuer, Verteidigungssteuer, Krankenkasse und Wohlfahrtsfonds konnte ich ungefähr sechzehn davon heimtragen. Mr. Doughty hatte nicht recht gehabt, als er eine Mahlzeit zehn Dollar kosten ließ. Man bekam ein sehr anständiges Mittagessen schon für drei Dollar, wenn man nicht auf echtem Fleisch bestand, und kein Mensch kennt den Unterschied zwischen einem synthetischen und einem echten Hacksteak. Bei den vielen Gerüchten über geschmuggeltes Fleisch, von dem man radioaktiv verseucht werden konnte, war ich mit Ersatzprodukten sehr zufrieden.

Ein anderes Problem war es gewesen, ein Zimmer zu finden. Seit Los Angeles der Slumbeseitigung im Sechswöchigen Krieg entgangen war, hatte sich dort eine erstaunliche Anzahl von Flüchtlingen eingefunden – ich mußte mich wohl dazuzählen, obwohl ich mich damals nicht dafür gehalten hatte –, und offensichtlich war auch nicht ein einziger davon wieder heimgefahren, selbst Leute nicht, deren Häuser noch standen. Die Stadt – wenn man Groß-Los-Angeles noch eine Stadt nennen kann, sie ist eher ein Zustand – war schon zu meiner Zeit am Ersticken gewesen; jetzt platzte sie aus allen Nähten. Vielleicht war es ein Fehler, den Smog zu beseitigen; in den sechziger Jahren suchten wenigstens jedes Jahr ein paar Leute wegen Asthma das Weite.

Jetzt schien überhaupt kein Mensch mehr wegzuziehen.

Am Tag nach meiner Entlassung aus dem Sanktum war ich mit mehreren Problemen beschäftigt, nämlich wie ich 1. eine Stellung, 2. ein Zimmer finden, 3. die Entwicklung in meinem Beruf aufholen, 4. Ricky finden, 5. wieder in meinen Beruf zurückkehren, 6. Betty und Miles aufspüren und ihnen alles heimzahlen sollte – ohne im Gefängnis zu landen, und 7. diverses erledigen konnte, zum Beispiel die Nachforschung nach dem Originalpatent für den ›Eifrigen Erich‹ betreiben und den Nachweis für meine Vermutung erbringen, daß es sich in Wirklichkeit um ›Vielzweck-Frank‹ handelte. Wichtig war das allerdings nicht, ich wollte nur meine Neugier befriedigen.

Obiges habe ich in der tatsächlichen Rangordnung wiedergegeben, weil mir schon vor Jahren klargeworden war, daß man schön der Reihe nach vorgehen muß, wenn man nicht auf dem trockenen sitzen will. Manches lief natürlich parallel; ich hatte vor, Ricky sowie Betty und Konsorten zu suchen, während ich alles Greifbare über meinen Berufszweig verschlang. Eine Stellung zu finden, trat schließlich an die erste Stelle, weil Dollars der Schlüssel zu allem und jedem sind ... und vor allem, wenn man sie nicht hat.

Nachdem man mich sechsmal hintereinander abgewiesen hatte, war ich einer Anzeige bis hinaus nach San Bernardino gefolgt, nur um dort zehn Minuten zu spät zu kommen. Ich hätte mir sofort eine billige Schlafstelle mieten müssen; statt dessen hielt ich mich für besonders schlau und fuhr in die Innenstadt zurück, wo ich ein Zimmer finden, am nächsten Morgen sehr früh aufstehen und als erster bei einem künftigen Arbeitgeber erscheinen wollte.

Woher sollte ich mich auskennen? Ich ließ meinen Namen auf die Wartelisten von vier Personen setzen und landete im Park. Ich ging dort bis Mitternacht spazieren, um mich warm zu halten, dann gab ich es auf – der Winter in Los Angeles ist subtropisch mit starker Betonung auf sub. Ich flüchtete mich in eine der Stationen am Wilshire-Boulevard ... und gegen zwei Uhr morgens wurde ich mit den anderen Landstreichern zusammen festgenommen.

Die Gefängnisse waren schöner geworden. Hier war es wenigstens warm, und von den Schaben verlangte man immerhin, daß sie sich die Füße abputzten.

Ich wurde wegen Landstreicherei angezeigt. Der Richter, ein junger Mann, sah nicht einmal von seiner Zeitung auf, als er fragte: »Alle zum erstenmal straffällig?«

»Ja, Euer Ehren.«

»Dreißig Tage oder Arbeitsverpflichtung. Die nächsten.«

Man begann, uns hinauszutreiben, aber ich rührte mich nicht vom Fleck. »Einen Augenblick, Euer Ehren.«

»Was? Paßt Ihnen etwas nicht? Sind Sie schuldig oder nicht?«

»Äh – das kann ich wirklich nicht sagen, weil ich nicht weiß, was ich getan habe. Sehen Sie –«

»Wollen Sie einen Pflichtverteidiger? Dann müssen wir Sie einsperren, bis einer frei ist. Eine Woche dauert das der Rückstände wegen auf jeden Fall ... aber Sie haben ein Anrecht darauf.«

»Ich komme nicht mit. Vielleicht möchte ich doch lieber eine Arbeitsverpflichtung, obwohl ich mich da auch nicht auskenne. Eigentlich hätte ich von Euer Ehren gerne einen Rat, wenn das möglich ist.«

Der Richter sagte zum Gerichtsdiener: »Führen Sie die anderen hinaus.« Er wandte sich wieder an mich. »Dann heraus damit. Aber ich sage Ihnen gleich, daß Ihnen mein Rat nicht gefallen wird. Ich bin lange genug in meinem Beruf, um alle denkbaren Erklärungen zu kennen und sie zu verachten.«

»Ja, Sir. Meine Geschichte ist kein Schwindel; sie läßt sich leicht nachprüfen. Sehen Sie, ich bin gestern erst nach dem Langen Schlaf entlassen worden, und –«

Aber er machte ein angewidertes Gesicht. »Zu diesen Leuten gehören Sie? Ich habe mich oft gefragt, was unsere Großeltern dazu bewog, uns ihr ganzes Pack aufzuladen. Was diese Stadt am allerwenigsten braucht, sind mehr Menschen ... vor allem solche, die nicht einmal in ihrer eigenen Zeit zurechtgekommen sind. Am liebsten würde ich Sie mit der Nachricht zurückschicken, daß die Zukunft, von der man dort träumt, nicht mit Gold gepflastert ist.« Er seufzte. »Aber das würde wohl kaum etwas nützen. Nun, was erwarten Sie von mir? Daß ich Ihnen noch einmal eine Chance gebe? Damit Sie in einer Woche hier wieder auftauchen?«

»Das ist wenig wahrscheinlich. Ich habe Geld genug, um mich über Wasser zu halten, bis ich eine Stellung finde und –«

»Was? Warum treiben Sie sich dann herum, wenn Sie Geld haben?«

»Ich bin da ganz unschuldig hineingeschlittert.« Diesmal ließ er mich reden. Als ich ihm erklärte, wie ich von der ›Master-Versicherungsgesellschaft‹ hereingelegt worden war, änderte sich sein Verhalten von Grund auf.

»Diese Banditen! Meine Mutter zahlte zwanzig Jahre lang treu und brav ihre Prämie und bekam nicht einen Cent. Warum haben Sie mir das nicht gleich gesagt?« Er nahm eine Karte aus der Tasche, schrieb etwas darauf und sagte: »Gehen Sie damit zum Einstellungsbüro bei der Überschuß- und Schrott-Behörde. Wenn Sie keine Stellung bekommen, melden Sie sich heute nachmittag wieder bei mir. Aber lassen Sie sich nicht mehr beim Streunen erwischen. Das erzeugt nicht nur Verbrechen und Unmoral, Sie laufen auch große Gefahr, einem ›Geisterdrogen‹-Händler in die Klauen zu geraten.«

Auf diese Weise bekam ich eine Stellung als Auto-Verschrotter. Aber ich glaubte immer noch, keinen Fehler begangen zu haben, als ich mich zuerst für die Stellungssuche entschied. Ein Mann mit dicker Brieftasche ist überall zu Hause – die Polizeibeamten lassen ihn in Ruhe.

Ich fand auch ein anständiges Zimmer in einer Gegend West-

Los-Angeles', die vom Neuen Plan nicht berührt worden war. Früher konnte es höchstens als Besenkammer gedient haben.

Ich möchte keineswegs den Eindruck erwecken, das Jahr 2000 habe mir im Vergleich zu 1970 mißfallen. Es paßte mir ebensogut wie 2001, das wenige Wochen nach meiner Wiedererweckung das alte Jahr ablöste. Trotz häufig auftretender Heimwehanfälle hielt ich Groß-Los-Angeles zu Beginn des dritten Jahrtausends bei weitem für die großartigste Stadt, die ich je gesehen hatte. Tempo, Sauberkeit und eine ungemein erregende Atmosphäre, trotz der Überfüllung ... und selbst ihr rückte man auf grandiose Weise zu Leibe. Die nach dem Neuen Plan umgemodelten Stadtreihen erfreuten das Herz jedes Technikers. Wenn die Stadtverwaltung berechtigt gewesen wäre, für zehn Jahre jeden Neuzuzug zu verbieten, hätte sich das Wohnungsproblem lösen lassen. Da das aber nicht in ihrer Macht stand, mußte man eben versuchen, mit den über die Sierras heranziehenden Schwärmen so gut wie möglich fertig zu werden ... und diese Leistung ließ sich kaum überbieten. Sogar die Mißerfolge waren kolossaler Natur.

Es lohnte sich, dreißig Jahre geschlafen zu haben, um zu einer Zeit zu erwachen, da der Katarrh besiegt war und kein Mensch mehr mit tropfender Nase herumlief. Das bedeutete mir mehr als die Forschungskolonie auf der Venus.

Zwei Dinge beeindruckten mich am allermeisten, ein wichtiges und ein nebensächliches. Das wichtige war natürlich die Null-Schwerkraft. Im Jahre 1970 hatte ich zwar von den Schwerkraft-Forschungen des Babson-Instituts gehört, aber keine verwertbaren Resultate erwartet – mit Recht; die grundlegende Theorie wurde in der Universität von Edinburgh entwickelt. Aber schon in der Schule hatte ich gelernt, daß die Schwerkraft unbeeinflußt bleiben mußte, weil sie ein Prädikat des Raumes sei.

Man ändert also die Struktur des Raumes. Nur zeitweise und örtlich begrenzt, versteht sich, aber mehr ist für die Bewegung eines schweren Gegenstandes auch nicht nötig. Er muß mit Mutter Erde trotzdem in Feldbeziehung bleiben, so daß die Theorie für Raumschiffe nicht verwendbar ist – im Jahre 2001 jedenfalls. Wetten auf die Zukunft gehe ich nicht mehr ein. Ich erfuhr, daß man zur Hebung eines Objektes immer noch Energie aufwenden mußte, um das Schwerkraftpotential zu überwinden. Im umgekehrten Fall benötigte man einen Energieverwerter, wenn man etwas herabsinken lassen wollte, damit die Kilopond untergebracht werden konnten, sonst hätte es kräftig gedonnert. Aber um ein Objekt, sagen wir, von San Franzisko nach Groß-Los-Angeles in horizontaler Linie zu befördern, brauchte man es nur in die Höhe zu bringen und dann dahintreiben zu lassen, ohne weiteren Energieaufwand.

Großartig!

Ich versuchte die Theorie zu studieren, aber die mathematischen Formeln beginnen bei den Endresultaten der Tensorrechnung; da kann ich nicht mehr mit. Ingenieure sind allerdings selten theoretische Mathematiker; das ist auch nicht nötig. Sie brauchen nur das Prinzip einigermaßen begriffen zu haben, um praktische Anwendungsmöglichkeiten zu finden – sie mußten nicht mehr als die Arbeitshypothesen kennen, und die ließen sich erlernen.

Das Nebensächliche, von dem ich vorhin sprach, waren die Veränderungen in der Damenmode durch die ›Engsitzstoffe‹. Nackte Haut in den Strandbädern konnte mich nicht erschüttern; diese Entwicklung war schon 1970 zu ahnen gewesen. Aber die tollen Dinge, die das weibliche Geschlecht mit ›Engsitz‹ anstellte, benahmen einem schon manchmal den Atem. Mein Großvater war 1890 geboren; einige Modeerscheinungen von 1970 hätten wohl auch auf ihn gewirkt.

Aber mir gefiel diese neue Welt, und ich hätte mich in ihr glücklich fühlen können, wenn ich nicht die meiste Zeit einsam gewesen wäre. Es gab Stunden – vor allem mitten in der Nacht –, da hätte ich alles für einen lädierten Kater oder die Chance, die kleine Ricky einmal in den Zoo führen zu können, hergegeben . . . auch für die Kameradschaft zwischen Miles und mir, als wir noch nichts als harte Arbeit und Hoffnungen vor uns gehabt hatten.

2001 war noch nicht alt, und ich hatte kaum die Hälfte des beabsichtigten Pensums durchgeackert, als es mich schon juckte, meinen angenehmen Job aufzugeben und ans Zeichenbrett zurückzukehren. In meinem Beruf waren so viele Dinge möglich geworden, die man 1970 noch als phantastisch verschrien hatte; ich wollte mich an die Arbeit machen und ein paar Dutzend Ideen ausprobieren.

Beispielsweise hatte ich erwartet, daß der Gebrauch von automatischen Sekretärinnen üblich sein würde – ich meine damit eine Maschine, der man diktieren kann, wofür man dann einen Geschäftsbrief ausgespuckt bekommt, der in Orthographie, Interpunktion und Einteilung fehlerlos ist, ohne daß sich damit ein menschliches Wesen zu befassen brauchte. Aber es gab sie nicht.

Gewiß, irgend jemand hatte eine Maschine erfunden, die tippen konnte, aber sie war nur für eine phonetische Sprache wie Esperanto geeignet und vermochte mit Ausspracheähnlichkeiten bei Sinnunterschied nicht fertig zu werden. Die Menschen geben aber die unlogischen Gesetze des Englischen zugunsten eines Erfinders nicht auf. Der Berg muß zum Propheten kommen.

Wenn eine Oberschülerin die komplizierten Regeln der englischen Aussprache zu erlernen und im allgemeinen das Richtige niederzuschreiben vermag, wie läßt sich das einer Maschine beibringen?

Unmöglich – das war die übliche Antwort. Für solche Aufgaben sei menschliches Urteils- und Begriffsvermögen erforderlich.

Aber eine Erfindung ist bis zu dem Tag, an dem sie gemacht wird, immer unmöglich – deswegen werden ja Patente erteilt.

Mit den jetzt zur Verfügung stehenden Gedächtnisspeicherröhren und der hochentwickelten Mikrotechnik – hinsichtlich der vielfältigen Verwendung des Goldes für technische Zwecke hatte ich übrigens richtig geraten – mußte es doch ein leichtes sein, hunderttausend Ton-Codes in einen Kubikzoll zu pressen ... mit anderen Worten, jedes Wort eines mittelgroßen Wörterbuches auf gesprochene Befehle hin zu verschlüsseln. Aber das war gar nicht nötig; zehntausend würden mehr als genug sein. Wer verlangt von einer Stenotypistin, daß sie Worte wie ›Tetrapodie‹ und ›Pyrophyllit‹ beherrscht? Solche Wörter muß man ihr eben vorbuchstabieren, wenn sie auftreten. Na schön, wir kodieren die Maschine, im gegebenen Fall auch Buchstabierung zu verarbeiten. Wir konstruieren Ton-Code-Leitungen für Interpunktion ... und für verschiedene Briefformate ... zum Heraussuchen von Adressen aller Art aus einer Kartei ... zur Fertigung beliebig vieler Durchschriften ... und sehen mindestens tausend leere Wort-Codes vor für ein Sondervokabular, das dem jeweiligen Beruf typisch ist – und stellen das Gerät so ein, daß der Besitzer-Klient die Sonderausdrücke selbst einprogrammieren kann; ein Wort wie ›Stenobentisch‹ bei niedergedrückter Gedächtnisspeichertaste einmal buchstabiert und für immer einprogrammiert.

Alles ganz einfach. Es handelt sich nur darum, bereits auf dem Markt vorhandene Geräte zusammenzubauen und zu einem Serienmodell zu glätten.

Ein schweres Problem stellten nur die Homonyme dar. Gab es in der Stadtbibliothek ein Wörterbuch englischer Homonyme? Gewiß ... und ich begann die unvermeidbaren Homonym-Paare zu zählen, um herauszufinden, wie viele davon sich mit der Informationstheorie verarbeiten ließen, und wie viele Sonderkodierung benötigten.

Ich wurde ganz nervös. Ich verschwendete nicht nur dreißig Stunden wöchentlich an eine völlig nutzlose Arbeit; in einer Bibliothek konnte ich auch nichts Richtiges leisten. Ich brauchte eine Werkstätte, wo ich die Schwierigkeiten ausbügeln, Kataloge, Zeitschriften, Rechenmaschinen und alles andere unbedingt Erforderliche ausleihen konnte.

Ich entschied, daß ich zumindest in einen verwandten Beruf umsteigen mußte. So dumm war ich nicht, daß ich mich schon wieder für einen Ingenieur gehalten hätte; es gab zuviel, wovon ich noch keine Ahnung hatte – wiederholt fiel mir eine Methode, ein neuer Weg ein, worauf ich in der Bibliothek feststellen mußte, daß jemand dieses Problem klarer, besser und billiger zehn oder fünfzehn Jahre vorher gelöst hatte.

Ich mußte in ein Ingenieurbüro und das allgemeine Wissen durch tägliche Erfahrung in mich aufnehmen. Ich hoffte, eine Stellung als technischer Anfangszeichner zu finden.

Daß man jetzt motorbetriebene halbautomatische Zeichenmaschinen benützte, war mir bekannt; ich hatte Bilder davon gesehen, wenn mir auch die Gelegenheit, eines dieser Geräte selbst auszuprobieren, bisher versagt geblieben war. Aber nach meinem Gefühl mußte ich die Bedienung in zwanzig Minuten erlernen können, denn sie entsprach weitgehend einer meiner früheren Ideen; es handelte sich um eine Maschine, die in derselben Beziehung zum altmodischen Zeichenbrett plus Winkel stand wie eine Schreibmaschine zur Handschrift. Ich hatte mir ausgedacht, gerade oder geschwungene Linien nur durch Tastendruck auf eine Bildfläche zu zaubern.

In diesem Fall war ich mir aber sicher, daß meine Erfindung nicht gestohlen worden war, im Gegensatz zum ›Vielzweck-Frank‹, weil meine Zeichenmaschine nur in meinem Kopf existiert hatte. Jemand war auf die gleiche Idee gekommen und hatte sie logisch weiterentwickelt. Wenn es an der Zeit ist, Eisenbahnen zu bauen, werden sie gebaut.

Die Aladin-Leute, dieselbe Firma, bei der man den ›Eifrigen Erich‹ herstellte, machten auch eine der besten Zeichenmaschinen, den ›Mal-Max‹. Ich griff meine Ersparnisse an, kaufte mir einen guten Anzug und eine gebrauchte Aktentasche, stopfte sie mit Zeitungen voll und stellte mich mit dem Wunsch, eine dieser Maschinen zu kaufen, in einem Verkaufsbüro von ›Aladin‹ ein. Ich bat um eine Vorführung.

Als ich dann endlich an ein Modell von ›Mal-Max‹ herankonnte, passierte mir etwas Merkwürdiges. ›Deja vu‹ nennen die Psychologen das – ›ich bin schon einmal hier gewesen‹. Das verdammte Ding war genauso entwickelt worden, wie ich es getan hätte, wenn mir die Zeit dazu geblieben wäre ... anstatt in den Langen Schlaf versenkt zu werden.

Fragen Sie mich nicht, warum ich das in diesem Augenblick so deutlich spürte. Man kennt doch seinen eigenen Arbeitsstil. Ein Kunstkritiker wird einen Rubens von einem Rembrandt an der Pinselführung, der Lichtverteilung, der Komposition und ähnlichem unterscheiden. Bei unserem Beruf handelt es sich nicht um Wissenschaft, sondern um Kunst, und bei der Behandlung technischer Probleme gibt es immer mindestens ein Dutzend verschiedener Lösungswege. Ein Konstrukteur ›signiert‹ durch die Auswahl seine Werke genauso wie ein Maler.

›Mal-Max‹ schien so unbestreitbar mein eigen Geistes Kind, daß ich einige Zeit völlig verwirrt war. Ich begann mich zu fragen, ob man die Telepathie doch nicht einfach in Grund und Boden verdammen durfte.

Ich versäumte nicht, die Nummer des ersten Patents in Erfahrung zu bringen. In meinem Zustand war ich nicht überrascht, als Datum dafür das Jahr 1970 zu finden. Ich beschloß, den Erfinder in Erfahrung zu bringen. Vielleicht war es einer meiner eigenen Lehrer, von dem ich unbewußt einiges übernommen hatte. Oder es handelte sich um einen Ingenieur, mit dem ich irgendwann einmal zusammengearbeitet hatte.

Vielleicht lebte der Erfinder noch. In diesem Fall gedachte ich ihn einmal aufzusuchen, um mich mit dem Mann bekannt zu machen, dessen Verstand auf den Bahnen des meinigen lief.

Es gelang mir jedoch, mich zusammenzunehmen und mir das Gerät vom Verkäufer vorführen zu lassen. Er hätte sich kaum zu bemühen brauchen; ›Mal-Max‹ und ich waren füreinander geschaffen. Nach zehn Minuten konnte ich besser damit umgehen als er. Endlich hörte ich widerstrebend auf, hübsche Bilder zu zeichnen, ließ mir Preislisten, Rabattangebote, Kundendiensthinweise und so weiter geben, dann verschwand ich mit der Bemerkung, ich würde mich wieder melden, als er mir gerade den Federhalter zum Unterschreiben reichte. Pech für ihn, aber ich hatte ihm ja nicht mehr gestohlen als eine Stunde Zeit.

Von dort ging ich zum Hauptwerk der ›Dienstboten-AG‹ und bewarb mich um eine Stellung.

Ich wußte, daß Miles und Betty mit dieser Firma nichts mehr zu tun hatten. In der knapp bemessenen Zeit zwischen meiner Arbeit und der drängenden Notwendigkeit, Berufswissen aufzuholen, hatte ich nach Miles und Betty und ganz besonders nach Ricky geforscht. Nicht einer von ihnen war im Telefonbuch aufgeführt, noch sonst irgendwo in den Vereinigten Staaten, denn ich hatte im Zentralbüro in Cleveland für eine Gesamtnachforschung im ganzen Land bezahlt. Gegen vierfaches Honorar, denn Betty ließ sich weder unter ›Gentry‹ noch unter ›Darkin‹ finden.

Beim Wählerverzeichnis für den Bezirk Los Angeles hatte ich auch kein Glück.

Die ›Dienstboten-AG‹ gab in einem Schreiben, unterzeichnet vom siebzehnten Vizepräsidenten für die Beantwortung alberner Fragen, verklausuliert zu, daß vor dreißig Jahren einmal Leute jenes Namens dort beschäftigt gewesen seien, man mir aber jetzt nicht weiterhelfen könne.

Eine dreißig Jahre alte Spur wieder aufzunehmen, ist nicht die richtige Aufgabe für einen Amateur mit wenig Zeit und noch weniger Geld. Ich verfügte nicht über ihre Fingerabdrücke, sonst hätte ich mich an das FBI gewandt. Ich kannte die Nummern ihrer Sozialversicherungskarten nicht. Mein Land war nie bereit gewesen, Polizeistaat-Methoden einzuführen, also gab es kein Amt, das für jeden Bürger eine Akte führte, noch wäre ich in der Lage gewesen, an solche Unterlagen heranzukommen, wenn es sie auch gegeben hätte.

Eine gutbezahlte Privatdetektei hätte vielleicht in E-Werk-Unterlagen, Zeitungsarchiven und weiß Gott was noch herumkramen und sie aufspüren können. Dazu hatte ich weder das nötige Kleingeld noch die Begabung und Zeit, es selbst zu machen.

Bei Miles und Betty gab ich schließlich auf, während ich mir versprach, Ricky durch beruflich dazu prädestinierte Leute suchen zu lassen, sobald meine Finanzen es gestatteten. Ich war bereits zu dem Schluß gelangt, daß sie keine Aktien der ›Dienstboten-AG‹ besaß; ich hatte auch der Bank of America geschrieben und mich erkundigt, ob man dort jemals treuhänderisch irgendeinen Besitz für sie verwaltet hatte. Ich bekam einen Formularbrief, dem ich entnehmen konnte, daß derartiges vertraulich sei, also hatte ich erwidert, daß ich ein Schläfer sei und sie als einzige Verwandte suche. Darauf erhielt ich einen netten Brief, unterschrieben von einem der Treuhandbeamten, der mir mitteilte, daß er bedaure, nicht einmal in meinem Fall von den Vorschriften abgehen zu können. Er fühle sich jedoch berechtigt, mir die negative Information zukommen zu lassen, daß zugunsten einer Frederica Virginia Gentry in keiner der Zweigstellen jemals ein Treuhandfonds errichtet worden sei.

Das schien jedenfalls eine Streitfrage zu klären. Irgendwie war es den beiden Gaunern gelungen, der kleinen Ricky die Aktien abzunehmen. Meine Überschreibung mußte durch die Bank of America gegangen sein. Aber dazu war es nicht gekommen. Arme Ricky! Wir waren beide ausgeraubt worden.

Ich unternahm einen letzten Versuch. Das Archiv der Schulbehörde in Mojave besaß Unterlagen über eine Schülerin namens Frederica Virginia Gentry ... aber die erwähnte Schülerin sei 1971 von dort verzogen. Über den weiteren Aufenthalt könne man mir nichts mitteilen.

Es war mir schon ein Trost, daß man überhaupt zugab, Ricky habe existiert. Aber die Auswahl an Schulen in den Vereinigten Staaten war riesengroß. Wie lange würde es dauern, bis ich jede einzelne davon angeschrieben hatte? Und ließ sich die gewünschte Antwort aus den dortigen Unterlagen überhaupt geben, vorausgesetzt, man war bereit, sie mir zu erteilen?

In einer Viertelmilliarde Menschen verschwindet ein kleines Mädchen wie ein Kieselstein im Ozean.

Der Mißerfolg meiner Nachforschungen ließ mir jedoch freie Hand, bei der ›Dienstboten-AG‹ um eine Stellung einzukommen, nun, da ich wußte, daß Miles und Betty dort nichts mehr zu schaffen hatten. Ich hätte natürlich bei hundert anderen Automationsfirmen vorsprechen können, aber die ›Dienstboten-AG‹ und ›Aladin‹ waren die großen Namen, auf ihrem Gebiet so wichtig wie Ford und General Motors zur Hoch-Zeit der Bodenfahrzeuge. Die ›Dienstboten-AG‹ wählte ich aus gefühlsmäßigen Gründen; ich wollte sehen, wozu sich mein alter Laden entwickelt hatte.

Am Montag, dem 5. März 2001, betrat ich das Personalbüro, stellte mich in die Reihe für Angestellte, füllte ein Dutzend Formulare aus, die nichts mit meinem Beruf zu tun hatten, und eines, das damit in Zusammenhang stand ... und erhielt den Bescheid, mich nicht wieder zu melden, man würde mich verständigen.

Ich trieb mich dort herum und arbeitete mich schließlich bis zu einem stellvertretenden Hilfspersonalsachberater vor. Er besah sich widerstrebend das eine entscheidende Formular und erklärte mir dann, mein Examen habe nichts zu sagen, weil seit meiner letzten vergleichbaren Tätigkeit dreißig Jahre ins Land gegangen seien.

Ich machte ihm begreiflich, daß ich ein Schläfer sei.

»Noch schlimmer. Außerdem stellen wir Leute über fünfundvierzig Jahre grundsätzlich nicht ein.«

»Aber ich bin doch nicht fünfundvierzig, sondern dreißig.«

»Sie sind 1940 geboren. Tut mir leid.«

»Was soll ich denn anfangen? Mich erschießen?«

Er zuckte die Achseln. »An Ihrer Stelle würde ich um Altersruhegeld eingeben.«

Ich ging schnell hinaus, bevor ich mich bemüßigt fühlte, ihm einige Ratschläge zu geben. Dann ging ich eineinhalb Kilometer um das Werksgelände herum zum Vordereingang und trat ein. Der geschäftsführende Direktor hieß Curtis, ich verlangte ihn zu sprechen, indem ich stur behauptete, nur mit ihm verhandeln zu können. Bei der ›Dienstboten-AG‹ setzte man nicht die eigenen Empfangsautomaten ein; die Mädchen waren aus Fleisch und Blut. Nach einiger Zeit erreichte ich schließlich ein Büro in den oberen Stockwerken, das meiner Schätzung nach etwa zwei Türen vom Chef entfernt war, und dort stieß ich auf eine eigensinnige Dame, die darauf bestand, Näheres zu erfahren.

Ich sah mich um. Das Büro war riesengroß, mindestens vierzig Leute hielten sich darin auf, ganz zu schweigen von den Maschinen. Sie sagte scharf: »Na? Sagen Sie, was Sie wünschen, dann erkundige ich mich bei Mr. Curtis' Terminsekretärin.«

Mit lauter Stimme sagte ich: »Ich möchte wissen, wie er sich das mit meiner Frau vorstellt!«

Sechzig Sekunden später war ich in seinem Privatbüro. Er hob den Kopf. »Nun? Was, zum Teufel, soll dieser Unsinn bedeuten?«

Ich brauchte eine halbe Stunde Zeit und eine Menge alter Unterlagen, um ihn davon zu überzeugen, daß ich keine Frau hatte, dafür aber der eigentliche Gründer der Firma sei. Dann wurde es bei Whisky und Zigarren gemütlich, und ich lernte den Verkaufsleiter, den Chefingenieur und andere Abteilungsdirektoren kennen.

»Wir haben Sie für tot gehalten«, erklärte mir Curtis. »Tatsächlich steht das auch in der amtlichen Geschichte unserer Gesellschaft.«

»Ein Gerücht. Das muß irgendein anderer D. B. Davis sein.«

Der Verkaufsleiter, Jack Galloway, sagte plötzlich: »Was treiben Sie jetzt eigentlich, Mr. Davis?«

»Nichts besonders Aufregendes. Ich – äh – ich war im Autogeschäft. Aber ich steige aus. Warum?«

»Warum? Ist das nicht sonnenklar?« Er wandte sich an den Chefingenieur, Mr. McBee. »Hast du das gehört, Mac? Ihr Ingenieure seid alle gleich; ein Verkaufsargument überseht ihr einfach. ›Warum‹? Weil Sie großartige Verkaufsreklame sind, deshalb! Weil Sie die romantische Note ins Spiel bringen. Gründer der Firma kommt aus dem Grab, um sein Werk zu besuchen. Erfinder des ersten Haushaltsroboters besichtigt Früchte seines Genies.«

Hastig fuhr ich dazwischen. »Einen Augenblick mal – ich bin kein Reklamemodell und kein Filmstar. Ich möchte meine Ruhe haben. Ich bin wegen einer Stellung hier . . . als Ingenieur.«

Mr. McBees Augenbrauen schossen in die Höhe, aber er schwieg.

Wir diskutierten hitzig. Galloway versuchte mir beizubringen, daß meine Pflicht gegenüber der von mir gegründeten Firma diesen kleinen Liebesdienst einfach fordere. Mr. McBee sagte wenig, aber es war klar, daß er mich nicht als wünschbaren Zugang für seine Abteilung hielt – einmal fragte er mich sogar, was ich von der Konstruktion von Feststoff-Schaltungen verstünde. Ich mußte zugeben, daß ich mein geringes Wissen darüber aus bescheidener Lektüre geschöpft hatte.

Curtis schlug schließlich einen Kompromiß vor. »Hören Sie, Mr. Davis, Sie sind wirklich in einer einzigartigen Lage. Man könnte beinahe sagen, daß Sie nicht nur dieses Unternehmen, sondern den ganzen Industriezweig ins Leben gerufen haben. Trotzdem hat sich, seit Sie den langen Schlaf antraten, einiges verändert, wie Mr. McBee andeutete. Was sagen Sie dazu, wenn wir Sie mit dem Titel eines . . . äh, ›Forschungsingenieur Emeritus‹ übernehmen?«

Ich zögerte. »Was würde das bedeuten?«

»Was Sie daraus zu machen belieben. Ich sage Ihnen aber gleich ganz ehrlich, daß Sie sich mit Mr. Galloway arrangieren müssen. Wir machen diese Geräte nicht nur, wir müssen sie auch verkaufen.«

»Äh – hätte ich vielleicht eine Chance, irgend etwas zu planen und zu entwerfen?«

»Das hängt von Ihnen ab. Sie bekommen alle erforderlichen Einrichtungen und können tun, was Sie wollen.«

»Werkstättenanlagen auch?«

Curtis sah McBee an. »Gewiß, gewiß«, sagte der Chefingenieur. »Im Rahmen natürlich.«

»Das wäre also erledigt«, meinte Galloway. »Mich entschuldigen Sie wohl, B. J.? Laufen Sie nicht davon, Mr. Davis – wir möchten Sie zusammen mit dem ersten ›Dienstmädchen‹ aufnehmen.«

Wir wurden fotografiert. Ich freute mich, die Maschine wiederzusehen, die ich mit eigenen Händen und mit manchen Schweißtropfen zusammengebaut hatte. Ich wollte feststellen, ob sie noch funktionierte, aber McBee war nicht einverstanden – er glaubte wohl nicht recht, daß ich wirklich mit ihr umgehen konnte.

Den ganzen März und April hindurch fühlte ich mich in ›meiner‹ Firma sehr wohl. Ich verfügte über alle erdenklichen Geräte, technischen Zeitschriften, Kataloge, eine Handbücherei, einen ›Mal-Max‹ – eine Zeichenmaschine wurde im Werk selbst nicht hergestellt, also nahm man das Beste, was auf dem Markt war –, und ich konnte mit Berufskollegen diskutieren ... das war Musik für meine Ohren.

Vor allem freundete ich mich mit Chuck Freudenberg an, dem Stellvertreter McBees. Für mich war er der einzige richtige Ingenieur im Betrieb; alle anderen waren hochnäsige Mechaniker ... einschließlich McBee. Nachdem wir uns näher kennengelernt hatten, gab Chuck zu, daß er derselben Meinung war. »Mac will mit neuen Dingen in Wirklichkeit gar nichts zu tun haben. Er ist hoffnungslos altmodisch.«

»Was leistet er denn eigentlich in seiner Stellung?«

Freudenberg kannte die Einzelheiten nicht, aber es hatte den Anschein, als sei die jetzt existierende Gesellschaft eine Herstellerfirma gewesen, die sich von der ›Dienstboten-AG‹ nur die Nutzungsrechte an den Patenten hatte übertragen lassen. Dann war vor zwanzig Jahren einer jener steuersparenden Zusammenschlüsse erfolgt, wobei Aktien der ›Dienstboten-AG‹ gegen solche der Herstellerfirma ausgetauscht wurden, während die neue Firma den Namen der von mir gegründeten Gesellschaft annahm. Chuck vermutete, daß McBee damals eingestellt worden war. »Er ist wohl beteiligt.«

Chuck und ich saßen oft abends bei einem Glas Bier und sprachen über berufliche Dinge. Ursprünglich hatte er sich für mich interessiert, weil ich ein Schläfer war. Zu viele Leute zeigten eine morbide Neugier für Schläfer, und ich vermied in der Regel, von meiner Erfahrung zu sprechen. Chuck war jedoch vom Zeitsprung fasziniert, und er interessierte sich ernsthaft für die Welt vor seiner Geburt.

Dafür war er auch bereit, die Konstruktionen zu kritisieren, die mir immer einfielen, und mich zu bremsen, wenn ich Probleme wälzte, die längst als alte Hüte galten ... im Jahre 2001. Unter seiner gutmütigen Anleitung wurde ich zu einem modernen Ingenieur.

Als ich ihm aber eines Aprilabends die Idee zu meiner Automatik-Sekretärin auseinandersetzte, sagte er langsam: »Dan, hast du daran während der Dienstzeit gearbeitet?«

»Was? Nein, eigentlich nicht. Warum?«

»Wie ist dein Vertrag formuliert?«

»Ich habe gar keinen. Curtis hat mich eingestellt, Galloway fotografiert; das war alles.«

»Mmmm ... ich würde da lieber nichts unternehmen, bis du genau weißt, wo du stehst. Das ist wirklich etwas ganz Neuartiges. Und ich habe das Gefühl, daß du es schaffen könntest.«

»So habe ich das noch gar nicht gesehen.«

»Laß das mal auf sich beruhen. Du weißt, wie die Firma im Augenblick steht. Sie verdient Geld, und wir produzieren ordentliche Geräte. Aber in den letzten fünf Jahren haben wir außer lizenzierten Artikeln nichts Neues herausgebracht. Ich kann an Mac nichts Neues vorbeischmuggeln. Aber du könntest Mac umgehen und dich an den Chef selbst wenden. Und das laß lieber bleiben ... außer du möchtest die Maschine nur fürs Gehalt an die Firma übergeben.«

Ich befolgte seinen Rat und plante weiter, verbrannte aber alle Zeichnungen, die mir gelungen erschienen. Sobald ich sie einmal im Kopf hatte, brauchte ich die Zeichnungen nicht mehr. Mein Gewissen beschwerte das nicht; ich war schließlich nicht als Ingenieur, sondern nur als Aushängeschild für Galloway eingestellt worden. Sobald mein Werbewert ausgenützt war, würde man mir ein Monatsgehalt und ein Dankschreiben aushändigen und mich hinauskomplimentieren.

Aber dann war ich endlich wieder auf dem laufenden und

konnte meinen eigenen Laden aufmachen. Wenn Chuck etwas riskieren wollte, gedachte ich ihn mitzunehmen.

Statt meine Lebensgeschichte an die Presse weiterzugeben, schlachtete Jack Galloway sie stufenweise für die großen Magazine aus; ›Life‹ sollte im Anschluß an den Bildbericht ›Vor einem drittel Jahrhundert‹ wieder eine große Sache über mich bringen. ›Life‹ ließ sich darauf nicht ein, aber er plazierte die Geschichte in mehreren anderen Zeitschriften.

Ich überlegte mir schon, ob ich mir einen Bart wachsen lassen sollte. Dann wurde mir klar, daß mich kein Mensch erkennen würde und ich für niemanden interessant war.

Ich bekam eine gewisse Anzahl von Sonderlingsbriefen, einschließlich eines Schreibens, in dem mir ein Unbekannter versicherte, ich müßte ewig in der Hölle braten, weil ich Gottes Pläne für mein Leben durchkreuzt habe. Im übrigen ließ man mich ungeschoren.

Aber am Donnerstag, dem 3. Mai 2001, bekam ich einen Anruf.

»Mrs. Schultz ist in der Leitung, Sir. Wollen Sie sie sprechen?«

Schultz? Verdammt, ich hatte Doughty bei unserem letzten Gespräch versprochen, das zu erledigen. Aber ich schob es immer wieder hinaus. Mrs. Schultz war sicher eine von den Verrückten, die sich auf Schläfer spezialisiert hatten.

Aber laut Doughty hatte sie seit meiner Entlassung mehrmals angerufen. Man gab ihr meine Anschrift nicht und erklärte sich nur bereit, mich zu verständigen.

Nun, ich war es Doughty wohl schuldig, sie endlich abzuwimmeln. »Stellen Sie durch.«

»Ist dort Danny Davis?« Mein Bürotelefon besaß keinen Bildschirm. Sie konnte mich nicht sehen.

»Am Apparat. Sie heißen Schultz?«

»Oh, Danny, Liebling, wie gut, daß ich endlich wieder deine Stimme höre!«

Ich sagte eine Weile nichts. Sie fuhr fort: »Kennst du mich denn nicht?«

Ich kannte sie recht gut. Es war Betty Gentry.

7

Ich verabredete mich mit ihr.

Mein erster Gedanke war, sie zum Teufel zu wünschen und aufzulegen. Seit langem hatte ich erkannt, wie kindisch Rache war. Sie würde mir Pete nicht zurückbringen, und ich könnte höchstens im Gefängnis landen, wenn ich Gleiches mit Gleichem heimzahlte. Seit ich die Suche nach Miles und Betty aufgegeben hatte, dachte ich kaum noch an die beiden.

Aber Betty wußte vielleicht, wo Ricky war. Ich ließ mich also dazu herbei, ein Treffen zu vereinbaren.

Ich sollte sie zum Essen ausführen, aber da machte ich nicht mit. Ich bin kein Pedant in Etikettefragen, aber essen ist etwas, das man nur mit Freunden tun soll. Ich war bereit, sie zu sehen, hatte aber nicht die Absicht, mit ihr zu essen oder zu trinken. Ich ließ mir ihre Adresse geben und versprach, am Abend gegen acht Uhr dort zu erscheinen.

Sie hatte eine kleine Wohnung in einem billigen Mietshaus. Bevor ich läutete, wußte ich schon, daß ihr von der Beute nichts geblieben war, sonst hätte sie nicht dort gewohnt.

Als ich sie dann sah, wurde mir klar, daß jede Rache zu spät kam und die Jahre mir die Mühe abgenommen hatten.

Betty war nicht weniger als dreiundfünfzig Jahre alt, wenn das von ihr damals angegebene Alter stimmte, wahrscheinlich aber schon nahe den Sechzigern. Mit Hilfe der modernen Methoden mochte es einer Frau gelingen, dreißig Jahre lang wie dreißig auszusehen, und viele schafften das auch. Es gab Filmstars, die sich als Großmutter rühmen ließen, während sie jugendliche Heldinnen mimten.

Betty hatte sich so viel Mühe nicht gegeben.

Sie war dick, schrill und neckisch. Man sah deutlich, daß sie ihren Körper noch immer für ihr größtes Kapital hielt, denn sie trug ein ›Engsitz‹-Negligé, das nicht nur zuviel zeigte, sondern auch bewies, daß sie weiblichen Geschlechts war, der Rasse der Säugetiere angehörte, zuviel aß und sich zuwenig bewegte.

Sie merkte nichts von alledem. Das einst so exakt arbeitende Gehirn hatte der Zeit Tribut gezollt; geblieben waren nur ihre Überheblichkeit und ihr unglaubliches Selbstverstrauen. Sie warf sich mir mit spitzen Freudenschreien an den Hals und hätte mich beinahe geküßt, bevor ich ihr entrinnen konnte.

Ich schob sie weg. »Laß das, Betty.«

»Aber Liebling! Ich bin so glücklich, dich wiederzusehen!«

»Das kann ich mir vorstellen.« Ich war mit dem festen Entschluß hingegangen, meine Beherrschung nicht zu verlieren ... ich wollte nur hören, was mich interessierte, und dann sofort wieder verschwinden. Aber es fiel mir schwer. »Erinnerst du dich vielleicht noch, wie du mich beim letztenmal gesehen hast? Mit Drogen vollgepumpt, damit ich in den Kaltschlaf versetzt werden konnte.«

Sie sah mich verwirrt und tief gekränkt an. »Aber das haben wir doch nur um deinetwegen getan, Süßer! Du bist ja so krank gewesen!«

Ich nehme an, daß sie das wirklich glaubte. »Schon gut. Wo ist Miles? Du bist jetzt Mrs. Schultz?«

Ihre Augen weiteten sich. »Weißt du denn nichts?«

»Was soll ich wissen?«

»Der arme Miles ... der arme liebe Miles. Er lebte noch zwei Jahre, nachdem du uns verlassen hattest.« Ihr Gesichtsausdruck veränderte sich plötzlich. »Der Dreckskerl hat mich betrogen!«

»Traurig.« Ich fragte mich, woran er wohl gestorben war. Arsen? Strychnin? Ich beschloß, mich an das Wesentliche zu halten, bevor sie vom Thema abkam. »Was ist aus Ricky geworden?«

»Ricky?«

»Miles' Stieftochter, Frederica.«

»Ach, dieses kleine Biest! Woher soll ich das wissen? Sie zog zu ihrer Großmutter.«

»Wohin? Wie hieß ihre Großmutter?«

»Wo? Tucson – oder Yuma – oder irgendeine andere trostlose Stadt. Vielleicht auch Indio. Liebling, ich will nichts von diesem unmöglichen Kind wissen – nur von uns beiden!«

»Gleich. Wie hieß ihre Großmutter?«

»Danny, Liebling, du bist langweilig. Wie soll ich mich daran noch erinnern können?«

»Wie hieß sie?«

»Oh, Hanolon ... oder Haney ... Heinz. Vielleicht auch Hinckley. Sei kein Frosch, Liebster. Laß uns etwas trinken. Auf unser glückliches Wiedersehen.«

Ich schüttelte den Kopf. »Ich trinke nicht.« Das war beinahe die reine Wahrheit. Nachdem ich entdeckt hatte, daß der Alkohol in

Krisenlagen ein unsicherer Freund ist, beschränkte ich mich gewöhnlich auf ein Bierchen mit Chuck Freudenberg.

»Wie langweilig. Es macht dir aber sicher nichts aus, wenn ich mir einen genehmige.« Sie goß sich schon ein – Gin, den Tröster einsamer Mädchen. Bevor sie ihn hinunterkippte, nahm sie eine Kunststoffflasche aus der Tasche und schüttete zwei Pillen auf die Handfläche. »Willst du auch eine?«

Ich las das Etikett – ›Euphorin‹. Man hielt es für ungiftig, aber die Meinungen widersprachen einander. Es gab Bestrebungen, es in die Klasse der Betäubungsmittel einzustufen. »Danke. Ich bin schon glücklich.«

»Fein.« Sie schluckte die Pillen und jagte den Gin hinterher. Wenn ich etwas in Erfahrung bringen wollte, mußte ich mich beeilen; bald würde sie nur noch dümmlich kichern.

Ich nahm sie beim Arm und drückte sie aufs Sofa, dann setzte ich mich ihr gegenüber. »Betty, erzähle mir von dir. Wie seid ihr beiden mit den Mannix-Leuten zurechtgekommen?«

»Was? Überhaupt nicht.« Sie brauste plötzlich auf. »Das war deine Schuld!«

»Wie? Meine Schuld? Ich bin ja gar nicht dabeigewesen.«

»Natürlich war das deine Schuld. Diesen scheußlichen Apparat, der aus einem alten Rollstuhl zusammengebaut war ... darauf hatten sie es abgesehen. Und dann war er weg.«

»Weg? Wieso?«

Sie sah mich argwöhnisch an. »Das mußt du doch wissen. Du hast ihn ja mitgenommen.«

»Ich? Betty, bist du verrückt? Ich konnte gar nichts mitnehmen. Ich lag im Kaltschlaf. Wo ist das Gerät hingekommen? Und wann verschwand es?« Es paßte zu meiner Vermutung, daß jemand ›Vielzweck-Frank‹ entwendet hatte, wenn Miles und Betty damit nicht zu Großverdienern geworden waren. Von allen Menschen auf dieser Erdkugel war ich der einzige, der damit nichts zu tun haben konnte. Seit jener gräßlichen Nacht, als ich überstimmt worden war, hatte ich ihn nicht mehr zu Gesicht bekommen. »Erzähl schon, Betty. Wo war er? Und wie kommst du auf die Idee, ich könnte ihn mitgenommen haben?«

»Du mußt es gewesen sein. Sonst wußte ja niemand, daß er wichtig war. Dieses Gerümpel! Ich habe Miles noch davor gewarnt, das Ding in die Garage zu stellen.«

»Aber selbst wenn jemand die Maschine gestohlen haben sollte, ließ sich kaum etwas damit anfangen. Zeichnungen, Pläne und Notizen waren doch in eurem Besitz.«

»Nein. Miles hatte sie in die Maschine gesteckt, als wir sie abholen mußten, um sie in Sicherheit zu bringen.«

Ich ging auf den letzten Satz nicht ein. Ich wollte gerade sagen, daß er wohl kaum ein paar Stöße Papier in den ›Vielzweck-Frank‹ hätte stopfen können, als mir einfiel, daß ich am Rollstuhlrahmen vorübergehend ein Abladebrett angebracht hatte, das mein Werkzeug aufnehmen mußte, wenn ich an der Maschine arbeitete.

Unwichtig. Das Verbrechen lag dreißig Jahre zurück. Ich wollte in Erfahrung bringen, wie ihnen die ›Dienstboten-AG‹ aus den Händen geglitten war. »Was habt ihr mit der Firma angefangen, nachdem der Handel mit Mannix platzte?«

»Wir haben sie natürlich weitergeführt. Als Jake kündigte, meinte Miles, wir müßten schließen. Miles war ein Schwächling ... und diesen Jake Schmidt konnte ich nie leiden. Ein heimtückischer Kerl. Dauernd fragte er, warum du Schluß gemacht hättest ... als hätten wir dich halten können! Ich wollte einen guten Produktionsleiter anstellen und weitermachen. Die Firma hätte an Wert gewonnen. Aber Miles blieb stur.«

»Was geschah dann?«

»Tja, wir vergaben die Baulizenz an Geary. Das weißt du doch. Du arbeitest ja jetzt dort.«

Ich wußte es wirklich. Der volle Name der ›Dienstboten-AG‹ lautete jetzt ›Dienstboten-Geräte und Geary-Fabrikations-AG‹, obwohl auf den Schildern nur ›Dienstmädchen‹ stand. Ich schien alles herausgefunden zu haben, was sich dieser alten Scharteke entlokken ließ.

Aber meine Neugier war noch nicht ganz befriedigt. »Nach der Lizenzvergabe an Geary habt ihr eure Aktien verkauft?«

»Was? Wie kommst du denn auf diese Idee?« Ihr Gesicht verzerrte sich, und sie begann zu heulen, bis ihr die Tränen über die Wangen liefen. »Er hat mich betrogen! Er hat mich betrogen! Der dreckige Gauner hat mich betrogen.« Sie schnupfte und fügte hinzu: »Ihr habt mich alle betrogen ... und du warst der Schlimmste, Danny.«

Mir schien das Euphorin seinen Preis nicht wert zu sein. Vielleicht weinte sie gerne. »Wieso hat er dich betrogen, Betty?«

»Was? Na, du weißt doch Bescheid. Er hinterließ alles diesem Biest von Tochter ... nach all den Versprechungen ... nachdem ich ihn gepflegt und umsorgt hatte. Dabei war sie nicht einmal seine eigene Tochter. Das ist Beweis genug.«

Zum erstenmal an diesem Abend gute Nachrichten. Anscheinend hatte Ricky wenigstens einmal Glück gehabt, wenn sie ihr zu Anfang auch meine Aktien abgenommen hatten. Ich kam wieder aufs Thema zurück. »Betty, wie hieß Rickys Großmutter? Und wo haben sie gewohnt?«

»Wo hat wer gewohnt?«

»Rickys Großmutter.«

»Wer ist Ricky?«

»Miles' Tochter. Denk doch mal nach, Betty. Es ist wichtig.«

Das wirkte wie ein Startschuß. Sie wies mit dem Finger auf mich und kreischte. »Ich kenne dich. Du bist in sie verliebt gewesen. Dieses kleine Luder . . . sie und ihre gräßliche Katze.«

Als sie Pete erwähnte, schoß der Zorn in mir hoch. Aber ich versuchte, ihn zu unterdrücken. Ich packte sie bei den Schultern und schüttelte sie ein bißchen. »Reiß dich zusammen, Betty. Ich will nur das eine wissen: Wo wohnen sie? Welche Adresse schrieb Miles auf die Briefe?«

Sie stieß mit den Füßen nach mir. »Mit dir will ich überhaupt nicht reden! Du bist ganz gemein zu mir.« Dann schien sie von einem Augenblick auf den anderen nüchtern zu werden. Ruhig sagte sie: »Ich weiß es nicht. Die Großmutter hieß Hanecker oder so ähnlich. Ich habe sie nur einmal bei Gericht gesehen, als sie wegen des Testaments kamen.«

»Wann war das?«

»Gleich nach Miles' Tod, natürlich.«

»Wann ist Miles gestorben, Betty?«

Sie schaltete wieder um. »Du willst zuviel wissen. Du bist wie die Polizei . . . Fragen, Fragen, Fragen!« Dann hob sie den Kopf und sagte bittend: »Vergessen wir doch das alles. Jetzt gibt es nur noch dich und mich . . . und wir haben das ganze Leben noch vor uns, Liebster. Eine Frau mit Neununddreißig ist nicht alt . . . Schultz sagte immer, ich sei das jüngste Frauenzimmer, dem er je begegnet sei – und der alte Bock kannte Weiber genug, glaub mir! Wir könnten miteinander so glücklich sein, Liebster. Wir –«

Ich hatte mehr als genug, auch vom Detektivspielen. »Ich muß gehen, Betty.«

»Was? Aber es ist doch noch ganz früh . . . und wir haben die ganze Nacht für uns allein. Ich dachte –«

»Mir ist egal, was du gedacht hast. Ich muß sofort weg.«

»Ach, Liebster! Wie traurig. Wann sehen wir uns wieder? Morgen? Ich bin zwar sehr beschäftigt, aber für dich lasse ich alle Verabredungen auffliegen und –«

»Dir möchte ich nie mehr begegnen, Betty.« Ich ging.

Ich sah sie tatsächlich nie mehr.

Zu Hause badete ich sofort ganz heiß und schrubbte mich von Kopf bis Fuß ab. Dann setzte ich mich hin und versuchte zu addieren, was ich herausgefunden hatte. Betty schien zu glauben, daß der Name von Rickys Großmutter mit ›H‹ anfing und daß sie in einer Wüstenstadt in Arizona oder möglicherweise auch Kalifornien gewohnt hatte. Na ja, vielleicht konnten geschulte Leute damit etwas anfangen.

Vielleicht auch nicht. Auf jeden Fall würde die Arbeit mühsam sein und viel Geld verschlingen; ich mußte warten, bis ich mir das leisten konnte.

Wußte ich sonst noch etwas von Bedeutung?

Miles war nach Bettys Bericht 1972 gestorben. Wenn er in diesem Bezirk das Zeitliche gesegnet hatte, mußte ich das genaue Datum finden und dann den Tag der Testamentseröffnung in Erfahrung bringen können ... wenn sie tatsächlich stattgefunden hatte. Dadurch mochte es vielleicht gelingen, Rickys damaligen Wohnort ausfindig zu machen. Wenn die Gerichte solches überhaupt aufbewahrten – das wußte ich nicht. Wenn ich etwas damit gewann, die Lücke auf achtundzwanzig Jahre zu verkürzen und die Stadt zu bestimmen, in der sie damals gewohnt hatte.

Wenn es überhaupt einen Sinn hatte, nach einer Frau zu suchen, die jetzt einundvierzig Jahre alt, sicher verheiratet war und Kinder hatte. Die brüchige Ruine, zu der Betty Darkin geworden war, hatte mich erschüttert; ich begann zu begreifen, was dreißig Jahre bedeuten konnten. Nicht, daß ich befürchtete, Ricky könnte als erwachsene Frau anders denn graziös und gut sein ... aber würde sie sich denn an mich erinnern? Oh, ganz vergessen hatte sie mich sicher nicht, aber sprach nicht manches dafür, daß ich für sie ein gesichtsloses Wesen sein mußte, der Mann, den sie einmal ›Onkel Danny‹ genannt und der eine nette Katze gehabt hatte?

Lebte ich nicht, genau wie Betty, in einer Scheinwelt?

Immerhin, es konnte nicht schaden, nach ihr zu forschen. Zumindest würden wir jedes Jahr Weihnachtsgrüße austauschen können. Dagegen konnte ihr Mann doch nichts einwenden.

8

Am nächsten Morgen war Freitag, der 4. Mai. Statt ins Büro zu gehen, fuhr ich zum Bezirksarchiv. Man zog gerade um und bat mich, nächsten Monat wiederzukommen. Ich fuhr also zum Verlagsgebäude der ›Times‹ und zog mir mit einem Lesegerät einen steifen Hals zu. Aber ich fand heraus, daß Miles, falls er innerhalb von einem bis drei Jahren nach meiner Einlieferung zum Kaltschlaf krank geworden, bestimmt nicht im Bezirk Groß-Los-Angeles gestorben war, wenn die Todesanzeigen keine Lücken aufwiesen.

Natürlich gab es kein Gesetz, das ihn verpflichtete, in Los Angeles zu sterben. Dafür gibt es keine Vorschriften.

Vielleicht führte man im Staatsarchiv in Sacramento Unterlagen darüber. Ich entschied, daß ich dort einmal vorsprechen mußte, bedankte mich beim Archivar der ›Times‹, ging zum Mittagessen und fand mich schließlich wieder im Betrieb ein.

Zwei Anrufe und ein Brief von Betty erwarteten mich. Ich las den Brief bis zur Anrede ›liebster Danny‹, dann zerriß ich ihn und wies die Vermittlung an, keine Anrufe von Mrs. Schultz mehr entgegenzunehmen. Ich ging zur Buchhaltung und erkundigte mich beim Abteilungsleiter danach, ob es möglich sei, die früheren Besitzverhältnisse bei eingezogenen Aktien zu ermitteln. Er versprach mir, sich darum zu kümmern, und ich gab ihm aus dem Gedächtnis die Nummern der ›Dienstboten-AG‹-Aktien, die mir einmal gehört hatten. Das war keineswegs eine großartige Leistung. Wir hatten zu Anfang genau tausend Aktien ausgegeben, und ich besaß die ersten fünfhundertzehn Stück; Bettys ›Verlobungsgeschenk‹ war von den ersten Nummernserien abgezwackt worden.

Ich ging in mein Büro zurück, wo McBee auf mich wartete.

»Wo sind Sie gewesen?« fragte er mich.

»Unterwegs. Warum?«

»Das ist keine ausreichende Antwort. Mr. Galloway war schon zweimal hier. Ich mußte ihm sagen, daß ich nicht weiß, wo Sie sind.«

»Ach du meine Güte! Wenn Galloway mich braucht, findet er mich schon. Brächte er nur die Hälfte der Zeit, in der er sich neue Reklametricks ausdenkt, damit zu, die Geräte nach ihrem eigenen Wert zu verkaufen, dann ginge es der Firma besser.« Galloway begann mich zu ärgern. Er war zwar Verkaufsleiter, schien aber nur darauf bedacht zu sein, den Werbeagenturen, die für uns arbeiteten, ins Handwerk zu pfuschen. Aber ich bin voreingenommen; mich interessiert nur das Technische. Alles übrige halte ich für unnötigen Papierkram.

Ich wußte, wozu mich Galloway brauchte, und war ihm gerade deswegen ausgewichen. Er wollte mich in Kostüme aus dem Jahr 1900 stecken und Aufnahmen machen. Ich hatte ihm erklärt, daß ich mich in der Kleidung von 1970 fotografieren lassen wollte, sooft er es verlangte, aber 1900, das war immerhin zwölf Jahre vor der Geburt meines Vaters gewesen. Er meinte, daß das keinem Menschen auffallen würde, also wurde ich deutlicher. Er sagte, ich brächte nicht die richtige Einstellung mit.

»Sie haben nicht die richtige Einstellung«, erklärte mir McBee.

»So? Tut mir leid.«

»Sie sind in einer eigenartigen Lage. Sie unterstehen meiner Abteilung, aber ich muß Sie jederzeit an die Verkaufs- und Werbeabteilung abstellen. Von jetzt ab werden Sie wohl besser die Stechuhr benützen, wie alle anderen Betriebsangehörigen auch ... und wenden Sie sich zuerst an mich, wenn Sie das Büro während der Dienststunden verlassen wollen. Bitte halten Sie sich daran.«

Ich zählte ganz langsam bis zehn. »Mac, benützen Sie die Stechuhr?«

»Was? Natürlich nicht. Ich bin der Chefingenieur.«

»Allerdings. Das steht an Ihrer Tür. Aber passen Sie einmal auf, Mac, ich war in diesem Kramladen Chefingenieur, bevor Sie mit dem Rasieren angefangen haben. Glauben Sie wirklich, daß ich mir das mit der Stechuhr bieten lasse?«

Das Blut schoß ihm ins Gesicht. »Vielleicht nicht. Aber das eine kann ich Ihnen sagen: Wenn Sie es nicht tun, wird Ihr Gehalt gesperrt.«

»So? Sie haben mich nicht eingestellt, Sie können mich auch nicht hinauswerfen.«

»Mmmm ... das werden wir ja sehen. Auf jeden Fall kann ich Sie aus meiner Abteilung versetzen, hinüber zur Werbung, wohin Sie gehören. Wenn überhaupt irgendwohin.« Er warf einen Blick auf meine Zeichenmaschine. »Bei mir leisten Sie jedenfalls nichts. Ich denke nicht daran, die wertvolle Maschine hier noch länger herumstehen zu lassen.« Er nickte kurz. »Guten Tag.«

Ich ging hinter ihm hinaus. Ein ›Bürojunge‹ rollte herein und legte einen großen Umschlag auf meinen Schreibtisch, aber ich kümmerte mich nicht darum. Ich ging zum Kasino und schäumte innerlich. Wie die meisten engstirnigen Menschen glaubte Mac, schöpferische Arbeit ließe sich nach Stunden abmessen. Kein Wunder, daß die Firma seit Jahren nichts Neues herausgebracht hatte.

Zum Teufel mit ihm. Ich hatte sowieso nicht vor, noch recht lange hierzubleiben.

Etwa eine Stunde später schlenderte ich wieder hinauf und fand in meinem Eingangskorb einen Hausbrief. Ich schlitzte ihn auf, weil ich McBees Rache erwartet hatte.

Aber der Brief kam von der Buchhaltung. Er lautete:

›Lieber Mr. Davis,
Betrifft: die Aktien, nach denen Sie sich erkundigt haben. Dividenden für das größere Paket wurden vom ersten Quartal 1971 bis zum zweiten Quartal 1980 zugunsten einer Person namens Heinicke auf ein Treuhandkonto bezahlt. 1980 fand die Neuorganisation unseres Unternehmens statt; aus den Unterlagen läßt sich ersehen, daß die Anteilscheine der ›Cosmopolitan Versicherungsgesellschaft‹ verkauft wurden, in deren Besitz sie noch sind. Das kleinere Aktienpaket gehörte, wie Sie richtig vermutet haben, bis 1972 Betty D. Gentry. Dann wurde es an die Sierra-Wechselbank übereignet, die es stückweise ›über den Ladentisch‹ verkaufte. Das weitere Schicksal jedes einzelnen Anteilscheines nach der Neuorganisation könnte notfalls geklärt werden, das dauert aber seine Zeit. Wir stehen Ihnen selbstverständlich auch in Zukunft gerne zu Diensten.

Y. E. Reuther, Prok.‹

Ich rief Reuther an, bedankte mich und sagte ihm, daß die Information ausreichend sei. Ich wußte jetzt, daß meine Überschreibung an Ricky nie wirksam geworden war. Da der in den Unterlagen vermerkte Eigentumsübergang betrügerisch war, roch das Ganze sehr nach Betty; die dritte Person mußte entweder eine ihrer Marionetten oder auch ein fingierter Name sein – sie plante damals wohl schon den Betrug an Miles.

Anscheinend war ihr nach Miles' Tod das Bargeld knapp geworden, so daß sie das kleinere Aktienpaket verkaufen mußte. Ich interessierte mich aber nicht dafür, was aus den Anteilscheinen nach dem Verkauf durch Betty geworden war. Ich hatte vergessen,

Reuther um Nachforschungen über Miles' Aktienbesitz zu bitten ... dadurch müßte sich eine Spur zu Ricky ergeben, auch wenn sie die Aktien nicht mehr besaß. Aber es war schon spät; ich nahm mir vor, ihn am Montag wieder anzurufen. Jetzt wollte ich den großen Umschlag öffnen, der auf meinem Schreibtisch lag, denn ich hatte den Absender schon erspäht.

Anfang März schrieb ich das Patentamt wegen der Originalpatente für ›Eifriger Erich‹ und ›Mal-Max‹ an. Meine Überzeugung, daß ›Eifriger Erich› nur ein anderer Name für ›Vielzweck-Frank‹ sei, wurde durch meine erste erregende Erfahrung mit ›Mal-Max‹ etwas erschüttert; ich hatte schon an die Möglichkeit gedacht, dasselbe unbekannte Genie, dem ›Mal-Max‹ eingefallen war, wie ich ihn mir ausgedacht hatte, könnte vielleicht auch ein Äquivalent zu ›Vielzweck-Frank‹ entwickelt haben. Diese Theorie wurde noch durch die Tatsache gestützt, daß beide Patente im selben Jahr erteilt worden waren und sich im Besitz einer Gesellschaft befanden – jedenfalls bis zu ihrem Erlöschen –, nämlich bei ›Aladin‹.

Aber ich mußte Gewißheit haben. Wenn dieser Erfinder noch lebte, wollte ich ihn kennenlernen. Er konnte mir noch einiges beibringen.

Auf mein erstes Schreiben erhielt ich vom Patentamt eine vorgedruckte Mitteilung, wonach sich alle Unterlagen über erloschene Patente jetzt im Nationalarchiv in den Carlsbader Höhlen befänden. Ich schrieb das Archiv an und erhielt einen Formbrief nebst Gebührenliste. Ich schrieb also ein drittesmal und legte eine Postanweisung für die Anfertigung von Kopien aller Unterlagen bei – Beschreibungen, Anträge, Zeichnungen.

In diesem dicken Umschlag mußte sich die Antwort befinden.

Obenauf lag Patent 4 307 909, das Erstpatent für ›Eifriger Erich‹. Ich wandte mich den Zeichnungen zu und ließ zunächst Beschreibung und Antrag unbeachtet. Anträge sind höchstens vor Gericht von Bedeutung; das Grundprinzip ist natürlich, mit den umfassendsten Ausdrücken die ganze Welt mit einzuschließen und sich dann von den Prüfern einschränken zu lassen – deswegen gibt es Patentanwälte. Die Beschreibungen dagegen müssen den Tatsachen entsprechen, aber ich kann Zeichnungen weit schneller lesen als lange Texte.

Ich mußte zugeben, daß die Ähnlichkeit mit ›Vielzweck-Frank‹ nicht besonders groß war. Das Gerät war wesentlich besser; es leistete mehr und kam mit einfacheren Schaltungen aus. Die Grundidee war dieselbe, aber das war ja unvermeidlich.

Ich konnte mich beinahe bei der Planung eines solchen Geräts sehen ... eines hochentwickelten ›Vielzweck-Franks‹. Etwas Ähnliches hatte ich tatsächlich vorgehabt –›Frank‹ ohne Beschränkungen auf Haushaltsarbeiten zu konstruieren.

Ich fand endlich Gelegenheit, den Namen des Erfinders auf Antrag und Beschreibung zu lesen.

Ich erkannte ihn sofort. Er lautete: D. B. Davis.

Ich starrte ihn an, während ich langsam und falsch vor mich hinpfiff. Betty hatte also wieder einmal gelogen. Ich fragte mich, ob von ihrem ganzen Geschwätz auch nur ein einziges Wort stimmte. Natürlich war Betty eine pathologische Lügnerin, aber ich hatte irgendwo gelesen, daß auch solche Menschen ein gewisses System bevorzugen. Sie beginnen mit der Wahrheit und schmücken sie aus, statt irgendwo ins Blaue hineinzuschwindeln. Mein Modell von ›Vielzweck-Frank‹ war überhaupt nie gestohlen worden. Man hatte es vielmehr einem anderen Ingenieur zur Verfeinerung übergeben und dann den Patentierungsantrag in meinem Namen gestellt. Aber der Vertrag mit Mannix war nie zustande gekommen. Das stand fest, weil ich es aus den Unterlagen der Firma ersehen konnte. Aber Betty hatte behauptet, ihr Versäumnis ›Vielzweck-Frank‹ vertragsgemäß zu produzieren, habe den Handel mit Mannix auffliegen lassen.

Hatte Miles sich ›Frank‹ unter den Nagel gerissen und Betty glauben gemacht, die Maschine sei gestohlen worden?

In diesem Fall ... ich gab das Raten auf. Vielleicht mußte ich eine Stellung bei ›Aladin‹ annehmen, bevor ich herausfinden konnte, woher sie das Originalpaket bekommen hatten und wer dafür entschädigt worden war. Vermutlich lohnte es sich nicht, weil das Patent erloschen, Miles tot war, und Betty, selbst wenn sie dabei zu Geld gekommen war, es längst zum Fenster hinausgeworfen hatte. Die für mich wichtige Frage war geklärt, nämlich, daß ich der Erfinder war. Mein Berufsstolz konnte sich beruhigen, und wer braucht Geld, wenn drei Mahlzeiten am Tag gesichert sind? Ich nicht.

Ich beschäftigte mich also mit Patent 4 307 910, dem ersten ›Mal-Max‹.

Die Zeichnungen waren eine reine Freude. Ich hätte sie nicht besser machen können; dieser Junge war wirklich auf Draht. Er hatte sogar für seine Tastatur eine elektrische Schreibmaschine verwendet und auf eine IBM-Patentserie in den Zeichnungen hingewiesen. Das war klug, das war vernünftig; nie etwas neu erfinden, das im Laden nebenan zu kaufen ist.

Ich mußte erfahren, wer dieser begabte Junge war, also schlug ich den Antrag auf.

Es war D. B. Davis.

Nach geraumer Zeit rief ich Dr. Albrecht an. Man holte ihn herbei, und ich stellte mich vor, weil mein Telefon nicht mit Bildschirm ausgerüstet war.

»Ich habe Sie schon an der Stimme erkannt«, erwiderte er. »Freut mich sehr, daß Sie anrufen. Wie kommen Sie in Ihrer neuen Stellung zurecht?«

»Es geht. Einen Anteil am Geschäft haben sie mir bisher noch nicht angeboten.«

»Sie müssen den Leuten Zeit lassen. Sind Sie sonst zufrieden? Haben Sie sich eingelebt?«

»Ja, und ob! Wenn ich gewußt hätte, wie großartig es hier ist, ich hätte mir den Schlaf schon früher gegönnt. Sie brächten mich nicht dazu, ins Jahr 1970 zurückzukehren.«

»Na, hören Sie mal! Ich erinnere mich sehr gut an dieses Jahr. Damals war ich auf einer Farm in Nebraska. Ich ging auf die Jagd und angelte. Ich hatte sehr viel Spaß. Mehr als jetzt.«

»Na ja, jeder nach seinem Geschmack. Mir gefällt es jetzt. Aber hören Sie, Doktor, ich rufe nicht an, um mit Ihnen zu philosophieren; ich schlage mich mit einem kleinen Problem herum.«

»Na, dann heraus damit. Das ist mal eine Abwechslung; die meisten Leute haben große Probleme.«

»Doktor? Ist es auch nur im entferntesten möglich, daß der lange Schlaf Amnesie bewirkt?«

Er zögerte. »Denken läßt sich das immerhin. Ich kann aber nicht sagen, daß mir ein solcher Fall schon begegnet wäre. Ich meine, ohne Zusammenhang mit anderen Ursachen.«

»Wodurch kann Amnesie im allgemeinen entstehen?«

»Durch eine ganze Reihe von Ursachen. Am häufigsten ist wohl der eigene unterbewußte Wunsch des Patienten. Er vergißt viele Geschehnisse oder formt sie um, weil ihm die Wahrheit unerträglich ist. Das ist eine funktionelle Amnesie in Reinkultur. Dann gibt es den althergebrachten Schlag aufs Haupt – Amnesie auf traumatischer Grundlage. Oder Amnesie durch Suggestion ... mit Hilfe von Drogen oder Hypnose. Was ist denn eigentlich los? Finden Sie Ihr Scheckbuch nicht mehr?«

»Das ist es nicht. Soweit ich es beurteilen kann, ist bei mir alles in Ordnung, aber ich finde mich bei den Ereignissen vor dem Schlaf nicht ganz zurecht ... und das macht mir Sorgen.«

»Hm ... gibt es irgendwelche Hinweise auf eine der vorhin erwähnten Möglichkeiten?«

»Ja«, sagte ich langsam. »Äh – eigentlich treffen ja alle zu, abgesehen vom Schlag aufs Haupt ... und selbst dazu kann es gekommen sein, als ich betrunken war.«

»Ich habe den häufigsten vorübergehenden Gedächtnisschwund vergessen«, meinte er trocken, »– Amnesie unter Alkoholeinfluß. Passen Sie auf, warum kommen Sie nicht herüber, damit wir das näher besprechen? Wenn ich nicht finde, wo Sie der Schuh drückt – Sie wissen ja, ich bin kein Psychiater –, schicke ich Sie zu einem Hypno-Analytiker, der Ihre Erinnerung wie eine Zwiebel abschält und Ihnen sagen kann, warum Sie am 2. Februar 1954 die Schule geschwänzt haben. Aber er ist nicht billig. Warum versuchen Sie es nicht zuerst mit mir?«

»Herrgott, Doktor, ich habe Sie schon genug belästigt ... und Sie sind immer so eigensinnig, wenn es um Geld geht.«

»Ich interessiere mich eben für meine Patienten. Ich habe sonst keine Familie.«

Ich wich ihm aus und sagte, ich wolle ihn nächste Woche anrufen, wenn ich bis dahin nicht selbst damit zurechtgekommen sei. Ich wollte zuerst in Ruhe nachdenken.

Es wurde überall dunkel; nur in meinem Büro brannte noch Licht; ›Dienstmädchen‹, Typ Scheuerfrau, kam herein, sah, daß das Zimmer noch besetzt war, und rollte lautlos davon. Ich saß immer noch da.

Nach einer Weile steckte Chuck Freudenberg den Kopf herein und sagte: »Ich dachte, du wärst schon weg. Wach auf und schlaf zu Hause weiter.«

Ich hob den Kopf. »Chuck, ich habe eine großartige Idee. Wir kaufen uns ein Faß Bier und zwei Trinkhalme.«

Er überlegte lange. »Na ja, heute ist Freitag ... und ich habe montags gerne einen Brummschädel.«

»Einstimmig angenommen. Ich muß nur noch ein paar Sachen in diese Aktentasche stopfen.«

Wir tranken ein paar Glas Bier, dann aßen wir zu Abend, dann tranken wir in einem Lokal mit guter Musik wieder Bier, und schließlich zogen wir in ein Lokal um, wo es keine Musik gab, die Nischen mit schallschluckenden Wänden versehen waren und man in Ruhe gelassen wurde, wenn man jede Stunde einmal etwas bestellte. Wir unterhielten uns. Ich zeigte ihm die Patentschriften.

Chuck sah sich den Prototyp vom ›Eifrigen Erich‹ an. »Das ist wirklich allerhand, Dan. Ich bin stolz auf dich. Bekomme ich ein Autogramm?«

»Schau dir das an.« Ich gab ihm die Patentunterlagen über die Zeichenmaschine.

»Irgendwie ist das sogar noch besser. Dan, ist dir klar, daß du auf die Technik unserer Zeit vermutlich mehr Einfluß ausübst als seinerzeit Edison? Weißt du das?«

»Hör auf damit, Chuck. Ich meine es ernst.« Ich deutete auf den Stoß von Fotokopien. »Na schön, ich bin also für eine dieser Maschinen verantwortlich. Aber mit der anderen kann ich nichts zu tun haben. Ich habe sie nicht entworfen ... oder ich habe einige Ereignisse vor dem Schlaf völlig vergessen. Oder ich leide an Amnesie.«

»Davon redest du jetzt geschlagene zwanzig Minuten. Aber eine Schraube scheint bei dir nicht locker zu sein. Du bist nicht verrückter, als es bei einem Ingenieur normal ist.«

Ich schlug mit der Faust auf den Tisch, daß die Krüge tanzten. »Ich muß einfach dahinterkommen.«

»Nimm dich zusammen. Was willst du tun?«

»Was?« Ich dachte nach. »Ich werde einem Psychiater Geld in den Rachen werfen, damit er es aus mir herausfischt.«

Er seufzte. »Das habe ich mir gedacht. Jetzt hör einmal gut zu, Dan. Nehmen wir einmal an, du bezahlst diesen Gehirnmechaniker, und er stellt fest, daß nichts defekt ist, daß deine Erinnerung lückenlos funktioniert und alle Tassen im Schrank sind. Was dann?«

»Ausgeschlossen.«

»Kolumbus hat man das auch entgegengehalten. Du kommst nicht auf die wahrscheinlichste Erklärung.«

»Und die wäre?«

Ohne mich einer Antwort zu würdigen, winkte er dem Kellner und wies den Automaten an, uns das große Telefonbuch zu bringen.

»Was ist denn?« fragte ich. »Rufst du jetzt vielleicht die Feuerwehr an?«

»Noch nicht.« Er blätterte in dem riesigen Buch und sagte dann: »Dan, schau dir das an.«

Ich sah hin. Er hatte seinen Finger auf ›Davis‹ gelegt. Es gab viele. Aber wo sein Finger lag, standen ein Dutzend ›D. B. Davises‹ – von ›Dabney‹ bis ›Duncan‹.

Es gab drei ›Daniel B. Davises‹. Einer von ihnen war ich.

»Und das bei nicht ganz sieben Millionen Menschen«, sagte er. »Willst du dein Glück bei über zweihundertfünfzig Millionen versuchen?«

»Das beweist gar nichts«, protestierte ich schwach.

»Nein, das nicht«, gab er zu. »Es wäre wirklich mehr als Zufall, wenn zwei Ingenieure mit ähnlichen Talenten zur selben Zeit an derselben Sache arbeiten und auch noch denselben Namen und dieselben Anfangsbuchstaben hätten. Nach der Wahrscheinlichkeitsberechnung könnten wir ungefähr abschätzen, wie groß die Chancen sind, daß so etwas nicht vorkommt. Aber die Leute – vor allem solche, die es eigentlich besser wissen müßten, wie du – vergessen, daß die statistischen Gesetze zwar zeigen, wie unwahrscheinlich ein solches Zusammentreffen ist, gleichzeitig aber auch ebenso klar ausdrücken, daß solche Zufälle wirklich vorkommen. Hier sieht es danach aus. Mir gefällt das wesentlich besser als der Gedanke, daß mein Saufbruder übergeschnappt ist. Gute Saufbrüder findet man selten.«

»Was sollte ich deiner Meinung nach tun?«

»Zu allererst Zeit und Geld nicht an einen Psychiater verschwenden, bis du das Zweite getan hast. Das Zweite ist, den Vornamen dieses ›C. B. Davis‹ herauszufinden, der dieses Patent beantragt hat. Das kann nicht so schwer sein. Er könnte etwa ›Dexter‹ heißen oder auch ›Dorothy‹, aber schnapp nicht über, wenn er ›Daniel‹ heißt, weil sein zweiter Vorname dann sicher ›Berzowski‹ lautet. Und das Dritte, eigentlich das Erste und Wichtigste, ist, das Ganze jetzt zu vergessen und eine neue Runde zu bestellen.«

Das taten wir auch, und wir sprachen von anderen Dingen, vor allem über Frauen. Chuck hatte eine Theorie entwickelt, wonach eine enge Verwandtschaft zwischen Frauen und Maschine bestünde, die beide nach logischen Gesichtspunkten unvorhersehbare Reaktionen zeigten. Er zeichnete mit Bier Diagramme auf die Tischplatte, um seine These zu beweisen.

Einige Zeit danach sagte ich plötzlich: »Wenn es wirklich Zeitreisen gäbe, wüßte ich, was ich tun müßte.«

»Was? Wovon sprichst du überhaupt?«

»Von meinem Problem. Schau mal, Chuck, ich bin auf einer Art halbgaren, primitiven Zeitreise hierhergekommen. Aber das Dumme ist, daß ich nicht zurück kann. Alles, was mich bedrückt, ist vor dreißig Jahren passiert. Ich würde zurückgehen und die Wahrheit herausfinden ... wenn es so etwas wie echte Zeitreisen gäbe.«

Er fuhr zusammen. »Aber die gibt es.«

»Was?!«

Er wurde plötzlich nüchtern. »Das hätte ich nicht sagen sollen.«

»Möglich, aber es ist dir nun einmal herausgerutscht. Schieß los, bevor ich dich mit dem Krug behämmere.«

»Lassen wir's, Dan. Ich kann nichts sagen.«

»Los, fang an!«

»Ich darf doch nicht!« Er sah sich um. In unserer Nähe war niemand. »Das ist geheim.«

»Zeitreisen geheim? Aber warum denn, in Dreiteufelsnamen?«

»Mein Gott, hast du denn nie für den Staat gearbeitet? Dort würde man Sex als geheim klassifizieren, wenn es ginge. Einen Grund braucht man dazu nicht; das ist einfach die beherrschende Einstellung. Aber geheim ist geheim, und ich muß den Mund halten. Laß mich in Ruhe.«

»Aber – hör doch mit dem Blödsinn auf, Chuck. Das ist ungeheuer wichtig für mich.« Als er eigensinnig schwieg, sagte ich: »Mir kannst du's ruhig sagen. Du lieber Himmel, ich war in Klasse ›Q‹ eingestuft, ohne jede Einschränkung. Ich arbeite heute nur eben nicht mehr für den Staat.«

»Was ist Klasse ›Q‹?«

Ich erklärte es ihm. Er nickte. »Du meinst die Klassifizierung ›Alpha‹. Du mußt ganz schön auf Draht gewesen sein. Ich habe es nur bis ›Beta‹ gebracht.«

»Warum kannst du es mir dann nicht sagen?«

»Was? Das weißt du doch. Ungeachtet deiner Bewertung verfügst du nicht über die nötige Interessenqualifikation.«

»Quatsch! Wenn jemand daran interessiert sein kann, dann bin das ich.«

Aber er ließ sich nicht beeindrucken. Nach einer Weile sagte ich verärgert: »Ich glaube nicht, daß es so etwas überhaupt gibt. Du hast dich bloß wichtig machen wollen.«

Er starrte mich einige Zeit ernsthaft an, dann sagte er: »Danny.«

»Was?«

»Ich erzähle es dir. Aber vergiß deine ›Alpha‹-Bewertung nicht. Ich sage dir Bescheid, weil das nichts schaden kann, und ich möchte dir klarmachen, daß du nichts damit anfangen könntest. Es handelt sich um Zeitreisen, gewiß, aber sie lassen sich nicht in der Praxis durchführen. Du kannst nichts damit anfangen.«

»Warum nicht?«

»Laß mich doch zuerst einmal erzählen. Man hat die Schwierigkeiten nie ausbügeln können, und eine Lösung dafür zeichnet sich nicht einmal theoretisch ab. Selbst für Forschungszwecke hat die Methode keinerlei praktischen Wert. Sie ist ein bloßes Nebenprodukt der Null-Schwerkraft, deswegen hat man sie auch zur Geheimsache erklärt.«

»Aber die Null-Schwerkraft unterliegt doch nicht der Geheimhaltung!«

»Was hat denn das damit zu tun? Wenn diese Theorie wirtschaftlich verwertbar wäre, würde man sie vielleicht auch bekanntgeben. Aber sei jetzt mal eine Weile ruhig.«

Ich schaffte es leider nicht so recht, aber ich will das Ganze lieber so erzählen, als hätte ich ihn nie unterbrochen. Während des letzten Studienjahres an er Universität von Colorado hatte Chuck sich als Laborgehilfe ein Taschengeld hinzuverdient. Man betrieb dort ein großes Kälteforschungslabor, und zu Anfang arbeitete er dort. Aber die Hochschule bekam einen saftigen Auftrag vom Verteidigungsministerium über die Edinburghsche Feldtheorie, und man baute im Gebirge außerhalb der Stadt ein großes neues Physiklabor. Chuck wurde Professor Twitchell zugeteilt – Dr. Hubert Twitchell, der um ein Haar den Nobelpreis bekommen hätte und seinem Unmut ziemlich freien Lauf ließ.

»Twitch kam auf die Idee, daß sich das Schwerfeld umkehren statt aufheben ließe, wenn es um eine andere Achse polarisierte. Dabei kam nichts heraus.

Er programmierte alles wieder in den Elektronenrechner ein und wurde beinahe vom Schlag getroffen, als er die Resultate sah. Mir hat er sie nie gezeigt. Er legte zwei silberne Dollarstücke in den Testkorb – damals war noch Hartgeld im Umlauf –, nachdem ich sie angeritzt hatte. Er drückte die Selenoid-Taste, und sie verschwanden.

Das ist eigentlich kein besonders ausgefallener Trick«, fuhr Chuck fort. »Von Rechts wegen hätte er sie aus der Nase eines kleinen Jungen holen müssen, der freiwillig auf die Bühne gebracht wird. Aber er schien zufrieden zu sein, also war ich es auch – ich bekam ja Stundenlohn.

Eine Woche später tauchte einer der Dollars wieder auf. Nur einer. Aber vorher, als ich eines Nachmittags nach seinem Weggang saubermachte, erschien im Testkorb ein Meerschweinchen. Es gehörte nicht ins Labor, und ich hatte es dort auch noch nie gesehen. Auf dem Heimweg brachte ich es zum Biologie-Labor. Man zählte nach und stellte fest, daß kein Meerschweinchen fehlte, obwohl sich das bei diesen Tieren nie genau sagen läßt. Ich nahm es also mit nach Hause und zog es auf.

Nachdem der einzelne Dollar zurückgekommen war, regte sich Twitch so auf, daß er das Rasieren vergaß. Beim nächstenmal verwendete er zwei Meerschweinchen aus dem Biolabor. Eines davon kam mir sehr bekannt vor, aber ich sah es nicht lange, weil er auf den Knopf drückte und die beiden Tiere verschwanden.

Als eines davon etwa zehn Tage später wieder auftauchte – das Tier, das dem meinigen nicht glich –, wußte Twitch endgültig, daß er es geschafft hatte. Der zuständige Offizier aus dem Verteidigungsministerium – ein Büro-Oberst, der von Beruf Botaniker und Professor war – kam herüber. Durch und durch Soldat . . . Twitch konnte ihn nicht leiden. Dieser Oberst verpflichtete uns beide zu unverbrüchlichem Stillschweigen. Er schien zu glauben, daß er das Tollste gefunden hatte, was es seit der Erfindung des Kohlepapiers auf militärischem Gebiet gab. Er stellte sich vor, wir könnten Divisionen vorwärts oder rückwärts zu einer Schlacht schicken, die wir verloren hatten oder verlieren würden, um damit den Sieg zu retten. Der Feind könne nie dahinterkommen, was geschehen sei. Er war natürlich völlig übergeschnappt . . . und den Stern, nach dem er sich sehnte, bekam er nicht. Aber die ›Streng-geheim‹-Klassifizierung blieb haften, und sie dürfte heute noch gelten.«

»Vielleicht wäre die Methode militärisch doch nützlich«, wandte ich ein, »wenn man eine ganze Division damit verschieben könnte. Nein, einen Augenblick, ich habe den Fehler schon gesehen. Ihr habt immer Paare verwendet. Man müßte zwei Divisionen nehmen, wovon eine vorwärts, die andere zurückgeschickt würde. Eine Division würde man dann immer verlieren . . . Da wäre es sicher wesentlich einfacher, nur eine Division zur rechten Zeit an die rechte Stelle zu bringen.«

»Du hast recht, aber diese Begründung ist falsch. Man muß nicht zwei Divisionen oder zwei Meerschweinchen oder irgendein anderes Paar nehmen. Die Massen müssen ganz einfach ausbalanciert werden. Man könnte eine Division und einen Felshaufen nehmen, der genausoviel wiegt. Es handelt sich um eine Aktion-Reaktion-Lage, vergleichbar mit Newtons Drittem Gesetz.« Er begann wieder in der Bierpfütze zu malen. »Mv gleich mv . . . die Grundformel für Raketen. Die gleichwertige Zeitreisenformel lautet: mv gleich mt.«

»Ich sehe den Haken immer noch nicht. Gestein ist doch billig.«

»Denk mal nach, Danny. Ein Raumschiff kann man zielen. Aber in welcher Richtung liegt vergangene Woche? Stell ein Gerät darauf ein. Versuch es nur einmal. Du hast nicht die geringste Ahnung, welche Masse zurück- und welche vorwärtsgetrieben wird. Es gibt keine Möglichkeit, das Gewünschte in die erforderliche Richtung zu lenken.«

Ich verstummte. Es mußte für einen General höchst peinlich sein, wenn er eine Division frischer Truppen erwartete und nichts als einen Schuttberg dafür bekam. Kein Wunder, daß der ehemalige Professor nie Brigadegeneral geworden war. Aber Chuck redete immer noch:

»Man behandelt die beiden Massen wie die Platten eines Kondensators und bringt sie auf das gleiche Zeitpotential. Dann entlädt man sie auf einer Dämpfungskurve, die effektiv vertikal verläuft. Peng! – eine davon saust zur Mitte nächsten Jahres, die andere wird Geschichte. Aber man weiß nie, welche das sein wird. Dabei ist das nicht einmal das Schlimmste; man kann nicht mehr zurück.«

»Was? Wer will denn zurück?«

»Na hör mal! Was hat die Forschung davon, wenn man nicht zurückkommen kann? Oder die Wirtschaft? Wohin du auch springst, dein Geld ist nichts wert, und du kannst mit dem Ausgangspunkt nicht mehr in Verbindung treten. Keine Geräte – und glaub mir, daß man sehr viele Anlagen und Energie benötigt. Wir haben die Energie aus den Arco-Reaktoren bezogen. Sehr teuer . . . das ist ein weiterer Nachteil.«

»Man könnte im Kaltschlaf zurückkommen«, erklärte ich.

»Was? Wenn du überhaupt in der Vergangenheit landest. Es

könnte ja auch umgekehrt laufen; da ist man nie sicher. Wenn du nur so weit zurückgehst, daß man den Kaltschlaf schon kennt... also nicht weiter als zum Krieg. Aber wo liegt da der Sinn? Du möchtest, sagen wir, etwas über 1980 wissen, dann fragst du irgendeinen Menschen oder du liest es in einer alten Zeitung nach. Wenn es eine Möglichkeit gäbe, die Kreuzigung zu fotografieren... aber die gibt es nicht. Das ist völlig ausgeschlossen. Du könntest nicht nur nicht zurückkehren, es gibt auf dieser Erdkugel auch nicht genug Energie dafür!«

»Trotzdem, manche Leute würden es rein um des Abenteuers willen riskieren. Hat sich denn nie jemand darangewagt?«

Chuck schaute sich wieder um. »Ich habe schon zuviel geredet.«

»Ein bißchen mehr kann auch nichts schaden.«

»Ich glaube, daß drei Personen es versucht haben. Das nehme ich nur an, ich weiß es nicht. Einer davon war Dozent. Ich hielt mich gerade im Labor auf, als Twitch und dieser Leo Vincent hereinkamen; Twitch schickte mich nach Hause. Ich trieb mich draußen herum. Nach einer Weile kam Twitch heraus, ohne Vincent. Soviel ich weiß, ist er immer noch im Labor. In der Universität hat er danach jedenfalls keine Vorlesungen mehr gehalten.«

»Und die anderen beiden?«

»Studenten. Sie gingen zu dritt hinein; nur Twitch kam heraus. Aber einer von ihnen war am nächsten Tag im Hörsaal, während der andere eine Woche lang fehlte. Rechne es dir selbst aus.«

»Hast du dich nie verlockt gefühlt?«

»Ich? Bin ich verrückt? Twitch meinte, es sei beinahe meine Pflicht, im Interesse der Wissenschaft freiwillig mitzumachen. Ich sagte: ›Danke, nein; ein kleines Bierchen ist mir lieber... aber für Sie drücke ich gerne auf die Taste.‹ Er machte nicht mit.«

»Ich würde es riskieren. Ich könnte nachprüfen, was mir Sorgen macht... und im Kaltschlaf wiederkommen. Es würde sich lohnen.«

Chuck seufzte tief. »Du bekommst kein Bier mehr, mein Freund: du bist besoffen. Zugehört hast du auch nicht. Erstens –«, er begann Zeichen auf den Tisch zu malen, »weißt du nie genau, ob du zurückgeschickt wirst; du kannst ebensogut in die Zukunft geschleudert werden.«

»Dieses Risiko gehe ich ein. Mir gefällt die Jetztzeit wesentlich besser als die meinige; vielleicht wäre mir die Welt in weiteren dreißig Jahren noch sympathischer.«

»Na schön, dann zurück zum Kaltschlaf, das ist sicherer. Oder bleib und warte, bis es soweit ist; das mache ich jedenfalls. Aber unterbrich mich nicht dauernd. Zweitens, selbst wenn du zurückgebracht wirst, könntest du 1970 weit verfehlen. Soviel ich weiß, hat Twitch einfach aufs Geratewohl gezielt. Aber ich war ja nur Lakai. Drittens, das Labor stand in einem Pinienwald und wurde 1980 gebaut. Angenommen, du kommst zehn Jahre vor dem Bau mitten im Stamm einer Pinie heraus? Das würde eine Explosion wie bei einer Kobaltbombe geben, was? Aber du merkst natürlich nichts mehr davon.«

»Aber – ich sehe überhaupt nicht ein, warum man in der Nähe des Labors auftauchen muß. Warum nicht an dem Punkt im Weltraum, wo das Labor gewesen – ich meine, wo es war ... oder vielmehr –«

»Du meinst gar nichts. Man bleibt doch auf der Erde. Zerbrich dir den Kopf nicht über die mathematischen Formeln; vergiß nicht, was aus dem Meerschweinchen geworden ist. Aber wenn du in die Zeit vor der Errichtung des Labors zurückkommst, sitzt du vielleicht hoch oben auf einem Baum. Viertens, wie könntest du, auch mit Kaltschlaf, hierher zurückkommen, selbst wenn du den richtigen Weg betrittst, zur rechten Zeit ankommst und es überstehst?«

»Wieso? Ich habe es einmal geschafft, warum nicht ein zweites Mal?«

»Gewiß. Aber woher nimmst du das Geld?«

Ich machte den Mund auf und klappte ihn wieder zu. Jetzt war ich in die Falle getappt. Ich hatte das Geld einmal gehabt, aber jetzt war es weg. Selbst das Gesparte – es reichte bei weitem nicht – konnte ich nicht mitnehmen – du lieber Himmel, auch wenn ich eine Bank ausraubte – wozu mir das Talent fehlte – und eine Million kassierte, konnte ich das Geld 1970 nicht ausgeben. Ich würde wegen Verbreitung von Falschgeld im Gefängnis landen. Man hatte sogar das Format, nicht nur Nummernserien, Daten, Farben und Entwürfe verändert. »Vielleicht muß ich eben so lange sparen.«

»Brav, brav. Und während du sparst, würdest du hier wahrscheinlich mühelos auftauchen ... aber ohne Haare und Zähne.«

»Schon gut. Aber befassen wir uns noch einmal mit dem letzten Punkt. Hat es an jener Stelle jemals eine große Explosion gegeben? Beim Labor?«

»Nein, ich glaube nicht.«

»Dann kann ich auch nicht mitten in einem Raum herauskommen – weil ich eben nicht herausgekommen bin. Kannst du mir folgen?«

»Ich bin dir ein paar Schritte voraus. Wieder einmal das alte Zeitparadox, aber das nehme ich dir nicht ab. Ich habe mir auch über die Theorie der Zeit Gedanken gemacht, vielleicht mehr als du. Du zäumst den Gaul vom Schwanz her auf. Es gab keine Explosion, und du landest nicht in einem Baum ... weil du den Sprung nie machen wirst. Kannst du mir folgen?«

»Aber nehmen wir einmal an, ich täte es doch?«

»Du tust es nicht. Des fünften Punktes wegen. Damit versetze ich dir den K. o.-Schlag, also paß genau auf. Du wirst den Sprung nicht machen, weil die ganze Sache geheim ist und du nicht zugelassen wirst. Sie erlauben es dir nicht. Vergiß es lieber, Danny. Der Abend war sehr interessant, und morgen früh sucht mich das FBI. Trinken wir noch eine Runde, und wenn ich Montag morgen nicht im Gefängnis sitze, rufe ich den Chefingenieur von ›Aladin‹ an und erkundige mich nach dem Vornamen dieses anderen ›D. B. Davis‹. Vielleicht arbeitet er sogar dort, dann essen wir mit ihm zu Mittag. Du mußt Springer, den Chef von ›Aladin‹ sowieso kennenlernen; er ist ein netter Kerl. Und vergiß diesen Unsinn mit den Zeitreisen; man wird das nie lösen. Ich hätte nicht davon anfangen sollen ... und wenn du jemals davon sprichst, bestreite ich alles. Vielleicht brauche ich meine Klassifizierung eines Tages noch.«

Wir tranken noch ein Bier. Nachdem ich zu Hause angekommen war, mich geduscht und mir die Zähne geputzt hatte, war mir klargeworden, daß er recht hatte. Eine Zeitreise war für meine Probleme eine Lösung, als schnitte man sich die Kehle durch, um Kopfschmerzen loszuwerden. Was noch wichtiger war, Chuck würde bei Mr. Springer spielend herausfinden, was ich wissen wollte, ohne Anstrengung, Kosten oder Risiko. Und mir gefiel das Jahr, in dem ich lebte.

Als ich ins Bett stieg, zog ich mir den Stapel Zeitungen der ganzen Woche heran. Die ›Times‹ wurde mir mit Rohrpost zugeschickt, seit ich wieder ein solider Bürger war. Ich las sie nicht sehr oft, weil ich mit den Tagesereignissen nicht viel anfangen konnte, wenn ich mit einem technischen Problem beschäftigt war.

Trotzdem warf ich keine Zeitung weg, bevor ich nicht mindestens die Schlagzeilen überflogen und die Personalanzeigen gelesen hatte, nicht jene über Geburten, Heiraten und Todesfälle, sondern über ›Entlassungen‹ jener Leute, die im Kaltschlaf gelegen hatten. Ich hatte ein Gefühl, daß ich eines Tages den Namen eines Menschen dort lesen würde, den ich früher gekannt hatte. Dann wollte ich zu ihm gehen, ihn begrüßen und fragen, ob ich ihm irgendwie behilflich sein konnte. Alles sprach natürlich dagegen, aber ich führte das weiter, und es verlieh mir immer ein Gefühl der Befriedigung.

Unbewußt betrachtete ich wohl alle Schläfer als meine ›Verwandten‹, wie man sich mit allen Leuten einer Einheit beim Militär verbunden fühlt, wenigstens so weit, daß es zu einem gemeinsamen Drink reicht.

In den Zeitungen stand nicht viel Interessantes, abgesehen von der Nachricht, daß das Raumschiff zwischen Erde und Mars immer noch vermißt wurde. Unter den neu erwachten Schläfern fand ich keinen bekannten Namen. Ich legte mich hin und wartete, bis das Licht erlosch.

Gegen drei Uhr morgens fuhr ich plötzlich hoch. Das Licht flammte auf, und ich blinzelte. Ich hatte einen sehr merkwürdigen Traum gehabt, nicht gerade einen Alptraum, aber beinahe, worin ich die kleine Ricky in den Sanktumanzeigen übersehen hatte. Ich wußte, daß mir das nicht passiert war. Als ich mich aber zur Seite drehte und den Stoß Zeitungen sah, war ich doch sehr erleichtert; ich hatte schon befürchtet, sie vor dem Einschlafen in den Müllschlucker geworfen zu haben.

Ich legte die Zeitungen wieder aufs Bett und begann die Anzeigen von neuem durchzulesen. Diesmal ließ ich keine Kategorie aus, Geburten, Todesfälle, Heiraten, Scheidungen, Adoptionen, Namensänderungen und ›Entlassungen‹, denn ich konnte Rickys Namen übersehen haben. Vielleicht hatte Ricky geheiratet oder ein Kind bekommen.

Ich hätte beinahe übersehen, was mir diesen gräßlichen Traum bescherte. Es stand in der ›Times‹ vom 2. Mai 2001. Die Entlassungen vom Dienstag in der Mittwochausgabe: »Riverside-Sanktum . . . F. V. Heinicke.«

»F. V. Heinicke!«

›Heinicke‹ hieß Rickys Großmutter . . . ich wußte es, ich war überzeugt davon! Ich wußte nicht, warum ich es wußte, aber ich fühlte, daß das in meiner Erinnerung verborgen gewesen und nicht wieder aufgetaucht war, bis ich den Namen jetzt las. Wahrscheinlich war er von Ricky oder Miles einmal erwähnt worden; unter Umständen hatte ich die alte Dame in Sandia auch einmal kennengelernt. Gleichgültig, der Name in der ›Times‹ hatte ein vergessenes Informationsteilchen in das Puzzle-Spiel eingefügt, und jetzt wußte ich Bescheid.

Nur mußte ich es noch beweisen. Ich mußte nachweisen, daß ›F. V. Heinicke‹ in Wirklichkeit ›Frederica Heinicke‹ hieß.

Ich zitterte vor Aufregung, Vorfreude und Angst. Trotz der längst Gewohnheit gewordenen Handgriffe versuchte ich, die Verschlüsse hochzuziehen, statt die Säume aneinanderzulegen, so daß ich doppelt so lange zum Anziehen brauchte wie sonst. Aber wenige Minuten später war ich unten in der Halle bei der Telefonzelle – ich hatte keinen Apparat im Zimmer, sonst hätte ich ihn benützt. Als ich feststellte, daß ich meine Telefon-Kreditkarte vergessen hatte, mußte ich wieder hinauflaufen – ich war völlig durcheinander.

Als ich sie endlich hatte, zitterte ich so sehr, daß ich sie kaum in den Schlitz stecken konnte. Aber es gelang mir schließlich, und ich wählte die Vermittlung.

»Nummer bitte?«

»Äh, ich möchte mit dem Riverside-Sanktum verbunden werden. Das ist im Stadtteil Riverside.«

»Augenblick.«

Der Bildschirm wurde endlich hell, und ein Mann sah mich mürrisch an. »Sie müssen in der falschen Leitung sein. Hier ist das Sanktum. Wir haben nachts geschlossen.«

»Hängen Sie bitte nicht ein«, sagte ich. »Ich habe schon richtig gewählt, wenn dort das Riverside-Sanktum ist.«

»Was wollen Sie zu dieser Zeit?«

»Sie haben eine Klientin, F. V. Heinicke, eine ›Entlassung‹. Ich möchte wissen –«

Er schüttelte den Kopf.

»Wir geben über Klienten keine telefonischen Auskünfte. Schon gar nicht mitten in der Nacht. Rufen Sie morgen früh nach zehn Uhr an. Oder kommen Sie selbst her, das ist besser.«

»Das mache ich. Aber ich möchte nur das eine wissen: Wofür stehen die Initialen ›F. V.‹?«

»Ich habe Ihnen eben erklärt –«

»Hören Sie mich doch an, ich will keine Schwierigkeiten

machen, ich bin selbst Schläfer. Sawtelle. Erst vor kurzem entlassen. Ich weiß also genauestens Bescheid. Sie und ich wissen, daß die Sanktum-Institute der Presse die vollen Namen der entlassenen Kaltschlaf-Klienten geben ... aber dort bringt man aus Gründen der Platzersparnis nur die Anfangsbuchstaben. Stimmt das etwa nicht?«

Er dachte nach. »Kann sein.«

»Was kann es dann schaden, wenn Sie mir sagen, wofür die Initialen stehen?«

Er zögerte immer noch. »Nichts, wenn Sie nicht mehr wissen wollen. Mehr sage ich Ihnen jedenfalls nicht. Bleiben Sie am Apparat.«

Er verschwand vom Bildschirm, blieb eine Ewigkeit weg, wie mir schien, und tauchte mit einer Karte in der Hand wieder auf. »Das Licht ist schlecht hier«, meinte er, während er sie anstarrte. »›Fraces‹ – nein, ›Frederica‹. ›Frederica Virginia‹.«

In meinen Ohren dröhnte es, und ich wäre beinahe ohnmächtig geworden. »Gott sei Dank!«

»Fühlen Sie sich nicht wohl?«

»Doch. Danke. Ich danke Ihnen von ganzem Herzen. Doch, ich fühle mich wohl.«

»Hmm. Es macht wohl nichts, wenn ich Ihnen noch etwas sage. Sie sparen sich eine Fahrt. Die Klientin hat das Institut schon verlassen.«

9

Ich hätte Zeit sparen können, wenn ich mir ein Taxi zum Riverside-Sanktum genommen hätte, aber ich besaß nicht genug Bargeld. Ich wohnte in West Hollywood; die nächstgelegene Tag-und-Nacht-Bank war in der Innenstadt am Grand Circle. Zuerst fuhr ich also auf der Gleitbahn hinein und holte mir in der Bank Bargeld. Eine Verbesserung, deren Wert ich bis dahin nicht richtig begriffen hatte, war das Universal-Scheckbuch-System; durch ein einziges Elektronengehirn als Girozentrale für die ganze Stadt und mit radioaktiven Markierungen auf meinem Scheckbuch bekam ich so schnell Bargeld wie in meiner Hausbank gegenüber der ›Dienstboten-AG‹.

Dann fuhr ich mit der Expreßbahn nach Riverside. Als ich das Sanktum erreichte, wurde es gerade hell.

Außer dem Nachttechniker und seiner Frau, der Nachtschwester, war niemand anwesend. Ich machte wohl keinen sehr guten Eindruck. Ich war unrasiert, entsetzlich aufgeregt, roch nach Bier und hatte mir keine überzeugenden Lügen zurechtgelegt.

Trotzdem war Mrs. Larrigan, die Nachtschwester, mitfühlend und hilfsbereit. Sie holte ein Foto aus dem Archiv und sagte: »Ist das Ihre Cousine, Mr. Davis?«

Es war Ricky. Kein Zweifel, es war Ricky! Oh, nicht die Ricky, wie ich sie gekannt hatte, denn ich sah kein kleines Mädchen, sondern eine reife junge Frau um die Zwanzig, mit damenhafter Frisur, mit erwachsenem und sehr schönem Gesicht. Sie lächelte.

Aber ihre Augen waren unverändert. Trotz allem, es war dasselbe Gesicht, gereift, wunderschön, aber unverwechselbar.

Das Bild verschwamm vor meinem Blick; meine Augen standen voll Tränen. »Ja«, sagte ich mit erstickter Stimme. »Das ist Ricky.«

»Nancy, du hättest es ihm nicht zeigen sollen«, sagte Mr. Larrigan.

»Pff, Hank, warum denn nicht?«

»Du kennst die Vorschriften.« Er wandte sich an mich. »Mister, wie ich schon am Telefon sagte, dürfen wir über unsere Klienten nichts mitteilen. Kommen Sie um zehn Uhr wieder, wenn das Verwaltungsbüro geöffnet hat.«

»Oder Sie könnten um acht wiederkommen«, fügte seine Frau hinzu. »Inzwischen wird Dr. Bernstein hier sein.«

»Misch dich nicht ein, Nancy. Wenn er etwas wissen will, soll er sich an den Direktor wenden. Bernstein darf auch nichts sagen. Außerdem war sie nicht einmal seine Patientin.«

»Hank, sei doch nicht so kleinlich. Ihr Männer mit euren Vorschriften! Wenn er es sehr eilig hat, kann er schon um zehn in Brawley sein.« Sie wandte sich an mich. »Kommen Sie um acht wieder vorbei. Das ist am besten.«

»Was ist mit Brawley? Ist sie nach Brawley gefahren?«

Sie hätte mir sicher mehr erzählt, wenn ihr Mann nicht dabeigewesen wäre. Er machte ein grimmiges Gesicht. »Sprechen Sie mit Dr. Bernstein. Wenn Sie noch nicht gefrühstückt haben, unten an der Ecke gibt es ein nettes Lokal.«

Ich ging also hin – es war wirklich ordentlich –, frühstückte, ging in den Waschraum, holte mir eine Tube ›Bartweg‹ aus dem Automaten, ein frisches Hemd aus einem anderen und warf das getragene fort. Als ich zum Sanktum zurückkam, konnte ich mich einigermaßen sehen lassen.

Aber Larrigan schien Dr. Bernstein gegen mich eingenommen zu haben. Er war ein junger Mann, befand sich offensichtlich noch in Ausbildung und war nicht im geringsten zu beeindrucken. »Mr. Davis, Sie behaupten, selbst Schläfer gewesen zu sein. Sie wissen also sicherlich, daß es Verbrecher gibt, die die Leichtgläubigkeit und Arglosigkeit von neuerweckten Schläfern ausnützen. Die meisten Schläfer verfügen über ein beträchtliches Vermögen, alle finden sich zunächst in der neuen Welt nicht zurecht, sie sind meist einsam und verängstigt – die ideale Beute für die Gauner.«

»Aber ich will doch nur wissen, wohin sie gefahren ist! Ich bin ihr Cousin. Und ich habe mich vor ihr dem Schlaf unterzogen, deswegen wußte ich nicht, daß sie das auch tun würde.«

»Ein Verwandtschaftsverhältnis wird immer behauptet.« Er sah mich scharf an. »Habe ich Sie nicht schon einmal gesehen?«

»Das möchte ich bezweifeln. Vielleicht sind wir uns auf der Bahn irgendwo begegnet. Die meisten Leute glauben immer, mich schon einmal gesehen zu haben; ich besitze eines der zwölf Standard-Gesichter, das sich in nichts von hunderttausenden anderen unterscheidet. Doktor, warum rufen Sie nicht Dr. Albrecht am Sawtelle-Sanktum an und prüfen nach, was ich Ihnen gesagt habe?«

Er machte ein mürrisches Gesicht. »Kommen Sie später wieder und sprechen Sie mit dem Direktor. Er kann dort anrufen ... oder die Polizei verständigen, wie er es für richtig hält.«

Ich ging. Dann unterlief mir ein Fehler. Statt mit dem Direktor zu sprechen, mietete ich ein Taxi und raste sofort nach Brawley.

Dort ihre Spur aufzunehmen, dauerte gewiß drei Tage. Gewiß, sie hatte dort gewohnt, zusammen mit ihrer Großmutter; das fand ich sehr schnell heraus. Aber die Großmutter war vor zwanzig Jahren gestorben, und Ricky hatte sich dem Kaltschlaf unterzogen. Brawley besaß im Vergleich zu den sieben Millionen Einwohnern von Groß-Los-Angeles nur hunderttausend Bewohner; die zwanzig Jahre alten Unterlagen waren nicht schwer zu finden. Nur die noch nicht einmal eine Woche alte Spur machte mir Schwierigkeiten.

Das lag zum Teil daran, daß sie sich in Begleitung befand; ich hatte nach einer alleinstehenden jungen Dame gesucht. Als ich herausfand, daß ein Mann bei ihr war, dachte ich besorgt an die Betrüger, über die mir Bernstein einen Vortrag gehalten hatte.

Ich folgte einer falschen Spur nach Calexico, fuhr nach Brawley zurück und begann von neuem, fand die Fährte wieder und verfolgte sie bis Yuma.

In Yuma gab ich die Nachforschungen auf, weil Ricky geheiratet hatte. Was ich im Register des Standesamtes sah, schockierte mich so, daß ich aufgab und mit der nächsten Maschine nach Denver flog. Chuck schickte ich eine Karte mit der Bitte, meinen Schreibtisch auszuräumen und die Sachen in meinem Zimmer einzupacken.

In Denver blieb ich lange genug, um eine Firma für zahntechnische Artikel aufzusuchen. Seit man Denver zur Hauptstadt gemacht hatte, war ich nicht mehr dort gewesen, und die Stadt erschreckte mich. Ich konnte nicht einmal die Colfax Avenue finden. Soviel ich wußte, waren alle Regierungsstellen tief unter den Rocky Mountains angelegt worden. Falls das zutraf, befand sich allerhand Unwichtiges über der Erde; hier schien es noch voller zu sein als in Groß-Los-Angeles.

Bei der Großhandelsfirma kaufte ich zehn Kilogramm Gold, Isotop 197, in Form von Vierzehner-Draht. Ich bezahlte pro Kilogramm $ 81,10, was entschieden zu viel war, da man Gold für technische Zwecke für etwa $ 70,– pro Kilo bekam und der Kauf meinen einzigen Tausend-Dollar-Schein schwer in Mitleidenschaft zog.

Aber technisches Gold gibt es nur in Legierungen, die in der Natur nicht vorkommen, oder mit den Isotopen 197 oder 198 oder mit beiden zusammen, je nach Anwendungszweck. Ich brauchte Feingold, das sich in nichts von auf natürlichem Weg gewonnenem Gold unterscheiden durfte.

Ich wickelte mir das Gold um die Hüften und fuhr nach Boulder hinaus. Zehn Kilogramm – das ist etwa das Gewicht eines gutgefüllten Wochenend-Koffers, und diese Menge Gold nimmt ungefähr soviel Platz ein wie ein Liter Milch. Aber der Draht benötigte mehr Raum als ein Goldblock; ich kann ihn als Gürtel nicht empfehlen. Goldklumpen wären aber noch schwerer zu tragen gewesen. Auf diese Weise konnte ich es jedenfalls immer bei mir haben.

Dr. Twitchell wohnte noch in der Universität, wenn er auch

nicht mehr lehrte; er war Professor Emeritus und verbrachte die meiste Zeit in der Bar des Fakultätenklubs. Es dauerte vier Tage, bis ich ihn in einer anderen Bar erwischte, denn der Uni-Club war Fremden nicht zugänglich. Als ich es aber endlich geschafft hatte, war es sehr einfach, ihn zu einem Drink einzuladen.

Er war eine tragische Gestalt im klassischen Sinn, ein großer, sehr großer Mann, der zerbrochen war. Er hätte sich auf einer Ebene mit Einstein, Bohr und Newton befinden müssen; aber nur ein paar Spezialisten auf dem Gebiet der Feldtheorie kannten den Wert seiner Arbeit. Bei unserer Begegnung fand ich einen enttäuschten, gealterten und vom Alkohol gezeichneten Mann. Es war, als besuche man die Ruine eines grandiosen Tempels, nachdem das Dach eingestürzt und die Säulen geborsten waren.

Trotzdem war er in seinem Zustand noch zehnmal intelligenter als ich in meinen besten Stunden. Ich bin immerhin klarsichtig genug, echtes Genie zu erkennen, wenn ich es sehe.

Als ich ihm zum erstenmal gegenübertrat, sah er auf, starrte mich an und sagte: »Sie schon wieder.«

»Sir?«

»Sie haben doch bei mir studiert, oder nicht?«

»Nein, Sir, diese Ehre hatte ich leider nicht.« Wenn Leute behaupten, sie hätten mich schon einmal getroffen, winke ich meistens ab, hier beschloß ich, dieses nicht zu tun und meine Chance auszunutzen. »Vielleicht meinen Sie meinen Cousin, Professor, Klasse 86. Er hat einmal bei Ihnen studiert.«

»Möglich. Welches Examen?«

»Er mußte leider von der Hochschule abgehen, Sir. Aber er hat Sie immer sehr bewundert. Allen Leuten erzählte er, daß er Ihr Schüler gewesen sei.«

Man kann sich eine Mutter nicht zum Feind machen, der man erzählt, ihr Kind sei wunderschön. Dr. Twitchell ließ mich Platz nehmen und bald darauf zu einem Drink einladen. Die größte Schwäche dieses grandiosen Alten war seine berufliche Eitelkeit. Ich hatte die vier Wartetage zum Teil damit verbracht, mir alles einzuprägen, was ich in der Universitätsbibliothek über ihn finden konnte. Ich wußte also, welche Titel er besaß und welche Bücher er geschrieben hatte. In eines davon steckte ich meine Nase, aber auf Seite neun kam ich schon nicht mehr mit. Nur ein paar Fachausdrücke konnte ich mir merken.

Ich ließ ihn wissen, daß ich selbst ein Jünger der Wissenschaft sei; zur Zeit sammle ich Material zu einem Buch: ›Unerkannte Genies‹.

»Worüber soll es denn sein?«

Ich gab schüchtern zu, daß ich es für angebracht hielte, das Buch mit einer volkstümlichen Beschreibung seines Lebens und seiner Werke zu beginnen ... vorausgesetzt, er sei ein wenig zugänglich. Ich benötigte natürlich sehr viel Material von ihm.

Er hielt das Ganze für Blödsinn und wollte sich darauf nicht einlassen. Ich erklärte ihm jedoch, daß er der Nachwelt verpflichtet sei, und er meinte, er würde es sich überlegen. Am nächsten Tag unterstellte er einfach, daß ich seine Biographie schreiben würde – nicht einfach ein Kapitel, nein, ein ganzes Buch. Von da an redete und redete er, und ich schrieb mit ... ich getraute mich nicht zu schwindeln, weil er mich manchmal bat, ihm Abschnitte vorzulesen.

Aber von der Zeitreise sprach er nie.

Ich sagte schließlich: »Professor, trifft es nicht zu, daß Sie den Nobelpreis bekommen hätten, wenn nicht ein hier stationierter Oberst dies vereitelt hätte?«

Er fluchte drei Minuten lang, ohne sich auch nur ein einziges Mal zu wiederholen. »Wer hat Ihnen davon erzählt?«

»Professor, als ich für das Verteidigungsministerium Material sammelte – davon habe ich doch gesprochen, nicht wahr?«

»Nein.«

»Nun, damals hörte ich die ganze Geschichte von einem jungen Doktor aus einer anderen Abteilung. Er hatte den Bericht gelesen und meinte, Sie wären zweifellos der berühmteste Physiker aller Zeiten ... wenn man Ihnen erlaubt hätte, Ihre Arbeiten zu veröffentlichen.«

»Hrrm! Das stimmt!«

»Aber ich war der Meinung, das Material sei als geheim deklariert worden ... auf Anweisung dieses Colonel – äh – Plushbottom.«

»Thrusbotham. Trushbotham, Sir. Ein fetter, fauler vertrottelter Kerl, der seinen eigenen Hut nicht gefunden hätte, wenn er auf seinem Schädel gewesen wäre.«

»Ich finde das sehr bedauerlich.«

»Was ist bedauerlich, Sir? Daß Trushbotham ein Narr war? Das lag nicht an mir.«

»Ich finde es sehr traurig, daß man der Welt diese Leistung vorenthält. Ich habe gehört, daß Sie nicht davon reden dürfen.«

»Wieso? Ich sage, was mir paßt!«

»Entschuldigen Sie, Sir, aber ich habe das von meinem Freund im Verteidigungsministerium erfahren.«

»Hrrm!«

Das war alles, was ich an jenem Abend aus ihm herausbrachte. Es dauerte eine Woche, bis er sich entschloß, mir sein Labor zu zeigen.

Das Gebäude diente jetzt zum größten Teil anderen Forschern, aber sein Zeit-Labor hatte er nie herausgerückt, obwohl er es nicht mehr benützte, er verwies auf die Geheimhaltungspflicht und weigerte sich, andere Leute heranzulassen oder die Anlage zu demontieren. Als er die Tür öffnete und mich eintreten ließ, empfing mich ein Geruch wie aus einem Grabgewölbe.

Er hatte gerade genug getrunken, um ohne Hemmungen zu sein, aber nicht so viel, daß er nicht mehr aufrecht stehen konnte. Er vertrug allerhand. Er hielt mir einen Vortrag über die mathematischen Grundlagen der Zeittheorie und Zeitverdrängung – er gebrauchte das Wort ›Zeitreisen‹ nie –, verbot mir aber, Notizen zu machen. Das hätte mir auch gar nichts geholfen, weil er einen Absatz mit den Worten begann: »Es steht daher fest –«, um dann Dinge zu entwickeln, die vielleicht für ihn und den lieben Gott feststanden, aber für niemand sonst.

Als er eine Pause machte, meinte ich: »Den Erzählungen meines Freundes hatte ich entnommen, daß Ihnen eine genaue Meßeinteilung nicht gelungen sei, daß Sie also die genaue Größe der Zeitverdrängung nicht bestimmen könnten.«

»Was? Dummes Geschwätz! Junger Mann, was man nicht messen kann, hat mit Wissenschaft nichts zu tun.« Er brodelte ein bißchen wie ein Wasserkessel, dann fuhr er fort: »Hier. Ich werde es Ihnen schon zeigen.« Er drehte sich um und begann an den Knöpfen herumzudrehen. Von der Anlage war nur zu sehen, was er die ›Zeit-Ort-Bühne‹ nannte – eine niedrige Plattform mit einem Käfig rundherum – und eine Schalttafel. Ich bin überzeugt davon, daß ich die Bedienung der Knöpfe hätte erlernen können, wenn ich mit ihnen allein gelassen worden wäre, aber er hatte mir sofort verboten, sie zu berühren. Ich sah einen Braunschen Registrierapparat, einige Hochleistungssolenoid-Schalter und ein Dutzend ähnlich vertrauter Geräte, aber ohne die Schaltungssysteme ließ sich nichts anfangen.

Er wandte sich mir wieder zu und herrschte mich an: »Haben Sie Kleingeld in der Tasche?«

Ich holte eine Handvoll Münzen hervor. Er sah sie an und nahm zwei Fünf-Dollar-Stücke, frisch geprägt, die hübschen grünen Hexagonalmünzen, die neu ausgegeben worden waren. Eigentlich hätte er ja auch kleinere Münzen nehmen können, weil mir langsam das Geld ausging.

»Haben Sie ein Messer?«

»Ja, Sir.«

»Ritzen Sie Ihre Anfangsbuchstaben in beide Münzen.«

Ich tat es. Dann mußte ich sie nebeneinander in den Käfig legen. »Notieren Sie die genaue Zeit. Ich habe die Verdrängung auf genau eine Woche, minus oder plus sechs Sekunden eingestellt.«

Ich schaute auf meine Uhr. Dr. Twitchell sagte: »Fünf ... vier ... drei ... zwei ... eins ... jetzt!«

Ich sah von meiner Uhr auf. Die Münzen waren verschwunden. Ich brauchte nicht so zu tun, als triebe es mir die Augen aus den Höhlen. Chuck hatte mir von einer solchen Vorführung berichtet, sie mitzuerleben war doch etwas ganz anderes.

Dr. Twitchell sagte forsch: »Wir kommen heute abend in einer Woche wieder hierher und warten, bis eine der Münzen wieder auftaucht. Was die andere angeht – Sie haben sie beide im Käfig liegen sehen? Sie haben sie selbst hingelegt?«

»Ja, Sir.«

»Wo war ich?«

»An der Bedienungstafel, Sir.« Er war gut dreieinhalb Meter vom Käfig entfernt gewesen und hatte sich ihm seither nicht genähert.

»Gut. Kommen Sie her.« Ich gehorchte, und er griff in die Tasche. »Hier ist eine von Ihren Münzen. Die andere bekommen Sie in einer Woche wieder.« Er überreichte mir eine grüne Fünf-Dollar-Münze; sie trug meine Initialen.

Ich sagte nichts, weil ich mit herabhängendem Unterkiefer schlecht sprechen konnte.

Er fuhr fort: »Ihre Bemerkungen von vergangener Woche haben mich gestört. Ich besuchte das Labor am Mittwoch, was ich seit – oh, über einem Jahr nicht mehr getan habe, und diese Münze fand ich im Käfig. Ich wußte also, daß ich das Gerät wieder benützen würde. Ich konnte Ihnen die Vorführung demnach erst heute geben.«

Ich sah die Münze an und befühlte sie. »Sie war in Ihrer Tasche, als wir heute hierherkamen?«

»Gewiß.«

»Aber wie konnte sie zugleich in meiner und in Ihrer Tasche sein?«

»Lieber Gott, Mann, haben Sie denn keine Augen? Kein Gehirn zum Denken? Können Sie eine einfache Tatsache nicht begreifen, weil sie außerhalb Ihres trostlosen Daseins liegt? Sie haben sie heute in Ihrer Tasche hierhergetragen – und wir stießen sie in die vergangene Woche zurück. Das haben Sie gesehen. Vor einigen Tagen fand ich sie hier. Ich steckte sie in die Tasche. Ich brachte sie heute her. Dieselbe Münze . . . oder, um genau zu sein, ein späteres Segment ihres Raum-Zeit-Gefüges, um eine Woche mehr verbraucht, um eine Woche mehr abgenützt – aber ›dieselbe‹ Münze. Allerdings nicht mehr identisch mit ihr als ein Baby mit dem Mann, zu dem es heranwächst. Alter eben.«

Ich sah die Münze an. »Professor . . . versetzen Sie mich um eine Woche zurück.«

Er starrte mich zornig an. »Ausgeschlossen!«

»Warum nicht? Funktioniert das bei Menschen nicht?«

»Was? Natürlich funktioniert es da auch!«

»Warum wollen Sie es dann nicht versuchen? Ich habe keine Angst. Und stellen Sie sich vor, wie großartig das für Ihr Buch wäre . . . wenn ich aus eigenem Wissen bezeugen könnte, daß die Twitchellsche Zeitverdrängungstheorie tatsächlich richtig ist.«

»Sie können sie aus eigenem Wissen bestätigen, Sie waren ja eben Zeuge.«

»Ja«, meinte ich zögernd, »aber niemand wird mir glauben. Diese Sache mit den Münzen . . . ich habe sie gesehen und glaube daran. Aber die Leser würden annehmen, ich sei leichtgläubig, und Sie hätten mich mit einer Taschenspielerei hereingelegt.«

»Hören Sie mal!«

»Das sage nicht ich, das sagen andere. Man könnte einfach nicht glauben, daß ich das Berichtete wirklich gesehen habe. Aber wenn Sie mich nur um eine Woche zurückversetzen, könnte ich aus eigenem Erleben bezeugen . . .«

»Setzen Sie sich. Hören Sie zu.« Er nahm Platz. Für mich gab es keinen Stuhl, aber das schien er nicht zu bemerken. »Ich habe vor langer Zeit mit Menschen experimentiert, aber damit ist endgültig Schluß.«

»Warum? Sind die Leute ums Leben gekommen?«

»Was? Lassen Sie den Blödsinn.« Er sah mich scharf an und fügte hinzu: »Das dürfen Sie in Ihrem Buch nicht bringen.«

»Wie Sie wünschen, Sir.«

»Einige kleine Experimente zeigten, daß lebende Wesen die Zeitverdrängung ohne Schaden überstehen. Ich hatte mich einem Kollegen anvertraut, einem jungen Mann, der in der Architekturklasse Zeichnen und Malen lehrte. Eigentlich war er mehr Techniker als Wissenschaftler, aber ich mochte ihn; er hatte einen wachen Verstand. Dieser junge Mann – es kann nichts schaden, wenn ich Ihnen seinen Namen sage: Leonard Vincent – wollte es um jeden Preis versuchen ... im Ernst versuchen; er wollte sich einer großen Veränderung unterziehen, fünfhundert Jahre. Ich war nicht hart genug. Ich ließ es zu.«

»Was geschah dann?«

»Woher soll ich das wissen? Fünfhundert Jahre, Mann! Ich werde nie erfahren, was aus ihm geworden ist!«

»Aber Sie glauben, daß er fünfhundert Jahre in die Zukunft vorrückte?«

»Oder in die Vergangenheit zurück. Vielleicht ist er im fünfzehnten Jahrhundert gelandet. Oder im fünfundzwanzigsten. Die Chancen stehen genau gleich. Es gibt eine Unbestimmbarkeit – symmetrische Gleichungen. Ich habe mir manchmal überlegt ... nein, das ist nur eine zufällige Ähnlichkeit der Namen.«

Ich fragte nicht, was er damit meinte, weil ich die Ähnlichkeit plötzlich selbst sah und mir die Haare zu Berge standen. Dann schob ich diesen Gedanken beiseite: ich hatte andere Probleme. Außerdem – es handelte sich bestimmt nur um eine zufällige Namensähnlichkeit – konnte ein Mann nicht von Colorado nach Italien gelangen, nicht im fünfzehnten Jahrhundert.

»Aber ich habe mich fest entschlossen, der Versuchung nie mehr nachzugeben. Das war nicht wissenschaftlich, man konnte nicht das geringste daraus lernen. Wenn er in die Zukunft geschickt wurde, gut. Aber wenn er rückwärts transportiert worden ist ... habe ich meinen Freund vielleicht in die Hände von Wilden geliefert. Oder wilden Tieren vorgeworfen.«

Vielleicht war er auch ein ›Großer Weißer Vater‹ geworden,

dachte ich. Ich behielt das für mich. »Aber bei mir müßte man doch eine so große Verdrängung nicht einstellen.«

»Reden wir nicht mehr davon, Sir.«

»Wie Sie wünschen, Professor.« Aber ich mußte wieder davon anfangen. »Äh, darf ich einen Vorschlag machen?«

»Was? Reden Sie.«

Wir könnten beinahe dasselbe Ergebnis durch eine Probe gewinnen.«

»Wie meinen Sie das?«

»Eine komplette Generalprobe, in der alles genauso ausgeführt wird, als wollten Sie ein Lebewesen in der Zeit versetzen – diese Rolle übernehme ich. Wir machen alles genauso, als wollten Sie mich durch die Zeit senden, bis zu dem Punkt, an dem Sie auf den Knopf dort drücken. Dann verstehe ich die Prozedur ... über die ich mir jetzt noch nicht ganz klar bin.«

Er brummelte ein bißchen, aber er wollte sein Spielzeug doch nur allzu gerne vorführen. Er wog und legte Metallgewichte aufeinander, die genau meinen hundertsechzig Pfund entsprachen. »Das sind dieselben Gewichte, die ich bei dem armen Vincent benützt habe.«

Wir legten sie in den Käfig. »Welche Zeiteinstellung nehmen wir?« fragte er. »Sie haben freie Hand.«

»Sie sagten, die Einstellung sei sehr genau möglich?«

»Allerdings. Bezweifeln Sie das?«

»O nein, nein! Eine Sekunde – heute ist der vierundzwanzigste Mai – angenommen wir ... wie wär's mit, sagen wir einunddreißig Jahren, drei Wochen, einem Tag, sieben Stunden, dreizehn Minuten und fünfundzwanzig Sekunden?«

»Sehr witzig. Als ich von ›genau‹ sprach, meinte ich bis zu einer Präzision von eins zu hunderttausend, nicht von eins zu neunhundert Millionen.«

»Oh. Sie sehen selbst, Professor, wie wichtig eine Generalprobe für mich ist, weil ich wirklich sehr wenig davon verstehe. Na, nehmen wir also einunddreißig Jahre und drei Wochen. Oder ist das noch zuviel verlangt?«

»Keineswegs. Die Abweichung dürfte im Höchstfall zwei Stunden betragen.« Er stellte die Apparatur ein. »Sie können jetzt in den Käfig steigen.«

»Das ist alles?«

»Ja. Nur die Energiezufuhr fehlt. Ich könnte diese Veränderung mit dem Normalstrom nicht bewältigen, der für die Münzen ausreichte. Aber das spielt ja keine Rolle, weil wir nur so tun als ob.«

Ich machte ein enttäuschtes Gesicht. »Dann haben Sie also gar nicht alles zur Verfügung, was für eine derartige Veränderung erforderlich wäre? Das Ganze war theoretisch gemeint?«

»Nein, zum Teufel. Ich habe es nicht theoretisch gemeint.«

»Aber wenn Ihnen die nötige Energie fehlt . . .«

»Ich kann sie besorgen, wenn Sie darauf bestehen. Warten Sie.« Er ging in eine Ecke des Labors und nahm den Telefonhörer ab. Der Apparat mußte beim Bau des Labors aufgestellt worden sein; seit meinem Erwachen hatte ich so etwas nicht mehr gesehen. Es kam zu einem kurzen Gespräch mit dem Nachtaufseher des Elektrizitätswerks der Universität. Dr. Twitchell benötigte keine Schimpfworte; er konnte sie weglassen und doch schärfer sein als mancher Grobian. »Ihre Ansichten interessieren mich nicht im geringsten, mein lieber Mann. Lesen Sie Ihre Dienstanweisung. Ich kann zu jeder Zeit volle Unterstützung beanspruchen. Sie können doch lesen? Treffen wir uns morgen früh um zehn Uhr mit dem Präsidenten und soll er sie Ihnen vorlesen? Ach so? Sie können lesen? Vielleicht auch noch schreiben? Oder sind Ihre Talente schon erschöpft? Dann schreiben Sie auf: ›Volle Energiezufuhr auf die Sammelleitschiene des Thornton-Labors in genau acht Minuten.‹ Wiederholen Sie das.«

Er legte den Hörer auf die Gabel. »Esel!«

Er ging zur Schalttafel, drehte ein wenig an den Knöpfen und wartete. Dann konnte ich sogar von meinem Platz im Käfig aus die Zeiger von drei Skalenreihen hochschwingen sehen. Und oben an der Tafel leuchtete eine rote Lampe auf. »Der Strom ist da«, verkündete er.

»Und was geschieht jetzt?«

»Nichts.«

»Das habe ich mir gedacht.«

»Was soll das heißen?«

»Was ich gesagt habe. Nichts wird geschehen.«

»Ich fürchte, ich verstehe Sie nicht ganz. Hoffentlich nicht. Was ich meine, war, daß nichts geschieht, wenn ich diesen Hebel nicht umlege. Täte ich das, dann wären Sie genau um einunddreißig Jahre und drei Wochen in der Zeit versetzt.«

»Und ich sage immer noch, daß nichts passieren würde.«

Sein Gesicht wurde blutrot. »Ich habe den Eindruck, daß Sie mich beleidigen wollen, Sir.«

»Nennen Sie es, wie Sie wollen, Professor. Ich bin hergekommen, um einem Gerücht nachzugehen. Nun, das habe ich getan. Ich habe eine Schalttafel mit hübschen Lämpchen gesehen; sie sieht aus wie eine Anlage für einen wahnsinnigen Wissenschaftler in einem Grusel-Film. Ich habe eine Taschenspielerei mit zwei Münzen miterlebt. Der Trick ist übrigens nicht besonders gut, da Sie die Münzen selbst ausgewählt und mir gesagt haben, wie ich sie markieren muß; jeder Amateurzauberer kann das besser. Ich habe viel Gerede angehört. Aber reden kostet ja nichts. Was Sie als Ihre Entdeckung ausgeben, ist unausführbar. Übrigens weiß man das im Ministerium auch. Ihr Bericht ist nicht unterdrückt worden; man hat ihn einfach bei den anderen unsinnigen Briefen abgelegt. Ab und zu holt ihn jemand heraus, damit es etwas zu lachen gibt.«

Ich dachte schon, der arme alte Knabe würde auf der Stelle vom Schlag getroffen werden. Aber ich mußte ihn durch den einzigen Reflex packen, der ihm geblieben war, seine Eitelkeit.

»Kommen Sie sofort heraus. Ich schlage Sie kaputt. Ich mache Sie mit bloßen Händen fertig.«

In seinem Zorn hätte er es vielleicht sogar fertiggebracht, trotz der Unterschiede in Alter, Gewicht und körperlicher Verfassung. Aber ich erwiderte: »Sie machen mir keine Angst. Dieser lächerliche Knopf auch nicht. Drücken Sie ihn doch.«

Er sah mich an, sah den Knopf an, aber er unternahm immer noch nichts. Ich kicherte und sagte: »Schwindel, genau, wie die Kollegen behauptet haben. Twitch, Sie sind ein aufgeblasener alter Schwindler, ein Angeber. Colonel Thrushbotham hatte recht.«

Das genügte.

10

Während sein Finger auf den Knopf zuschnellte, versuchte ich ihm zuzuschreien, daß er es nicht tun sollte. Aber es war zu spät; ich stürzte bereits. Mein letzter Gedanke war der flehende Wunsch, alles ungeschehen machen zu können. Ich hatte alles weggeworfen und einen armen alten Mann beinahe zu Tode gequält – und ich wußte nicht einmal, in welche Richtung ich versetzt würde.

Schlimmer noch, ich wußte nicht einmal, ob ich dort ankommen würde.

Dann prallte ich auf. Mehr als eineinhalb Meter tief kann ich nicht gefallen sein, aber ich war nicht darauf vorbereitet. Ich brach zusammen wie ein Sack. Dann sagte jemand: »Wo, zum Teufel, kommen Sie denn her?«

Ein Mann um die Vierzig, glatzköpfig, aber gut gebaut und schlank stand vor mir, die Arme in die Hüften gestemmt. Er sah sehr intelligent aus, und sein Gesicht war nicht häßlich, wenn man davon absah, daß er zornig auf mich war.

Ich setzte mich auf und stellte fest, daß ich auf Kies und Tannennadeln saß. Neben dem Mann stand eine Frau, eine nette, hübsche Frau, die etwas jünger zu sein schien als er. Sie sah mich mit großen Augen an, sagte aber nichts.

»Wo bin ich?« fragte ich dümmlich. Ich hätte auch sagen können: »Wann bin ich?«, aber das hätte noch alberner geklungen, und außerdem dachte ich nicht daran. Ein Blick genügte, und ich wußte, wann ich nicht war – ich befand mich nicht im Jahr 1970, auch im Jahr 2001 war ich nicht mehr. So etwas wäre nur am Strand möglich gewesen. Ich mußte also in die falsche Richtung geraten sein.

Denn beide trugen nichts als eine angenehme Sonnenbräune. Nich einmal ›Engsitz‹. Aber es schien ihnen zu genügen. Verlegen waren sie jedenfalls nicht.

»Alles der Reihe nach«, wandte er ein. »Ich habe Sie gefragt, wie Sie hergekommen sind.« Er sah nach oben. »Ihr Fallschirm ist nicht am Baum hängengeblieben, wie? Was treiben Sie überhaupt hier? Das ist Privatgrund; Sie stören. Und was soll dieser Karnevalsaufzug bedeuten?«

Ich fand an meiner Kleidung nichts Ungewöhnliches – vor allem im Hinblick darauf, daß die beiden unbekleidet waren. Aber ich erwiderte nichts. Andere Zeiten, andere Sitten – ich merkte schon, daß ich Schwierigkeiten haben würde.

Sie legte ihm die Hand auf den Arm. »Nicht, John«, sagte sie leise. »Ich glaube, er hat sich verletzt.«

Er warf ihr einen Blick zu und starrte mich dann scharf an. »Sind Sie verletzt?«

Ich versuchte aufzustehen und schaffte es. »Ich glaube nicht. Ein paar Blutergüsse vielleicht. Äh, welchen Tag haben wir heute?«

»Was? Na, heute ist der erste Sonntag im Mai. Der dritte Mai, glaube ich. Stimmt's, Jenny?«

»Ja, Liebster.«

»Hören Sie«, sagte ich flehend, »ich habe mir den Schädel ganz schön angeschlagen. Ich bin völlig durcheinander. Welches Datum? Ich meine das ganze Datum.«

»Wie bitte?«

Ich hätte den Mund halten sollen, bis ich das Datum von irgendeinem Kalender oder einer Zeitung hätte ablesen können. Aber ich mußte sofort Bescheid wissen. Ich hielt das Warten nicht aus. »Welches Jahr?«

»Na, Sie hat es aber ganz ordentlich erwischt. Wir schreiben 1970.« Ich sah ihn wieder meine Kleidung anstarren.

Meine Erleichterung war nicht zu beschreiben. Ich hatte es geschafft, ich hatte es geschafft! Ich war nicht zu spät gekommen. »Danke«, sagte ich. »Vielen, vielen Dank. Sie wissen ja nichts.« Er sah immer noch aus, als wolle er gleich Verstärkung herbeiholen, deswegen fügte ich nervös hinzu: »Ich leide oft an plötzlichem Gedächtnisverlust. Einmal vergaß ich – äh – fünf Jahre auf einmal.«

»Das muß sehr unangenehm sein«, meinte er schleppend. »Fühlen Sie sich imstande, meine Fragen zu beantworten?«

»Laß ihn doch in Ruhe«, ermahnte sie ihn. »Er scheint ein anständiger Mensch zu sein. Ich glaube, daß er nur einen Fehler gemacht hat.«

»Das werden wir ja sehen. Nun?«

»Ich fühle mich ganz in Ordnung . . . jetzt. Aber eine Weile war ich durcheinander.«

»Na schön, wie sind Sie hierhergekommen? Und warum tragen Sie diese Kleidung?«

»Um ganz ehrlich zu sein, wie ich hergekommen bin, weiß ich nicht genau. Und wo ich bin, erst recht nicht. Diese Anfälle treten ganz plötzlich auf. Und was meine Kleidung angeht . . . nun, das können Sie Exzentrizität nennen. Äh . . . so, wie Sie zum Beispiel angezogen sind . . . oder nicht angezogen sind.«

Er sah an sich hinunter und grinste. »Ach ja, ich weiß natürlich, daß die Art, wie ich und meine Frau gekleidet . . . oder nicht gekleidet sind . . . unter gewissen Umständen eine Erklärung erforderlich machen würde, aber wir ziehen es vor, Unbefugte zur Rede zu stellen. Sehen Sie, Sie gehören hier nicht herein; Sie befinden sich auf dem Grundstück des Freikörperkulturklubs von Denver.«

John und Jenny Sutton gehörten jener Sorte von weltklugen, freundlichen Menschen an, die sogar ein Erdbeben zum Tee bitten würden. John war mit meinen mageren Erklärungen offensichtlich nicht zufrieden und wollte mich ins Kreuzverhör nehmen, aber Jenny hielt ihn zurück. Ich blieb bei meiner Geschichte von den ›Schwindelanfällen‹ und behauptete, mich nur noch an gestern abend erinnern zu können, als ich im New Brown Palace in Denver gewesen sei. Er meinte schließlich: »Nun, das ist ja sehr interessant, ja sogar aufregend. Jemand, der nach Boulder fährt, kann Sie dort absetzen. Mit dem Bus kommen Sie von dort nach Denver.« Er sah mich wieder an. »Aber wenn ich Sie ins Klubhaus mitnehme, werden die Leute sehr, sehr neugierig sein.«

Ich sah an mir herunter. Ich war schon reichlich verlegen, weil ich bekleidet war und sie nicht – ich meine, ich kam mir vor, als stimme bei mir etwas nicht. »John . . . würde es die Sache vereinfachen, wenn ich mich ebenfalls auszöge?« Diese Aussicht schockierte mich nicht. Ich war zwar nie in einem Nudistencamp gewesen, weil ich darin keinen Sinn sah, aber wenn es sein mußte . . .

Er nickte: »Unbedingt.«

»Er könnte ja unser Gast sein, Liebling«, meinte Jenny.

»Mmm . . . ja. Du gehst am besten im Park herum, Liebste, und läßt die anderen Leute wissen, daß wir einen Gast erwarten, aus . . . was schlagen Sie vor, Danny?«

»Äh, aus Kalifornien. Los Angeles. Von dort bin ich nämlich.«

Ich hätte beinahe ›Groß-Los-Angeles‹ gesagt und beschloß, etwas vorsichtiger zu sein.

»Aus Los Angeles. Das und ›Danny‹ genügt vollauf. Wir sprechen uns nicht mit den Familiennamen an, wenn das nicht ausdrücklich gewünscht wird. Liebling, sei so gut und versuche bei den anderen den Eindruck zu erwecken, als sei er jemand, den schon alle kennen. In einer halben Stunde müßtest du uns am Tor abholen. Statt dessen kommst du hierher. Und bring meine Tasche mit.«

»Warum denn das?«

»Um dieses Kostüm zu verstecken. Es fällt auf, selbst für einen Menschen, der so exzentrisch ist, wie Danny von sich behauptet.«

Ich stand auf und verschwand hinter dem Gebüsch, um mich auszuziehen. Sobald Jenny Sutton gegangen war, hätte ich keine Ausrede für meine Schamhaftigkeit mehr gehabt; ich konnte mich aber nicht ausziehen und zeigen, daß ich Gold im Wert von zwanzigtausend Dollar, wenn man den jetzigen Goldpreis zugrundelegte, um die Hüften gewickelt mit mir trug. Es dauerte nicht lange, weil ich aus dem Gold einen Gürtel gewunden hatte.

Als ich ausgezogen war, wickelte ich das Gold in meine Kleidung und versuchte so zu tun, als sei das Gewicht meines Bündels ganz normal. John Sutton warf einen Blick darauf, sagte aber nichts. Er bot mir eine Zigarette an – das Päckchen hatte er mit einem Riemen am Fußknöchel befestigt.

Ich wedelte damit herum, aber sie entzündete sich nicht. Dann ließ ich mir Feuer geben. »Also«, sagte er ruhig, »jetzt sind wir allein. Wollen Sie mir noch etwas mitteilen? Wenn ich Sie beim Klub einführen soll, muß ich immerhin sicher sein, daß Sie nichts anstellen.«

Ich sog den Rauch ein. Er kratzte in der Kehle. »John, ich mache bestimmt keine Schwierigkeiten. Das ist das allerletzte, was ich brauchen könnte.«

»Hm ... kann ich mir denken. Also nur ›Schwindelanfälle‹?«

Ich dachte nach. Die Situation war unmöglich. Der Mann hatte ein Recht darauf, die Wahrheit zu erfahren. Aber die Wahrheit würde er mir ganz gewiß nicht glauben ... jedenfalls hätte ich es an seiner Stelle nicht getan. Aber es war noch schlimmer, wenn er mir glaubte; das mußte zu dem Theater führen, das ich nicht wünschte. Wäre ich ein ehrlicher, echter Zeitreisender mit Forschungsaufgaben gewesen, dann hätte ich wohl die Öffentlichkeit gesucht, unwiderlegbare Beweise mitgebracht und Wissenschaftler um Untersuchungen gebeten.

Aber das war ich nicht; ich war ein einfacher und etwas abenteuerlicher Bürger, mit Dingen befaßt, auf die ich nicht die Aufmerksamkeit anderer Leute lenken wollte. Ich suchte ganz einfach nach meiner ›Tür zum Sommer‹, so unauffällig wie möglich.

»John, Sie würden mir nicht glauben.«

»Hm ... vielleicht. Immerhin, ich habe einen Mann vom Himmel fallen sehen ... aber er prallte nicht so hart auf, daß er sich verletzt hätte. Er trägt merkwürdige Kleidung. Er scheint nicht zu wissen, welches Datum wir schreiben oder wo er sich befindet. Danny, ich habe Charles Fort gelesen, wie die meisten Leute. Aber ich habe nie damit gerechnet, so etwas tatsächlich zu erleben. Natürlich rechne ich nicht mit einer einfachen Erklärung. Also?«

»John, Sie sagten vorhin etwas, das mich auf den Gedanken brachte, Sie könnten Rechtsanwalt sein.«

»Ja, das bin ich. Warum?«

»Kann ich Ihnen etwas unter dem Siegel der Schweigepflicht erklären?«

»Wollen Sie, daß ich Sie als Klienten akzeptiere?«

»Wenn Sie es so ausdrücken wollen, ja. Ich brauche sowieso Rat.«

»Also, dann heraus damit. Ich bin ab sofort Ihr Anwalt.«

»Fein. Ich komme aus der Zukunft. Zeitreise.«

Er sagte eine Weile nichts. Wir lagen ausgestreckt in der Sonne. Ich tat es, um mich warm zu halten; der Mai in Colorado ist meistens schön, aber ziemlich kühl. John Sutton schien daran gewöhnt zu sein. Er faulenzte einfach und kaute an einer Tannennadel herum.

»Sie haben recht«, sagte er schließlich. »Ich glaube es nicht. Bleiben wir lieber bei den ›Anfällen‹.«

»Ich habe es Ihnen ja gleich gesagt.«

Er seufzte. »Sagen wir, ich will es nicht glauben. Ich will auch nicht an Geister, Inkarnationen oder irgendeine andere Erscheinung dieser übersinnlichen Wahrnehmungen glauben. Ich mag einfache Dinge, die ich verstehen kann. Das ist bei den meisten Leuten so. Mein erster Rat wäre also, das für uns zu behalten. Sprechen Sie nirgends davon.«

»Ich habe nichts dagegen.«

Er rollte sich auf den Bauch. »Aber es dürfte wohl angebracht sein, diese Kleidung zu verbrennen. Ich verschaffe Ihnen etwas zum Anziehen. Brennt das Zeug?«

»Nicht besonders gut. Es schmilzt.«

»Ziehen Sie lieber wieder Ihre Schuhe an. Wir tragen fast alle Schuhe hier, und damit müßten Sie durchkommen. Wenn Ihnen jemand Fragen stellt, sagen Sie, die Schuhe seien handgefertigt. Gesundheitsschuhe.«

»Das sind sie auch.«

»Schön.« Er begann mein Kleiderbündel auseinanderzurollen, bevor ich eingreifen konnte. »Donnerwetter!«

Es war zu spät. »Danny«, sagte er mit eigenartiger Stimme, »ist es das, was es zu sein scheint?«

»Was scheint es denn zu sein?«

»Gold.«

»Ja.«

»Wo haben Sie es her?«

»Gekauft.«

Er betastete das weiche Metall, dann hob er den Draht hoch. »Donnerwetter! Danny ... hören Sie mir genau zu. Ich muß Ihnen eine Frage stellen. Überlegen Sie, bevor Sie antworten. Ich kann keinen Klienten gebrauchen, der mich belügt. Ich verzichte darauf. Und mit einer Straftat will ich auch nichts zu tun haben. Gehört Ihnen das rechtmäßig?«

»Ja.«

»Vielleicht haben Sie vom Gesetz über Goldreserven 1968 noch nichts gehört?«

»Doch. Ich habe das Gold auf gesetzlich erlaubtem Weg erworben. Ich beabsichtige, es der Denver Münzanstalt gegen Dollar zu verkaufen.«

»Sind Sie etwa als Juwelier zugelassen?«

»Nein. John, ich habe Ihnen die reine Wahrheit gesagt, ob Sie mir glauben oder nicht. Dort, wo ich war, konnte ich es rechtmäßig über den Ladentisch kaufen. Jetzt will ich es so schnell wie möglich gegen Dollars umtauschen. Ich weiß, daß der Besitz von Gold gegen das Gesetz verstößt. Was kann man mir tun, wenn ich es in der Münzanstalt auf den Tisch lege und verlange, daß es gewogen wird?«

»Nichts, im Endeffekt ... wenn Sie bei Ihren ›Schwindelanfällen‹ bleiben. Aber in der Zwischenzeit wird man Ihnen das Leben sauer machen.« Er sah das Gold an. »Ich meine, Sie sollten ein bißchen Erde darüberstreuen.«

»Es vergraben?«

»So weit brauchen Sie nicht zu gehen. Aber wenn das stimmt, was Sie eben sagten, haben Sie das Gold in den Bergen gefunden. Prospektoren stoßen dort oft auf Gold.«

»Tja ... wenn Sie meinen. Ich habe nichts gegen ein paar Lügen.«

»Aber ist das eine Lüge? Wann haben Sie dieses Gold zum erstenmal gesehen?«

Ich versuchte nachzudenken. Am selben Tag, als ich Yuma verlassen hatte, also im Mai 2001. Vor etwa zwei Wochen ...

Was?!!!

»So ausgedrückt, John ... das früheste Datum, an dem ich dieses Gold gesehen habe, war ... heute, am 3. Mai 1970!«

Er nickte. »Sie haben es also im Gebirge gefunden.«

Die Suttons blieben bis Montag früh, und ich tat dasselbe. Die anderen Klubmitglieder waren sehr freundlich, ohne sich durch besondere Neugierde gegenüber meinen Privatangelegenheiten hervorzutun. Seither habe ich erfahren, daß das in Nudistenklubs Ehrensache ist, aber damals erschienen sie mir als die diskretesten und höflichsten Menschen, denen ich je begegnet war.

John und Jenny hatten ihren eigenen Bungalow, und ich schlief auf einem Feldbett im Übernachtungsraum des Klubhauses. Es war verteufelt kühl. Am nächsten Tag gab mir John ein Hemd und Bluejeans. Meine eigene Kleidung war, um das Gold gewickelt, in einer Tasche in seinem Wagen verstaut – einem Jaguar Imperator, was allein schon bewies, daß er kein Winkeladvokat sein konnte. Aber darüber war ich mir von Anfang an klar gewesen.

Dann übernachtete ich bei den beiden, und am Dienstag hatte ich schon etwas Geld in der Tasche. Ich bekam das Gold nie mehr zu Gesicht, aber im Laufe der nächsten Wochen übergab mir John den genauen Gegenwert in Dollars abzüglich der üblichen Goldkäufergebühren. Ich weiß, daß er mit der Münzanstalt nicht direkt verhandelte, weil er mir stets Quittungen von Goldkäufern brachte. Für seine eigenen Dienste verlangte er nichts. Er erzählte mir auch keine Einzelheiten.

Mir war das gleichgültig. Als ich wieder über Bargeld verfügte, machte ich mich an die Arbeit. An diesem ersten Dienstag, dem 5. Mai 1970, fuhr mich Jenny durch die Gegend, und ich mietete ein kleines Atelier. Ich stattete es mit einem Zeichentisch, einer Werkbank, einem Feldbett und sonst sehr wenig aus; Gas, Wasser und eine Toilette waren vorhanden. Mehr brauchte ich nicht; außerdem mußte ich jeden Cent zweimal umdrehen.

Es war sehr mühsam und außerdem Zeitverschwendung, nach der alten Methode zu zeichnen, und mir blieb keine freie Minute. Ich baute also, bevor ich mich ›Vielzweck-Frank‹ zuwandte, den ›Mal-Max‹ neu. Diesmal wurde ›Vielzweck-Frank‹ allerdings zu ›Proteus-Pete‹, dem Allzweck-Automaten, der alle menschlichen Tätigkeiten ausführen konnte, wenn seine Thorsen-Röhren entsprechend programmiert waren. Ich wußte, daß ›Proteus-Pete‹ nicht so bleiben würde; seine Nachkommen mußten sich zu einer Horde spezialisierter Geräte entwickeln, aber ich wollte die Patientierungsgrundlagen so umfassend wie möglich gestalten.

Für einen Antrag auf Patentierung benötigt man keine Modelle, nur Zeichnungen und Beschreibungen. Ich brauchte aber gute Modelle, die fehlerlos arbeiteten und die jeder Mensch vorführen konnte, weil sich diese Geräte selbst verkaufen mußten und durch ihre praktische Konstruktion und Wirtschaftlichkeit zu zeigen hatten, daß sie nicht nur funktionierten, sondern auch eine gute Anlage darstellten; im Patentanwaltbüro wimmelte es von Geräten, die zwar funktionierten, aber wirtschaftlich gesehen, wertlos sind.

Die Arbeit ging zugleich schnell und langsam vonstatten, schnell, weil ich genau wußte, was zu tun war, und langsam, weil es mir sowohl an einer richtigen Werkstätte wie an fachmännischer Unterstützung gebrach. Nach einiger Zeit griff ich widerwillig meine kostbaren Geldreserven an, um Werkzeug zu kaufen, und von da ab lief es besser. Ich arbeitete vom Frühstück bis zu völliger Erschöpfung, sieben Tage in der Woche, bis auf ein Wochenende pro Monat, wenn ich mit John und Jenny zum Klub hinausfuhr. Am ersten September funktionierten beide Modelle, und ich konnte mit den Zeichnungen und Beschreibungen anfangen. Ich entwarf hübsche marmorierte Deckplatten und ließ sie mir anfertigen, die beweglichen Teile wurden verchromt; das waren die einzigen Arbeiten, die ich andere Leute tun ließ, und die Ausgaben taten mir weh, aber ich hielt sie für notwendig. Ich hatte natürlich in weitestem Umfang gebräuchliche Teile verwendet, andernfalls hätte ich die Geräte weder bauen können, noch wären sie wirtschaftlich verwendbar gewesen. Aber ich gab nicht gern Geld für äußerliche Feinheiten aus.

Viel Zeit für andere Dinge blieb mir nicht, was vielleicht auch sein Gutes hatte. Als ich einmal einen Servomotor kaufte, traf ich einen Mann, den ich von Kalifornien her kannte. Er sprach mich an, und ich gab ihm Antwort, ohne richtig nachzudenken. »He, Dan! Dan Davis! So ein Zufall. Ich dachte, Sie wären in Mojave!«

Wir schüttelten uns die Hände. »Nur eine kurze Geschäftsreise. Ich fahre in ein paar Tagen zurück.«

»Ich fahre heute nachmittag heim. Ich werde Miles anrufen und ihm sagen, daß wir uns getroffen haben.«

Ich machte ein besorgtes Gesicht, was mir nicht schwerfiel. »Tun Sie das bitte nicht.«

»Warum nicht? Seid ihr beiden nicht Geschäftspartner?«

»Das schon, aber ... passen Sie auf, Miles weiß nicht, daß ich hier bin. Ich sollte eigentlich in Albuquerque für die Firma geschäftliche Dinge erledigen. Ich habe aber aus privaten Gründen einen Abstecher gemacht. Verstehen Sie? Mit der Firma hat das nichts zu tun. Und mit Miles möchte ich nicht darüber sprechen.«

Er sah mich vielsagend an. »Weibergeschichten?«

»Äh . . . ja.«

»Ist sie verheiratet?«

»So ungefähr.«

Er stieß mich in die Rippen und kniff ein Auge zu. »Kapiert. Der alte Miles ist ein Puritaner, was? Na schön, ich halte Ihnen die Stange, und Sie tun dasselbe einmal für mich. Ist sie Klasse?«

Hol dich der Teufel, dachte ich, alter Lüstling. Mort gehörte zu der Sorte von Vertretern, die mehr Zeit damit zubringen, Kellnerinnen zu verführen, als ihre Ware an den Mann zu bringen – außerdem taugten seine Sachen nichts.

Ich lud ihn aber zu einem Drink ein, erzählte ihm ein Märchen über die ›verheiratete Frau‹ und hörte zu, während er mir von seinen grandiosen Erfahrungen berichtete. Dann schüttelte ich ihn ab.

Bei einer anderen Gelegenheit versuchte ich, Dr. Twitchell zu einem Drink einzuladen, was aber fehlschlug.

Ich hatte mich in einem Drugstore an der Champastreet neben ihm an die Theke gesetzt und im Spiegel plötzlich sein Gesicht erkannt. Mein erster Impuls war, unter die Theke zu kriechen.

Dann nahm ich mich zusammen und sah ein, daß von allen 1970 lebenden Menschen er der einzige war, über den ich mir keine Sorgen zu machen brauchte. Nichts konnte schiefgehen, weil nichts schiefgegangen war . . . ich meine ›schiefgehen würde‹. Nein – dann verzichtete ich auf weitere Formulierungen, weil mir klarwurde, daß die englische Grammatik neue Zeitformen einführen müßte, wenn Zeitreisen jemals aktuell werden sollten.

Auf jeden Fall, Vergangenheit, Zukunft oder sonstwas, Twitchell konnte mir nichts anhaben. Ich atmete auf.

Ich studierte sein Gesicht im Spiegel und fragte mich, ob ich von einer zufälligen Ähnlichkeit genarrt worden war. Aber nein. Twitchell hatte kein Durchschnittsgesicht wie ich; er besaß Strenge, Selbstsicherheit und ein wenig Arroganz verratende Züge, die gut zu einem Zeus gepaßt hätten. Ich erinnerte mich dieses Gesichts nur als Ruine, aber es gab keinen Zweifel – und ich schämte mich sehr, als ich an den alten Mann dachte und an die Art, wie ich mit ihm umgesprungen war. Ich grübelte nach, wie ich das gutmachen konnte.

Twitchell fing meinen Blick im Spiegel auf und drehte sich zu mir herüber. »Ist irgend etwas?«

»Nein. Äh . . . Sie sind doch Dr. Twitchell, nicht wahr? Von der Uni?«

»Universität von Denver, ja. Kennen wir uns?«

Beinahe wäre ich ausgerutscht, weil ich vergessen hatte, daß er in diesem Jahr noch an der Universität der Stadt lehrte. Sich in zwei Richtungen zu erinnern ist schwer. »Nein, Doktor. Aber ich habe einige Ihrer Vorträge gehört. Ich bin sozusagen einer Ihrer Fans.«

Er lächelte schwach, ging aber auf das Kompliment nicht ein. Daraus und aus anderen Dingen war zu ersehen, daß er Bewunderung noch nicht brauchte. »Sind Sie sicher, daß Sie mich nicht mit irgendeinem Filmstar verwechseln?«

»Ganz sicher. Sie sind Dr. Hubert Twitchell ... der große Physiker.«

Seine Mundwinkel zuckten wieder. »Sagen wir lieber, daß ich Physiker bin. Oder jedenfalls sein möchte.«

Wir unterhielten uns eine Weile, und ich versuchte, ihn einzuladen, nachdem er sein Sandwich verzehrt hatte. Er schüttelte den Kopf. »Ich trinke kaum etwas, und vor dem Abend überhaupt nicht. Trotzdem vielen Dank. Hat mich sehr gefreut. Wenn Sie auf dem Gelände sind, können Sie mich ja einmal im Labor besuchen.«

Ich sagte, daß ich es gerne tun würde.

Aber ich machte 1970 – beim zweitenmal also – nicht viele Fehler, weil ich diese Zeit verstand und auch die meisten Leute, die mich kennen konnten, in Kalifornien waren. Ich beschloß, ein eisiges und ablehnendes Gesicht aufzusetzen, falls mir noch einmal ein Bekannter über den Weg laufen sollte.

Aber Kleinigkeiten machen auch Ärger. Einmal klemmte ich mich in einem Reißverschluß ein, weil ich an die bequemeren und weitaus sichereren ›Engsitz-Verschlüsse‹ gewöhnt war. Viele Nebensächlichkeiten dieser Art gingen mir sehr ab, nachdem ich zuerst sechs Monate gelernt hatte, sie für selbstverständlich zu halten. Rasieren – ich mußte wieder anfangen, mich zu rasieren! – Einmal schnappte ich sogar eine Erkältung auf. Dieser gräßliche Geist aus der Vergangenheit tauchte wieder auf, weil ich vergessen hatte, daß bei Regen Kleidung durch und durch naß wird. Diese feinen Ästheten, die über den Fortschritt schimpfen und von den grandiosen Schönheiten der Vergangenheit faseln, hätten das nur einmal miterleben sollen – Teller, auf denen das Essen kalt wird, Hemden, die man waschen muß, Badezimmerspiegel, die sich beschlagen, wenn man sie braucht, tröpfelnde Nasen, Dreck am Boden und Schmutz in der Lunge – ich hatte mich an eine schönere Lebensweise gewohnt, und 1970 brachte mir eine Reihe von Unannehmlichkeiten, bis ich wieder im eingefahrenen Gleis war.

Aber ein Hund gewöhnt sich an seine Flöhe, und so ging es mir auch. Denver 1970 war ein wunderlicher Ort mit altmodischem Gehabe; ich fühlte mich sehr wohl dort. Es glich in nichts dem Neuen-Plan-Labyrinth, das es gewesen war – oder sein würde –, als ich von Yuma hier angekommen war – oder ankommen würde. Es hatte noch nicht einmal zwei Millionen Einwohner, es gab auf den Straßen noch Omnibusse und anderen Fahrzeugverkehr – es gab noch Straßen! Ich hatte nicht die geringsten Schwierigkeiten, die Colfax-Avenue zu finden.

Denver war immer noch im Gewöhnungsprozeß begriffen, sich als Hauptstadt des Landes zu fühlen, und es schien die Rolle nicht allzu gern zu spielen, wie ein junger Mann, der zum erstenmal einen Frack trägt. Denver sehnte sich immer noch nach Stiefeln und dem Western-Dialekt, obwohl es erwachsen und zu einer internationalen Metropole geworden war, mit Botschaften, Spionen und berühmten Feinschmeckerlokalen. Die Stadt hatte sich blindlings in alle Richtungen ausgedehnt, um für die Bürokraten, Lobbysten, Kontaktleute und Schreibkräfte Platz zu schaffen; man ließ die Gebäude so rasch hochschnellen, daß jedesmal die Gefahr bestand, eine Kuh könnte noch mit eingemauert werden. Trotzdem erstreckte sich die Stadt nur wenige Kilometer östlich vorbei an Aurora, nördlich nach Henderson und südlich ins Bergland hinauf, und die Bundesbehörden verkrochen sich unter dem Gebirge.

Mir gefiel Denver in seinem Bundesrausch. Trotzdem war ich nur darauf bedacht, in meine eigene Zeit zurückzukehren.

Es lag immer an den Kleinigkeiten. Ich hatte mir die Zähne kurz nach der Einstellung in die ›Dienstboten-AG‹ vollkommen reparieren lassen, als ich es mir zum erstenmal leisten konnte. Nie hatte ich erwartet, noch einmal einen Zahnarzt aufsuchen zu müssen. Trotzdem, 1970 gab es keine Anti-Karies-Pillen, und ich bekam in einem Zahn ein Loch, das sehr weh tat.

Ich ging also zu einem Dentisten. So wahr ich lebe, ich hatte vergessen, was er sehen würde, wenn er in meinen Mund schaute. Er riß die Augen auf, drehte seinen Spiegel und sagte: »Unglaublich! Wer ist Ihr Dentist?«

»Kaa hoo haak?«

Er nahm die Hand aus meinem Mund. »Wer hat das gemacht? Und wie hat er das gemacht?«

»Was? Sie meinen die Zähne? Ach, das ist Experimentalarbeit, wie sie jetzt in ... Indien betrieben wird.«

»Wie wird das gemacht?«

»Woher soll ich das wissen?«

»Hm ... einen Augenblick mal. Ich muß da ein paar Aufnahmen machen.« Er begann an seiner Röntgen-Apparatur herumzudrehen.

»Nein, nein«, sagte ich. »Räumen Sie aus, füllen Sie das Loch mir irgend etwas und machen Sie Schluß.«

»Aber –«

»Tut mir leid, Doktor. Ich habe es furchtbar eilig.«

Er tat, was ich verlangte, nur von Zeit zu Zeit betrachtete er mein Gebiß. Ich bezahlte bar und hinterließ meinen Namen nicht. Ich hätte ihm eigentlich die Bilder gönnen sollen, aber ich konnte nicht mehr aus meiner Haut heraus, ich mußte alle Spuren verwischen. Es hätte sicher nicht geschadet, ihn die Aufnahmen anfertigen zu lassen, aber auch nichts genützt, weil aus den Röntgenaufnahmen nicht zu ersehen sein würde, wie die Regeneration vor sich ging; ich hätte ihm das auch nicht erklären können.

Um etwas zu erledigen, gibt es keine bessere Zeit als die Vergangenheit. Während ich sechzehn Stunden am Tag über ›Mal-Max‹ und ›Proteus-Pete‹ schwitzte, erledigte ich mit der linken Hand nebenbei etwas anderes. Über Johns Kanzlei beauftragte ich anonym eine gute Detektei mit Nachforschungen über Bettys Vergangenheit. Ich steuerte ihre Anschrift, sowie Kennzeichen und Fabrikat ihres Wagens bei – von Lenkrädern kann man meist sehr gute Fingerabdrücke nehmen – und deutete an, sie könne hier und dort schon ein paarmal verheiratet gewesen und vielleicht auch vorbestraft sein. Ich mußte mit dem Geld vorsichtig umgehen; jene Art von Untersuchungen, wie man sie aus den Kriminalromanen kennt, war mir zu teuer.

Als ich nach zehn Tagen nichts gehört hatte, sagte ich meinem Geld Lebewohl, aber wenige Tage danach traf ein dicker Umschlag in Johns Anwaltskanzlei ein.

Betty war ein sehr tüchtiges Wesen. Sechs Jahre früher geboren, als sie zugab, war sie vor dem achtzehnten Lebensjahr schon zweimal verheiratet gewesen. Eine Ehe zählte nicht, weil der Mann schon eine Ehefrau hatte; ob sie vom zweiten geschieden war, ergab sich aus den Unterlagen nicht.

Seitdem hatte sie anscheinend noch viermal geheiratet, obwohl ein Fall nicht ganz belegt war; vielleicht handelte es sich um den ›Kriegerwitwen-Trick‹ mit Hilfe eines Mannes, der tot war und sich nicht wehren konnte. Sie war einmal geschieden worden, und einer ihrer Ehemänner hatte das Zeitliche gesegnet. Mit den anderen war sie vielleicht immer noch ›verheiratet‹.

Ihre Gastspiele vor der Polizei waren interessant, aber bestraft hatte man sie nur einmal, in Nebraska, und sie war damals mit Bewährungsfrist davongekommen. Beweis dafür waren nur die Fingerabdrücke, weil sie ihren Bewährungshelfern entschwand und ihren Namen wechselte. Die Detektei erkundigte sich, ob man die zuständige Behörde in Nebraska benachrichtigen sollte.

Ich verneinte; das hatte sich vor neun Jahren zugetragen, sie war nur wegen einer Glücksspielgeschichte verurteilt worden. Ich fragte mich, was ich wohl getan hätte, wenn man ihr Rauschgiftschmuggel hätte nachweisen können? Überlegte Entscheidungen haben ihre Komplikationen.

Ich war mit den Zeichnungen nicht ganz auf dem laufenden, und es wurde Oktober, bevor ich richtig zum Nachdenken kam. Ich hatte die Beschreibung noch immer nicht fertig, weil der Text mit den Zeichnungen parallel laufen mußte, und um die Anträge hatte ich mich überhaupt noch nicht gekümmert. Schlimmer noch, die Organisation war nicht vorbereitet; das konnte ich erst tun, sobald ich etwas Fertiges vorlegen konnte. Auch für die Aufnahme von Kontakten war noch keine Zeit geblieben. Ich begann zu glauben, daß ich einen Fehler gemacht hatte, als ich Dr. Twitchell nicht bat, mich um mindestens zweiunddreißig Jahre zurückzuschicken, statt um einunddreißig Jahre und drei lumpige Wochen; ich hatte die erforderliche Zeit unter- und meine Fähigkeit überschätzt.

Meinen Freunden, den Suttons, hatte ich die Geräte noch nicht gezeigt, nicht etwa, weil ich ihnen etwas verheimlichen wollte, sondern weil ich weder Gerede noch nutzlose Ratschläge brauchen konnte. Am letzten Samstag im September sollte ich mit ihnen zum Klub hinausfahren. Da ich schon im Verzug war, hatte ich die Nacht vorher durchgearbeitet und mich sehr früh von einem schrillen Wecker aus dem Schlaf reißen lassen, damit ich mich rasieren und fertigmachen konnte, bis sie vorbeikamen. Ich schaltete den ekelhaften Wecker ab und dankte dem Himmel, daß es im Jahre 2001 so etwas nicht mehr gab, dann nahm ich mich zusammen und wankte zum Drugstore an der Ecke, um anzurufen und mitzuteilen, daß ich nicht mitkommen könne, ich müsse arbeiten.

Jenny sagte: »Danny, Sie übernehmen sich. Ein Wochenende im Freien wird Ihnen guttun.«

»Ich kann nicht anders, Jenny. Ich muß das tun. Tut mir leid.«

John meldete sich am zweiten Apparat und meinte: »Was soll denn dieser Unsinn?«

»Ich muß arbeiten, John. Ich muß einfach. Grüßen Sie die anderen schön von mir.«

Ich ging wieder in mein Atelier, verbrannte einige Toastschnitten, briet ein paar Eier und machte mich wieder über ›Mal-Max‹ her.

Eine Stunde später hämmerten sie an meine Tür.

Keiner von uns dreien fuhr an diesem Wochenende aufs Land. Statt dessen führte ich beide Geräte vor. Jenny war von ›Mal-Max‹ nicht sehr beeindruckt – für Frauen, die nicht beruflich damit zu tun haben, ist das nicht das Richtige –, aber ›Proteus-Pete‹ verblüffte sie. Sie betrieb ihren Haushalt mit einem ›Dienstmädchen‹, Modell Zwei, und sah auf einen Blick, wieviel mehr mein Gerät leisten konnte.

Aber John erkannte die Bedeutung von ›Mal-Max‹ sofort. Als ich ihm zeigte, wie ich nur mit Hilfe von Tasten meine Unterschrift auf ein Blatt Papier setzen konnte, fanden seine Brauen kaum mehr nach unten. »Du meine Güte, Sie werden ja Tausende von technischen Zeichnern damit auf die Straße werfen.«

»Nein, ganz im Gegenteil. Der Mangel an Ingenieuren wird bei uns von Jahr zu Jahr deutlicher; dieses Gerät kann die Lücke ausfüllen helfen. In der nächsten Generation sehen Sie diese Maschine in jedem Ingenieur- und Architektenbüro im ganzen Land. Man wird dort ohne ›Mal-Max‹ so hilflos sein wie ein moderner Techniker ohne Maschinen.«

»Sie reden ja, als wüßten Sie das alles schon ganz genau.«

»Ich weiß es auch.«

Er sah zu ›Proteus-Pete‹ hinüber – er hatte ihn beim Aufräumen meiner Werkstatt beobachten können –, dann wandte er sich wieder ›Mal-Max‹ zu. »Danny ... manchmal glaube ich, daß Sie mir die Wahrheit gesagt haben, wissen Sie, als wir Sie kennenlernten.«

Ich zuckte die Achseln. »Nennen Sie es Weitsicht, aber ich weiß Bescheid. Ich bin mir ganz sicher. Spielt das eine Rolle?«

»Wahrscheinlich nicht.«

Ich runzelte die Stirn. »Das ist ja der Haken, John. Ich bin ein guter Ingenieur und ein ordentlicher Mechaniker, wenn es sein muß, aber kein Geschäftsmann; das habe ich schon bewiesen. Mit der Patentgesetzgebung haben Sie sich nie befaßt?«

»Das wissen Sie doch. Hier nützt nur ein Fachmann etwas!«

»Kennen Sie einen ehrlichen Mann? Der außerdem noch äußerst geschickt ist? Ich kann nicht mehr so weitermachen. Ich muß auch eine Firma gründen und damit zurechtkommen und die Finanzierung ausarbeiten. Aber viel Zeit bleibt mir nicht. Ich habe es furchtbar eilig.«

»Warum?«

»Ich muß dorthin zurück, wo ich hergekommen bin.«

Er saß eine Weile da und schwieg. Schließlich meinte er: »Wie viel Zeit haben Sie?«

»Äh, ungefähr neun Wochen. Neun Wochen vom kommenden Donnerstag ab, um genau zu sein.«

Er sah zuerst die beiden Maschinen, dann wieder mich an. »Revidieren Sie Ihre Pläne. Ich würde sagen, daß die Arbeit mindestens neun Monate in Anspruch nimmt. Selbst dann können Sie mit der Produktion noch nichts anfangen – oder gerade die ersten Geräte vom Fließband nehmen.«

»John, es geht nicht.«

»Eben.«

»Ich meine, ich kann meine Pläne nicht ändern. Das entzieht sich meiner Kontrolle ... jetzt jedenfalls.« Ich bedeckte das Gesicht mit den Händen. Ich war völlig erledigt, weil ich seit Tagen nicht mehr als fünf Stunden Schlaf gehabt hatte. In meinem Zustand konnte ich beinahe glauben, daß das Schicksal unerbittlich war – daß man sich dagegen wehren, aber es nie besiegen kann.

Ich hob den Kopf. »Würden Sie das übernehmen?«

»Ich? In welcher Beziehung?«

»Alles. Ich habe getan, was ich konnte.«

»Das ist eine große Sache, Dan. Ich könnte Sie bis aufs Hemd ausplündern. Das wissen Sie doch, nicht wahr? Sie haben vielleicht eine Goldgrube entdeckt.«

»Das weiß ich.«

»Warum trauen Sie mir dann? Es wäre doch viel besser, Sie behielten mich als Anwalt, gegen Honorar.«

Ich versuchte nachzudenken, trotz der starken Kopfschmerzen. Ich hatte mir schon einmal einen Partner ausgesucht – aber man muß den Menschen doch einfach Vertrauen schenken, gleichgültig, wie oft man sich die Finger dabei verbrennt. Sonst wird man zum

Eremiten in einer Höhle, der ein Auge nie ganz schließt, auch beim Schlafen nicht. Es gibt keine absolute Sicherheit; nur am Leben zu sein ist unheimlich gefährlich – ja, tödlich am Ende.

»Mein Gott, John, Sie wissen die Antwort doch. Sie haben mir auch Vertrauen geschenkt. Jetzt brauche ich wieder Ihre Hilfe. Wollen Sie mir helfen?«

»Natürlich will er«, sagte Jenny sanft. »Obwohl ich nicht gehört habe, wovon ihr beiden sprecht. Danny, kann er Geschirr spülen? Alle Teller hier sind schmutzig.«

»Was, Jenny? Na, sicher kann er das.«

»Dann befehlen Sie ihm, bitte. Ich möchte es sehen.«

»Oh, ich habe ihn nie darauf programmiert. Er schafft es, wenn Sie wollen. Aber das dauert ein paar Stunden. Natürlich kann er es von diesem Augenblick an blind. Beim erstenmal dagegen . . . nun, sehen Sie, beim Geschirrwaschen gibt es eine Menge von Alternativlösungen. Die Arbeit verlangt ›Urteilsvermögen‹, sie ist nicht so einfach und schematisch wie Mauern errichten oder einen Lastwagen steuern.«

»Bravo! Ich bin froh, daß wenigstens ein Mann etwas vom Haushalt versteht. Hast du gehört, was er gesagt hat, Liebster? Aber bringen Sie es ihm jetzt nicht bei, Danny. Ich spüle selbst ab.« Sie sah sich um. »Danny, Sie haben sich wie ein Ferkel hier aufgeführt, um es milde auszudrücken.«

Um ganz ehrlich zu sein, mir war nie eingefallen, daß ›Pete‹ auch für mich arbeiten konnte. Ich war in der Planung vergraben gewesen, wie er Arbeiten für andere Leute in ihren jeweiligen Berufen verrichten konnte, und brachte ihm das stufenweise bei, während ich den Schmutz in die Ecke kehrte oder einfach ignorierte. Jetzt begann ich, ihm alle Haushalttätigkeiten beizubringen, die ›Vielzweck-Frank‹ erlernt hatte; er besaß die Kapazität dafür, weil er dreimal soviel Thorsen-Röhren enthielt wie ›Frank‹.

Ich hatte Zeit dazu, weil John sich an die Arbeit machte.

Jenny tippte die Beschreibungen für uns; John warb einen Patentanwalt, der uns bei den Anträgen half. Ich weiß nicht, ob John in bar bezahlte oder ihm einen Anteil versprach; ich kümmerte mich nie darum. Ich überließ alles ihm, einschließlich der Aufteilung. Das gab mir nicht nur freie Hand für meine Arbeit, ich sagte mir auch, daß er nie wie Miles in Versuchung geraten würde, wenn er solche Dinge selbst entschied. Offen gestanden war es mir auch egal; Geld an sich ist unwichtig. Entweder John und Jenny waren, wofür ich sie hielt, oder ich konnte mich gleich als Eremit in eine Höhle zurückziehen.

Nur auf zwei Einzelheiten bestand ich. »John, ich glaube, wir sollten die Firma ›Die Aladin autotechnische Gesellschaft‹ nennen.«

»Klingt ja recht ausgefallen. Was hast du gegen ›Davis und Sutton‹?«

»Ich muß darauf bestehen, John.«

»So? Spricht da auch deine Weitsicht aus dir?«

»Möglich, möglich. Wir verwenden ein Bild von Aladin beim Reiben seiner Lampe als Markenzeichen, mit aufsteigendem Geist dahinter. Ich mache einen Entwurf. Und noch eines: die Hauptniederlassung muß in Los Angeles sein.«

»Was? Das geht aber doch zu weit, wenn ich den Laden leiten soll. Was paßt dir denn an Denver nicht?«

»Ich habe gar nichts gegen Denver, die Stadt ist hübsch. Aber für eine Fabrik als Standort eignet sie sich nicht! Such dir hier einen ordentlichen Platz aus, und eines schönen Morgens entdeckst du, daß die Bundesenklave dich überrollt hat und du aussteigen mußt, bis du ein neues Grundstück gefunden hast. Außerdem, die Arbeitskräfte sind hier rar. Rohstoffe müssen über Land herangeholt werden, Baumaterial bekommst du nur auf dem grauen Markt. In Los Angeles ist Personal unbegrenzt verfügbar, jeden Tag kommen neue Leute, Los Angeles ist ein großer Hafen, Los Angeles ist –«

»Und der Smog? Das lohnt sich nicht.«

»Mit dem Smog wird man früher oder später fertig. Und ist dir noch nicht aufgefallen, daß Denver seinen eigenen Smog entwikkelt?«

»Einen Augenblick, Dan. Du hast schon klargestellt, daß ich das Ganze leiten muß, während du dich irgendwohin verdrückst. Na schön, ich habe zugestimmt. Aber bei den Arbeitsbedingungen sollte ich doch auch ein Wörtchen mitzureden haben.«

»Es ist einfach notwendig, John.«

»Dan, niemand, der bei Verstand ist, zieht von Colorado nach Kalifornien. Ich war während des Krieges dort stationiert; ich kenne mich aus. Nimm bloß Jenny als Beispiel. Sie stammt aus Kalifornien, und sie schämt sich dessen. Du würdest sie nie dazu bringen, zurückzukehren. Hier gibt es einen Winter, veränderliche Jahreszeiten, eine angenehme Gebirgsluft, großartige –«

Jenny hob den Kopf. »Oh, ich würde nicht so weit gehen, zu sagen, daß ich nie zurückgehen möchte.«

»Was?«

Jenny hatte schweigend gestrickt; sie machte nie den Mund auf, wenn sie nicht wirklich etwas zu sagen hatte. Jetzt legte sie ihr Strickzeug weg, ein deutliches Zeichen. »Wenn wir umzögen, Liebling, könnten wir dem Oakdale-Klub beitreten. Dort kann man das ganze Jahr im Freien schwimmen. Ich habe erst letztes Wochenende daran gedacht, als ich auf dem Schwimmbecken in Boulder Eis sah.«

Ich blieb bis zum Abend des 2. Dezember 1970, dem letztmöglichen Augenblick. Ich sah mich gezwungen, von John dreitausend Dollar auszuborgen – die Preise, die ich für Geräteteile gezahlt hatte, waren horrend –, aber ich bot ihm eine Aktienpfändung als Sicherheit an. Er ließ mich unterschreiben, dann zerriß er das Papier und warf die Fetzen in den Papierkorb. »Bezahle, sobald du kannst.«

»Das wird dreißig Jahre dauern, John.«

»So lange?«

Ich überlegte. Er hatte mich seit jenem Nachmittag vor sechs Monaten, als er zugab, das Entscheidende nicht glauben zu können, nie mehr gebeten, ihm meine ganze Geschichte zu erzählen.

Ich fand es jetzt an der Zeit, ihm alles zu berichten. »Wecken wir Jenny? Sie hat auch ein Recht darauf, es zu hören.«

»Mmm ... nein. Laß sie schlafen, bis du wegfährst. Jenny ist ein sehr unkomplizierter Mensch, Dan. Es ist ihr egal, wer du bist oder woher du kommst, solange sie dich mag. Bescheid sagen kann ich ihr vielleicht auch später.«

»Wie du meinst.« Er hörte sich alles an und füllte von Zeit zu Zeit die Gläser – das meine mit Ginger Ale; ich hatte einen bestimmten Grund, keinen Alkohol anzurühren. Als ich bei der Landung auf einem Hügel außerhalb von Boulder angelangt war, machte ich eine Pause. »Das ist es«, sagte ich schließlich. »Eine Weile kam ich da nicht ganz mit. Ich habe mir die Stelle angesehen; mehr als einen dreiviertel Meter kann ich nicht hinuntergefallen sein. Wenn man den Boden tiefer ausgehoben hätte, wäre ich lebendig begraben worden. Wahrscheinlich hätte das auch euch beiden das Leben gekostet – wenn nicht die ganze Gegend in die Luft geflogen wäre. Ich weiß nicht genau, was passiert, wenn eine flache Welle sich dort in eine Masse zurückverwandelt, wo sich bereits eine andere Masse befindet.«

John sog nachdenklich an seiner Zigarette. »Na?« sagte ich. »Was hältst du davon?«

»Danny, du hast mir allerhand darüber erzählt, wie Los Angeles – ich meine ›Groß-Los-Angeles‹ – einmal aussehen wird. Ich sage dir Bescheid, wenn ich selbst sehen kann, wie genau deine Beschreibung zutrifft.«

»Sehr genau, abgesehen von kleinen Irrtümern.«

»Hm ... das klingt alles sehr logisch. Aber in der Zwischenzeit halte ich dich für den sympathischsten Irren, der mir je begegnet ist. Auf deine Fähigkeiten als Ingenieur hat das jedenfalls keinen Einfluß – auch nicht auf unsere Freundschaft. Ich mag dich. Zu Weihnachten bekommst du eine neue Zwangsjacke von mir.«

»Wie du meinst.«

»Ich muß es mir so zurechtlegen. Die Alternative wäre, daß ich selbst total verrückt bin ... für Jenny ein schwieriges Problem.« Er sah auf die Uhr. »Wir müssen sie jetzt aufwecken. Ich hätte nichts zu lachen, wenn ich dich gehen ließe, ohne daß ihr euch Lebewohl gesagt habt.«

»Das würde ich auch nie tun.«

Sie fuhren mich zum Flughafen von Denver, und Jenny gab mir einen Abschiedskuß. Ich bestieg die Elf-Uhr-Maschine nach Los Angeles.

11

Am folgenden Abend, dem 3. Dezember 1970, ließ ich mich von einem Taxi in der Nähe von Miles' Haus absetzen; ich ließ mir viel Zeit, weil ich nicht genau wußte, wann ich dort beim erstenmal angekommen war. Als ich mich dem Haus näherte, wurde es bereits dunkel, aber ich sah nur seinen Wagen am Randstein stehen. Ich zog mich etwas zurück und behielt die fragliche Stelle im Auge.

Zwei Zigarettenlängen später sah ich einen anderen Wagen dort halten und die Scheinwerfer erlöschen. Ich wartete noch einige Minuten, dann eilte ich hin. Es war mein eigener Wagen.

Ich hatte keinen Schlüssel, aber das war kein Hindernis; ich steckte immer bis über beide Ohren in technischen Problemen und vergaß oft meine Schlüssel; schon vor langer Zeit hatte ich mir angewöhnt, einen Ersatzschlüssel im Kofferraum aufzubewahren. Ich holte ihn hervor und setzte mich in den Wagen. Ich hatte an einer sanft abfallenden Stelle geparkt und konnte jetzt bis um die Ecke fahren, ohne Licht oder Motor einzuschalten. Erst als ich außer Sichtweite war, ließ ich den Motor an, fuhr zu dem kleinen Weg hinter Miles' Haus und parkte dort.

Miles' Garage war abgeschlossen. Ich starrte durch das schmutzige Fenster und sah einen mit Tüchern verdeckten Gegenstand. An den Umrissen konnte ich ›Vielzweck-Frank‹ erkennen.

Garagentüren vermögen einem entschlossenen Menschen kaum zu widerstehen – jedenfalls nicht im südlichen Kalifornien und im Jahre 1970. Ich schaffte es in wenigen Sekunden. ›Frank‹ in tragbare Teile zu zerlegen und in meinem Wagen zu verstauen, nahm längere Zeit in Anspruch. Aber zuerst schaute ich nach, ob die Notizen und Zeichnungen waren, wo ich sie vermutete – ich fand sie tatsächlich und warf sie auf den Wagenboden, dann nahm ich mir ›Frank‹ vor. Niemand wußte so gut wie ich, wie er zusammengesetzt war, und ich kam um so schneller vorwärts, als ich ohne Rücksicht auf Beschädigungen vorging; trotzdem war ich beinahe eine ganze Stunde beschäftigt.

Ich hatte eben das letzte Stück, das Rollstuhlchassis, im Kofferraum untergebracht und den Deckel heruntergelassen, als ich Pete heulen hörte. Ich verfluchte mich wegen der langen Zeitspanne, die mich ›Frank‹ gekostet hatte, lief um die Garage und erreichte den Garten hinter dem Haus. Dann begann das Schauspiel.

Ich hatte mir versprochen, jede Sekunde von Petes Triumph voll auszukosten. Aber ich sah nichts davon. Die hintere Eingangstür stand offen, und Licht strömte durch die Fliegengittertür, aber obwohl ich Laufschritte, Schreie, Petes Kriegsgebrüll und Poltern hörte, kamen sie nicht ein einziges Mal in mein Gesichtsfeld. Ich schlich also zur Gittertür in der Hoffnung, wenigstens einen Blick auf das Blutbad werfen zu können.

Die verdammte Tür war eingehängt. Bis auf diese Tatsache hatte bisher alles genau gestimmt. Fieberhaft suchte ich in meinen Taschen, brach mir einen Fingernagel beim Aufklappen des Messers an und konnte den Haken gerade noch rechtzeitig aus der Öse drücken, als Pete wie eine Rakete auf das Gitter zugeschossen kam.

Ich fiel über einen Rosenstrauch. Ich weiß nicht, ob Miles und Betty überhaupt versuchten, ihm ins Freie zu folgen; ich bezweifle es; an ihrer Stelle hätte ich es nicht riskiert. Aber ich war so damit beschäftigt, mich aufzuraffen, daß ich nichts bemerkte.

Als ich wieder auf den Beinen war, lief ich, gedeckt von Sträuchern, zur anderen Seite des Hauses. Ich wollte von der offenen Tür wegkommen. Dann brauchte ich nur noch zu warten, bis Pete sich beruhigte. Ich hätte ihn in diesem Zustand nicht angerührt, bestimmt aber nicht versucht, ihn aufzuheben. Ich kenne Katzen.

Aber jedesmal, wenn er an mir vorbeikam, nach einem Zugang suchte und herausfordernd in die Nacht schrie, rief ich ihn leise an. »Pete. Komm her, Pete. Sei still, mein Junge, alles ist in bester Ordnung.«

Er wußte, daß ich da war, und zweimal sah er mich an, im übrigen ließ er mich unbeachtet. Katzen konzentrieren sich immer nur auf eine Sache; er sah eine wichtige Aufgabe vor sich und hatte keine Zeit, mit mir zu spielen. Aber ich wußte, daß er zu mir kommen würde, sobald sein Zorn abgeflaut war.

Während ich auf der Erde kauerte und wartete, hörte ich in den Badezimmern Wasser laufen. Sie hatten mich also im Wohnzimmer sitzen lassen und machten sich wieder passabel. Mir kam ein schrecklicher Gedanke: was würde geschehen, wenn ich hineinschlich und meinem eigenen hilflosen Leib die Kehle durchschnitt? Aber ich unterdrückte den Einfall; so neugierig war ich darauf auch wieder nicht, und Selbstmord ist etwas Endgültiges, selbst wenn die Möglichkeiten mathematisch äußerst interessant sein mögen.

Aber ich bin nie dahintergekommen.

Außerdem wollte ich keinesfalls ins Haus. Ich konnte auf Miles treffen – und mit einem Toten wollte ich nichts zu schaffen haben.

Pete blieb schließlich vor mir stehen. »Mrraurr?« sagte er – was hieß: »Geh'n wir zurück und räumen wir den Laden aus. Du schlägst oben, ich unten.«

»Nein, mein Junge. Das Spiel ist vorbei.«

»Auwrr!«

»Zeit zum Nachhausegehen, Pete. Komm zu Danny.«

Er setzte sich hin und begann sich zu putzen. Als er aufsah, streckte ich die Arme aus, und er sprang hinein. »Kwleerrt?« – »Wo, zum Teufel, warst du denn die ganze Zeit?« hieß das.

Ich trug ihn zum Wagen und setzte ihn auf den Fahrersitz, weil alles andere belegt war. Er beroch die Geräteteile auf seinem gewohnten Platz und sah sich mißbilligend um. »Du mußt auf meinem Schoß sitzen«, sagte ich. »Sei nicht so empfindlich.«

Als wir die nächste Straße erreichten, schaltete ich das Licht ein. Dann bog ich nach Osten ab und fuhr Richtung Big Bear zum Pfadfinderlager. Ich hatte von ›Frank‹ in den ersten zehn Minuten so viel hinausgeworfen, daß Pete seinen ihm rechtmäßig zustehenden Platz einnehmen konnte, was für beide Teile angenehmer war. Als der Wagenboden einige Kilometer später abgeräumt war, hielt ich an und warf alle Notizen und Zeichnungen in einen Gully. Das Rollstuhl-Chassis wurde ich erst im Gebirge los, wo ich es in eine Schlucht fallen ließ.

Gegen drei Uhr morgens bog ich in ein Motel ein und bezahlte zuviel für einen Bungalow – Pete hätte beinahe alles verdorben, weil er den Kopf herausstreckte und eine Bemerkung machte, als der Besitzer an den Wagen trat.

»Wann kommt die Morgenpost von Los Angeles hier heraus?« fragte ich.

»Der Hubschrauber trifft pünktlich um halb acht Uhr ein.«

»Schön. Wecken Sie mich bitte um sieben.«

»Mister, wenn Sie hier bis sieben Uhr schlafen können, haben Sie mehr Talent als ich. Aber ich schreibe Sie ins Buch ein.«

Um acht Uhr hatten Pete und ich gefrühstückt, und ich hatte mich geduscht und rasiert. Ich sah mir Pete bei Tageslicht an und fand, daß er, von ein oder zwei Kratzern abgesehen, heil davongekommen war. Wir verließen das Motel, und ich bog bald danach in den Privatweg zum Lager ein. Onkel Sams Postwagen tat dasselbe wenige hundert Meter vor mir; ich hatte einen glücklichen Tag erwischt.

In meinem ganzen Leben habe ich noch nicht so viele kleine Mädchen gesehen. Sie sausten herum wie junge Hunde, und in ihren grünen Uniformen sahen sie alle gleich aus. Die Mädchen, an denen ich vorbeikam, wollten Pete anschauen, obwohl mich die meisten nur schüchtern anstarrten und nicht näher kamen. Ich ging zu einem Bungalow mit dem Schild ›Hauptquartier‹, wo ich mit einer uniformierten Pfadfinderin sprach, die man keineswegs mehr als Mädchen bezeichnen konnte.

Sie war sehr argwöhnisch; fremde Männer, die kleine Mädchen besuchen wollen, sollten immer verdächtig sein.

Ich erklärte, ich sei der Onkel des Kindes, hieße Daniel B. Davis und hätte dem Kind eine Familiennachricht zu bringen. Sie konterte mit der Feststellung, daß, abgesehen von den Eltern, Besucher nur in Begleitung eines Elternteils zugelassen seien, im übrigen beginne die Besuchszeit um vier Uhr.

»Ich will Frederica nicht besuchen, sondern ihr etwas mitteilen. Es handelt sich um einen dringenden Fall.«

»Dann schreiben Sie die Nachricht auf, und ich sage ihr Bescheid, sobald die Gymnastikstunde beendet ist.«

Ich machte ein verzweifeltes Gesicht, was mir leichtfiel, und sagte: »Das möchte ich nicht tun. Es wäre viel besser, wenn ich es dem Kind selbst sagen könnte.«

»Ein Todesfall?«

»Nicht ganz. Familiäre Schwierigkeiten, ja. Tut mir leid, aber ich kann es Fremden nicht erzählen. Es betrifft die Mutter meiner Nichte.«

Sie zögerte, vermochte sich aber immer noch nicht zu entscheiden. Dann mischte sich Pete ins Gespräch. Ich hatte ihn auf meinem linken, abgewinkelten Arm getragen, weil ich ihn nicht im Wagen lassen wollte. Außerdem wollte ich ihn Ricky zeigen. Er läßt sich diese Art des Getragen-Werdens eine Weile gefallen, aber schon begann er sich zu langweilen. »Krwarr?«

Sie sah ihn an und meinte: »Ein hübscher Kerl. Ich habe einen kleinen Kater zu Hause, der aus demselben Wurf stammen könnte.«

Ernsthaft sagte ich: »Das ist Fredericas Katze. Ich mußte ihn mitbringen, weil ... es war notwendig. Niemand kann sich um ihn kümmern.«

»Ach, der arme kleine Kerl!« Sie kraulte ihn unterm Kinn, in der richtigen Weise, Gott sei Dank, und Pete ließ sich das zum Glück gefallen, er reckte den Hals, schloß die Augen und machte ein beinahe unanständig zufriedenes Gesicht. Bei Fremden, deren Avancen ihm nicht genehm sind, kann er sonst sehr unhöflich werden.

Die Jugendführerin bat mich, an einem Tisch unter den Bäumen vor dem Bungalow Platz zu nehmen. Das war weit genug entfernt, um eine private Unterhaltung zu ermöglichen, aber sie konnte uns im Auge behalten. Ich bedankte mich und wartete.

Ich sah Ricky nicht herankommen. Ich hörte den Ausruf: »Onkel Danny!« und dann, als ich mich umdrehte: »Und du hast Pete mitgebracht! Wie schön!«

Pete brummte begeistert und sprang in ihre Arme. Sie fing ihn auf, legte ihn sich zurecht, und dann ignorierte sie mich ein paar Sekunden, während sie den Forderungen des Katzenprotokolls Genüge tat. Dann sah sie auf und sagte ernst: »Onkel Danny, ich bin so froh, daß du gekommen bist.«

Ich gab ihr keinen Kuß; ich berührte sie überhaupt nicht. Ich bin nie für das Abknutschen von Kindern gewesen, und Ricky gehörte zu den kleinen Mädchen, die sich das nur gefallen lassen, wenn es gar nicht anders geht. Unsere Beziehung seit damals, als sie sechs Jahre alt gewesen war, beruhte auf gegenseitigem Respekt vor der Persönlichkeit und Würde des anderen.

Aber ich sah sie mir an. Knochige Knie, lange, schlaksige Beine, nirgends gerundet. Die kurzen Hosen und das Uniformhemd, zusammen mit der sich ablösenden Haut, Kratzern, blauen Flecken und einer begreiflichen Menge Schmutz, addierten sich nicht zu weiblichem Liebreiz. Sie war eine halbfertige Skizze der Frau, die sie sein würde, und ihre füllenhafte Schlaksigkeit wurde nur durch die riesengroßen ernsthaften Augen und die elfenhafte Schönheit ihres schmalen Gesichtchens aufgewogen.

Sie sah liebenswert aus.

Ich sagte: »Und ich bin auch froh, daß ich hier bin, Ricky.«

Sie griff mit einer Hand in eine Hosentasche, Pete auf dem anderen Arm balancierend. »Ich bin auch überrascht. Erst vorhin habe ich einen Brief von dir bekommen – man zerrte mich vom Postempfang weg. Ich habe ihn noch nicht einmal aufmachen können. Steht in ihm, daß du heute kommst?« Sie zog ihn heraus und glättete ihn.

»Nein, Ricky. In dem Brief steht, daß ich wegfahren muß. Aber nachdem ich ihn zur Post gegeben hatte, beschloß ich, mich persönlich zu verabschieden.«

Sie machte ein trauriges Gesicht und senkte die Augen. »Du fährst fort?«

»Ja, ich will es dir erklären, Ricky, aber es ist ziemlich kompliziert. Setzen wir uns hin, dann erzähle ich dir alles.« Wir setzten uns am Tisch unter den Bäumen nieder, und ich fing an. Pete lag zwischen uns und schnurrte glücklich vor sich hin.

Ich war sehr erleichtert zu hören, daß sie von Miles' Heirat mit Betty schon wußte – ich hatte mich nicht darauf gefreut, ihr das beibringen zu müssen. Sie sah auf, ließ sofort die Augen sinken und sagte ausdruckslos: »Ja, ich weiß. Daddy hat mir geschrieben.«

»Oh. Aha.«

Sie sah plötzlich ganz grimmig und gar nicht mehr kindlich aus. »Ich will nicht zurück zu ihnen, Danny. Ich will nicht.«

»Aber – hör zu, Rickylein, ich weiß, wie das ist. Ich möchte auch nicht, daß du zurückgehst, am liebsten würde ich dich mitnehmen, wenn ich könnte. Aber was willst du sonst tun? Er ist dein Daddy, und du bist erst elf.«

»Ich muß nicht zurück. Er ist nicht mein richtiger Daddy. Meine Großmutter holt mich.«

»Was? Wann kommt sie?«

»Morgen. Sie kommt von Brawley herüber. Ich habe ihr geschrieben und sie gefragt, ob ich bei ihr wohnen kann, weil ich nicht bei Daddy sein will, wenn sie da ist.« Es gelang ihr, in dieses ›sie‹ mehr Verachtung zu legen, als ein Erwachsener in meterlange Flüche gepreßt hätte. »Großmutter schrieb zurück, ich müßte nicht bei ihm bleiben, weil er mich nicht adoptiert hat und sie selbst mein Vormund sei.« Sie hob besorgt den Kopf. »Das stimmt doch, nicht wahr? Sie können mich nicht zwingen?«

Ich war so erleichtert, daß ich am liebsten einen Freudentanz aufgeführt hätte. Das einzige Problem, für das sich eine Lösung nicht angeboten hatte, war, wie man Ricky für – nun ja, zwei Jahre – dem vergiftenden Einfluß von Betty entziehen konnte. »Wenn er dich nicht adoptiert hat, Ricky, kann deine Großmutter durchsetzen, daß du bei ihr bleiben darfst.« Dann runzelte ich die Stirn und nagte an der Unterlippe. »Aber morgen kann es vielleicht Ärger geben. Man wird dich ihr unter Umständen nicht mitgeben wollen.«

»Wie will man denn das machen? Ich setze mich einfach in den Wagen, und wir fahren weg.«

»So einfach ist das nicht, Ricky. Die Leute, die das Lager hier führen, müssen sich an ihre Vorschriften halten. Dein Daddy – ich meine Miles – hat dich ihnen übergeben; sie werden nicht bereit sein, dich einer anderen Person zu überlassen.«

Sie schob trotzig die Unterlippe vor. »Ich will aber nicht. Ich fahre mit Oma.«

»Ja. Aber vielleicht kann ich dir sagen, wie das zu machen ist. An deiner Stelle würde ich keinem sagen, daß du aus dem Lager weg willst; ich würde nur sagen, daß dich deine Großmutter zu einer Spazierfahrt mitnehmen will – und dann kommst du einfach nicht zurück.«

Sie wurde ein wenig ruhiger. »Gut.«

»Pack aber keinen Koffer, sonst kommt man dir auf die Schliche. Nimm vor allem außer den Sachen, die du anhast, keine Kleider mit. Geld oder was sonst noch unbedingt sein muß, steckst du in deine Taschen. Du hast hier doch nicht viel, was dir fehlen wird, nicht wahr?«

»Eigentlich nicht.« Aber sie sah mich traurig an. »Ich habe einen nagelneuen Badeanzug.«

Wie soll man einem Kind erklären, daß es Zeiten gibt, wo man auf sein Gepäck verzichten muß? Es geht nicht – sie laufen in ein brennendes Gebäude, um eine Puppe oder einen Spielzeugelefanten zu retten. »Hm . . . Ricky, deine Großmutter soll den Leuten sagen, daß sie dich zum Schwimmen mitnimmt . . . und daß sie dich in Arrowhead zum Essen in ein Hotel ausführt, aber vor dem Zapfenstreich zurückbringen wird. Dann kannst du den Badeanzug und ein Handtuch offen tragen. Aber nichts sonst. Meinst du, deine Großmutter wird für dich schwindeln?«

»Ich glaube schon. Ja, ich bin sicher. Sie sagt, daß man manchmal schwindeln muß, sonst könnten es die Leute nicht miteinander aushalten. Aber man soll es nicht übertreiben.«

»Eine sehr vernünftige Frau. Wirst du es so machen?«

»Ja, Danny.«

»Gut.« Ich nahm den zerknüllten Umschlag. »Ricky, ich habe dir gesagt, daß ich fort muß. Sogar für sehr lange.«

»Wie lange?«

»Dreißig Jahre.«

Ihre Augen weiteten sich. Für ein elfjähriges Kind sind dreißig Jahre nicht eine lange Zeit, sondern die Ewigkeit. Ich fügte hinzu: »Es tut mir so leid, Ricky, aber ich muß.«

»Warum?«

Das konnte ich nicht beantworten. Die wahre Antwort war unglaubhaft, und eine Lüge reichte hier nicht aus. »Ricky, das läßt sich nicht erklären. Aber ich muß einfach. Ich kann nicht anders.« Ich zögerte, dann fügte ich hinzu: »Ich muß mich dem Langen Schlaf unterziehen – dem Kaltschlaf, du weißt, was ich meine.«

Sie wußte es. Kinder gewöhnen sich schneller an neue Ideen als Erwachsene; der Kaltschlaf war ein beliebtes Thema für Comic-Strips. Sie sah mich entsetzt an. »Aber Danny, dann seh' ich dich ja nie wieder!«

»Doch. Es wird sehr lange dauern, aber ich sehe dich wieder.

Auch Pete wirst du treffen, denn Pete kommt mit. Er geht auch in den Kaltschlaf.«

Sie sah Pete an und machte ein noch traurigeres Gesicht als vorher. »Aber Danny – warum kommst du mit Pete nicht einfach zu uns nach Brawley? Das wäre doch viel besser. Oma mag Pete sicher gern. Sie wird dich auch mögen – sie sagt, im Haus müßte immer ein Mann sein.«

»Ricky ... liebe Ricky ... ich muß. Bitte nicht mehr davon reden.« Ich riß den Umschlag auf.

Sie wurde zornig, und ihr Kinn begann zu zittern. »Ich glaube, daß sie etwas damit zu tun hat!«

»Was? Wenn du Betty meinst, ganz bestimmt nicht. Jedenfalls nicht direkt.«

»Sie geht nicht mit dir in den Kaltschlaf?«

»Du lieber Himmel, nein! Das fehlte gerade noch.«

Ricky schien beruhigt zu sein. »Weißt du, ich war ihretwegen so wütend auf dich!«

»Es tut mir leid, Ricky. Wirklich. Du hast recht gehabt und ich nicht. Aber sie hat damit nichts zu tun. Ich bin mit ihr ein für allemal fertig. Jetzt zu dem hier.« Ich zeigte ihr das Aktienzertifikat. »Weißt du, was das ist?«

»Nein.«

Ich erklärte es ihr. »Ich schenke es dir, Ricky, weil ich so lange fort bin, daß ich es nur dir geben möchte.« Ich nahm das Papier, auf dem ich ihr die Aktien überschrieben hatte, zerriß es und steckte die Fetzen in die Tasche; ich durfte es auf diese Weise nicht riskieren – für Betty wäre es zu einfach gewesen, ein Beiblatt verschwinden zu lassen, und wir waren noch nicht in Sicherheit. Ich drehte das Zertifikat um, studierte den Standard-Überschreibungstext auf der Rückseite und überlegte mir, wie ich dieses Problem am besten lösen konnte. »Ricky, wie heißt du mit vollem Namen?«

»Frederica Virginia. Frederica Virginia Gentry. Das weißt du doch?«

»Wirklich ›Gentry‹? Ich dachte, Miles hat dich nicht adoptiert?«

»Oh! Ich heiße Ricky Gentry, solange ich mich erinnern kann, aber du meinst meinen richtigen Namen. Es ist derselbe wie Omas Name ... wie der meines richtigen Daddy. Heinicke. Aber so nennt mich kein Mensch.«

»Das wird man ab jetzt schon tun.« Ich schrieb ›Frederica Virginia Heinicke‹ und fügte hinzu ›bei ihrem 21. Geburtstag zu übergeben‹ – während mir eine Gänsehaut über den Rücken lief – meine erste Überschreibung wäre also auf jeden Fall rechtsungültig gewesen.

Ich begann zu unterschreiben und bemerkte plötzlich, daß unsere Bewacherin aus dem Fenster ihres Büros schaute. Ich warf einen Blick auf die Uhr und entdeckte, daß wir schon eine Stunde miteinander sprachen. Die Zeit begann knapp zu werden, aber ich wollte alles so sicher wie möglich haben. Ich rief die ältliche Pfadfinderführerin herbei.

»Gibt es hier in der Nähe zufällig einen Notar, oder finde ich im Ort einen?«

»Ich bin Anwältin und Notarin. Worum handelt es sich?«

»Oh, gut! Wunderbar! Haben Sie Ihren Stempel dabei?«

»Immer.«

Ich unterschrieb also vor ihren Augen, und sie zeigte sich sogar großzügig – auf Rickys Versicherung hin, daß sie mich kenne –, indem sie schrieb: ›– der mir persönlich bekannte besagte Daniel B. Davis –.‹ Als sie ihren Stempel auf meine und ihre Unterschrift drückte, seufzte ich erleichtert auf. Betty sollte nur versuchen, dagegen etwas zu unternehmen!

Die Führerin sah das Schriftstück neugierig an, sagte aber nichts. Mit ernster Miene erklärte ich: »Tragödien lassen sich nicht gutmachen, aber das wird wenigstens ein bißchen weiterhelfen. Für die Ausbildung der Kleinen, wissen Sie.«

Sie weigerte sich, ein Honorar entgegenzunehmen, und ging in ihr Büro zurück. Ich sah Ricky wieder an und sagte: »Gib das deiner Großmutter. Sag ihr, sie soll es in der Zweigstelle der Bank of America in Brawley abliefern. Alles andere wird von dort erledigt.« Ich legte das Schriftstück vor ihr auf den Tisch.

Sie rührte es nicht an. »Das ist sehr viel Geld, nicht wahr?«

»Eine ganze Menge. Der Wert wird sogar noch steigen.«

»Ich will es nicht.«

»Aber Ricky, ich möchte doch, daß du es bekommst.«

»Ich will es nicht. Ich nehme es nicht.« Ihre Augen füllten sich mit Tränen, und ihre Stimme begann zu schwanken. »Du gehst für immer fort . . . und du denkst nicht einmal mehr an mich.« Sie schluchzte. »Genau wie damals, als du dich mit ihr verlobt hast! Wo du doch ebensogut Pete mitnehmen und zu mir und Oma ziehen könntest. Ich will dein Geld nicht!«

»Ricky. Hör mir zu, Ricky. Es ist zu spät. Ich könnte es nicht mehr zurücknehmen, selbst wenn ich wollte. Es gehört dir schon.«

»Das ist mir egal. Ich rühr' es nicht an.« Sie begann Pete zu streicheln. »Pete würde nicht weggehn und mich allein lassen ... aber du zwingst ihn dazu. Jetzt bleibt mir nicht einmal Pete.«

Ich sagte unsicher: »Ricky? Liebe kleine Ricky, willst du Pete ... und mich wiedersehen?«

Ich konnte die Antwort kaum verstehen. »Natürlich will ich. Aber es geht ja nicht.«

»Doch, es geht.«

»Was? Wie? Du hast gesagt, daß du den Langen Schlaf machst ... dreißig Jahre, hast du gesagt.«

»Das stimmt auch. Ich muß. Aber du kannst folgendes tun, Ricky. Sei ein braves Mädchen, bleib bei deiner Großmutter, geh in die Schule und laß dieses Geld anwachsen. Wenn du einundzwanzig Jahre alt bist – und uns beide noch sehen willst –, wirst du genug Geld haben, um den Langen Schlaf selbst zu machen; wenn du aufwachst, erwarten wir dich. Wir beiden warten auf dich. Das verspreche ich dir von ganzem Herzen.«

Ihr Gesichtsausdruck veränderte sich, aber sie lächelte nicht. Sie dachte lange nach, dann sagte sie: »Wirst du wirklich da sein?«

»Ja. Aber wir müssen einen Termin festlegen. Wenn du es willst, Ricky, dann mußt du es genauso machen, wie ich es dir sage. Wende dich an die Cosmopolitan-Versicherung und sorg dafür, daß du den Schlaf im Riverside-Sanktum unternehmen kannst ... und vor allem mußt du vereinbaren, daß du genau am 1. Mai 2001 aufgeweckt wirst. Ich werde an diesem Tag da sein und auf dich warten. Wenn du möchtest, daß ich dabei bin, sobald du das erstemal die Augen aufmachst, mußt du das vorher ebenfalls festlegen, weil man mich sonst ins Wartezimmer verbannt – ich kenne das Sanktum; man ist dort sehr genau.« Ich nahm einen Umschlag aus der Tasche, den ich in Denver vorbereitet hatte: »Du brauchst dir das nicht zu merken; ich habe alles genau aufgeschrieben. Heb diesen Brief auf, und an deinem einundzwanzigsten Geburtstag kannst du dich entschließen. Aber du darfst dich darauf verlassen, daß ich mit Pete dort auf dich warte, ob du kommst oder nicht.« Ich legte den Brief mit den Anweisungen auf das Zertifikat.

Ich glaubte, sie überzeugt zu haben, aber sie rührte die Schriftstücke nicht an. Sie starrte lange Zeit vor sich hin, dann sagte sie: »Danny?«

»Ja, Ricky?«

Sie hielt den Kopf gesenkt und sprach so leise, daß ich sie kaum verstehen konnte. Aber ich hörte, was sie sagte. »Wenn ich das mache ... heiratest du mich dann?«

Meine Ohren dröhnten, und die Umgebung schien sich um mich zu drehen. Aber ich gab ihr Antwort, mit fester Stimme und sehr laut. »Ja, Ricky. Das will ich. Deswegen mache ich das alles.«

Ich hatte ihr noch eines zu übergeben: einen Umschlag mit der Aufschrift: ›Im Falle des Ablebens von Miles Gentry zu öffnen!‹ Ich erklärte ihr nichts, sondern trug ihr nur auf, den Brief zu verwahren. Er enthielt die Beweise über Bettys Vergangenheit, mit Männern und in anderer Beziehung. In den Händen eines Anwalts sollte er eine gerichtliche Auseinandersetzung um das Testament glatt entscheiden können.

Dann gab ich ihr meinen Klassenring von der Technischen Hochschule – etwas anderes hatte ich nicht – und sagte ihr, daß er ihr gehöre; wir seien jetzt verlobt. »Du kannst ihn noch nicht tragen, weil er zu groß ist. Wenn du aufwachst, bekommst du einen anderen.«

Sie umklammerte ihn mit ihrer kleinen Faust. »Ich will keinen anderen.«

»Gut. Jetzt sag Lebewohl zu Pete, Ricky. Ich muß fort.«

Sie preßte Pete an sich, dann gab sie ihn mir und sah mir fest in die Augen, obwohl ihr die Tränen übers Gesicht liefen. »Lebwohl, Danny.«

»Nicht ›Lebwohl‹, Ricky. Bis später. Wir warten auf dich.«

Es war kurz nach zehn, als ich ins Dorf zurückkam. Dort erfuhr ich, daß ein Hubschrauber-Bus in fünfundzwanzig Minuten in die Stadt abflog. Ich fuhr zu einem Gebrauchtwagenhändler und schloß einen der schnellsten Verkäufe der Geschichte ab; gegen bares Geld auf die Hand gab ich meinen Wagen um die Hälfte seines Wertes ab. Ich hatte gerade noch genug Zeit, Pete in den Bus zu schmuggeln – gegen luftkranke Katzen besteht eine allgemeine Voreingenommenheit –, und wir erreichten Powells Büro wenige Minuten nach elf.

Powell war sehr verärgert darüber, daß ich meine Verträge mit Mutual für die Verwaltung meines Vermögens annulliert hatte, und er wollte mir einen bösen Vortrag wegen des Verlustes meiner

Papiere halten. »Ich kann nicht gut denselben Richter bitten, binnen vierundzwanzig Stunden zweimal Ihre Unterlagen über den Kaltschlaf zu unterschreiben. Das ist doch unmöglich.«

Ich hielt ihm Geld unter die Nase, Bargeld in verführerischer Höhe. »Halten Sie mir ruhig eine Strafpredigt, Herr Feldwebel. Wollen Sie meinen Auftrag oder nicht? Wenn nicht, dann kann ich jederzeit zur Central Valley gehen. Heute klappt es jedenfalls noch.«

Er kochte immer noch, gab aber nach. Dann beschwerte er sich über die Notwendigkeit, der Kaltschlafperiode sechs Monate anzufügen. Er sei nicht in der Lage, mir ein bestimmtes Datum für die Wiedererweckung zu garantieren. »In den Verträgen steht fast immer ›einen Monat früher oder später‹, damit Verwaltungsfehler einkalkuliert werden können.«

»Hier steht nichts davon. Da heißt es ›27. April 2001‹. Aber es ist mir egal, ob über dem Vertrag ›Mutual‹ oder ›Central Valley‹ steht. Mr. Powell, ich kaufe, und Sie verkaufen. Wenn Sie nicht liefern, was ich möchte, wende ich mich an eine Firma, die mir entgegenkommt.«

Er änderte den Vertrag, und wir zeichneten ihn beide ab.

Punkt zwölf Uhr erschien ich beim Arzt zur abschließenden Untersuchung. Er sah mich an. »Sind Sie nüchtern geblieben?«

»Und wie!«

»Na, wir werden ja sehen.« Er untersuchte mich beinahe ebenso sorgfältig wie beim letztenmal. Schließlich legte er sein Gummihämmerchen weg und sagte: »Ich bin überrascht. Sie sind in wesentlich besserer Verfassung als gestern. Erstaunlich.«

»Das kann man wohl sagen, Doktor.«

Ich hielt Pete auf den Armen und beruhigte ihn, während man ihm die erste Spritze gab. Dann legte ich mich ebenfalls hin. Ich hätte ebenso noch einen Tag oder sogar länger warten können – aber ich hatte es furchtbar eilig, wieder ins Jahr 2001 zurückzukommen.

Gegen vier Uhr nachmittags schlief ich zufrieden ein. Petes Kopf ruhte auf meiner Brust.

12

Meine Träume waren diesmal angenehmer. Der einzige unerfreuliche, an den ich mich erinnere, war nicht allzu bedrückend. Ich wanderte frierend durch endlose Korridore, drückte die Klinke jeder Tür, an der ich vorbeikam, in dem Glauben, schon die nächste müßte die Tür zum Sommer sein, hinter der Ricky wartete. Ich wurde von Pete behindert, der mir immer zwischen die Beine lief, wie es Katzen oft tun, wenn sie mit Menschen zusammen sind, denen sie vertrauen.

An jeder neuen Tür lief er mir zwischen die Beine, schaute hinaus, entdeckte immer noch den Winter und wich zurück, wobei er mich fast immer aus dem Gleichgewicht brachte.

Ich erwachte diesmal ohne Schwierigkeiten – der Arzt ärgerte sich sogar, daß ich nur ein Frühstück, die Los Angeles ›Times‹ und keine Unterhaltung wünschte. Ich hielt es nicht für sinnvoll, ihm zu erklären, daß ich denselben Weg schon einmal gemacht hatte; er hätte mir nicht geglaubt.

Ein Brief lag für mich bereit, der eine Woche früher geschrieben war. Er stammte von John und lautete:

›Lieber Dan,
also gut, ich geb's auf. Wie hast du das gemacht? Ich entspreche deiner Bitte, dich nicht abzuholen, entgegen Jennys Meinung. Sie läßt dir alles Liebe und Gute wünschen und bittet dich, uns nicht allzu lange warten zu lassen. Ich habe versucht, ihr zu erklären, daß du eine Weile zu tun haben wirst. Uns beiden geht es gut, obwohl ich auch nicht mehr der Jüngste bin. Jenny ist noch schöner als früher.

Hasta la vista, amigo
John

P. S. Wenn das Beigefügte nicht reichen sollte, brauchst du nur anzurufen – du kannst unbeschränkt verfügen. Wir haben uns recht gut gehalten, finde ich.‹

Ich überlegte, ob ich John anrufen, ihn begrüßen und ihm von einer kolossalen neuen Idee berichten sollte, die mir im Schlaf eingefallen war, eine Vorrichtung, die das Baden von einer Mühe zu einem schwelgerischen Vergnügen machte. Aber ich entschied mich dagegen, ich hatte andere Sachen im Kopf. Ich machte mir Notizen, um den frischen Eindruck zu bewahren, und schlief dann ein bißchen. Petes Kopf lag in meiner Achselhöhle. Das müßte ich ihm noch abgewöhnen können. Man fühlt sich ja geschmeichelt – aber es stört.

Am Montag, dem 30. April, verließ ich das Institut und fuhr nach Riverside, wo ich im alten Mission-Hotel ein Zimmer mietete. Man machte wegen der Katze Krach; ein Automatikpage läßt sich nicht bestechen – eine Verbesserung ist das zweifellos nicht. Aber der Geschäftsführer war zugänglicher. Für ein paar Scheine ließ er Pete einziehen. Ich schlief nicht gut, ich war zu aufgeregt.

Am nächsten Morgen um zehn Uhr stellte ich mich beim Direktor des Riverside-Sanktums ein. »Dr. Rumsey, ich heiße Daniel B. Davis. Haben Sie eine Klientin namens Frederica Heinicke hier?«

»Ich nehme an, daß Sie sich ausweisen können?«

Ich zeigte ihm einen Führerschein aus dem Jahr 1970, ausgestellt in Denver, und meinen Entlassungsschein aus dem Forest-Sanktum. Er sah sich die Schriftstücke an und gab sie mir zurück. Besorgt sagte ich: »Ich glaube, daß sie heute geweckt werden soll. Liegen übrigens irgendwelche Anweisungen vor, die meine Anwesenheit dabei erlauben? Ich meine nicht die vorhergehenden Maßnahmen, sondern den letzten Augenblick vor dem Eintritt des Bewußtseins.«

Er schob die Unterlippe vor und sah mich prüfend an. »Unsere Anweisungen für diese Klientin schreiben nicht vor, daß sie heute geweckt werden soll.«

»Nein?« Ich war maßlos enttäuscht und verletzt.

»Nein. Sie hat folgendes bestimmt: statt unbedingt geweckt zu werden, will sie überhaupt nicht ins Bewußtsein zurückkehren, wenn Sie nicht da sind.« Er sah mich an und lächelte. »Sie müssen ein Herz aus Gold haben. An Ihrer Schönheit kann es jedenfalls nicht liegen.«

Ich seufzte. »Danke, Doktor.«

»Sie können im Foyer warten oder später wiederkommen. Ein paar Stunden dauert es noch.«

Ich ging ins Foyer zurück, holte Pete und machte einen Spaziergang mit ihm. Ich hatte ihn in meiner neuen Reisetasche dort abgesetzt, die seiner alten so ähnlich wie möglich war, und am Abend zuvor ein Fenster eingebaut, das nur die Sicht nach draußen gestattete.

Wir kamen an dem ›netten Lokal‹ vorbei, aber ich hatte keinen Hunger, obwohl ich mir kaum Zeit zum Frühstück genommen hatte – Pete hatte meine Eier verzehrt und die Nase über den Hefeschnitzeln gerümpft. Um halb zwölf war ich wieder im Sanktum. Endlich ließ man mich zu ihr.

Alles, was ich von ihr sah, war ihr Gesicht; ihr Körper war zugedeckt. Aber das war meine Ricky, erwachsen und sehr weiblich; und sie sah aus wie ein schlafender Engel.

»Sie steht unter posthypnotischem Befehl«, sagte Dr. Rumsey leise. »Wenn Sie dort stehen bleiben, wecke ich sie auf. Äh, die Katze bringen Sie wohl besser hinaus.«

»Nein, Doktor.«

Er wollte etwas sagen, zuckte die Achseln und wandte sich seiner Patientin zu. »Sie müssen jetzt aufwachen, Frederica. Wachen Sie auf. Sie müssen jetzt aufwachen.«

Ihre Lider zuckten, dann schlug sie die Augen auf. Ihr Blick glitt durchs Zimmer, dann richtete er sich auf uns. Sie lächelte schläfrig. »Danny . . . und Pete.« Sie hob beide Arme – und ich sah, daß sie meinen Klassenring am linken Daumen trug.

Pete jubelte, sprang aufs Bett und strich glücklich um sie herum.

Dr. Rumsey wollte sie über Nacht dabehalten, aber Ricky ließ nicht mit sich reden. Ich bestellte ein Flugtaxi, und wir flogen nach Brawley. Ihre Großmutter war 1980 gestorben, alle Bekanntschaften waren abgebrochen, aber sie hatte dort einiges in Aufbewahrung gegeben – vor allem Bücher. Ich ließ sie an die Firma Aladin, zu Händen John Sutton verschicken. Ricky war von den Veränderungen in ihrer Heimatstadt mehr als beeindruckt, und sie gab meinen Arm keinen Augenblick frei, aber von dem schrecklichen Heimweh, dem größten Nachteil des Langen Schlafes, spürte sie nichts. Sie wollte so schnell wie möglich aus Brawley fort.

Ich ließ also wieder ein Flugtaxi kommen, und wir flogen nach Yuma. Dort schrieb ich mich ins Standesamtregister mit meinem vollen Namen ›Daniel Boone Davis‹ ein, damit es keinen Zweifel daran geben konnte, welcher D. B. Davis dieses Meisterwerk entworfen hatte. Wenige Minuten später lag ihre kleine Hand in der meinen, und ich wiederholte:

»Ich, Daniel, nehme dich, Frederica, zur Frau . . . bis der Tod uns scheidet.«

Pete war mein Brautführer. Die Trauzeugen liehen wir uns im Standesamt aus.

Wir verließen Yuma sofort und flogen zu einer Gästeranch in die Nähe von Tucson, wo wir einen abgelegenen Bungalow mieteten, ausgestattet mit unserem eigenen ›Eifrigen Erich‹, der alle Besorgungen erledigte, so daß wir mit keinem Menschen zu sprechen brauchten. Pete schlug eine grandiose Schlacht mit dem Kater, der bis dahin Herr der Ranch gewesen war, und von diesem Augenblick an mußten wir ihn im Bungalow halten oder auf ihn aufpassen. Das war der einzige Nachteil, der mir einfällt. Ricky gewöhnte sich ans Verheiratetsein, als hätte sie es persönlich erfunden, und ich – nun, ich hatte Ricky.

Sonst gibt es nicht mehr viel zu erzählen. Mit Rickys Aktienbesitz hinter mir – er war immer noch der größte einzelne Block –, schob ich McBee die Treppe hinauf zum ›Forschungsingenieur Emeritus‹ und beförderte Chuck zum Chefingenieur. John ist weiter der Unternehmer, aber er droht ständig, sich zurückzuziehen – leere Versprechungen. Er, ich und Jenny haben die Mehrheit in der Firma, weil er mit der Ausgabe der Aktien vorsichtig war und lieber Darlehen aufnahm, als die Kontrolle über das Unternehmen aufzugeben. Ich sitze in keinem Aufsichtsrat; ich leite die Betriebe nicht, und sie konkurrieren miteinander. Wettbewerb ist etwas Gutes.

Ich, das ist nur das ›Ingenieurbüro Davis‹ – ein Zeichensaal, eine kleine Werkstätte und ein alter Mechaniker, der mich für verrückt hält, aber meine Zeichnungen treu nachbaut. Wenn wir etwas fertiggestellt haben, vergebe ich die Herstellung in Lizenz.

Ich besorgte mir meine Aufzeichnungen über Twitchell wieder. Dann schrieb ich ihm und teilte ihm mit, daß ich es geschafft hätte und mit Hilfe des Kaltschlafes zurückgekommen sei, wobei ich mich dafür entschuldigte, an ihm gezweifelt zu haben. Ich fragte ihn, ob er das Manuskript zu sehen wünsche, wenn es fertig sei. Er ließ nie etwas von sich hören. Wahrscheinlich ist er immer noch wütend auf mich.

Aber ich schreibe das Buch und werde es in alle großen Bibliotheken stellen, selbst wenn ich das aus eigener Tasche bezahlen muß. Das bin ich ihm schuldig. Ich schulde ihm viel mehr; Ricky – und Pete. Ich werde das Buch ›Unerkanntes Genie‹ betiteln.

Jenny und John sind unverwüstlich. Dank der modernen Medizin, dank frischer Luft, Sonnenschein, Bewegung und einem sorglosen Gemüt ist Jenny mit ... nun, ich würde dreiundsechzig Jahren sagen, hübscher als je zuvor. John meinte, ich sei nur ein ›Hellseher‹, mehr will er nicht wissen. Auch die Beweise interessieren ihn nicht. Nun, wie hatte ich es geschafft? Ich versuchte es Ricky zu erklären, aber als ich ihr sagte, daß ich während unserer Flitterwochen tatsächlich in Boulder gewesen sei und daß ich betäubt in San Fernando gelegen habe, während ich bei ihr im Pfadfinderlager war, regte sie sich sehr auf.

Sie wurde leichenblaß. Ich sagte also: »Nehmen wir es als Hypothese. Es ist ganz logisch, mathematisch betrachtet. Angenommen, wir hätten ein Meerschweinchen verwendet, weiß mit braunen Flecken. Wir legen es in den Zeitkäfig und schicken es eine Woche zurück. Aber eine Woche zuvor haben wir es dort bereits gefunden, also mußten wir es damals in eine Kiste tun. Jetzt haben wir zwei Meerschweinchen, obwohl es in Wirklichkiet nur eines ist, wovon das eine um eine Woche älter sein muß als das andere. Wenn man also eines davon nimmt und es um eine Woche zurückschickt...«

»Einen Augenblick! Welches denn?«

»Welches? Tja, es gab ja immer nur eines. Man nimmt natürlich das um eine Woche jüngere, weil –«

»Du hast doch gerade gesagt, daß nur eines existiert. Dann sagtest du, es wären zwei. Aber du wolltest eines von beiden nehmen ... wenn es doch nur eines gibt –«

»Ich versuche zu erklären, wie zwei zugleich nur eines sein können. Wenn man das jüngere nimmt –«

»Woher willst du denn wissen, welches Meerschweinchen das jüngere ist, wenn sie alle gleich aussehen?«

»Na, man könnte ihm den Schwanz abschneiden, wenn man es zurückschickt. Sobald es dann zurückkommt, könnte man –«

»Aber Danny, wie grausam! Außerdem haben Meerschweinchen keine Schwänze.«

Sie schien zu glauben, daß das etwas bewies. Ich hätte eine Erklärung nie versuchen sollen.

Aber Ricky gehört nicht zu den Menschen, die sich über unwichtige Dinge aufregen. Als sie sah, wie sehr ich innerlich beteiligt war, meinte sie sanft: »Komm her, Liebster.« Sie fuhr mir durchs reichlich schüttere Haar und küßte mich. »Einen von dir, mehr will ich nicht, Liebling. Mit zweien von deiner Sorte käme ich nicht zurecht. Sag mir nur das eine, bist du froh, daß du gewartet hast, bis ich erwachsen war?«

Ich bemühte mich, ihr das zu beweisen.

Aber die Erklärung, die ich unternahm, sagte wirklich nicht alles. Mir entging etwas Wesentliches, obwohl ich selbst auf dem Karussell saß und die Runden zählte. Warum habe ich die Notiz über meine eigene Entlassung nicht in der Zeitung gesehen? Ich meine, die zweite im April 2001, nicht die vom Dezember 2000. Ich hätte sie sehen müssen; ich war doch schon da und pflegte die Listen durchzulesen. Ich wurde am Freitag, dem 27. April 2001, geweckt – beim zweitenmal; das hätte in der ›Times‹ vom nächsten Tag stehen müssen. Aber ich sah es nicht. Ich habe inzwischen nachgeschlagen, und da steht es: ›D. B. Davis‹, in der ›Times‹ vom Samstag, dem 28. April 2001.

Vom philosophischen Standpunkt aus kann ein Tintenstrich ebenso sicher ein anderes Universum schaffen, als fehle ganz Europa. Treffen die alten Vermutungen über ›sich verzweigende Zeitströme‹ und ›vielfache Welten‹ das Richtige? Stolperte ich in eine andere Welt, weil ich das Gefüge verändert hatte? Obwohl ich dort Ricky und Pete fand? Gibt es irgendwo oder irgendwann ein anderes Universum, in dem Pete bis zur Verzweiflung heulte und dann einsam davonzog, um für sich selbst zu sorgen? In dem es Ricky nie gelang, mit ihrer Großmutter zu fliehen, in dem sie der Rache Bettys schutzlos ausgesetzt war?

Eine Zeile Kleingedrucktes genügt nicht. Ich bin wohl an diesem Abend eingeschlafen und übersah meinen Namen, dann stopfte ich die Zeitung am nächsten Morgen in den Müllschlucker, weil ich glaubte, alles durchgelesen zu haben. Ich bin oft zerstreut, vor allem, wenn ich über eine neue Idee nachdenke.

Aber was hätte ich getan, wenn mir die Notiz aufgefallen wäre? Wäre ich hingegangen, mir selbst begegnet – und dem Wahnsinn verfallen? Nein, denn wenn sie mir aufgefallen wäre, hätte ich nichts von dem getan, was ich anschließend unternahm. Dann hätte alles sich auch nicht so zutragen können. Die Kontrolle gehört zu den negativen Rückkoppelungssystemen mit eingebauter Narrensicherung, weil die bloße Existenz dieser Druckzeile davon abhing, daß ich sie nicht sah. Die offensichtliche Möglichkeit, daß ich sie vielleicht hätte sehen können, gehört zu den Unmöglichkeiten der grundlegenden Planung.

›Es gibt eine Macht, die unser Leben formt, so sehr wir auch im

Groben daran herumbosseln mögen.‹ Freier Wille und Vorherbestimmung in einem Satz, und beides gleich wahr. Es gibt nur eine wirkliche Welt, mit einer Vergangenheit und einer Zukunft. Nur eine einzige ... die aber groß und kompliziert genug ist, freien Willen, Zeitreisen und alles andere in sich zu enthalten. Innerhalb der Regeln darf man alles tun ... aber man muß an seine eigene Tür zurückkehren.

Ich bin nicht der einzige Mensch, der durch die Zeit gereist ist. Charles Fort führt zu viele Fälle an, die sich anders nicht erklären lassen, ebenso Ambrose Bierce, der Dichter. Und dann gab es ja auch die beiden Damen in den Gärten von Trianon. Ich habe auch das Gefühl, daß der alte Doktor Twitchell den Knopf öfter gedrückt hat, als er zugeben wollte ... ganz zu schweigen von anderen, die in der Vergangenheit oder Zukunft das Problem lösen oder gelöst haben. Aber ich möchte bezweifeln, daß man damit viel wird anfangen können. In meinem Fall wissen nur drei Menschen Bescheid, und zwei davon glauben mir nicht. Man kann nicht sehr viel unternehmen, wenn man durch die Zeit reist. Wie Charles Fort schon sagte, man baut erst Eisenbahnen, wenn die Zeit dafür reif ist.

Aber ich kann Leonard Vincent nicht vergessen. War er wirklich Leonardo da Vinci? Schlug er sich bis Europa durch und kehrte er mit Kolumbus zurück? In den Lexika steht, sein Leben sei so und so verlaufen – aber vielleicht hat er da manches verändert. Ich weiß, wie das ist; ich mußte ähnliches tun. Im Italien des fünfzehnten Jahrhunderts gab es weder Ausweise noch Fingerabdrücke; es müßte ihm gelungen sein.

Aber man stelle sich ihn vor, abgeschnitten von allem, woran er gewöhnt war, mit der Kenntnis vom Fliegen, von der Elektrizität, von Millionen anderen Dingen, die er verzweifelt darzustellen versuchte, damit sie sich nachschöpfen ließen – aber zum Scheitern verurteilt, weil man die heutigen Dinge ohne die Grundlage der vergangenen Jahrhunderte einfach nicht erreichen kann.

Tantalus hatte es leichter.

Ich habe mir überlegt, was sich mit den Zeitreisen anfangen ließe, wenn die Geheimhaltungsvorschriften aufgehoben würden – kurze Zeitsprünge machen, Maschinen zur Rückkehr aufstellen und Teile mitnehmen. Aber eines Tages ein Sprung zuviel, und man kann für die Rückkehr nicht aufbauen, weil die Zeit für ›Eisenbahnen‹ noch nicht reif ist. Etwas ganz Einfaches, zum Beispiel eine

Speziallegierung, könnte alles verderben. Und dann darf man ja auch das ungeheuere Risiko nicht vergessen, daß man nicht weiß, in welche Richtungen man geschickt wird. Man stelle sich vor, daß man am Hof Heinrichs des Achten mit einer Ladung subflexibler Thorsen-Röhren für das 25. Jahrhundert landet. Lieber schon in den Roßbreiten in eine Windstille geraten.

Nein, man sollte nie ein Gerät auf den Markt bringen, bevor alle Unebenheiten ausgebügelt sind.

Aber ich zerbreche mir über ›Paradoxa‹ oder die ›Verursachung von Anachronismen‹ nicht den Kopf. Wenn ein Ingenieur aus dem 30. Jahrhundert alle Probleme lösen kann und dann Übergangsstationen errichtet, wird es dazu kommen, weil der Schöpfer das Universum so eingerichtet hat. Er gab uns Augen, zwei Hände, ein Gehirn; was wir mit ihnen anfangen, kann kein ›Paradox‹ sein. Er braucht keine Wichtigtuer, die Seine Gesetze ›durchsetzen‹; sie verschaffen sich selbst Gehorsam. Es gibt keine Wunder, und das Wort ›Anachronismus‹ ist, semantisch gesehen, ein leerer Ausdruck.

Aber ich mache mir über die Philosophie nicht mehr Gedanken als Pete. Wie die Wahrheit über unsere Welt auch aussehen mag, mir gefällt sie. Ich habe meine Tür zum Sommer gefunden, und ich denke nicht daran, jemals wieder durch die Zeit zu reisen, aus Angst, ich könnte an der falschen Station aussteigen. Vielleicht wird mein Sohn es versuchen, aber dann möchte ich ihm raten, vorwärtszugehen, nicht zurück. ›Zurück‹, das ist nur für Notfälle, die Zukunft ist besser als die Vergangenheit. Trotz der Romantiker und sonstigen Schwätzer wird die Welt besser, weil der menschliche Verstand in der Anpassung an die Umgebung sie verbessert. Mit den Händen ... mit Werkzeugen ... mit gesundem Menschenverstand, Wissenschaft und Technik.

Die meisten dieser langhaarigen Fasler können weder einen Nagel einschlagen noch mit einem Rechenschieber umgehen. Am liebsten würde ich sie in Doktor Twitchells Käfig einladen und sie ins zwölfte Jahrhundert zurückschicken – dort könnten sie sich amüsieren.

Aber ich bin auf keinen Menschen wütend, und mir gefällt meine Zeit. Nur Pete wird älter und ein wenig dicker. Mit jüngeren Gegnern läßt er sich nicht mehr gerne ein; nur allzubald muß er den ganz langen Schlaf tun. Ich hoffe von ganzem Herzen, daß seine tapfere kleine Seele für immer ihre Tür zum Sommer findet, wo Felder von Katzenminze wuchern, alle Katzen friedlich sind, und

Robotergegner fürchterliche Kämpfe liefern – aber immer verlieren –, wo es Menschen mit aufnahmebereiten Armen gibt, aber keinen Fuß, der nach ihnen tritt.

Ricky wird auch molliger, nur vorübergehend und aus gutem Grund. Sie ist noch schöner geworden, aber dieser Zustand ist doch reichlich unangenehm für sie, wie für alle Frauen. Ich arbeite an Geräten, die manches erleichtern. Es ist einfach nicht besonders bequem, eine Frau zu sein; man sollte gegen das Bücken, gegen die Rückenschmerzen etwas unternehmen – daran arbeite ich, und ich habe ihr ein hydraulisches Bett gebaut, das ich vielleicht patentieren lasse. Es müßte auch leichter gemacht werden, in eine Badewanne zu steigen. Dafür weiß ich noch keine Lösung.

Für unseren alten Pete habe ich eine Katzentoilette gebaut – für schlechtes Wetter –, automatisch, hygienisch und geruchlos. Pete zieht es aber vor, nach draußen zu gehen, und er hat seine Überzeugung nicht aufgegeben, daß irgendeine Tür in den Sommer führen muß, wenn man nur lange genug danach sucht.

Ich glaube, er hat recht.

DIE TRAMPS VON LUNA

Titel der amerikanischen Originalausgabe:
The Rolling Stones

Aus dem Amerikanischen übertragen von
Birgit Reß-Bohusch

I

Die Brüder begutachteten das alte Wrack. »Schrott«, entschied Castor.

»Kein Schrott«, widersprach Pollux. »Ein altes Monstrum — zugegeben. Eine Badewanne. Aber kein Schrott.«

»Du bist ein Optimist, Kleiner.«

Beide Jungen waren fünfzehn; aber Castor war zwanzig Minuten älter als sein Bruder.

»Ich bin zuversichtlich — und du solltest es besser auch sein. Darf ich dich vielleicht daran erinnern, daß wir nicht genug Geld für etwas Besseres haben? Oder hast du Angst, das Ding hochzujagen?«

Castor sah an dem Schiff entlang in die Höhe. »Überhaupt nicht; denn es kommt gar nicht hoch genug, um ordentlich abzustürzen. Wir brauchen ein Schiff, das uns zu den Asteroiden hinausbringt — klar? Diese verhutzelte Zigarre schafft es nicht einmal bis zur Erde.«

»Sie wird es schaffen, wenn ich sie überhole — mit deiner linkischen Hilfe. Sehen wir uns einmal rasch an, was sie alles braucht.«

»Hör mal, Opa, kaufen wir ein Schiff, oder ist das Abendessen wichtiger?«

Castor zuckte mit den Schultern. »Ganz wie du meinst, Kleiner.« Er schob die Antenne zusammen und kletterte die Strickleiter nach oben, die man für etwaige Käufer angebracht hatte. Er benutzte nur seine Hände, und trotz des plumpen Raumanzuges waren seine Bewegungen leicht und geschmeidig. Pollux folgte ihm.

Castors Laune besserte sich, als sie den Kontrollraum betraten. Das Schiff war nicht, wie die meisten anderen hier, ausgeschlachtet worden. Gewiß, der Ballistik-Computer fehlte, aber die übrigen Astrogationsinstrumente waren an ihrem Platz, und auch die Bedienungselemente im Maschinenraum schienen vollständig zu sein. Die verbeulte Kiste war kein Wrack — nur ziemlich veraltet. Eine hastige Überprüfung der übrigen Räume schien das zu bestätigen.

Zehn Minuten später drängte Castor seinen Bruder die Leiter hinunter. Er dachte immer noch an das Abendessen. Als Castor den Boden erreicht hatte, fragte Pollux: »Na?«

»Ich übernehme das Verhandeln.«

Das Verkaufsbüro des Platzes befand sich in einer Plastikkuppel etwa eine Meile entfernt. Sie liefen mit den langen, lockeren Sprüngen der geübten Mondbewohner darauf zu. An der Luftschleuse des Büros stand ein großes Schild mit der Aufschrift:

ALTEISEN-DAN
Der Mann, den Sie suchen
Schiffe aller Art — Ersatzteile —
Altmetall — Treibstoff-Service
(AEC-Lizenz Nr. 739024)

Sie betraten die Schleuse und halfen einander beim Lösen der Helme. Das äußere Büro war mit einem Gitter versehen, hinter dem ein Mädchen arbeitete. Im Augenblick feilte sie ihre Fingernägel und sah sich die Nachrichten an. Sie sprach, ohne die Blicke vom Bildschirm zu wenden: »Wir kaufen nichts, Jungs — und Arbeit haben wir auch keine.«

»Sie verkaufen Raumschiffe?« fragte Castor.

Sie sah auf. »Viel zu selten.«

»Dann sagen Sie Ihrem Boß, daß wir ihn sprechen möchten.«

Ihre Augenbrauen hoben sich. »Sonny, wen willst du wohl an der Nase herumführen? Meister Ekizian ist ein vielbeschäftigter Mann.«

Pollux sagte zu Castor: »Gehen wir hinüber zum Ungarn,

Cas. Die Leute hier wollen gar kein Geschäft machen.«

»Schon möglich.«

Das Mädchen sah vom einen zum anderen, zuckte mit den Schultern und drückte auf eine Taste. »Mister Ekizian — da sind zwei Pfadfinder, die behaupten, daß sie ein Raumschiff kaufen möchten. Wollen Sie sich mit ihnen abgeben?«

Eine tiefe Stimme erwiderte: »Und warum nicht? Schließlich haben wir Schiffe zu verkaufen.«

Nach kurzer Zeit kam ein glatzköpfiger, behäbiger Mann aus dem inneren Büro. Er trug einen verknautschten Mondanzug und stützte sich müde auf das Trenngeländer. Seine Blicke waren scharf, doch seine Stimme klang jovial. »Ihr wollt mich sprechen?«

»Sie sind der Besitzer?« fragte Castor.

»Dan Ekizian höchstpersönlich. Verratet mir, was ihr wollt, Jungs. Zeit ist Geld.«

»Ihre Sekretärin hat Ihnen bereits Bescheid gesagt«, erklärte Castor nicht gerade höflich. »Ein Raumschiff.«

Alteisen-Dan betrachtete sie. »Tatsächlich? Was wollt ihr mit einem Raumschiff anfangen?«

»Fertigen Sie Ihre Kunden immer hier draußen ab?« fragte Castor und warf einen Blick auf das Mädchen.

Ekizian zuckte mit den Schultern. »Verzeihung. Kommt herein.« Er öffnete die Tür im Geländer, führte sie in sein Büro und bot ihnen Stühle an. Als er ihnen zeremoniell Zigarren reichte, lehnten die Jungen ebenso zeremoniell ab. »Also, heraus damit, Jungs. Und keine Scherze.«

»Wir brauchen ein Raumschiff«, wiederholte Castor.

Der Händler machte schmale Lippen. »Eine Luxusjacht vielleicht? Im Moment habe ich keine da, aber ich könnte eine ankaufen.«

Pollux stand auf. »Er macht sich über uns lustig, Cas. Gehen wir zu dem Ungarn.«

»Einen Augenblick, Pol. Mister Ekizian, Sie haben auf der Südseite des Platzes eine alte Schrottkutsche stehen, einen 93er *Detroiter*, Klasse VII. Wieviel verlangen Sie pro Tonne

Altmetall?«

Der Händler sah sie überrascht an. »Das hübsche kleine Ding? Also, ich könnte es mir nicht leisten, das Schiff als Schrott herzugeben. Und überhaupt, selbst als Schrott würde es noch eine Menge Geld kosten. Wenn ihr auf Metall aus seid, Jungs, da habe ich das Richtige für euch. Sagt mir nur, wieviel und von welcher Sorte.«

»Wir sprachen über den *Detroiter.*«

»Ich glaube nicht, daß ich euch schon mal gesehen habe, Jungs.«

»Verzeihung, Sir. Ich bin Castor Stone. Das hier ist mein Bruder Pollux.«

»Freut mich, Mister Stone. Stone — Stone . . . Irgendwie verwandt mit den ›Unheiligen Zwillingen‹?«

»Lächeln Sie, wenn Sie das sagen«, meinte Pollux.

»Halte den Mund, Pol. Wir sind die Stone-Zwillinge.«

»Ihr habt das frostsichere Atmungsventil erfunden, nicht wahr?«

»Ja, das stimmt.«

»Ich habe selbst eines in meinem Anzug. Ein toller Trick — Ihr Jungs seid keine schlechten Ingenieure.« Er musterte sie von neuem. »Vielleicht meint ihr das mit dem Schiff wirklich ernst?«

»Aber natürlich.«

»Hm — ihr habt es nicht auf Schrott abgesehen; ihr braucht etwas zum Herumgondeln. Ich habe genau das Richtige für euch, einen *General Motors Springkäfer*, praktisch neu. Zwei Thoriumprospektoren kauften ihn und konnten nicht bezahlen. So mußte ich ihn zurückfordern. Die Laderäume sind nicht radioaktiv.«

»Kein Interesse.«

»Seht ihn euch doch an. Automatische Landung, und mit drei Sprüngen seid ihr rund um den Äquator. Genau das Richtige für zwei unternehmungslustige Männer.«

»Und der *Detroiter* — wieviel war der Schrottpreis?«

Ekizian sah gekränkt drein. »Das ist ein Schiff für den tiefen Raum, mein Sohn — als Transportmittel nützt er euch überhaupt nichts. Und als Schrott kann ich ihn nicht hergeben — kommt nicht in Frage. Es war eine Familienjacht. Nie über sechs g beschleunigt. Nie eine Notlandung gemacht. In dem Ding stecken noch Hunderte Millionen Meilen. Selbst wenn ihr mir den Fabrikpreis zahlen würdet, könnte ich das Schiff nicht als Schrott verkaufen. Es wäre eine Schande. Ich liebe Schiffe. Was nun diesen *Springkäfer* betrifft . . .«

»Sie können den *Detroiter* nur als Schrott abgeben«, erwiderte Castor. »Soviel ich weiß, sitzt er seit mindestens zwei Jahren auf Ihrem Alteisengelände. Wenn Sie gehofft hätten, ihn noch als Schiff loszuwerden, hätten Sie den Computer nicht ausgebaut. Die Kiste ist zerfressen, ihre Düsen taugen nichts mehr, und das Überholen kostet mehr, als sie wert ist. Was verlangen Sie also als Schrottpreis?«

Alteisen-Dan schaukelte in seinem Stuhl hin und her, er schien Qualen auszustehen. »Dieses Schiff verschrotten? Gebt ihr Sprit, und sie startet, wohin ihr wollt — Venus, Mars oder gar zu den Jupitermonden.«

»Wie lautet Ihr Barpreis?«

»Bar?«

»Bar.«

Ekizian zögerte und nannte dann einen Preis. Castor stand auf und sagte: »Du hattest recht, Pollux. Gehen wir hinüber zum Ungarn.«

Der Händler wand sich. »Und selbst wenn ich sie für mich selbst übernehmen würde, billiger wird sie nicht. Meine Partner lassen es nicht zu.«

»Komm, Pol.«

»Hört mal Jungs, ich kann euch nicht zu dem Ungarn lassen. Er betrügt euch garantiert.«

Pollux sah ihn wütend an. »Vielleicht tut er es wenigstens höflich.«

»Sei du still, Pollux«, meinte Castor und wandte sich an den Händler: »Entschuldigen Sie, Mister Ekizian, mein Bruder benimmt sich manchmal daneben. Aber aus dem Geschäft wird nichts.«

»Einen Augenblick. Euer Ventil war ja wirklich eine tolle Sache. Ich glaube, ich schulde euch etwas dafür.« Er nannte eine niedrigere Summe.

»Tut mir leid. Soviel haben wir nicht.« Er ging hinter Pollux her zur Tür.

»Wartet.« Ekizian nannte einen dritten Preis. »Bar«, fügte er hinzu.

»Gut.«

»Setzen Sie sich, meine Herren. Ich hole meine Sekretärin herein, und wir stellen die Papiere gleich aus.«

»Das eilt nicht«, meinte Castor. »Wir müssen uns erst noch ansehen, was der Ungar auf seinem Platz hat. Und die Regierungsverkaufsstelle ist auch noch da.«

»Wie? Der Preis gilt nur, wenn ihr sofort kauft. Alteisen-Dan hat keine Zeit, zweimal zu verhandeln.«

»Wir kommen morgen noch einmal vorbei. Wenn die Kiste bis dahin nicht verkauft ist, können wir ja weitermachen, wo wir heute aufgehört haben.«

»Wenn ihr den Preis halten wollt, müßt ihr eine Optionszahlung leisten.«

»Aber nein, wir verlangen keinesfalls, daß Sie ein Geschäft unseretwegen nicht machen. Wenn bis morgen jemand vorbeikommt, der das Schiff nimmt, wollen wir ihn nicht daran hindern. Komm jetzt, Pol.«

Ekizian zuckte mit den Schultern. »Hat mich gefreut, euch kennenzulernen, Jungs.«

»Danke, Sir.«

Als sie die Schleuse hinter sich schlossen und warteten, bis der Druckausgleich stattfand, sagte Pollux: »Du hättest ihm einen Optionspreis zahlen sollen.«

Sein Bruder sah ihn an. »Bei dir stimmt was nicht, Kleiner.«

*

Nachdem die Brüder Alteisen-Dan verlassen hatten, begaben sie sich im Laufschritt in Richtung Raumhafen, um noch rechtzeitig die Untergrundbahn zur Stadt zu erreichen. Wenn sie zum Abendessen daheim sein wollten, hatten sie noch eine knappe halbe Stunde Zeit. Normalerweise hätten sie nichts auf Pünktlichkeit gegeben, aber Castor begann nicht gern eine Familiendebatte, wenn er sich wegen irgendeiner Nebensache in der Defensive befand. Deshalb trieb er Pollux zur Eile an.

Auf halbem Wege wurden sie von einem Traktor der General Synthetics eingeholt. Sie winkten dem Fahrer, und der Mann fragte per Funk: »Was gibt's?«

»Sie sind doch sicher zur Terra-Fähre unterwegs?«

»Natürlich.«

»Mensch, das ist Jefferson«, sagte Pollux. »He, Jeff — wir sind es, Cas und Pol. Kannst du uns an der Bahnstation absetzen?«

»Klettert nur nach oben.« Neugierig fuhr er fort: »Was bringt euch potentielle Selbstmörder in diese Außenbezirke der Kultur?«

Castor zögerte und sah Pollux an. Sie kannten Jefferson James seit einiger Zeit und hatten in der Stadtliga gegen ihn gespielt. Er war ein alter Mondhase, aber kein Eingeborener. Kurz bevor sie auf die Welt kamen, war er auf Luna gelandet, um Eindrücke für seinen Roman zu sammeln. Der Roman war immer noch nicht fertig.

Pollux nickte, und Castor fragte: »Kannst du ein Geheimnis behalten, Jeff?«

»Klar — aber vergeßt nicht, daß jeder x-beliebige unser Gespräch abhören kann. Sprecht lieber mit eurem Anwalt, bevor ihr ein Verbrechen begeht.«

Castor sah sich um, aber außer zwei Lastern in der Ferne war nichts zu erkennen. »Wir wollen ins Geschäft einsteigen.«

»Seid ihr das nicht schon?«

»Es geht um etwas ganz Neues — interplanetarischer Handel. Wir wollen ein Schiff kaufen und es selbst lenken.«

Der Fahrer stieß einen Pfiff aus. »Erinnert mich daran, daß ich meine Exportaktien schleunigst verkaufe. Wann soll denn die große Sache starten?«

»Wir sind dabei, ein Schiff zu kaufen. Weißt du etwas Ordentliches?«

»Ich werde meine Spione verständigen.« Danach schwieg er, weil der Verkehr in Richtung Raumhafen ständig zunahm. »So, hier sind wir«, meinte er nach einer Weile. Die Jungen kletterten von der Ladefläche, und er fügte hinzu: »Wenn ihr noch ein Mannschaftsmitglied braucht, denkt an mich.«

»Gut, Jeff. Danke fürs Mitnehmen.«

Dennoch kamen sie zu spät. Ein Trupp Soldaten füllte den ersten Wagen; als der nächste eintraf, hatten die Passagiere des inzwischen gelandeten terranischen Schiffes den Vorrang. Und danach mußten sie mit der abgelösten Arbeiterschicht von General Synthetics um Plätze kämpfen. Als sie die Wohnung erreichten, war das Abendessen längst vorbei.

Mister Stone sah auf, als sie hereinkamen. »Ah! Ihr habt wohl auswärts gegessen?« Er hatte ein Tonband auf dem Schoß und ein Mikrofon um den Hals.

»Paps, es war unvermeidlich«, begann Castor. »Wir . . .«

»Es ist immer unvermeidlich«, unterbrach ihn sein Vater. »Die Einzelheiten interessieren mich nicht. Euer Essen ist warmgestellt. Ich wollte es zurückschicken, aber eure Mutter wurde weich.«

Dr. Stone sah von ihrem Platz am anderen Ende des Wohnzimmers auf, wo sie ihre älteste Tochter Meade modellierte. »Korrektur«, erklärte sie. »Euer Vater wurde weich. Ich hätte euch verhungern lassen. Meade, hör' auf, dich dauernd umzudrehen.«

»Schach«, verkündete ihr vierjähriger Bruder und erhob sich vom Fußboden, wo er mit Großmutter Schach gespielt hatte. Er lief auf die beiden zu. »He, Cas, Pol, wo wart ihr? Am Hafen? Warum habt ihr mich nicht mitgenommen? Und habt ihr mir was mitgebracht?«

Castor packte ihn an den Füßen und hob ihn hoch, daß sein Kopf nach unten pendelte. »Ja. Nein. Vielleicht. Hier, Pol — fang ihn.« Er ließ den Kleinen durch die Luft segeln. Sein Zwillingsbruder fing ihn auf — ebenfalls an den Beinen.

»Selber Schach«, verkündete Großmutter, »und matt in drei Zügen. Lowell, laß dich von der Familie nicht ablenken.«

Der Kleine pendelte in der Luft und sah auf das Schachbrett hinunter. »Falsch, Hazel. Jetzt lasse ich dich meine Königin nehmen und dann — *boiing*!«

Seine Großmutter sah wieder das Brett an. »Wie? Moment — angenommen, ich lasse dir die Königin und . . . also, dieser Fratz! Hat er mich schon wieder erwischt!«

»Du solltest ihn nicht so oft gewinnen lassen, Hazel«, sagte Meade. »Das verdirbt ihn.«

»Meade, zum neunten Mal, dreh dich nicht dauernd um!«

»Entschuldige, Mutter. Machen wir eine Pause.«

Großmutter fauchte: »Du glaubst doch nicht, daß ich mich absichtlich schlagen lasse? Spiel' du mal mit ihm! Mir reicht es.«

Meade sprach im gleichen Augenblick wie ihre Mutter; Pollux warf den Kleinen zurück zu Castor und meinte: »Nimm du ihn. Ich will jetzt essen.«

Das Kind quietschte.

Mister Stone brüllte: »RUHE!«

»Und ich will nichts mehr hören«, fuhr er fort. Er nahm das Mikrofon ab. »Wie soll ein Mensch bei diesem Höllenlärm seinen Lebensunterhalt verdienen? Dieses Kapitel muß noch einmal vollkommen überarbeitet, morgen nach New York geschickt, gefilmt, verteilt und gesendet werden. Das ist unmöglich.«

»Dann laß es doch«, erklärte Dr. Stone heiter. »Oder arbeite in deinem Zimmer — es ist schalldicht.«

Mister Stone wandte sich seiner Frau zu. »Liebling, ich habe dir schon tausendmal erklärt, daß ich allein nicht arbeiten kann. Ich schlafe ein.«

»Wie wird es, Vater?« fragte Castor. »Hart?«

»Nun, wenn du mich schon fragst, die Gauner sind ein gutes Stück voraus, und ich sehe noch keine Chance für die Helden.«

»Mir fiel etwas ein, während Pol und ich draußen waren. Du läßt den Kleinen, den du in die Handlung eingeführt hast, nachts in den Kontrollraum schleichen. Sie denken nicht an ihn, verstehst du, er ist so jung, daß sie ihn nicht in Eisen geschlossen haben. Sobald er im Kontrollraum ist . . .« Castor unterbrach sich und sah ratlos drein. »Nein, das geht nicht; er ist zu jung, um das Schiff zu bedienen.«

»Weshalb denn?« widersprach sein Vater. »Ich muß nur dafür sorgen . . .« Seine Blicke gingen in die Ferne. »Nein«, sagte er.

»Doch nicht so gut, was?«

»Wie? Was? Es ist faul, aber vielleicht kann ich es trotzdem benutzen. Stevenson hat in seiner Schatzinsel etwas Ähnliches gemacht — und er hatte es, glaube ich, von Homer. Mal sehen, wenn wir . . .« Wieder versank er in Trance.

Pollux hatte den Warmhalteschrank geöffnet. Castor ließ seinen kleinen Bruder los und fing das Essenspaket auf, das ihm sein Zwilling zuwarf. Er öffnete es. »Schon wieder Fleischpastete«, stellte er angewidert fest. »Und synthetisch noch dazu.«

»Sag' das noch einmal lauter«, munterte ihn seine Schwester auf. »Ich versuche, Mutter seit Wochen zu einem anderen Restaurant zu bewegen.«

»Nicht sprechen, Meade«, erklärte Dr. Stone. »Ich modelliere gerade deinen Mund.«

Großmutter Stone runzelte die Stirn. »Ihr Jungen habt es zu leicht. Als ich auf den Mond kam, gab es eine Zeitlang nur Sojabohnen und Pulverkaffee.«

»Hazel«, erwiderte Meade, »das letzte Mal hast du von Tee gesprochen.«

»Wer lügt hier, mein Fräulein, du oder ich?« Hazel stand auf und ging zu ihren Zwillingsenkeln. »Was habt ihr auf

Ekizians Schrottplatz gesucht?«

Castor sah Pollux an, und der erwiderte den Blick. Vorsichtig fragte Castor: »Woher weißt du denn das?«

»Versucht nicht, eure Großmutter anzuschwindeln. Wenn man . . .«

». . . so lange auf dem Mond war wie ich . . .«, stimmte die Familie im Chor ein.

Hazel zog die Nase kraus. »Manchmal frage ich mich, weshalb ich geheiratet habe.«

»Versuche lieber nicht, die Frage zu beantworten«, meinte ihr Sohn und wandte sich den Zwillingen zu: »Nun, was habt ihr wirklich da draußen gemacht?«

Castor konsultierte Pollux mit einem Blick und begann: »Also, Paps, es ist so . . .«

Sein Vater nickte. »Eure besten Ideen fangen immer so an. Alles aufpassen!«

»Du weißt doch — das Geld, das du für uns verwaltest . . .?«

»Was ist damit?«

»Drei Prozent Zinsen sind nicht sehr viel.«

Mister Stone schüttelte heftig den Kopf. »Eure Dukaten werden nicht in irgendein verrücktes Unternehmen investiert. Vielleicht waren Finanzgenies in meiner Generation nicht in Mode, aber ich verspreche euch, daß ich euch das Geld eines Tages so übergebe, wie ich es bekommen habe.«

»Das ist es ja. Es macht dir Sorgen. Du wärst sie los, wenn du uns das Geld gleich geben würdest.«

»Nein. Ihr seid zu jung.«

»Zum Verdienen waren wir nicht zu jung.«

Seine Mutter kicherte. »Jetzt haben sie dich festgenagelt.«

Dr. Stone sagte heiter: »Streite nicht mit Roger, wenn er die Zwillinge maßregelt, Mutter. Meade, dreh dich etwas nach links.«

Mister Stone meinte: »Das ist richtig, Cas. Aber ihr seid vielleicht doch zu jung, um das Geld zusammenzuhalten. Worauf wollt ihr hinaus?«

Castor blinzelte, und Pollux löste ihn ab. »Paps, wir haben eine wirklich ein-ma-lige Gelegenheit, dieses Geld für uns arbeiten zu lassen. Nichts Verrücktes, wirklich nicht. Wir sehen jeden Penny vor uns. Und wir könnten herrliche Gewinne machen.«

»Hmm — wie?«

»Wir kaufen ein Schiff und setzen es als Transportmittel ein.«

Als sein Vater den Mund öffnete, fügte Castor rasch hinzu: »Wir können einen *Detroiter* billig bekommen und selbst überholen. Wir brauchen also keinen Cent Reparaturkosten zu bezahlen.«

Pollux schloß lückenlos an: »Du hast selbst gesagt, daß wir geborene Mechaniker sind, Paps.«

»Wir würden das Ding wie ein rohes Ei behandeln; schließlich wäre es unser eigenes Schiff«, meinte Castor.

Pollux: »Wir haben beide Flugscheine, für den Kontroll- und Maschinenraum. Wir brauchen also nicht einmal eine Mannschaft.«

Castor: »Keinen Boß — große Klasse.«

Pollux: »Wir bringen Handelsgüter zu den Asteroiden hinaus und kommen mit hochwertigen Erzen zurück. Es kann gar nichts schiefgehen.«

Castor: »Vierhundert Prozent Gewinn, vielleicht fünfhundert.«

Pollux: »Eher noch sechshundert.«

Castor: »Wir würden dich nicht dauernd ärgern.«

Castor: »Und würden nicht zum Abendessen zu spät kommen.«

Pollux hatte den Mund bereits wieder geöffnet, als sein Vater »RUHE!« brüllte. Er fuhr fort: »Edith, bring das Faß. Diesmal wird es ernst.« Mister Stone vertrat die — oft ausgesprochene — Theorie, daß man Söhne in einem Faß aufziehen und durch das Spundloch füttern solle. In der Praxis existierte das Faß nicht.

Dr. Stone sagte: »Ja, Liebling«, und modellierte weiter.

Großmutter Stone sagte: »Verschwendet euer Geld nicht an einen *Detroiter*. Sie sind instabil; das Gyrosystem funktioniert nicht recht. Ich möchte keinen geschenkt. Warum nehmt ihr keine *Douglas*?«

Mister Stone wandte sich an seine Mutter: »Hazel, wenn du die Jungen zu diesem Unsinn noch ermutigst . . .«

»Überhaupt nicht! Eine rein intellektuelle Diskussion. Mit einer *Douglas* könnten sie Geld verdienen. Eine *Douglas* hat ein sehr vorteilhaftes . . .«

»Hazel!«

Seine Mutter schwieg und sagte dann nachdenklich vor sich hin: »Ich weiß, daß es auf dem Mond Redefreiheit gibt; ich habe es selbst in die Charta eingetragen.«

Roger Stone wandte sich wieder seinen Söhnen zu: »Hört mal her, Jungs. Als sich die Handelskammer entschloß, die Pilotenausbildung in ihr Jugendwohlfahrtsprogramm aufzunehmen, war ich voll und ganz dafür. Ich war sogar für die Pilotenlizenzen, die sie an Absolventen ihrer Kurse ausgaben. Als ihr beide mit euren Urkunden ankamt, war ich stolz auf euch. Es ist ein Beruf für junge Männer; Handelspiloten beginnen mit achtzehn und . . .«

». . . werden mit dreißig aus dem Verkehr gezogen«, ergänzte Castor. »Wir haben also keine Zeit zu verschwenden.«

»Halte den Mund. Jetzt rede ich eine Weile. Wenn ihr glaubt, daß ich dieses Geld von der Bank hole und euch Teufelsbraten in einem Schrotthaufen losschicke, der in die Luft geht, sobald ihr zwei g überschreitet, dann habt ihr euch gewaltig getäuscht. Außerdem sollt ihr im September auf die Erde. Die Vorlesungen beginnen.«

»Wir waren schon auf der Erde«, erwiderte Pollux.

»Und es war abscheulich«, ergänzte Castor.

»Und soo laut.«

»Überall Erdmaden«, beendete Castor die Beschreibung.

Mister Stone winkte ab. »Zwei Wochen wart ihr dort — das reicht nicht, um sich ein Urteil zu bilden. Es wird euch gefallen, wenn ihr euch erst einmal daran gewöhnt habt. Ihr könnt reiten, Baseball spielen und segeln lernen.«

»Segeln — in einem schmutzigen Meer«, maulte Castor.

»Pferde sind zum Essen da.«

»Und dann Baseball«, fuhr Castor fort. »Es ist unpraktisch. Wie kann man sich bei einem g die Wurfkurven ausrechnen? Wir sind keine Wunderkinder.«

»*Ich* habe Baseball gespielt.«

»Du bist auch bei einem g aufgewachsen; du hast ein verzerrtes Bild von der Physik. Überhaupt, weshalb sollen wir Baseball spielen? Wenn wir heimkommen, nützt es uns überhaupt nichts. Wir würden höchstens das Helmglas dabei zerbrechen.«

Mister Stone schüttelte den Kopf. »Spiele sind ja nicht die Hauptsache. Mir egal, ob ihr euch mit Baseball anfreundet oder nicht. Aber ihr braucht eine Ausbildung.«

»Und bekommen wir die am Luna-City-Technikum nicht? Und wenn nicht, weshalb? Paps, du warst schließlich selbst im Erziehungsbeirat.«

»Nein, war ich nicht — ich war Bürgermeister.«

»Was dich automatisch zum Mitglied ex officio machte — Hazel hat es uns erzählt.«

Mister Stone sah seine Mutter an, aber die schaute interessiert in eine andere Richtung. »Das Technikum ist eine gute Schule«, erklärte er. »Aber wir können nicht behaupten, daß wir hier alles zu bieten haben. Schließlich ist der Mond immer noch ein Außenposten, ein Grenzbereich, der . . .«

»Aber du hast in deiner Abschiedsrede als Bürgermeister gesagt, daß Luna City das Athen der Zukunft und die Hoffnung eines neuen Zeitalters sei«, meinte Pollux.

»Dichterische Freiheit. Das Technikum ist dennoch nicht Harvard. Wollt ihr Jungs denn nicht die großen Kunstwerke der Erde sehen? Wollt ihr nicht die einmalige Literatur kennenlernen?«

»*Ivanhoe* haben wir gelesen«, sagte Castor.

»Und *Die Mühle am Bach* interessiert uns nicht«, fügte Pollux hinzu.

»Deine Sachen sind schöner.«

»Meine Sachen? Die haben doch mit Literatur nichts zu tun. Die sind so etwas wie Zeichentrickfilme.«

»Uns gefallen sie«, sagte Castor fest.

Sein Vater holte tief Atem. »Vielen Dank. Das erinnert mich daran, daß ich heute abend noch ein ganzes Kapitel fertig machen muß. Ich werde die Diskussion also abbrechen. Erstens könnt ihr ohne meinen Daumenabdruck nicht an das Geld heran — von jetzt an werde ich übrigens Handschuhe tragen. Und zweitens seid ihr beide zu jung für eine unbeschränkte Pilotenlizenz.«

»Du könntest eine Erklärung für uns unterschreiben, daß wir das System verlassen dürfen. Und wenn wir zurückkommen, sind wir alt genug für die volle Lizenz.«

»Ihr seid zu jung!«

Castor sagte: »Also, Paps, vor einer halben Stunde hast du mir für dein Kapitel einen Gag abgenommen, in dem ein Elfjähriger ein ganzes Schiff steuert.«

»Ich werde sein Alter heraufsetzen.«

»Dann ist der Gag verpfuscht.«

»Verdammt! Es ist doch nur Unterhaltungslektüre — und miese Unterhaltung obendrein. Kitschiges Zeug, gerade recht für Warenwerbung.« Er sah seinen Sohn plötzlich mißtrauisch an. »Cas, du hast mir den Gag absichtlich aufgeschwätzt. Nur um dir ein Argument bei deinem verrückten Plan zu verschaffen — habe ich recht?«

Castor sah ihn unschuldig an. »Also, Vater, wie kannst du so etwas denken?«

»Sag' nicht ›Vater‹ zu mir! Ich kann eine *Hawk* nicht von einer *Hanshaw* unterscheiden.«

»Das kann doch jeder«, mischte sich Großmutter Hazel ein. »Die *Hawk* ist ein reines Handelsschiff, während die *Hanshaw* hauptsächlich als Sportjacht verwendet wird. Wenn ich es bedenke, Jungs, ist eine *Hanshaw* vielleicht noch besser als eine *Douglas.* Mir gefällt die genaue Steuerung und . . .«

»Hazel!« fauchte ihr Sohn. »Hör' auf, die Jungen zu unterstützen! Und gib nicht so an! Du bist nicht der einzige Ingenieur in der Familie!«

»Aber der einzige gute«, erwiderte sie friedlich.

»Tatsächlich? Bisher hat sich noch niemand über meine Arbeit beschwert.«

»Weshalb hast du sie dann aufgegeben?«

»Das weißt du genau. Da plagt man sich monatelang mit ekligen Zahlen, und was hat man am Ende? Eine Reparaturwerft. Oder ein Stampfwerk. Und wen kümmert das?«

»Also bist du kein Ingenieur. Du bist nur ein Mann, der diesen Beruf zufällig erlernt hat.«

»Und du? Du bist auch nicht dabeigeblieben.«

»Nein«, gab sie zu. »Aber aus anderen Gründen. Ich mußte miterleben, wie drei affige Männer vor mir befördert wurden, obwohl keiner von ihnen eine partielle Integration ohne Bleistift durchführen konnte. Das ließ mich zu der Überzeugung gelangen, daß die Atomenergie-Kommission etwas gegen weibliche Angestellte hatte, auch wenn es nicht den Regeln des öffentlichen Dienstes entsprach. Und da begann ich eben zu schmuggeln. Luna City bot damals noch nicht sehr viel — und ich mußte dich ernähren.«

Der Streit schien langsam abzuebben; Castor fand, daß es Zeit wurde, ihn wieder zu schüren. »Hazel, glaubst du wirklich, daß wir eine *Hanshaw* nehmen sollen? Ich weiß nicht, ob wir uns das leisten können.«

»Hm, bei einer *Hanshaw* braucht ihr ein drittes Mannschaftsmitglied . . .«

»Möchtest du dich nicht einkaufen?«

Mister Stone mischte sich ein. »Hazel, ich lasse es nicht zu, daß du die Kerle ermutigst.«

»Mit mir kannst du nicht streiten. Wenn man fünfundneunzig ist, hat man ziemlich feste Anschauungen von der Welt.«

»Fünfundneunzig! Letzte Woche warst du fünfundachtzig!«

»Es war auch eine schwere Woche. Aber zurück zum Thema — warum wirst *du* nicht ihr Partner? Du könntest mitfliegen und sie vor Schwierigkeiten bewahren.«

»Was? Ich?« Mister Stone holte tief Luft. »Erstens könnte ein ganzes Kommando von Raumsoldaten diese beiden Möchtegern-Napoleons nicht vor Schwierigkeiten bewahren. Ich weiß es, denn ich habe es bereits versucht. Zweitens hasse ich *Hanshaws*, weil sie soviel Treibstoff verbrauchen. Drittens muß ich wöchentlich drei Kapitel für *Die Geißel des Universums* abliefern — einschließlich der heutigen Episode, die aber niemals fertig wird, wenn die Familie nicht endlich den Mund hält.«

»Roger«, entgegnete seine Mutter, »ein Streit ist für unsere Familie wie Wasser für den Fisch. Und kein Mensch hat von dir verlangt, daß du eine *Hanshaw* kaufst. Was deinen dritten Punkt angeht — gib mir eine leere Spule, und ich diktiere die nächsten drei Kapitel heute abend beim Haarebürsten.« Hazels Haar war immer noch dicht und rot. Bis jetzt hatte sie noch niemand dabei ertappt, daß sie es färbte. »Überhaupt wird es höchste Zeit, daß du den Vertrag brichst; deine Wette hast du gewonnen.«

Ihr Sohn zuckte zusammen. Vor zwei Jahren hatte er sich zu einer Wette verleiten lassen, daß er besseres Zeug als das schreiben konnte, was von der Erde herauf gesendet wurde. Und er war mit Schecks und Optionszahlungen geradezu bombardiert worden. »Ich kann es mir nicht leisten, aufzuhören«, sagte er schwach.

»Was nützt dir das Geld, wenn du keine Zeit hast, es auszugeben? Gib mir die Spule und das Mikrofon.«

»Du kannst nicht schreiben.«

»Wollen wir wetten?«

Ihr Sohn zog sich zurück. Bis jetzt hatte noch kein Mensch eine Wette gegen Hazel gewonnen. »Das steht außer Frage. Ich habe Edith, Meade und Buster zu versorgen.«

Meade drehte sich herum. »Mich brauchst du nicht einzubeziehen, Paps. Ich würde liebend gern durch die Gegend gondeln. Ich war noch *nirgends* — bis auf die eine Reise zur Venus und die zwei Ausflüge nach New York.«

»Halt still, Meade«, sagte Dr. Stone ruhig. Sie wandte sich an ihren Mann: »Weißt du, Roger, ich dachte erst kürzlich darüber nach, wie beengt wir hier leben. Und wir waren wirklich nirgends mehr, seit wir von der Venus zurückkamen. Meade hat recht.«

Mister Stone starrte sie an. »Du auch? Edith, diese Wohnung ist größer als jede Schiffskabine. Du weißt das.«

»Ja, aber ein Schiff kommt einem größer vor. Im freien Fall kann man den Raum viel besser ausnützen.«

»Liebling, heißt das, daß du diesen Unsinn unterstützt?«

»Aber nein! Ich habe ganz allgemein gesprochen. Doch an Bord eines Schiffes schläft man besser. Du schnarchst im freien Fall nicht.«

»Ich schnarche nie!«

Dr. Stone gab keine Antwort. Hazel kicherte. Pollux blinzelte seinem Bruder zu, und Castor nickte. Die beiden gingen stillschweigend auf ihr Zimmer. Es war schwer, Mutter in einen Familienstreit hineinzuziehen; aber es lohnte sich. Wichtige Dinge wurden immer erst entschieden, wenn sie mitmachte.

Meade klopfte kurze Zeit später an ihrer Tür; Castor ließ sie herein und sah sie an. Sie war gekleidet, als müßte sie in den amerikanischen Westen ziehen. »Schon wieder ein Square-Dance-Fest?«

»Heute sind die Ausscheidungen. Hör' mal, Cas, selbst wenn Paps das Geld herausrückt, könnte man euch wegen der Altersgrenze auf Eis legen.«

»Wir rechnen mit einer Mündigkeitserklärung.«

»Aber vielleicht bekommt ihr sie nicht. Dann denkt daran, daß ich nächste Woche achtzehn werde. Bis später.«

»Gute Nacht.«

Als sie fort war, sagte Pollux: »Die spinnt. Die hat noch nicht mal die begrenzte Lizenz.«

»Nein, aber sie hatte Astrogation in der Schule, und den Rest könnten wir ihr beibringen.«

»Cas, du bist verrückt. Wir können sie nicht durch das ganze System mitschleppen. Mädchen sind nur eine Last.«

»Falsch, Kleiner. Du wolltest ›Schwestern‹ sagen — Mädchen sind nämlich okay.«

Pollux überlegte. »Da hast du wohl recht.«

»Ich habe immer recht.«

»Oh? Und wie war das mit der flüssigen Luft?«

»Sei doch nicht kleinlich.«

Großmutter Hazel streckte als nächste den Kopf herein. »Nur ein kurzer Lagebericht, Jungs. Euer Vater ist groggy, aber er kämpft noch wacker.«

»Wird er uns an das Geld heranlassen?«

»Sieht bis jetzt nicht so aus. Sagt mal, wieviel verlangte Ekizian für diesen *Detroiter*?«

Castor nannte ihr die Summe, und sie pfiff durch die Zähne. »Der Ganove«, sagte sie leise. »Diese unverschämte Erdmade — ich werde dafür sorgen, daß sie ihm die Lizenz abnehmen.«

»Oh, wir haben uns zu nichts verpflichtet.«

»Unterschreibt erst, wenn ich neben euch stehe. Ich weiß, wie man mit dem Gauner fertig wird.«

»In Ordnung. Hazel, glaubst du wirklich, daß ein *Detroiter VII* instabil ist?«

Sie runzelte die Brauen. »Die Kreisel sind zu leicht für das Schwerkraftmoment des Schiffes. Ich hasse es, wenn Schiffe schaukeln. Wenn wir ein Tripel-Duo-Kreiselsystem von einem alten Kriegsschiff ergattern könnten, ließe sich damit etwas anfangen. Ich werde mich einmal umhören.«

Sehr viel später sah Mister Stone bei ihnen vorbei. »Immer noch wach, Jungs?«

»Ja, komm nur herein.«

»Um noch einmal auf unser Gespräch von heute abend zurückzukommen . . .«

»Gibst du uns das Geld?« fragte Pollux.

Castor stieß ihm in die Rippen, aber es war bereits zu spät. Ihr Vater sagte: »Kommt nicht in Frage, das wißt ihr. Ich wollte nur folgendes fragen: Habt ihr bei eurer Suche auch größere Schiffe gesehen?«

Castor sah ihn verständnislos an. »Nein, Sir. Größere Schiffe können wir uns nicht leisten — oder, Pol?«

»Niemals. Weshalb fragst du, Paps?«

»Nur so. Gute Nacht.«

Er ging. Die Zwillinge sahen einander an und reichten sich feierlich die Hand.

2

Beim Frühstück am nächsten Morgen — »Morgen« natürlich nach Greenwich-Zeit — spielten die Stones die Episode, die Hazel am Abend zuvor für Mister Stones Marathonserie diktiert hatte. Großmutter Hazel hatte die Spule in aller Frühe in die Kopiermaschine gesteckt, und so war für jeden ein Exemplar da. Sogar Buster hatte eine kleine Seite, und Hazel spielte mehrere Rollen zugleich, wobei ihre Stimme von einem knarrenden Baß zum höchsten Sopran umschlug.

Alle ließen sich fesseln — nur Mister Stone nicht, der mit einer säuerlichen Mich-bringt-ihr-nicht-zum-Lachen-Miene danebensaß.

Hazel kippte bei dem grandiosen Finale an der Klippe ihren Kaffee um. Sie holte die Tasse aus der Luft und hielt eine Serviette unter die braune Flut, bevor sie in der geringen Schwerkraft des Mondes den Boden erreichte. »Nun?« wandte sie sich an ihren Sohn, immer noch atemlos von den Versuchen des galaktischen Herrschers, seinem gerechten Schicksal zu entgehen. »Ist das nicht Zucker? Haben wir ihnen eine Gänsehaut verschafft oder nicht?«

Roger Stone gab keine Antwort, sondern rümpfte nur die Nase. Hazel sah ihn erstaunt an. »Es hat dir *nicht* gefallen?

Also, Roger, ich glaube, du bist eifersüchtig. Ich hätte nie gedacht, daß ein Sohn auf seine eigene Mutter neidisch sein könnte. Was habe ich da großgezogen?«

Buster meldete sich zu Wort. »Mir hat es gefallen. Spielt noch mal die Stelle, wo ich den Raumpiraten erschieße.« Er deutete mit spitzem Finger auf die Familie und zischte dazu. »Uiii! Blut an allen Wänden!«

»Da hast du die Antwort, Roger. Dein Publikum. Wenn es Buster gefällt, bist du im Geschäft.«

»Ich fand es aufregend«, warf Meade ein. »Was hat dir nicht gefallen, Paps?«

»Ja«, forderte ihn Hazel kriegerisch auf. »Los, sag's uns!«

»Also schön. Erstens vollführen Raumschiffe keine Drehungen von hundertachtzig Grad.«

»Meines schon!«

»Zweitens — was zum Kuckuck soll der Blödsinn mit dem galaktischen Herrscher? Wie kam denn der ins Spiel?«

»Ach, der? Sohn, dein Stück war am Einschlafen, und da gab ich ihm eine Spritze.«

»Aber ›galaktischer Herrscher‹! Das hat soo einen Bart.«

»Ist das schlimm? Nächste Woche werde ich die *Hamlet* mit Atomantrieb ausstatten und mit der *Othello* in Verbindung bringen. Glaubst du, daß Shakespeare mich deswegen verklagt?«

Roger Stone zuckte mit den Schultern. »Ich schicke es ein. Wir haben keine Zeit mehr für eine zweite Version, und im Vertrag steht nicht, daß das Zeug gut sein muß. Außerdem wird es in New York ohnehin umgeschrieben.«

»Wetten, daß deine Fan-Post diese Woche um fünfundzwanzig Prozent steigt?«

»Nein, danke. Außerdem möchte ich dir in deinem Alter nicht zumuten, sie zu beantworten.«

»Was paßt dir nicht an meinem Alter? Früher habe ich dich zweimal pro Woche verprügelt, und das würde ich auch heute noch schaffen. Komm nur her!«

»Zu früh nach dem guten Kaffee.«

»Feigling!«

»Schicke deine Sekundanten. Es muß alles seine Ordnung haben. Inzwischen . . .« Er wandte sich an seine Söhne: »Was habt ihr für heute vor?«

Castor sah seinen Bruder an und meinte vorsichtig: »Hm, wir wollten uns noch ein wenig nach Schiffen umsehen.«

»Ich komme mit.«

Pollux warf ihm einen scharfen Blick zu. »Heißt das, daß wir das Geld bekommen?« Sein Bruder funkelte ihn wütend an.

»Nein«, erwiderte sein Vater. »Das Geld bleibt auf der Bank. Dort gehört es hin.«

»Weshalb willst du dann Schiffe ansehen?« Er erhielt einen Rippenstoß für diese Bemerkung.

»Ich möchte eben wissen, was so geboten wird. Willst du uns begleiten, Edith?«

»Ich verlasse mich auf dein Urteil, Liebling«, sagte Dr. Stone.

Hazel trank ihre Tasse leer und stand auf. »Ich komme mit.«

Buster hüpfte von seinem Stuhl. »Ich auch.«

Dr. Stone bremste seinen Tatendrang. »Nein, Liebling. Iß deinen Haferbrei auf.«

»Nein! Ich will auch mit. Ich darf doch, Hazel?«

Hazel überlegte. Wenn sie das Kind außerhalb der Stadt mitnahm, hatte sie alle Hände voll zu tun; Buster war noch nicht alt genug, um allein die Vakuumsteuerung seines Anzugs zu bedienen. Und diesmal wollte sie ihre Aufmerksamkeit anderen Dingen schenken. »Leider nicht, Lowell. Aber ich weiß etwas anderes. Ich lasse meine Telefonverbindung offen, und wir spielen Schach, während ich unterwegs bin.«

Busters Gesicht umwölkte sich. »Ich will nicht per Telefon Schach spielen. Da sehe ich nicht, was du denkst.«

Hazel starrte ihn an. »So ist das also! Ich hatte doch immer schon ein ungutes Gefühl. Nein, fang' jetzt nicht zu heulen an, sonst nehme ich dir eine Woche lang den Rechenschieber weg.« Der Kleine überlegte und wurde ruhig. Hazel wandte sich ihrem Sohn zu. »Glaubst du wirklich, daß er Gedanken lesen kann?«

Mister Stone sah seinen jüngsten Sprößling an. »Ich will es lieber nicht wissen.« Er seufzte. »Warum konnte ich nicht in eine nette, normal blöde Familie geboren werden? Du hast die Schuld daran, Hazel.«

Seine Mutter nahm ihn am Arm. »Keine Sorge, Roger. Du drückst den Durchschnitt beträchtlich.«

»Hmmph! Gib mir die Spule. Ich schicke sie nach New York, bevor ich die Nerven verliere.«

Als er die Spule einlegte und ans Telefon anschloß, sagte er: »Eigentlich sollte ich es nicht tun. Zu deinem galaktischen Herrscher kommt noch, daß du vier meiner Standardhelden umgebracht hast.«

Hazel behielt die Spule im Auge. Als sie zu laufen begann, meinte sie: »Ich habe mir alles genau überlegt. Du wirst schon sehen.«

»Wie? Soll das heißen, daß du noch mehr Kapitel schreiben willst? Ich bin versucht, dir alles in den Schoß zu legen — mich ekelt es an, und für dich wäre es eine gerechte Strafe. Galaktischer Herrscher, das hat noch gefehlt!«

Seine Mutter beobachtete weiterhin die laufende Spule. Als sie leer war, atmete Hazel erleichtert auf. Das Kapitel war jetzt entweder in New York oder wurde in der Luna-City-Telefonzentrale festgehalten, bis der Weg zur Erde frei war. In beiden Fällen konnte man es nicht mehr zurückholen.

»Selbstverständlich schreibe ich noch mehr Kapitel — insgesamt sieben.«

»Wie? Weshalb gerade sieben?«

»Hast du dir nicht denken können, weshalb ich deine Helden der Reihe nach umbringe? Sieben Kapitel bedeuten das Ende des Quartals und ein neues Optionsangebot. Diesmal werden sie es bleiben lassen, denn der letzte deiner Charaktere hat bis dahin sein Leben ausgehaucht. Ich nehme dir die Last dieser Serie von den Schultern, Sohn.«

»*Was*? Hazel, das darfst du nicht! Abenteuer-Serien gehen nie zu Ende!«

»Steht das in deinem Vertrag?«

»Nein, aber . . .«

»Du hast gejammert, wie gern du von dieser goldenen Tretmühle abspringen würdest. Selbst hättest du nie den Mut dazu, und deshalb ist dir deine liebende Mutter zu Hilfe gekommen. Du bist wieder ein freier Mann, Roger.«

»Aber . . .« Seine Züge entspannten sich. »Hm, vielleicht hast du recht. Allerdings würde ich lieber auf meine Weise literarischen Selbstmord begehen. Hör' mal, Hazel, was willst du mit John Sterling machen?«

»Oh, unser Held bleibt natürlich bis zur letzten Episode am Leben. Er und der galaktische Herrscher erledigen sich dann gegenseitig. Langsame Musik. *Finis.*«

»Ja, so müßte es sein. Aber du kannst es nicht machen.«

»Weshalb nicht?«

»Weil ich darauf bestehe, diese Szene selbst zu schreiben. Ich habe diesen Leisetreter von einem Galahad seit seiner Geburt gehaßt. Den bringt mir keiner um. Den Spaß möchte ich selbst genießen.«

Seine Mutter verbeugte sich. »Wie es beliebt, Sir.«

Mister Stones Miene hellte sich auf. Er griff nach seiner Tasche und schlang sie sich um die Schulter. »Und jetzt sehen wir uns ein paar Raumschiffe an.«

»Geronimo!«

Als die vier die Wohnung verließen und auf die Rollbahn traten, fragte Pollux seine Großmutter: »Hazel, was bedeutet ›Geronimo‹?«

»Alter Druidenspruch für ›Verschwinden wir von hier, selbst wenn wir zu Fuß gehen müssen!‹«

3

An der Ostschleuse blieben sie stehen und schlüpften in ihre Anzüge. Wie gewöhnlich schnallte Hazel ihre Pistole außen an den Vakuumanzug. Keiner der anderen war bewaffnet; überhaupt trugen höchstens Zivilwächter und Militärpolizisten Pistolen — und ein paar Oldtimer wie Hazel.

»Hazel, muß das sein?« fragte Castor.

»Es ist mein Recht. Außerdem könnte ich auf eine Klapperschlange treffen.«

»Hier auf dem Mond? Aber Hazel!«

»Nichts ›aber Hazel‹! Die meisten Klapperschlangen laufen auf zwei Beinen durch die Gegend. Da, helft mir den Helm schließen.«

Die Unterhaltung kam ins Stocken, als Buster seine Großmutter anrief und darauf beharrte, mit dem Spiel zu beginnen. Als Castor selbst den Helm aufgesetzt und die Funkverbindung eingeschaltet hatte, stritten die beiden gerade, wer beim letzten Mal die weißen Figuren benutzt hatte.

Ebenso wie der Schiffsfriedhof von Alteisen-Dan befanden sich das Grundstück der Regierung und das des ewig bankrotten Ungarn dicht am Raumhafen. Auf dem Platz des Ungarn forderte ein sonnenverblichenes Schild zum Kaufen auf. GELEGENHEITEN! GELEGENHEITEN! WEGEN GESCHÄFTSAUFGABE RADIKALE PREISSENKUNG! Aber es gab keine Gelegenheiten, wie Mister Stone nach zehn und Hazel nach fünf Minuten erkannte. Und der Regierungsplatz enthielt vor allem Robotfrachter ohne Kabinen — für einmalige Reisen gedacht — und veraltete Militärmodelle, die für den Privatgebrauch meist ungeeignet waren. Schließlich standen die Stones auf Ekizians Grundstück.

Pollux ging sofort auf das Schiff zu, das er und sein Bruder ausgewählt hatten. Sein Vater rief ihn zurück: »He, Pol! Wohin so eilig?«

»Willst du unser Schiff nicht sehen?«

»Euer Schiff? Leidest du immer noch unter der Vorstellung, daß ich euch Absolventen einer Baumschule einen *Detroiter* in die Hände geben würde?«

»Häh? Weshalb sind wir dann hergekommen?«

»Weil ich mir einige Schiffe ansehen möchte. Aber ein *Detroiter VII* interessiert mich nicht.«

»Aber . . .«, begann Pollux, doch Castor griff nach seinem Helm und schaltete das Mikrofon aus. Dann übernahm er die Konversation: »Was für eines suchst du, Paps? Wir haben uns die meisten Kähne im Laufe der Zeit angesehen.«

»Hm, nichts Besonderes. Eine konservative Familienkutsche. Sehen wir uns einmal die *Hanshaw* da vorne an.«

»Hast du nicht gesagt, daß die *Hanshaws* zuviel Treibstoff fressen?« erkundigte sich Hazel.

»Sicher, aber sie sind sehr bequem. Alles kann man nicht haben.«

»Weshalb nicht?«

Pollux hatte sein Mikrofon sofort wieder eingeschaltet. »Paps, wir brauchen keinen kleinen Flitzer. Die Dinger haben zuwenig Frachtraum.« Als Castor wieder nach dem Schalter greifen wollte, schwieg er.

Aber Mister Stone war durchaus gewillt, ihm zu antworten. »Vergiß das mit dem Frachtraum. Ihr beide würdet euer letztes Hemd verlieren, wenn ihr gegen die gerissenen Händler des Systems ankämpfen müßtet. Ich suche ein Schiff, in dem die Familie hin und wieder eine Vergnügungsreise unternehmen kann; ein Frachter nützt mir nichts.«

Pollux hielt den Mund, und sie gingen alle zur *Hanshaw* hinüber. Sobald sie ins Schiffsinnere geklettert waren, begab sich Hazel in den Maschinenraum. Die anderen besahen sich den Kontrollraum und die Wohnkabinen.

Das Schiff besaß eine Spinvorrichtung, so daß sich in den Außenbezirken eine gewisse Schwerkraft erzeugen ließ. Pollux rümpfte die Nase. So etwas brauchten seiner Meinung nach nur Terraner. Kein Wunder, daß die *Hanshaw* soviel Treibstoff schluckte.

Aber sein Vater war anderer Meinung. Er streckte sich glücklich im Pilotensitz und spielte an den Instrumenten herum. »Die Kleine gefällt mir«, verkündete er. »Wenn der Preis stimmt, nehmen wir sie.«

»Ich dachte, es sollte eine Familienjacht werden«, meinte Castor.

»Und?«

»Die Sache wird ziemlich eng, wenn man hier Zusatzliegen errichtet. Edith wird damit nicht einverstanden sein.«

»Mit Mutter spreche ich. Außerdem genügen doch die vier Liegen, die das Schiff hat. Eine für mich, eine für Mutter, und je eine für Großmutter und Buster. Wenn Meade mitkommt, müssen wir für das Baby eine Notliege hereinstellen. Ihr seht also, es ist mir mit eurer Schulbildung durchaus ernst. Nun dreht nicht gleich durch — vielleicht könnt ihr beide das Schiff in den Ferien benutzen. Ist das anständig?«

Die Zwillinge gaben ihm die schlimmste aller Antworten — gar keine. Ihr Gesichtsausdruck sprach Bände.

Bevor sich Mister Stone eine wirksame Erklärung zurechtlegen konnte, tauchte seine Mutter aus der Maschinenraumluke auf. Ihre Miene verriet, daß sie Unheil verkünden wollte.

»Was ist los, Hazel?« fragte Mister Stone. »Die Energieanlage ist doch tipptopp, oder?«

»Tipptopp sagt er! Ich würde diesen Kahn nicht bis auf zwei g beschleunigen.«

»Was fehlt ihm denn?«

»Ich habe noch nie ein so vergammeltes . . . Aber nein, ich sage lieber nichts. Sieh selbst nach. Du traust meinen Fähigkeiten nicht.«

»Hör' mal, Hazel, habe ich das je gesagt?«

»Nein, aber ich weiß es trotzdem. Sieh dich also selbst im Maschinenraum um.«

Ihr Sohn wandte sich ab, kletterte aus dem Schiff und sagte hochmütig: »Ich habe nie behauptet, daß du nichts von Energieanlagen verstehst. Und wenn du die Gantry-Konstruktion meinst, so muß ich dich daran erinnern, daß das inzwischen zehn Jahre her ist. Du kannst mir also verzeihen, daß ich damals recht hatte.«

Zur Überraschung der Zwillinge führte Hazel das Streitgespräch nicht fort, sondern folgte ihrem Sohn gehorsam durch die Luftschleuse ins Freie. Mister Stone kletterte die Strickleiter nach unten. Castor zog seine Großmutter zur Seite, schaltete die beiden Funkverbindungen aus und legte seinen Helm an den ihren. »Hazel, was war mit der Energieanlage los? Pol und ich haben uns das Schiff letzte Woche angesehen. Uns kam es ganz tüchtig vor.«

Hazel sah ihn mitleidig an. »Das ist doch eindeutig — das Schiff besitzt nur vier Liegen.«

»Oh.« Castor schaltete die Funkverbindung wieder ein und folgte seinem Vater und Bruder schweigend nach unten.

In das Heck des nächsten Schiffes war folgende Inschrift eingraviert: *Cherubim, Rom, Terra.* Es war tatsächlich eines der *Engel*-Modelle von Carlotti-Motors, aber es hatte wenig Ähnlichkeit mit den großen Erzengel-Frachtern. Es war kurz und schmal und mindestens zwanzig Jahre alt. Mister Stone hatte es nur widerwillig angesehen. »Zu groß für uns«, protestierte er, »und ich suche kein Frachtschiff.«

»Wieso zu groß?« widersprach Hazel. »Das ist eine Finanzfrage, sonst nichts. Und wenn die Frachtluke leer ist, dürfte das Ding allerhand Temperament entwickeln. Ich liebe Schiffe, die der Steuerung gehorchen — und du magst sie ebenfalls.«

»Mhm, ja«, gab er zu. »Nun, es kostet nichts, wenn wir es ansehen.«

»Du wirst mit jedem Tag normaler, Sohn«, lobte Hazel und kletterte die Strickleiter nach oben.

Das Schiff war alt und hatte viele Millionen Meilen im Raum zurückgelegt, aber dank der fehlenden Atmosphäre war es nicht gerostet, seit der letzte Besitzer es hier abgestellt hatte. Es schlief einfach vor sich hin und wartete auf den

Dornröschenkuß. Man hatte zwar viele der Einrichtungsgegenstände ausgebaut und verkauft, aber das Schiff selbst war durchaus raumtüchtig geblieben.

Hazel sah ihren Sohn an und erkannte, daß es bei ihm Liebe auf den ersten Blick war. Sie blieb ein Stück zurück und bedeutete den Zwillingen, unbedingt den Mund zu halten. Durch die offene Luftschleuse gelangten sie in das Wohnquartier: eine Küche mit Aufenthaltsraum, zwei separate Kabinen und ein Schlafraum. Der Kontrollraum befand sich darüber, und Mister Stone stürmte ihn sofort.

Unter den Wohnräumen befanden sich die Ladefläche und der Maschinenraum. Das kleine Schiff war ein Frachter mit Passagierbetrieb oder ein Passagierschiff mit Frachtbetrieb. Deshalb war es wahrscheinlich auch so lange verwaist auf dem Platz geblieben. Es flog zu langsam, um mit den großen Frachtern der Handelsgesellschaften konkurrieren zu können; es faßte nur so wenige Passagiere, daß es sich als Chartermaschine ohne Fracht nicht lohnte.

Die Zwillinge gingen hinunter zum Maschinenraum. Hazel inspizierte das Wohnquartier, nickte anerkennend, als sie die Kombüse sah, und begab sich schließlich auch in den Kontrollraum. Dort entdeckte sie ihren Sohn im Pilotensitz und rutschte prompt neben ihn in den Kopilotensitz, bei dem die Schaumgummipolsterung entfernt worden war. »Alle Stationen fertig!« sagte sie und sah ihren Sohn an.

Er warf ihr einen Blick zu und grinste. »Alles zum Start vorbereiten!«

»Kontrollen eingeschaltet. Towersignal positiv. Fertig zum Countdown!«

»Minus dreißig. Neunundzwanzig — achtundzwanzig . . .« Er unterbrach sich und meinte verlegen: »Das tut gut.«

»Und ob, Roger. Kaufen wir die Kiste, bevor wir zu alt dazu sind. Ich komme mir vor, als hätte ich Moos angesetzt.«

Roger Stone schwang seine langen Beine vom Sitz. »Hm, vielleicht hast du recht.«

Hazels Stiefel klirrten über die Deckplatten. »Das ist mein Sohn! Vielleicht mache ich doch noch einen ganzen Mann aus dir. Mal sehen, was die Zwillinge inzwischen zerlegt haben.«

Die Zwillinge waren immer noch im Maschinenraum. Roger stieg zuerst nach unten. Er wandte sich Castor zu: »Nun, Junge, wie sieht es aus? Wird es hoch genug aufsteigen, damit sich ein Absturz lohnt?«

Castor runzelte die Stirn. »Wir haben bisher noch nichts Negatives gefunden, aber die Schubeinheiten fehlen. Und der Reaktor ist nichts als eine Attrappe.«

»Was hattest du gedacht?« fragte Hazel. »Daß man einen Reaktor in einem abgemeldeten Schiff läßt? Selbst wenn ihn niemand stehlen würde, wäre bald das ganze Heck verseucht und . . .«

»Gib nicht so an, Hazel«, sagte ihr Sohn. »Cas weiß das doch. Die Logdaten können wir später studieren, wenn wir ein metallurgisches Gutachten bekommen haben. Das heißt, ich weiß noch gar nicht, ob wir das Schiff nehmen. Das Überholen kostet sicher ein Vermögen.«

»Pah!« widersprach Hazel. »Du bekommst wohl kalte Füße. Die Reparatur übernehme ich zusammen mit Pol und Cas. Das kostet dich nur eine Mietgebühr auf der Werft. Und über den Kaufpreis werden wir uns mit Ekizian lange unterhalten.«

»Ich werde die Reparaturen persönlich überwachen.«

»Willst du streiten? Egal, jetzt gehen wir erst zu Dan. Und *ich* rede mit ihm — verstanden?«

Alteisen-Dan freute sich über ihren Besuch, besonders, als er erfuhr, daß sie nicht den *Detroiter VII*, sondern ein größeres Schiff haben wollten. Hazel beharrte darauf, privat mit ihm zu verhandeln, und so führte er sie in das innere Büro. Mister Stone hatte nichts dagegen, denn er wußte, daß sie erbarmungslos schacherte. So wartete er mit den Zwillingen draußen. Eine Weile später rief Mister Ekizian seine Sekretärin zu sich.

Ein paar Minuten danach tauchte sie wieder auf, gefolgt von Dan und einer zufriedenen Hazel. »Alles erledigt«, verkündete Großmutter.

Der Händler grinste säuerlich hinter seiner Zigarre hervor. »Ihre Mutter ist eine kluge Frau, Herr Bürgermeister.«

»Immer langsam«, protestierte Roger Stone. »Das waren gleich zwei Irrtümer. Erstens ist noch nichts erledigt, und zweitens bin ich nicht mehr Bürgermeister. Wie sehen die Bedingungen aus?«

Ekizian sah Hazel an, und die preßte die Lippen zusammen. »Also, Sohn, es ist folgendermaßen«, sagte sie. »Ich bin zu alt, um mir das viele Hin und Her mitanzuhören. Deshalb habe ich das Schiff gekauft.«

»*Du*?«

»Ja. Das ganze wird ein Syndikat. Dan richtet das Schiff her; ich organisiere die Fracht und bringe sie zusammen mit den Jungs zu den Asteroiden. Natürlich mit einem dicken Gewinn. Ich wollte schon immer einmal Kapitän sein.«

Castor und Pollux hatten sich im Hintergrund gehalten und die anderen beobachtet. Auf Hazels Worte hin wollte Pollux etwas sagen, aber Castor blinzelte ihm zu und schüttelte den Kopf. Mister Stone fauchte: »Unmöglich! Da mache ich nicht mit!«

»Ich bin volljährig, Sohn.«

»Mister Ekizian, Sie müssen wahnsinnig sein.«

Der Händler nahm die Zigarre aus dem Mund und starrte das Ende an. »Geschäft ist Geschäft.«

»Nun — wenigstens werde ich meine Söhne daran hindern, diesen Unsinn mitzumachen.«

»Mhm . . .«, sagte Hazel. »Vielleicht. Vielleicht auch nicht. Frag' sie doch.«

»Sie sind noch nicht volljährig.«

»Nein — noch nicht ganz. Aber angenommen, sie gehen aufs Gericht und lassen mich zu ihrem Vormund bestellen?«

Mister Stone hörte ruhig zu und wandte sich dann an seine Söhne. »Cas — Pol — habt ihr das mit eurer Großmutter vereinbart?«

»Nein, Sir«, erwiderte Pollux.

»Würdet ihr tun, was sie da vorschlägt?«

»Also, Paps, gern würden wir es nicht tun«, entgegnete Castor.

»Aber ihr würdet es tun?«

»Das habe ich nicht gesagt, Sir.«

»Hmm . . .« Mister Stone wandte sich ab. »Das ist reine Erpressung — und ich lasse mir das nicht gefallen. Mister Ekizian, Sie wußten, daß ich herkam, um das Schiff zu kaufen. Sie wußten, daß meine Mutter in *meinem Auftrag* verhandeln sollte. Und doch haben Sie das Geschäft hinter meinem Rücken abgeschlossen. Entweder wird dieser Kuhhandel rückgängig gemacht, oder ich schleppe Sie ebenso wie meine Mutter vor das Schiedsgericht.«

Hazels Gesicht war ausdruckslos; Mister Ekizian betrachtete seine Ringe. »Sie haben nicht ganz unrecht, Mister Stone. Könnten wir nach drinnen gehen und die Sache unter uns besprechen?«

»Das halte ich für angebracht.«

Hazel folgte ihnen und zupfte ihren Sohn am Ärmel, bevor er etwas sagen konnte. »Roger? Du willst dieses Schiff wirklich kaufen?«

»Ja.«

Sie deutete auf die Papiere, die vor Mister Ekizian lagen. »Dann unterschreibe da und gib deinen Daumenabdruck her.«

Er nahm statt dessen die Papiere in die Hand. Es stand kein Wort von den Bedingungen darin, die Hazel genannt hatte. Statt dessen war er als künftiger Besitzer eingetragen, und das Schiff kostete bedeutend weniger, als er erwartet hatte. Nach einer hastigen Überschlagsrechnung wußte er, daß Hazel das Schiff nicht nur zum Schrottpreis bekommen hatte, sondern, daß Ekizian auch noch die Summe abgezogen hatte, die er für das Demontieren hätte bezahlen müssen.

Schweigend griff er nach Ekizians Schreibstift und unterzeichnete. Dann brachte er sorgfältig seinen Daumenabdruck an. Er sah auf und seiner Mutter in die Augen. »Hazel, du hast keinen Funken Ehrgefühl. Mit dir nimmt es noch einmal ein schlimmes Ende.«

Sie lächelte. »Roger, du sprichst ein großes Wort gelassen aus.«

Mister Ekizian seufzte. »Wie gesagt, Mister Stone, Ihre Mutter ist eine sehr kluge Frau. Ich habe ihr Partnerschaft bei meinem Geschäft angeboten.«

»Aber ich nahm nicht an«, erklärte Hazel. »Ich brauche Ellbogenfreiheit.«

Roger Stone grinste und stand achselzuckend auf. »So, und wer wird nun Kapitän?«

»Du natürlich, Käpt'n.«

Als sie herauskamen, fragten die Zwillinge gleichzeitig: »Paps, hast du es gekauft?«

»Nennt ihn nicht Paps«, riet Hazel. »Käpt'n gefällt ihm besser.«

»Oh!«

»Ebenfalls oh!« wiederholte Pol.

Dr. Stone sagte nur: »Ja, Liebling. Ich habe die Wohnung gekündigt.«

Meade wurde fast, Lowell ganz verrückt. Nach dem Abendessen nahmen Hazel und die Zwillinge Meade und das Baby mit zum Schiff. Dr. Stone, die sich nicht einmal während des Großen Meteorschauers aufgeregt hatte, blieb mit ihrem Mann daheim. Roger schrieb lange Listen von den Dingen, die noch erledigt werden mußten. Schließlich stellte er versuchsweise die Besatzung zusammen:

Ich — Kapitän
Castor — 1. Offizier und Pilot
Meade — 2. Offizier und Küchenassistentin
Hazel — Oberingenieur
Pollux — 2. Ingenieur und Ersatzpilot
Edith — Schiffsarzt und Köchin

Buster — allgemeine Aufsicht.

Er starrte die Aufstellung eine Zeitlang an und sagte dann leise: »Irgendwie habe ich das Gefühl, daß es so nicht klappen wird.«

4

Mister Stone zeigte die Liste nicht seiner Familie; insgeheim war ihm klar, daß die Zwillinge mitkommen würden, aber er wollte das noch nicht öffentlich zugeben. Das Thema wurde nicht angeschnitten, solange sie das Schiff überholten und raumtüchtig machten.

Die Zwillinge machten den Großteil der Arbeit und wurden dabei abwechslungsweise von Hazel und Vater überwacht. Hazel und Vater stritten dauernd. Wenn das geschah, arbeiteten die Zwillinge einfach weiter, und zwar so, wie sie es für richtig hielten. Keiner von ihnen hatte großes Vertrauen in die Fähigkeiten der Alten; zu ihrem natürlichen technischen Talent kam noch der jugendliche Hochmut, daß sie besser Bescheid wußten, als es in Wirklichkeit der Fall war.

Diese instabile Situation mußte zu einer Krise führen. Mister Stone hatte angeordnet, daß man bei allen zerlegbaren Teilen gleich neue Dichtungen einbauen sollte.

Da es sich bei dem Schiff um ein Modell mit verhältnismäßig niedrigem Druck handelte, waren die Dichtungen nicht aus Metall, sondern aus einer Silizium-Quarz-Schicht. Diese Dinge waren auf dem Mond nicht erhältlich und mußten von der Erde bestellt werden, was Mister Stone auch getan hatte.

Als nun die Zwillinge die Dichtungen ausbauten, stellten sie fest, daß sie so gut wie neu waren. Pollux wandte sich an Hazel. »Hazel, warum bauen wir die Dichtungen nicht wieder ein? Sie sehen völlig neu aus.«

Seine Großmutter nahm einen der Ringe, sah ihn an, bog

ihn hin und her und gab ihn zurück. »Noch schön elastisch, das steht fest. Hebt die Dinger als Ersatz auf.«

»Das hat Pol nicht gemeint«, erklärte Castor. »Die neuen Dichtungen sind frühestens in drei Tagen, wahrscheinlich aber erst in einer Woche da. Und wir können inzwischen nichts Neues anfangen.«

»Ihr könnt im Kontrollraum arbeiten. Euer Vater will, daß alle Teile ausgebaut werden, die starken Verschleiß haben.«

»Ach du liebe Güte! Paps ist viel zu vorsichtig. Das hast du selbst gesagt.«

Hazel sah zu ihrem Enkel auf. Er wirkte in seinem Druckanzug riesig. »Hör zu, du Fratz, dein Vater ist ein Eins-A-Ingenieur. Ich darf ihn kritisieren, aber euch steht das noch lange nicht zu.«

»Moment, Hazel«, warf Pollux hastig ein, »lassen wir doch persönliche Dinge aus dem Spiel. Ich will ganz objektiv von dir wissen, ob diese Dichtungen noch in Ordnung sind oder nicht.«

»Hm — ich würde sagen, daß man sie noch verwenden kann. Richtet das eurem Vater aus. Er muß jetzt jeden Moment kommen. Wahrscheinlich ist er meiner Meinung.« Sie streckte sich. »Ich muß jetzt gehen.«

Mister Stone tauchte nicht rechtzeitig auf. Die Zwillinge warteten und sahen sich die Vorheizanlage an. Schließlich fragte Pollux: »Wie spät ist es?«

»Vier vorbei.«

»Paps kommt also heute nachmittag nicht mehr her. Hör' mal, diese Dichtungen sind wie neu. Ich möchte wetten, daß er den Unterschied nicht einmal merkt.«

»Und er würde bestimmt ja sagen, wenn er hier wäre.«

»Gib mir mal den Schraubenschlüssel.«

Hazel tauchte noch einmal auf, aber da war das Teil schon wieder zusammengebaut, und sie legte sich auf den Bauch, um mit Taschenlampe und Spiegel das Innere der Vorheizanlage zu begutachten. Sie konnte zwar keine schweren Arbeiten verrichten, aber ihre Augen waren immer noch besser als die der Jungen. Schließlich richtete sie sich auf. »So. Mal sehen, was unsere Köchin heute wieder zustande gebracht hat.«

Gemeinsam begaben sie sich zurück nach Luna City.

Während des Abendessens entbrannte ein heißer Streit über die nächste Folge der *Geißel des Universums.* Hazel schrieb die Kapitel immer noch, aber die ganze Familie mit Ausnahme von Dr. Stone wollte mitmischen. Und so erkundigte sich Mister Stone erst nach dem Essen, wie es mit der Arbeit im Schiff stand.

Castor erklärte, daß sie bald die Vorheizanlage schließen konnten. Mister Stone nickte. »Das geht ja schön voran. Aber, Moment — ihr werdet sie wieder öffnen müssen, wenn ... Oder sind die neuen Dichtungen schon angekommen?«

»Welche Dichtungen?« fragte Pollux unschuldig. Hazel warf ihnen einen schnellen Blick zu, aber sie schwieg.

»Die Dichtungen für die mittlere Einspritzfolge, das weißt du genau.«

»Ach, *die*!« Pollux zuckte mit den Schultern. »Die waren in Ordnung, auf neun Dezimalstellen. Deshalb haben wir sie wieder eingesetzt.«

»Oh, tatsächlich? Das ist interessant. Morgen könnt ihr sie wieder ausbauen — und ich werde persönlich neben euch stehen, wenn ihr die neuen einbaut.«

Castor übernahm die Verteidigung. »Aber, Paps, Hazel hat auch gesagt, daß sie noch gut sind.«

Roger Stone sah seine Mutter an. »Hazel?«

Sie zögerte. Sie wußte, daß sie den Zwillingen nicht ausdrücklich genug gesagt hatte, wessen Entscheidungen befolgt werden mußten; andererseits hatte sie ihnen befohlen, Rogers Entscheidung abzuwarten. »Die Dichtungen waren in Ordnung, Roger.«

Er sah sie nachdenklich an. »Du hast also meine Anordnungen geändert? Hazel, du willst wohl hierbleiben?«

Sie bemerkte den düsteren Tonfall und verschluckte ihre

wütende Antwort. »Nein«, sagte sie einfach.

»Nein, was?«

»Nein, Käpt'n.«

»Vielleicht noch nicht Käpt'n, aber die Idee hast du erfaßt.« Er wandte sich seinen Söhnen zu: »Ich möchte wissen, ob ihr Bengel sie auch erfaßt habt?«

Castor biß sich auf die Lippen. Pollux sah seinen Zwillingsbruder an und dann wieder seinen Vater. »Paps, *du* verstehst nicht, worum es geht. Du machst viel Lärm um nichts. Wenn es dich befriedigt, öffnen wir das Teil morgen wieder — aber du wirst sehen, daß wir recht hatten.«

»Vielleicht. Sogar wahrscheinlich. Aber die Befehle eines Kapitäns hinsichtlich der Schiffsreparatur können nicht von jedem beliebigen Werftarbeiter umgestoßen werden — und mehr als Werftarbeiter seid ihr im Moment nicht. Verstanden?«

»Gut, wir hätten warten sollen. Morgen öffnen wir das Gerät, damit du zufrieden bist, und dann schließen wir es wieder.«

»Falsch. Morgen öffnet ihr das Gerät, baut die alten Dichtungen aus und bringt sie mir her. Dann bleibt ihr daheim, bis die neuen Dichtungen ankommen. In der Zwischenzeit könnt ihr darüber nachdenken, daß Befehle zum Befolgen da sind.«

»Einen Augenblick, Paps«, sagte Castor. »Damit gerät die Reparatur um Tage in Verzug.«

»Ganz zu schweigen von der verschwendeten Arbeitszeit«, fügte Pollux hinzu.

»Mund halten!« Ohne abzuwarten, ob sie gehorchen würden, stand Roger Stone auf und packte je einen am Jackenkragen. Lunas Schwerkraft ließ diesen Kraftakt ohne weiteres zu. Er hielt sie hoch in die Luft, wo sie hilflos zappelten.

»Hört zu!« fauchte er. »Bis jetzt war ich noch nicht sicher, ob ich euch Wildlinge mitnehmen sollte oder nicht. Aber jetzt steht mein Entschluß fest.«

Die beiden schwiegen eine Zeitlang, dann sagte Pollux mit

Trauer in der Stimme: »Das heißt, daß wir hierbleiben müssen?«

»Das heißt, daß ihr mitkommt. Ihr sollt einmal merken, daß in puncto Disziplin auf einem Schiff ein anderer Wind weht als in der Schule. Bei mir wird gehorcht — rasch, fröhlich, ohne Widerrede. Verstanden? Castor?«

»Jawohl, Sir.«

»Pollux?«

»Aye, aye, Sir.«

»Merkt es euch gut. Wenn ihr mich auf dem Schiff mit einem derartigen Wortschwall überfallt, erschlage ich einen von euch mit dem anderen.« Er knallte ihre Köpfe schwungvoll gegeneinander und ließ sie los.

Als die Zwillinge am nächsten Tag die Dichtungen ausgebaut hatten, verbrachten sie ihre Freizeit damit, in der Stadtbibliothek die Gesetze der Raumfahrt nachzulesen. Die Texte waren ernüchternd, besonders da, wo es hieß, daß der Kommandant eines Raumschiffes absoluten Gehorsam erwartete und Meuterer nach Gutdünken bestrafen konnte. Einige der zitierten Fälle wirkten abschreckend.

Pollux schnitt eine Grimasse. »Opa, was würdest du davon halten, ohne Raumanzug aus der Schleuse gestoßen zu werden?«

»Schlechte Zukunftaussichten. Das Vakuum ist ziemlich dünn und enthält wenig Vitamine.«

»Vielleicht sollten wir Paps doch lieber nicht ärgern. Die ›Käpt'n‹-Pose ist ihm in den Kopf gestiegen.«

»Es ist keine Pose. Sobald wir starten, ist es Gesetz. Aber Paps wirft uns schon nicht aus der Schleuse, egal, was wir anstellen.«

»Darauf würde ich nicht bauen. Paps kann ein harter Kunde sein, wenn er vergißt, daß er eigentlich ein liebender Vater ist.«

»Kleiner, mach' dir keine Sorgen.«

»Nein? Du wirst an meine Worte denken, wenn du in den Raum segelst.«

Man war gleich zu Beginn zu der einmütigen Entscheidung gekommen, daß das Schiff nicht weiterhin *Cherubim* heißen sollte. Leider konnte man bei der Namensgebung nicht die gleiche Einmütigkeit erzielen. Nach verschiedenen hitzigen Debatten schlug Dr. Stone vor, daß alle vorgeschlagenen Namen auf einen Zettel geschrieben und in einen Kasten geworfen werden sollten. Eine Woche lang sammelten sich die Zettel an; dann wurde der Kasten geöffnet.

Dr. Stone schrieb die Namen der Reihe nach auf.

Recke
Klapperkiste
Morgenstern
Sonnenwagen
Vorwärts

Ikarus
Susan B. Anthony
Eisenfürst
Teufelsbraten
Wikinger

»Man hätte denken können, daß bei soviel stolz verkündetem Verstand wenigstens ein origineller Einfall dabei wäre«, knurrte Roger. »Diese Namen sind im Schiffsregister mindestens drei- bis viermal vertreten. Wenn wir schon mit einer alten Kiste auf Fahrt gehen, soll wenigstens der Name neu sein.«

Hazel sah ihn mißtrauisch an. »Woher weißt du, daß sie im Register stehen? Du hast die Zettel schon vor dem Frühstück durchgeblättert, nicht wahr?«

»Mutter, diese Behauptung ist belanglos, unerheblich und deiner nicht würdig.«

»Aber wahr. Gut, stimmen wir ab. Oder möchte vorher jemand eine Wahlrede halten?«

Dr. Stone klopfte mit dem Fingerhut auf den Tisch. »Wir wählen sofort. Ich muß anschließend noch zu einem Treffen der Medizinervereinigung.« Sie bestimmte, daß jeder Name, der in der ersten Runde weniger als zwei Stimmen erhielt, eliminiert werden sollte. Meade zählte die Wahlzettel: Sieben Namen hatten eine Stimme, die anderen keine.

Roger Stone schob seinen Stuhl zurück: »Übereinstimmung in dieser Familie wäre auch ein Wunder. Ich gehe jetzt schlafen. Morgen früh lasse ich sie als *Totpunkt* oder *Irrenhaus* registrieren.«

»Nicht schlecht«, meinte Hazel. »Das paßt zu uns.«

»Ich wollte, es wäre anders«, seufzte ihr Sohn.

»Unsinn! Dann könnten wir gleich Moos ansetzen.«

»Moos — ein grünes Kraut, das sich auf Steinen bildet, wenn sie zu lange an einer Stelle liegen.«

Roger schnippte mit den Fingern. »Hazel, du hast soeben das Schiff getauft.«

»Wie? Noch einmal von vorne.«

»Die *Moostöter*. Wunderschön, nicht wahr?«

Dr. Stone sah auf. »Das gefällt mir, Roger.«

»Meade?«

»Nicht schlecht.«

»Hazel?«

»Das war einer deiner lichten Momente, Sohn.«

»Wenn man die Beleidigung abzieht, heißt das wohl ›ja‹?«

»Castor und ich sind dagegen«, verkündete Pollux. »Wir brauchen das Schiff, um Moos zu sammeln.« Seine Handbewegung war deutlich genug.

»Überstimmt. Es steht vier zu drei, selbst wenn es euch gelingt, Buster auf eure Seite zu ziehen. Das Schiff heißt *Moostöter*.«

Ein Techniker der IBM baute den neuen Ballistik-Computer in die *Moostöter* ein, aber nachdem er fort war, nahmen die Zwillinge das Ding mißtrauisch auseinander und überprüften es persönlich. Der Ballistik-Computer eines Schiffes muß in Ordnung sein; wenn er nicht perfekt funktioniert, wird das Schiff zu einem verrückten Roboter, der mitsamt seiner Ladung irgendwo abstürzt. Die neue Errungenschaft hatte drei unabhängige Denkzentralen; wenn eine davon ausfiel, funktionierten die beiden anderen immer noch und konnten eventuell falsche Entscheidungen des defekten Teiles überstimmen.

Die Zwillinge vergewisserten sich, daß alle drei Teile in

Ordnung waren. Dann mußten sie zu ihrem Entsetzen entdecken, daß Vater und Großmutter noch einmal alles überprüften.

Das letzte Gehäuse war mit Röntgenstrahlen durchleuchtet worden, der letzte metallurgische Bericht war von der Prüfkommission des Raumhafens zurückgekommen, das letzte Ersatzteil war eingesetzt und unter Druck geprüft worden. Es wurde höchste Zeit, daß man die *Moostöter* von Dans Dock zum Hafen brachte, wo ein Techniker der Atomenergie-Kommission — ein fetter Kerl mit einem ebenso fetten Titel — den Reaktor einrichten sollte. Dort sollte sie auch Vorräte und Reaktionsmasse aufnehmen — stabilisierten einatomigen Wasserstoff. Im Notfall fraß die *Moostöter* alles, aber ihr Lieblingsgericht war Einfach-Wasserstoff.

An dem Abend vor der Überführung des Schiffes traten die Zwillinge mit einem wichtigen Thema an Mister Stone heran — Geld. Castor versuchte es mit einer indirekten Annäherung. »Hör' mal, Paps, wir müssen einmal ernsthaft mir dir sprechen.«

»So? Dann wartet, bis ich mit meinem Anwalt telefoniert habe.«

»Äh, Paps, wir wollen nur wissen, ob du dich schon zu einem bestimmten Ziel entschlossen hast.«

»Wie? Bereitet euch das Sorgen? Ich habe euch bereits versprochen, daß es etwas ganz Neues sein wird. Wir steuern auf dieser Reise weder Venus noch die Erde an.«

»Ja, aber *wohin* willst du?«

»Vielleicht ganz einfach ins Blaue. Das war noch immer die schönste Art des Reisens.«

»Aber, Paps, wir können doch keine Ladung kaufen, wenn wir keine Ahnung haben, wohin es gehen soll.«

Castor warf seinem vorlauten Bruder einen wütenden Blick zu; Roger Stone war erstaunt. »Ach so«, sagte er langsam. »Ich verstehe. Aber ich werde schon dafür sorgen, daß wir alles Nötige an Bord haben.«

»Du sollst sie nicht necken, Roger«, sagte Dr. Stone ruhig.

»Ich spreche völlig im Ernst.«

»Sollen wir abstimmen?« fragte Meade. »Jeder nennt sein Lieblingsziel . . .«

»Mir reicht das Abstimmen!« fauchte Roger. »Früher, als das älteste männliche Familienmitglied die Entscheidungen traf, war alles anders. Aber heutzutage findet es jeder schick, mir auf dem Kopf herumzutanzen. Meade redet süß wie eine Katze; die Zwillinge reden so schnell, daß ich nicht zu Wort komme; Buster brüllt, bis er seinen Willen durchgesetzt hat; und Hazel pocht auf ihr Alter und kommandiert mich herum.« Er sah seine Frau an. »Auch du bist keine Ausnahme, Edith. Du gibst nach, bis du erreicht hast, was du willst.«

»Ja, Liebling.«

»Siehst du? Der liebe Paps ist euer Hanswurst. Aber das lasse ich mir nicht bieten. Ich bin weichherzig, nachgiebig und habe vielleicht den niedrigsten Intelligenzquotienten der Familie, aber diesen Klamauk werde ich leiten.«

»Was ist ein Klamauk?« wollte Lowell wissen.

»Halte dein Kind ruhig, Edith!«

»Ja, Liebling.«

»Ich werde ein Picknick machen, eine Bummeltour. Jeder, der mitkommen will, ist herzlich eingeladen. Aber ich weigere mich, auch nur eine Million Meilen von der Flugbahn abzuweichen, die mir paßt. Ich habe das Schiff von meinem Geld gekauft, und dieses Geld habe ich angesichts des dauernden Familienwiderstandes mehr als sauer verdient. Ich habe keinen Kredit des Fonds angerührt, den ich für euch zwei Räuberbarone aufbewahre — und ich lasse mir von euch beiden nicht das Kommando abnehmen.«

Dr. Stone sagte ruhig: »Sie haben nur gefragt, wohin unsere Reise geht. Ehrlich gesagt, das würde mich auch interessieren.«

»Und weshalb haben sie gefragt? Castor, du willst es wissen, damit du eine geeignete Fracht zusammenstellen kannst, nicht wahr?«

»Hm — ja. Wenn wir den Absatzmarkt nicht kennen, brauchen wir nichts einzukaufen.«

»Richtig. Aber ich kann mich nicht erinnern, daß ich dieses Wagnis gutgeheißen habe. Die *Moostöter* ist eine Familienjacht.«

»Mein Gott, Paps«, warf Pollux ein, »bei dem riesigen Frachtraum . . .«

»Ein leerer Frachtraum gibt uns mehr Bewegungsfreiheit.«

»Aber . . .«

»Immer mit der Ruhe. Das Thema wird für den Augenblick aufgeschoben. Was wollt ihr wegen eurer Ausbildung unternehmen?«

»Ich dachte, das sei erledigt?« meinte Castor. »Du hast gesagt, wir könnten mitkommen.«

»Richtig. Aber in einem oder zwei Jahren sind wir wieder zurück. Wollt ihr dann auf die Erde gehen und eure Schulausbildung beenden?«

Die Zwillinge sahen einander an; keiner antwortete. Hazel sprang in die Bresche. »Sei doch nicht so verdammt konservativ, Roger. Ich übernehme ihre Ausbildung. Und von mir erfahren sie das wirklich Wissenswerte. Was ich in der Schule lernte, hat mich verwirrt, bis ich dahinterkam, daß man sich selbst bilden muß.«

Roger Stone sah seine Mutter düster an. »Du würdest sie ausbilden, schön. Vielen Dank, da ziehe ich doch den konservativen Weg vor. Sie sollen normalen Unterricht bekommen.«

»*Normal!* Roger, das ist ein Wort ohne Bedeutung.«

»In unserer Familie vielleicht. Aber die Zwillinge sollen so normal wie möglich aufwachsen.«

»Roger, hast du je einen normalen Menschen gesehen? Ich nicht. Ein normaler Mensch ist das Produkt unserer Einbildung. Nimm ihnen nur die Maske ab, dann wirst du sehen, welche Spleens zum Vorschein kommen.«

»Ich möchte jetzt lieber nicht persönlich werden.«

»Es gilt für jedermann. Du willst die Zwillinge ›normal‹ erziehen und beschneidest sie nur in ihrer Entwicklung.«

Roger Stone stand auf. »Jetzt reicht es. Castor, Pollux — kommt mit! Ihr anderen entschuldigt uns.«

»Gern, Liebling.«

»Feigling«, sagte Hazel. »Wo ich gerade erst in Fahrt kam.«

Er führte sie in sein Arbeitszimmer und schloß die Tür. »Setzt euch.«

Die Zwillinge gehorchten. »Und jetzt besprechen wir die Sache einmal in aller Ruhe. Jungs, eure Ausbildung liegt mir wirklich am Herzen. Ihr könnt mit eurem Leben anfangen, was ihr wollt. Ihr könnt Piraten werden oder euch in den großen Rat wählen lassen. Aber ich lasse euch nicht ungebildet aufwachsen.«

»Sicher, Paps«, sagte Castor. »Aber wir lernen doch. Wir lernen die ganze Zeit. Du hast selbst gesagt, daß wir bessere Ingenieure sind als die jungen Schnösel, die von der Erde kommen.«

»Zugegeben. Aber das reicht nicht. Oh, ihr könnt die meisten Dinge im Selbststudium lernen, aber ich möchte, daß ihr eine wirklich solide Grundlage in Mathematik bekommt.«

»Was? Du, wir haben uns an den wildesten Differentialen die Zähne ausgebissen.«

Pollux fügte hinzu: »Hudsons Lehrbuch haben wir auswendig gelernt. Mit einem Dreifachintegral werden wir schneller fertig als Hazel. Wenn wir *etwas* gelernt haben, dann ist es Mathematik.«

Roger Stone schüttelte traurig den Kopf. »Ihr könnt mit zehn Fingern rechnen, aber ihr könnt nicht logisch folgern. Eurer Meinung nach ist das Intervall von Null nach Eins vermutlich das gleiche wie das Intervall von neunundneunzig nach hundert.«

»Und ist es das nicht?«

»Ich weiß nicht. Ihr müßt es mir beweisen.« Ihr Vater griff nach einem Buch und legte es in das Lesegerät. Dann wählte er eine bestimmte Seite. Es war eine Übersicht der bisher bekannten Mathematikgebiete. »Mal sehen, ob ihr da durchfindet.«

Die Zwillinge sahen die Seite mit starren Blicken an. In der oberen linken Ecke entdeckten sie ein paar Dinge, die sie gelernt hatten. Der Rest der Seite war unbekanntes Territorium. In den meisten Fällen kannten sie nicht einmal die Bezeichnungen. Es stimmte, daß sie die angewandte Mathematik beherrschten. Aber sie waren noch nie auf den Gedanken gekommen, daß das nur ein winziger Ausschnitt der Gesamtmathematik sein könnte.

»Paps«, fragte Pollux kleinlaut, »was ist eine ›Hyperideale‹?«

»Wird höchste Zeit, daß du es herausfindest.«

Castor warf seinem Vater einen raschen Blick zu. »Wie viele dieser Gebiete hast *du* studiert, Paps?«

»Viel zu wenige. Aber meine Söhne sollen mehr wissen als ich.«

Man einigte sich darauf, daß die Zwillinge während der ganzen Reise Mathematik studieren sollten, und zwar nicht nur unter Aufsicht von Roger und Hazel, sondern systematisch per Fernkursus. Sie nahmen genug Material für ein Jahr mit. Die ausgearbeiteten Lektionen konnten von jedem Hafen zur Erde geschickt werden. Mister Stone war zufrieden, denn insgeheim hatte er die Überzeugung, daß ein Mensch mit soliden Mathematikkenntnissen sich im Leben durchsetzen konnte.

»So, Jungs, und was nun die Fracht betrifft . . .«

Die Zwillinge warteten, und er fuhr fort: »Ich nehme das Zeug für euch mit . . . und ihr bezahlt Frachtkosten.«

Die Blicke der Zwillinge wurden wachsam. »Was verstehst du unter Frachtkosten?« fragte Castor.

»Das überlegt ihr euch. Ich werde die Zahlen überprüfen. Versucht nicht, mich zu beschummeln, sonst müßt ihr eine Strafgebühr zahlen. Als Geschäftsleute dürft ihr scharfe Kalkulation nicht mit Betrug verwechseln.«

»In Ordnung, Sir. Äh — wir können immer noch nicht bestellen, wenn wir nicht wissen, wohin die Reise geht.«

»Richtig. Wie würde euch Mars als erste Haltestelle gefallen?«

»Mars?« Die beiden sahen in die Ferne. Ihre Lippen bewegten sich lautlos.

»Hört auf, euren Gewinn zu berechnen; noch seid ihr nicht dort.«

»Mars ist großartig, Paps.«

»Schön. Und noch eines — wenn ihr euer Studium vernachlässigt, verkauft ihr keinen Blechnagel.«

»Oh, und ob wir lernen werden!« Die Zwillinge verschwanden, bevor ihnen noch mehr Bedingungen auferlegt wurden. Roger Stone sah lächelnd auf die geschlossene Tür. Brave Jungs! Ein Glück, daß er nicht mit ein paar gehorsamen kleinen Dummköpfen geschlagen war!

Als die Zwillinge ihr Zimmer erreichten, nahm Castor sich sofort den Katalog des Vier-Planeten-Exports vor.

»Cas?« fragte Pollux.

»Stör' mich nicht.«

»Ist dir schon aufgefallen, daß Paps sich so lange herumschubsen läßt, bis er seinen Willen bekommt?«

»Klar. Gib mir den Rechenschieber.«

5

Die *Moostöter* wurde von der Bodenmannschaft des Raumhafens geholt — sehr gegen den Protest der Zwillinge, die sich gern einen Traktor gemietet und die Arbeit zum halben Preis ausgeführt hätten. Die restliche Summe wollten sie sich von Mister Stone auf die Frachtkosten anrechnen lassen.

»Versicherung?« fragte ihr Vater.

»Hm, eigentlich keine.«

»Es wäre auch unser Risiko«, meinte Castor. »Schließlich

haben wir wertvolle Güter zu transportieren.«

Aber Roger Stone gab nicht nach. Er überließ die schwierige Aufgabe — nicht ganz zu Unrecht — den geübten Fachkräften.

Und so zog das stattliche Raumschiff mit ganzen zwei Meilen pro Stunde zum Hafen hin ab. Als die Zwillinge sahen, wie schwierig die Handhabung war, obendrein bei den ständigen kleinen Mondbeben, die das Schiff erschütterten, gestanden sie sich ein, daß Mister Stone recht gehabt hatte.

Der mythische Durchschnittsmensch braucht dreieinhalb Pfund Nahrung täglich, dazu vier Pfund Wasser (zum Trinken, nicht zum Waschen) und vierunddreißig Pfund Luft. Der kürzeste und wirtschaftlichste Weg vom Mond zum Mars dauert siebenunddreißig Wochen. Diesen Zahlen nach brauchte also die Stone-Familie etwa eine Tonne Verzehrgüter pro Woche.

Zum Glück sah es in Wirklichkeit rosiger aus, sonst wäre die *Moostöter* wohl nie gestartet. Luft und Wasser in einem Raumschiff konnten immer wieder gereinigt und verwendet werden, wie auch auf einem Planeten. Gemüse wuchs in der Hydroponikanlage, und die meisten anderen Lebensmittel konnten in dehydriertem Zustand mitgeführt werden.

An persönlichem Gepäck nahmen die Stones eine Sammlung von Büchern und Mikrofilmen mit. Die ganze Familie, mit Ausnahme der Zwillinge, zog die altmodischen Bücher den Filmen vor.

Roger Stone verlangte von seinen Söhnen eine Liste der Güter, die sie zum Mars mitnehmen wollten. Kurz nach der Eingabe rief er die beiden zu einer Konferenz. »Castor, könntest du mir den Wisch da genauer erklären?«

»Wie? Was gibt es da zu erklären? Pol hat das Zeug zusammengeschrieben. Ich fand es eigentlich ganz deutlich.«

»Es ist *zu* klar. Wozu all die Kupferröhren?«

»Oh, die haben wir billig als Schrott bekommen. Für Kupfer gibt es auf dem Mars immer einen guten Absatzmarkt.«

»Ihr habt das Zeug also schon gekauft?«

»Nein. Nur eine kleine Summe angezahlt, damit es nicht weiterverkauft wird.«

»Das gleiche gilt für die Ventile und Muffen?«

»Ja, Sir.«

»Gut. Nun die anderen Punkte — Rohrzucker, Weizen, dehydrierte Kartoffeln, Reis. Was soll das?«

Pollux übernahm die Antwort. »Cas fand, daß wir nur Metall kaufen sollten, und ich war mehr für Lebensmittel. So schlossen wir einen Kompromiß.«

»Weshalb habt ihr ausgerechnet *diese* Lebensmittel ausgesucht?«

»Sie sind billig, weil sie auch in den Klimatanks der Stadt wachsen. Es sind keine terranischen Importe auf der Liste, wie du vielleicht bemerkt hast.«

»Ich habe es bemerkt.«

»Aber die meisten Lebensmittel hier haben einen zu hohen Wassergehalt. Wir können doch nicht Gurken zum Mars ausführen!«

»Sagt nicht ›wir‹, wenn ihr euch meint. Ich persönlich mache einen Vergnügungsflug.«

Mister Stone legte die Liste weg und nahm eine zweite in die Hand. »Seht euch das an.«

Pollux nahm sie mit zwei Fingern. »Was ist damit?«

»Ich war früher selbst ein ganz guter Mechaniker. Ich überlegte mir, was man mit diesen Röhren und Ventilen auf dem Mars anfangen könnte, und kam auf eine ziemlich große Destillieranlage. Mit den ›Nahrungsmitteln‹ könnte der Käufer von Wodka bis zu Kornschnaps nahezu alles brennen. Aber das habt ihr beiden Unschuldsknaben natürlich nicht gewußt?«

Castor warf einen Blick auf die Liste. »Tatsächlich?«

»Hm — wolltet ihr das Zeug der Importagentur der Regierung oder am offenen Markt verkaufen?«

»Paps, du weißt, daß man nur auf dem offenen Markt etwas verdienen kann.«

»Dachte ich doch. Ihr habt geglaubt, daß weder ich noch

die Zollbeamten auf dem Mars merken würden, wozu die Ladung diente.« Er musterte die beiden. »Jungs, solange ihr nicht volljährig seid, möchte ich euch vor dem Gefängnis bewahren. Danach komme ich euch täglich besuchen.« Er gab ihnen die Liste zurück. »Versucht es noch einmal. Und vergeßt nicht, daß wir am Donnerstag starten — ob ihr eure Fracht habt oder nicht.«

»Mein Gott, Paps«, sagte Pollux, »Abraham Lincoln hat auch Whisky verkauft. Das hat man uns in Geschichte beigebracht. Und Winston Churchill trank ihn leidenschaftlich gern.«

»Und George Washington hat sich Sklaven gehalten«, ergänzte sein Vater. »Das hat mit euch beiden nichts zu tun. Also verschwindet.«

Sie verließen sein Arbeitszimmer und trafen Hazel im Wohnzimmer. Großmutter sah sie mit hochgezogenen Brauen an. »Seid ihr durchgekommen?«

»Nein.«

Sie streckte fordernd die Hand aus. »Her mit dem Geld! Und nächstes Mal wettet nicht mehr auf die Dummheit eures Vaters. Schließlich ist er mein Sohn.«

Cas und Pol einigten sich schließlich auf Fahrräder. Auf Mars und Luna kamen Prospektoren per Fahrrad viel schneller voran als zu Fuß. Die Drahtesel gehörten zur Ausrüstung wie Kletterseile und Sauerstoffzylinder. Und bei der niedrigen Schwerkraft bereitete es kaum Schwierigkeiten, ein Fahrrad über ein Hindernis zu heben.

Natürlich sahen die Dinger etwas anders aus als auf der guten alten Erde. Sie hatten übergroße Räder mit dicken Reifen, große Satteltaschen, einen Anhänger, eine eingebaute Funkverbindung und einen Geigerzähler — nicht gerade ideal für eine Spazierfahrt im Park, aber ausgezeichnet für die Mond- und Marsoberfläche.

Beide Planeten hatten bis vor kurzem ihre Fahrräder von der Erde bezogen. Nun gab es neuerdings Mondfahrräder unter der Handelsmarke *Lunacyclette*, kurz ›Lunis‹ genannt.

Sie waren etwa um die Hälfte billiger als die terranischen Modelle und dazu um einiges leichter.

Castor und Pollux entschieden sich für gebrauchte Fahrräder, die jetzt natürlich den Markt überschwemmten. Roger Stone gab gerade so viel von ihrem Geld frei, wie sie für die Anschaffung benötigten. Noch am Spätnachmittag des Mittwochs verluden sie ihren kostbaren Schatz. Cas wog sie, Meade schrieb, und Pol hievte sie in die Luke. Alles andere war bereits im Schiff; der Wiegemeister wollte das Schiff überprüfen, sobald die Ladung an Bord war. Roger Stone begutachtete den Laderaum, da er persönlich für das Gleichgewichtsverhältnis im Schiff haftete.

Zusammen mit Castor verstaute er die letzten Stücke. »Einige scheinen ihr Geld kaum wert zu sein«, stellte er fest.

»Ramsch, wenn du mich fragst«, fügte Meade hinzu.

»Du bist aber nicht gefragt«, erklärte Pol.

»Rede anständig mit mir, sonst kannst du dir eine andere Sekretärin suchen.«

»Vorsicht, Kleiner«, riet Castor. »Vergiß nicht, daß sie umsonst arbeitet. Paps, ich gebe zu, daß sie zum Teil fürchterlich aussehen, aber Pol und ich wollen sie unterwegs aufmöbeln. Sie werden wie neu wirken.«

»Wehe, ihr verkauft sie als neu! Aber ich habe das Gefühl, daß ihr euch etwas übernommen habt. Wenn wir den Frachtraum schließen, ist hier kein Millimeter frei. Wo wollt ihr denn die Dinger reparieren? Falls ihr daran gedacht habt, daß ich euch das Wohnzimmer zur Verfügung stelle, habt ihr euch getäuscht.«

»Nein, das war gar nicht unsere Absicht. Sobald wir im Raum sind, befestigen wir die Fahrräder am Außenrumpf des Schiffes und richten uns die Schleuse als Reparaturzentrale ein.«

Halb Luna City verabschiedete sich von ihnen. Der augenblickliche Bürgermeister Thomas Beasley geleitete Roger Stone zum Schiff; die wenigen Überlebenden der Gründerväter waren Hazel zu Ehren gekommen. Eine Abordnung der Juniorenliga und die männlichen Besucher des Technikums trauerten um Meade. Sie heulte und umarmte alle; aber Küsse wurden nicht verteilt. Wer einen Raumanzug trägt, kann nicht küssen.

Den Zwillingen galt nur die Aufmerksamkeit eines Händlers, der sein Geld wollte — und zwar gleich.

Die Erde hing in der Halbphase über ihnen, und die langen Schatten der Obelisk-Berge zogen sich über das Feld. Der Sockel der *Moostöter* wurde von Scheinwerfern angestrahlt. Ihr schlanker Bug ragte über den Lichtkreis hinaus. Am anderen Ende des Startfeldes glänzten die Gipfel der Roger-Young-Kette im Licht der untergehenden Sonne. Orion schimmerte nahe der Erde; nördlich und östlich davon, die Deichsel zum Horizont gesenkt, leuchtete der Große Wagen. Die mächtige Tiefe des Raumes ließ die Gestalten in ihren Helmen und Raumanzügen zwergenhaft erscheinen.

Ein Scheinwerfer des entfernten Kontrollturms richtete sich auf das Schiff und blinkte dreimal. Hazel wandte sich ihrem Sohn zu: »Noch dreißig Minuten, Käpt'n.«

»Gut.« Er pfiff ins Mikrofon. »Ruhe bitte! Vielen Dank, daß ihr alle hergekommen seid. Und auf Wiedersehen.«

»Wiedersehen, Rog!« »Gute Reise, Leute!« »Aloha!« »Kommt bald wieder!«

Die Freunde gelangten über eine Rampe in einen der Startfeld-Tunnels. Mister Stone wandte sich seiner Familie zu: »Noch dreißig Minuten. Alles an die Stationen!«

»Aye, aye, Sir.«

Hazel kletterte die Leiter nach oben, gefolgt von Pollux. Plötzlich blieb sie stehen, kehrte um und trat ihrem Enkel auf die Finger. »Aus dem Weg, junger Mann!« Sie sprang nach unten und rannte der Gruppe nach, die sich zum Tunnel begab. »He, Tom! Beasley! Warte! Einen Augenblick . . .«

Der Bürgermeister blieb stehen und drehte sich um. Sie drückte ihm ein Paket in die Hand. »Kannst du das für mich aufgeben?«

»Natürlich, Hazel.«

»Braver Junge, leb wohl.«

Als sie zurück ins Schiff kam, fragte Roger: »Was sollte die plötzliche Panik, Hazel?«

»Sechs Kapitel. Da bleibe ich die ganze Nacht wach, um sie fertigzuschreiben — und dann merke ich nicht einmal, daß ich vergessen habe, sie aufzugeben.«

»Dein Kopf ist noch auf den Schultern?«

»Werde nicht unverschämt, Kleiner.«

»Marsch, ins Schiff!«

»Aye, aye, Sir.«

Als alle an Bord waren, nahm der Wiegemeister die letzte Überprüfung vor. »Zwei Komma sieben Pfund unter der Höchstgrenze, Kapitän«, sagte er und hängte die nötigen Gewichte an. »Knappe Berechnung. So, Sie können starten.«

»Danke, Sir.«

Roger Stone zog die Leiter ein und schloß die Luftschleusentür. Er warf einen Blick in den Kontrollraum. Castor hatte es sich bereits im Kopilotensitz bequem gemacht.

»Zeit?«

»Minus siebzehn Minuten, Käpt'n.«

»Alles klar?«

»Könnte nicht klarer sein.«

Das Hauptproblem war der genaue Start. Die Zeit war schon vor drei Wochen bis auf die Sekunde festgesetzt worden. Es gibt nur alle sechsundzwanzig Monate eine kurze Zeit, in der ein Schiff das Luna-Terra-System auf der wirtschaftlichsten Route zum Mars hin verlassen kann. Das zweite Problem hatte Mister Stone am Vortag nach dem Wiegen berechnet — wie lange er wieviel Schub einsetzen mußte, um sein Schiff in genau diese wirtschaftlichste Bahn zu bringen. Castor überprüfte die Zahlen, die in den Autopiloten eingespeist waren.

Roger Stone ging hinunter in den Maschinenraum und sah sich unterwegs noch einmal überall um. Selbst ein routinierter Kapitän ist während der letzten Minuten vor dem Start nervös. Er hat das gleiche Problem zu bewältigen wie ein Fallschirmspringer. Wenn er erst einmal gestartet ist, kann er keinen Fehler mehr korrigieren. Kapitäne von Raumschiffen leiden Angstträume wegen einer Dezimalstelle.

Hazel und Pollux hatten ihre Plätze als 1. und 2. Ingenieur eingenommen. Stone streckte den Kopf durch die Luke, ging aber nicht nach unten. »Maschinenraum?«

»Alles bereit. Ich fange allmählich mit dem Aufwärmen an.«

Dr. Stone, Meade und Buster erlebten den Start im Schlafraum. Roger Stone sah kurz bei ihnen vorbei. »Alles in Ordnung?«

Seine Frau lächelte ihm zu. »Natürlich, Liebling. Buster hat seine Spritze bekommen.«

Buster lag festgeschnallt auf seiner Koje. Er schlief. Er hatte als einziger noch nie die Beschleunigung beim Start und anschließend den freien Fall mitgemacht; seine Mutter hatte sich entschlossen, ihm ein Beruhigungsmittel zu geben.

Roger Stone sah seinen jüngsten Sohn an. »Ich beneide ihn.«

Meade setzte sich auf. »Kopfschmerzen, Paps?«

»Ich werde sie überstehen. Ich habe Abschiedsparties schon immer als anstrengend empfunden, besonders, wenn man der Ehrengast ist.«

Im Lautsprecher ertönte Castors Stimme: »Soll ich sie starten, Paps? Ich fühle mich großartig.«

»Kümmere du dich um deine Angelegenheiten. Stimmen die Zahlen noch?«

»Ganz genau. Noch elf Minuten, Sir.«

Als Roger gehen wollte, hielt ihn seine Frau zurück. »Nimm das, Liebling.« Sie reichte ihm eine Kapsel.

»Ich brauche sie nicht.«

»Nimm sie.«

»Jawohl, Frau Doktor.« Er schluckte sie, schnitt eine Grimasse und ging hinauf in den Kontrollraum. Als er auf seine Liege kletterte, sagte er: »Rufe den Tower an und bitte um freien Start.«

»Aye, aye, Sir. *Moostöter,* Register Luna City, an Tower. Wir bitten um Starterlaubnis nach vorgelegtem Plan.«

»Tower an *Moostöter* — Starterlaubnis erteilt.«

»*Moostöter* an Tower — *Roger*!« erwiderte Castor.

Kapitän Stone überblickte das Schaltpult. Alle Lampen leuchteten grün bis auf eine. Dieses rote Licht würde erst erlöschen, wenn seine Mutter die Kadmium-Regelstäbe einschob. Noch ein Blick auf den Autopiloten, den Castor vor sich hatte — er funktionierte genau. »Alle Stationen der Reihe nach melden! Maschinenraum!«

»Sie ist heiß, Käpt'n«, erwiderte Hazel.

»Passagiere!«

»Fertig, Roger.«

»Kopilot!«

»Alles grün, Sir. Letzter Check beendet. Noch fünf Minuten.«

»Festschnallen und melden!«

»Maschinenraum-Belegschaft fertig!« »Wir sind festgeschnallt, Liebling.« »Alle Stationen startklar, Sir.«

»Maschinenraum — fertigmachen zum Start.«

Das letzte rote Licht wurde grün. Castor begann mit dem üblichen Leierton: »Minus zwei Minuten zehn — minus zwei Minuten . . .«

Roger Stone spürte, wie ihm das Blut in den Adern pochte, und er ärgerte sich, daß er nicht früher schlafen gegangen war.

»Minus eine Minute — minus fünfundfünfzig Sekunden — minus fünfzig . . .«

Er legte den rechten Zeigefinger über den manuellen Starterknopf, um jederzeit eingreifen zu können, falls der Autopilot versagte. Dann nahm er ihn wieder weg. Schließlich hatte er kein Militärschiff vor sich! Wenn der Start nicht reibungslos klappte, mußte er eben aufgeschoben werden — er konnte das Leben seiner Frau und seiner Kinder nicht riskieren. Außerdem hatte er nur eine Privatlizenz . . .

»Minus fünfunddreißig — *eine halbe Minute*!«

Sein Kopf brummte. Warum mußte er die warme Wohnung verlassen und sich so einer Konservenbüchse anvertrauen?

»Achtundzwanzig, siebenundzwanzig . . .«

Nun, wenn etwas schiefging, blieben wenigstens keine Waisen zurück. Die ganze Stone-Familie war an Bord. Die Steine rollen immerfort . . . setzen kein Moos an . . .

»Neunzehn — achtzehn — siebzehn —«

Schön war es sicher nicht, zu den Leuten zurückzukehren, die ihn eben verabschiedet hatten, und zu sagen: »Hört mal, es ist uns ein Fehler beim Start unterlaufen . . .«

»Zwölf! Elf. Und zehn. Und neun.«

Wieder schwebte sein Zeigefinger über dem Handbedienungsknopf.

»Und fünf!
Und vier!
Und drei!
Und zwei!
Und . . .« Castors Stimme wurde von dem Dröhnen der Düsen übertönt. Die *Moostöter* wurde in den Raum geschleudert.

6

Der Start von Luna ist nicht so gewaltsam und bedrückend wie ein Start von der Erde. Das Schwerefeld des Mondes ist schwach und hat eine so geringe Reichweite, daß ein Schub von einem g genügen würde.

Kapitän Stone hatte sich für zwei g entschlossen, erstens, um Zeit und zweitens, um Treibstoff zu sparen — denn es ist Treibstoffverschwendung, wenn die Reaktionsmasse zu lange gegen das Schwerefeld eines Himmelskörpers ankämpfen muß.

Zwei Minuten lang zwei g — ein Nichts! Der gleiche Druck, den ein Ringer spürt, wenn ihn sein Gegner auf die Matte drückt.

Aber die Stones hatten auf Luna gelebt; die Kinder waren auf Luna geboren. Und für sie waren zwei g die zwölffache Belastung.

Rogers Kopfschmerzen, die allmählich nachgelassen hatten, quälten ihn im verstärkten Maße. Er rang nach Luft und mußte immer wieder den Beschleunigungsmesser ansehen, um sich zu überzeugen, daß das Schiff nicht plötzlich wild geworden war.

Mühsam drehte er den Kopf herum. »Cas? Alles in Ordnung?«

»Klar, Käpt'n«, keuchte Castor. »Autopilot funktioniert nach Vorschrift.«

»Gut.« Er wandte sich der Sprechanlage zu. »Edith . . .«

Es kam keine Antwort. »*Edith*!«

Diesmal erwiderte eine gequälte Stimme: »Ja, Liebling.«

»*Alles in Ordnung*?«

»Ja, bei mir und Meade. Dem Baby geht es schlecht.«

Er wollte gerade im Maschinenraum anrufen, als ihn Castor an die Zeit erinnerte. »Zwanzig Sekunden! Neunzehn! Achtzehn . . .«

Er wandte die Blicke dem Zeitmesser zu und machte sich bereit, den Schub im Notfall per Hand abzuschalten.

»Brennschluß!« rief Castor — der Autopilot hatte funktioniert. Die Düsen jaulten, als sie plötzlich keinen Treibstoff mehr erhielten; die Regelstäbe fingen die herumschwirrenden Neutronen auf — und die *Moostöter* befand sich im freien Fall auf die Erde zu. Die plötzliche Stille wurde nur durch das Surren der Klimaanlage unterbrochen.

Roger Stone schluckte an seiner letzten Mahlzeit herum. »Maschinenraum!« rief er. »Melden!«

Er konnte einen schweren Seufzer von Hazel hören. »Okay, Sohn«, sagte sie schwach.

»Cas, rufe den Hafen an. Verlange einen Doppler-Check.«

»Aye, aye, Sir.« Castor nahm Verbindung mit der Radar- und Dopplerstation von Leyport auf. Die *Moostöter* hatte alle üblichen Radar- und Steuerinstrumente an Bord, aber kein Raumschiff besaß die Möglichkeiten der Hafenkontrollen und Raumstationen. »*Moostöter* an *Luna Pilot* — bitte melden, *Luna Pilot*!« Während des Anrufs schaltete er die eigene Radar- und Doppler-Radaranlage ein, damit die Leistung der Instrumente mit derjenigen der ortsfesten Geräte verglichen werden konnte. Es war eine Routinearbeit des Kopiloten.

»*Luna Pilot* an *Moostöter*.«

»*Moostöter* an *Luna Pilot* — erbitten Entfernung, Richtung und Flugbahnabweichungen von Flug Vierzehn. Plan wurde eingehalten.«

»Einen Augenblick.«

Eine gelangweilte Stimme las die Zahlen ab. Die Korrekturen waren meist winzig, aber unerläßlich. Ein Pilot, der sie mißachtete, fand sich am Ende vielleicht Millionen Meilen von seinem Ziel entfernt.

»Die Abweichung vom Flugplan ist zu akzeptieren«, fügte der Mann hinzu. »Ein sehr guter Start, *Moostöter*.«

Castor dankte ihm und schaltete aus. »Geschafft, Paps.«

»Gut. Hast du deine Ablesungen mit seinen verglichen?«

»Ja, Sir.«

»Gut. Dann trage die Vektoren ein. Ich möchte alles überprüfen.« Er sah seinen Sohn genauer an. Castors Hautfarbe war ein zartes Grün. »Sag' mal, hast du deine Pillen nicht genommen?«

»Doch, Sir. Aber beim erstenmal erwischt es mich immer. Es wird gleich vergehen.«

»Du siehst aus wie eine Leiche, die zu lange im offenen Sarg gelegen hat.«

»So großartig siehst du auch nicht aus.«

»Ich fühle mich auch nicht so großartig, unter uns gesagt. Kannst du die Vektoren eintragen, oder möchtest du dich eine Weile ausruhen?«

»Oh, es geht schon.«
»Gut — aber paß auf die Dezimalstellen auf!«
»Aye, aye, Käpt'n.«
»Ich verschwinde.« Er schnallte sich los und sagte in den Interkom: »Wer Lust hat, kann ins Wohnquartier kommen. Maschinenraum, den Reaktor sichern und das Kontrollbord versperren.«
»Ich habe den Flugbericht gehört, Käpt'n«, sagte Hazel. »Kontrollbord ist versperrt.«
»Greife meinen Befehlen nicht vor, Hazel, sonst kannst du zu Fuß heimgehen.«
»Ich habe mich nur falsch ausgedrückt, Käpt'n. Ich wollte sagen, daß der Maschinenraum im Moment dichtgemacht wird. Da — fertig.«
»Schön.« Er lächelte düster vor sich hin. Seine Anzeigegeräte hatten ihm deutlich verraten, daß der erste Bericht der Wahrheit entsprach. Er hatte es befürchtet — bei dieser Horde von Individualisten würde es nicht leicht sein, den Kapitän zu spielen. Er ließ sich durch die Luke ins Wohnquartier treiben.

Seine Frau, seine Tochter und sein Jüngster waren nicht mehr angeschnallt. Dr. Stone bearbeitete Lowells Brust und Bauch. Man konnte nicht genau sehen, was sie tat, aber offensichtlich war dem Kleinen sehr übel geworden. Meade versuchte mit glasigem Blick, die Spuren zu beseitigen. Das Baby war immer noch ohne Bewußtsein.

Roger Stone hatte plötzlich ein scheußliches Gefühl. »Du liebe Güte!«

Seine Frau sagte über die Schulter: »Bring mir meine Spritzen. Sie sind im Schrank hinter dir. Ich muß ihn wach bekommen. Seine Zunge fällt immer wieder nach hinten.«

Er schluckte. »Ja, Liebling. Welches Mittel?«

»Neokoffein — einen Kubikzentimeter. *Schnell!*«

Er fand den Kasten, füllte die Spritze und reichte sie Dr. Stone. »Was kann ich sonst noch tun?« fragte er.

»Nichts.«

»Ist er in Gefahr?«

»Nicht, solange ich ihn im Auge behalte. Und jetzt geh! Bitte Hazel, daß sie herkommen soll.«

»Ja, Liebling, sofort.« Er begab sich zum Maschinenraum und fand seine Mutter mitten in der Luft schwebend. Pollux lag noch auf der Couch. »Ist hier alles in Ordnung?«

»Natürlich. Bis auf meinen Assistenten vielleicht. Der möchte bei der nächsten Haltestelle aussteigen.«

»Laß mich zufrieden«, knurrte Pollux. »Ich fühle mich wohl.«

»Edith könnte deine Hilfe brauchen, Mutter«, sagte Roger Stone. »Buster hat den ganzen Schlafraum in ein Chaos verwandelt.«

»Dieses kleine Ferkel! Dabei habe ich genau aufgepaßt, daß er heute nichts Unrechtes aß.«

»Allem Anschein nach hast du ihn ein paar Minuten aus den Augen gelassen. Am besten gehst du jetzt zu Edith.«

»Hören ist gehorchen, Herr«, sagte sie, stieß sich mit einem Fuß an der Wand ab und sauste durch die Luke. Roger wandte sich seinem Sohn zu. »Wie geht es?«

»In ein paar Stunden ist es sicher überstanden. Diese Dinge muß man eben durchmachen — wie das Zähneputzen.«

»Verstanden. Ich würde auch am liebsten einen kleinen Planeten mieten. Hast du das Ingenieurslogbuch schon ausgefüllt?«

»Noch nicht.«

»Tu es. Dann denkst du eine Zeitlang nicht an deinen Magen.« Roger ließ ihn allein und sah noch ins Wohnquartier. Lowell war wach und brüllte. Edith hatte ihn mit Bettüchern an die Koje gebunden, um ihm ein Gefühl des Drucks und der Festigkeit zu geben.

»Mama!« wimmerte das Kind. »Es soll stillstehen!«

»Pst, Liebling. Es ist alles gut. Mama ist hier.«

»Ich will *heim!*«

Sie gab keine Antwort, sondern strich ihm über die Stirn.

Roger Stone trat hastig den Rückzug an.

Beim Essen waren alle bis auf Lowell wieder überm Berg. Dennoch — Appetit hatten sie nicht. Dr. Stone beschränkte das Menü auf eine klare Suppe, Kräcker und gedämpfte Aprikosen. Eiscreme war da, aber es gab keine Abnehmer.

Bis auf das Baby hatte keiner von ihnen das Gefühl, daß das Unbehagen anhalten würde. Ihre Mägen und Lymphkanäle hatten die Prozedur schon mehr als einmal durchgemacht.

Bei Lowell lag die Sache anders. Sein ganzer Körper rebellierte gegen den neuen Zustand; und er war noch nicht alt genug, um die Veränderung ruhig und furchtlos hinzunehmen. Er schrie und mußte dadurch immer wieder erbrechen. Hazel und Meade versuchten, ihn abwechselnd zu beruhigen. Als Hazel zum Essen herunterkam, fragte Roger Stone: »Wie geht es ihm jetzt?«

Hazel zuckte mit den Schultern. »Ich wollte ihn zum Schachspielen bewegen, aber er hat mir ins Gesicht gespuckt.«

»Dann muß es ihm besser gehen.«

»Man merkt nicht viel davon.«

»Hör' mal, Mutter«, sagte Castor, »kannst du ihm nicht Spritzen geben, bis er sich beruhigt hat?«

»Nein«, erwiderte Dr. Stone. »Ich gebe ihm bereits die höchste Dosis, die sein Körper verträgt.«

»Wie lange wird es wohl dauern, bis er die Sache überwunden hat?« wollte Roger wissen.

»Das kann ich nicht vorhersagen. Gewöhnlich passen sich Kinder schneller als Erwachsene an — aber wir wissen auch, daß sich manche Menschen nie anpassen. Sie sind von ihrer Konstitution her einfach nicht in der Lage, sich im Raum aufzuhalten.«

Pollux sah sie mit offenem Mund an. »Du willst damit sagen, daß Buster eine *Erdmade* bleibt?« Das Wort klang zugleich nach ansteckender Krankheit und Familienschande.

»Mund halten!« sagte sein Vater scharf.

»Ich will damit nichts dergleichen sagen«, erklärte seine Mutter ebenso scharf. »Lowell geht es im Moment sehr schlecht, aber vielleicht paßt er sich bald an.«

Eine Zeitlang herrschte düsteres Schweigen. Pollux füllte seinen Suppenbeutel nach, holte sich ein paar Kräcker und klammerte sich mit einem Bein an einer Halteleine fest. Er sah Castor an. Die beiden begannen eine Konversation, die hauptsächlich aus Grimassen und Gesten bestand. Ihr Vater sah sie an und wandte sich wieder ab. Den Geheimcode der beiden verstand kein Mensch.

»Edith, könnte es tatsächlich sein, daß Lowell sich nicht anpaßt?« fragte er.

»Die Möglichkeit besteht immer.« Sie führte den Satz nicht weiter aus, und das war auch nicht nötig. Raumkrankheit ist ebensowenig tödlich wie Seekrankheit, aber mit der Zeit tun der Hunger und die Erschöpfung das ihre.

Castor pfiff durch die Zähne. »Herrlich, daß wir das jetzt erst erfahren, wo es zu spät ist. Wir befinden uns bereits auf dem Weg zum Mars.«

Hazel sah auf. »Du weißt genau, daß das nicht stimmt, Castor.«

»Häh?«

»Mensch, Esel«, half ihm sein Bruder. »Wir müssen zurück.«

»Oh.« Castor runzelte die Stirn. »Ich vergaß einen Moment lang, daß wir die Erde noch nicht hinter uns haben.« Er seufzte. »Tja, so ist das. Dann werden wir eben umkehren.« Es gab einen einzigen Punkt, an dem sie sich zur Rückkehr zum Mond entschließen konnten. Sie würden der Erde auf einer Hyperbelbahn ganz nahe kommen — mit fünf Meilen pro Sekunde. Wenn sie den Weg zum Mars fortsetzten, wollten sie diese Geschwindigkeit bei der stärksten Annäherung durch Zünden der Antriebe erhöhen und damit eine Ellipse relativ zur Sonne erreichen, die sie nach Mars bringen würde.

Sie konnten dieses Manöver allerdings auch umkehren, indem sie die Düsen entgegen der Flugrichtung zündeten und die *Moostöter* in eine Ellipse relativ zur Erde zwangen — eine Kurve, die sie bei genauer Berechnung zurück zum Mond bringen mußte, noch bevor es ihrem kleinen Bruder zu schlecht ging.

»Ja, das wäre es«, meinte Pollux. Er grinste plötzlich. »Will jemand eine Ladung Fahrräder kaufen? Wir würden sie billig abgeben.«

»Seid nicht so voreilig mit der Geschäftsaufgabe«, mahnte ihr Vater, »aber wir respektieren eure Haltung. Edith, was glaubst du?«

»Ich finde, wir dürfen kein Risiko eingehen«, erklärte Hazel. »Das Baby ist krank.«

Dr. Stone zögerte. »Roger, wie weit ist es noch bis zum Umkehrpunkt?«

Er warf einen Blick auf die Kontrollen. »Wir haben noch fünfunddreißig Stunden Zeit.«

»Weshalb bereitet ihr nicht beide Manöver vor? Dann können wir uns die Entscheidung bis zum letzten Moment aufheben.«

»Das ist vernünftig. Hazel, du und Castor, ihr arbeitet das Anflugproblem aus; Pol und ich übernehmen den Marsvektor. Zuerst genügen Näherungswerte. Wir korrigieren sie, wenn wir noch ein Stück Weg zurückgelegt haben. Jeder arbeitet für sich, und dann vergleichen wir die Ergebnisse. Paßt auf eure Dezimalstellen auf.«

»Paß auf die *deinen* auf«, entgegnete Hazel.

Castor grinste seinen Vater an. »Du hast dir die leichtere Hälfte ausgesucht, Paps?«

Sein Vater sah ihn an. »Ist es dir zu schwer? Willst du lieber tauschen?«

»Aber nein, Sir! Ich schaffe es schon.«

»Dann beeil' dich — und vergiß nicht, daß du ein Mannschaftsmitglied bist.«

»Aye, aye, Sir.«

Er hatte sich tatsächlich den leichteren Teil ausgesucht; das Grundproblem war bereits von den Computern der

Luna-Pilot-Station gelöst worden, während das Einschwenken in eine Ellipse um die Erde bisher überhaupt nicht in Betracht gezogen worden war. Aber Kapitän Stone hatte das nicht aus Faulheit getan; er wollte beide Kurven berechnen — nur verriet er das seinen Söhnen nicht. Inzwischen plagte ihn eine neue Sorge. Hinter ihm befanden sich eine Reihe anderer Schiffe, die auf dem Weg zum Mars waren. Sie alle nützten die günstige Stellung von Mond, Erde und Mars aus, um möglichst wirtschaftlich ans Ziel zu gelangen. Und die großen Schiffe zahlten hohe Prämien, um die Starterlaubnis im exakten Moment zu bekommen. Die *Moostöter* war kurze Zeit vor Inkrafttreten dieser Prämien — die sich wirklich nur Riesenfrachter leisten konnten — aufgebrochen; und nun war ein gutes Dutzend Schiffe hinter ihr her, die alle zum Mars wollten.

Wenn die *Moostöter* umkehrte und nicht den Vektor nach Mars einschlug, konnte es Verkehrsschwierigkeiten geben.

Zusammenstöße zwischen Raumschiffen kommen äußerst selten vor. Der Raum ist riesig, und es gibt nicht sehr viele Schiffe. Aber möglich sind sie, wenn viele Schiffe zur gleichen Zeit im gleichen Sektor das gleiche tun. Niemand wird den Fall der *Morgenstern* vergessen, die mit dem Patrouillenboot *Trygve Lie* zusammenstieß — vierhundertsieben Tote — keine Überlebenden.

Roger schwitzte bei dem Gedanken, daß die Raumkontrolle ihm die Kursänderung nicht gestatten könnte. Und das würde sie tun, wenn die leiseste Möglichkeit eines Zusammenstoßes bestand — krankes Kind an Bord oder nicht.

Und Kapitän Stone würde sich nicht an das Verbot halten, einen Zusammenstoß riskieren und sein Kind heimbringen — was ihn bestimmt die Pilotenlizenz kosten und obendrein eine Strafe einbringen würde.

Außer den Schiffen galt es noch die Raumstation und die Funksatelliten zu beachten — und die mit Atombomben bestückten Robotraketen der Patrouille, welche die Erde von Pol zu Pol umkreisten. Moment — die Raumstation? Roger

Stone überlegte. Konnte er vielleicht eine Parallelbahn zur Raumstation einschlagen, anstatt zum Mond zurückzukehren? Wenn ja, dann war es auch möglich, Lowell auf die Station zu bringen — und dort hatte er wenigstens in den äußeren Kabinen Schwerkraft, da sich die Anlage ständig drehte.

Der Ballistik-Computer wurde nicht benutzt. Castor und Hazel waren immer noch dabei, ihr Problem auszuarbeiten. Kapitän Stone setzte sich an den Computer und gab eine Überschlagsrechnung ein.

Eine halbe Stunde später saß er mit hängenden Schultern vor dem Gerät. O ja, er konnte die Bahn der Raumstation einschlagen — aber im günstigsten Fall hundert Grad von ihr entfernt. Sogar bei großzügigem Einsatz von Reaktionsmasse würde er an die Station selbst nicht herankommen.

Er löschte die Berechnungen mit heftigen Bewegungen. Hazel sah auf. »Was gibt es, Junge?«

»Ich dachte, wir könnten an der Station landen. Leider unmöglich.«

»Das hätte ich dir auch sagen können.«

Er gab keine Antwort, sondern suchte das Wohnquartier auf. Lowell ging es um keine Spur besser.

Die Erde tauchte an der Steuerbordluke auf, groß, rund und schön. Sie waren jetzt nur noch zehn Stunden vom kritischen Punkt entfernt, an dem sie sich entscheiden mußten. Hazels Notplan war an die Raumkontrolle gefunkt worden. Sie waren fest zur Rückkehr entschlossen; dennoch erhielt Pollux die Aufgabe, mit Hilfe der Abweichungsdaten von der Quito-Station den ursprünglichen Flugplan genau zu berechnen.

Dr. Stone kam in den Kontrollraum und winkte ihren Mann zu sich. Gemeinsam begaben sie sich in die Wohnkabine.

»Was ist?« fragte er. »Geht es Lowell schlechter?«

»Nein, besser.«

»Wie?«

»Liebling, ich glaube, er hatte gar nicht die Raumkrankheit.«

»Was soll das heißen?«

»Oh, anfangs vielleicht schon. Aber zum größten Teil war es eine Allergie gegen das Beruhigungsmittel, das ich ihm gab.«

»Was? Ich habe noch nie gehört, daß jemand auf dieses Mittel allergisch reagierte.«

»Ich auch nicht, aber das ist unwichtig. Ich hörte vor ein paar Stunden mit der Behandlung auf, weil ich das Gefühl hatte, daß sie nichts nützte. Die Symptome wurden rasch schwächer, und sein Puls geht jetzt regelmäßig.«

»Ist es sicher, nach Mars weiterzufliegen?«

»Das kann ich noch nicht sagen. Ich würde ihn gern noch einen oder zwei Tage beobachten.«

»Aber — Edith, du weißt, das ist unmöglich. Ich muß eines der beiden Manöver einleiten.« Ihm war elend von der Anstrengung und dem Mangel an Schlaf. Keiner von ihnen hatte in den letzten vierundzwanzig Stunden ein Auge zugetan.

»Ja, ich weiß. Sag' mir eine halbe Stunde vor dem Manöver Bescheid. Ich werde mich dann entscheiden.«

»Gut. Tut mir leid, daß ich dich angefahren habe.«

»Mein lieber Roger!«

Bevor sie ›um die Kurve‹ waren, ging es dem Kleinen sehr viel besser. Seine Mutter hielt ihn ein paar Stunden lang unter einer leichten Hypnose. Als er aufwachte, wollte er essen. Sie gab ihm ein paar Löffel Eiercreme; beim ersten Bissen würgte er, aber das waren reine Schluckbeschwerden in der Schwerelosigkeit. Danach ging es besser.

Als sie ihm nichts mehr geben wollte, protestierte er heftig. Anschließend verlangte er, daß sie ihn losschnallen sollte. Diesen Wunsch erfüllte sie ihm, aber sie beauftragte Meade mit seiner Bewachung. Dann ging sie zurück zu ihrem Mann. Hazel und Castor arbeiteten am Computer, Pollux schrieb die Ablesungen von der Erdstation nieder. Edith zog Roger

Stone auf die Seite und flüsterte: »Liebling, ich glaube, es ist überstanden. Er hat gegessen — ohne sich zu übergeben.«

»Bist du ganz sicher? Ich möchte nicht das geringste Risiko eingehen.«

Sie zuckte mit den Schultern. »Ich bin Ärztin und kann keine Horoskope stellen.«

»Und wofür entscheidest du dich?«

»Ich bin für den Weiterflug nach Mars.«

»Gut.« Er seufzte. »Die Raumkontrolle hat meinen veränderten Plan nämlich abgelehnt. Ich wollte es dir eben sagen.«

»Dann haben wir gar keine Wahl?«

»Du weißt genau, daß ich mich lieber mit dem Richter unterhalte, als daß ich Lowells Leben zerstöre. Aber ich habe noch einen Trumpf im Ärmel.«

Sie sah ihn fragend an. »Die *Kriegsgott* ist weniger als zehntausend Meilen hinter uns. Im Notfall könnte ich in etwa einer Woche in gleiche Höhe mit ihr kommen und dich mit dem Kind umsteigen lassen. Sie ist für Passagiere gebaut und besitzt Schwerkraft.«

»Daran hatte ich nicht gedacht. Nun, nötig wird es wahrscheinlich nicht sein, aber ich bin doch froh, daß Hilfe in der Nähe ist.«

Pollux hatte seine Arbeit eingestellt und versucht, das Gespräch seiner Eltern mitzuhören. Es gelang ihm nicht; dazu hatten die beiden zuviel Abschirm-Erfahrung. Aber er bemerkte ihren angespannten Gesichtsausdruck und verständigte sich mit seinem Zwillingsbruder.

»Moment, Hazel«, sagte Castor. »Was gibt es, Pol?«

»Sollen wir es ihnen gleich sagen?« Er deutete auf seine Eltern.

»Gut. Ich übernehme die Sache.«

Sie gingen nach hinten.

Roger Stone sah sie stirnrunzelnd an. »Was ist, Jungs? Wir haben eine Menge zu tun.«

»Jawohl, Sir. Aber wir wollen eine Ankündigung starten.«

»Ja?«

»Pol und ich stimmen dafür, daß wir heimfliegen.«

»Wie?«

»Wir finden, daß man mit Buster kein Risiko eingehen darf.«

»Sicher, er ist ein Fratz«, fügte Pol hinzu. »Aber ihr habt schon allerhand in ihn investiert.«

»Wenn er unseretwegen sterben müßte, würde uns nichts mehr Spaß machen«, fuhr Castor fort.

»Und selbst wenn er durchkommt — wer will schon wochenlang hinter ihm saubermachen?«

»Macht euch keine Sorgen wegen des Vetos von der Raumkontrolle. Hazel und ich arbeiten einen Kurs aus, auf dem wir die *Queen Mary* um Minuten verpassen — um Sekunden, genauer gesagt. Kann natürlich sein, daß sie Angst dabei bekommen.«

»Ruhe!« sagte Kapitän Stone. »Einer nach dem anderen. Castor, eine direkte Frage: Ihr beide seid also so um das Wohlergehen eures kleinen Bruders besorgt, daß ihr auf alle Fälle nach Luna zurückkehren wollt?«

»Jawohl, Sir.«

»Selbst wenn eure Mutter entscheidet, daß es sicher für ihn ist, weiterzufliegen?«

»Jawohl, Sir. Wir haben lange darüber gesprochen. Selbst wenn es jetzt besser mit ihm aussieht, so war er doch schwer krank, und die Reise nach Mars ist für einen Kranken nicht angenehm. Wir möchten nichts riskieren.«

Hazel war ihnen nachgekommen und hörte zu. Jetzt sagte sie: »Edelmut steht dir nicht, Cas. Andersherum wirkst du überzeugender.«

»Du hältst dich heraus, Mutter. Pol?«

»Wie Cas sagte. Himmel, wir können noch genug Reisen machen.«

Roger Stone sah seine Söhne an. »Ich muß sagen, daß es mich überrascht, soviel Familiensolidarität bei diesem Individualistenhaufen zu entdecken. Mutter und ich werden uns mit Stolz und Dankbarkeit daran erinnern. Aber zum Glück ist das Opfer unnötig. Wir fliegen weiter.«

Hazel betrachtete ihn düster. »Roger, hast du dir beim Start den Kopf angestoßen? Wir müssen das Kind nach Luna zurückbringen. Ich habe mit den Jungs gesprochen, und sie meinen es ernst.«

»Paps, wenn du Angst vor dem schrägen Kurs hast, dann übernehme ich die Steuerung . . .«, begann Castor.

»RUHE!« Als er sie endlich hatte, sagte er halblaut vor sich hin: »In den Gesetzen steht, daß ich hier bin, um Befehle zu erteilen, nicht, um Erklärungen abzugeben. Und ich werde mich daran halten, selbst wenn ich meine eigene Mutter in Eisen schließen muß.« Er hob die Stimme. »Alles an die Stationen! Fertigmachen zum Steuermanöver! Abflug nach Mars!«

Edith Stone sagte leise zu Hazel: »Dem Kleinen geht es gut, Mutter. Du darfst es mir glauben.« Dann wandte sie sich an ihre Söhne. »Castor, Pollux — kommt her!«

»Aber Paps sagte . . .«

»Ich weiß. Kommt zuerst her.« Sie gab jedem einen Kuß. »Und nun an die Stationen!«

Meade erschien an der Luke. Sie zog Lowell wie einen Luftballon hinter sich her. Er wirkte fröhlich, und sein Gesicht war über und über mit Schokolade verschmiert. »Was soll denn der Lärm?« fragte Meade. »Ihr habt nicht nur uns geweckt, sondern bestimmt alle Passagiere in den Schiffen hinter uns.«

7

Die Zündung am erdnächsten Punkt hatte geklappt. Roger Stone hielt zwar viel von seinen Zwillingen, aber diesmal hatte er das Manöver persönlich übernommen. »Achtung — Beschleunigung in fünf Sekunden!«

Sie beschleunigten mit vier g, aber lediglich eine Minute

lang. Kapitän Stone beobachtete im Teleskop seine drei Bezugspunkte — Spika, Deneb und Fomalhaut. Sie waren genau hintereinander ausgerichtet.

Hazel rief: »Brennschluß!«, und im gleichen Augenblick wurde der Druck von ihm genommen.

Er holte tief Atem und sagte ins Mikrofon: »Edith?«

»Ja, Liebling«, flüsterte sie. »Bei uns ist alles in Ordnung.«

»Maschinenraum?«

»Okay!« rief Pollux.

»Gut, dann macht alles dicht.« Es hatte keinen Sinn, Hazel und Pollux im Maschinenraum festzuhalten. Wenn sich Korrekturen ergeben sollten, dann konnten sie erst Wochen später nach genauen Berechnungen erfolgen.

Mit hängenden Schultern stand Roger Stone auf. Er war erschöpft und ausgelaugt wie selten zuvor. Seit dem Start hatte er sich mit Anregungsmitteln wachgehalten. »Ich gehe für die nächsten zwölf Stunden in die Falle«, seufzte er. »Ihr könnt schon mal unseren Vektor überprüfen. Aber weckt mich nur, wenn es ganz wichtig ist. Alles andere sehe ich mir an, wenn ich ausgeschlafen habe.«

»Aye, aye, Käpt'n Bligh.«

Die erste Überprüfung zeigte, daß ihr Kurs völlig in Ordnung war. Hazel ging auch ins Bett — wobei ›Bett‹ figurativ zu verstehen war, denn Hazel schnallte sich nie an, sondern ließ sich während des Schlafens frei in der Kabine herumtreiben. Sie teilte den Schlafraum mit Meade. Die Zwillinge waren mit Buster zusammen. Sie versuchten auch einzuschlafen, aber der Kleine war alles andere als müde. Er untersuchte gerade die Möglichkeiten des freien Falls und wollte Fangen spielen. Die Zwillinge hatten keine Lust dazu, aber Lowell spielte trotzdem.

Pollux packte ihn am Knöchel. »Hör' mal! Hast du uns nicht Scherereien genug gemacht, als du krank warst?«

»Ich war nicht krank.«

»So! Und wer hat die Ferkelei veranstaltet? Der heilige Niemand?«

»Den gibt's ja gar nicht. Ich war nicht krank. Du lü-lügst, du lü-lügst, du lü-lügst.«

»Streite nicht mit ihm«, vermittelte Castor.

»Bring ihn einfach um und wirf ihn aus der Schleuse. Den Massefaktor können wir morgen korrigieren.«

»Ich war nicht krank.«

Pollux meinte: »Meade hatte in den letzten Stunden genug Zeit zum Schlafen. Vielleicht können wir sie dazu bringen, den kleinen Teufel zu hüten.«

»Gut, ich werde es versuchen.«

Meade war wach. Sie ließ sich die Sache durch den Kopf gehen. »Was zahlt ihr?«

»Schwesterlein, sei nicht eklig!«

»Hm — wie wäre es mit drei Tagen Abspülen?«

»Erpresserin! Also, abgemacht. Da, hol' dir den Kadaver.«

Da Meade den Schlafraum als Kinderzimmer brauchte, legten sich die Zwillinge in den Kontrollraum und schnallten sich auf den Liegen fest. Auch sie waren hundemüde.

8

Kapitän Stone ließ alle bis auf Dr. Stone und Lowell den neuen Kurs berechnen. Sie gingen von den gleichen Daten aus, und zwar verarbeiteten sie die Informationen der Raumkontrolle mit den Ablesungen der eigenen Instrumente. Roger Stone wartete, bis alle fertig waren, dann verglich er die Ergebnisse.

»Hazel?«

»Mehr als eine Million Meilen weichen wir nicht vom Mars ab, Käpt'n.«

»Meinen Berechnungen nach kommen wir genau hin.«

»Jetzt, da du es erwähnst, sehe ich, daß meine Zahlen das gleiche aussagen.«

»Cas? Pol? Meade?«

Die Zwillinge hatten auf sechs Dezimalstellen das gleiche Ergebnis und unterschieden sich nur durch eine Dezimalstelle von Hazel und ihrem Vater. Meades Lösung hatte mit den anderen nicht die geringste Ähnlichkeit. Ihr Vater sah die Zahlen neugierig an. »Mädchen, ich kann mir nicht vorstellen, woher du das hier hast. Aber du würdest uns in die Nähe von Proxima Centauri schicken.«

Meade wirkte interessiert. »Tatsächlich? Ich mache dir einen Vorschlag. Wir nehmen meine Zahlen her und warten ab, was passiert. Das gibt sicher einen Mordsspaß.«

»Ja? Bei Überlichtgeschwindigkeit?«

»*Dachte* ich mir doch, daß die Zahlen etwas groß ausgefallen sind.«

Hazel streckte den knochigen Zeigefinger aus. »Das hier müßte ein Minus sein, Liebling.«

»Das ist nicht der einzige Fehler«, verkündete Pollux. »Sieh dir das an!« Er hielt ihnen Meades Programmierblatt entgegen.

»Jetzt reicht es, Pol«, unterbrach sein Vater. »Zum Kritisieren bin ich da.«

»Aber . . .«

»Mund halten!«

»Laß nur, Paps«, warf Meade ein. »Ich wußte, daß es falsch war.« Sie zuckte mit den Schultern. »Es ist die erste Rechenaufgabe seit meiner Schulzeit. Irgendwie macht es mich nervös, daß es echte Probleme sind und keine Schulbuchtexte.«

»Verständlich — jeder Astrogator muß sich daran gewöhnen. Egal, Hazels Zahlen sind die besten Mittelwerte. Wir nehmen sie als Unterlage.«

Hazel gratulierte sich selbst.

»Paps, war das die letzte Berechnung?« fragte Castor.

»Natürlich. Während des nächsten halben Jahres wird sich nichts ändern. Erst dann müssen wir die Marsannäherung neu kalkulieren. Weshalb fragst du?«

»Weil Pol und ich untertänigst um die Erlaubnis des Kapitäns bitten, die Schleuse als Arbeitsraum benützen zu dürfen. Wir möchten endlich unsere Fahrräder reparieren.«

»Zu einem anständigen Militärjargon bringst du es nie. Aber warte, ich habe ein paar Neuigkeiten für euch.« Er holte ein Blatt Papier aus der Tasche und hängte es an das Nachrichtenbrett im Kontrollraum. »Moment, ich muß noch schnell etwas ändern.«

Er schrieb ein paar Zeilen und trat dann zur Seite.

SCHIFFSTAGESPLAN

07.00 Aufstehen (Freiwillig für Edith, Hazel & Buster.)
07.45 Frühstück (Meade kocht. Zwillinge spülen ab.)
09.00 Schule
Castor & Pollux: Mathematik
Meade: Astrogation (Lehrerin: Hazel)
Lowell: Purzelbäume, Schlangenspiele und Saltos — oder was seine Mutter sonst für notwendig hält
12.00 Ende des Vormittagsunterrichts
12.15 Mittagessen
13.00 Schule
Castor & Pollux: Mathematik
Meade: Hydroponikanlage
16.00 Ende des Nachmittagsunterrichts
18.00 Abendessen — normaler Schiffsdienst
SAMSTAG: nach dem Frühstück antreten und unter Hazels Aufsicht Schiff säubern. Inspektion des Kapitäns um 11.00
Persönliche Wäsche am Nachmittag
SONNTAG: Meditation, Studium und Erholung. Flicken am Nachmittag.

Hazel besah sich den Wisch kritischen Blickes. »Wo sind wir eigentlich, Roger? Im Sklavenzeitalter? Du hast nicht festgesetzt, um welche Zeit die Leute zur Prügelstrafe anzutreten haben.«

»Eine vernünftige Idee.«

»Möglich. Sechs zu zehn, daß die Sache keine Woche lang

gutgeht?«

»Top. Her mit deinem Geld!«

Die Zwillinge hatten die Ankündigung mit Entsetzen gelesen. Pollux stammelte: »Aber, Paps! Da bleibt ja keine Zeit zum Fahrräder-Reparieren! Willst du, daß wir unser Geld verlieren?«

»Ich habe dreißig Lernstunden pro Woche angesetzt. Da bleiben euch noch hundertachtunddreißig freie Stunden. Wie ihr sie einteilt, ist eure Sache, solange ihr euer Versprechen wegen der Ausbildung haltet.«

»Angenommen, wir fangen mit der Mathematik um halb neun an und anschließend gleich nach dem Mittagessen?« fragte Castor. »Könnten wir dann um die eingesparte Zeit früher Schluß machen?«

»Warum nicht?«

»Und wenn wir unser Studium manchmal auf den Abend verlegen?«

Ihr Vater zuckte mit den Schultern. »Dreißig Stunden pro Woche — über vernünftige Abweichungen läßt sich reden, wenn ihr die exakten Zeiten ins Logbuch eintragt.«

»So, das wäre geregelt«, meinte Hazel. »Und jetzt kommt noch ein kleiner Einwand von mir, Käpt'n. So gern ich deine kleine Blüte in die Geheimnisse der Astrogation einweihen würde — im Moment habe ich keine Zeit dafür. Du wirst sie selbst unterrichten müssen.«

»Weshalb?«

»Weshalb, fragt der Mensch! Das solltest du besser als jeder andere wissen. *Die Geißel des Universums* — deshalb! Ich muß mich während der nächsten drei oder vier Wochen in eine Ecke verkriechen und wie eine Irre schuften; schließlich muß ich für ein paar Monate vorausschreiben, weil wir in Kürze den Funkbercich verlassen.«

Roger sah seine Mutter traurig an. »Ich wußte, daß es kommen würde, Hazel, aber so früh habe ich es noch nicht erwartet. Die Geistesarbeit wird langsamer, die Gedanken schweifen ab . . .«

»Wessen Gedanken, du junger Hüpfer?«

»Nicht aufbrausen! Wenn du die Augen zusammenkneifst und durch die Steuerbord-Luke schaust, wirst du vielleicht das leichte Glitzern der *Kriegsgott* erkennen. Sie kann nicht mehr als zehntausend Meilen entfernt sein.«

»Was hat das mit mir zu tun?« fragte sie mißtrauisch.

»Arme Hazel! Wir werden uns alle um dich kümmern. Mutter, wir befinden uns auf der gleichen Flugbahn wie verschiedene große Handelsschiffe. Jedes von ihnen hat so starke Brenner, daß es Löcher in die Erde bohren könnte. Wir werden *nie* außer Funkkontakt sein!«

Hazel starrte aus der Luke, als könnte sie die *Kriegsgott* tatsächlich sehen. »Oh, verdammt!« flüsterte sie. »Sohn, geleite mich auf mein Zimmer. Also gut, ich bin senil. Dann schreibst du die Kapitel am besten selbst zu Ende.«

»He, he! *Du* wolltest den Vertrag verlängern, also schreibst *du!* Überhaupt, ich wollte mit dir schon lange über diesen *Abschaum des Universums* sprechen, aber ich fand bisher nie die Zeit dazu. Erstens, weshalb hast du mich zum Unterzeichnen gezwungen?«

»Weil sie mir zuviel Geld unter die Nase hielten, das weißt du ganz genau. Es ist ein Aroma, dem wir Stones nicht widerstehen können.«

»Ich wollte nur, daß du es öffentlich zugibst. Und nun zu Punkt zwei: Ich frage mich, wie du es trotz des vielen Geldes fertiggebracht hast, die Sache anzunehmen. In dem letzten Kapitel, das du mir zeigtest, wurde der galaktische Herrscher gekillt und unser Held in einer ausweglosen Situation zurückgelassen. Wenn ich mich recht erinnere, saß er in einer abgedichteten, radioaktiven Kugel am Grunde eines Ammoniakmeeres auf Jupiter gefangen. In diesem Meer wimmelt es von Methan-Ungeheuern, die durch den Gehirnstrahl des galaktischen Herrschers so abgerichtet waren, daß sie John Sterling beim ersten Auftauchen schnappen würden — und der arme Kerl hatte nur sein Pfadfindermesser. Wie hast du ihm aus der Patsche geholfen?«

»Wir haben eine Möglichkeit gefunden«, warf Pol ein. »Angenommen ...«

»Ruhig, Kinder. Das war doch ganz einfach, Roger. Mit übermenschlicher Anstrengung entwirrte sich unser Held aus seiner häßlichen Lage und ...«

»Das ist keine Antwort.«

»Du verstehst mich nicht. Das nächste Kapitel beginnt auf Ganymed. John Sterling erzählt der Spezialagentin Dolores O'Shanahan von seinem Abenteuer. Er verliert wenige Worte darüber, klar? Er ist so edel, daß er doch nicht vor einem Mädchen protzen kann. Als er eben scherzhaft seine meisterhafte Flucht abtut, beginnt die nächste Handlung, und sie ist so aktionsgeladen und blutrünstig, daß unser Publikum erst wieder zum Denken kommt, wenn die nächste Werbung eingeblendet wird. Und bis dahin gibt es schon wieder viel zuviel Neues.«

Roger schüttelte den Kopf. »Das ist literarischer Betrug.«

»Wer sagt denn, daß es überhaupt Literatur ist? Es ist für die Firmen eine Möglichkeit zum Steuerabsetzen. Ich habe schon drei neue Geldgeber.«

»Hazel?« fragte Pollux. »Wie steht es im Augenblick mit deiner Story?«

Hazel warf einen Blick auf ihre Uhr. »Roger, tritt der Plan schon heute in Kraft? Oder lassen wir eine Eingewöhnungszeit bis morgen?«

Er lächelte schwach. »Gut, meinetwegen.«

»Wenn es sich um eine Lagebesprechung meiner Serie handelt, dann holt besser Buster. Ich habe meine besten Ideen von ihm, denn er besitzt genau den Verstand meines Durchschnittspublikums.«

»Wenn ich Lowell wäre, würde ich Beschwerde einlegen.«

»Ruhe!« Sie glitt zur Luke und rief: »Edith! Leihst du mir für kurze Zeit dein Raubtier?«

»Ich hole ihn, Großmutter«, sagte Meade. »Aber warte mit der Geschichte, bis ich zurückkomme.«

Sie brachte nach kurzer Zeit den Kleinen mit. »Was willst

du, Großmutter?« fragte Lowell. »Fangen spielen?«

Sie hielt ihn mit einer Hand fest. »Nein, mein Junge — Blut. Blut und Eingeweide. Wir wollen ein paar Schufte umbringen.«

»Spitze!«

»Also, sie haben sich im Dunkelnebel verirrt. Ihre Nahrungsmittel und Notrationen sind ausgegangen. Sie haben einen zeitweiligen Waffenstillstand mit ihren Gefangenen von Arkturus geschlossen und sie freigelassen, damit sie ihnen helfen — eine Sache ohne Risiko, da die Arkturer eine Silizium-Rasse sind und mit Menschenfleisch nichts anfangen können. Sie brauchen die Hilfe der Arkturer, weil das Raumungeheuer, das sie in der letzten Episode fingen und in einen leeren Treibstofftank einsperrten, sich bis zur letzten Trennwand durchgefressen hat und keinerlei dumme Vorurteile wegen seiner Diät hat. Kohlenstoff oder Silizium — es frißt alles.«

»Das finde ich unlogisch«, kommentierte Roger Stone. »Wenn seine eigenen chemischen Prozesse . . .«

»Nur positive Vorschläge, bitte«, unterbrach ihn Hazel. »Pol? Ich sehe den Glanz in deinem Auge.«

»Kann dieses Monstrum Radarwellen vertragen oder nicht?«

»Na, das ist schon etwas. Aber wir müssen die Sache etwas umkleiden. Ja, Meade?«

Die Zwillinge brachten ihre Fahrräder am nächsten Tag nach draußen. Die Anzüge, die sie trugen, waren die gleichen, die sie auch auf dem Mond getragen hatten. Zusätzlich trugen sie Magnetstiefel und verfügten über kleine Raketenantriebe. Die letzteren waren so an den Rücken geschnallt, daß sich die Düsen am Gürtel befanden. Für Notfälle hatten die beiden eine zusätzliche Druckflasche um die Schultern geschlungen — bei der Schwerelosigkeit kein Handikap.

»Denkt daran«, sagte Roger Stone streng, »die Antriebe sind nur für den Notfall da. Niemals die Halteleinen vergessen. Und verlaßt euch nicht auf die Magnetstiefel, wenn ihr die Leinen wechselt. Erst wenn die zweite Leine festgemacht ist, wird die erste abgemacht.«

»Klar, Paps, wir sind vorsichtig.«

»Ich hoffe es. Aber ihr könnt damit rechnen, daß ich von Zeit zu Zeit überraschend auftauche und euch inspiziere. Ein Schnitzer, und ihr könnt mit Daumenschrauben plus fünfzig Hieben auf die Fußsohlen rechnen.«

»Kein kochendes Öl?«

»Kann ich mir nicht leisten. Hört mal, ihr glaubt, daß ich Witze mache. Wenn aber einer von euch den Halt am Schiff verlieren sollte, kann er nicht damit rechnen, daß ich umkehre und ihn auffische. Einer von euch beiden ist ohnehin zuviel.«

»Welcher?« fragte Pollux. »Cas vielleicht?«

»Manchmal der eine, manchmal der andere. Ich schwanke noch. Wenn ihr euch strikt an meine Befehle haltet, schiebt ihr die Entscheidung eine Weile hinaus.«

Die Frachtluke besaß keine Luftschleuse; die Zwillinge dekomprimierten den gesamten Laderaum und öffneten die Tür, nachdem sie noch gerade rechtzeitig die Halteleinen festgemacht hatten. Sie sahen hinaus und zögerten beide. Obwohl sie ihr Leben lang mit Raumanzügen auf dem Mond umherspaziert waren, hatten sie noch nie ein Schiff während des Fluges verlassen.

Die Luke umrahmte ewige kosmische Nacht, eine Schwärze, die durch das kalte Funkeln der Sterne noch unheimlicher wurde. Sie befanden sich auf der Nachtseite der *Moostöter.* Außer Sternen und der Tiefe war nichts zu sehen.

»Cas, die Sache gefällt mir nicht«, sagte Pollux.

»Du brauchst keine Angst zu haben.«

»Weshalb klappern dann deine Zähne?«

»Los, geh hinaus; ich werde deine Leine straffen.«

»Du bist zu nett zu mir, Bruderherz — viel zu nett. Geh *du* hinaus, und *ich* straffe deine Leine.«

»Das ist doch einfältig. Geh endlich.«

»Nach dir, Opa.«

»Na, schön.« Castor packte den Rand der Luke und schwang sich hinaus. Er wollte die Magnetstiefel an den Rumpf schnappen, aber seine Stellung war äußerst unbequem. Der Anzug beengte ihn, und nicht die geringste Schwerkraft half ihm. Sein Körper stieß gegen das Schiff, und in der Aufregung ließ er den Rand der Luke los. Langsam schwebte er hinaus, bis er einen guten Meter vom Schiff entfernt war. »Zieh mich hinein.«

»Streck doch die Füße nach dem Rumpf aus.«

»Kann ich nicht. Zieh mich hinein, du rothaariger Strohkopf.«

»Du sollst mich nicht rothaarig nennen.« Pollux ließ die Leine ein Stück los.

»Pol, hör mit dem Unsinn auf. Es ist scheußlich.«

»Ich dachte, du wärst so tapfer, Opa?«

Castors Antwort war unverständlich. Pollux fand, daß der Spaß jetzt reichte. Er zog Castor herein, und während er sich selbst fest an die Luke klammerte, schob er die Stiefel des Bruders an den Schiffsrumpf, bis die Magnete klickten. »Mach die andere Leine fest!« befahl er.

Castor atmete immer noch schwer, als er nach einer Öse suchte. Er fand eine in der Nähe und ging darauf zu. Es sah aus, als müßte er durch Schlamm waten. Mühsam befestigte er die Leine und streckte sich. »Fang!« rief Pollux und warf ihm seine eigene zweite Leine zu.

Castor machte sie neben seiner fest. »Alles fertig?« erkundigte sich Pollux. »Ich mache die Leinen hier drinnen los.«

»Alles fertig.« Castor kam näher an die Luke.

»Ich komme.«

»Komm nur.« Castor ruckte an der Leine von Pollux; sein Zwillingsbruder segelte aus der Luke — und Castor ließ ihn segeln. Die Leine rollte sich langsam ab, so daß Pollux schließlich fünfzehn Meter vom Schiff entfernt schwebte, völlig ohne Bewegungsmoment.

Pollux hatte wild gestrampelt, aber es nützte ihm nichts —

im Vakuum hatten Schwimmbewegungen keinen Erfolg. Als er merkte, daß die Leine zu Ende war, hörte er zu zappeln auf und rief: »Hol mich zurück!«

»Sag: ›bitte, bitte‹!«

Pollux sagte verschiedene andere Dinge. Einige davon hatte er auf den Luna-Werften aufgeschnappt, und einige waren dem blumigen Sprachgebrauch seiner Großmutter entlehnt. »Verschwinde lieber vom Schiff«, riet er seinem Bruder. »Wenn ich mich nämlich an der Leine zurückhanteln muß, schraube ich dir den Helm ab.« Er griff mit der freien Hand nach der Leine, und Castor zog sie ihm durch die Finger.

»Sag wenigstens: ›Quitt.‹«

Pollux hatte die Leine am Gürtel erwischt. Hier konnte Castor sie ihm nicht entreißen. Er grinste plötzlich. »Also gut — quitt.«

»Quitt. Halt' still — ich hole dich herein.« Er zog die Leine ganz vorsichtig ein und half dem Bruder, die Magnetstiefel an den Schiffsrumpf zu schnappen. »Du hast da draußen ganz schön blöd ausgesehen«, erklärte er.

Sein Bruder hielt die Hand hoch. »Quitt haben wir gesagt.«

»Verzeihung, Kleiner. Machen wir uns an die Arbeit.«

Rund um den Rumpf des Schiffes waren in Abständen von fünf Metern Ösen angebracht. Man brauchte sie vor allem, wenn man unterwegs Außenreparaturen und Überholungsarbeiten durchführen mußte. Die Zwillinge benutzten sie jetzt, um ihre Fahrräder zu parken. Sie holten etwa ein halbes Dutzend aus der Luke und reihten sie wie Trockenfisch an einem Drahtseil auf. Die beiden Enden des Drahtseils wurden durch Ösen gezogen. Die Fahrräder schwebten neben dem Rumpf her wie Boote neben einem Ozeandampfer. In kurzer Zeit hatten sie den ›Horizont‹ überschritten und die Tagseite des Schiffes erreicht. Pollux zog ein halbes Dutzend Fahrräder hinter sich her und blieb plötzlich stehen. »He, Opa! Sieh dir das an.«

»Nicht in die Sonne schauen«, sagte Castor scharf. »Du bist ja verrückt. Komm her.«

Die Erde und der Mond befanden sich in mittlerer Entfernung und waren als schmale, aufgehende Sicheln zu sehen. Die *Moostöter* fiel auf ihrer Bahn langsam hinter die Erde und schob sich noch langsamer von der Sonne weg. Viele Wochen lang würde die Erde jetzt noch als Kugel oder Scheibe erscheinen, bevor sie zu einem hellen Stern zusammenschrumpfte. Nun war sie etwa so groß wie vom Mond aus, aber man konnte zum erstenmal Luna gleichzeitig beobachten. Die Tagseite war grünbraun und mit weißen Wolken gesprenkelt, auf der Nachtseite leuchteten die Städte wie Juwelen.

Aber die Zwillinge beachteten die Erde nicht; sie sahen den Mond an. Pollux seufzte. »Ist er nicht großartig?«

»Was ist los, Kleiner? Heimweh?«

»Nein. Trotzdem ist er schön. Hör' mal, Cas, wenn wir unsere eigenen Schiffe besitzen, lassen wir sie immer in Luna City registrieren, einverstanden?«

»Einverstanden. Und jetzt zurück an die Arbeit.«

Sie hatten nun alle Ösen in der Nähe der Luke benutzt und arbeiteten sich ans Heck heran, als Pollux plötzlich sagte: »Stop! Immer langsam. Paps hat gesagt, daß wir über Spant 65 nicht hinausdürfen.«

»Pah, die Kiste ist mindestens bis neunzig kalt.«

»Ich wäre nicht so sicher. Neutronen sind widerlich schnelle Kunden. Und du weißt, wie pedantisch Paps ist.«

»Ja, da hast du recht.« Die Antwort kam von einer dritten Stimme.

Sie kippten nicht aus den Stiefeln, weil die Dinger fest mit Reißverschlüssen am Anzug saßen. Ihr Vater stand, die Hände in die Hüften gestemmt, in der Nähe der Passagierschleuse. Pollux schluckte und sagte: »Hallo, Paps.«

»Du hast uns ganz schön erschreckt«, fügte Castor lahm hinzu.

»Tut mir leid, ich wollte euch nicht stören. Aber die Aussicht ist herrlich.« Er betrachtete ihre Arbeit. »Ihr verwandelt mein Schiff in einen Schrottplatz.«

»Wir brauchen Platz zum Arbeiten. Und außerdem sieht es ja keiner.«

»Sag' mal, Paps, Pol und ich glauben, daß wir im Innern des Schiffes keine Schweißarbeiten durchführen können.«

»Da glaubt ihr richtig — ich möchte nicht, daß unsere *Moostöter* das gleiche Schicksal erleidet wie die *Kong Christian.*«

»Und da dachten wir, daß wir hier draußen ein provisorisches Schweißgestell errichten könnten ...«

»Meinetwegen. Aber es ist heute viel zu schön, um über ernste Dinge zu sprechen.« Er hob die Hände und sah sich um. »Großartige Landschaft. Eine Menge Ellbogenfreiheit.«

»Das stimmt. Aber komm erst mal auf die Tagseite, wenn du etwas Ordentliches sehen willst.«

»Gut. Helft mir bei den Leinen.« Sie machten seine zweite Leine an einer Öse fest, und gemeinsam gingen sie ins Sonnenlicht. Kapitän Stone, der noch auf der Erde geboren war, warf zuerst einen Blick auf seinen Heimatplaneten. »Sieht aus, als gäbe es einen mächtigen Sturm über den Philippinen.«

Keiner der Zwillinge antwortete. Das Wetter war ihnen zum größten Teil ein böhmisches Dorf, da sie auf dem Mond nur Klimaanlagen kannten.

Plötzlich wandte sich Roger Stone um und fragte: »Seid ihr froh, daß wir hergekommen sind?«

»Und ob! Kannst du dir denken!« Sie hatten vergessen, wie kalt und abweisend die schwarze Tiefe um sie vor kurzem noch ausgesehen hatte.

Sie standen ziemlich lange da und genossen die Aussicht. Schließlich sagte Kapitän Stone: »Mehr Sonne vertrage ich im Moment nicht. Gehen wir zurück in den Schatten.«

»Wir müssen ohnehin wieder an die Arbeit.«

»Ich helfe euch — dann geht es schneller.«

*

Die *Moostöter* setzte ihren Weg fort. Allmählich gewöhnten sich die Familienmitglieder an die tägliche Routine. Dr. Stone war auch im schwerelosen Raum eine geschickte Köchin, da sie ein Jahr lang in einer Forschungsklinik der Erdstation praktiziert hatte. Meade hatte ihre Schwierigkeiten, aber am Frühstück konnte ohnehin nicht viel verdorben werden. Ihr Vater überwachte die Pflege der Hydroponikanlage, die sie übernommen hatte. Es war eine gute Ergänzung zu der Vorlesung, die sie an der Luna City High School gehört hatte. Dr. Stone teilte sich mit Hazel in die Überwachung ihres jüngsten Sprößlings und schrieb in ihrer Freizeit gemütlich an einer Veröffentlichung: ›Über die kumulierende Wirkung von Hypoxie-Randfällen.‹

Die Zwillinge entdeckten, daß Mathematik doch interessanter sein konnte, als sie geglaubt hatten — und sehr viel schwieriger. Ihr Vater las die letzten Ausgaben der *Reaktor-Welt* und studierte das Handbuch des Schiffes, aber er fand noch genug Zeit, um sie auszubilden und gründlich auszufragen. Dabei entdeckte er, daß Pollux sich eine Kurve nicht bildlich vorstellen konnte, wenn er ihre Gleichung sah.

»Das verstehe ich nicht«, sagte er. »Du hattest doch gute Noten in analytischer Geometrie.«

Pollux wurde rot.

»Fehlt dir etwas?« erkundigte sich sein Vater.

»Weißt du, Paps, es war so . . .«

»Weiter.«

»So gute Noten hatte ich gar nicht . . .«

»Wie? Was soll das? Ihr hattet beide gute Noten. Daran kann ich mich genau erinnern.«

»Ja, schon. Weißt du, wir hatten in diesem Semester schrecklich viel zu tun, und da war es nur logisch . . .« Er sprach nicht weiter.

»Na, los — nur keine falsche Scham.«

»Cas hat beide Vorlesungen in analytischer Geometrie besucht«, stieß Pollux hervor. »Und ich übernahm die beiden Geschichtsvorlesungen. Aber das Buch habe ich gelesen.«

»Ach, du liebe Güte.« Roger Stone seufzte. »Ich hoffe, der Schwindel ist inzwischen verjährt. Aber du merkst jetzt, daß so etwas immer aufgedeckt wird. Wenn du die Dinge brauchst, die du gelernt haben solltest, stehst du dumm da.«

»Jawohl, Sir.«

»Du übst täglich zusätzlich eine Stunde — bis du dir auf Anhieb eine Hyperfläche in einem Vier-Koordinatensystem des nichteuklidischen Kontinuums vorstellen kannst.«

»Jawohl, Sir.«

»Cas, welche Vorlesung hast du geschwänzt? Und hast du das Buch hinterher durchgearbeitet?«

»Jawohl, Sir. Es war die europäische Geschichte des Mittelalters, Sir.«

»Hm — du bist ebenso schuldig, aber bei Vorlesungen, die nichts mit Rechenschieber und Logarithmentafeln zu tun haben, kenne ich mich nicht so genau aus. Du wirst deinen Bruder unterrichten.«

»Aye, aye, Sir.«

»Falls die Zeit knapp wird, helfe ich euch bei den Fahrrädern, auch wenn ihr es nicht verdient.«

Die Zwillinge legten sich in die Riemen. Nach vierzehn Tagen zeigte sich Roger Stone mit den Leistungen von Pollux zufrieden. Er führte seine Söhne in die tieferen Geheimnisse der Mathematik ein. Als Mars die Größe der Erde übertroffen hatte, waren sie so weit, daß auch ihr Vater passen mußte. Sie lernten alle drei gemeinsam weiter.

Die *Kriegsgott*, die sich fast auf der gleichen Bahn befand, hatte allmählich aufgeholt, bis sie mit bloßem Auge als ›Stern‹ sichtbar war — ein Stern, der alle sechzehn Sekunden aufblinkte. Im Coelostaten war die Ursache für dieses Blinken rasch zu erkennen: Die *Kriegsgott* drehte sich um ihre eigene Achse, um den Passagieren das Gefühl der Schwerkraft zu vermitteln. Bei jeder halben Umdrehung fingen sich die Sonnenstrahlen so an ihrem Rumpf, daß sie zur *Moostöter* hinübergeworfen wurden.

Es stellte sich heraus, daß die Beobachtung nicht einseitig blieb. Eine Funknachricht kam herein; Hazel druckte sie und reichte sie mit unbewegter Miene ihrem Sohn: KRIEGSGOTT AN MOOSTÖTER — PRIVAT — ROG, ALTER KNABE, ICH HABE DICH IM SUCHER. WAS IST DENN MIT DEINEM SCHIFF LOS? HABT IHR PILZE ANGESETZT? ODER SEETANG? DAS DING SIEHT JEDENFALLS WIE EIN WEIHNACHTSBAUM AUS. P. VANDERBERGH, KAPITÄN.

Kapitän Stone sah wütend den Zettel an. »Also, dieser fette Holländer! Dem werde ich Pilze geben! Komm her, Mutter, schicke ihm folgende Antwort: ›Wie kannst du in deinem torkelnden Ungetüm überhaupt durch ein Teleskop sehen? Macht es dir Spaß, Kindermädchen für die Erdmaden zu spielen? Bestimmt raufen die fetten Witwen darum, am Kapitänstisch essen zu dürfen. Alles Liebe, R. Stone, Kapitän.‹«

Die Antwort kam prompt: ROGER, ALTER NEIDHAMMEL, ICH HABE DIE ALTERSGRENZE DER WEIBLICHEN PASSAGIERE AN MEINEM TISCH AUF ZWANZIG BESCHRÄNKT. MAN MUSS DIE JUNGEN MÄDCHEN SCHLIESSLICH BESONDERS BEHÜTEN. VORZUG HABEN BLONDINEN MIT UNGEFÄHRER MASSE FÜNFZIG KILO. DU DARFST MICH MAL BEIM MITTAGESSEN BESUCHEN. VAN.

Pollux warf einen Blick durch die Luke. »Warum nimmst du ihn nicht beim Wort, Paps? Den Sprung schaffen wir mit einem zusätzlichen Sauerstoffzylinder.«

»Sei nicht albern. Wir haben keine Sicherheitsleinen von dieser Länge. Hazel, hier ist die Antwort: ›Tausend Dank, aber im Augenblick kocht das hübscheste Mädchen dieses Systems für mich.‹«

»Was, Paps?« rief Meade. »Ich dachte, mein Essen schmeckt dir nicht?«

»Du warst auch nicht gemeint, Naseweis. Ich spreche von deiner Mutter.«

Meade überlegte. »Aber ich sehe ihr doch ähnlich.«

»Ein wenig.«

Hazel kam nach kurzer Zeit mit dem Antwortstreifen.

RECHT HAST DU! HERZLICHE GRÜSSE AN EDITH. GANZ EHRLICH, WAS BAUMELT NUN AN EUREM SCHIFFSRUMPF HERUM? SOLL ICH EIN UNKRAUTVERTILGUNGSMITTEL SCHICKEN? ODER KANN MAN DAS ZEUG MIT EINEM STOCK ERSCHLAGEN?

»Warum sagst du es ihm nicht, Paps?« wollte Castor wissen.

»Warum eigentlich nicht? Hazel, schick ihm das da: ›Fahrräder! Willst du eines kaufen?‹«

Zu ihrer Überraschung erwiderte Kapitän Vandenbergh: VIELLEICHT. HABT IHR EIN RALEIGH-SANDMANN?

»Klar!« rief Pollux. »In Eins-A-Ausführung mit brandneuen Reifen. Sag' ihm das!«

»Immer langsam«, bremste ihn sein Vater. »Ich habe eure Ladung gesehen. Wenn dabei ein erstklassiges Gefährt war, dann habt ihr es gut versteckt.«

»Pah, du weißt ja nicht, wie die Dinger aussehen werden, wenn sie fertig sind.«

»Na, schön, Hazel, schick' das Angebot der beiden ab. Aber denkt daran, Jungs, Van vertraut mir. Ich werde mir das Fahrrad vor der Auslieferung höchstpersönlich ansehen.«

Hazel streikte. »Sollen die Kerle ihre geschäftlichen Dinge doch selbst regeln. Mir reicht das Geplauder.«

Castor beugte sich über die Sendetasten und begann seinen Handel. Der Kapitän der *Kriegsgott* wollte tatsächlich ein Fahrrad kaufen. Nach geraumer Zeit einigten sie sich auf eine Summe, die weit unter Castors Voranschlag lag, aber immer noch einen beträchtlichen Gewinn einbrachte.

Während der nächsten Tage tauschte Roger Stone mit seinem Freund liebevolle Beschimpfungen aus. In der folgenden Woche gelangte die *Kriegsgott* in direkte Gesprächsweite, aber die Unterhaltungen schliefen ein — man hatte sich alles gesagt, was zu sagen war. Die *Kriegsgott* kam auf kürzesten Abstand heran und entfernte sich wieder. Drei Wochen lang hörte man nichts voneinander.

Dann nahm Meade einen Anruf entgegen. Sie kam an die Luke und holte ihren Vater, der den Jungen beim Lackieren der Fahrräder half. »Paps, du wirst am Telefon verlangt. Die *Kriegsgott*, Kapitän zu Kapitän — ganz offiziell.«

»Ich komme.« Er eilte in den Funkraum. »*Moostöter*, es spricht Kapitän Stone.«

»*Kriegsgott*, es spricht der kommandierende Offizier. Kapitän, können Sie . . .?«

»Einen Augenblick. Das ist doch nicht Kapitän Vandenbergh?«

»Nein, Sir. Hier spricht Rowley, der Zweite Offizier. Ich . . .«

»Ich hörte, daß der Kapitän mich sprechen wollte. Verbinden Sie mich mit ihm.«

»Ich versuche es Ihnen doch zu erklären, Käpt'n.« Die Stimme des Offiziers klang angestrengt und verärgert. »*Ich* bin der augenblickliche Kommandant. Sowohl Kapitän Vandenbergh als auch Mister O'Flynn stehen auf der Krankenliste.«

»Wie? Tut mir leid. Hoffentlich nichts Ernstes?«

»Ich fürchte doch, Sir. Heute morgen hatten wir siebenunddreißig Erkrankungen und vier Todesfälle.«

»Mein Gott, Mann! Worum handelt es sich?«

»Das wissen wir nicht.«

»Was sagt denn der Schiffsarzt dazu?«

»Das ist es ja, Sir. Der Schiffsarzt starb heute nacht.«

»Oh . . .«

»Kapitän, könnten Sie ein Angleichmanöver mit unserem Schiff durchführen? Haben Sie genügend Reaktionsmasse?«

»Wie? Weshalb?«

»Sie haben einen Arzt an Bord, nicht wahr?«

»Was! Sie meinen meine Frau?«

»Sie ist Ärztin.«

Roger Stone schwieg eine Weile. Dann sagte er: »Ich rufe Sie in Kürze wieder an.«

Es wurde eine Gipfelkonferenz, zu der nur Kapitän Stone, Dr. Stone und Hazel zugelassen waren. Zuerst beharrte Dr. Stone darauf, die *Kriegsgott* anzurufen und sich die genauen Symptome samt Krankheitsverlauf schildern zu lassen. Als sie zurückkam, fragte ihr Mann: »Nun, Edith, was ist es?«

»Ich weiß nicht. Ich werde mir die Sache ansehen müssen.«

»Hör' mal, ich lasse nicht zu, daß du . . .«

»Ich bin Ärztin, Roger.«

»Du praktizierst im Moment nicht. Und du hast für eine Familie zu sorgen. Es kommt überhaupt nicht in Frage, daß du . . .«

»Ich bin Ärztin, Roger.«

Er seufzte schwer. »Ja, Liebling.«

»Die einzige Frage, die noch zu besprechen bleibt, ist folgende: Können wir das Angleichmanöver schaffen? Hazel, bist du schon zu einer Lösung gekommen?«

»Wir fangen gleich mit den Berechnungen an.«

»Ich gehe nach hinten und suche meine Arzneivorräte zusammen.« Sie runzelte die Stirn. »Auf eine Epidemie habe ich mich natürlich nicht eingerichtet.«

Als sie fort war, wandte sich Roger unentschlossen an seine Mutter. »Was denkst du, Mutter?«

»Sohn, du hast keine Chance. Sie nimmt ihren Eid ernst. Das weißt du seit einiger Zeit.«

»Aber *ich* habe den Eid nicht geschworen! Wenn ich die Bahnen nicht angleiche, kann sie überhaupt nichts tun.«

»Du bist kein Arzt, das stimmt. Aber du bist Kapitän. Ich glaube, hier trifft die Regel über SOS-Maßnahmen zu.«

»Zum Teufel mit allen Regeln! Es geht um *Edith*!«

»Hm«, sagte Hazel langsam. »Vielleicht würde ich die Stones auch gegen das Wohlergehen der ganzen Rasse setzen. Aber ich kann dir die Entscheidung nicht abnehmen, Junge.«

»Ich lasse es nicht zu. Es geht gar nicht um *mich*. Aber da ist Buster — er braucht seine Mutter; er ist noch ein Baby.«

»Das schon.«

»Siehst du? Ich gehe nach hinten und sage ihr Bescheid.«

»Einen Augenblick! Wenn das deine Entscheidung ist, Käpt'n, dann bringst du sie bestimmt in der falschen Form an.«

»Wie?«

»Deine Frau kannst du nur überzeugen, wenn dir der Computer sagt, daß das Angleichmanöver unmöglich ist.«

»Ach so. Du hast recht. Hör' mal, würdest du mir helfen, das Ergebnis zu fälschen?«

»Vielleicht.«

»Dann fangen wir an.«

»Aye, aye, Sir. Übrigens, Roger, du weißt, daß die *Kriegsgott* auf dem Mars nicht landen darf, wenn man eine unbekannte Krankheit an Bord festgestellt hat. Man wird sie in eine Parkbahn zwingen, ihr den nötigen Treibstoff zur Verfügung stellen und sie bei nächster Gelegenheit wieder abschieben.«

»Na und? Mir macht es nichts, wenn ein paar fette Touristen und ein Häufchen Einwanderer enttäuscht werden.«

»Verstehe ich. Aber ich dachte noch an etwas anderes. Vandenbergh und der Erste Offizier sind krank. Wenn nun auch noch der Zweite ausfällt, bringen sie das Schiff vielleicht nicht einmal mehr in eine Parkbahn.«

Roger Stone wußte natürlich, was sie meinte. Sie brauchte die Theorie nicht näher zu erläutern. Ein Schiff, das nicht von einem geübten Piloten gelandet wird, hat zweierlei Möglichkeiten: Bruchlandung oder Weiterflug in die ewige Nacht.

Er bedeckte das Gesicht mit den Händen. »Was soll ich tun, Mutter?«

»Du bist der Kapitän, Sohn.«

Er seufzte. »Ich habe es wohl die ganze Zeit über gewußt.«

»Ja, aber du mußtest zuerst dagegen ankämpfen.« Sie küßte ihn. »Befehle, Junge?«

»Fangen wir an. Ein Glück, daß wir unsere zusätzliche Reaktionsmasse noch nicht verschwendet haben.«

Als Hazel den anderen von Rogers Entschluß berichtete, fragte Pollux: »Sollen wir die Flugbahn berechnen?«

»Nein.«

»Ein Glück — denn wir müssen schleunigst die Fahrräder nach innen holen. Komm, Castor. Meade, was hältst du davon, wenn du deinen Anzug überstreifst und uns hilfst? Außer Mutter braucht dich . . .«

»Sie braucht sie«, entschied Hazel. »Jemand muß sich um Lowell kümmern. Und ihr werdet die Fahrräder nicht hereinholen!«

»Was? So, wie sie jetzt sind, können wir mit dem Schiff nicht manövrieren.«

»Cas, wo hast du deinen Verstand gelassen? Verstehst du denn die Situation nicht? Die Dinger werden abgeworfen.«

»Was? Wir sollen *unsere* Fahrräder abwerfen? Nachdem wir den Mars fast erreicht haben?«

»Eure Fahrräder, eure Bücher und alles andere, was wir einigermaßen entbehren können. Das hat die erste grobe Berechnung im Computer klar gezeigt. Nur so schaffen wir das Manöver und behalten noch eine kleine Sicherheit für die Landung. Euer Vater überprüft im Moment gerade die Gewichtstabelle.«

»Aber . . .« Castors Gesicht wurde plötzlich heiter und gelassen. »Aye, aye, Madam.«

Die Zwillinge streiften die Anzüge über, doch sie waren noch nicht draußen, als Pollux ein Gedanke kam. »Cas? Was geschieht eigentlich, wenn wir die Fahrräder einfach losschneiden?«

»Wir sind um eine Erfahrung reicher — und versuchen, den Schaden von der Exportversicherung ersetzt zu bekommen. Aber natürlich wird sie nicht zahlen.«

»Denk' doch mal nach. Wo kommen die Räder hin?«

»Häh? Zum Mars natürlich.«

»Richtig. Oder jedenfalls ganz in die Nähe. Angenommen, wir fischen die Ladung wieder auf?«

»Unmöglich. Das Zeug kommt etwa zur gleichen Zeit an wie wir — und wir befinden uns auf der Bahn der *Kriegsgott.*«

»Es war nur eine Frage. Schade, daß wir keinen übrigen Radarreflektor haben. Damit würden wir sie wiedererkennen.«

»He! Wohin hast du die alte Reflektierfolie gelegt?«

»Opa, manchmal tauchst du aus deiner Senilität auf.« Die *Moostöter* war anfänglich natürlich auf einer Seite des Wohnquartiers mit spiegelnder Aluminiumfolie bedeckt gewesen. Als sie sich immer weiter von der Sonne entfernte, war es nicht mehr nötig gewesen, die Hitze abzulenken, und so hatte man das Zeug abmontiert und hereingeholt.

»Fragen wir Paps.«

Hazel fing sie an der Luke zum Kontrollraum ab. »Er arbeitet am Computer. Wie lautet die Beschwerde?«

»Hazel, steht die Reflektierfolie auf der Abwurfliste?«

»Natürlich. Wir werden uns für die Rückreise neues Material auf dem Mars kaufen. Weshalb?«

»Radar — deshalb!« Sie erklärten ihr den Plan.

Hazel nickte. »Keine übergroße Chance, aber durchaus vernünftig. Paßt auf, verbindet alles, was wir abwerfen, mit den Fahrrädern. Möglicherweise bekommen wir unser Hab und Gut wieder.«

»Klar.« Die Zwillinge machten sich an die Arbeit. Während Pollux die Fahrräder einsammelte, konstruierte Castor ein merkwürdiges geometrisches Gebilde. Mit Draht, Aluminium und Klebeband verfertigte er ein riesiges Quadrat. Dieses schnitt er im rechten Winkel wieder mit einem Quadrat. Die beiden Quadrate wurden wiederum im rechten Winkel mit einem Quadrat geschnitten. Das Ergebnis waren acht glänzende rechtwinklige Ecken, die in alle Richtungen deuteten — ein Radarreflektor. Eine Masse mit diesem Reflektor würde auf einem Radarschirm wie eine Kerze in der Dunkelheit leuchten.

Castor befestigte seinen Drachen an dem Fahrradpaket. Dann sagte er zu Pollux: »Geh' mal nach unten und erzähl' ihnen, daß wir fertig sind.«

Pollux tat es, und während er fort war, befestigte Castor ein Stück Papier an dem Paket:

KEINE SCHROTTWARE!

Diese Fracht befindet sich absichtlich im freien Raum. Unterzeichneter Besitzer wird gerichtlich gegen alle Personen vorgehen, die versuchen, die Ladung widerrechtlich an sich zu bringen.

Roger Stone, Kapitän
Moostöter, Luna

Pollux kam zurück und meldete: »Hazel meint, wir sollen das Zeug abwerfen, aber sachte.«

»Natürlich.« Castor löste den letzten Draht, der das Paket noch mit dem Schiff verband. Dann trat er zurück. Das Bündel rührte sich nicht. Er schob es leicht mit einem Finger an und beobachtete es wieder. Langsam, ganz langsam löste es sich vom Schiff. Er wollte die Bahn so wenig wie möglich verändern.

Pollux drehte sich um und betrachtete das Blinklicht der *Kriegsgott.* »Wird das Zeug weit genug entfernt sein, wenn wir das Schiff wenden?« fragte er.

»Keine Angst. Ich habe alles genau berechnet.«

Das Manöver war verhältnismäßig einfach — eine Punkt-Punkt-Annäherung in einem Raumgebiet, das praktisch frei von Schwerkraftfeldern war. Es bestand aus vier Stufen: Angleichung der winzigen Vektordifferenz zwischen den beiden Schiffen; Beschleunigung auf die *Kriegsgott* zu; Überbrückung des Abstands und Bremsung.

Schritt eins und zwei konnten durch Vektoraddition kombiniert werden; Schritt drei war eigentlich nur Abwarten — und dieses Abwarten konnte man durch das Einsetzen von genügend Reaktionsmasse beträchtlich verringern.

Vielleicht wäre es nicht nötig gewesen, den Ballast abzuwerfen — aber das sagte Roger Stone seinen Söhnen nicht.

Edith hatte entschieden, daß es sich um einen Notruf handelte, und er hatte seine Pläne danach ausgerichtet.

Elf Stunden nach dem ersten Manöver befand sich die *Moostöter* ziemlich nahe an der *Kriegsgott.* Die Schiffe rasten immer noch mit einer Geschwindigkeit von sechzehn Meilen pro Sekunde auf Mars zu. Relativ zueinander schienen sie zu stehen — bis auf die majestätische Achsdrehung der *Kriegsgott.* Dr. Stone, die mit dem unförmigen Raumanzug und dem riesigen Medikamentenpaket, den Druckflaschen und dem Funkgerät wie ein Weihnachtsmann aussah, stand neben ihrem Mann an der Luke. Da sie nicht genau wußte, was sie brauchen würde, hatte sie alles mitgenommen, was die *Moostöter* irgendwie entbehren konnte ... Tabletten, Antibiotika, Instrumente und ähnliches.

Von den anderen hatte sie sich bereits drinnen verabschiedet. Lowell hatte gebrüllt und seine Mutter zurückzuhalten versucht. Man hatte ihm nicht erzählt, was los war, aber die Gefühle der anderen wirkten ansteckend.

Roger Stone sagte ängstlich: »Hör' mal, sobald du die Krankheit unter Kontrolle hast, kommst du hierher zurück, ja?«

Sie schüttelte den Kopf. »Wir sehen uns auf Mars wieder, Liebling.«

»Aber ...«

»Nein, Roger. Ich könnte euch anstecken. Das wollen wir nicht riskieren.«

»Du könntest uns auch auf Mars noch anstecken. Willst du denn überhaupt nicht zu uns zurück?«

Sie überhörte die rhetorische Frage. »Auf Mars gibt es Krankenhäuser. Aber eine Familienepidemie im Raum können wir uns nicht leisten.«

»Edith! Ich habe gute Lust und weigere mich jetzt noch ...«

»Sie warten schon auf mich, Liebling, siehst du?«

Über ihren Köpfen, zweihundert Meter entfernt, hatte sich eine Passagierschleuse geöffnet. Zwei winzige Gestalten kletterten am Rumpf neben der Luke umher.

»Adios, Liebling«, sagte sie leise. »Kümmere dich um die Kinder.«

»Und du paß auf dich auf.«

»Ja, Liebling. Jetzt hilf mir beim Ausstieg.«

9

Während der nächsten paar Tage hielten sich die Zwillinge von ihrem Vater möglichst fern. Er war ungewöhnlich freundlich und liebevoll zu allen, aber er lächelte nicht, und hin und wieder fuhr er ganz unerwartet hoch. Sie blieben in ihrer Kabine und taten so, als lernten sie. Meade und Hazel kümmerten sich abwechselnd um Lowell. Der Kleine fühlte sich durch die Abwesenheit seiner Mutter vernachlässigt und äußerte das in Zornesausbrüchen.

Hazel kochte mittags und abends; sie verstand nicht mehr davon als Meade. Mindestens zweimal täglich hörte man sie fluchen, wenn sie sich wieder geschnitten oder sich die Finger verbrannt hatte.

Dr. Stone rief einmal täglich an, unterhielt sich kurz mit ihrem Mann und ging sofort wieder an die Arbeit. Roger Stones Wutanfälle erfolgten meist kurz danach.

Hazel allein brachte den Mut auf, ihn nach Edith zu fragen. Am sechsten Tag sagte sie beim Mittagessen: »Nun, Roger? Was war heute los?«

»Nicht viel. Hazel, diese Koteletts sind grauenhaft.«

»Eigentlich müßten sie gut sein. Ich habe sie mit meinem eigenen Blut gewürzt.« Sie streckte ihm den verbundenen Daumen entgegen. »Warum kochst du nicht selbst? Aber zurück zum Thema. Weich mir nicht aus, mein Junge.«

»Sie hat etwas herausgefunden. Bis jetzt haben nur Leute die Krankheit bekommen, die noch nie im Leben Masern hatten.«

»Masern?« fragte Meade. »Aber daran stirbt man doch nicht.«

»Selten«, erwiderte ihre Großmutter. »Obwohl Erwachsene ziemlich schwer daran erkranken können.«

»Ich sagte nicht, daß es Masern seien«, knurrte Roger Stone. »Mutter glaubt, daß es eine mit Masern verwandte Krankheit ist, eine Mutation vielleicht — und sie fällt heftiger aus als normale Masern.«

»Nennen wir sie ›Neomasern‹«, schlug Hazel vor. »Hat es weitere Tote gegeben, Roger?«

»Ja.«

»Wie viele?«

»Das sagte sie nicht. Van lebt zum Glück, und er scheint sich zu erholen. Edith glaubt, daß sie eine Behandlungsmethode gefunden hat.« Er sagte es, als müßte er sich selbst überzeugen.

»Masern«, meinte Hazel nachdenklich. »Du hast sie nie gehabt, Roger.«

»Nein.«

»Die Kinder auch nicht.«

»Natürlich nicht«, warf Pollux ein. »Luna City war der gesündeste Ort des bekannten Universums; die normalen Kinderkrankheiten der Erde hatten sich hier nie entwickelt.«

»Wie klang ihre Stimme, Junge?«

»Hundemüde.« Er runzelte die Stirn. »Sie hat mich sogar angefahren.«

»Doch nicht Mami!«

»Still, Meade«, sagte Hazel. »Ich hatte die Masern vor siebzig oder achtzig Jahren, Roger. Vielleicht ist es besser, wenn ich hinübergehe und ihr helfe.«

Er lächelte bitter. »Das hat sie vorausgeahnt. Sie sagte, ich solle mich in ihrem Namen bedanken, aber sie hätte bereits viel zu viele unqualifizierte Helfer.«

»Unqualifizierte Helfer! Das gefällt mir. Während der Epidemie von 93 war ich manchmal die einzige Frau, die ein Bett überziehen konnte. Pah!«

Hazel strich während des nächsten Tages absichtlich in Telefonnähe herum und war fest entschlossen, wenigstens ein paar Worte mit ihrer Schwiegertochter zu wechseln. Der Anruf kam um die übliche Zeit, aber als Roger abnahm, meldete sich nicht seine Frau.

»Kapitän Stone? Turner, Sir — Charlie Turner. Ich bin der Dritte Ingenieur. Ihre Frau bat mich, für sie anzurufen.«

»Was ist los? Hat sie soviel zu tun?«

»Ja.«

»Richten Sie ihr aus, daß sie anrufen soll, sobald sie wieder frei ist. Ich warte.«

»Leider wird das nicht gehen, Sir. Sie erklärte ausdrücklich, daß sie heute nicht anrufen könne.«

»Unsinn, das dauert doch nur eine halbe Minute.«

Die Stimme des Mannes klang verlegen. »Es tut mir leid, Sir. Dr. Stone befahl ausdrücklich, nicht gestört zu werden.«

Roger Stones Flüche gingen in eine tote Leitung. Dann wandte er sich blaß seiner Mutter zu: »Es hat sie erwischt.«

Hazel erwiderte ruhig: »Keine vorschnellen Schlüsse, Sohn.« Aber auch sie wußte, daß Edith Stone sich angesteckt hatte.

Am folgenden Tag wurde Roger Stone mit der gleichen matten Ausrede bedient. Am dritten Tag wurde das Lügen aufgegeben. Dr. Stone sei krank, ja. Aber ihr Mann brauche sich keine Sorgen zu machen. Sie habe eine Behandlungsmethode eingeführt, die ausgezeichnet wirke. So hieß es.

Nein, man könne keine Verbindung zu ihrem Bett herstellen. Nein, Kapitän Vandenbergh sei noch zu krank, um ihn zu sprechen.

»Ich komme hinüber!« brüllte der Kapitän.

Turner zögerte. »Das liegt bei Ihnen, Sir. Aber dann müssen wir Sie in Quarantäne behalten. Dr. Stone hat das schriftlich niedergelegt.«

Roger Stone legte auf. Er wußte, daß Edith in medizinischen Dingen hart war — und er konnte sein Schiff und seine

Familie nicht verlassen. Eine alte Frau und zwei vorlaute Halbwüchsige — nein, er mußte das Schiff selbst landen.

Es war fürchterlich. Das Essen wurde von Tag zu Tag schlechter, weil niemand sich die Mühe des Kochens machte. Nach endlosen sieben Tagen wurde der tägliche Anruf von Edith selbst beantwortet. »Roger — hallo, Liebling.«

»Edith! Bist du wieder gesund?«

»So ungefähr.«

»Hör' mal, Liebling, keine Quacksalbergespräche. Meine Temperatur ist zufriedenstellend, ebenso mein sonstiges Befinden. Ich habe ein wenig Gewicht verloren, aber das schadet nicht.«

»Hör' zu — du mußt heimkommen, aufs Schiff.«

»Roger! Du weißt, daß das nicht geht. Was macht die Familie?«

»Die fühlt sich großartig.«

»Dann ist es gut. Ich rufe morgen wieder an.«

An diesem Abend gab es ein Festmahl. Hazel schnitt sich wieder in den Daumen, aber es machte ihr nichts aus.

Eine Woche später konnte Roger Stone auch mit Vandenbergh sprechen.

»Van! Du holländischer Quadratschädel! Ich wußte, daß du zu hinterhältig zum Sterben warst!«

»Ja, ich lebe, und das habe ich deiner wunderbaren Frau zu verdanken. Aber ich habe ihr ein paar Fragen gestellt, die sie mir nicht beantworten konnte. Sie liegen mehr auf deinem Fachgebiet. Rog, wie steht es mit eurer Reaktionsmasse? Könnt ihr ein paar Spritzen gebrauchen?«

Kapitän Stone überlegte. »Hast du einen Überschuß?«

»Ja. Zu wenig für unsere Kutsche, aber für euren Kinderwagen könnte es reichen.«

»Wir mußten Ballast abwerfen, weißt du das?«

»Ja — und es tut mir leid. Ich sorge dafür, daß euer Anspruch anerkannt wird. Ich würde euch das Geld selbst vorstrecken, wenn mir die Alimente auf drei Planeten einen Cent übrigließen.«

»Vielleicht ist das gar nicht nötig.« Er erklärte die Sache mit dem Reflektor. »Wenn wir auf die alte Bahn zurückkommen, ist es uns vielleicht möglich, das Zeug wieder zu angeln.«

Vandenbergh lachte. »Ich freue mich schon, deine Zwillinge wiederzusehen. In den letzten sieben Jahren sind sie sicher schön gewachsen.«

»Sei vorsichtig. Die stehlen dir den Kommandositz unterm Hinterteil weg. Aber zurück zu deinem Angebot: Wieviel Reaktionsmasse hast du übrig?«

»Bestimmt genug. Ich bin gespannt auf das Kapermanöver. So etwas hat noch keiner außer euch versucht.«

Die Schiffe wurden so nahe aneinandergebracht, daß man einen Schlauch von der *Kriegsgott* zur *Moostöter* leiten konnte. Roger und Hazel berührten das Ding nur mit Zangen und Handschuhen, um sich keiner Ansteckungsgefahr auszusetzen. Zwanzig Minuten später wurde die Verbindung gelöst, und die *Moostöter* hatte einen ordentlichen Vorrat an Reaktionsmasse.

Und nicht zu früh. Mars erschien rot und groß am Himmel; es wurde höchste Zeit, die Manöver einzuleiten.

»Da ist es!« Pollux hatte am Radarschirm gewacht; sein Schrei schreckte Hazel auf.

»Höchstwahrscheinlich nur ein paar Wildgänse«, kommentierte sie. »Wo?«

»Da! Siehst du nichts?«

Hazel mußte brummig eingestehen, daß es sich tatsächlich um die abgeworfene Ladung handeln könnte. Die nächsten Stunden verbrachten sie damit, die Entfernung und relative Bewegung zu messen und den wirtschaftlichsten Annäherungskurs zu berechnen. Roger Stone trieb sie zur Eile an; die Nähe von Mars beunruhigte ihn ein wenig.

Während der Wartezeit kalkulierten sie gleich die Marslandemanöver durch. Die *Moostöter* würde natürlich nicht direkt auf dem Mars, sondern am Raumhafen von Phobos landen. Zuerst mußten sie eine fast kreisförmige Ellipse um den Planeten einschlagen und die Bahn der Mondbahn angleichen. Dann, als letztes Manöver, mußten sie das kleine Schiff auf Phobos landen. Das hatte eine Schwierigkeit: Phobos rotierte in zehn Stunden einmal um sich selbst. Das hieß, daß sie nicht nur mit der richtigen Geschwindigkeit am richtigen Ort auftauchen mußten, sondern daß sie obendrein die richtige Zeit zu beachten hatten.

Alle rechneten, bis auf Buster. Meade ließ sich manchmal von Hazel helfen. Schließlich verkündete Pollux, der weiterhin das Radargerät beobachtet hatte, daß die günstigste Annäherung erreicht sei.

Roger schnallte sich los und schwebte zu einer Luke. »Da — das Zeug ist direkt vor unserer Nase. Nun aber an die Arbeit.«

»Ich komme mit«, verkündete Hazel.

»Ich auch«, stimmte Lowell ein.

Meade packte ihn an einem Bein. »Das bildest du dir ein, Buster. Wir beide spielen jetzt ein herrliches Spiel: ›Was gibt es zum Abendessen?‹ Viel Spaß, Leute.« Sie begab sich in die Küche und zog Lowell trotz seines Protestes mit.

Die übrigen waren voll und ganz mit der Bergung ihres Ballastes beschäftigt. Die Zwillinge und Hazel arbeiteten mit Sicherheitsleinen im Freien, während Roger Stone die Dinge nach einem genau ausgeklügelten Gleichgewichtsplan verstaute.

Schließlich kam Pollux an Castors Warnungsschild. »He! Cas!« rief er. »Hier hast du dein Schreiben wieder.«

»Wir brauchen es nicht mehr.« Dennoch steckte er es ein. Und plötzlich wurden seine Augen groß. Unter seinen Zeilen stand: ›Akzeptiert. Der galaktische Herrscher.‹

Kapitän Stone kam nach draußen, verwundert über die Verzögerung. Er las die Anmerkung und sah seine Mutter an. »Hazel!«

»Was wollt ihr von mir? Ich war die ganze Zeit hier. Wann

hätte ich das schreiben sollen?«

Stone zerknüllte das Papier. »Ich glaube weder an Geister noch an galaktische Herrscher.«

Wenn Hazel die Übeltäterin gewesen war, so gab sie es jedenfalls nicht zu. Sie beharrte darauf, daß der galaktische Herrscher eben doch noch nicht tot war. Um es zu beweisen, ließ sie ihn im nächsten Kapitel wieder auferstehen.

10

Mars hat zwei ideale Raumstationen — seine beiden winzigen Monde Phobos und Deimos. Deimos ist eine wild zerklüftete Felsmasse; jeder Kapitän hätte Schwierigkeiten, dort ein Schiff zu landen. Phobos war schon bei der Entdeckung beinahe kugelförmig und verhältnismäßig eben; durch Atomkraft entstand ein Landegürtel rund um den Äquator — vielleicht eine etwas voreilige Maßnahme, denn, wenn man den alten Sagen glauben konnte, hatten die Marsianer Phobos früher selbst als Raumstation benutzt.

Kapitän Stone hatte sich entschlossen, so einfach wie möglich zu landen, und so kam ein paar Minuten nach Einsetzen der Bremsraketen ein Raketenboot von Phobos an die Luftschleuse der *Moostöter.* Das kleine Gefährt wurde mit Magnetklammern festgehalten, und der Pilot kletterte an Bord des Raumschiffes.

»Jason Thomas, Hafenpilot«, stellte er sich vor. »Sie haben einen Lotsen verlangt?«

»Richtig, Kapitän Thomas.«

»Nennen Sie mich Jay. Alle Berechnungen fertig?«

Roger Stone reichte ihm ein Blatt, und er studierte es genau. Meade fand, daß er eher wie ein Buchhalter und nicht wie ein Pilot aussah — mit Hazels Helden konnte er jedenfalls nicht konkurrieren. Lowell starrte ihn ernst an und fragte: »Sind Sie Marsianer, Mister?«

Der Pilot antwortete ebenso ernst: »So ungefähr, Junge.«

»Wo ist dann Ihr drittes Bein?«

Thomas sah ihn verblüfft an, doch dann fing er sich. »Ich bin eben ein Schlußverkaufs-Marsianer.«

Lowell schien zu zweifeln, aber er verfolgte das Thema nicht weiter. Der Hafenpilot gab die Berechnungen an Kapitän Stone zurück und sagte: »Okay, Käpt'n. Wo befinden sich die Außenanschlüsse?«

»Gleich vor der Luke. Die Innenanschlüsse sind hier an der Konsole.«

»Ich komme gleich wieder.« Er hantierte geschickt und rasch am Außenrumpf. In weniger als zehn Minuten stand er wieder in der Schleuse.

»Sie wollen doch nicht sagen, daß die Hilfsraketen bereits eingebaut sind?« fragte Roger Stone ungläubig.

»Ich habe schließlich Übung. Außerdem habe ich gute Helfer.« Er schloß ein kleines, tragbares Schaltpult an die Konsole und überprüfte die Steuerung. »Alles fertig. Jetzt müssen wir nur eine Zeitlang warten.« Er sah sich um. »Wollen Sie einwandern?«

»Nein, eigentlich nicht. Es ist mehr eine Vergnügungsreise.«

»Na, so was! Fragt sich nur, was Ihnen auf dem Mars Vergnügen bereiten könnte.« Sein Blick fiel auf die rötliche Kurve von Mars, die sich in der Luke zeigte.

»Wir werden uns eben die Sehenswürdigkeiten betrachten.«

»In Vermont sehen Sie mehr als auf diesem ganzen Planeten, das kann ich Ihnen versichern.« Er sah sich um. »Ist das Ihre Familie?«

»Alle, bis auf meine Frau.« Roger Stone erklärte, was vorgefallen war.

»Ach ja! Ich habe in der Tageszeitung davon gelesen. Aber der Name Ihres Schiffes war falsch gedruckt.«

Hazel knurrte verächtlich. »Zeitungen!«

»Da haben Sie recht, Mutti. Ich habe die *Kriegsgott* übrigens vor vier Stunden heruntergeholt. Landefläche 32/33. Sie ist allerdings in Quarantäne.«

Pollux wunderte sich allmählich, wann der Mann mit seinen Manövern beginnen wollte. Aber Jason Thomas beachtete den Radarschirm überhaupt nicht. Statt dessen begann er mit einer langen, verwickelten Geschichte über seinen Schwager, der auf der Erde lebte. Dieser Mann hatte offenbar versucht, einen Papagei als eine Art Wecker abzurichten.

Die Zwillinge wußten nichts von Papageien, und es war ihnen auch egal. Sie machten sich Sorgen. Wollte dieser Esel die *Moostöter* abstürzen lassen? Castor überlegte, ob der Mann überhaupt Pilot war. Die Geschichte ging endlos weiter. Plötzlich unterbrach sich Thomas und sagte: »Alles festhalten. Jemand sollte das Baby auf den Arm nehmen.«

»Ich bin kein Baby«, protestierte Lowell.

»Ich wollte, ich wäre eines, Kleiner.« Seine Finger glitten über das Kontrollbord, als Hazel Lowell zu sich heranzog. »Aber der Witz an der ganzen Sache war . . .« Ein ohrenbetäubender Lärm durchdrang das Schiff. Er dauerte nur Sekunden, dann fuhr Thomas triumphierend fort: ». . . daß das Biest die Uhrzeit nicht kannte. Danke, Leute. Die Rechnung bekommen Sie im Büro.« Er stand mit einer geschmeidigen Bewegung auf. »Freut mich, Sie kennengelernt zu haben.«

Sie befanden sich auf Phobos.

Pollux erhob sich von den Deckplatten — und bumste mit dem Kopf gegen die obere Trennwand. Danach versuchte er wie Jason Thomas zu gehen. Er hatte zum ersten Mal seit der Abreise Gewicht, echtes Gewicht, aber es machte insgesamt höchstens ein halbes Pfund aus.

»Steigen wir aus, Paps?«

»Warte ab. Leute, hört einmal her. Ich gehe hinüber zur *Kriegsgott.* Wenn jemand mitkommen oder herumstrolchen will, kann er es tun — sobald geklärt ist, wer Buster übernimmt. Zieht eure Stiefel an. Soviel ich weiß, gibt es hier Stahlstreifen auf den Straßen, um den Durchgangsreisenden das Gehen zu erleichtern.«

Pollux hatte als erster den Druckanzug übergestreift und seinen Kopf aus der Schleuse gesteckt. Es überraschte ihn, daß die Strickleiter noch zusammengerollt an ihrem Platz hing. War Jason Thomas die Riesenentfernung einfach nach unten gesprungen? Aber als er ausstieg, merkte er, daß man am Rumpf einfach nach unten marschieren konnte — wie eine Fliege an der Wand.

Die anderen folgten ihm. Hazel hatte Lowell übernommen. Roger Stone blieb stehen, bis alle versammelt waren. Dann begab er sich auf einen der Wege mit eingearbeiteten Stahlstreifen und hielt einen Mann auf, der in einem dicken Raumanzug steckte. »Entschuldigen Sie, könnten Sie mir sagen, wo Landefläche 32/33 ist? Die *Kriegsgott* soll sich dort befinden.«

»Folgen Sie diesem Streifen fünf Meilen nach Osten. Sagen Sie, kommen Sie von der *Moostöter*?«

»Ja, ich bin ihr Kapitän. Roger Stone.«

»Freut mich, Sie kennenzulernen, Käpt'n. Ich war gerade unterwegs, um Ihr Schiff einzuordnen. Wenn Sie zurückkommen, werden Sie es auf Landefläche 13 finden.«

Die Zwillinge sahen neugierig die Rolle mit dem Drahtseil, die Handwinde und den Anker an. »Einfach damit wollen Sie unser Schiff befördern?« Er wußte noch genau, wie schwierig es gewesen war, die *Moostöter* auf den Raumhafen von Luna zu bringen.

»Laufen die Kreisel noch?« fragte der Hafentechniker.

»Ja«, erwiderte Stone.

»Dann gibt es keine Schwierigkeiten. Bis später.« Er ging auf das Schiff zu.

Die Stones wandten sich nach Osten. Hazel ließ Lowell los, und er rannte vergnügt über den Stahlstreifen.

Sie gingen auf Mars zu, einen großen Bogen, der fast den ganzen östlichen Horizont füllte. Und dann entdeckte Meade den Bug der *Kriegsgott* vor dem orangeroten Hintergrund. Sie beeilten sich, aber sie mußten noch drei Meilen zurücklegen, bis sie das Schiff in ganzer Größe sahen.

Endlich waren sie angekommen — und wurden von riesigen Sperrschildern zurückgehalten: ›ACHTUNG! QUARANTÄNE! Betreten strengstens verboten!‹

»Ich kann nicht lesen«, sagte Hazel.

Roger Stone überlegte. »Ihr anderen bleibt in der Nähe oder macht einen Spaziergang. Ich gehe hinein. Ihr wißt übrigens, daß ihr auf dem Landefeld selbst nichts verloren habt, nicht wahr?«

»Willst du wirklich nicht, daß ich mitkomme, Junge?« fragte Hazel.

»Nein, das ist meine Privatangelegenheit.« Er ließ sie an der Barriere stehen und ging auf das Schiff zu. Sie warteten. Hazel verkürzte sich die Zeit, indem sie aus der Kammer ihrer Pistole ein Hustenbonbon holte und lutschte. Sie gab auch Lowell eines. Roger stand an einer der Sichtluken. Nach geraumer Zeit kehrte er zurück. Sein Gesicht war düster.

»Nichts erreicht?« fragte Hazel.

»Überhaupt nichts. O ja, ich habe Van gesehen, und er hat mir einige seiner Witze zugerufen. Er hat mir auch Edith gezeigt — durch die Quarzscheibe.«

»Wie sieht sie aus?«

»Großartig, ganz bestimmt. Etwas schmaler vielleicht, aber nicht viel. Sie hat mir für euch alle eine Kußhand mitgegeben.« Er schüttelte den Kopf. »Aber ich kann nicht hinein zu ihr.«

»Du kannst es Van nicht verdenken«, erklärte Hazel. »Er würde seine Lizenz verlieren.«

»Ich verdenke es ihm nicht. Aber ich bin stinkwütend.«

»Nun, und was jetzt?«

Er überlegte. »Ihr anderen könnt in der nächsten Stunde tun, was ihr wollt. Ich gehe zum Verwaltungsgebäude — die Kuppel da drüben, seht ihr? Dann treffen wir uns alle auf Landefläche 13.«

Die Zwillinge wollten nach Osten gehen, während Meade und Hazel sofort zum Schiff zurückkehrten. Buster wurde nämlich allmählich unruhig. Die Jungen hatten die Absicht, sich Mars einmal richtig anzusehen. Sie hatten den Planeten zwar schon während des Landemanövers durch die Schiffsluken beobachtet, aber so war es etwas anderes — echter irgendwie und nicht eingerahmt wie ein Fernsehbild. Nach drei Meilen hatten sie eine herrliche Sicht.

Sie beobachteten die rötlichen Wüsten, die olivgrünen fruchtbaren Streifen dazwischen und die Kanäle, die sich schnurgerade über die flache Landschaft zogen.

Sie waren sich einig darüber, daß Mars schön war — fast so schön wie Luna und etwas schöner als die Erde. Aber nach einer Weile begannen sie, sich zu langweilen und gingen zurück zum Schiff.

Sie fanden ohne Schwierigkeiten Landefläche 13 und betraten das Schiff. Meade hatte das Essen fertig, und Hazel spielte mit Buster. Als eben aufgetragen war, kam ihr Vater heim. »Du siehst aus, als wäre dir eine Bestechung geglückt.«

»Nicht ganz.« Er zögerte, dann fuhr er fort: »Ich gehe zu Edith in Quarantäne.«

»Aber, Paps . . .«, protestierte Meade.

»Ich bin noch nicht fertig. Während ich fort bin, übernimmt Hazel das Kommando. Sie ist auch das Familienoberhaupt.«

»Das war ich immer«, erklärte Hazel freundlich.

»Bitte, Mutter. Jungs, wenn sie euch ein paar Knochen bricht, ist diese Maßnahme von vornherein von mir autorisiert. Verstanden?«

»Jawohl, Sir.« — »Aye, aye, Sir.«

»Gut. Ich packe jetzt und verschwinde.«

»Aber, Paps!« protestierte Meade beinahe weinend. »Willst du nicht wenigstens mit uns essen?«

Er blieb stehen und lächelte. »Natürlich, Kleine. Hast du gewußt, daß du allmählich ausgezeichnet kochst?«

Castor sah Pollux an und meinte: »Äh, Paps, eines noch: Sollen wir einfach in diesem engen Schiff warten — bis du wiederkommst?«

»Ja, natürlich — das heißt, das wird nicht nötig sein. Wenn Hazel einverstanden ist, könnt ihr das Schiff verschließen und euch auf Mars umsehen. Ruft uns an, sobald ihr untergekommen seid, und wir stoßen dann zu euch, wenn die Quarantäne vorbei ist.«

Die Zwillinge seufzten erleichtert.

11

Roger Stone steckte sich prompt an und mußte gepflegt werden — wodurch sich die Quarantänezeit verlängerte. Die Zwillinge hatten um so mehr Zeit, ihr Talent zum Unfugtreiben auszunutzen. Die zusammengeschrumpfte Familie nahm die Fähre zum Mars, und obwohl das Ding winzig und unbequem war, mußten sie enorme Flugpreise entrichten. Von den Frachtkosten ganz zu schweigen ...

Die Zwillinge hatten die Fahrräder entladen und zwischen Zollschuppen und Verwaltungsgebäude zum Transfer fertiggemacht. Sie waren schockiert über die Summe, die sie bezahlen mußten — im voraus. Sie war höher als der Ladepreis, den sie mit ihrem Vater vereinbart hatten.

Castor berechnete immer noch ihre Kosten und möglichen Gewinne, als sich die fünf Stones für die Reise nach Marsport festschnallten. »Pol«, sagte er verzweifelt, »wenn wir nicht ganz hohe Preise erzielen, sind wir erledigt.«

»Werden wir, Opa, werden wir. Es sind schließlich gute Fahrräder.«

Die Fähre glitt über den Großen Kanal und landete weich auf dem Wasser, wo sie eine Zeitlang friedlich vor sich hin schaukelte. Die Zwillinge waren froh, als sie aussteigen durften. Sie hatten noch nie zuvor ein Wasserfahrzeug bestiegen und fanden diese Art der Fortbewegung unangenehm und geradezu gefährlich. Das kleine Schiff öffnete seine Luken mit einem sanften Zischen, und sie atmeten zum ersten Mal die Marsluft ein. Sie war dünn, aber der Druck war nur wenig schwächer als in der *Moostöter* — das seit einer Generation vorangetriebene Atmosphäreprojekt hatte Druckanzüge und Atemmasken unnötig gemacht.

Meade zog die Nase kraus, als sie auf das Dock kletterte. »Was riecht denn da so komisch, Hazel?«

»Frische Luft. Komisches Zeug, nicht wahr? Komm, Lowell.«

Sie betraten alle den Willkommenssaal, in den der einzige Dockausgang mündete. Hazel sah sich um, entdeckte einen Schalter mit der Aufschrift ›Visa‹ und eilte darauf zu. »Los, Kinder! Bleibt in meiner Nähe.«

Der Angestellte musterte die Papiere, als hätte er noch nie so etwas bearbeitet und als müßte er sich überwinden, es jetzt zu tun. »Sie haben sich auf Phobos ärztlich untersuchen lassen?« fragte er zweifelnd.

»Sehen Sie selbst nach. Die Stempel sind eingetragen.«

»Hm. Sie haben keine Einwanderungserklärung ausgefüllt.«

»Wir sind keine Einwanderer; wir sind Touristen.«

»Weshalb haben Sie das nicht gesagt? Sie haben keine Kaution gestellt. Alle terranischen Besucher müssen diese Kaution hinterlegen.«

Pollux sah Castor an und schüttelte den Kopf. Hazel zählte bis zehn und erwiderte: »Wir sind keine Terraner, wir sind freie Bürger von Luna — und können nach dem Vertrag von 07 volles Gastrecht beanspruchen. Sehen Sie selbst nach.«

»Oh.« Der Mann sah verwirrt drein, aber er stempelte ihre Papiere ab. »Das macht fünf Pfund.«

»*Fünf Pfund*?«

»Marswährung natürlich. Wenn Sie das Bürgerrecht beantragen, wird Ihnen das Geld zurückerstattet.«

Hazel zahlte. Pollux rechnete die Summe um und fluchte leise. Allmählich hatte er genug vom Mars. Der Angestellte zählte das Geld nach, griff nach einem Stapel von Heftchen und drückte jedem von ihnen eines der Dinger in die Hand. »Willkommen auf Mars«, sagte er mit einem kühlen Lächeln. »Es wird Ihnen bei uns gefallen.«

»Ich begann schon daran zu zweifeln«, erwiderte Hazel und nahm ihr Heft entgegen.

»Wie?«

»Schon gut. Vielen Dank.«

Sie wandten sich ab. Castor blätterte das Heft durch. Es hatte den Titel: WILLKOMMEN AUF MARS!

Das Innere enthielt mehr Werbung als seriöse Texte. Keines der Bilder war dreidimensional. Immerhin, es war umsonst.

Sie waren keine zehn Schritte gegangen, als der Angestellte plötzlich rief: »He, Madam! Einen Augenblick, bitte — kommen Sie zurück!«

Hazel sah ihn grimmig an und kehrte um. »Was gibt's noch, junger Mann?«

Er deutete auf das Halfter. »Ihre Waffe. Sie dürfen das Ding innerhalb der Stadt nicht tragen.«

»Nein?« Sie zog die Pistole, öffnete die Kammer und hielt sie dem Mann unter die Nase. »Möchten Sie ein Hustenbonbon?«

Nachdem sich die freundliche Dame des Reisedienstes davon überzeugt hatte, daß sie wirklich keinen der alten Mars-Türme mieten wollten — eine Million Jahre alt, aber mit Klimaanlagen ausgestattet —, reichte sie ihnen eine Liste mit freien Wohnungen. Hazel hatte beschlossen, kein Hotel aufzusuchen, nachdem sie die Preise erfahren hatte. Gemeinsam klapperten sie die Stadt ab. Es gab keine öffentlichen Verkehrsmittel. Viele der Bewohner benutzten Motorroller, die meisten gingen zu Fuß. Die Stadt war wie ein langgezogenes Schachbrett angeordnet, und die Hauptstraßen verliefen parallel zum Großen Kanal. Bis auf ein paar übriggebliebene druckdichte Kuppeln in der ›Altstadt‹ waren die Gebäude einstöckige, schachtelähnliche Gebilde ohne Giebel und Fenster. Die Eintönigkeit wirkte erdrückend.

Die erste Adresse erwies sich als ein winziges Quartier im Küchenanbau eines Hauses — Waschgelegenheit mit den Vermietern zu benutzen. Die zweite Wohnung war groß genug, aber in Riechweite einer großen Plastikfabrik. Eines der Endprodukte schien Butylmerkaptan zu sein, wenn Hazel auch darauf beharrte, daß es mehr nach totem Ziegenbock roch. Die dritte — aber es hatte wenig Sinn, alle Versuche aufzuzählen. Keines der Quartiere bot auch nur soviel Komfort wie die beengten Wohnräume der *Moostöter*.

Hazel holte tief Atem und sah ihre Enkel der Reihe nach an. »Was nun, Kinder? Sollen wir ein Zelt aufbauen oder zur *Moostöter* zurückgehen?«

»Unmöglich«, widersprach Pollux. »Wir müssen unsere Fahrräder verkaufen.«

»Mund halten, Kleiner«, sagte sein Bruder. »Hazel, war da nicht noch eine Casa Sowieso?«

»Casa-Mañana-Apartments, südlich des Kanals — und wahrscheinlich auch nicht besser als die anderen. Schön, Infanterie. Weiter geht der Marsch.«

Die Gebäude wurden spärlicher, und sie sahen ein paar Marspflanzen, die ihre Zweige gierig der Sonne entgegenstreckten. Lowell begann zu quengeln. »Trag' mich, Hazel.«

»Kommt nicht in Frage, Liebling«, sagte sie energisch. »Du hast jüngere Beine als ich.«

Meade blieb stehen. »Mir tun die Füße auch weh.«

»Unsinn! Wir haben knapp ein Drittel g.«

»Vielleicht. Aber es ist doppelt soviel wie auf Luna, und wir waren jetzt mehr als ein halbes Jahr im freien Fall. Ist es noch weit?«

Auch den Zwillingen taten die Füße weh, aber sie gaben es nicht zu. Sie trugen Buster abwechselnd auf den Schultern. Casa Mañana war verhältnismäßig neu und im Hinblick auf ihre heruntergeschraubten Ansprüche akzeptabel. Es handelte sich um ein langgestrecktes, niedriges Gebäude, das Hazel an einen Hühnerstall erinnerte; aber sie behielt diesen

Vergleich für sich. Fenster besaß das Ding nicht, doch die Lüftung und die Beleuchtung waren ausreichend.

Die Wohnung, die ihnen der Besitzer zeigte, bestand aus zwei winzigen Räumen, einer Dusche und einem Wohnzimmer. Hazel sah sich um. »Haben Sie nichts Größeres, Mister d'Avril?«

»Gewiß, Madam — aber ich vermiete zu Beginn der Touristensaison nicht gern große Wohnungen an eine so kleine Familie. Für den Jüngsten stelle ich Ihnen gern eine zusätzliche Liege auf.«

Sie erklärte ihm, daß zwei Erwachsene nachkommen würden. Er überlegte. »Sie wissen nicht, wie lange die *Kriegsgott* noch unter Quarantäne steht?«

»Nein.«

»Weshalb reden wir dann nicht über die Sache, sobald das Datum feststeht? Irgendwie werden wir Sie schon unterbringen. Das ist ein Versprechen.«

Hazel beschloß, den Vertrag abzuschließen. Ihre Füße schmerzten sie abscheulich. »Wieviel?«

»Vierhundertfünfzig pro Monat — vierfünfundzwanzig, wenn Sie für die ganze Saison mieten.«

Zuerst war Hazel so überrascht, daß sie nicht widersprach. Sie hatte bei den anderen Wohnungen nicht nach den Preisen gefragt, da ihr die Räume nicht entsprochen hatten. »Pfund oder Credits?« fragte sie schwach.

»Natürlich Pfund.«

»Hören Sie, ich will diesen St . . . dieses Haus nicht kaufen.«

Mister d'Avril wirkte gekränkt. »Madam, es liegt bei Ihnen, ob Sie mieten oder nicht. Jetzt, da täglich neue Schiffe ankommen, kann ich mir meine Mieter auswählen. Meine Preise sind im Verhältnis durchaus nicht hoch. Die Grundbesitzervereinigung hat sogar versucht, mich zum Erhöhen zu zwingen — und das ist nicht gelogen!«

Hazel schüttelte den Kopf. »Ich bin eine einfache Frau vom Land, Mister d'Avril. Wieviel hat der Bau dieses Hauses gekostet?«

Wieder war er gekränkt. »So dürfen Sie die Sache nicht betrachten, Madam. Hin und wieder kommt eine Ladung Touristen. Die Leute bleiben eine Weile, dann verschwinden sie wieder, und wir haben überhaupt keine Mieter. Und Sie wären überrascht, wenn Sie wüßten, sie sehr die kalten Nächte dem Baumaterial zusetzen. Wir können nicht mehr so gut bauen, wie es die alten Marsianer taten.«

Hazel gab auf. »Gilt der Saisontarif von jetzt bis zum Abflug zur Venus?«

»Tut mir leid, Madam. Ich meine die ganze Saison.«

Der nächste günstige Zeitpunkt für einem Abflug nach Venus war in sechsundneunzig Erdentagen — oder in vierundneunzig Marstagen — während die ›ganze Saison‹ fünfzehn Monate dauerte. Es war die Zeit bis zum nächsten günstigen Start nach der Erde.

»Wir zahlen für einen Monat. Kann ich Ihren Schreibstift haben? Ich besitze nicht mehr soviel Bargeld.«

Nach dem Abendessen fühlte sich Hazel besser. Die Sonne war untergegangen, und die Nacht würde bald so bitterkalt sein, daß es kein Mensch ohne geheizten Anzug draußen aushielt; aber im Innern der Casa Mañana war es wohlig warm. Mister d'Avril hatte sich gegen einen kleinen Aufschlag bereiterklärt, ein Fernsehgerät aufzustellen, und Hazel genoß zum ersten Mal seit Monaten ihre eigene Fernsehstory. Sie bemerkte, daß man die Texte in New York tatsächlich umgeschrieben hatte und daß die Veränderungen keine Verbesserungen waren.

Dieser galaktische Herrscher — ein richtiger Bösewicht, was!

Sie konnten ja am nächsten Tag immer noch versuchen, etwas Billigeres zu bekommen. Und solange die Sendung die Zuschauer anzog, würde die Familie nicht verhungern. Aber sie stellte sich nicht gern Rogers Gesicht vor, wenn er die Mietpreise erfuhr. Mars! Ganz schön als Besuchsziel, aber kein Ort zum Leben. Sie runzelte die Stirn.

Die Zwillinge unterhielten sich in ihrer Kammer über ein paar komplizierte finanzielle Probleme; Meade strickte friedlich und starrte auf den Bildschirm. Dann bemerkte sie Hazels Gesichtsausdruck. »Woran denkst du, Großmutter?«

»*Ich* weiß es«, verkündete Lowell.

»Dann behalte es für dich. Nichts Besonderes, Meade. Dieser Naseweis von Angestelltem will mir nicht aus dem Kopf gehen. Wie konnte er es wagen, etwas gegen meine Pistole zu sagen?«

12

Die Zwillinge wollten den hiesigen Markt gleich nach dem Frühstück sprengen. Hazel mahnte sie zur Vorsicht. »Kommt rechtzeitig zum Essen zurück. Und begeht kein Kapitalverbrechen.«

»Worin bestehen die hier?«

»Hm, mal überlegen. Jemanden ohne Schutzanzug im Stich lassen — Verseuchung des Trinkwassers — Verletzung der Handelsverträge mit den Eingeborenen . . . Das dürfte so ziemlich alles sein.«

»Mord?«

»Das wird hier zivilgerichtlich erledigt — aber man verurteilt dich nach dem Verdienst, den der Ermordete zu erwarten hatte, solange er noch lebte. Teuer. Sehr teuer, wenn die Preise, die wir zahlen, ein Anhaltspunkt sind. Wahrscheinlich bleibst du dein Leben lang ein Arbeitssklave.«

»Hm — wir werden aufpassen. Schreib' das auf, Pol. Niemanden umbringen.«

»Schreib' ruhig du das auf. Du bist derjenige, welcher immer die Nerven verliert.«

»Um Punkt sechs seid ihr zurück, Jungs. Habt ihr eure Uhren umgestellt?«

»Pol hat seine verlangsamt. Meine geht noch nach Greenwich-Zeit.«

»Pol! Cas!« rief Lowell. »Ich will mit!«

»Geht nicht, Junior. Das Geschäft läßt es nicht zu.«

»Ich will mit! Ich will einen Marsianer sehen! Großmutter Hazel, *wann* werde ich einen Marsianer sehen?«

Sie zögerte. Seit einem unglücklichen, aber sehr lehrreichen Vorfall vor vierzig Jahren hatte sich die planetarische Regierung darum bemüht, Fremde, speziell Touristen, von den echten Marsianern fernzuhalten. Lowell hatte die gleiche Chance, einen Marsianer zu sehen, wie ein europäisches Kind, das in Manhattan einem echten Indianer begegnen wollte. »Also, Lowell, es ist so . . .«

Die Zwillinge zogen sich hastig zurück, um nicht in diese nutzlose Debatte verwickelt zu werden.

Sie entdeckten bald eine Straße, in der alles verkauft wurde, was Prospektoren brauchten. Sie suchten sich einen mittelgroßen Laden aus. Die Aufschrift lautete: ›Angelo & Söhne‹, und in etwas kleineren Buchstaben wurde den geschätzten Besuchern angeboten: ›Schlafsäcke, Geigerzähler, Sandräder, Taschenlampen, Eisenwaren und Waffen.‹

Im Innern sahen sie einen einzigen Verkäufer, der an der Theke lehnte, seine Zähne mit einem Holzstäbchen bearbeitete und mit einem Pelzknäuel spielte. Pollux sah das Ding neugierig an, aber da es rings von Pelz umgeben war, konnte er nicht viel erkennen. Vielleicht ein Mars-Spielzeug. Er würde später danach fragen. Zuerst kamen die Geschäfte.

Der Mann streckte sich und sagte mit berufsmäßiger Freundlichkeit: »Guten Morgen, meine Herren. Willkommen auf dem Mars.«

»Woher wußten Sie das?« fragte Castor.

»Was?«

»Daß wir nicht von hier sind.«

»Schwer zu sagen. Man merkt Ihrem Gang immer noch den freien Fall an und — ach, ich weiß nicht. Kleinigkeiten, die sich addieren. Ich habe allmählich einen Blick dafür.«

Pollux warf Castor einen warnenden Blick zu; Castor

nickte. Er erkannte unterbewußt, daß die Vorfahren dieses Mannes aus dem Mittelmeerraum stammten und daß diese ihm vermutlich ein gutes Verkaufstalent vererbt hatten. »Sie sind Mister Angelo?«

»Tony Angelo. Wollten Sie einen der anderen sprechen?«

»Nein, nein. Wir wollen uns nur umsehen.«

»Bitte. Souvenirs?«

»Hm, vielleicht.«

»Wie wäre es mit dem da?« Mister Angelo griff in eine Schublade hinter sich und holte eine zertrümmerte Gesichtsmaske hervor. »Eine Sandsturmmaske. Die Linsen sind vom Sand zerkratzt. Sie können das Ding in Ihrer Diele aufhängen und einen richtigen Thriller darüber erzählen. Außerdem wiegt es nicht viel, und Sie können es billig bekommen — ich müßte die Linsen erneuern, wenn ich es wieder an einen Prospektor verkaufen wollte.«

Pollux schnüffelte im Laden herum und näherte sich unauffällig den Fahrrädern. Castor beschloß, Mister Angelo inzwischen zu beschäftigen. »Hm, ich weiß nicht«, erwiderte er. »Ich möchte lieber keine so makabren Lügen erzählen.«

»Keine Lügen — höchstens Phantasie. Schließlich ist der Kerl, der die Maske trug, wirklich nur knapp mit dem Leben davongekommen. Ich kenne ihn. Aber egal.« Er legte die Maske weg. »Ich habe ein paar echte Mars-Schmuckstücke da — nur K'Raath selbst weiß, wie alt sie sind. Aber sie sind sehr teuer. Und dann habe ich ein paar andere, die sich von den echten nicht unterscheiden, außer in einem Labor unter polarisiertem Licht. *Die* kommen von New Jersey und sind überhaupt nicht teuer. Was soll's nun sein?«

»Hm, ich weiß nicht«, wiederholte Castor. »Sagen Sie, Mister Angelo, was ist das da? Erst dachte ich an eine Pelzmütze. Jetzt sehe ich, daß das Ding lebendig ist.« Castor deutete auf das Pelzhäufchen. Es glitt langsam auf den Thekenrand zu.

Der Verkäufer streckte die Hand aus und holte es wieder zurück. »Das? Das ist eine Flachkatze.«

»Flachkatze?«

»Sie hat einen lateinischen Namen, aber ich kenne ihn nicht.« Angelo kitzelte das Tier mit dem Zeigefinger; es begann ganz hell zu schnurren. Es hatte keine erkennbaren Gesichtzüge, und der dichte rote Pelz war nur eine Nuance dunkler als Castors Haar. »Anhängliche kleine Dinger — und viele der Prospektoren nehmen sie zur Gesellschaft mir. Man fühlt sich nicht so allein, und eine Flachkatze ist immer noch besser als eine Frau, weil sie nicht widersprechen kann. Da, nehmen Sie.«

Castor nahm das Tierchen vorsichtig in den Arm. Es schmiegte sich sofort platt an seinen Körper und begann zu schnurren. Castor sah hinunter und entdeckte drei runde schwarze Augen, die ihn vertrauensvoll anstarrten und sich sofort wieder schlossen.

Castor lachte. »Es ist wirklich wie eine Katze.«

»Nur daß es nicht kratzt. Wollen Sie das Ding kaufen?«

Castor zögerte. Er mußte an Lowells Wunsch denken, einen echten Marsianer zu sehen. Nun, war die Flachkatze nicht eine Art Marsianer? »Ich wüßte nicht, wie ich sie pflegen sollte.«

»Gar kein Problem. Erstens sind es saubere kleine Biester — also gibt es in der Hinsicht keine Scherereien. Und sie fressen alles, besonders gern Abfall. Füttern Sie es einmal in der Woche, und geben Sie ihm einmal im Monat etwas Wasser. Und Sie müssen nicht einmal dafür sorgen, daß es Wärme bekommt. Wenn es friert, rollt es sich einfach zusammen.«

Castor war überzeugt davon, daß Lowell das Kleine mit Begeisterung aufnehmen würde. »Wieviel?«

Angelo zögerte und überlegte, was er verlangen konnte, ohne daß es auffiel. Auf Mars hatte eine Flachkatze etwa den Wert eines Kätzchens, das zusammen mit vier anderen Leidensgefährten auf einer Missourifarm zur Welt gekommen war. Immerhin, die Jungen mußten reich sein, sonst wären sie nicht hergekommen — zweifellos brannten sie darauf, ihr

Taschengeld so schnell wie möglich auszugeben. »Anderthalb Pfund«, sagte er fest.

Castor war überrascht von dem vernünftigen Preis. »Das ist nicht wenig«, sagte er automatisch.

Angelo zuckte mit den Schultern. »Es mag Sie. Meinetwegen gehe ich auf ein Pfund herunter.«

Castor war wieder überrascht, diesmal über das schnelle Nachgeben des Händlers. »Ich weiß nicht«, murmelte er.

»Hm — zehn Prozent bei Barzahlung.«

Castor sah, daß Pollux mit der Inspektion der Fahrräder fertig war und zurückkam. Es konnte nicht schaden, wenn er sich durch den Kauf des Tierchens eine gute Ausgangsbasis verschaffte. »Einverstanden.« Er zahlte und hob die Flachkatze hoch. »Komm zu Papi, Fuzzy.« Fuzzy kam zu Papi, schmiegte sich an ihn und schnurrte.

Pollux kam zurück und starrte den kleinen Marsianer an. »Was in aller Welt ist das?«

»Unser jüngstes Familienmitglied. Wir haben soeben eine Flachkatze gekauft.«

»Wir?« Pollux wollte protestieren, aber er sah noch rechtzeitig das warnende Blinzeln seines Bruders. »Äh, Mister Angelo, Sie haben Ihre Waren nicht ausgezeichnet.«

Der Händler nickte. »Das stimmt. Die Prospektoren schachern gern, und wir tun ihnen den Gefallen. Es kommt im Endeffekt auf das gleiche hinaus. Wir einigen uns immer auf den Listenpreis. Wir wissen es, und sie wissen es. Aber es gehört zu ihren Lebensgewohnheiten.«

»Das *Raleigh-Spezial* da drüben — was kostet es?« Pollux hatte es ausgewählt, weil es große Ähnlichkeit mit dem Fahrrad hatte, das sein Vater zu Kapitän Vandenbergh mitgenommen hatte.

»Sie möchten das Fahrrad kaufen?«

Castor schüttelte unauffällig den Kopf; Pollux erwiderte: »Nein, ich wollte nur den Preis wissen. Ich kann es schließlich nicht mit aufs Schiff nehmen.«

»Hm, da keine anderen Kunden hier sind, kann ich es Ihnen ja verraten. Listenpreis dreihundertfünfundsiebzig — ein guter Kauf!«

»Puh! Das erscheint mir sehr hoch.«

»Ist es wirklich nicht. Das Ding ist Klasse. Sehen Sie sich einmal bei den anderen Händlern um.«

»Mister Angelo«, sagte Castor vorsichtig, »angenommen, ich biete Ihnen ein Fahrrad wie dieses an — nicht neu, aber tipptopp überholt — und zwar für den halben Preis.«

»Wie? Ich würde Sie für verrückt halten.«

»Ich meine es ernst. Ich habe eines zu verkaufen. Sie können es ebensogern haben wie einer Ihrer Konkurrenten.«

»Hm — Sie sind also nicht hergekommen, um Souvenirs zu kaufen?«

»Nein, Sir.«

»Wenn Sie mir vor ein paar Monaten diesen Vorschlag unterbreitet hätten, so hätte ich mit beiden Händen zugegriffen. Jetzt — unmöglich.«

»Weshalb? Ich biete Ihnen ein gutes Fahrrad an. Es dürfte ein echtes Geschäft für Sie werden.«

»Das bestreite ich nicht.« Er streckte die Hand aus und streichelte die Flachkatze. »Ach was, weshalb soll ich es Ihnen nicht sagen? Kommen Sie mit.«

Er führte sie nach hinten, vorbei an Regalen, die mit Verkaufsgegenständen vollgestopft waren. Schließlich standen sie in einem Lagerraum. Die Waren, die sie darin sahen, kamen ihnen nur allzu vertraut vor. Gebrauchte Fahrräder.

»Da! Die gleiche Menge habe ich noch hinter dem Schuppen.«

Castor versuchte seine Überraschung und Verzweiflung zu verbergen. »Sie haben also gebrauchte Fahrräder«, sagte er. »Aber alles zerschundene Gäule. Meine sehen aus wie neu und fahren auch so. Und ich kann sie Ihnen billig verkaufen. Wollen Sie nicht wenigstens den Versuch machen?«

Angelo schüttelte den Kopf. »Freund, ich gebe zu, daß ich Sie nicht für einen Händler hielt. Aber ich habe schlechte Nachrichten für Sie. Sie werden Ihre Fahrräder nirgends verkaufen können.«

»Weshalb nicht?«

»Weil keine Kunden mehr da sind.«

»Häh?«

»Schon mal was vom Halleluja-Knoten gehört? Ist Ihnen nicht aufgefallen, daß ich keine Kunden habe? Drei Viertel aller Prospektoren strömen in die Stadt — aber sie kaufen nicht, zumindest keine Fahrräder. Sie besorgen sich neue Vorräte und besteigen Charterschiffe. Deshalb habe ich so viele gebrauchte Fahrräder. Ich mußte sie in Zahlung nehmen. Schade — ich hätte gern ein Geschäft mit euch gemacht.«

Natürlich hatten die Zwillinge vom Halleluja-Knoten gehört — draußen im Raum war die Nachricht zu ihnen durchgedrungen: ein Riesenfund an Uran und Kernmetall draußen in den Asteroiden. Aber sie hatten nicht lange darüber nachgedacht, da die Asteroiden ja nicht im Reiseplan aufgeführt waren.

»Zwei meiner Brüder sind bereits dort«, fuhr Angelo fort. »Und vielleicht wäre ich auch schon längst aufgebrochen, wenn ich nicht den Laden am Hals hätte. Aber ich würde sofort schließen und die Bude später als Touristenfalle neu eröffnen, wenn ich den Kram hier erst loswerden könnte. So stehen die Dinge.«

Sie wankten auf die Straße hinaus, sobald sie es unauffällig konnten. Pollux sah Castor an. »Möchtest du ein Fahrrad kaufen, du armes Schaf?«

»Danke, ich besitze schon eines. Aber ich hätte eine Flachkatze anzubieten.«

»Reizt mich nicht. Hör' mal, wir gehen jetzt hinüber zum Empfangsdock. Wenn Touristen ankommen, versuchen wir ihnen das Biest anzudrehen. Vielleicht schlagen wir sogar einen kleinen Gewinn heraus.«

»Nein, Fuzzy gehört Buster — das steht fest. Aber zum Hafen können wir trotzdem gehen. Vielleicht sind die Fahrräder angekommen.«

»Wen interessiert das noch?«

»Mich. Wenn wir sie schon nicht verkaufen können, dann fahren wir wenigstens damit. Mir tun nämlich die Füße weh.«

Ihre Fracht von Phobos war noch nicht angekommen, aber man erwartete sie im Laufe der nächsten Stunde. Sie setzten sich in ein kleines Restaurant gegenüber dem Empfangssaal, tranken lustlos eine Limonade und streichelten Fuzzy. »Mir macht es nichts aus, das Geld zu verlieren . . .«, begann Castor.

»Mir schon.«

»Na ja, mir auch. Aber was mich am meisten schmerzt, ist die Tatsache, daß Paps uns auslachen wird.«

»Ganz zu schweigen von Hazel.«

»Ja, Hazel. Kleiner, wir müssen irgendwie zu Geld kommen, bevor wir ihnen wieder unter die Augen treten.«

»Und wie? Unser Kapital ist im Eimer. Und Paps würde keinen Penny von unserem Geld herausrücken, wenn er hier wäre.«

»Dann muß es eben eine Möglichkeit geben, bei der man kein Kapital braucht. Hazel hat in der Beziehung einiges los.«

»Du willst doch nicht vorschlagen, daß wir ein Fernsehstück schreiben?« Pollux wirkte schockiert.

»Natürlich nicht. Wir haben keine Abnehmer. Aber es muß eine Möglichkeit geben. Denk' doch nach.«

Aber es fiel ihnen nichts ein. Achselzuckend sagte Castor schließlich: »Na, dann wollen wir noch einmal nach unserer kostbaren Fracht schauen.«

Pollux blieb sitzen und starrte vor sich hin. »Moment, Opa. Ich glaube, mir kommt eine Idee.«

»Dann verscheuche sie nicht.«

»Still.« Pollux sah ihn an. »Opa, wir beide sind eben erst angekommen. Wir wollen uns die Gegend anschauen — also denken wir sofort an Fahrräder. Weshalb sollten Touristen nicht das gleiche tun?«

»Hm.« Castor dachte darüber nach. »Die Sache muß einen

Haken haben — sonst wäre schon längst ein anderer Schlaumeier draufgekommen.«

»Nicht unbedingt. Erst in den letzten paar Jahren bekommt man Touristenvisa nach Mars. Früher ließ man nur Kolonisten herein. Wahrscheinlich hat niemand daran gedacht, Fahrräder für Touristen zu bestellen. Sie kosten viel und wurden deshalb lediglich für die Prospektoren importiert.«

»Und was sollen wir tun? Ein Schild malen und uns wie Marktschreier daneben aufpflanzen: ›Fahrräder! Gute Fahrräder! Mars ohne Fahrrad ist nur ein halber Urlaub!‹«

Pollux überlegte. »Warum nicht? Es gibt schlimmere Dinge. Aber vielleicht kann jemand den Verkauf für uns übernehmen, jemand, der viele Leute kennt. Himmel, wir hätten nicht einmal das Mietgeld für einen Standplatz.«

»Das ist die faule Stelle bei unserem Geschäft. Sobald wir jemandem davon erzählen, läuft er zu Tony Angelo oder einem der anderen und kauft ihm seine lumpigen Schinderkarren ab.«

»Überleg' doch, Opa. Angelo und die anderen Händler werden nicht ihre neuen Fahrräder an Touristen verleihen. Das käme zu teuer. Und Touristen kaufen den Schrott nicht, den Angelo im Hinterhof still dahinrosten läßt. Sie sind in Ferienstimmung und wollen etwas Neues und Glänzendes. Unsere Fahrräder sind praktisch neu.«

Castor stand wieder auf. »Gut, du hast mich überzeugt. Aber nun müssen wir uns ein Opfer aussuchen.«

»Setz' dich. Weshalb die Eile? Unser Wohltäter wohnt vielleicht unter diesem Dach.«

»Häh?«

»Wohin geht ein Tourist zuerst, wenn er aus dem Empfangssaal kommt? Hierher. Der Fahrradstand müßte sich genau vor diesem Hotel befinden.«

»Dann suchen wir den Besitzer.«

Joe Pappalopoulis war in der Küche; er wischte sich die Hände an der Schürze ab und kam heraus. »Was ist los,

Jungs? Schmeckt euch die Limonade nicht?«

»O doch, großartig. Hören Sie, Mister Pappalopoulis, haben Sie einen Moment Zeit?«

»Nennt mich ›Poppa‹, das strengt nicht so an. Also, was gibt es?«

»Ich bin Cas Stone; das hier ist mein Bruder Pol. Wir leben auf Luna und kamen mit einer Fracht her, die Sie vielleicht interessiert.«

»Importierte Nahrungsmittel? Davon brauche ich nicht viel. Höchstens Kaffee und ein paar Gewürze.«

»Nein, keine Nahrungsmittel. Wie würde Ihnen ein neuer Handel neben dem Restaurant gefallen?«

Der Mann zog ein Messer aus der Tasche und begann, seine Fingernägel zu stutzen. »Weiter.«

Pollux erklärte den Plan mit ansteckender Begeisterung. Pappalopoulis sah von Zeit zu Zeit auf, aber er schwieg. Als Pollux langsamer wurde, übernahm Castor die Regie. »Neben der stündlichen und täglichen Vermietung können Sie Touren zusammenstellen und diese extra berechnen.«

»Die Führer kosten Sie überhaupt nichts; sie müssen eine Konzession bezahlen und bekommen dann einen Anteil des Tourengewinns.«

»Außerdem müssen die auch ihre Fahrräder von Ihnen mieten.«

»Und Sie haben den besten Platz in der ganzen Stadt. Vielleicht kann einer der Führer die Touristen von den Fähren hierher lotsen.«

»Aber das beste wäre eine langzeitige Vermietung. Ein Tourist mietet ein Fahrrad für einen Tag. Sie erklären ihm, wieviel billiger es wäre, das Rad für die ganze Saison zu nehmen. In kürzester Zeit erhalten Sie das Geld zurück, das Sie für die Fahrräder ausgegeben haben — und einen anständigen Gewinn obendrein.«

Der Gastwirt legte das Messer weg und sagte: »Tony Angelo ist ein guter Geschäftsmann. Weshalb kaufe ich mir meine Fahrräder nicht von ihm — billiger?«

Castor warf sich in die Bresche. »Sehen Sie sich seine Fahrräder nur an. Abgefahrene Reifen, verrostete Rahmen und verbogene Speichen. Wir haben neue Fahrräder — und sie kosten ebensowenig wie Angelos alte Kutschen.«

Pappalopoulis stand auf. »Gut, ich kenne Angelos Fahrräder. Sehen wir uns die Ihren an.«

»Vielleicht sind sie noch nicht angekommen.«

Aber sie waren angekommen. Joe Poppa betrachtete sie ausdruckslos, doch die Zwillinge waren sehr froh, daß sie nicht mit buntem Lack gespart hatten.

Castor suchte drei der besten Maschinen heraus und sagte: »Wollen wir eine Probefahrt machen? Ich möchte mich ein wenig im Land umsehen — umsonst natürlich.«

Pappalopoulis lächelte zum ersten Mal. »Weshalb nicht?«

Sie fuhren in nördlicher Richtung am Kanal entlang, dann zurück zur Stadt und über den Clarke Boulevard zum Restaurant. Nachdem sie abgestiegen waren, winkte Castor Pollux zu sich heran und wartete schweigend.

Der Restaurantbesitzer schwieg ebenfalls. Nach einer Weile sagte er: »Vielen Dank für die Fahrt.«

»Gern geschehen.«

Er starrte die Fahrräder an. »Wieviel?«

Castor nannte einen Preis, und Poppa schüttelte den Kopf. »Das ist viel Geld.«

Bevor Pollux eine niedrigere Summe nennen konnte, sagte Castor: »Gut, dann betreiben wir das Geschäft in Partnerschaft. Sie zahlen die Hälfte und sorgen für die Vermietung. Wir halten die Räder instand. Der Gewinn wird dann geteilt.«

Poppa streichelte die Flachkatze. »Partnerschaft bringt nur Streit mit sich«, meinte er nachdenklich.

»Wie Sie meinen«, erklärte Castor. »Fünf Prozent bei Barzahlung.«

Poppa zog seine Brieftasche heraus, mit der man ein Sandschwein von der Venus hätte erschlagen können. »Ich kaufe sie.«

Die Zwillinge verbrachten den restlichen Nachmittag damit, die Stadt zu Fuß zu durchforschen und nach Geschenken für die Familie zu suchen. Als sie auf dem Heimweg waren, leuchtete ihnen bereits das neue Schild entgegen:

FAHRRÄDER ZU VERMIETEN!
Auf Wunsch Führungen.
Besichtigen Sie die alten Mars-Ruinen!

Pollux sah das Schild an. »Er ist ein guter Geschäftsmann. Vielleicht hätten wir doch auf Partnerschaft bestehen sollen.«

»Sei nicht habgierig. Wir haben doch einen Gewinn gemacht!«

»Davon war ich von vornherein überzeugt. Komm', bringen wir Fuzzy zu Buster.«

13

Fuzzy fand bei Lowell nicht sofort Anklang. »Wo sind seine Beine?« fragte er mit finsterer Miene. »Wenn er ein Marsianer ist, muß er drei Beine haben.«

»Einige Marsianer haben gar keine Beine«, meinte Castor.

»Beweis' es.«

»Der hier hat keine. Das ist Beweis genug.«

Meade hob Fuzzy hoch; sofort begann die Katze zu schnurren. Lowell wollte sie prompt haben. »Ich verstehe nicht, wie ein so hilfloses Tier so kräftige Farben haben kann«, meinte Meade.

»Kannst du nicht vernünftig denken, Liebling?« fragte Hazel. »Wenn du das Ding in der Wüste aussetzt, siehst du es nach zehn Schritten nicht mehr. Wie wäre es mit einem Versuch?«

»Nein!« erklärte Lowell.

»Nein, was?«

»Du sollst Fuzzy nicht aussetzen. Er gehört mir.« Der Kleine summte ein Schlaflied vor sich hin und trug die Flachkatze hinaus. Vielleicht hatte Fuzzy keine drei Beine, aber sie wußte, wie man sich Freunde verschaffte; jeder, der sie hochhob, wollte sie behalten. Es hatte etwas Befriedigendes an sich, die Katze zu streicheln.

Niemand wußte, wann die Quarantäne der *Kriegsgott* zu Ende sein würde. Deshalb war Meade eines Vormittags sehr überrascht, als sie nach Casa Mañana zurückkehrte und ihren Vater im Salon fand. »Paps!« schrie sie und fiel ihm um den Hals. »Wann bist du angekommen?«

»Im Moment.«

»Auch Mami?«

»Ja. Sie macht sich frisch.«

Lowell stand im Eingang und beobachtete sie gelassen. Roger Stone machte sich von seiner Tochter los und sagte: »Guten Morgen, Buster.«

»Guten Morgen, Paps. Das hier ist Fuzzy. Er ist ein Marsianer und eine Flachkatze. Sag ›Guten Tag‹ zu ihm.«

»Freut mich, dich kennenzulernen, Fuzzy. Hast du ›Flachkatze‹ gesagt, Buster?«

»Ja.«

»Meinetwegen. Ich finde allerdings, daß er eher wie eine Perücke aussieht.«

Dr. Stone trat ein, und Meade unterzog sie der gleichen Behandlung wie ihren Vater. Dann war Buster wieder an der Reihe. »Mami, das ist Fuzzy.«

»Hallo, Fuzzy! Meade, wo sind deine Brüder? Und wo ist Hazel?«

Meade war ganz aufgelöst. »Dachte ich mir doch, daß ihr im ungünstigsten Moment kommen würdet. Die Zwillinge sind wieder im Gefängnis.«

Roger Stone stöhnte. »Oh, nicht schon wieder! Edith, wir hätten auf Phobos bleiben sollen.«

»Ja, Liebling.«

»Nun, fassen wir uns. Wie lautet die Anklage diesmal, Meade?«

»Betrug und Verschwörung zur Hintergehung der Zollbehörden.«

»Ich bin erleichtert. Wißt ihr noch, das vorletzte Mal war es Hantieren mit atomaren Körpern inerhalb der Stadtgrenzen und ohne Genehmigung. Aber weshalb hat man sie nicht auf Kaution freigelassen? Oder verschweigst du uns etwas?«

»Nein. Es ist nur so, daß das Gericht ihre eigenen Konten gesperrt hat und Hazel sich nicht bereiterklärte, die beiden auszulösen. Sie fand, daß sie im Gefängnis am besten aufgehoben seien.«

»Kluge Hazel!«

»Paps, wenn wir uns beeilen, kommen wir noch zur Verhandlung zurecht. Ich erzähle dir und Mami unterwegs die ganze Geschichte.«

Der Betrugsteil kam von Mister Pappalopoulis, der Rest von der Planetarischen Regierung. Mars, dessen Wirtschaft sich allmählich ausdehnte und unabhängig wurde, hatte strenge Zollbestimmungen. Da der Planet viel importieren mußte und verhältnismäßig wenige Exportgüter besaß, die es auf der Erde nicht billiger gab, waren alle Wirtschaftsgesetze und -vorschriften darauf gerichtet, den chronischen Geldmangel zu lindern. Artikel, die nicht auf Mars produziert wurden, aber für die Wirtschaft benötigt wurden, waren zollfrei; Luxus- oder Vergnügungsgüter wurden mit hohen Steuern belegt.

Fahrräder galten bei der Importkommission als steuerfrei, da sie für die Prospektoren notwendig waren — aber Fahrräder, die man zum Vergnügen benutzte, fielen plötzlich unter die Luxussteuer. Den Zollbehörden war letzten Endes aufgefallen, welchen Weg die Fahrräder aus der *Moostöter* genommen hatten. »Natürlich hat ihnen jemand einen Wink gegeben«, fuhr Meade fort. »Aber Mister Angelo schwört, daß er es nicht war, und ich glaube ihm. Er ist ein netter Mensch.«

»Schön. Und worin besteht nun der Betrug?«

»Ach so! Die Fahrräder waren sofort wegen der Zollschulden und Strafgebühren beschlagnahmt worden. Ihr neuer Besitzer hatte sich mit einer Anklage wegen Betrugs zur Wehr gesetzt. Er droht auch mit einem Zivilprozeß, aber ich glaube, daß Hazel die Sache in der Hand hat. Mister Poppa will nichts als die Fahrräder zurückhaben. Er ist nicht nachtragend.«

»Ich wäre es«, erklärte Roger Stone düster. »Ich werde die beiden Knaben mit einem stumpfen Messer häuten. Und wie kommt Hazel zu der größenwahnsinnigen Ansicht, daß sie diesem Poppa noch gewachsen ist?«

»Sie hat eine Einstweilige Verfügung erwirkt, so daß Mister Poppa seine Fahrräder wenigstens bis zur heutigen Verhandlung benutzen darf. Und so hat Mister Poppa die Klage wegen Betrugs fallengelassen und wartet ab, ob er geschädigt wird oder nicht.«

»Hm — mein Bankkonto atmet auf. Na schön, Liebling, sehen wir uns die Sache einmal an. Hier scheint es nichts zu geben, das sich mit einem dicken Scheck nicht erledigen ließe.«

»Ja, Liebling.«

»Meade, wie hoch ist die Steuer?«

»Vierzig Prozent.«

»Nicht so übel. Wahrscheinlich haben die beiden mehr Profit als das gemacht.«

»Aber das ist nicht alles, Paps. Vierzig Prozent plus weitere vierzig Prozent Strafgebühr — plus Beschlagnahme der Fahrräder.«

»Plus zwei Wochen im Kittchen, hoffe ich.«

»Sei nicht voreilig, Paps. Hazel hat den Fall übernommen.«

»Seit wann darf sie denn als Verteidigerin auftreten?«

»Ich weiß nicht, aber es scheint in Ordnung zu gehen. Sie hat die Vorladung vom Gericht erhalten.«

»Liebling, sollten wir den beiden nicht einen richtigen Anwalt besorgen?« fragte Dr. Stone. »Deine Mutter ist eine großartige Frau, aber manchmal wird sie etwas heftig.«

»Wenn du meinst, daß sie so verrückt wie ein Schiff auf einer schiefen Parkbahn ist, gebe ich dir recht. Aber lassen wir sie ruhig. Mehr als ein Anwalt hier wird sie nicht kosten.«

Sie schlichen in den Gerichtssaal, der an anderen Tagen offensichtlich als Kirche benutzt wurde. Hazel stand vor dem Richter und sprach mit ihm. Sie sah ihren Sohn und ihre Schwiegertochter, schien sie aber nicht zu erkennen. Die Zwillinge wirkten sehr brav, wie sie so dicht nebeneinander auf der Anklagebank saßen. Sie erkannten ihre Eltern, rührten sich aber ebensowenig wie Hazel.

»Ich bitte das Hohe Gericht zur Kenntnis zu nehmen, daß ich hier in einem fremden Land bin«, sagte Hazel. »Ich kenne weder Ihre Gesetze noch Ihre Sitten. Falls ich einen Fehler begehe, bitte ich schon im voraus um Vergebung und Korrektur.«

Der Richter lehnte sich zurück und sah sie an. »Das hatten wir schon heute morgen.«

»Natürlich, Richter, aber es sieht in den Akten gut aus.«

»Wollen Sie mich umstimmen?«

»Aber nein. Ich bin sicher, daß wir den Fall noch heute abschließen können.«

»Ich nicht. Was übrigens die äußeren Formen betrifft, so brauchen Sie sich keine Sorgen zu machen. Wir sind hier im Grenzland, und früher wurden Streitigkeiten ganz einfach mit den Fäusten ausgetragen. Zweifellos siegte die Gerechtigkeit mindestens ebenso oft wie heutzutage. Die Zeiten ändern sich, aber von Formalitäten halten wir immer noch nicht viel.«

»Danke, Richter. Dieser junge Mann da —« Sie deutete mit dem Daumen auf den Vertreter der Anklage — »wollte Ihnen weismachen, daß meine Jungen die Bürger dieser Nation böswillig um ihre Steuern bringen wollten. Ich streite das entschieden ab. Dann erzählt er Ihnen, daß sie den schändlichen Plan auch durchführten, bis die langsamen, aber sicheren Mühlen des Gesetzes sie in ihr Getriebe zogen. Blödsinn.«

»Einen Augenblick! Haben Sie nicht heute morgen die Tatsachen zugegeben?«

»Ich gab zu, daß meine Jungs keine Steuer für die Fahrräder bezahlten. Aber das war alles. Sie zahlten keine Steuer, weil niemand eine Steuer verlangte.«

»Ich verstehe. Sie werden das später noch genauer ausführen und bezeugen müssen. Ihr Einwand könnte in der Rechtsfindung eine Rolle spielen.«

Sie nickte und sah ihn aus zusammengekniffenen Augen an. »Sagen Sie mal — Warburton — Warburton . . . Herr Richter, haben Sie Verwandte auf Luna?«

Der Richter drückte die Schultern durch. »Ich bin Erbbürger des Freien Lunastaates«, sagte er stolz. »Oscar Warburton war mein Großvater.«

»Das ist es!« sagte Hazel. »Es hat mich den ganzen Morgen gequält — aber der Groschen fiel erst, als ich Ihr Profil sah. Ich kannte Ihren Opa gut. Ich gehöre nämlich auch zu den Gründervätern und -müttern.«

»Ich kann mich an keine Stones erinnern.«

»Hazel Meade Stone.«

»Sie sind Hazel Meade? Aber das ist unmöglich — Sie müssen längst tot sein!«

»Sehen Sie mich richtig an, Euer Ehren. Ich bin Hazel Meade.«

»Also, beim Giftatem von K'Raath! Verzeihung, Madam. Wir müssen uns einmal zusammensetzen, wenn diese Verhandlung vorbei ist.« Er streckte sich. »Ich hoffe, Ihnen ist klar, daß diese Entdeckung keinerlei Einfluß auf den Fall hat?«

»Aber selbstverständlich nicht. Dennoch muß ich sagen, daß ich froh bin, Sie als Richter zu haben. Ihr Großvater war ein gerechter Mann.«

»Danke. Und nun zurück zum Thema.«

Der junge Vertreter der Anklage sprang auf. »Hohes Gericht!«

»Was ist?«

»Hohes Gericht, wir finden, daß dies hier gegen die Regeln verstößt. Unter den gegebenen Umständen wäre es besser, wenn das Gericht sich auflöste und unparteiliche Leute an seiner Stelle einsetzte. Wir . . .«

»Hör' doch mit dem ›Wir‹-Blödsinn auf, Herbert. Du bist weder ein Herausgeber noch ein Potentat. Antrag abgelehnt. Du weißt ebensogut wie ich, daß Richter Bonelli krank ist. Ich werde nicht den ganzen Terminkalender umwerfen, weil du mir nicht zutraust, daß ich bis zehn zählen kann.« Er warf einen Blick auf die Uhr. »Überhaupt, ich nehme an, daß alle Parteien jetzt die sachlichen Fragen geklärt haben und wir zu einem Ende kommen können. Jemand dagegen?«

»Ich nicht, Richter.«

»Kein Einspruch«, erklärte der Anklagevertreter müde.

»Sie können fortfahren, Madam. Wenn sich alle ans Thema halten, dürften wir in zehn Minuten fertig sein. Ihre Theorie, bitte.«

»Jawohl, Euer Ehren. Erstens, sehen Sie sich einmal diese beiden unschuldigen Kinder an, und sagen Sie mir dann, ob sie zu einem Verbrechen fähig sind.«

Castor und Pollux strengten sich gewaltig an, um Hazels Beschreibung zu entsprechen — aber es gelang ihnen nicht ganz.

Richter Warburton sah sie an und kratzte sich am Kinn. »Ich sehe nirgends Flügel, Madam.«

»Na, dann vergessen Sie's. Die beiden sind kleine Teufel, ganz offen gesagt. Sie haben mir schon genug Kummer bereitet. Aber diesmal haben sie nichts Falsches getan — im Gegenteil, sie verdienen sogar ein Dankschreiben von Ihrer Handelskammer.«

»Der erste Satz war plausibel. Der Rest liegt nicht im Kompetenzbereich des Gerichts.«

»Passen Sie auf. Der Schlüssel zu diesem Fall liegt darin, ob ein Fahrrad ein Nutz- oder ein Luxusgegenstand ist. Richtig?

»Richtig. Und der Unterschied hängt von der letztlichen Verwendung des Gegenstandes ab. Unsere Zollbestimmungen sind in dieser Richtung dehnbar. Soll ich die bisherigen Fälle aufzählen?«

»Oh, machen Sie sich nicht die Mühe.«

»Es wurde festgestellt, daß die Fahrräder den Touristen zur Verfügung gestellt wurden, daß die Beklagten das wußten und daß sie es versäumten, den Zollbehörden davon Mitteilung zu machen. Richtig?«

»Bis zur neunten Dezimale, Richter.«

»Bis jetzt habe ich noch nichts von Ihrer Theorie gehört. Sie wollen doch nicht bestreiten, daß Fahrräder, die zu Vergnügungstouren gemietet werden, ein Luxusartikel sind?«

»Keineswegs.«

»Madam, ich habe den Eindruck, daß Sie Ihren Enkeln wenig nützen. Wenn Sie sich zurückziehen wollen, bestelle ich gern einen Anwalt.«

»Fragen Sie die Jungs, Richter.«

»Das wollte ich eben tun.« Er sah die Zwillinge fragend an. »Sind Sie zufrieden mit Ihrer Verteidigung?«

Castor sah Pollux an und sagte prompt: »Wir bauen auf Großmutter.«

»Ich bewundere zumindest euren Mut. Fahren Sie fort, Madam.«

»Wir waren uns darüber einig, daß Fahrradtouren unter die Sparte Luxus fallen. Aber *Luxus* ist ein relativer Begriff. Luxus für wen? Spanferkel vom Rost ist ein Luxus für Sie und mich . . .«

»Und ob. Hier auf Mars habe ich leider noch keines genossen.«

». . . aber es ist kein Luxus für das Ferkel. Weiß das Hohe Gericht, was der Ausdruck ›unsichtbarer Marsexport‹ heißt?«

»Natürlich. Damit ist der Touristenverkehr gemeint.«

»Einspruch!«

»Merke ihn dir für später, Herbert, damit die logische Folge nicht unterbrochen wird.«

»Mal sehen, wer das Spanferkel verspeist. Mir wurde erklärt, daß Ihre Steuern dazu dienen, die Bewohner des Mars von Luxuskäufen abzuschrecken. Möglichst viel Geld soll auf dem Planeten bleiben. Sie haben eine Schuldenlast . . .«

»Leider. Und sie soll nicht größer werden.«

»Genau das meine ich. Wer bezahlt denn die Rechnung? Machen *Sie* Fahrradtouren? Oder *er?*« Sie deutete auf den Vertreter der Anklage. »Nein, verdammt noch mal! Für euch ist der Mars ein alter Hut. Aber *ich* miete ein Fahrrad — ich bin Touristin. Ich helfe Ihnen mit dieser Transaktion, die Schuldenlast zu verkleinern. Euer Ehren, wir bestreiten, daß die Vermietung von Fahrrädern an Touristen ein Luxus ist, der die Bürger vom Mars schädigt. Deshalb dürften die Fahrräder nicht unter Ihre Luxussteuer fallen.«

»Fertig?«

Sie nickte.

»Herbert?«

»Euer Ehren, das ist lächerlich. Die Anklage hat ihren Fall vorgetragen, und die Verteidigung bestätigte ihn in allen Einzelheiten. Ich habe noch nie eine verrücktere Verzerrung der Tatsachen erlebt. Aber ich bin überzeugt davon, daß das Gericht die Fakten zu würdigen weiß. Der Endzweck der Fahrräder ist eine Verleihung an Touristen, und das wiederum zählt zu den Luxusdingen. Luxus bleibt Luxus und . . .«

»Nicht für das Ferkel, Sohn.«

»Das Ferkel? Welches Ferkel? In diesem Fall geht es doch nicht um Ferkel. Es gibt gar keine Ferkel auf dem Mars. Wenn wir . . .«

»Herbert! Hast du noch etwas hinzuzufügen?«

»Ich . . .« Der junge Staatsanwalt ließ die Schultern hängen. »Tut mir leid, Vater, ich habe mich wohl zu sehr aufgeregt. Ziehen wir uns zurück.«

Der Richter wandte sich an Hazel. »Er ist ein guter Junge — aber etwas stürmisch. Wie die beiden da. Aber ich mache schon noch einen guten Anwalt aus ihm.« Er streckte sich. »Das Gericht zieht sich für zehn Minuten zurück. Bleiben Sie in der Nähe.«

Die Zwillinge flüsterten nervös. Hazel warf ihrem Sohn einen Blick zu und blinzelte. Richter Warburton kam nach weniger als zehn Minuten zurück. »Das Gericht ist zu der Ansicht gekommen«, erklärte er, »daß die fraglichen Fahrräder nicht unter die Luxussteuer fallen. Die Angeklagten werden hiermit freigesprochen. Die Kosten übernimmt die Staatskasse.«

Es entstand spärlicher Applaus, eingeleitet von Hazel.

»Keine Demonstrationen!« sagte der Richter scharf. Er sah die Zwillinge wieder an. »Ihr habt ganz großes Glück — wißt ihr das?«

»Jawohl, Sir.«

»Dann verschwindet, und macht keinen Unfug mehr.«

Das Abendessen verlief in schönster Familienharmonie, wenn auch immer noch eine kleine Wolke über den Zwillingen hing. Es war auch gut, denn Dr. Stone hatte stillschweigend wieder den Herd übernommen. Kapitän Vandenbergh von der *Kriegsgott* leistete ihnen beim Essen Gesellschaft. Durch genaue Platzeinteilung gelang es, alle Anwesenden unterzubringen.

Fuzzy saß auf Lowells Schoß. Bis dahin hatte die Flachkatze ihren eigenen Stuhl gehabt.

Roger Stone hatte keinen Platz für seine Knie. »Edith, wir müssen uns einfach nach einer größeren Wohnung umsehen.«

»Ja, Liebling. Hazel und ich haben heute nachmittag mit dem Vermieter gesprochen.«

»Was sagte er?«

»Ich drehe ihm den Hals um«, verkündete Hazel. »Ich erinnerte ihn daran, daß er mir versprochen hatte, euch beide unterzubringen, sobald ihr herkämt. Jetzt sah er mich ganz unschuldig an und erklärte, daß er ja zwei zusätzliche Betten aufgestellt hätte. Lowell, hör' auf, diesen Mop mit deinem Löffel zu füttern.«

»Ja, Oma Hazel. Darf ich deinen nehmen?«

»Nein. Aber er sagte, wir könnten die Wohnung der Burkhardts nehmen, wenn sie nach Venus abreisten. Sie hat ein Zimmer mehr.«

»Besser — aber immer noch kein Tanzsaal«, meinte Roger Stone. »Außerdem dauert es bis zur Abreise nach Venus noch drei Wochen. Edith, wir hätten unsere hübsche kleine Kabine in der *Kriegsgott* behalten sollen. Was ist, Van? Brauchst du ein paar Pensionäre? Bis zur Abreise nach Venus . . .«

»Warum nicht?«

»Paps! Du willst doch nicht schon *wieder* fort?«

»Ich mache nur Spaß, Kleines.«

»Ich meinte es völlig im Ernst«, erklärte der Kapitän. »Das bin ich euch schuldig. Meinetwegen könnt ihr die *Kriegsgott* bis an euer Lebensende umsonst benutzen. Überhaupt — wollt ihr nicht nach Venus mitkommen?«

»Wir waren schon auf Venus«, verkündete Meade. »Ein düsterer Planet.«

»Es war nur ein Vorschlag.« Vandenbergh wandte sich Hazel zu. »Sie waren heute bei der Verhandlung übrigens brillant. Sind Sie neben allen anderen Vorzügen auch noch Anwältin?«

»Nein«, erwiderte ihr Sohn. »Aber sie kann entsetzlich schnell reden.«

»Wer sagt hier nein?« erkundigte sich Hazel.

»Du bist doch keine Anwältin!«

»Und ob!«

»Wann und wo? Das möchte ich genauer wissen.«

»Vor Jahrzehnten in Idaho — noch vor deiner Geburt war das. Ich bin bisher noch nie dazu gekommen, es zu erwähnen.«

Ihr Sohn musterte sie mißtrauisch. »Hazel, ich werde den Gedanken nicht los, daß die Aufzeichnungen von Idaho recht weit weg sind.«

»Geht dich gar nichts an, Sohn. Außerdem ist das Gerichtsgebäude abgebrannt.«

»Dachte ich mir fast.«

»Jedenfalls hat Hazel die Jungs losgeeist«, meinte Vandenbergh besänftigend. »Ich dachte, sie würden zumindest die Steuer zahlen müssen. Ihr junges Gemüse habt sicher einen hübschen Gewinn eingestrichen.«

»Es ging«, gab Castor zu.

»Nicht zu üppig«, bremste Pollux.

»Rechnet lieber nach«, sagte Hazel freundlich, »denn ich verlange zwei Drittel eures Nettogewinns als Anwaltsgebühren.«

Die Zwillinge starrten sie an. »Hazel, das kannst du doch nicht?« meinte Castor unsicher.

»Weshalb nicht?«

»Du sollst sie nicht necken, Mutter«, mahnte Dr. Stone.

»Ich spreche völlig im Ernst. Das soll euch eine Lehre sein. Jungs, jeder, der ein Spiel mitmacht, ohne die Regeln zu kennen, ist ein Idiot. Höchste Zeit, daß ihr das erfahren habt.«

Vandenbergh warf glatt ein: »Das ist nicht schlimm, weil die Regierung . . .« Er unterbrach sich plötzlich: »Um Himmels willen!«

»Was ist los, Van?« wollte Roger wissen.

Vandenberghs Miene wurde wieder heller, und er grinste verlegen. »Nichts. Nur die Flachkatze. Sie ist an meinem Bein hochgeklettert. Einen Moment lang fühlte ich mich in eines deiner Fernsehstücke versetzt.«

Roger Stone schüttelte den Kopf. »Das sind Hazels Fernsehstücke. Außerdem kommen darin keine Flachkatzen, sondern nur Blutströme vor.«

Vandenbergh nahm Fuzzy hoch und reichte ihn Lowell. »Er ist ein Marsianer«, verkündete der Kleine.

»Tatsächlich?«

Hazel lächelte. »Die Situation ist sehr kompliziert. Der unreife Nachgeborene empfindet als höchstes Desideratum, mit der vorherrschenden trifurcaten Spezies Kontakt aufzunehmen. Mangels Gelegenheit dient Schaustück A als geistiger Ersatz. Verstehen Sie mich, mein Junge?«

Vandenbergh schluckte. »Ich glaube schon. Vielleicht ist es ganz gut so. Es sind nette kleine Biester, obwohl ich keines auf dem Schiff haben möchte. Sie . . .«

»Sie meint, daß ich einen dreibeinigen Marsianer sehen will«, erklärte Lowell. »Kennst du einen?«

Hazel schüttelte den Kopf. »Frühreife Jugend«, seufzte sie.

Kapitän Vandenbergh sah Lowell ernsthaft an. »Er ist fest entschlossen, nicht wahr?«

»Leider.«

Er wandte sich an Dr. Stone. »Madam, ich habe gute Beziehungen hier, und trotz der Verträge lassen sich manchmal Ausnahmen machen. Soll ich es versuchen?«

»Es wäre zu liebenswürdig von Ihnen.«

»Zinsen für meine Schuld. Ich melde mich, wenn ich etwas erreicht habe.« Er ließ die Sache auf sich beruhen und wandte sich wieder den Zwillingen zu: »Unter welche Gewinn-Taxe fällt euer Unternehmen?«

»Gewinn-Taxe?«

»Habt ihr das noch nicht berechnet?«

»Wir wußten gar nicht, daß es so etwas gibt.«

»Ich sehe schon, viel Import-Export-Erfahrung habt ihr nicht. Wenn ihr Bürger des Mars wäret, müßtet ihr natürlich nur eure normale Einkommensteuer zahlen. Aber da ihr von einem fremden Planeten kommt, zahlt ihr bei jedem Handel eine eigene Steuer. Sucht euch lieber einen Steuerberater; die Formel ist ziemlich kompliziert.«

»Wir zahlen einfach nicht!« rief Pollux.

»Hat euch beiden das Kittchen noch nicht gereicht?« fragte ihr Vater ruhig.

Pollux schwieg. Während der nächsten paar Minuten tauschten die Zwillinge Blicke, Achselzucken und Gesten aus. Dann erhob sich Castor: »Dürfen wir gehen?«

»Natürlich. Wenn ihr euch durchquetschen könnt.«

»Wollt ihr keinen Nachtisch?«

»Wir sind nicht hungrig.«

Sie gingen in die Stadt und kamen eine Stunde später mit einem Steuerhandbuch wieder, das sie in der Handelskammer ergattert hatten. Die Erwachsenen saßen immer noch im Wohnzimmer. Man hatte den Tisch an die Wand geklappt, um mehr Raum zu gewinnen. Die Zwillinge schlichen unauffällig in ihre Kammer. Man hörte sie von Zeit zu Zeit flüstern.

Schließlich war die Konferenz beendet. »Da sind wir wieder, Leute. Äh — Hazel?«

»Was gibt es, Cas?«

»Du verlangst zwei Drittel unseres Nettogewinns?«

»Wie? Sei doch nicht albern. Ich habe nur Spaß gemacht.«

»O nein, wir bezahlen.« Er ließ ein halbes Dutzend kleine Münzen in ihre Hand rollen. »Das ist dein Lohn.«

Sie sah das Geld an. »*Das* sind zwei Drittel eures Gewinns?«

»Nach Abzug der Steuern.«

»Natürlich war es kein völliger Verlust«, fügte Pollux hinzu. »Wir haben die Fahrräder selbst oft genug benutzt.«

14

Vandenbergh machte sein Versprechen wahr. Zusammen mit Lowell fuhr er in die Stadt Richardson, wo die Eingeborenen lebten. Sie blieben etwa drei Tage fort. Als Lowell wiederkam, hatte er nicht nur einen Marsianer gesehen, sondern sogar mit einem gesprochen. Aber man hatte ihm erklärt, daß er mit anderen Leuten nicht darüber reden dürfe, und so brachte die Familie keinen zusammenhängenden Bericht aus ihm heraus.

Aber das Problem, eine größere Wohnung zu bekommen, war schwieriger als der Besuch bei einem Marsianer. Roger

Stone fand nichts, obwohl er durchaus gewillt war, die Wuchermieten zu bezahlen. In der Stadt wimmelte es von Touristen, und das würde noch bis zum Start der Venus-Schiffe anhalten. Die Leute belegten die Restaurants, fotografierten alles und jeden, inklusive sich selbst, und fuhren mit ihren Rädern über die Zehen der Fußgänger. Dazu kamen die Prospektoren, die von der Wüste hereinströmten und versuchten, irgendwie zum Halleluja-Knoten zu gelangen.

Dr. Stone sagte eines Abends zu ihrem Mann: »Roger, morgen ist die Miete fällig. Sollen wir für einen ganzen Monat bezahlen? Mister d'Avril meint, daß die Burkhardts vielleicht doch noch länger bleiben.«

»Zahle für sechs Tage«, riet Hazel. »Wenn die Venus-Touristen weg sind, finden wir vermutlich etwas Besseres.«

Roger Stone sah stirnrunzelnd auf. »Hört mal, warum zahlen wir die Miete überhaupt noch?«

»Was sagst du, Liebling?«

»Edith, ich habe mir folgendes überlegt: Anfangs wollten wir nach Mars fliegen, eine Periode abwarten und dann wieder in Richtung Heimat starten. Schön und gut, aber wir wußten nichts von diesen fürchterlichen Behausungen. Ich konnte bis jetzt noch keinen Satz meines neuen Buches schreiben. Wenn Buster nicht auf meinem Schoß herumturnt, krabbelt mir sein Liebling ins Genick.«

»Was schlägst du vor, Roger?«

»Wir fliegen morgen nach Phobos, machen die *Moostöter* fertig und brechen mit den anderen nach Venus auf.«

»Lauter Beifall!« sagte Meade. »Nichts wie weg von hier.«

»Meade, ich dachte, du magst Venus nicht?« meinte Dr. Stone.

»Stimmt. Aber hier gefällt es mir auch nicht, und ich fühle mich immer müde. Ich bin froh, wenn wir uns erst wieder im freien Fall befinden.«

»Du dürftest nicht müde sein. Ich werde dich einmal gründlich untersuchen.«

»Ach, Mutter, laß nur. Ich mag es nicht, wenn jemand an

mir herumhorcht.«

Lowell grinste. »Ich weiß, warum sie nach Venus will. Wegen Mister Margill.«

»Schnüffler!« sagte Meade ruhig. »Falls es euch interessiert, mir liegt nichts an dem Zweiten Offizier Margill — und ich würde ohnehin nicht in der *Caravan* reisen. Außerdem habe ich herausgebracht, daß er eine Frau in Colorado hat.«

»Nun, das ist legal«, meinte Hazel. »Wenn er nicht auf der Erde ist, darf er trotzdem eine Verbindung eingehen.«

»Vielleicht, aber mir gefällt es nicht.«

»Mir auch nicht«, wandte Roger Stone ein. »Meade, du hast dir doch keine ernsten Hoffnungen auf diesen Wolf in Schiffsuniform gemacht?«

»Natürlich nicht, Paps! Aber ich nehme an, daß ich in Kürze doch einmal heiraten werde.«

»Das ist der Jammer mit Mädchen«, kommentierte Castor. »Da bildet man sie jahrelang aus und — *zack!* Schon heiraten sie. Die reinste Verschwendung.«

Roger Stone sah seinen älteren Zwilling mißtrauisch an. »Mein Lieber, du hast dir beträchtliche Mühe gegeben, mich vom eigentlichen Thema abzubringen. Weshalb?«

Die Zwillinge sahen sich an, und Castor eröffnete den Kampf. »Weißt du, Paps, ich finde, diese Venus-Reise ist nicht gründlich genug überlegt.«

»Weiter. Ich nehme an, du hast einen Gegenvorschlag?«

»Ja, eigentlich schon. Wir wollten allerdings erst davon sprechen, wenn die Touristen nach Venus aufgebrochen waren.«

»Ich rieche etwas. Ihr wolltet warten, bis es zu spät war, zu fliegen, ja?«

»Nun, es hatte keinen Sinn, die Sache wegen einer Nebenüberlegung zu gefährden.«

»Welche Sache? Drück dich deutlicher aus.«

»Paps, wir sind nicht unvernünftig«, meinte Castor besorgt. »Wir können einen Kompromiß schließen. Wie wäre es damit: Du, Mutter, Meade und Buster — ihr fliegt in der

Kriegsgott nach Venus. Kapitän Vandenbergh würde euch liebend gern mitnehmen, das wißt ihr. Und ...«

»Immer langsam. Was würdet ihr inzwischen tun? Und Hazel? Mutter, hast du dich an der Verschwörung beteiligt?«

»Nicht daß ich wüßte. Aber mein Interesse wächst.«

»Castor, drück' dich endlich klar und deutlich aus.«

»Das versuche ich ja die ganze Zeit, Sir. Du könntest mit der übrigen Familie die Heimreise in einem Luxusschiff antreten. Hazel, Pol und ich — nun, du weißt, daß Mars in etwa sechs Wochen einen günstigen Ausgangspunkt für den Halleluja-Knoten hat?«

»Für eine Kometenbahn«, ergänzte Pollux.

»Schon wieder die Asteroiden«, sagte ihr Vater langsam. »Darüber haben wir doch schon vor einem Jahr gesprochen.«

»Aber inzwischen sind wir ein Jahr älter.«

»Und erfahrener.«

»Ihr seid immer noch nicht alt genug für die volle Pilotenlizenz. Ich nehme an, daß ihr deshalb eure Großmutter einwickeln wollt.«

»Aber nein! Hazel ist auf alle Fälle ein Gewinn.«

»Danke, Jungs.«

»Hazel, du hattest keine Ahnung von diesem verrückten Plan?«

»Nein. Aber so verrückt finde ich ihn gar nicht. Wenn ich ein paar Kapitel vorausschreibe — und außerdem reicht mir Mars bis obenhin. Ich habe die Ruinen gesehen; sie müßten längst restauriert werden. Ich habe einen Kanal gesehen; er führt Wasser. Soviel ich weiß, sieht es auf dem übrigen Planeten auch nicht anders aus. Venus kenne ich auch. Aber auf den Asteroiden war ich noch nie.«

»Richtig!« warf Castor ein. »Uns gefällt es nicht auf dem Mars. Nichts als Nepp.«

»Gerissene Händler«, fügte Pollux hinzu.

»Du meinst, gerissener als du«, grinste Hazel.

»Laß nur, Mutter. Kinder, das kommt nicht in Frage. Ich habe mein Schiff von Luna bis hierher gebracht und möchte es heil wieder heimbefördern.« Er stand auf. »Du kannst Mister d'Avril kündigen, Liebling.«

»Paps?«

»Ja, Castor?«

»Es war ja nur ein Kompromißvorschlag. Insgeheim hatten wir natürlich gehofft, du würdest auch mit zum Halleluja-Knoten kommen.«

»Was? Das ist doch dämlich. Ich sammle keine Meteoriten.«

»Vielleicht würde es dir Spaß machen. Oder du machst eine Rundreise. Und verdienst etwas dabei.«

»Ja? Wie denn?«

Castor fuhr sich mit der Zunge über die Lippen.

»Die Prospektoren bieten sagenhafte Preise, wenn sie eine Reise im Kühlschlaf mitmachen können. Wir würden mindestens zwanzig unterbringen. Und wir könnten sie schon auf Ceres absetzen.«

»Cas! Weißt du nicht, daß nur sieben von zehn Kühlschläfern eine lange Reise lebend überstehen?«

»Aber — das wissen sie doch selbst. Das ist ihr Risiko.«

Roger Stone schüttelte den Kopf. »Hast du noch nie eine Bestattung im Raum miterlebt?«

»Nein.«

»Ich schon. Kein Wort mehr über Kühlschläfer.«

Pollux übernahm das Gefecht. »Paps, wenn du nicht mitwillst und wenn du auch das Schiff behalten willst, könnten dann wenigstens wir beide hierbleiben?«

»Was meinst du damit?«

»Wir könnten als Minenarbeiter auf den Asteroiden arbeiten. Wir haben keine Angst vor dem Kühlschlaf.«

»Bravo!« sagte Hazel. »Ich komme mit, Jungs.«

»Bitte, Mutter.« Er wandte sich an seine Frau. »Edith, manchmal frage ich mich, ob damals im Krankenhaus die Zwillinge nicht verwechselt wurden.«

»Ach was, sie sind meine Enkel, das sehe ich doch«, erklärte Hazel. »Halleluja, wir kommen! Noch jemand mit von der Partie?«

Dr. Stone sagte ruhig: »Weißt du, Liebling, mir liegt auch nicht sehr viel an Venus. Und du hättest wirklich genug Zeit für dein Buch.«

Sechs Wochen später brach die *Moostöter* von Phobos nach den Asteroiden auf. Man hatte zusätzliche Tanks mit Reaktionsmasse angebracht, da die Kometenbahn sehr lang und umständlich war. Auch im Innern des Schiffes veränderte sich einiges. Je weiter sie sich vom Mars entfernten, desto stärker würde die Wärme abnehmen. Man strich also eine Seite des Rumpfes schwarz an und fügte dem Heizsystem des Schiffes zwei weitere Einheiten bei. Im Kontrollraum wurde ein Stereoskop-Radargerät mit Zeitverzögerung und veränderlicher Basislinie eingebaut, damit sie später die tatsächliche Form des Halleluja-Knotens erkennen konnten.

Das alles war unheimlich teuer, und der galaktische Herrscher mußte Überstunden machen, um es zu bezahlen. Hazel half nicht bei der Umrüstung des Schiffes. Sie blieb in ihrer Kabine und feilte mit Lowells kritischer Hilfe an den nächsten Kapiteln der Serie. Zwischendurch ließ sie Erpresserbotschaften an die Produzenten in New York los. Sie wollte einen ungewöhnlich hohen Vorschuß, und sie wollte ihn sofort. Sie bekam ihn, als sie hoch und heilig versprach, die Kapitel im Gegenwert sofort abzuschicken. Hazel mußte jetzt tatsächlich vorausarbeiten, denn auf diesem Kurs wurde die *Moostöter* nicht von anderen, stärkeren Schiffen begleitet. Sobald sie die Funkverbindung zu Mars hinter sich gelassen hatten, waren sie hilflos, bis sie wieder in die Nähe von Ceres kamen.

Die Zwillinge überlegten inzwischen, wie sie die Reise zu ihren Gunsten ausnutzen konnten. Zuerst wollten sie für sich selbst Bergwerksausrüstungen erstehen.

»Bitte. Wenn ihr unbedingt meint«, sagte Roger Stone.

Castor war verwirrt über das Ausbleiben jeglicher Opposition. »Was ist denn los, Paps? Machst du dir Sorgen wegen der möglichen Gefahren?«

»Gefahren? Nein, zum Kuckuck! Ihr könnt euch eure Todesart selbst aussuchen. Außerdem seid ihr beide jung und schlau und werdet schon irgendwie durchkommen.«

»Was gefällt dir dann nicht?«

»Habe ich etwas eingewendet? Ich persönlich bin allerdings seit langem zu dem Schluß gekommen, daß man es mit den Händen in den Taschen weiterbringt, als wenn man sich körperlich anstrengt. Wißt ihr zufällig, wie hoch das Durchschnittsjahreseinkommen eines Prospektors ist?«

»Hm, nein, aber . . .«

»Weniger als sechshundert.«

»Aber einige werden sehr reich.«

»Natürlich. Und einige verdienen sehr viel weniger als sechshundert im Jahr, denn in dem Durchschnittsbetrag sind auch die ganz Reichen miteinbezogen. Eine neugierige Frage: Welchen Supertrick habt ihr euch ausgedacht, daß ihr glaubt, alle professionellen Prospektoren schlagen zu können?«

»Paps, was würdest du denn an unserer Stelle tun?«

»Ich? Nichts. Ich habe kein Talent in dieser Richtung. Ich mache eine Vergnügungsreise, und allmählich wächst mein Interesse an Planetologie. Vielleicht schreibe ich noch ein Buch darüber.«

»Was ist mit deinem anderen Buch geschehen?«

»Ich hoffe, das war nicht sarkastisch gemeint, Cas. Es wird fertig, bevor wir die Asteroiden erreichen.« Er vertagte die Diskussion, indem er sich aus dem Staub machte.

Die Zwillinge wollten ebenfalls gehen und entdeckten eine grinsende Hazel im Eingang. »Was freut dich?« fragte Castor mißtrauisch.

»Ihr beiden.«

»Hm — weshalb sollen wir eigentlich nicht nach Meteoren suchen?«

»Ich sehe auch keinen Grund. Leisten könnt ihr es euch. Aber hört mal, Jungs, wollt ihr wirklich wissen, womit ihr

Geld machen könnt?«

»Natürlich.«

»Was bietet ihr?«

»Prozente? Oder eine einmalige Summe? Wir zahlen aber nur, wenn wir deinen Ratschlag annehmen.«

»Ach was! Ich gebe euch den Rat umsonst, dann macht ihr genau das Gegenteil, und ich kann hinterher erzählen: ›Seht ihr, ich hab's gleich gesagt!‹«

»Das machst du immer.«

»Natürlich. Es wärmt die Seele. Also, hier habt ihr meinen Rat in Form einer Frage: Wer hat bei einem Goldrausch bisher immer noch den größten Gewinn gemacht?«

»Na, wahrscheinlich die Kerle, die auf eine dicke Ader stießen.«

»Zum Lachen. Die wenigsten Prospektoren konnten ihr Gold zusammenhalten und starben als arme Tröpfe. Aber alle Leute, die ihre Artikel an die Goldgräber verkaufen konnten, schwammen in Geld. Lebensmittelhändler vor allem. Junge, die steckten Gewinne ein! Eisengeschäfte. Männer mit Stampfwerken. Alle außer den armen Goldwäschern. Sogar Plättstuben in Honolulu.«

»Honolulu? Aber das liegt doch weit drüben im Pazifik, schon fast bei China.«

»Als ich das letzte Mal im Atlas nachsah, war es bei Hawaii, aber die Leute schickten tatsächlich ihre schmutzige Wäsche bis nach Honolulu, weil niemand auf die Idee gekommen war, eine Wäscherei zu errichten. Jungs, eröffnet eine Wäscherei am Halleluja-Knoten, und ihr seid gemachte Leute. Wenn euer Vater im Grunde seines Herzens nicht so ein Puritaner wäre, würde ich einen Spielsalon aufmachen. Das ist, als hätte man einen reichen alten Onkel.«

Die Zwillinge nahmen sich Hazels Rat zu Herzen und kauften Nahrungsmittel ein. Sie entschieden sich vor allem für Luxusartikel, nach denen sich die Prospektoren vielleicht sehnten. Dazu kamen Antibiotika, Schmerztabletten und Vitamine und ein paar Leichtgewicht-Projektoren für Filme und Schlager mitsamt Vorführmaterial. Pollux fand einen Vorrat von Mädchenbildern, die auf Japanseide gemalt waren und auf Mars zu Kalendern verwendet wurden. Er kaufte das Zeug und erklärte Castor gegenüber, daß man das Zeug notfalls selbst betrachten könne.

Dr. Stone entdeckte die Bilder, sah sie durch und beschlagnahmte einige davon. Die übrigen überlebten die Zensur.

Die letzte Episode raste zur Erde; die letzte Schweißnaht war geprüft; die letzten Vorräte waren an Bord. Die *Moostöter* machte sich auf die Reise.

Sie nahmen rasch und mit Freuden wieder das Leben im freien Fall auf. Auf Mars hatte man neue mathematische Texte besorgt. Die Zwillinge waren jetzt wirklich vom Stoff gefesselt und mußten nicht mehr zum Lernen angetrieben werden. Fuzzy ertrug den freien Fall, als sei sie im Raum geboren. Aber sie hatte auch einige Nachteile, wie sich im Lauf der Zeit herausstellte.

Roger Stone hatte sich im Pilotensitz festgeschnallt und skizzierte — wie er sagte — ein Kapitel seines Buches. Vielleicht half ihm das Schnarchen dabei. Fuzzy kreuzte durch die Gegend, alle drei Äuglein munter geöffnet. Sie sah einen ihrer Freunde, manövrierte sich durch den Raum und setzte zu einer perfekten Landung an . . . auf Roger Stones Gesicht.

Roger fuhr mit einem Aufschrei hoch. Er prallte gegen den Sicherheitsgurt, erholte sich und schleuderte die Flachkatze von sich. Fuzzy, gekränkt, aber nicht verletzt, fing sich flach an der gegenüberliegenden Wand ab.

Roger Stone benutzte einige unfeine Worte und rief dann: »Wer hat mir dieses lebendige Toupet aufs Gesicht gesetzt?«

Aber der Kontrollraum war leer. Dr. Stone kam an die Luke. »Was gibt es, Liebling?«

»Oh, nichts Wichtiges. Sieh mal, Liebling, könntest du dieses letzte Glied einer fehlgeleiteten Evolution an Buster zurückgeben? Ich muß nachdenken.«

»Natürlich, Liebling.« Sie händigte das Tier Lowell aus,

der es prompt vergaß, weil er einen komplizierten Zug gegen Hazel ausarbeitete. Die Flachkatze war alles andere als nachtragend. Sie kannte nichts als Liebe. Und so kehrte sie zu Roger Stone zurück, als er eben wieder eingeschlafen war.

Sie ließ sich schnurrend auf seinem Gesicht nieder.

Kapitän Stone erwies sich als reifer Mann. Er pflückte das Tier ruhig von seiner Nase und brachte es Lowell. »Paß gut darauf auf«, sagte er. Er verschloß die Tür hinter sich.

Aber Fuzzy brauchte keine Türen, um in den Kontrollraum zu gelangen. Sie hatte längst erkannt, daß Ventilationsschächte alle Räume miteinander verbanden und ohne weiteres zugänglich waren. So erlitt Roger Stone einen Alptraum, in dem er immer wieder vom Ersticken träumte. Seine Frau entdeckte schließlich Fuzzy auf seinem Gesicht und holte die Liebesdurstige herunter.

Am nächsten Tag waren alle Mann damit beschäftigt, Gitter an die Ventilationsschächte zu schweißen.

Nach siebenunddreißig Tagen brachte Fuzzy acht wollige goldene Kätzchen zur Welt. Alle bis auf Kapitän Stone fanden sie süß und schleppten sie durch die Gegend.

Vierundsechzig Tage später hatten die Kätzchen Kätzchen, jedes acht Stück. Vierundsechzig Tage danach . . .

»Das muß ein Ende nehmen«, sagte Kapitän Stone.

»Ja, Liebling.«

»Ich meine es ernst. Wie lange reichen wohl unsere Vorräte, wenn wir eine Katzenplage mit durchfüttern müssen? Außerdem ersticken wir demnächst unter einer schnurrenden Filzmatte. Wieviel ist achtmal fünfhundertzwölf?«

»Viel zuviel.«

»Eine gelungene Untertreibung.«

»Roger?«

»Ja? Was?«

»Ich glaube, es gibt eine Lösung des Problems. Die Biester kommen vom Mars; bei kaltem Wetter machen sie ihren Winterschlaf.«

»Und?«

»Wir stecken sie in den Kühlraum — zum Glück haben wir genügend Platz.«

»Ich möchte die Kleinen nicht umbringen. Ich bringe es einfach nicht fertig, sie zu hassen. Verdammt, sie sind wirklich süß.«

»Wir stellen die Temperatur auf eine normale Marswinternacht ein. Oder vielleicht sogar etwas höher.«

»In Ordnung. Holen wir eine Schaufel und ein paar Netze.« Er begann damit, Flachkatzen aus der Luft zu pflükken.

»Fuzzy wird nicht in den Kühlraum gesteckt!« Lowell schwebte zu ihnen heran und drückte eine erwachsene Flachkatze an sich. Vielleicht war es Fuzzy, vielleicht auch nicht. Die Großen konnten die Tiere nicht auseinanderhalten. Aber Lowell war überzeugt davon, daß er recht hatte, und die anderen wollten es gar nicht bestreiten.

»Liebling, wir wollen deinem Fuzzy gar nichts tun.«

»Das dürft ihr auch nicht — sonst stoße ich euch ohne Anzug aus der Schleuse!«

»Ach Gott, er hat Hazel wieder an ihrer Serie geholfen.« Dr. Stone holte ihren Sohn zu sich heran. »Lowell, Mutter hat dich bis jetzt noch nie angelogen!«

»Das stimmt.«

»Wir werden Fuzzy nicht weh tun. Wir werden auch den anderen kleinen Miezen nicht weh tun. Aber wir haben nicht genug Platz für sie. Du kannst Fuzzy behalten, aber die anderen müssen eine Weile schlafen. Ich verspreche dir, daß sie sicher sind.«

»Bei der Galaxis?«

»Bei der Galaxis.«

Er ging. Edith und Roger sahen ihm stirnrunzelnd nach.

»Roger, ich hatte nicht viel Zeit, die Marsfauna zu studieren — und ich habe mich ganz bestimmt nicht um Flachkatzen gekümmert. Ich weiß nur, daß sie harmlos sind.«

»Harmlos? Weib, ich ertrinke!«

»Aber die Fauna von Mars hat gewisse Überlebensanpassungen. Nimm die Flachkatze . . .«

»Nimm du sie!« Er holte eine von seiner Brust.

»Sie ist wehrlos. Sie kann sich nicht einmal besonders gut ernähren. Soviel ich weiß, ist sie in ihrer Heimat ein gutartiger Parasit, der sich an andere Tiere klammert . . .«

»Wenn sie sich nur nicht immer an mich klammern würden! Und du siehst aus, als hättest du einen Pelzmantel an. Ab mit ihnen in die Gefriertruhe!«

»Geduld, Liebling. Vermutlich üben die Tiere die gleiche Zuneigungswirkung auf uns aus wie auf ihre Wirte. Ein anderer charakteristischer Zug ist, daß sie sehr lange ohne Nahrung auskommen können. Gibt man ihnen aber plötzlich mehr zu fressen, als sie gewohnt sind, vermehren sie sich sofort.«

»Das habe ich gesehen.«

»Wenn man also die Nahrungszufuhr drosselt, warten sie einfach ab, bis bessere Zeiten kommen. Eine reine Theorie übrigens — ich gehe von den anderen Lebensformen auf Mars aus. Aber ich werde Fuzzy auf Diät setzen — und wenn Lowell noch so sehr dagegen ist.«

Ihr Mann runzelte die Stirn. »Das wird nicht leicht sein; er steckt dem Biest dauernd etwas zu. Wir werden auf ihn achten müssen — sonst haben wir bald wieder Nachwuchs.«

Roger versammelte die Mannschaft um sich und veranstaltete eine große Treibjagd. Nach Stunden hatte sich der Kühl-Laderaum in ein orangerotes Pelzknäuel verwandelt. Lowell hielt Fuzzy immer noch eng an sich gedrückt. Offenbar traute er dem ›galaktischen Ehrenwort‹ nicht.

Während der ganzen nächsten Woche fanden die Stones immer wieder irgendwo im Schiff eines der kleinen Biester, die bei der Razzia geflüchtet waren.

15

Der große Astronom Kepler schrieb: ›Zwischen Mars und Jupiter habe ich einen Planeten gesetzt.‹ Nach dem Bodeschen Gesetz war er 2,8mal so weit von der Sonne entfernt wie die Erde.

Genau zu Beginn des neunzehnten Jahrhunderts entdeckte der Mönch Giuseppe Piazzi einen neuen Himmelskörper. Es war der Asteroid Ceres — exakt an der Stelle, wo man einen Planeten vermutet hatte. Er war groß für einen Asteroiden — der größte, den man je gefunden hatte. In den folgenden zwei Jahrhunderten wurden unzählige Asteroiden in seiner Nähe entdeckt — manche nur in Felsblockgröße. Schon früh vermutete man, daß sie die Überreste eines einst größeren Planeten waren, und in der Mitte des zwanzigsten Jahrhunderts schienen mathematische Bahnberechnungen diese Theorie zu bestätigen.

Aber erst, als der Mensch den Raum zu erforschen begann und sich in den weiten Gebieten zwischen Mars und Jupiter umsah, erfuhr er definitiv, daß die Asteroiden tatsächlich Fragmente eines Planeten waren — des zerstörten Planeten Luzifer.

Die *Moostöter* wurde mit kleinen Energiestößen an die Umlaufbahn von Ceres angeglichen. Sie bewegte sich zusammen mit dem Asteroidenschwarm des Halleluja-Knotens dahin.

Kapitän Stone beobachtete sein Stereo-Radargerät. Er erkannte ganz in der Nähe einen hellen Punkt, der rhythmisch auf und ab flackerte. Das war der Radarstrahl, dem das Schiff gefolgt war. Roger Stone wandte sich Castor zu: »Peile City Hall an.«

»Sofort, Käpt'n.« Nach kurzer Zeit fügte er hinzu: »Zehn Meilen pro Stunde relativ — neun Komma sieben genau. Und keine siebenhundert Meilen entfernt.«

»Vektor?«

»Fast deckungsgleich. Wir müßten zehn bis fünfzehn Meilen entfernt landen.«

Roger Stone entspannte sich. »Na, für einen alten Mann war das keine schlechte Annäherung.«

»Geht schon, Paps — wenn man bedenkt, daß du Pols Zahlen benutzt hast.«

»Diesen Satz beantworte ich erst, wenn ich weiß, wen von uns beiden du damit beleidigen wolltest.« Er wandte sich um und sprach ins Mikrofon: »Alle Manöver beendet. Maschinenraum dichtmachen. Edith, wann gibt es etwas zu essen?«

»Maschinenraum dicht, Sohn«, meldete sich Hazel.

»In einer halben Stunde, Liebling«, sagte Edith.

»Großartig! Da schuftet man am Kontrollbord, und dann muß man eine halbe Stunde auf das Essen warten. Was ist das für eine Bedienung?«

»Schon gut, Liebling. Ich muß übrigens deine Kalorien wieder beschneiden.«

»Meuterei! Was würde John Sterling in diesem Fall tun?«

»Paps wird dick! Paps wird dick!« jubelte Lowell.

»Und erwürge dein Kind. Will jemand mitkommen, während ich die Jato-Einheiten anbringe?«

»Ich, Paps!«

»Meade, du willst dich nur vom Küchendienst drücken.«

»Ich brauche sie nicht, Liebling.«

»Na, dann komm. Wenigstens wird es heute keine versalzene Suppe geben.«

»Sehr witzig.«

»Ich werde auch nicht für Witze bezahlt.«

Kapitän Stone befestigte zusammen mit den Zwillingen und Meade die Jato-Einheiten rund um das Schiff und sorgte persönlich dafür, daß die Verdrahtungen stimmten. Die Einheiten standen mit dem Radargerät in Verbindung und würden das Schiff mit einem scharfen Stoß herumreißen, wenn ein Gegenstand auf Kollisionskurs näherkam.

Bis jetzt hatten sie die äußeren Zonen des Asteroidengürtels durchquert, in denen die Gefahr eines Zusammenstoßes noch äußerst gering war. Aber nun, da sie sich dem Halleluja-Knoten näherten, mußten sie doch vorsichtig sein. Die Prospektoren, die hier draußen arbeiteten, lächelten über solche Maßnahmen. Sie behaupteten immer, die Unfallrate in den Asteroidenzonen sei nicht höher als in Mexico City.

Als sie nach drinnen gingen, war das Essen fertig. »Anruf für dich, Käpt'n«, sagte Hazel.

»Jetzt schon?«

»Von City Hall. Ich sagte ihnen, daß du zurückrufen würdest. Welle neun Komma sechs Zentimeter.«

»Komm, Liebling, iß jetzt, bevor alles kalt wird.«

»Fangt inzwischen an, ich bin gleich wieder da.«

Er behielt recht. Dr. Stone sah ihn fragend an, als er sich setzte. »Der Bürgermeister«, erklärte er. »Willkommen in Rock City und so fort. Sagte mir, daß das Bürgerkomitee eine Geschwindigkeitsbeschränkung von hundert Meilen für Schiffe eingeführt hat, die sich in der Nähe von City Hall befinden.«

Hazel wurde giftig. »Hoffentlich hast du ihnen gesagt, was sie mit ihren Beschränkungen tun können?«

»Nein. Ich entschuldigte mich brav, daß ich unwissentlich gegen ihre Gesetze verstoßen hatte, und sagte, daß ich mich morgen bei ihnen vorstellen würde.«

»Erst dachte ich, wir hätten auf Mars ein wenig Ellbogenfreiheit«, knurrte Hazel. »Und was fanden wir vor? Halsabschneider und Steuereintreiber. Also flogen wir hierher in die Weite des Raumes — um zuallererst ein paar Verkehrspolizisten zu begegnen. Und mein einziger Sohn hat nicht den Mumm, ihnen gehörig Bescheid zu sagen. Ich fliege nach Saturn.«

»Warum nicht gleich nach Jupiter?« erkundigte sich Roger. »Pol, wirf mir das Salz herüber.«

»Jupiter? Ungünstige Ausgangsposition. Außerdem habe ich gehört, daß man auf Ganymed mehr Vorschriften als in einem Mädchenpensionat hat.«

»Mutter, du weißt genau, daß eine künstliche Kolonie ihre Vorschriften haben muß!«

»Nichts als eine Ausrede für kleine Napoleons. Das ganze System steckt in einem Zwangskorsett.«

»Was ist ein Korsett?« wollte Lowell wissen.

»Äh — der Vorläufer des Raumanzugs.«

Lowell war immer noch verwirrt. Seine Mutter meinte: »Wenn wir wieder daheim sind, zeige ich dir eines im Museum.«

Sie beschlossen, sich alle hinzulegen, als ein Alarmsignal schrillte. »Kollisionskurs!« sagte der Kapitän atemlos. »Alle festhalten!« Er selbst packte sich Lowell und griff mit der anderen Hand nach einem Wandhaken.

Aber dem Alarm folgte kein Ruck. »Grün«, verkündete Hazel ruhig. »Das Ding scheint sich nicht schnell genug zu bewegen, um uns zu gefährden.«

Kapitän Stone holte tief Atem und nickte. »Hoffentlich hast du recht. Ich bin allmählich nervös.«

Meade räumte das schmutzige Geschirr zusammen und trug es nach hinten. Kurze Zeit später kam sie mit großen Augen zurück. »Paps — jemand ist an der *Tür.*«

»*Was?* Meade, das bildest du dir ein.«

»Nein. Ich habe es genau gehört.«

Sie horchten. In die Schleuse zischte Luft. Roger Stone war mit einem Satz an der Tür. Aber ein scharfer Ruf seiner Mutter ließ ihn zurückweichen. »Warte!«

»Was ist?«

»Geh weg vom Eingang!« Sie richtete ihre Pistole auf die Tür.

»Sei doch nicht albern. Was willst du mit deinen Hustenbonbons?«

»Er weiß nicht, daß das Ding nicht geladen ist.«

»Mutter Hazel, weshalb bist du so nervös?« fragte Dr. Stone.

»Versteht ihr das nicht? Wir haben ein Schiff mit allen möglichen Vorräten. Hier draußen gelten nicht die Gesetze von Luna City. Es könnte sein, daß jemand in Versuchung gerät.«

Dr. Stone wandte sich ihrem Mann zu, und der sagte nervös: »Geh' mit Lowell und Meade nach vorn. Ihr schließt die Trennwand, laßt aber die Mikrofone offen. Wenn etwas vorfällt, ruft ihr City Hall an.«

Als die beiden mit dem Kleinen verschwunden waren, öffnete sich die innere Luftschleusentür. »Sollen wir ihn anspringen, Paps?« flüsterten die Zwillinge.

»Nein. Bleibt mir aus der Schußlinie.«

Eine Gestalt im Raumanzug stand geduckt im Eingang. Durch den Helm konnte man keine Gesichtszüge erkennen. Als der Fremde die Pistolen auf sich gerichtet sah, breitete er die leeren Hände aus und sagte: »Was ist los?« Seine Stimme klang vorwurfsvoll. »Ich habe doch nichts getan.«

Kapitän Stone konnte sehen, daß der Mann keine Waffe trug. Er legte seine eigene Pistole weg. »Entschuldigen Sie. Warten Sie, ich nehme Ihnen den Helm ab.«

Unter dem Helm kam ein rothaariger Mann mit sanften Augen zum Vorschein. »Was ist los?« wiederholte er.

»Nichts. Wir wußten nur nicht, wer an Bord kam, und waren ein wenig nervös. Mein Name ist übrigens Stone. Ich bin der Kapitän.«

»Freut mich, Käpt'n. Ich heiße Shorty Devine.«

»Willkommen an Bord, Mister Devine.«

»Shorty reicht.« Er sah sich um. »Äh, Sie müssen verzeihen, daß ich hier eindringe und Ihnen Angst einjage, aber ich hörte, daß Sie einen Arzt an Bord haben. Einen echten Doktor, keinen von diesen komischen Wissenschaftlern, die sich die gleichen Titel zulegen.«

»Ja, das stimmt.«

»Also, das ist großartig. In der Stadt gibt es seit dem Tod des alten Doc Schultz keinen Arzt mehr. Und ich brauche dringend einen.«

»Das tut mir leid. Pol, hol' deine Mutter.«

»Ich komme«, hörte man Ediths Stimme über das Mikrofon. Sie öffnete die Tür und sagte: »Ich bin die Ärztin, Mister Devine. Liebling, ich werde den Mann hier behandeln. Könntet ihr alle verschwinden?«

Der Besucher sagte hastig: »Oh, das ist nicht nötig.«

»Ich untersuche nicht gern vor Publikum«, erklärte Edith fest.

»Aber ich habe noch gar nicht alles erklärt, Madam. Nicht ich bin krank — meinen Partner hat es erwischt.«

»Oh!«

»Er hat sich das Bein gebrochen. Quetschte es zwischen zwei Kernmetallstücke. Ich bin leider kein guter Sanitäter, und es geht ihm verdammt schlecht. Könnten Sie gleich mitkommen, Frau Doktor?«

»Natürlich.«

»Aber Edith!«

»Castor, hol mir die Tasche — die schwarze. Hilfst du mir mit dem Anzug, Liebling?«

»Aber Edith, du . . .«

»Es geht alles in Ordnung, Käpt'n. Ich habe mein Boot draußen. Wir sind nur an die neunzig Meilen entfernt. Es dauert bestimmt nicht lange.«

Kapitän Stone seufzte. »Ich komme mit. Ist in Ihrem Boot Platz für drei?«

»Natürlich!«

»Übernimm du das Kommando, Hazel.«

»Aye, aye, Sir.«

Sie waren die ganze Nacht weg. Hazel saß am Kontrollbord und verfolgte ihren Weg mit. Als sie zurückkamen, teilte Devine das Frühstück mit ihnen. Er bedankte sich immer wieder. Eben, als er gehen wollte, kam Lowell mit Fuzzy in den Salon. Devine starrte das Tierchen an. »Eine Flachkatze! Oder träume ich?«

»Natürlich ist es eine. Sie heißt Fuzzy, und sie kommt von Mars.«

»Also, das ist doch — sag' mal, darf ich sie einen Moment lang streicheln?«

Lowell sah ihn mißtrauisch an und gewährte ihm dann gnädig die Bitte. »Ist die süß — fast hat man das Gefühl, wieder auf Mars zu sein.« Er gab sie zögernd wieder zurück und machte sich auf den Heimweg.

Dr. Stone bewegte die Finger. »Zum ersten Mal seit meiner Praktikantenzeit habe ich eine Operation im freien Fall durchgeführt. Ich muß wieder etwas üben.«

»Liebling, du warst großartig. Und Jock Donaher hatte großes Glück, daß wir kamen.«

»Stand es schlimm, Mami?« wollte Meade wissen.

»Ziemlich«, erwiderte ihr Vater. »Die Einzelheiten will ich dir ersparen. Aber deine Mutter hat genau das Richtige getan. Und ich war keine schlechte Krankenschwester, wenn ich das sagen darf.«

»Du darfst nicht, aber du tust es trotzdem«, meinte Hazel.

»Roger?« sagte Dr. Stone. »Dieses komische Ding, in dem sie leben, kann doch nicht als Schiff benutzt werden?«

»In seinem augenblicklichen Zustand würde ich es eher als Floß bezeichnen.«

»Was machen sie, wenn sie fort von hier wollen?«

»Wahrscheinlich wollen sie nicht fort. Sie werden in Rufweite von Rock City sterben — was Jock jetzt beinahe getan hätte. Ich schätze, daß sie ihr Metall hier oder auf Ceres verkaufen.«

»Aber die ganze Stadt wandert. Irgendwann müssen sie sich bewegen.«

»Mit ein paar Jato-Einheiten kommen sie schon weiter, wenn sie vorsichtig sind. Allerdings würde ich das Ding vorher dekomprimieren.«

16

Als die *Moostöter* Rock City erreichte, hatte der Asteroidengürtel eine Bevölkerungsdichte von einem Menschen pro 2×10^{21} Kubikmeilen. Etwa die Hälfte dieser etwa sechstausend Seelen lebte auf den größeren Planetoiden — Ceres, Pallas, Vesta und Juno. Die anderen dreitausend waren die ›schwebende Bevölkerung‹ im wahrsten Sinn des Wortes; sie lebten und arbeiteten im freien Fall. Fast alle von ihnen hatten sich zu einem halben Dutzend lockerer Gemeinden vereinigt, welche die Knoten oder Haufen des Asteroidengürtels bearbeiteten. Sie suchten nach Uran, Transuranen und Kernmaterial, verkauften ihre Funde auf dem nächstgelegenen größeren Asteroiden und wanderten gelegentlich zu einem anderen Knoten. Vor dem Fund im Halleluja-Knoten hatte die Gruppe, die sich Rock City nannte, den Kaiser-Wilhelm-Knoten ausgebeutet; nun waren alle hierhergekommen.

Keine dieser Gemeinden war ganz unabhängig, aber die Gier der terranischen Industrie nach den wertvollen Metallen war so groß, daß die Prospektoren einigermaßen gut versorgt waren. Andrerseits besaßen sie Hydroponiktanks und Gärungsbehälter, die ihnen Gemüse und Eiweiß lieferten. Wasserstoff und Sauerstoff kamen von Ceres oder Pallas.

Der Mensch geht eben nicht unter, wenn er irgendwo einen kleinen Strohhalm findet.

Beinahe drei Tage lang schwebte die *Moostöter* langsam durch Rock City. Dann zündete der Kapitän eine Jato-Einheit. Vor ihm lagen City Hall und einige andere kleinere Asteroiden. Das Schiff war eine achtel Meile von ihnen entfernt. Roger Stone rief den Bürgermeister an.

»Wir haben Sie beobachtet, Kapitän«, erklärte der Bürgermeister.

»Gut. Mister Fries, wie komme ich am besten zu Ihnen hinüber?«

»Ich schicke Ihnen einen Mann mit einer Leine. Unsere

Jungs sind recht geschickt bei der Arbeit im freien Fall.«

Hazel, der Kapitän und die Zwillinge streiften die Anzüge über und verließen die Schleuse, um auf den Mann zu warten. Sie konnten eine kleine Gestalt vor dem gegenüberliegenden Schiff erkennen. Das Schiff selbst war viel größer als die *Moostöter.* Es handelte sich um ein rundes, völlig veraltetes Modell, das nicht direkt auf einem Planeten landen konnte. Roger Stone schätzte, daß man die Kiste hier herausgebracht hatte, nachdem sie aus dem offiziellen Verkehr gezogen worden war.

Dicht neben der City Hall war ein gedrungener Zylinder. Entweder befand er sich weiter weg von dem Schiff, oder er war ein gutes Stück kleiner. Und rings um diese Formen befanden sich noch andere Schiffe, oft kaum von den Sternen im Hintergrund zu unterscheiden.

Der Mann war nach einer halben Minute bei ihnen angelangt. Er landete am Bug des Schiffes, und die anderen begrüßten ihn.

»Hallo, Käpt'n! Ich bin Don Whitsitt, Mister Fries' Buchhalter.«

»Hallo, Don.« Er stellte die anderen vor. Die Zwillinge halfen, das Stahlkabel und das leichtere Telefonkabel einzuholen. Don Whitsitt befestigte beide am Schiff.

»Bis später im Laden«, sagte er und verschwand wieder. Er hielt sich nicht an der Leine fest.

Pollux sah ihm nach. »Das könnte ich auch.«

»Glaubst du?« meinte sein Vater. »Dann bleib' bei dem Glauben und häng' dein Seil an das Leitkabel.«

Mit einem kleinen Abstoßen überbrückten sie den Zwischenraum. Whitsitt war nach drinnen gegangen, aber er hatte die Schleuse wieder so eingestellt, daß sie eintreten konnten.

Im Innern wurden sie von Jonathan Fries, dem Bürgermeister von Rock City, begrüßt. Er war ein kleiner, glatzköpfiger Mann mit umfangreichem Bauch und fröhlichen Augen. Hinter seinem Ohr steckte ein Schreibstift. Er schüttelte Roger Stone begeistert die Hand. »Willkommen, willkommen! Freut uns sehr, daß Sie hier sind, Herr Bürgermeister. Ich müßte Ihnen eigentlich den Schlüssel der Stadt von Ehrenjungfern überreichen lassen.«

Roger schüttelte den Kopf. »Erstens bin ich nicht mehr Bürgermeister, und zweitens können Sie die Jungfern ruhig weglassen. Ich bin verheiratet.«

»Ein Glück — wir haben nämlich keine. Sonst würde ich sie auch für mich behalten.«

»So?« Eine dicke und ebenso fröhliche Frau tauchte hinter ihm auf.

»Oh, Martha.« Er stellte seine Frau vor, und Mrs. Fries nahm Hazel ins Schlepptau. Die Zwillinge folgten den Männern in den vorderen Teil des Schiffes. Er war Lagerraum und Laden zugleich; an den Strebepfeilern waren Regale und Borde angebracht, in denen sich Vorräte aller Art befanden. Don Whitsitt hatte sich auf einer Art Sattel festgeschnallt und schrieb auf den Knien.

Die Augen der Zwillinge wurden groß, als sie einen Blick in die Regale warfen. Zu ihrem Leidwesen waren die Vorräte durch die Vermehrung der Flachkatzen so geschwunden, daß man zuletzt ihre Luxuswaren angegriffen hatte und pietätlos Kaviar und Chikago-Würstchen verzehrt hatte. Pollux flüsterte Castor zu: »Ich hatte keine Ahnung, daß die Konkurrenz so scharf sein würde.«

»Ich auch nicht.«

Ein Mann kam auf Fries zu. »Einheitspreis, was diese Zentrifuge betrifft . . .«

»Später, Sandy. Ich habe zu tun.«

Kaptän Stone widersprach. »Aber ich will Sie nicht von Ihren Geschäften abhalten.«

»Oh, Sandy kann ohnehin nichts tun als warten. Stimmt's, Sandy? Gib mal Käpt'n Stone die Hand — seine Frau hat Jocko wieder zusammengeflickt.«

»Tatsächlich? Ich bin mächtig stolz, Sie kennenzulernen, Käpt'n.« Er wandte sich an Fries. »Ernenn' ihn gleich fürs

Komitee.«

»Heute abend.«

»Einen Augenblick«, protestierte Roger Stone. »Ich bin doch nur als Besucher hier. Was sollte ich in Ihrem Gemeinde-Komitee?«

Fries schüttelte den Kopf. »Sie haben keine Ahnung, was es für unsere Leute bedeutet, einen Arzt in der Nähe zu wissen. Das Komitee hat keine Arbeitstagung. Es will Ihnen nur sagen, wie froh wir sind, Sie hier zu haben. Und Mrs. Stone können wir zum Mitglied machen, wenn sie will. Sie wird allerdings wenig Zeit für die Gemeindearbeit haben.«

Kapitän Stone fühlte sich in die Enge getrieben. »Immer langsam! Wir wollen so bald wie möglich von hier zur Erde aufbrechen — und meiner Frau fehlt es auch an Praxis. Wir befinden uns auf einer Vergnügungsreise.«

Fries sah beunruhigt drein. »Sie wird sich nicht um die Kranken kümmern? Aber sie hat doch Jock Donaher auch geholfen?«

Stone wollte schon energisch seinen Standpunkt klarlegen, als ihm einfiel, daß er in diesen Dingen nicht viel mitzureden hatte. »Ja, gut, sie wird sich um die Kranken kümmern. Aber, verdammt noch mal, deshalb sind wir nicht hergekommen. Meine Frau macht im Moment Urlaub.«

Fries nickte. »Wir werden sehen, daß wir ihr die Aufgabe so leicht wie möglich machen. Die Dame kann natürlich nicht wie Doc Schultz von einem Felsen zum anderen sausen. Ist das klar, Sandy? Wenn jemand krank ist, soll er sehen, daß er hierherkommt.«

Der Prospektor nickte feierlich. »Klar, Einheitspreis.«

Sandy verschwand, und Fries fuhr fort: »Gehen wir zurück ins Restaurant. Martha wird frischen Kaffee haben. Wir müssen uns über ein paar Verwaltungsprobleme unterhalten.«

»Ehrlich gesagt, ich habe keine Ahnung von Ihrem Leben hier draußen.«

»Oh, dann muß ich eben zugeben, daß ich einfach jemanden zum Unterhalten brauche. Man sieht hier nicht jeden Tag ein neues Gesicht. Wollen Sie übrigens etwas kaufen? Werkzeuge? Sauerstoffzylinder? Prospektorenausrüstung?«

»Nichts Besonderes — das heißt, ein Boot könnten wir gebrauchen. Am besten wäre es, wenn wir es in Miete bekämen.«

Fries schüttelte den Kopf. »Freund, schade, daß Sie ausgerechnet danach gefragt haben. Genau diesen einen Artikel führe ich nicht. Sämtliche Prospektoren von Mars und sogar von Luna strömen hierher, und alle wollen Boote. Aber vielleicht können Don und ich Ihnen so ein Ding aus Ersatzteilen zusammenschweißen, wenn in zwei Monaten die *Leuchtkäfer* anlegt.«

Roger Stone runzelte die Stirn. »Hm, das dauert zu lange. Der Start zur Erde ist bereits in fünf Monaten fällig.«

Ein Mann klopfte Fries auf die Schulter und sagte: »He, Krämer, ich . . .«

Das Gesicht von Fries verdunkelte sich. »Sie können mich mit ›Bürgermeister‹ ansprechen.«

»Häh?«

»Außerdem sehen Sie doch, daß ich beschäftigt bin.« Der Mann zog sich zurück, und Fries schäumte: »Freund und Feind nennt mich hier Einheitspreis. Wenn er das nicht weiß, kann er mich mit meinem Titel anreden — oder anderswo sein Geschäft abwickeln. Wo war ich? Ach ja, Sie könnten es beim alten Charlie versuchen.«

»Wie?«

»Haben Sie den Riesentank gesehen, der an der City Hall festgemacht hat? Das ist Charlies Bude. Er ist ein verrückter alter Knochen und in die Felsbrocken hier verliebt wie alle anderen. Außerdem genießt er sein Einsiedlerleben. Bisher hauste er immer am Rand der Gemeinde und ging den anderen aus dem Weg — aber bei dem jetzigen Boom wurde er ängstlich und fragte, ob er hier im Zentrum anlegen dürfte. Einige der Neuankömmlinge sind ja wirklich rauhes Gesindel.«

»Das klingt, als wäre er einer der Oldtimer von Luna. Was ist mit ihm?«

»Charlie hat einen Kramladen der schlimmsten Sorte — das sage ich übrigens nicht aus Konkurrenzneid. Immer wenn ein Prospektor stirbt, landet sein alter Plunder in Charlies Höhle. Ich glaube nicht, daß er ein Boot hat — aber vielleicht besitzt er genug Einzelteile, aus denen man eines zusammenbauen könnte. Können Sie mit Werkzeug umgehen?«

»Einigermaßen.« Er sah sich nach den Zwillingen um und entdeckte sie schließlich an den Warenregalen. »Cas! Pol! Kommt her!«

Fries erklärte ihnen rasch die Lage. Castor nickte. »Wenn wir die Ersatzteile hätten, könnten wir es schaffen.«

»So ist es gut. Und nun zum Kaffee.«

Castor verlangsamte seinen Schritt. »Paps? Warum können Pol und ich nicht hinübergehen und nachsehen, was er hat? Das spart uns Zeit.«

»Hm — meinetwegen. Aber haltet euch an der Verbindungsleine fest.«

Die Zwillinge gingen. Pollux war wütend. »Paps will ja nur, daß wir vorsichtig sind«, tröstete ihn Castor.

»Ja, aber das muß er nicht immer vor allen Leuten zeigen.«

Charlies Behausung war früher ein Zugtank gewesen, mit dem man Sauerstoff zu den Kolonien gebracht hatte. Die Zwillinge betätigten die Schleuse. Als der Druckausgleich stattgefunden hatte, wollten sie die innere Tür öffnen. Aber sie rührte sich nicht. Pollux klopfte mit dem Schraubenschlüssel an seinem Gürtel dagegen, während Castor nach einem Schalter suchte. Die Schleuse war miserabel beleuchtet.

»Hör auf mit dem Lärm«, sagte Castor. »Wenn er noch lebt, hat er dich inzwischen gehört.«

Eine unterdrückte Stimme rief: »Wer ist da?«

»Castor und Pollux Stone von der *Moostöter* aus Luna City.«

Jemand kicherte. »Mich könnt ihr nicht an der Nase herumführen. Und ohne einen Haftbefehl komme ich auch nicht mit. Außerdem lasse ich euch gar nicht herein.«

Castor war am Explodieren. Pollux rief: »Wir sind keine Polypen! Dazu sind wir gar nicht alt genug!«

»Nehmt eure Helme ab.«

»Nicht«, warnte Castor. »Er kann die Schleuse öffnen, während wir es tun.«

Pollux öffnete trotzdem seinen Helm; Castor folgte zögernd seinem Beispiel. »Lassen Sie uns herein.«

»Weshalb?«

»Wir sind Kunden. Wir wollen etwas kaufen.«

»Was habt ihr zu bieten?«

»Bargeld.«

»Bargeld?« Ein Kichern erreichte sie. »Das nützt mir hier gar nichts. Habt ihr Schokolade?«

»Cas?« flüsterte Pollux. »Haben wir noch ein paar Riegel Schokolade übrig?«

»Sieben bis acht Pfund, mehr nicht.«

»Natürlich haben wir Schokolade.«

»Ich möchte sie sehen.«

Cas unterbrach die Verhandlung. »Was ist denn das für ein Unsinn? Komm, Pol, gehen wir zurück zu Mister Fries.«

»Nein«, stöhnte die Stimme. »Er betrügt euch bestimmt.«

»Dann öffnen Sie!«

Nach kurzem Schweigen fragte die Stimme bettelnd: »Aber ihr tut dem alten Charlie auch nichts?«

»Natürlich nicht. Wir wollen nur ein Geschäft abschließen.«

Endlich öffnete sich die Tür. Ein altes, verschrumpeltes Gesicht zeigte sich vorsichtig im Eingang. »Langsam — und versucht keine Tricks.«

Als sich ihre Blicke an das Halbdunkel gewöhnt hatten, sahen sie sich um. Der Tank war randvoll mit allem möglichen Kram angefüllt. Und er stank. Anders konnte man es nicht ausdrücken.

Der Besitzer war dünn und knochig und trug nichts außer schwarzem Unterzeug, das früher einmal wohl Heizspiralen enthalten hatte. Seine Füße waren nackt. Old Charlie hatte seine Inspektion beendet und grinste sie an. »Nette Jungs«, sagte er. »Ich wußte, daß ihr dem alten Charlie nichts tun würdet.«

»Wir wollten Sie nur kennenlernen und vielleicht einen kleinen Handel mit Ihnen abschließen.« Castor sah sich um. »Hübsch haben Sie's hier.«

»Bequem. Und praktisch. Gerade richtig für einen Mann, der Firlefanz nicht mag. Man kann nachdenken und ein gutes Buch lesen. Mögt ihr Bücher?«

»Sicher.«

»Wollt ihr meine Bücher sehen?« Ohne ihre Antwort abzuwarten, huschte er wie eine Fledermaus ins Dunkel und kehrte nach wenigen Sekunden mit Büchern in beiden Händen zurück.

Die meisten Bücher waren im alten Stil gebunden, und Castors Augen wurden groß, als er die Ausgabedaten las. Er fragte sich, was das Astrogationsinstitut dafür bezahlen würde. Unter anderem entdeckte er einen Mark-Twain-Band.

»Seht sie euch nur an, Jungs. Ihr habt nicht gedacht, hier einen Literaturinteressenten vorzufinden, was? Ihr könnt doch lesen, oder?«

»Natürlich.«

»Wußte es nicht. Heutzutage bringen sie der Jugend die verrücktesten Dinge bei. Wenn man ein paar lateinische Brocken einwirft, gaffen sie mit offenem Maul. Wollt ihr was essen?« Er sah sie ängstlich an.

Die beiden versicherten, daß sie eben erst gegessen hätten, und er wirkte erleichtert. »Es hat schon Zeiten gegeben, in denen ein Mann seinen verstorbenen Partner verzehrte. Ich hab's selbst erlebt. Aber ich finde, es gehört sich nicht.«

Die Zwillinge versicherten, daß es nicht mit der Etikette zu vereinen sei.

»Ich finde, man muß sich auf die Mitglieder der eigenen Familie beschränken, wenn man nicht ausdrücklich einen Vertrag gemacht hat. Schon ein paar Geister gesehen?«

Sein Wortgesprudel war so wirr, daß die Zwillinge nur mühsam folgen konnten. »Geister?«

»Ihr werdet ihnen noch begegnen. Ich habe oft mit Henderson gesprochen — das ist der Mann, der verspeist wurde. Er sagte, daß er seinem Partner nichts nachträgt — hätte es an seiner Stelle auch so gemacht. Überall sind Geister. Die Prospektoren, die hier draußen sterben, können nicht zurück in die Erde. Sie befinden sich in einer ständigen Bahn um die Sonne, versteht ihr?« Er beugte sich vertraulich vor. »Manchmal sieht man sie, aber meistens flüstern sie einem in die Kopfhörer. Und hört gut zu, wenn sie's tun — denn nur sie kennen die guten Adern.«

Sie nickten, und er fuhr fort: »Und jetzt erzählt etwas von euch, Jungs.« Zu ihrer Überraschung schien er das ernst zu meinen. Als sie fertig waren, fragte er nach Einzelheiten und flocht hin und wieder ein paar Anekdoten ein. Schließlich beschrieb Castor das Fiasko mit den Flachkatzen. »Und deshalb haben wir nicht mehr viele Nahrungsmittel zu verschachern. Aber es ist noch etwas Schokolade da.«

Charlie ließ sich hin und her treiben. »Flachkatzen, hm. Ich habe jahrzehntelang keine mehr gestreichelt. Hübsch, so ein Tier um sich zu haben. Sind philosophische Dinger, wenn man sie nur versteht.« Er fixierte Castor plötzlich. »Was habt ihr mit all den Flachkatzen vor?«

»Nichts.«

»Das dachte ich mir. Wollt ihr einem einsamen alten Mann nicht eine abgeben?«

Castor sah Pollux an, und sie wußten beide, daß bei einem eventuellen Handel eine Flachkatze ihre Dreingabe sein würde. »Was wollt ihr? Ein Boot? Ihr wißt, daß der alte Charlie kein Boot hat — bis auf sein eigenes, und das braucht er, um am Leben zu bleiben.«

Castor sprach davon, daß man aus alten Teilen ein Boot

zusammensetzen könnte. Charlie kratzte sich über den Stoppelbart. »Ich glaube, ich hatte mal einen Raketenantrieb — macht euch doch nichts, wenn ein oder zwei Ventile fehlen? Oder habe ich ihn an Gonzales verkauft? Nein, das war ein anderer. Moment, ich werde nachsehen.« Er grub sich in seine Abfallberge und kam schließlich mit einem Riesending wieder. »Da! Praktisch neu. Nichts, das zwei schlaue Jungs nicht richten könnten.«

Pollux sah Castor an. »Was ist der Antrieb wert?«

»Er müßte uns noch etwas bezahlen, daß wir ihm das Ding abnehmen.«

Nach zwanzig Minuten hatten sie sich geeinigt, den Apparat für drei Pfund Schokolade und eine Flachkatze mitzunehmen.

17

Es dauerte fast zwei Wochen, bis der alte Antrieb wieder lief, und eine weitere Woche, bis sie aus den alten Rohren von Fries' Metallvorräten einen Bootsrahmen gebaut hatten. Schön war das Gefährt nicht, aber nachdem sie das Stereo-Radargerät der *Moostöter* installiert hatten, war es wenigstens sicher. Kapitän Stone schüttelte den Kopf und unterzog es endlosen Tests, bis er es endlich zur Benutzung freigab.

Inzwischen hatte das Komitee einen Taxidienst für die Stones eingerichtet. Jeweils ein Prospektor im Abstand von fünfzig Meilen stellte sein Boot für dringende Krankheitsfälle zur Verfügung. Die Stones sahen wenig von Edith. Offensichtlich hatte sich jeder Bürger von Rock City seine Krankheiten bis zu ihrer Ankunft aufgehoben.

Aber wenigstens waren sie nicht auf Hazels stümperhafte Kochkunst angewiesen. Mrs. Fries hatte eine ausgezeichnete Hydroponikanlage und kochte wunderbar.

Während die Zwillinge das Boot bauten, hatten sie genug

Zeit, um über das Problem der Flachkatzen nachzudenken. Eines stand fest: In Rock City gab es einen Absatzmarkt für Flachkatzen. Die Frage blieb: Wie schlug man einen möglichst hohen Gewinn aus dieser Tatsache?

Wenn man die Tiere schön langsam der Reihe nach abgab, bekamen sie bei ihren neuen Besitzern bald Junge, und das Geschäft war verdorben. Das Boot durften sie nicht allein benutzen; es gehörte der ganzen Familie. Es nützte auch nichts, im Laden von Fries ein Schild aufzustellen, denn die meisten Prospektoren kamen nur alle drei bis vier Monate zum Einkaufen.

Doch sie fanden einen Weg. Der Asteroidengürtel, so weit draußen er auch lag, war im Grunde ein richtiges Klatschnest — vielleicht sogar wegen seiner Lage. Man unterhielt sich per Anzugfunk. Draußen in der Dunkelheit des Raumes war es gut zu wissen, daß jemand nachforschen würde, wenn man sich längere Zeit nicht mehr meldete.

Die stärkeren Schiffsfunkgeräte dienten zum Verbreiten der Neuigkeiten von Knoten zu Knoten. Rock City besaß sogar seinen eigenen Nachrichtendienst. Zweimal am Tag fing Einheitspreis die Nachrichten von der Erde auf und gab sie dann mit entsprechenden Kommentaren weiter. Die Zwillinge beschlossen, die gleiche Wellenlänge zu benutzen und im Anschluß an die Nachrichten eine Musik- und Plaudersendung mit eingeblendeter Werbung zu bringen.

Fuzzys liebevolles Schnurren wurde auf Band aufgenommen, dazu ein paar flaue Witze, die dennoch ankamen. Castor versprach, daß jeder, der eine Flachkatze erwarb, kostenlos ein Pin-up-Bild mitnehmen konnte. Manchmal sang auch Meade. Sie hatte keine Konzertreife, aber ihre Stimme war warm und rein. Wenn man eines ihrer Lieder gehört hatte, brauchte man unbedingt eine Flachkatze. Meade zog mehr als alle Witze, und die Zwillinge mußten sie schließlich am Gewinn beteiligen.

Die Leute strömten herein und rissen sich um die Flachkatzen. Prospektoren von Luna, die noch nie so ein Tier gesehen hatten, kamen aus Neugier und kauften ebenfalls. Die kleinen Kätzchen waren ein Ventil für die lange unterdrückten Einsamkeitsgefühle.

Der Vorrat an Flachkatzen schmolz, und der Vorrat an Kernmetallen wuchs.

Roger Stone beantwortete ihren Vorschlag, ein paar der Tiere als Zuchtmaterial zu behalten, mit einem kategorischen Nein. Fuzzy konnte bleiben, solange sie Diät fraß, aber das reichte.

Die Zwillinge hatten nur noch ein paar Exemplare im Laderaum, als ein müde aussehender, grauhaariger Mann nach ihrer Sendung auftauchte. Es waren noch mehrere andere Kunden da, und er hielt sich im Hintergrund. Er hatte ein kleines Mädchen bei sich, das kaum älter war als Lowell. Castor hatte ihn noch nie zuvor gesehen, aber er schätzte, daß es sich um Mister Erska handelte. Es gab nämlich nur wenige Familien am Knoten, und Familien mit Kindern waren noch seltener. Die Erskas lebten im Norden und kamen nicht oft nach City Hall. Mister Erska sprach die Einheitssprache nicht sehr gut; die Familie hatte am Isländisch ihrer Vorfahren festgehalten.

Als die anderen Kunden weg waren, setzte Castor sein berufsmäßiges Lächeln auf und stellte sich vor. »Und was kann ich für Sie tun, Sir? Eine Flachkatze?« fragte er.

»Leider nicht.«

»Wie wäre es mit einem Projektor? Mit einem Dutzend Bändern? Genau das richtige für einen Abend im trauten Familienkreis.«

Mister Erska wirkte nervös. »Äh, sehr nett, bestimmt. Aber nein.« Er zerrte das kleine Mädchen zu sich heran. »Wir gehen jetzt, Kleines.«

»Nicht so eilig. Mein kleiner Bruder muß irgendwo in der Nähe sein. Er spielt bestimmt gern mit Ihrer Tochter. Ich suche ihn.«

»Wir gehen lieber.«

»Aber weshalb? Er kann nicht weit sein.«

Mister Erska schluckte verlegen. »Meine Kleine. Sie hat Ihr Programm gehört. Sie wollte eine Flachkatze sehen. Jetzt sieht sie eine, und wir gehen wieder.«

»Oh.« Castor beugte sich zu dem Kind hinunter. »Möchtest du gern eine in die Hand nehmen?«

Sie gab keine Antwort, sondern nickte nur feierlich.

Pollux holte ein Kätzchen und legte es ihr auf den Arm. Das Ding begann sofort zu schnurren. Ganz still drückte das Mädchen die Katze an sich. Castor wandte sich an ihren Vater. »Möchten Sie die Katze nicht kaufen?«

Der Mann wurde rot. »Nein, nein.«

»Weshalb nicht?«

»Ich *kann* nicht.« Der Mann sah zur Seite.

»Aber Sie möchten gern.« Castor sah Pollux an. »Wissen Sie, was Sie sind, Mister Erska? Unser *fünfhundertster* Kunde!«

»Wie?«

»Haben Sie unser Angebot nicht gehört? Wahrscheinlich habe Sie einige der Sendungen ausgelassen. Die fünfhundertste Katze gibt es *umsonst*!«

Das kleine Mädchen sah verwirrt drein, ließ aber das Tier nicht los. Ihr Vater schien zu zweifeln. »Machen Sie Spaß?«

»Nein.«

Pollux nickte feierlich. »Es ist wahr, Mister Erska. Und obendrein entweder zwei Pin-up-Girls oder zwei Stangen Schokolade.«

Mister Erska war nur halb überzeugt, aber als er ging, umklammerte das kleine Mädchen eine Flachkatze und zwei Schokoladeriegel. Die Tür schloß sich, und Castor sagte: »Das mit der Schokolade war dumm. Ich wollte die letzten beiden Riegel gar nicht verkaufen.«

»Ich habe sie ja nicht verkauft. Ich habe sie verschenkt.«

Castor grinste und zuckte mit den Schultern. »Hoffentlich verdirbt sie sich nicht den Magen damit.« Er drehte sich um und sah Hazel im Eingang stehen. »Was gibt es denn zu lachen?«

»Nichts, nichts. Ich freue mich nur über zwei hartgesottene Geschäftsleute.«

»Geld ist nicht alles.«

»Außerdem war es eine gute Reklame«, fügte Pollux hinzu.

»Reklame? Wo euer Vorrat erschöpft ist?« Sie grinste. »Und ich möchte wetten, daß das mit der fünfhundertsten Flachkatze nicht gestimmt hat.«

»Ach was, sie wollte das Tier!« sagte Castor unwirsch. »Was hätte ich tun sollen?«

Hazel legte jedem von ihnen eine Hand auf die Schulter: »Leute, ich glaube, allmählich werdet ihr doch erwachsen. In vierzig, fünfzig Jahren seid ihr vielleicht so weit, daß wir euch in die menschliche Gesellschaft eingliedern können.«

»Nun reicht es aber!«

18

Die Gewinnaufteilung des Flachkatzengeschäfts stellte sich als äußerst schwierig heraus. Die Tiere waren alle Nachkommen von Fuzzy, und die befand sich in Lowells Besitz. Aber die Vermehrung war eine Folge der Fütterung, die wiederum zum Verbrauch der Luxusgüter geführt hatte, welche die Zwillinge verkaufen wollten. Die Idee zum Verkauf der Flachkatzen stammte von Pollux und Castor, doch sie hatten bei ihren Transaktionen das Familienschiff mitsamt elektronischer Ausrüstung benutzt.

Roger Stone traf eine salomonische Entscheidung. Vom Bruttogewinn wurden Meades Prozente für ihre künstlerische Betätigung abgezogen. Die Zwillinge erhielten die Kosten für die eingekauften Luxusgüter zurück; der restliche Gewinn sollte durch drei geteilt und zwischen Castor, Pollux und Lowell aufgeteilt werden.

Die Zwillinge hatten zum ersten Mal keine Idee, was sie

mit ihrem Gewinn anfangen sollten. Prospektoren wollten sie nicht werden; sie wußten inzwischen zuviel über das Gesetz des Zufalls. So gondelten sie ziellos durch die Gegend und hatten eines Tages das Pech, um eine Stunde zu spät heimzukommen.

Ihr Vater war nicht beunruhigt. Aber die Zwillinge verbrachten die nächste Woche im Schiffsinnern.

Dr. Stone arbeitete weiter als Ärztin, wenn die schlimmste Zeit auch vorüber war. Manchmal wurde sie von ihrem Taxi zu den Kranken gebracht, manchmal übernahmen die Zwillinge den Transport. Eines Vormittags nach den Sprechstunden im Schiff von Mister Fries kam sie heim und sah sich nach den Zwillingen um. »Wo sind die beiden?« fragte sie.

»Ich habe sie seit dem Frühstück nicht mehr gesehen«, erwiderte Hazel. »Weshalb?«

Dr. Stone runzelte ein wenig die Stirn. »Nicht so tragisch. Muß ich eben Mister Fries bitten, das Taxi für mich zu bestellen.«

»Ein Besuch! Ich bringe dich hin, wenn diese Lümmel das Boot nicht beschlagnahmt haben.«

»Das ist wirklich nicht nötig, Mutter.«

»Mir macht es Spaß. Ich habe Lowell schon seit Wochen einen Flug versprochen. Oder dauert die Sache zu lange?«

»Eigentlich nicht.« Die Ärztin mußte sich nicht an die örtlichen Geschwindigkeitsbegrenzungen halten. »Es ist knappe achthundert Meilen draußen.«

»In zwei Stunden sind wir wieder da.«

Los ging es, mit einem aufgeregt schnatternden Buster.

Ihr Ziel war eine uralte Rakete, deren Steuerflossen man abgetrennt und zeltförmig wieder angeschweißt hatte, um mehr Wohnraum zu gewinnen. Hazel fand, daß die Behausung schäbig und verschlampt aussah — aber das taten viele der alten Schiffe hier draußen. Sie ging trotzdem nach drinnen, zog Lowell für eine Weile den Raumanzug aus und akzeptierte einen Beutel Tee. Der Patient, Mister Eakers, hatte das Bein geschient. Da seine Frau das Boot nicht bedienen konnte, hatte sich Dr. Stone zu dem Hausbesuch bereit erklärt.

Während sie den Mann behandelte, erhielt sie einen Anruf. Sie kam mit besorgter Miene ins Wohnzimmer zurück. »Was gibt es?« erkundigte sich Hazel.

»Mrs. Silva. Ich bin eigentlich nicht einmal überrascht — es ist ihr erstes Kind.«

»Hast du die Koordinaten und das Signal? Ich bringe dich hinüber.«

»Lowell?«

»Ach so, ja.« Es würde für den Kleinen zu lange dauern.

Mrs. Eakers schlug vor, daß man das Kind bei ihr lassen könne. Bevor Lowell in Geheul ausbrechen konnte, sagte Dr. Stone: »Danke, aber das ist nicht tötig. Mister Silva ist nach hierher unterwegs. Hazel, es ist vielleicht besser, wenn ich mit ihm fliege und euch beide allein heimschicke. Macht es dir etwas aus?«

»Natürlich nicht. Sei still, Lowell. Ich bin in einer dreiviertel Stunde daheim, und dann kann der Fratz schlafen oder seine Tracht Prügel beziehen, je nach Bedarf.«

Sie gab Dr. Stone für alle Fälle eine der beiden Reserve-Sauerstoffflaschen. Dann berechnete sie den Rückflug. Ohne Ediths Gewicht hatte sie nun zusätzliche Reaktionsmasse. Ganz gut, wenn sie sich beeilte, bevor der Kleine quengelig wurde . . .

Sie stellte den Kurs auf City Hall ein, drehte das Boot so, daß die Sonne sie nicht blendete, schaltete den Kreiselkompaß ein und jagte los.

Im nächsten Moment torkelte das Schiff im freien Fall dahin. Sie erinnerte sich durch lange Übung, daß das Ventil zu schließen war, aber erst nach einer geraumen Spanne zielloser Beschleunigung.

Sie lachte verwirrt. »Tolle Fahrt, was, Lowell?«

»Mach' das noch einmal, Großmutter.«

»Lieber nicht.« Rasch überprüfte sie alles. An dem kleinen Boot konnte nicht viel versagen, da es nur aus dem Raketenantrieb, dem Gestell mit den Sätteln und den Sicherheitsgurten bestand. Natürlich waren es die Kreisel; dem Antrieb fehlte nichts.

Hazel versuchte sich zu orientieren. Mal sehen — die Sonne ist da drüben — und das da ist Beteigeuze — also mußte City Hall etwa dort liegen. Sie warf einen Blick in das Stereo-Radargerät. Jawohl, da war es!

Das Schiff der Eakers war der einzige Punkt, an dem sie ihren Vektor messen konnte. Sie zuckte zusammen, als sie sah, wie weit entfernt es war. Sie waren wohl noch eine Zeitlang weitergeschwebt, während sie die Kreisel per Hand verstellt hatte. So beschloß sie, Mrs. Eakers anzurufen und sie zu bitten, für alle Fälle City Hall zu verständigen.

Aber Mrs. Eakers rührte sich nicht. Diese Schlampe hat wahrscheinlich die Alarmglocke ausgeschaltet, damit sie schlafen kann, dachte sie verbittert. Faules Gesindel! Man sah es dem Haus an.

Hazel ließ die Funkverbindung offen und rief immer wieder um Hilfe, in der Hoffnung, jemand, der in der Nähe vorbeikam, würde sie hören. Nebenbei richtete sie den Vektor nach City Hall neu ein — per Hand. Die Sache gefiel ihr nicht.

»Was ist los, Großmutter Hazel?«

»Nichts, Junge, gar nichts. Großmutter sucht nach ein paar Verkehrszeichen.« Sie wünschte sich nichts sehnlicher als ein automatisches Notsignal. Hazel schaltete Lowells Empfänger aus und rief dann wiederholt um Hilfe.

Keine Antwort. Sie schaltete Lowells Empfänger wieder ein. »Weshalb hast du das getan, Großmutter?«

»Nur eine Routineüberprüfung.«

»Das glaube ich nicht. Du hast Angst. Weshalb?«

»Nicht gerade Angst, Liebling. Ich bin nur etwas besorgt. Und nun sei still, ich habe einiges zu tun.«

Ganz vorsichtig drehte sie das Schwungrad wieder um ein paar Millimeter. Dann band sie Lowell in seinem Sattel fest und überprüfte die Stellung. »Ganz stillhalten«, mahnte sie.

»Wenn du deinen kleinen Finger rührst, skalpiere ich dich.«

Ebenso genau kalkulierte sie ihre eigene Stellung. Ohne Kreisel mußte man das Boot exakt ausbalancieren. »So«, sagte sie vor sich hin, »jetzt kannst du beweisen, ob du mehr als eine Sonntagspilotin bist.« Sie hatte den Punkt von City Hall im Fadenkreuz und setzte den Antrieb ein, nachdem sie die Kreisel ausgeschaltet hatte.

Der Punkt rutschte zur Seite, und sie drosselte sofort die Energiezufuhr. Wieder überprüfte sie den Vektor. Er war jetzt etwas besser. Als sie zwischendurch um Hilfe rief, machte sie sich nicht mehr die Mühe, Lowells Empfänger auszuschalten. Der Kleine sah ernst drein und sagte nichts.

Hazel ging alles noch einmal durch — Vektorprüfen, Hilferuf, Antrieb einschalten . . .

Ein dutzendmal versuchte sie es. Und dann war die Energie zu Ende. Hazel hatte es jetzt nicht mehr eilig. Sie maß den Vektor an Eakers' Schiff, das jetzt weit entfernt war, und verglich die Zahlen mit den Koordinaten von City Hall. Eigentlich hatte sie Erfolg gehabt. Sie würden City Hall höchstens um ein paar Meilen verfehlen. Nur die Geschwindigkeit war deprimierend. Sie würden sich in etwa sechzehn Stunden ihrem Ziel nähern.

Wieder rief sie um Hilfe, dann beschloß sie, alles noch einmal durchzurechnen. Vielleicht hatte sie sich um eine Dezimale getäuscht. Während sie das Fadenkreuz auf City Hall einstellte, erlosch der kleine Punkt mit einemmal. Ihre Ausdrücke veranlaßten Lowell zu der Frage: »Was ist nun los, Großmutter?«

»Nichts Besonderes. An manchen Tagen sollte man einfach nicht aufstehen. Es lohnt sich nicht.« Das Problem war ganz einfach, aber unlösbar — die drei Ladungen in der Energie-Einheit des Radargerätes waren erschöpft.

»Oma Hazel! Ich will heim.«

»Wir fliegen ja heim. Aber es wird eine Weile dauern.«

»Ich will *jetzt* heim.«

»Tut mir leid, das ist unmöglich.«

»Aber . . .«

»Sei still, sonst vermöble ich dich, sobald wir aus der Klemme sind. Ich meine es ernst.« Wieder rief sie um Hilfe.

»Spielen wir Schach?« fragte sie anschließend den Kleinen.

»Bekomme ich die weißen Figuren?«

»Meinetwegen. Ich schlage dich auch so.«

Zu ihrer Überraschung gelang es ihr. Es war ein langes Spiel; Lowell hatte wenig Übung ohne Brett, und sie mußte ihm viele Züge doppelt und dreifach erklären. Zwischen den Zügen rief sie um Hilfe. Als das Spiel etwa zur Hälfte fertig war, ging ihr Sauerstoff zu Ende, und sie mußte die Reserveflasche anschließen. Lowells Vorrat war noch nicht zu Ende — er verbrauchte weniger Sauerstoff als sie.

»Noch ein Spiel?« fragte sie schließlich. »Willst du Revanche?«

»Nein. Ich will *heim.*«

»Ich erzähle dir eine Geschichte.« Der Kleine hörte nicht recht zu, aber er war wenigstens still. Nach einiger Zeit bemerkte Hazel, daß sein Sauerstoffanzeigegerät blinkte.

»Noch eine Geschichte«, quengelte das Kind.

»Nicht jetzt, Lowell.« Sie klemmte ruhig das Kabel ihres Sauerstoffzylinders ab und befestigte es an Lowells Gerät. Einen Moment lang dachte sie daran, eine Querverbindung zu ihrem Anzug zu schaffen, aber dann zuckte sie mit den Schultern und ließ es sein. »Lowell . . .«

»Ja, Großmutter?«

»Paß gut auf, Liebling. Du hast gehört, wie ich um Hilfe rief. Das mußt du jetzt übernehmen. Alle paar Minuten und immerzu.«

»Warum?«

»Weil Hazel sehr müde ist, Liebling. Hazel muß schlafen. Versprich, daß du es tun wirst!«

»Na schön — meinetwegen.«

Sie versuchte sich ganz still zu halten und so flach wie möglich zu atmen. Es ist nicht so schlimm, dachte sie. Sie hätte zwar noch gern die Saturnringe gesehen — aber eigentlich hatte sie sonst nichts ausgelassen.

»Großmutter? Großmutter Hazel!«

Sie gab keine Antwort. Er wartete, und dann begann er zu weinen, hemmungslos und ohne Hoffnung.

Dr. Stone traf auf der *Moostöter* nur ihren Mann. »Wo ist Hazel, Liebling?« fragte sie. »Und Lowell?«

»Was? Sind die nicht mir dir zurückgekommen?«

»Nein.« Sie erklärte, was vorgefallen war.

Er sah sie verblüfft an. »Sie sind zur gleichen Zeit gestartet wie du?«

»Sie hatten es vor. Hazel erklärte, sie wolle in einer dreiviertel Stunde daheim sein.«

»Vielleicht sind sie noch bei den Eakers. Ich werde anrufen.«

Als die Zwillinge heimkamen, fanden sie ihr Schiff und ganz City Hall in Aufruhr. Sie hatten ein paar interessante Stunden beim alten Charlie verbracht.

Ihr Vater wandte sich vom Funkgerät ab. »Wo wart ihr beide?«

»Nur bei Charlie drüben. Was ist los?«

Roger Stone erklärte die Sachlage. Die Zwillinge sahen einander an. »Hazel hat Mutter in *unserem* Boot geflogen?« fragte Castor bleich.

»Natürlich. Weshalb sollte sie nicht?«

»Weißt du — es war so . . .«

»*Schneller!*«

»In einem der Kreisel war ein Lager ausgeleiert«, gestand Pollux elend. »Wir wollten es reparieren.«

»Tatsächlich? In Charlies Laden?«

»Wir gingen hin, um zu sehen, ob er Ersatzteile hatte, und dann hielt er uns auf.«

Ihr Vater sah sie eine Zeitlang ausdruckslos an. Dann sagte er leise: »Ihr habt nicht eingetragen, daß ein Teil des Schiffes fehlerhaft war. Ihr habt auch dem Kapitän nicht Bescheid gesagt.« Er machte eine Pause. »Geht auf euer Zimmer.«

»Aber Paps! Wir wollen helfen.«

»Bleibt in eurem Zimmer. Ihr habt Arrest.«

Die Zwillinge gehorchten. Während sie hilflos abwarteten, wurde ganz Rock City alarmiert. Die Nachricht vom Verschwinden des Bootes verbreitete sich. Die Boote wurden getankt und bereitgehalten.

»Pol, sei nicht so nervös.«

»Ich kann nicht anders.«

»Wir müssen sie finden. Das Stereoradargerät müßte sie doch auf jedem Schirm zeigen.«

Pollux überlegte. »Ich weiß nicht. Erinnerst du dich noch, daß ich sagte, die Energiezufuhr zum Radargerät könnte beschädigt sein?«

»Ich dachte, du hättest das repariert.«

»Ich wollte — aber erst nach der Lager-Reparatur.«

Castor schüttelte den Kopf. »Scheußlich.« Er fuhr auf. »Aber hör' trotzdem mit dem Gezapple auf. Überlegen wir statt dessen. Was ist geschehen? Wir müssen alles rekonstruieren.«

»Was geschehen ist? Soll das ein Witz sein? Wenn das Boot erst einmal zu schlingern anfängt, kann alles geschehen. Es ist keine Kontrolle mehr da.«

»Mann, überlege! Was würde *Hazel* in diesem Fall tun?«

Beide schwiegen einen Moment lang, dann sagte Pollux: »Cas, das verdammte Ding hat immer nach links gedreht, nicht wahr?«

»Was nützt uns das? Links kann im Raum überall sein.«

»Nein! Du hast gefragt, was Hazel tun würde. Hazel war auf der Heimfahrt, und sie richtete es immer so ein, daß sie die Sonne im Rücken hatte. Du weißt, ihre Augen sind nicht mehr sehr gut.«

Castor versuchte sich die Szene vorzustellen. »Eakers' Schiff liegt da und City Hall dort drüben; wenn die Sonne hier steht, dann schlingert das Boot in *diese* Richtung, wenn die Kreisel versagen.«

»Gut. Und was würde sie dann tun? Versuchen, den richtigen Vektor einzustellen, nicht wahr?«

»Wie denn? Ohne Kreisel?«

»Überlege doch! Hazel ist ein guter Pilot. Sie würde das Boot wie einen Besenstiel reiten. Also würde sie *hier* entlang zurückkommen — und ganz Rock City sucht sie *dort drüben*!«

Castor runzelte die Stirn. »Könnte sein.«

»Muß so sein.«

»Komm mit!« rief Castor.

»Paps sagte, daß wir unter Arrest stehen.«

»Komm mit!«

City Hall war leer. Nur Mrs. Fries stand mit roten Augen am Funkgerät. Sie schüttelte den Kopf. »Noch nichts.«

»Wo können wir ein Boot bekommen?«

»Nirgends. Alle sind auf der Suche draußen.«

Castor zupfte Pollux am Ärmel. »Der alte Charlie.«

»Wie? Sagen Sie, Mrs. Fries, beteiligt sich Charlie auch an der Suche?«

»Ich glaube nicht, daß er Bescheid weiß.«

Sie streiften in aller Eile die Anzüge über und waren im Nu bei Charlie. Der Alte ließ sie herein. »Was soll die Aufregung, Jungs?«

Castor erklärte es ihm. Charlie schüttelte den Kopf. »Furchtbar ist das. Es tut mir ehrlich leid.«

»Charlie, Sie müssen uns Ihr Boot leihen.«

»Ist das ein Witz?« Charlie sah sie erstaunt an. »Das kann außer mir keiner bedienen.«

»Charlie, es geht um eine ernste Sache. Sie müssen uns helfen.«

Der Alte kratzte sich nachdenklich. »Ich fliege euch«, sagte er schließlich.

»Gut, gut, aber schnell. Wo ist Ihr Anzug?«

»Immer mit der Ruhe. Mit Hast verderbt ihr mehr, als ihr gewinnt.«

Charlie verschwand in seinem Wust und kehrte nach einiger Zeit mit einem geflickten Anzug zurück. Während er sich hineinquälte, murmelte er: »Das kommt nur daher, weil eure

Mutter überall herumschnüffeln muß. Ich brauche keine Ärzte. Mir hat sie ein Bad verordnet, und alle Tiere, die mich je gebissen haben, sind dabei ersoffen.«

Als Charlie sein Boot startklar machte, waren sie froh, daß er es selbst steuerte. Es war nicht nur ein uraltes Modell, das mit Ersatzteilen von allen möglichen anderen Booten ausgestattet war. Obendrein hatte Charlie die Steuerung so eingerichtet, daß er sie mit Händen und Füßen gleichzeitig bedienen konnte. Er hing vor der Konsole wie ein Affe. »Haltet euch fest. Wohin geht die Reise?«

Sie erklärten ihm ihre Theorie. Charlie nickte und startete.

Seine Kiste war uralt, aber Charlie konnte eine Menge Reaktionsmasse unterbringen. Auch der Antrieb ging wie geschmiert. Das ›Radargerät‹ bestand aus einer alten Radiokompaß-Antenne. Die Zwillinge hatten so ein Ding noch nie gesehen. Charlie erkannte ihre Ratlosigkeit und sagte: »Wenn man einen Blick für die richtigen Winkel hat, braucht man keine tollen Radargeräte.«

Sobald sie sich im freien Fall befanden, erklärte er ihnen, daß sie die Kabel einfach anstelle der normalen Empfänger in ihren Helm einführen sollten. »Wenn ihr ein Signal aufnehmt, müßt ihr die Antenne so herumdrehen, daß das Zeichen möglichst leise ertönt. Das ist dann die Richtung des Signals — eine Verlängerung des Antennenwinkels.«

»Aber der Winkel führt in zwei Richtungen — nach vorn und nach hinten.«

»Das muß man erraten. Wenn man sich getäuscht hat, kehrt man eben um und versucht es auf der anderen Seite noch mal.«

Castor übernahm die erste Wache. Er empfing eine Menge Signale, denn im Knoten schwirrten die Nachrichten hin und her. Er fand auch heraus, daß die Antenne nicht mehr als ein Signal auf einmal aufnahm. Er schwang das Ding herum, hörte einem Signal nur so lange zu, bis er sicher war, daß es nicht von Hazel kam, und drehte weiter.

Pollux tippte ihm auf den Arm und legte den Helm an seinen. »Schon etwas entdeckt?«

»Nichts. Wenn ich sie nicht finde, kehre ich gar nicht um.«

»Hör' auf, den billigen Helden zu spielen.«

City Hall blieb hinter ihnen. Endlich überließ Castor zögernd die Wache seinem Bruder. Pollux war etwa zehn Minuten an der Antenne, als er heftig winkte und den anderen bedeutete, ganz still zu sein. »Was ist los?« fragte Castor.

»Klang wie ein weinendes Kind. Es hätte Buster sein können.«

»Wo?«

»Ich habe es verloren, als ich versuchte, das Minimum einzustellen.«

Charlie hatte bereits wortlos das Schiff gewendet und flog mit der gleichen Beschleunigung wie vorher zurück. Pollux schwang langsam die Antenne.

»Da ist es wieder!« Er boxte seinen Bruder.

Der alte Charlie wartete, bis das Minimum eingestellt war.

»In welche Richtung?« fragte Castor.

»In die hier.«

»Ich sehe aber nichts.«

»Ich auch nicht. Ist nur so eine Ahnung.«

Castor sagte nichts. Es war völlig gleichgültig, in welcher Richtung sie zuerst suchten. Charlie steuerte das Boot, grob gesehen, auf Wega zu. Pollux nickte nach ein paar Minuten heftig. Das Signal war stärker und das Minimum klar eingegrenzt. Aber immer noch war nichts zu sehen. Castor sehnte sich nach einem echten Radargerät. Nun konnte er selbst das Weinen hören. Es war Buster — es *mußte* Buster sein.

»Da!«

Das war Charlie. Castor konnte nichts erkennen. Doch dann folgte sein Blick dem ausgestreckten Finger des Alten — ein Lichtpunkt, zwischen den Sternen kaum zu erkennen.

Charlie manövrierte das Boot so lässig wie ein Fahrrad. Als sie angekommen waren, beharrte er darauf, selbst an Bord zu gehen.

Lowell war zu hysterisch, um zusammenhängend sprechen

zu können. Als sie sahen, daß ihm weiter nichts fehlte, wandten sie sich sofort Hazel zu. Sie saß angeschnallt da, ein leichtes Lächeln auf dem Gesicht. Ihre Augen waren offen, aber sie antwortete nicht, als die Zwillinge sie anredeten.

Charlie sah sie an und schüttelte den Kopf. »Keine Chance mehr, Jungs. Sie trägt nicht einmal einen Sauerstoffbehälter.«

Dennoch befestigten sie einen Zylinder an ihrem Anzug — und die Zwillinge machten die Rückreise mit einem Sauerstoffbehälter, den sie beide anzapften. Charlie jagte mit Höchstgeschwindigkeit auf City Hall zu und verbreitete unterwegs die Neuigkeit.

Man brachte Hazel zu Mister Fries, da dort am meisten Platz war. Mrs. Fries schob die Zwillinge zur Seite und wandte selbst künstliche Atmung an. Zehn Minuten später wurde sie von Dr. Stone abgelöst.

Es hatte den Anschein, als drängte ganz Rock City sich am Eingang. Fries jagte alle nach draußen und verrammelte zum ersten Mal in der Geschichte die Tür zu seinem Laden. Nach einer Weile wechselte sich Dr. Stone mit ihrem Mann ab, dann übernahm sie wieder die Behandlung.

Meade weinte still vor sich hin; Charlie zupfte an seinen Fingern und sah unglücklich drein. Dr. Stones Gesichtszüge waren hart und männlich, während sie künstliche Atmung anwandte. Lowell weinte nicht mehr. Er schmiegte sich an Meade und starrte leer vor sich hin. Er wußte nicht, was vorging. Er hatte den Tod bisher noch nicht erlebt. Castor und Pollux schluchzten.

Wieder wechselten Roger Stone und Edith die Plätze. Als Roger zurückkam, war sein Gesicht ohne Hoffnung. »Paps?« flüsterte Pollux. »Ist sie . . .?«

Erst jetzt bemerkte der Kapitän seine beiden verzweifelten Söhne. Er legte ihnen je einen Arm um die Schulter. »Ihr dürft nicht vergessen, daß sie alt ist, Jungs.«

Hazel öffnete die Augen. »Ist sie das?«

19

Hazel hatte einen alten Fakirtrick angewandt. Sie hatte so flach wie möglich geatmet und sich dadurch ganz rasch in ein Koma versetzt. Wenn man sie hörte, hatte nie eine echte Gefahr bestanden. Sterben? Pah, so schnell erstickte man nicht! Natürlich, sie hatte sich mit den Hilferufen auf Lowell verlassen müssen, weil er weniger Sauerstoff verbrauchte als sie. Aber Selbstmord, um den Jungen zu retten? Lächerlich!

Erst am nächsten Tag rief Roger Stone die Söhne zu sich. »Ihr habt bei der Rettung ganze Arbeit geleistet. Vergessen wir deshalb, daß ihr meinen Befehl mißachtet habt.«

Castor zuckte mit den Schultern. »Die Idee stammte von Hazel selbst. Sie kommt in einer ihrer Serien vor. Weißt du, Kapitän Sterling mußte . . .«

»Egal. Darüber wollte ich nicht mit euch sprechen. Es war auf alle Fälle eine schöne Leistung. Mit den herkömmlichen Suchmethoden hätten wir sie nie rechtzeitig gefunden. Ihr seid zwei intelligente junge Männer — wenn ihr euch Mühe gebt. Aber ihr habt euch nicht früh genug Mühe gegeben — nicht bei den Kreiseln.«

»Aber, Paps, wir hatten doch keine Ahnung . . .«

»Genug.« Er griff nach seinem Gürtel. Die Zwillinge bemerkten, daß er einen altmodischen Lederriemen trug. Ihr Vater nahm ihn ab. »Das hier hat eurem Urgroßvater gehört. Er gab ihn eurem Großvater, und der wiederum gab ihn mir. Ich weiß nicht, wie weit er zurückreicht, aber man könnte sagen, daß die Stone-Familie darauf gegründet wurde.« Er machte eine Schlinge und schlug sich damit leicht über die Handfläche. »Alle von uns verknüpfen sehr zärtliche Erinnerungen damit — nur ihr beide nicht.«

Castor fragte: »Willst du uns damit verhauen, Paps?«

»Sollte ich nicht?«

Castor sah Pollux an, seufzte und trat vor. »Ich zuerst, ich bin der ältere.«

Roger ging an eine Schublade und legte den Gürtel hinein.

»Ich hätte ihn vor zehn Jahren benutzen sollen. Jetzt ist es zu spät.« Er schloß die Schublade.

»Wirst du uns nicht verhauen?«

»Ich hatte niemals die Absicht.«

Die Zwillinge sahen einander an. »Uns wäre es aber lieber.«

»Viel lieber«, fügte Pollux hinzu.

»Das weiß ich. Auf diese Weise wäre die Sache für euch erledigt. Aber ihr müßt mit der Last leben. So machen es die Erwachsenen.«

»Aber, Paps . . .«

»Zurück in eure Kabine, Sirs.«

Als es für die *Moostöter* Zeit wurde, nach Ceres zu starten, wurde die Familie Stone von der ganzen Gemeinde verabschiedet. Charlie, frisch gebadet, heulte öffentlich. Bürgermeister Fries hielt eine Rede und überreichte ihnen eine Rolle, die sie alle zu Ehrenbürgern von Rock City machte. Roger Stone wollte ebenfalls eine Rede halten, blieb aber vor Rührung stecken. Meade sang noch einmal für alle Anwesenden, diesmal nicht von Werbetexten unterbrochen. Zehn Minuten später war die *Moostöter* unterwegs.

Das Schiff wurde in einer Parkbahn um Ceres gelassen. Hazel, der Kapitän und Meade ließen sich von der Fähre nach Ceres City bringen — der Kapitän, um ihr Kernmaterial gegen bereits eingeschmolzenes und gereinigtes Metall einzutauschen, Hazel aus unerfindlichen Gründen, und Meade, um sich die Gegend anzusehen. Dr. Stone blieb wegen Lowell daheim — die Fähre war nicht gerade bequem für ein kleines Kind.

Die Zwillinge standen immer noch unter Arrest.

Als Meade zurückkam, versicherte sie ihnen, daß sie nichts versäumt hätten. »Wie Luna City, nur kleiner und enger. Macht überhaupt keinen Spaß.«

»Sie hat recht«, fügte Roger hinzu. »Nehmt es also nicht tragisch. Unsere nächste Landung ist ohnehin auf Luna

City.«

»Oh, wir haben uns ja nicht vorgedrängt«, sagte Castor steif.

Roger Stone grinste. »Mich könnt ihr nicht täuschen. Aber in ein paar Wochen geht es nun endgültig heim. Irgendwie tut es mir leid. Es waren doch zwei schöne Jahre.«

»Sagtest du ›heim‹, Paps?« fragte Meade plötzlich. »Ich habe immer das Gefühl, daß wir im Schiff daheim sind. Wir gehen zurück nach Luna, aber wir bringen die Heimat mit.«

»Wie? Irgendwie hast du recht. So habe ich die Sache noch nicht betrachtet.« Er tätschelte die Schiffswand. »Was meinst du, Mutter?«

Hazel war ungewöhnlich schweigsam gewesen. Nun sah sie ihren Sohn an. »Oh, sicher. Natürlich.«

»Was hast du denn in der Stadt gemacht, Hazel?« fragte Dr. Stone.

»Ich? Nicht sehr viel. Ein paar alte Freunde besucht und die nächsten Episoden aufgegeben. Übrigens, Roger, die nächste Serie kannst du dir wieder ausdenken.«

»Wie? Was war das, Mutter?«

»Du hast richtig gehört. Ich gebe die Serie wieder an dich ab.«

»Gut — aber weshalb?«

»Hm, ich weiß auch nicht, wie ich es sagen soll.« Sie wirkte verlegen. »Hört mal — wäre es schlimm für euch, wenn ich die *Moostöter* verlassen würde?«

»Was meinst du damit?«

»Ich könnte mit der *Wellington* zur *Helena von Troja* gebracht werden. Der Kapitän der *Wellington* hat sich bereit erklärt, weil er ohnehin Reaktionsmasse abliefern muß. Die *Helena* ist unterwegs nach Titan.«

Bevor die anderen Einspruch erheben konnten, fuhr sie fort: »Nun seht mich nicht so an. Ich habe mir schon immer brennend gewünscht, die Ringe zu beobachten — ganz aus der Nähe. Es muß der herrlichste Anblick des ganzen Systems sein. Ich dachte darüber nach, als die Luft etwas knapp wurde — ihr wißt schon, wo. Damals sagte ich mir vor: Hazel, du wirst nicht jünger. Du ergreifst die erstbeste Gelegenheit, die sich bietet. Eine Chance habe ich bereits ausgelassen, Roger, als du drei warst. Es wäre großartig gewesen, aber sie wollten keine Kinder mitnehmen — ach, ist ja egal. Aber jetzt will ich sie endlich sehen.«

Sie machte eine Pause. »Macht doch keine solchen Leichenbittermienen. Ihr braucht mich jetzt nicht mehr. Lowell wird größer und muß nicht mehr so beaufsichtigt werden.«

»Wir brauchen dich immer, Mutter Hazel«, sagte ihre Schwiegertochter ruhig.

»Danke. Aber es stimmt nicht. Ich habe Meade alles in Astrogation beigebracht, was sie wissen muß. Die Zwillinge haben alle Hinterhältigkeiten übernommen, die ich ihnen bieten konnte. Sie werden sich gut zur Wehr setzen können, wenn es einmal nötig ist. Und du, Sohn, du ernährst mich ohnehin, seit du deinen kurzen Hosen entwachsen bist.«

»Mutter!«

»Ja, Junge?«

»Weshalb willst du wirklich fort?«

»Weshalb? Weshalb ging der Bär um den Berg herum? Weil er die Gegend kennenlernen wollte! Ich will noch die Ringe sehen. Das ist Grund genug für die Reise. Unsere Rasse ist nun einmal so angelegt. Die Einfältigen bleiben daheim — und die Klugen sehen sich in der Welt um. Es ist das menschliche Schema. Dazu braucht man keinen Grund, ebensowenig, wie eine Flachkatze einen Grund zum Schnurren braucht.«

»Wann kommst du zurück?«

»Vielleicht niemals. Mir gefällt es im freien Fall. Das ist nicht so anstrengend. Sieh dir den alten Charlie an. Weißt du, wie alt er ist? Ich habe einige Nachforschungen angestellt. Mindestens hundertsechzig! Daneben komme ich mir wie ein junges Mädchen vor. Vielleicht sehe ich noch ein paar interessante Dinge.«

»Natürlich, Mutter Hazel«, sagte Dr. Stone.

Roger Stone wandte sich an seine Frau. »Edith?«

»Ja, Liebling?«

»Was meinst du?«

»Eigentlich gibt es keinen Grund, weshalb wir ausgerechnet jetzt nach Luna zurückkehren sollen.«

»Das dachte ich mir auch. Aber Meade?«

»Was ist mit mir?« fragte Meade.

»Sie finden, daß es höchste Zeit zum Heiraten für dich wird«, erklärte Hazel trocken.

Dr. Stone sah ihre Tochter an und nickte leicht.

»Pah!« sagte Meade. »Ich habe es nicht eilig. Außerdem gibt es einen Patrouillenstützpunkt auf Titan. Da finde ich sicher eine Menge junger Offiziere.«

»Es ist eine Patrouillen-*Forschungs*station, Liebling«, meinte Hazel. »Nichts als verknöcherte Wissenschaftler.«

»Vielleicht kann ich sie erweichen.«

Roger Stone wandte sich an die Zwillinge. »Jungs?«

»Dürfen wir mitstimmen?« fragte Castor. »Dann sind wir selbstverständlich dafür.«

Roger Stone hielt sich an einem Seil fest. »Dann ist alles erledigt. Hazel, die Zwillinge, Meade — ihr beginnt schon mal mit den Kursberechnungen. Ich übernehme die Masseberechnung.«

»Langsam, Sohn — mich mußt du ausnehmen.«

»Wie?«

»Hast du schon mal nachgesehen, was sie hier für Wasserstoff verlangen? Wenn wir eine Kometenbahn nach Saturn einschlagen, muß ich zurück in die Tretmühle. Ich spreche mit New York wegen einer Vorauszahlung, dann wecke ich Lowell und koche. Ihr anderen paßt auf eure Dezimalen auf.«

Alle Stationen waren bemannt und startbereit. Hinter den Piloten- und Kopilotensitzen hatte man eine Lehranlage aufgebaut, von der Meade den Countdown leitete. Roger Stone sah seine Mutter an und flüsterte: »Was gibt es zu lachen?«

»Und fünf! Und vier!« leierte Meade.

»Nichts Besonderes. Nach Titan könnten wir . . .«

Der Start unterbrach ihren Satz. Aber Roger Stone wußte, was sie meinte. Saturn — Uranus — Pluto . . .

BÜRGERIN DES MARS

Titel der amerikanischen Originalausgabe:
Podkayne of Mars

Aus dem Amerikanischen übertragen von
Tony Westermayr

1

Mein ganzes Leben lang wollte ich zur Erde. Nicht für immer, versteht sich — nur, um sie einmal zu sehen. Wie jedermann weiß, ist Terra ein großartiges Besuchsziel, aber nicht der richtige Platz für einen dauernden Aufenthalt. Als Wohnsitz für Menschen eignet sie sich doch nicht so ganz.

Ich persönlich bin nicht davon überzeugt, daß die Menschheit auf der Erde ihren Ursprung hat. Ich meine — wieviel darf man auf ein paar Kilo alte Knochen und auf die Meinungen von Anthropologen geben, die sich sowieso dauernd widerlegen, wenn das, was hier zu glauben verlangt wird, so offensichtlich dem gesunden Menschenverstand Hohn spricht?

Man braucht doch nur nachzudenken: Die Schwerkraft an der Erdoberfläche ist für den menschlichen Körperbau ganz ohne Zweifel viel zu hoch; man weiß, daß daraus Plattfüße, Brüche und Herzleiden entstehen. Jener Teil der Sonnenstrahlung, der die Atmosphäre durchdringt, wirft einen ungeschützten Menschen in erstaunlich kurzer Zeit zu Boden — und kennen Sie irgendeinen anderen Organismus, der vor einer als natürlich bezeichneten Umwelt mit künstlichen Mitteln geschützt werden muß, damit er überhaupt am Leben erhalten werden kann? Was die Ökologie der Erde angeht ...

Na ja, schon gut. Wir Menschen können ganz einfach nicht auf der Erde entstanden sein. Übrigens auch auf dem Mars nicht, was ich ehrlich zugebe — obgleich der Mars in diesem Planetensystem dem Idealzustand heutzutage noch am nähesten kommt. Möglicherweise war der Fehlende Planet unsere erste Heimat — wenn ich auch den Mars als ›Zuhause‹ betrachte und immer zu ihm zurückkehren will, so weit ich in späteren Jahren auch reisen werde ... Und ich habe vor, sehr, sehr weit hinauszufliegen.

Aber mit der Erde möchte ich den Anfang machen, nicht nur, um mit eigenen Augen zu beobachten, wie acht Milliarden Menschen es dort gleichzeitig aushalten — nicht einmal ganz die Hälfte der Landgebiete ist überhaupt bewohnbar —, sondern vor allem, um Ozeane zu sehen ... aus sicherer Entfernung. Ozeane sind nicht nur etwas ganz Ausgefallenes, schon der Gedanke an sie entsetzt mich. Diese unvorstellbaren Wassermengen! Und so tief, daß es über den Kopf reichen würde, wenn man hineinfiele. Unglaublich!

Aber jetzt fliegen wir hin!

Vielleicht sollte ich uns zuerst einmal vorstellen. Die Familie Fries, meine ich. Ich bin Podkayne Fries — ›Poddy‹ für meine Freunde, und wir wollen doch gleich von Anfang an Freunde sein. Heranwachsende Frau: Ich bin acht Jahre alt plus ein paar Monate, in einem Entwicklungsstadium, das mein Onkel Tom als ›nicht ganz ehemannshoch‹ beschreibt — eine passende Bezeichnung, weil ein weiblicher Bürger des Mars ohne Genehmigung des Vormunds ab dem neunten Geburtstag eine Vollehe eingehen kann. Ich bin 1,57 m groß, ohne Schuhe, und wiege 49 Kilogramm. ›Five feet two, eyes of blue‹, nennt mich mein Papa, aber er ist Historiker, also romantisch veranlagt. Ich bin keine Romantikerin und würde am neunten Geburtstag nicht einmal eine begrenzte Ehe in Erwägung ziehen. Ich habe andere Pläne.

Es ist nicht so, daß ich etwas gegen eine Ehe zur richtigen Zeit hätte; ebensowenig befürchte ich, mir den Mann meiner Wahl nicht ködern zu können. In diesen Memoiren werde ich eher offen als bescheiden sein, weil sie nicht zur Veröffentlichung kommen, bis ich alt und berühmt bin, und vorher kann ich sie sicher überarbeiten. Inzwischen bin ich so vorsichtig, in martianischer Altschrift zu schreiben — eine Kombination, die Papa sicherlich entziffern könnte, obwohl er das ohne meine Erlaubnis nie tun würde. Papa ist sehr lieb und spioniert mir nie nach. Mein Bruder Clark würde sich ja bestimmt nicht zurückhalten können, aber er betrachtet Englisch als tote Sprache und würde sich sowieso nie mit Altschrift herumplagen.

Vielleicht haben Sie schon ein Buch mit dem Titel: ›Elf Jahre alt: die präpubertäre Anpassungskrise bei männlichen Jugendlichen‹ gesehen. Ich habe es gelesen, in der Hoffnung, mit meinem Bruder besser zurechtzukommen. Clark ist zwar erst sechs Jahre alt, aber die ›Elf Jahre‹ im Titel sind Terra-Jahre, weil das Buch auf der Erde geschrieben worden ist. Wenn man den Umrechnungsfaktor von 1.8808 einsetzt, sieht man selbst, daß mein Bruder genau elf von den kurzen Erdenjahren alt ist.

Das Buch hat mir nicht sehr viel geholfen. Es spricht von der ›Erleichterung des Übertritts in die Sozialgruppe‹ — aber bis jetzt ist nichts davon zu bemerken, daß Clark die Absicht hätte, sich jemals der Menschheit zuzugesellen. Da spricht schon einiges mehr dafür, daß ihm eine Methode einfällt, das Universum in die Luft zu sprengen, nur um den Knall zu hören. Da ich die meiste Zeit für ihn verantwortlich bin und er über einen Intelligenzquotienten von 160 verfügt, während ich nur 145 vorweisen kann, werden Sie wohl begreifen, daß ich alle Vorteile brauchen kann, die mir höheres Alter und größere Reife bieten. Zur Zeit halte ich mich bei ihm an folgende Regel: Immer wachsam sein und nie Geiseln anbieten.

Zurück zu mir — ich bin, meiner Ahnenreihe nach, ein Mischprodukt, aber der schwedische Anteil bestimmt mein Aussehen, das durch polynesische und asiatische Beigaben eine nicht unangenehme exotische Färbung erhalten hat. Für meine Größe habe ich lange Beine, eine Taille von 48 cm und eine Brustweite von 90 — die nicht nur auf den Umfang des Brustkorbes zurückzuführen ist, das kann ich Ihnen versichern, wenn wir alten Kolonistenfamilien auch zu übermäßigem Lungenwachstum neigen. Abgesehen davon habe ich helles, blondes, gewelltes Haar, und ich bin hübsch. Nicht schön — Praxiteles hätte mir sicher keinen zweiten Blick gegönnt —, aber wahre Schönheit treibt einen Mann nur in die Flucht oder läßt ihn allzu unbotmäßig werden, während Hübschsein unter der richtigen Regie zu einem Vorteil wird.

Bis vor ungefähr zwei Jahren habe ich es immer bedauert, kein männliches Lebewesen zu sein — angesichts meiner Ambitionen —, aber ich sah schließlich ein, wie albern ich mich aufführte; genausogut könnte man sich Flügel wünschen. Wie Mutter zu sagen pflegte: »Man arbeitet mit dem zur Verfügung stehenden Material . . .« Und ich fand heraus, daß das Material durchaus genügte. Tatsächlich kam ich sogar dahinter, daß ich gerne eine Frau bin; mein Hormongleichgewicht ist in Ordnung, ich habe mich ausgezeichnet an die Welt angepaßt und umgekehrt. Ich bin klug genug, um nicht unnötigerweise zu zeigen, daß ich es bin; ich habe eine lange Oberlippe und eine kurze Nase, und wenn ich die Nase rümpfe und ein verwirrtes Gesicht aufsetze, zeigen sich die Männer nur allzugerne bereit, mir zu helfen, vor allem, wenn sie doppelt so alt sind wie ich. Es gibt mehr Möglichkeiten, eine Ballistikkurve zu berechnen als sie an den Fingern abzuzählen.

Das bin ich also: Poddy Fries, freie Bürgerin des Mars. Zukünftige Pilotin und eines Tages Leiterin von Weltraumexpeditionen. Achten Sie auf die Wochenschauen.

Mutter sieht zweimal so gut aus wie ich und ist viel größer, als ich es je werden kann; sie wirkt wie eine Walküre, die gerade dabei ist, in den Himmel emporzureiten. Sie hat eine systemweite Lizenz als Chefkonstrukteur für Großbauten an der Oberfläche von Himmelskörpern und im freien Raum und darf für die Leitung des Wiederaufbaus von Deimos und Phobos sowohl die Hoover-Medaille als auch das Großkreuz des Christianaordens tragen. Aber sie ist mehr als eine der üblichen Technikerinnen; sie hat eine gesellschaftliche Begabung, die sie je nach Wunsch von sprühendem Charme bis zu frostiger Einschüchterung anwenden kann. Sie besitzt zahllose akademische Grade und veröffentlicht populäre Schriften, wie ›Entwurfprobleme bei Strahlungswirkungen auf komplexe Druckstrukturen‹.

Nur weil Mutter aus beruflichen Gründen oft nicht zu Hause ist, muß ich von Zeit zu Zeit widerwillig den Hüter meines jüngeren Bruders spielen. Immerhin, das ist eine gute Schule; denn wie will ich später ein eigenes Raumschiff befehligen, wenn ich nicht einmal mit einem sechsjährigen Wilden fertig werde? Mutter meint, ein Chef, der sich gezwungen sehe, einem Mann den Scheitel mit dem Schraubenschlüssel zu ziehen, sei irgendwo gescheitert, also bemühe ich mich, unseren Junior-Nihilisten ohne Gewalt zu bändigen. Außerdem ist Gewaltanwendung bei Clark immer riskant; er wiegt genausoviel wie ich und kämpft ohne Rücksichten.

Eigentlich verdanken wir unser Dasein dem Auftrag, den Mutter auf Deimos auszuführen hatte. Mutter war entschlossen, die Konstruktionstermine einzuhalten, und Papa, auf Urlaub von Ares U. mit einem Guggenheim-Stipendium, zeigte sich noch entschlossener, jedes Stückchen der uralten martianischen Artifakte zu retten, gleichgültig, wie sehr der Aufbau dadurch gehemmt wurde. Die beiden gerieten in einen derart bitteren Streit, daß sie heirateten und Mutter eine Weile mit familiären Sorgen beschäftigt war.

Daddy und Mutter, das sind Jack Spratt und seine Frau; er interessiert sich für alles bereits Geschehene, sie nur für das, was noch passieren wird, vor allem, wenn sie dazu beitragen kann. Daddys Titel lautet ›Van Loon, Professor für terrestrale Geschichte‹, aber seine wirkliche Liebe gilt der Geschichte des Mars, vor allem, wenn sie sich vor fünfzig Millionen Jahren zugetragen hat. Glauben Sie deshalb aber nicht, daß Papa ein weltfremder Gelehrter sei, der nichts als studiert und sinniert. Als er noch jünger war, als ich es jetzt bin, verlor er in der Revolution beim Angriff auf die Amtsgebäude der Gesellschaft einen Arm — und mit der anderen Hand schießt er immer noch sehr schnell und genau.

Der Rest unserer Familie ist Uronkel Tom, der Bruder von Papas Vater. Onkel Tom ist ein Schmarotzer. Sagt er. Sicher, man sieht ihn nicht viel arbeiten, aber er war ja schon vor meiner Geburt ein alter Mann. Er ist Veteran der Revolution, wie Papa auch, und Ehren-Großkommandeur der Mars-Legion sowie Ehrensenator der Republik, aber er scheint sich nicht sehr viel um Politik zu kümmern. Statt dessen sitzt er im Elchclub herum und spielt mit anderen alten Männern Karten. Onkel Tom steht mir von meinen Verwandten eigentlich am nächsten, weil er nicht so beschäftigt, nicht so angespannt ist wie meine Eltern, weil er immer Zeit hat, sich mit mir zu unterhalten. Außerdem versteht er meine Probleme.

Das wäre also unsere Familie, und wir fliegen gemeinsam zur Erde. Halt mal! Ich habe drei vergessen — die Kleinen. Aber sie zählen jetzt kaum mehr, und man vergißt sie so leicht. Als Papa und Mutter heirateten, stufte sie das BÖG-Amt — Bevölkerung, Ökologie und Genetik — für fünf Nachkommen ein und hätte ihnen sogar sieben erlaubt, wenn sie es verlangt hätten, woraus Sie ersehen können, daß meine Eltern selbst unter Planetarkolonisten, die, wie wir auch, ausschließlich aus ausgewählten und mit besonderen Qualitäten ausgestatteten Linien stammen, hervorstechende Bürger sind.

Aber Mutter erklärte dem Amt, fünf seien genug, mehr Zeit könne sie nicht aufbringen, und wir kamen ziemlich schnell hintereinander auf die Welt, während sie an einem Schreibtisch im Amt für Planetartechnik ungeduldig wartete. Dann brachte sie ihre Babys in den Kaltschlaf, alle, bis auf mich, weil ich die erste war. Clark verbrachte zwei Jahre in der konstanten Entropie, sonst wäre er beinahe so alt wie ich — sein Geburtstag ist das

Datum, an dem er herauskam. Ich erinnere mich noch, wie eifersüchtig ich war, Mutter war eben von der Juno zurückgekommen, und ich empfand es als ungerecht, daß sie sofort damit anfing, ein Kind aufzuziehen.

Onkel Tom redete mir das aus, in längeren Sitzungen auf seinem Schoß, und ich bin nicht mehr eifersüchtig auf Clark — nur auf der Hut.

Gamma, Delta und Epsilon warten also im Subkeller des Säuglingsheims in Marsopolis. Sobald wir von der Erde zurück sind, kommt das nächste zu uns. Mutter überlegt sich, ob sie Gamma und Epsilon gemeinsam als Zwillinge aufziehen soll — beides sind Mädchen, um dann Delta, der ein Junge ist —, herauszuholen, sobald die Mädchen größer sind. Papa meint aber, das sei nicht fair, weil Delta wegen des natürlichen Erstgeburtsrechts den Vorrang haben müsse. Mutter kontert mit der Feststellung, das sei nichts anderes als Verehrung der Zeitfolge, und Papa solle doch endlich seine Liebe für die Vergangenheit in der Universität zurücklassen, bevor er am Abend nach Hause kommt.

Papa behauptet, Mutter habe keine sentimentalen Gefühle — und Mutter entgegnet, darauf sei sie auch stolz, und Papa meint, bleiben wir doch vernünftig ... ältere Zwillingsschwestern würden den Jungen entweder seelisch fertigmachen oder ihn hoffnungslos verzärteln.

Mutter erklärt, das sei unwissenschaftlich und unbegründet. Papa beschuldigt sie, daß sie nur zwei Fliegen mit einer Klappe schlagen wolle — was Mutter fröhlich bestätigt, um dann zu fragen, warum sich erfolgreiche Prinzipien der Produktionstechnik denn nicht auf solche Probleme übertragen lassen sollten.

Darauf gibt Papa keine Antwort. Er erwähnt nur nachdenklich, er müsse zugeben, daß zwei kleine, gleich angezogene Mädchen schon sehr nett wären ... zum Beispiel ›Margret‹ und ›Marguerite‹, dann könne man sie ›Peg‹ und ›Meg‹ rufen.

»Warum sie denn überhaupt rausholen?« flüsterte mir Clark zu. »Warum schleichen wir nicht einmal nachts hinunter, machen die Ventile auf und behaupten, das Ganze wäre ein Unfall gewesen?«

Ich zischte ihm zu, er möge doch gefälligst den Mund halten und das ja Papa nicht hören lassen. Papa hätte ihn ganz schön versohlt. Papa ist zwar Historiker, hält sich aber an die neuesten, fortschrittlichsten Theorien der Kinderpsychologie.

Ich habe schon sehr früh gelernt, Vorfälle zu erkennen und zu vermeiden, die Papa dazu bringen müßten, seine Theorien in die Praxis umzusetzen. Aber bei Clark ist es beinahe notwendig, einen Knüppel zu verwenden, nur um seine Aufmerksamkeit zu erregen.

Damit dürfte also so ziemlich feststehen, daß wir kleine Zwillingsschwestern bekommen werden. Aber darüber zerbreche ich mir nicht den Kopf. Zum Glück, denn Clark stellt für die Jugend eines einzelnen Mädchens ein Reifetrauma von genügender Stärke dar. Bis die Zwillinge soweit sind, hoffe ich längst sehr weit fort zu sein.

Zwischenbemerkung

Hallo, Pod!

Du glaubst also wirklich, daß ich dein Geschreibsel nicht entziffern kann?

Hast du eine Ahnung! Poddy — o Verzeihung, ›Captain‹ Podkayne Fries, meine ich, die berühmte Weltraumforscherin und Menschenführerin —, Captain Poddy, meine Gute, du wirst das hier wahrscheinlich nie zu lesen bekommen, weil du nicht nur nicht auf die Idee kommst, daß ich deinen ›Code‹ entschlüsseln kann, sondern auch nicht entdecken dürftest, daß ich in den breiten Randstreifen, den du dir gönnst, meine Kommentare anfüge.

Nur um der Genauigkeit willen, liebe Schwester, ich verstehe Altenglisch genausogut wie Ortho. Englisch ist schließlich nicht so schwer, und ich lernte es sofort, als ich dahinterkam, daß viele Bücher, die ich unbedingt lesen wollte, nie übersetzt worden waren. Aber es ist nie gut, wenn man alles erzählt, was man weiß, sonst kommt jemand daher und verbietet dir Dinge, die du tun willst. Zum Beispiel die ältere Schwester.

Wie kann man nur eine einfache Umsetzung als ›Code‹ bezeichnen! Poddy, wenn du wirklich in der Lage gewesen wärst, die martianische Altschrift zu schreiben, hätte ich viel mehr Mühe gehabt. Aber du kannst es nicht. Du meine Güte, nicht einmal Papa bringt es fertig, ohne ins Schwitzen zu kommen, und er versteht sicher mehr davon als alle anderen Leute im System.

Meinen Code kannst du allerdings nicht entschlüsseln — ich habe nämlich keinen.

Besieh dir diese Seite einmal unter ultraviolettem Licht — vor einer Höhensonne, zum Beispiel.

2

Nicht zu fassen!

Himmeldonnerwetter!

Wir fahren *nicht*!

Zuerst glaubte ich, meinem Bruder Clark wäre wieder einmal einer seiner bösartigen Taschenspielertricks gelungen. Aber zum Glück — das einzige Angenehme an dem ganzen Schlamassel — begriff ich bald, daß er keinesfalls der Schuldige sein konnte, sosehr er sich auch angestrengt haben mochte. Falls es ihm nicht gelungen ist, insgeheim eine Zeitmaschine zu erfinden und zu bauen, was er sicher tun würde, wenn er es nur könnte ... wobei ich nicht einmal alles darauf verwetten möchte, daß er es nicht kann. Jedenfalls seit der Zeit nicht mehr, als er den Lieferroboter so umbaute, daß er ihm mitternächtliche Imbisse brachte, mit der meine Codenummer belastet wurde, ohne das Siegel der Gesellschaft auf dem Steuerkasten anzutasten — jedenfalls war nichts Gegenteiliges zu beweisen.

Wir werden nie herausbringen, wie er das gemacht hat, weil Clark trotz der Tatsache, daß die Gesellschaft anbot, alles zu verzeihen, ja sogar, eine Bargeldprämie auf den Tisch des Hauses zu legen, wenn er nur verraten würde, wie er das zustande gebracht hatte, weil also Clark uns einfach verständnislos anstarrte und den Mund nicht auftat. Damit blieben nur Indizien, das heißt, jedem, der uns beide kannte — vor allem Mutter und Papa —, war klar, daß ich niemals gemischtes Eis mit Sauce Hollandaise oder — nein, ich kann nicht weitererzählen, mir wird schlecht. Clark dagegen ist berühmt dafür, daß er alles ißt, was sich nicht zuerst über ihn hermacht.

Selbst dieser eindeutige psychologische Beweis hätte den Beauftragten der Gesellschaft nie überzeugt, wäre nicht aus ihren eigenen Unterlagen hervorgegangen, daß zwei dieser widerlichen Gelage stattgefunden hatten, während ich tausend Kilometer entfernt bei Freunden in der Syrtis Major zu Besuch war. Na ja, ich möchte schließlich nur alle Mädchen vor einem verrückten Genie als kleinem Bruder warnen. Lieber ein dummer, phantasieloser Knabe, der still vor dem Fernsehapparat sitzt, mit offenem Mund Cowboyfilme anstarrt und sich nie die Frage stellt, woher die hübschen Bilder kommen.

Aber ich bin von meiner tragischen Geschichte abgekommen.

Wir werden keine Zwillinge aufziehen.

Wir haben nämlich schon Drillinge.

Gamma, Delta und Epsilon, früher nicht viel mehr als Gesprächsthemen, sind jetzt Grace, Duncan und Elspeth, in allzufestem Fleisch — wenn Papa sich nicht vor der endgültigen Regulierung doch noch anders entscheidet; drei verschiedene Namen haben wir schon hinter uns. Aber was bedeutet ein Name? Sie sind hier, in unserem Haus, dem ein eigenes Kinderzimmer angefügt worden ist . . . drei hilflose, unfertige menschliche Wesen von unangenehm rosiger Farbe und kaum unterscheidbaren Zügen.

Trotzdem sind die kleinen Dinger reizend. Wären sie nicht die eigentliche Ursache für meine Tragödie, dann könnte ich sie ohne weiteres liebgewinnen.

Aber wenn *ich* mich schon mit ihrem Dasein abzufinden beginne, läßt sich Mutters Zustand nur als äußerst atavistische Mütterlichkeit bezeichnen. Ihre technischen Zeitschriften stapeln sich ungelesen, sie hat einen sanften Madonnenblick bekommen und scheint im Gegensatz zur vorigen Woche gleichzeitig kleiner und breiter geworden zu sein.

Erste Folge: Sie läßt sich nicht einmal in eine Diskussion über einen Flug zur Erde ein, ob mit den Drillingen oder ohne.

Zweite Folge: Papa fliegt nicht ohne sie — er schnauzte Clark sogar an, als der nur davon zu sprechen wagte.

Dritte Folge: Weil sie nicht fliegen, dürfen wir auch nicht. Clark und ich, meine ich. Es besteht die vage Möglichkeit, daß man mir erlaubt hätte, allein zu reisen — weil auch Papa findet, ich sei eine ›junge Erwachsene‹, obwohl mein neunter Geburtstag noch ein paar Monate auf sich warten lassen wird —, aber das ist akademisches Geschwätz, weil man mich nicht für alt genug hält, die volle Verantwortung für meinen Bruder zu übernehmen, wenn meine Eltern Millionen Kilometer entfernt sind. Ich weiß auch nicht recht, ob ich mir das wünschen sollte, ohne zumindest mit einem Morgenstern ausgerüstet zu sein. Papa ist uns gegenüber außerdem so verzweiflungsvoll fair, daß er nicht einmal in Erwägung ziehen will, einen von uns beiden allein fliegen zu lassen, weil uns die Reise gemeinsam versprochen war.

Gerechtigkeit ist bei Eltern ja etwas sehr Schönes — aber im Augenblick hätte ich nichts gegen eine Bevorzugung einzuwenden.

Aber gerade das obige ist die Ursache meiner Überzeugung, da Clark keine Zeitmaschine in seinem Kleiderschrank versteckt hält. Dieses unfaßbare Mißgeschick, dieses unglückliche Zusammentreffen von Katastrophen gereicht ebenso zu seinem Nachteil, wie zu dem meinigen.

Wie kam es überhaupt dazu? Schart euch um mich — wir ließen uns bestimmt nicht träumen, als wir vor über einem Monat die Frage eines Familienausflugs zur Erde besprachen, daß dieses Unglück bereits fix und fertig war und nur den ungünstigsten Augenblick abwartete, um sich zu präsentieren. Es war so: Das Säuglingsheim in Marsopolis beherbergt Tausende neugeborener Säuglinge, die knapp über dem absoluten Nullpunkt gehalten werden und in Sicherheit warten, bis die jeweiligen Eltern soweit sind. Es heißt, und ich glaube auch daran, daß ein direkter Treffer mit einer Atombombe die Kinder nicht schädigen könnte; tausend Jahre später würde sich eine Rettungsmannschaft hinabgraben und feststellen, daß automatische Anlagen die Tanktemperaturen nicht um den Bruchteil eines hundertstel Grades haben schwanken lassen.

Demzufolge sind wir Marsmenschen geneigt — nicht Martianer, bitte! — Martianer sind eine nicht-menschliche, heutzutage beinahe ausgestorbene Rasse —, früh zu heiraten, in verhältnismäßig kurzer Zeit die zugestandene Quote an Säuglingen in die Welt zu setzen und sie später, sobald Geld und Zeit das erlauben, aufzuziehen. Dadurch wird die Diskrepanz, seit der industriellen Revolution auf Terra so sehr ins Auge stechend, zwischen dem günstigsten biologischen Alter für die Zeugung von Kindern und dem besten Alter für ihre Erziehung umgangen.

Ein Ehepaar namens Breeze hat vor ungefähr zehn Jahren genau das getan — bei der Heirat war sie neun und er etwas über zehn Jahre alt. Sie ging zur Ares-Universität, und er war Pilotenkadett. Sie beantragten drei Kinder, wurden entsprechend eingestuft und setzten sie umgehend in die Welt, während sie beide ihre Ausbildung beendeten. Sehr vernünftig.

Die Jahre vergehen, für ihn als Pilot und als Kommandeur, für sie als Hilfsbuchhalterin in seinem Schiff, später als Zahlmeisterin — ein glückliches Leben. Die Raumschifflinien bevorzugen das; verheiratete Paare auf einem Schiff garantieren gleichmäßige, ungestörte Leistung.

Captain und Mrs. Breeze dienen ihre zehneinhalb — (als zwanzig Erde) — Jahre ab, beantragen Pensionierung mit halbem Gehalt, bekommen sie — und beauftragen sofort das Säuglingsheim, ihre Kinder herauszurücken.

Der Funkauftrag wird empfangen, zur Bestätigung zurückgeleitet und akzeptiert. Fünf Wochen später nimmt das glückliche Paar drei Säuglinge in Empfang, quittiert und beginnt die zweite Hälfte eines perfekten Lebens.

So dachten sie sich das —

Was sie abgeliefert hatten, waren zwei Jungen und ein Mädchen; was sie bekamen, waren zwei Mädchen und ein Junge. Unsere Kinder.

Sie müssen mir das glauben — es dauerte fast eine ganze Woche, bis der Irrtum entdeckt wurde. Bei einer Mutter, einer Schwiegermutter, einer Säuglingsschwester und einer hilfsbereiten Nachbarin und ständigem Hin- und Hergerenne spricht nicht allzuviel dafür, daß eine Person in der ersten Woche alle drei Babys gleichzeitig baden konnte. Mrs. Breeze kam jedenfalls nicht dazu — bis sie dazu kam . . . und etwas entdeckte . . . und in Ohnmacht fiel . . .

Also hatten wir plötzlich drei schon etwas gealterte Säuglinge im Haus.

Der Jurist vom Säuglingsheim drückte sich sehr vage aus; er wollte offensichtlich nicht diskutiert haben, wie ihr ›narrensicheres‹ Identifizierungssystem zu solchen Pannen führen konnte. Ich weiß also auch nicht Bescheid — aber logisch gesehen, dürfte feststehen, daß es trotz der Seriennummern, Fußabdrücke, Registriermaschinen, et cetera, im System irgendwo einen Punkt gibt, wo ein Angestellter von einem Funkspruch laut ›Breeze‹ ablas, während ein anderer die Unterlagen heraussuchte und ›Fries‹ in eine Maschine eintastete, die alles weitere erledigte.

Aber der Beauftragte ließ sich nicht darauf ein. Er hatte nur den einen Wunsch, Mutter und Papa zu einem außergerichtlichen Vergleich zu bewegen — sie sollten einen Scheck akzeptieren und eine Erklärung unterschreiben, mit der sie sich verpflichteten, die Panne nicht an die Öffentlichkeit zu tragen.

Sie einigten sich auf drei Jahresgehälter, während der kleine Anwalt schluckte und erleichtert dreinsah.

Aber niemand erklärte sich bereit, mich für das Chaos zu entschädigen, zu dem mein Leben, meine Hoffnungen und meine Ambitionen zertrampelt worden waren.

Clark machte einen Vorschlag, den man beinahe vernünftig nennen könnte, käme er nicht von ihm. Er empfahl, mit den Breezes einfach zu tauschen. Sie sollten behalten, was sie hatten, und wir nehmen, was ihnen eigentlich zustand, jeder wäre zufrieden — und wir könnten alle zur Erde fliegen.

Mein Bruder ist viel zu ichbezogen, um so etwas zu bemerken, aber damit hätte er sich beinahe sein eigenes Grab geschaufelt. Papa ist wirklich ein grundguter Mensch ... aber er hatte mehr durchgemacht, als er ertragen konnte.

Wie ich auch. Ich hatte wirklich damit gerechnet, heute unterwegs zur Erde zu sein, auf meiner ersten Raumfahrt, die mich weiter führen sollte als bis Phobos — zu dem wir einen Schulausflug gemacht hatten. Das zählt nicht.

Was, glauben Sie, habe ich statt dessen zu tun?

Können Sie sich ausrechnen, wie oft am Tag drei Säuglinge gewickelt werden müssen?

3

Halt! Kommando zurück! Ungültig!

Wir fliegen doch zur Erde!

Na ja, nicht alle. Papa und Mutter nicht und natürlich auch die Drillinge nicht. Aber — Moment, das muß ich der Reihe nach erzählen.

Gestern wurde es mir denn doch zu bunt. Ich hatte sie der Reihe nach drangenommen, nur um nach Bearbeitung des dritten Exemplars entdecken zu müssen, daß Nummer eins meine Dienste schon wieder benötigte. Ich hatte gerade um diese Zeit traurig daran gedacht, daß ich unter sanften Klängen jetzt eigentlich den Speisesaal der ›Wanderlust‹ betreten sollte. Vielleicht am Arm eines der Offiziere . . . vielleicht sogar am Arm des Captains selber, wäre es mir gelungen, ein ›zufälliges‹ Zusammentreffen zu arrangieren und meine bewährten Methoden anzuwenden.

Als ich in meinem melancholischem Tagtraum diesen Punkt erreicht hatte, fand ich heraus, daß die Arbeit von vorne getan werden mußte. Ich dachte an den Augiasstall, und plötzlich wurde es mir zuviel, meine Augen füllten sich mit Tränen.

Da kam Mutter herein, und ich fragte, ob ich nicht bitte, bitte ein paar Stunden Erholung haben könnte.

»Aber sicher, Liebling«, sagte sie, ohne mich auch nur anzusehen. Ich bin ganz sicher, daß sie meine Tränen nicht bemerkte; sie machte sich über das Baby her, mit dem ich gerade fertig geworden war. Sie war am Telefon festgehalten worden und hatte irgendeiner Person grimmig erklärt, daß sie zwar, wie zutreffend berichtet, den Mars nicht zu verlassen gedenke, keinesfalls aber einen neuen Auftrag, wenn auch nur in beratender Funktion, übernehmen könne — zweifellos hatten die zehn Minuten Abwesenheit von den Kindern sie unruhig gemacht, weshalb es kein anderes Gegenmittel gab, als sich mit einem davon handgreiflich zu befassen.

Mutters Benehmen war wirklich unfaßbar. Von der logischen Strenge war nichts geblieben, ihre primitiven Instinkte hatten die absolute Herrschaft übernommen. Sie erinnert mich an eine Katze, die wir in meiner Kindheit hatten — Miss Polka und ihre

Kleinen. Miss Polka liebte uns und vertraute uns allen — solange es nicht um die kleinen Kätzchen ging. Rührten wir eines davon an, war sie sofort mißtrauisch. Nahm man ein Kätzchen aus der Kiste und stellte es auf den Boden, um es zu bewundern, dann sprang Polka heraus, nahm das Katzenkind mit den Zähnen und brachte es sofort in die Kiste zurück, nicht ohne ein verärgertes Miauen, das nur allzu deutlich verriet, was sie von unverantwortlichen Leuten hielt, die mit Babys nicht umzugehen verstanden.

Mutter ist jetzt genauso. Sie akzeptiert meine Hilfe nur, weil sie allein die Arbeit nicht schafft. Aber sie glaubt nicht im Ernst, ich könnte ohne die schärfste Beaufsichtigung eines der Kinder auch nur hochheben.

Ich ging also und folgte meinen eigenen blinden Instinkten, die mir rieten, Onkel Tom um Rat zu fragen.

Ich fand ihn im Elchclub, was für diese Tageszeit nicht ungewöhnlich war, aber ich mußte im Aufenthaltsraum warten, bis Onkel Tom aus dem Spielsalon kam. Das dauerte ungefähr zehn Minuten. Er erschien mit einem Bündel Geldscheinen, die er eifrig zählte.

»Tut mir leid, daß ich dich habe warten lassen«, sagte er, »aber ich mußte einem Mitbürger Lehrstunden über die Unsicherheiten in den Gesetzen der Wahrscheinlichkeit geben und nur noch das Honorar einkassieren. Was gibt's denn, Kleines?«

Ich versuchte ihm alles zu erzählen, aber meine Stimme versagte. Er führte mich in den Park unterhalb des Rathauses, drückte mich auf eine Bank, kaufte Schokolade für uns beide, die ich alleine verdrückte, während ich die Sterne an der Decke betrachtete und ihm alles berichtete. Dann war mir wohler.

Er tätschelte meine Hand. »Kopf hoch. Vergiß nie, daß es in der dunkelsten Stunde immer noch viel schlimmer werden kann.« Er nahm sein Telefon aus der Tasche und wählte eine Nummer. Nach ein paar Sekunden sagte er: »Sparen Sie sich das Getue, Miss. Hier ist Senator Fries. Ich möchte den Direktor sprechen.« Und dann: »Hymie? Hier ist Tom Fries. Wie geht's Judith . . .? Fein, fein . . . Hymie, ich wollte dir nur schnell sagen, daß ich hinüberkomme und dich in einen deiner Heliumtanks stopfe. Sagen wir um zwei Uhr oder ein bißchen später. Du hast also gerade noch Zeit genug, die Stadt zu verlassen. Bis dann.«

Er steckte den Apparat ein. »Gehen wir zum Essen.«

Onkel Tom brachte mich zum Pionierklub, wo ich vorher nur ein einziges Mal gewesen war, und der mir noch viel eindrucksvoller als damals vorkam — mit echten Kellnern . . . Männern von so hohem Alter, daß sie beinahe selbst Pioniere gewesen sein könnten. Alle tummelten sich um Onkel Tom, er nannte sie bei den Vornamen, und sie nannten ihn ›Tom‹, aber das klang wie ›Eure Majestät‹, und der Leiter des Hotels kam herüber und bereitete mein Dessert persönlich zu, umgeben von sechs Leuten, die ihm alles zureichten, wie einem berühmten Chirurgen beim Kampf gegen den Tod auf dem Operationstisch.

Nach geraumer Zeit wischte sich Onkel Tom mit der Serviette den Mund. Ich bedankte mich bei allen, als wir gingen, wobei ich mich ärgerte, nicht das tolle Kleid angezogen zu haben, das mich Mutter nicht vor dem neunten Geburtstag tragen lassen will.

Wir benützten den Fogarty Eypress-Tunnel, und Onkel Tom blieb den ganzen Weg über sitzen, also mußte ich bei ihm bleiben, obwohl ich davon nur unruhig werde. Ich ziehe es vor, in der Richtung zu gehen, in die sich der Tunnel bewegt, um ein bißchen früher anzukommen. Aber Onkel Tom meint, er hat Gymnastik genug, wenn er den Leuten zusieht, die sich zu Tode arbeiten.

Ich begriff eigentlich gar nicht, daß wir zum Säuglingsheim in Marsopolis fuhren, bis wir dort waren, sosehr hatten mich meine Gefühle überwältigt.

Aber als wir ankamen und vor einem Schild mit der Aufschrift ›Büro des Direktors — bitte Nebentür benützen‹ standen, sagte Onkel Tom: »Bleib in der Nähe. Ich brauche dich später noch«, und ging hinein.

Das Wartezimmer war überfüllt, und die meisten guten Magazine hatten andere Leute an sich gerissen, also wanderte ich ein bißchen umher und fand schließlich einen Korridor, der zum Säuglingstrakt führte.

Das Schild an der Tür verkündete: ›Besuchsstunden nur von 18—18.30 Uhr‹. Außerdem war abgesperrt, also ging ich weiter und fand eine andere Tür, die mehr zu bieten schien. Sie war beschriftet: ›Eintritt streng verboten‹ — aber das galt sicher nicht für mich, außerdem war sie nicht abgesperrt, also trat ich ein.

So viele Babys haben Sie in Ihrem ganzen Leben noch nicht gesehen!

Reihe auf Reihe auf Reihe, jedes in seinem eigenen durchsichtigen Kasten. Ich konnte eigentlich nur die erste Reihe genau sehen, wo alle im gleichen Alter zu sein schienen — und fortgeschrittener als die drei bei uns zu Hause. Kleine braune Dinger, entzückend wie junge Hunde. Die meisten schliefen, manche waren wach und strampelten und krähten und griffen nach Spielzeug, das immer in Reichweite war. Ohne die Glaswand dazwischen hätte ich mir zwei Armvoll genommen.

Auch viele Mädchen befanden sich im Saal — nun ja, eigentlich waren es junge Frauen. Jede schien mit einem Baby beschäftigt zu sein, und keine bemerkte mich. Aber bald darauf begann einer der Säuglinge in meiner Nähe zu schreien, worauf eine Lampe über dem Glaskasten aufleuchtete, eine der Schwestern heraneilte, die Decke zurückschlug, das Baby aufhob und es tätschelte. Es hörte auf zu weinen.

»Naß?« erkundigte ich mich.

Sie sah auf und entdeckte mich. »O nein, das erledigen die Maschinen. Nur einsam, drum hab' ich es lieb.« Trotz der Glaswand war ihre Stimme deutlich zu verstehen — eine direkte Leitung offenbar, obwohl man keine Geräte sah. Sie flüsterte dem Baby ins Ohr, dann fügte sie hinzu: »Sind Sie neu hier? Sie scheinen sich verlaufen zu haben.«

»O nein«, sagte ich hastig, »ich bin keine Angestellte. Ich wollte nur —«

»Dann haben Sie hier nichts verloren, um diese Zeit. Außer« — sie sah mich zweifelnd an —, »vielleicht suchen Sie den Lehrgangsraum für junge Mütter?«

»Nein, nein!« rief ich. »Noch nicht.« Und fügte hastig hinzu: »Ich bin Gast des Direktors.«

Na, gelogen war das nicht. Nicht ganz. Eigentlich mußte es heißen, Gast beim Gast des Direktors.

Sie schien zufrieden zu sein. »Was möchten Sie denn?« fragte sie. »Kann ich Ihnen irgendwie helfen?«

»Ach, nur ein paar Informationen. Ich versuche mir einen Überblick zu verschaffen. Was geht in diesem Stall hier vor?«

»Das sind Sechsmonate-Kinder«, erklärte sie mir. »Alle kommen in ein paar Tagen nach Hause.« Sie legte das Baby zurück ins Bett, stellte einen Sauger für das Kleine ein, klappte zu, ging ein paar Schritte und hob ein anderes Baby heraus. »Ich persönlich halte den Sechsmonate-Vertrag für den besten«, meinte sie. »Ein einjähriges Kind ist alt genug, die Veränderung zu bemerken. Aber diese hier nicht. Es ist ihnen egal, wer zu ihnen kommt und sie streichelt, wenn sie weinen ... Trotzdem sind sechs Monate lange genug, ein Baby auf den Weg zu bringen und der Mutter die schlimmste Arbeit abzunehmen. Wir kennen uns aus, wir sind daran gewöhnt, wir wechseln uns ab, sind nie erschöpft ... also auch nie gereizt, wir brüllen sie nie an — und glauben Sie ja nicht, ein Baby verstünde den scharfen Ton nicht, nur weil es noch nicht sprechen kann. Es weiß Bescheid! Und der Schaden kann so groß sein, daß das Kind es Jahre und Jahre später irgendeine andere Person entgelten läßt. Na, na, Liebes«, sagte sie, aber nicht zu mir, »ist dir jetzt besser? Schläfrig, was? Jetzt halt dich schön still, und Martha wird bei dir bleiben, bis du fest eingeschlafen bist.«

Sie beobachtete den Säugling noch eine Weile, dann zog sie die Hand zurück, schloß den Kasten und eilte zu einem anderen, wo inzwischen die Lampe aufgeleuchtet war. »Ein Säugling hat kein Zeitgefühl«, sagte sie, als sie ein kreischendes Bündel Wut aus dem Bettchen hob. »Wenn er Liebe braucht, dann auf der Stelle. Er kann nicht wissen, daß —« Eine ältere Frau war neben ihr aufgetaucht. »Ja, Schwester?«

»Mit wem reden Sie da? Sie kennen doch die Vorschriften.«

»Aber ... sie ist Gast des Direktors.«

Die ältere Frau sah mich scharf an. »Der Direktor hat Sie hierher geschickt?«

Ich versuchte fieberhaft zwischen drei ausweichenden Antworten zu wählen, als ich vom Schicksal gerettet wurde. Eine sanfte Stimme, die von allen Seiten zugleich zu kommen schien, verkündete: »Miss Podkayne Fries bitte zum Büro des Direktors. Miss Podkayne Fries bitte zum Büro des Direktors.«

Ich hob die Nase und sagte würdevoll: »Das bin ich. Schwester, hätten Sie die Güte, den Direktor anzurufen und ihm zu sagen, daß Miss Fries unterwegs ist?« Ich entfernte mich mit gemessener Hast.

*

Das Büro des Direktors war viermal so groß und sechzehnmal

so eindrucksvoll wie das Büro des Rektors in der Schule. Der Direktor war klein, hatte eine dunkelbraune Haut, einen grauen Spitzbart und einen gepeinigten Gesichtsausdruck. Abgesehen von ihm und Onkel Tom waren der kleine Anwalt zugegen, der sich vor einer Woche bei Papa so angestrengt hatte, und mein Bruder Clark.

Ich konnte mir nicht vorstellen, wie er hergekommen war ... abgesehen von der Tatsache, daß Clark eine unfehlbare Zielsicherheit für Unannehmlichkeiten hat.

Clark sah mich ausdruckslos an. Ich nickte. Der Direktor und sein Rechtsberater erhoben sich. Onkel Tom blieb sitzen, aber er sagte: »Dr. Hyman Schoenstein, Mr. Poon Kwai Yau — meine Nichte Podkayne Fries. Setz dich, Kleines, niemand beißt dich. Der Direktor möchte dir einen Vorschlag machen.«

Der Anwalt fuhr dazwischen: »Ich denke nicht —«

»Stimmt«, sagte Onkel Tom. »Sie denken nicht. Sonst wäre Ihnen klargeworden, daß so etwas nicht ohne Nebenwirkungen abgeht.«

»Aber — Dr. Schoenstein, die Erklärung, die ich von Professor Fries erlangt habe, verpflichtet ihn zu ausdrücklichem Stillschweigen. Hier handelt es sich um nichts anderes als Erpressung. Ich —«

Jetzt stand auch Onkel Tom auf. Er wirkte zweimal so groß wie sonst und grinste wie eine Schreckensmaske. »Was haben Sie da eben gesagt?«

»Ich?« Der Jurist war überrascht. »Vielleicht habe ich mich hinreißen lassen. Ich meine nur —«

»Ich habe Sie gehört«, brummte Onkel Tom. »Und drei Zeugen. Zufällig ist das ein Wort, für das man auf diesem noch freien Planeten belangt werden kann. Weil ich aber alt und dick bin, möchte ich Sie lieber bis auf Ihren letzten Penny verklagen. Kommt, Kinder.«

Der Direktor meldete sich hastig zu Wort: »Tom ... setz dich, bitte. Mr. Poon ... halten Sie den Mund, bis ich Sie um Ihren Rat bitte. Hör zu, Tom, du weißt ganz genau, daß du bei einem Gespräch zwischen Anwalt und Klient weder Anzeige erstatten noch Klage erheben kannst.«

»Ich kann beides oder eines von beiden. Die Frage ist nur: Wird mir ein Gericht recht geben? Aber man kann es ja mal probieren.«

»Und damit genau das in die Öffentlichkeit zerren, was wir nicht vor allen Leuten besprochen haben wollen. Nur, weil mein Anwalt im Eifer übers Ziel hinausgeschossen ist. Mr. Poon?«

»Ich habe versucht, es zurückzunehmen. Ich nehme es zurück.«

»Senator?«

Onkel Tom verbeugte sich steif vor Mr. Poon, der dasselbe tat. »Akzeptiert, Sir.« Dann grinste Onkel Tom fröhlich und sagte mit normaler Stimme: »Na schön, Hymie, weiter im Text. Du bist dran.«

Dr. Schoenstein sagte vorsichtig: »Junge Dame, ich habe eben erfahren, daß die kürzliche Störung der Familienplanung in Ihrem Heim — die wir alle tief bedauern — für Sie und Ihren Bruder eine zusätzliche Enttäuschung bedeutet.«

»Das kann man wohl sagen!« rief ich mit ziemlich schriller Stimme, wie ich fürchte.

»Ja. Nebenwirkungen, wie Ihr Onkel schon sagte. Noch eine solche Nebenwirkung, und dieses Unternehmen kann Bankrott anmelden. Unser Geschäftszweig hat seine eigenen Gesetze, Miss Fries. Oberflächlich gesehen, erfüllen wir eine normale technische Funktion, hinzu kommt eine nicht aus dem üblichen Rahmen fallende Pflege für Säuglinge. Aber in tieferem Sinne berührt unsere Arbeit das ursprünglichste aller menschlichen Gefühle. Sollte das Vertrauen in unsere Integrität oder in die Perfektion, mit der wir die uns anvertrauten Arbeiten leisten, erschüttert werden —« Er breitete hilflos die Hände aus. »Wir würden das Jahresende nicht überdauern. Ich kann Ihnen genau nachweisen, wie die für Ihre Familie so entscheidende Verwechslung passieren konnte, ich kann zeigen, wie gering die Wahrscheinlichkeit dafür, auch bei den von uns angewandten Methoden, war . . . Ich kann beweisen, wie völlig ausgeschlossen Derartiges von nun an sein wird, angesichts der neuen Prozeduren. Trotzdem« — er sah wieder hilflos drein —, »wenn Sie plaudern, wenn Sie auch nur die simple Wahrheit über das nun einmal Geschehene sagen, könnten Sie uns ruinieren.«

Er tat mir so leid, daß mir beinahe herausgerutscht wäre, es fiele mir nicht im Traum ein, davon zu reden, obwohl mein Leben ruiniert sei, als Clark dazwischenfuhr. »Vorsicht, Pod! Das ist nur ein Trick.«

Ich setzte meine sphinxhafte Miene auf und schwieg. Clarks instinktives Eigeninteresse ist absolut verläßlich.

Dr. Schoenstein gebot Mr. Poon mit einer Geste Stillschweigen. »Aber, meine liebe junge Dame, ich bitte Sie gar nicht, zu schweigen. Wie Ihr Onkel, der Senator, bereits erwähnte, sind Sie nicht gekommen, um uns zu erpressen, ganz abgesehen davon, daß ich keinerlei Verhandlungsspielraum besitze. Die Marsopolis-Stiftung GmbH erfüllt stets ihre Verpflichtungen, auch wenn sie nicht aus fixierten Verträgen herrühren. Ich habe Sie hierhergebeten, um für den Schaden, den wir, wenn auch unabsichtlich, angerichtet haben, eine gewisse Entschädigung anzubieten. Ihr Onkel erzählte mir, daß er mit Ihnen und Ihrer Familie zu reisen vorgehabt habe, aber entschlossen sei, das nächste Schiff der Triangle-Lines zu nehmen. Die ›Tricorn‹, die in etwa zehn Tagen starten soll. Würden Sie sich als teilweise entschädigt betrachten, wenn wir für Sie und Ihren Bruder Flugkarten erster Klasse hin und zurück, versteht sich, für die Triangle-Linie kaufen würden?«

Und ob ich das war! Die ›Wanderlust‹ hatte als einzigen Vorteil aufzuweisen, daß sie ein Raumschiff war und zur Erde flog. Sonst ist sie ein altes, langsames Frachtschiff. Die Schiffe der Triangle dagegen sind, wie jedermann weiß, buchstäblich Paläste. Ich konnte nur stumm nicken.

»Gut. Wir freuen uns sehr und wünschen Ihnen eine angenehme Reise. Aber, äh, junge Dame . . . Würden Sie uns eine Zusicherung geben, ohne Gegenleistung, rein aus Freundlichkeit, daß Sie ein gewisses, bedauerliches Versehen nicht zur Sprache bringen?«

»Oh? Ich dachte, das gehöre zum Abkommen.«

»Es gibt kein Abkommen. Wie mir Ihr Onkel auseinandergesetzt hat, schulden wir Ihnen diese Reise, ohne Rücksicht auf alles andere.«

»Aber — aber Doktor, ich werde so viel zu tun haben, um rechtzeitig fertig zu werden, daß mir gar keine Zeit bleibt, mit anderen Leuten über irgendwelche Versehen zu sprechen, für die Sie wahrscheinlich sowieso nichts können.«

»Danke.« Er wandte sich an Clark. »Und du, mein Sohn?«

Anreden solcher Art sind Clark günstigenfalls unangenehm,

aber seine Antwort wurde davon nicht beeinflußt. Er ignorierte die Frage und sagte kalt: »Und was ist mit unseren Spesen?«

Dr. Schoenstein zuckte zusammen. Onkel Tom lachte los und meinte: »Gut gemacht! Hymie, ich habe dir ja erzählt, daß er auf seinen Vorteil bedacht ist. Er wird es noch weit bringen, wenn ihn vorher nicht jemand vergiftet.«

»Irgendwelche Vorschläge?«

»Laß mich nur machen. Clark, schau mich an. Entweder bleibst du hier, und wir schweißen dich in ein Faß und ernähren dich durch das Spundloch, damit du nicht reden kannst — während deine Schwester die Reise alleine macht —, oder du bist mit folgendem Vorschlag einverstanden. Sagen wir Tausend für jeden — nein, Fünfzehnhundert — als Reisespesen, und du hältst für immer den Mund über die Baby-Verwechslung ... Abgemacht?«

»Ich müßte zehn Prozent Provision von den Fünfzehnhundert meiner Schwester bekommen. Sie hatte nicht Grips genug, sie zu verlangen.«

»Kommt gar nicht in Frage. Ich sollte dir eine Provision für den ganzen Handel abverlangen. Abgemacht?«

»Gut, abgemacht«, stimmte Clark zu.

Onkel Tom erhob sich. »Das wär's. Er ist auf seine Weise genauso zuverlässig wie sie. Du kannst beruhigt sein. Sie dürfen auch wieder frei atmen, Kwai Yau. Hymie, du schickst mir bis morgen den Scheck. Kommt, Kinder.«

»Danke, Tom. Der Scheck ist bei euch, bevor ihr zu Hause seid. Äh ... Nur noch eine Kleinigkeit ...«

»Ja?«

»Tom, du warst lange vor meiner Geburt hier, also weiß ich über die frühen Jahre nicht viel. Ich kenne die üblichen Geschichten und den Eintrag im ›Who's who auf dem Mars‹. Weswegen bist du eigentlich deportiert worden? Du bist doch deportiert worden, oder nicht?«

Mr. Poon machte ein entsetztes Gesicht, und mir stand beinahe das Herz still. Aber Onkel Tom schien nicht beleidigt zu sein. Er lachte herzlich und erwiderte: »Man beschuldigte mich, Säuglinge gegen Profit eingefroren zu haben. Aber das war Schwindel — ich habe das nie getan. Kommt, Kinder. Verschwinden wir, bevor sie uns in die Tiefkeller schleppen.«

Nachts im Bett dachte ich verträumt an die Reise. Mit Mutter und Papa hatte es nicht die geringste Auseinandersetzung gegeben; Onkel Tom hatte telefonisch alles geregelt, bevor wir nach Hause kamen. Ich hörte einen Laut aus dem Kinderzimmer, stand auf und tappte hinüber. Es war Duncan, der kleine Liebling. Ich hob ihn hoch, drückte ihn an mich, und er lachte, dann wurde er naß, und ich wechselte die Windeln.

Ich fand ihn genauso hübsch oder noch hübscher als alle anderen Babys, obwohl er fünf Monate jünger war. Als ich ihn wieder in sein Bettchen legte, schlief er fest. Ich ging zurück in mein Zimmer.

Und blieb stehen — die Triangle-Linie hat natürlich ihren Namen daher, daß sie die drei größten Planeten bedient, aber in welcher Richtung ein Schiff die Mars-Venus-Erde-Route zurücklegt, hängt von der jeweiligen Stellung unserer Planeten ab.

Wo waren wir eigentlich im Augenblick?

Ich eilte ins Wohnzimmer und suchte die Tageszeitung — fand sie zum Glück, steckte sie in das Lesegerät, schlug die Schiffsnachrichten auf, fand die Vorhersagen über Ankünfte und Abflüge.

Ja, ja, ja! Ich fliege nicht nur zur Erde — sondern auch zur Venus!

Venus! Glauben Sie, Mutter erlaubt mir — Nein, am besten noch nichts davon sagen. Onkel Tom wird nachgiebiger sein, wenn wir erst einmal da sind.

Duncan wird mir fehlen.

4

Ich habe tagelang keine Zeit gehabt, etwas niederzuschreiben. Schon die Vorbereitungen für die Reise waren kaum zu schaffen — und sie wären wirklich nicht zu bewältigen gewesen, hätten wir nicht das meiste — Impfungen, Fotos, Pässe und dergleichen — schon vor dem Unglück erledigt. Aber Mutter erwachte aus ihrem atavistischen Dämmerzustand und war uns sehr behilflich. Sie ließ sogar einen der Drillinge lieber ein paar Sekunden lang schreien, als mich mit halboffenem Reißverschluß stehenzulassen.

Ich weiß nicht, wie Clark fertig geworden ist und ob er überhaupt Vorbereitungen zu treffen hatte. Er kroch geräuschlos herum und gab nur Knurrlaute von sich, wenn er überhaupt antwortete. Auch Onkel Tom schien keine Schwierigkeiten zu haben. Ich sah ihn in diesen gehetzten zehn Tagen nur zweimal, und beide Male mußte ich ihn aus dem Kartenzimmer im Elchklub herausholen. Ich fragte ihn, wie er sich für eine so wichtige Reise vorbereiten und noch Zeit zum Kartenspielen finden könne?

»Gar nichts dabei«, meinte er. »Ich habe mir eine neue Zahnbürste gekauft. Hätte ich sonst noch etwas tun sollen?«

Ich umarmte ihn und erklärte ihm, daß er ein unglaublicher Mensch sei. Er lachte und fuhr mir durchs Haar. Frage: Wird es mir jemals gelingen, einem Raumflug mit solcher Gelassenheit entgegenzusehen? Es bleibt mir wohl nichts anderes übrig, wenn ich Astronautin werden will. Aber Papa meint, die Vorbereitung auf eine Reise mache die Hälfte des Vergnügens aus . . . also möchte ich vielleicht doch nicht ganz so gleichgültig werden.

Irgendwie lieferte mich Mutter komplett mit Gepäck und den zahllosen Papieren — Flugkarten, Untersuchungsberichten, Paß, Identifizierungsunterlagen, Genehmigung des Vormunds, drei Arten von Geld, Reiseschecks, Geburtsurkunde, Leumundszeugnis und dergleichen mehr — an der Fahrraketen-Station ab. Ich schleppte ein Paket mit Dingen, die ich in den Koffern einfach nicht mehr untergebracht hatte, trug einen Hut auf dem Kopf, einen zweiten in der Hand; abgesehen davon klappte alles. Wohin der zweite Hut geriet, weiß ich nicht. An Bord fand ich ihn jedenfalls nicht mehr. Aber er fehlte mir nicht.

Der Abschied am Startplatz war tränenreich und aufregend. Nicht nur bei Mutter und Papa, was ja zu erwarten gewesen war — als Papa mich an sich drückte, schlang ich die Arme um ihn und wollte einen furchtbaren Augenblick lang überhaupt nicht fort —, sondern auch, weil sich dreißig meiner Mitschülerinnen einfanden, womit ich nicht gerechnet hatte; sie führten ein Spruchband mit, auf dem riesige Lettern verkündeten:

BON VOYAGE — PODKAYNE

Ich wurde oft genug geküßt, um eine beachtliche Epidemie zu verursachen, hätte jemand eine Krankheit mit sich herumgeschleppt, was offensichtlich nicht der Fall war. Ich wurde von Jungen geküßt, die das früher nie gewagt hatten — und ich versichere Ihnen, es ist nicht ganz unmöglich, mich zu küssen, wenn man es mit Raffinesse und Selbstvertrauen anfängt, weil ich der Meinung bin, daß man auch seine Instinkte entwickeln muß.

Die Blumen, die mir Papa zum Abschied geschenkt hatte, wurden zerdrückt, was mir erst in der Fährrakete auffiel. Ungefähr um diese Zeit muß ich wohl auch den Hut verloren haben. Sogar Fotografen waren erschienen, aber nicht meinetwegen — sondern für Onkel Tom. Plötzlich mußten wir dann auf der Stelle in die Rakete, weil ein solches Gefährt nicht warten kann; es muß auf den Bruchteil einer Sekunde genau starten, wenngleich Deimos sich wesentlich langsamer bewegt als Phobos. Ein Reporter versuchte Onkel Tom immer noch einen Kommentar zur bevorstehenden Drei-Planeten-Konferenz zu entlocken, aber Onkel deutete auf seinen Hals, flüsterte »Laryngitis« — dann waren wir an Bord, kurz bevor man die Luftschleuse schloß.

Es muß sich um den kürzesten bekannten Fall von Laryngitis gehandelt haben, denn in der Rakete war Onkel Toms Stimme wieder in bester Ordnung.

Ein Fährraketenflug ist wie der andere, ob nun Deimos das Ziel ist oder Phobos. Immerhin, wenn einen die erste gewaltige Beschleunigung in die Sitze drückt, daß man nicht einmal atmen, geschweige denn sich rühren kann, ist das schon recht aufregend — der freie Fall andererseits wirkt immer merkwürdig, ein bißchen unheimlich und magenbeunruhigend, selbst wenn einem nicht übel davon wird.

Der Aufenthalt auf Deimos entspricht dem Zustand im freien Fall, weil weder dieser Satellit noch Phobos genug Oberflächenschwerkraft besitzen. Man zog uns Saugsandalen an, bevor die Gurte gelöst wurden, damit wir gehen konnten, wie man es auch auf Phobos macht. Trotzdem unterscheidet sich Deimos von Phobos aus Gründen, die nichts mit Naturerscheinungen zu tun haben. Phobos ist natürlich juristisch ein Teil des Mars; ein Besuch dort erfordert keinerlei Formalitäten. Man braucht nur das Fahrgeld, einen freien Tag und den Wunsch nach einem Picknick im Weltraum.

Deimos dagegen ist ein Freihafen, für alle Zeiten an die Drei-Planeten-Kommission verpachtet. Ein gesuchter Verbrecher, auf dessen Kopf in Marsopolis eine hohe Belohnung ausgesetzt ist, könnte dort unter den Augen unserer eigenen Polizei unbehelligt in ein anderes Schiff umsteigen. Wir müßten sehr komplizierte juristische Maßnahmen beim interplanetarischen Gerichtshof auf Luna ergreifen, das Urteil praktisch im vorhinein erzielen und außerdem beweisen, daß das Verbrechen auch unter dem Drei-Planeten-Statut ein solches darstellt, nicht nur nach unseren eigenen Gesetzen ... Und dann bliebe uns auch nichts anderes übrig, als die Proctoren der Kommission um Verhaftung des Mannes zu ersuchen — wenn er noch da ist, wofür nicht allzuviel spricht.

Ich wußte das in der Theorie, weil in unserem Schultext ›Grundzüge des Staatsrechts auf dem Mars‹ eine halbe Seite diesem Thema unter der Überschrift ›Exterritorialität‹ gewidmet war. Aber jetzt hatte ich sehr viel Zeit, darüber nachzudenken, weil wir sofort nach Verlassen der Fährrakete in einem Raum eingesperrt wurden, fälschlicherweise als ›Empfangsraum‹ deklariert, während wir warteten, bis man uns durchschleuste. Eine Wand des Saales bestand aus Glas, und ich konnte viele Menschen draußen hin- und hereilen sehen, die allerlei Interessantes und Geheimnisvolles trieben. Aber wir mußten neben unserem Gepäck warten und uns langweilen.

Ich wurde von Minute zu Minute wütender, was gar nicht meinem sonst sehr milden und liebenswerten Charakter entspricht. Na ja, die ganzen Anlagen hier waren von meiner eigenen Mutter gebaut worden! Und hier saß ich, eingesperrt wie eine weiße Maus im Labor.

Ich gebe ja zu, daß Mutter nicht ganz Deimos gebaut hat; das taten die Martianer, wozu sie einen Asteroiden benutzten, der damals gerade zur Verfügung stand. Aber vor einigen Jahrmillionen hatten sie genug von der Raumfahrt und widmeten ihre ganze Zeit dem Sinn des Daseins, der Erkenntnis des Unerforschlichen — und als Mutter den Auftrag übernahm, war Deimos sehr heruntergekommen. Sie mußte von Grund auf neu anfangen.

Jedenfalls stand fest, daß alles, was ich durch die Glaswand sehen konnte, das Produkt von Mutters schöpferischen, klugen und eigensinnigen Fähigkeiten war. Ich wurde bitterböse. Clark stand in einer Ecke und unterhielt sich leise mit einem Fremden — für mich war er jedenfalls fremd. Clark scheint trotz seiner antisozialen Haltung immer irgend jemanden zu kennen oder eine Person, die jemand kennt, wohin wir auch kommen. Ich frage mich manchmal, ob er Mitglied einer riesigen Geheimgesellschaft ist; er hat so viele unerfreuliche Bekannte, die er nie mit nach Hause bringt.

Clark ist aber ein idealer Partner für Wutorgien, weil er, wenn er nicht gerade zu tun hat, sofort bereit ist, jemandem hassen zu helfen, was gehaßt werden soll; er findet sogar Gründe, warum eine Situation noch viel gemeiner ist, als man sie eigentlich selbst eingestuft hat. Er war aber beschäftigt, also blieb nur Onkel Tom. Ich erklärte ihm voll Bitterkeit, wie schrecklich ich es fände, daß wir hier wie Tiere eingesperrt wurden — freie Marsbürger auf einem Marsmond —, nur weil ein Schild verkündete: ›Die Passagiere haben den Aufruf abzuwarten — Anweisung der Drei-Planeten-Kommission‹.

»Politik!« sagte ich grimmig. »Hier könnte ich ja besser Ordnung schaffen.«

»Ganz gewiß«, meinte er ernsthaft. »Aber du verstehst das Ganze nicht, Kleines.«

»Ich verstehe nur allzu gut!«

»Nein, Liebes. Du verstehst, daß es keinen vernünftigen Grund gibt, warum du nicht stracks durch diese Tür marschieren und dich mit Einkäufen vergnügen kannst, bis es Zeit ist, an

Bord der ›Tricorn‹ zu gehen. Und damit hast du recht, denn es gibt wirklich keinen Grund, warum du hier eingesperrt wirst, statt draußen einen Geschäftsinhaber glücklich zu machen, indem du ihm einen hohen Preis bezahlst, den du für einen niedrigen hältst. Du zischst ›Politik‹, als wäre das ein Schimpfwort — und damit ist für dich alles erledigt.« Er seufzte. »Aber du begreifst das nicht. Politik ist nichts Böses; Politik ist die großartigste Leistung der Menschheit. Wenn gute Politik gemacht wird, ist das etwas Wunderbares . . . Und die schlechte — nun, die ist immer noch ganz ordentlich.«

»Ich glaube, ich komme immer noch nicht ganz mit«, sagte ich zögernd.

»Denk doch nach. Politik ist nur ein Name für die Kunst, voranzukommen . . . ohne Kampf. Wir verhandeln, schließen Kompromisse, und jeder glaubt, übervorteilt zu sein, aber nach endlosem Gerede findet man eben doch eine Lösung, ohne jemandem den Schädel einzuschlagen. Das ist Politik. Die einzige andere Weise, einen Disput zu entscheiden, besteht in gewalttätigen Auseinandersetzungen, und dazu kommt es, wenn eine oder beide Seiten nicht mehr zu Verhandlungen bereit sind. Deswegen behaupte ich, daß Politik immer noch gut ist, selbst wenn sie schlecht ist . . . weil als einzige Alternative die Gewalt bleibt — und das geht nicht ohne Opfer ab.«

»Äh — ich finde das eigentlich eine recht merkwürdige Einstellung für einen Veteran der Revolution. Soviel ich gehört habe, Onkel Tom, bist du doch einer von den Blutdurstigen gewesen, die mit dem Schießen anfingen. So erzählt es jedenfalls Papa.«

Er grinste. »Die meiste Zeit war ich in Deckung. Wenn Verhandlungen zu nichts führen, muß man kämpfen. Aber ich glaube, nur ein Mann, auf den man geschossen hat, weiß genau, um wieviel besser es ist, sich mit politischen Kompromissen abzuplagen, statt sich gegenseitig abzuknallen.« Er runzelte die Stirn und sah plötzlich sehr alt aus. »Wann man reden und wann man kämpfen soll — das ist die schwierigste Entscheidung überhaupt.« Dann lächelte er plötzlich, und die Jahre schienen von ihm abzufallen. »Die Menschheit hat den Kampf nicht erfunden; es gab ihn lange, bevor wir kamen. Aber wir haben die Politik erfunden. Überleg dir das einmal, Kleines — der Homo sapiens ist das grausamste, bösartigste, gierigste und ganz sicher das gefährlichste aller Tiere im Sonnensystem. Aber er hat die Politik erfunden! Er dachte sich einen Weg aus, auf dem die meisten von uns die meiste Zeit so miteinander auskommen, daß wir einander normalerweise nicht umbringen. Ich möchte also das Wort ›Politik‹ nicht wieder als Schimpfwort von dir hören.«

»Tut mir leid, Onkel Tom«, sagte ich geknickt.

»Von wegen! Aber wenn du dieser Idee zwanzig oder dreißig Jahre Raum läßt, wirst du — oh, oh! Da ist dein Schurke, Kleines — der Bürokrat, der dich zu Unrecht hier schmachten läßt. Los, 'ran! Zeig ihm, was du von seinen albernen Tricks hältst.«

Ich bewahrte würdevolles Schweigen. Bei Onkel Tom weiß man nie genau, wann er es ernst meint, weil er mich allzu gerne auf den Arm nimmt. Der Drei-Planeten-Proctor, von dem er sprach, öffnete die Tür zu unserem Verließ und sah sich um, wie ein Tierwärter, der einen Käfig auf seine Sauberkeit überprüft. »Die Pässe!« rief er. »Diplomatenpässe zuerst.« Er starrte uns an, entdeckte Onkel Tom. »Senator?«

Onkel Tom schüttelte den Kopf. »Ich bin Tourist, vielen Dank.«

»Wie Sie wollen, Sir. Bitte anstellen — in umgekehrter alphabetischer Reihenfolge —«, was uns an den Schwanz der Schlange brachte, statt an den Kopf. Zwei ganze Stunden gab es ärgerliche Verzögerungen: Pässe, Untersuchungen, Gepäckprüfungen — die Marsrepublik erhebt auf Exporte keinen Zoll, aber es gibt doch eine lange Liste von Dingen, die man ohne Lizenz nicht ausführen darf, zum Beispiel alte martianische Artefakte; manches darf man überhaupt nicht ausführen, wie gewisse Narkotika — und einiges kann man nur mit an Bord nehmen, wenn man es dem Zahlmeister zur Aufbewahrung übergibt, wie Pistolen und andere Waffen.

Clark suchte sich die Gepäckkontrolle für sein typisch abnormales Benehmen aus. Man hatte an alle Leute Abschriften einer langen Liste von Dingen verteilt, die wir nicht in den Koffern haben durften — eine faszinierende Liste. Ich hatte nicht gewußt, daß es so viele Dinge gab, die entweder ungesetzlich, unmoralisch oder lebensgefährlich waren. Als die Fries-Gruppe erschöpft den Kontrollschalter erreichte, sagte der Inspektor mit einem Wort: »Nichtszuverzollen?« Er war ein Marsmensch, und als er den Kopf hob, erkannte er Onkel Tom. »Oh! Tag, Senator. Eine Ehre, Sie hier zu haben. Na, dann brauchen wir uns mit Ihrem Gepäck ja nicht abzuplagen. Gehören die beiden jungen Leute zu Ihnen?«

»Durchsuchen Sie mich lieber«, meinte Onkel Tom. »Ich schmuggle Waffen. Die beiden hier sind meine Nichte und mein Neffe. Aber ich kann nicht für sie gutsagen; sie sind beide subversive Typen. Vor allem das Mädchen. Sie hat sehr revolutionäre Ansichten verkündet, während wir warten mußten.«

Der Inspektor lächelte und sagte: »Ein paar Pistolen können wir Ihnen zugestehen, Senator — Sie wissen ja, wie man damit umgeht. Na, wie steht's, Kinder? Habt ihr etwas zu verzollen?«

»Nichts«, sagte ich mit eisiger Würde — als sich plötzlich Clark zu Wort meldete.

»Sicher!« krächzte er schrill. »Zwei Kilo Glücksstaub! Wen geht das was an? Ich habe ihn bezahlt. Ich lasse ihn mir nicht von einem Haufen alberner Schreiber stehlen.« Seine Stimme klang so mürrisch, wie das nur bei ihm möglich ist, und sein Gesichtsausdruck verlangte einfach nach einer Ohrfeige.

Das reichte. Der Inspektor hatte eben einen Blick in eine meiner Reisetaschen werfen wollen, rein formell, wie ich glaube — als mein Bruder absichtlich Stunk machte. Bei dem Wort ›Glücksstaub‹ tauchten sofort vier andere Inspektoren auf. Zwei davon waren Venusbewohner, dem Akzent nach, und die anderen beiden schienen von der Erde zu stammen.

Natürlich ist Glücksstaub für uns Marsmenschen nichts Besonderes. Die Martianer gebrauchen ihn, haben ihn immer verwendet, und für sie ist er so wichtig wie Tabak für die Menschen, anscheinend jedoch ohne unangenehme Wirkung. Was sie davon haben, weiß ich nicht. Ein paar von den alten Einwohnern nahmen diese Gewohnheit von den Martianern an — aber meine ganze Botanikklasse experimentierte unter Aufsicht des Lehrers damit, ohne besonderen Genuß. Ich bekam nur eine verstopfte Nase davon.

Aber bei den gebürtigen Venusbewohnern ist das etwas anderes — wenn sie das Zeug in die Hände bekommen. Es verwandelt sie in Mörder, in Wahnsinnige, und sie tun alles, um sich in den Besitz dieses Mittels zu setzen. Der Schwarzmarktpreis ist ungeheuer hoch . . . und sich mit dem Staub erwischen zu lassen, bedeutet auf den Saturnmonden automatisch lebenslängliche Haft.

Sie surrten wie wütende Wespen um Clark herum. — Aber sie fanden nicht, was sie suchten. Nach einer Weile meinte Onkel Tom: »Inspektor? Darf ich einen Vorschlag machen?«

»Wie? Selbstverständlich, Senator.«

»Mein Neffe hält bedauerlicherweise alles auf. Warum nehmen Sie ihn nicht beiseite — ich würde ihn anketten — und lassen die anderen Leute durch?«

Der Inspektor blinzelte. »Ich glaube, das ist eine ausgezeichnete Idee.«

»Und ich wäre Ihnen dankbar, wenn Sie mich und meine Nichte abfertigen wollten.«

»Ach, das ist nicht nötig.« Der Inspektor klatschte Klebezettel auf alle Koffer Onkel Toms, schloß meine Tasche und sagte: »Die hübschen Sachen der jungen Dame brauche ich nicht durchzustöbern. Aber diesen Schlaukopf hier durchsuchen wir bis aufs Hemd und stellen ihn hinter den Röntgenschirm.«

»Tun Sie das.«

Onkel Tom und ich gingen weiter und stellten uns an vier oder fünf anderen Schaltern an — Währungskontrolle, Ausreise, Vorbestellung und dergleichen Unsinn mehr — und landeten schließlich zum Wiegen an der Zentrifuge. Ich bekam nie Gelegenheit, noch etwas einzukaufen.

Zu meinem Unglück zeigte das Meßgerät, nachdem ich die Zentrifuge verlassen hatte, daß mein Gepäck und ich zusammen drei Kilo über dem mir zugestandenen Gesamtgewicht lagen, was ich einfach nicht begriff. Ich hatte nicht mehr gefrühstückt als sonst auch — eher weniger — und kein Wasser getrunken, weil das für den freien Fall nicht zu empfehlen ist. Man bekommt das Zeug dann mitunter in die Nase, was zu einer peinlichen Kettenreaktion führen kann.

Ich wollte also gerade protestieren, daß der Wiegemeister die Zentrifuge zu schnell gedreht und einen falschen Massewert hervorgerufen hatte. Mir fiel aber ein, daß ich nicht genau wußte, ob die Waage zu Hause auch richtig geeicht war. Ich hielt lieber den Mund.

Onkel Tom griff nach seiner Brieftasche und fragte: »Wieviel?«

Der Wiegemeister sagte: »Mmm . . . nehmen wir zuerst Sie dran, Senator.«

Onkel Tom hatte sein zulässiges Gesamtgewicht um beinahe zwei Kilo unterschritten. Der Wiegemeister zuckte die Achseln und meinte: »Lassen wir's dabei, Senator. Ich habe noch ein paar Fehlbeträge, ich glaube, wir können das schlucken. Andernfalls hinterlasse ich dem Zahlmeister eine Notiz. Aber es wird sicher klappen.«

»Danke. Wie war gleich Ihr Name?«

»Milo. Miles M. Milo — Aasvogel Lodge 74. Vielleicht haben Sie unsere Mannschaft vor zwei Jahren bei der Legionstagung gesehen — ich spielte Linksaußen.«

»Na und ob!« Sie tauschten den geheimen Händedruck aus, von dem sie meinten, daß ihn andere Leute nicht kennen, und Onkel Tom sagte: »Na, vielen Dank, Miles. Bis später.«

»Keine Ursache — Tom. Nein, machen Sie sich keine Mühe mit dem Gepäck.« Mr. Milo drückte auf einen Knopf und rief: »In die ›Tricorn‹! Schickt sofort jemand für das Gepäck des Senators.«

Als wir an der Passagierbahn zur Transfer-Station unsere Saugsandalen gegen kleine Magnetplatten austauschten, die an die Schuhe geklemmt wurden, fiel mir ein, daß wir nirgends auch nur eine Minute hätten zu warten brauchen — wenn Onkel Tom bereit gewesen wäre, die besonderen Vorrechte in Anspruch zu nehmen, die ihm zustanden.

Aber selbst so lohnt es sich, mit einer bedeutenden Persönlichkeit zu reisen — wenn sie auch nur Onkel Tom war, auf dessen Bauch man herumsprang, als man noch klein genug für solche Scherze war. Auf unseren Flugkarten stand nur ›Erste Klasse‹ — ich weiß das genau, weil ich alle drei gesehen habe —, aber was wir bekamen, war die sogenannte ›Eigentümerkabine‹, in Wirklichkeit eine Suite mit drei Schlafräumen und einem Wohnraum. Ich war überwältigt!

Aber im Augenblick hatte ich keine Zeit zum Bewundern. Zuerst verstaute man unser Gepäck, dann wurden wir festgeschnallt — auf Sitzsofas, die an einer Wand des Wohnzimmers standen. Diese Wand hätte eigentlich der Boden sein müssen, aber in Relation zu unserem winzigen Gewicht stieg sie beinahe vertikal empor. Die Warnsirene heulte bereits, als jemand Clark hereinzerrte und ihn auf eines der Sofas schnallte. Er sah etwas mitgenommen, aber ungebrochen aus.

»Na, Schmuggler«, begrüßte ihn Onkel Tom freundlich. »Haben sie es gefunden?«

»Es gab nichts zu finden.«

»Das habe ich mir schon gedacht. Ich hoffe, daß man dich tüchtig durch die Mühle gedreht hat.«

»Nee!«

Ich wußte nicht recht, ob ich Clark glauben sollte. Ich habe gehört, daß eine gründliche Durchsuchung recht unangenehm sein kann, wenn die Proctoren wütend sind. Clark hätte ein bißchen Grobheit nichts geschadet — aber er tat so, als sei ihm das Ganze keinesfalls peinlich gewesen.

»Clark, du hast dich albern benommen. Außerdem war das Ganze eine Lüge — eine lächerliche, nutzlose Lüge.«

»Was heißt das schon!« sagte er scharf. »Wenn ich etwas schmuggle, dann ist es ihre Sache, es zu finden, dafür bezahlt man sie. ›Etwaszuverzollen?‹« äffte er den Inspektor nach. »So ein Unsinn! Als würde jemand freiwillig zugeben, daß er schmuggelt!«

»Trotzdem«, fuhr ich fort, »wenn Papa dich gehört hätte —«

»Podkayne.«

»Ja, Onkel Tom?«

»Hör auf. Wir starten gleich. Genießen wir es.«

»Aber — ja, Onkel Tom.«

Der Druck ließ etwas nach, setzte dann so stark ein, daß wir ohne die Gurte von den Sofas gerutscht wären — aber im Vergleich zum Beschleunigungsdruck in der Fährrakete war das gar nichts. Es dauerte nicht lange, dann befanden wir uns ein paar Sekunden lang im freien Fall ... bis sich ein sanfter Druck in derselben Richtung bemerkbar machte, der anhielt.

Das Zimmer begann langsam zu rotieren ... abgesehen von einem leichten Schwindelgefühl war das aber kaum zu bemerken.

Langsam, ganz langsam — es dauerte zwanzig Minuten — nahm unser Gewicht zu, bis wir wieder soviel wogen wie vorher ... und zu diesem Zeitpunkt befand sich der Boden dort, wo er hingehörte, unter unseren Füßen, und er war beinahe eben. Aber nicht ganz ...

Geschehen war folgendes: Der erste kurzdauernde Beschleunigungsstoß stammte von den Raketenschleppern, die die ›Tricorn‹ vom Hafen Deimos hochgezerrt und in eine freie Umlaufbahn geschleudert hatten. Das ist nicht weiter schwierig, weil die Anziehung zwischen einem großen Schiff wie der ›Tricorn‹ und einem winzigen Satelliten wie Deimos keine bedeutende Rolle spielt. Es kommt nur darauf an, die beträchtliche Masse des Raumschiffs freizukriegen.

Der zweite sanfte Schub, der ständig anhielt, rührte vom Antrieb des Raumschiffs selbst her — ein Zehntel g. Die ›Tricorn‹ ist ein Dauerschub-Schiff; sie plagt sich nicht mit ökonomischen Umlaufbahnen und Wochen oder Monaten im freien Fall herum. Sie fliegt wirklich sehr schnell, weil auch 0,1 g in kurzer Zeit eine beachtliche Wirkung zeigt.

Aber 1/10 g genügt nicht, um es Passagieren bequem zu machen, die an größere Schwerkraft gewöhnt sind. Sobald der Kapitän das Schiff auf Kurs gebracht hatte, ließ er es rotieren, bis Zentrifugalkraft plus Schub — vektoriell addiert natürlich — genau der Oberflächenschwerkraft des Mars — oder 37% eines g in den Kabinen der ersten Klasse entsprachen.

Die Fußböden werden aber nie ganz waagerecht sein, bis wir die Erde erreichen, weil das Innere des Schiffes so konstruiert worden war, daß die Böden ganz waagerecht standen, sobald Rotation und Schub genau einem g entsprachen — also der Terra-Norm.

Vielleicht ist das nicht klar verständlich. In der Schule begriff ich es jedenfalls nicht ganz; ich sah nicht ein, wie sich das ergab, bis ich später Gelegenheit hatte, die Steuerung zu sehen, mit der das Schiff in Rotation gehalten und die Zentrifugalkraft errechnet wurde. Man muß sich nur immer vor Augen halten, daß die ›Tricorn‹ — und ihre Schwesterschiffe ›Trice‹, ›Triangulum‹ und ›Tricolor‹ — riesengroße Zylinder sind. Der Schub verläuft genau entlang der Längsache; das muß so sein. Die Zentrifugalkraft breitet sich quer zur Hauptachse aus — was sonst? Die beiden Kräfte verursachen die ›künstliche Schwerkraft‹ des Schiffes im Passagierbereich — da aber eine Kraft — der Schub — konstant gehalten und die andere — die Rotation — verändert werden kann, gibt es nur eine Rotationsgeschwindigkeit, die zusammen mit dem Schub die Böden völlig waagerecht werden läßt.

Bei der ›Tricorn‹ beträgt die Rotation, die waagerechte Böden und für die Passagiere genau 1 g hervorruft, 5.42 Umdrehungen pro Minute ... das weiß ich, weil es mir der Kapitän selbst gesagt hat ... und ich nachgerechnet habe. Der Boden unserer Kabine liegt knapp dreißig Meter von der Längsachse des Schiffes entfernt, woraus sich alles andere ergibt.

Sobald wir Boden unter den Füßen hatten und das Klarsignal gegeben worden war, löste ich die Gurte und hastete hinaus. Ich wollte mir schnell das Schiff ansehen; nicht einmal zum Auspakken nahm ich mir Zeit.

Den Mann, der einen wirklich guten Luftreiniger für ein Raumschiff erfindet, erwartet ein Vermögen. Das ist nämlich das einzige, was man ganz bestimmt nicht übersehen kann.

Oh, man bemüht sich, das ist wahr. Die Luft geht bei jedem Durchgang durch Fällungsanlagen; sie wird gewaschen, parfümiert, mit der richtigen Beimischung von Ozon angereichert, und der neue Sauerstoff, der nach Entfernung des Kohlenstoffs herauskommt, ist so rein wie das Gewissen eines Säuglings. Er muß es sein, denn er wird als Nebenprodukt der Photosynthese lebender Pflanzen erzeugt. Diese Luft ist so rein, daß ihr eigentlich eine Medaille der Gesellschaft für die Unterdrückung böser Gedanken zustände.

Außerdem muß die Mannschaft einen Großteil ihrer Zeit für Säubern, Polieren, Waschen usw. aufwenden — oh, man gibt sich Mühe! Trotzdem ist das Endergebnis all dieser Bemühungen keineswegs zufriedenstellend.

Es hat keinen Zweck, sich beim Zahlmeister zu beschweren. Er hört mit berufsgeübtem Mitgefühl zu und schickt einen Mann in die Kabine, der etwas herumsprüht, wovon nur die Geruchs-Nerven gelähmt werden, wie ich vermute. Aber sein Mitgefühl ist nicht echt, weil der Arme selbst einfach nichts riechen kann. Er lebt seit Jahren in Raumschiffen; es ist ihm buchstäblich unmöglich, den unverkennbaren Gestank eines Schiffes zu bemerken, in dem Menschen wohnen — und außerdem weiß er, daß die Luft rein ist, das zeigen die Instrumente. Keiner der Berufs-Raumfahrer riecht das.

Aber der Zahlmeister und alle anderen sind durchaus an die Beschwerden der Passagiere über den ›unerträglichen Gestank‹

gewöhnt — also heucheln sie Mitgefühl und tun so, als könne man dagegen etwas unternehmen.

Nicht, daß ich mich beschwert hätte. Ich wollte erreichen, daß mir alle aus der Hand fraßen, und das schafft man nicht, wenn man als Nörglerin auffällt. Aber andere Novizen taten es, und ich verstand auch sehr gut, warum — tatsächlich machte sich der Schatten eines Zweifels bei mir bemerkbar, ob ich wirklich Kapitän eines Forschungsschiffes werden wollte.

Aber — nun, binnen zwei Tagen kam es mir vor, als habe man wirklich gegen den Geruch ankämpfen können, und kurz danach hörte ich überhaupt auf, daran zu denken. Ich begann zu begreifen, warum die Besatzung nichts riecht. Ihr Nervensystem schaltet einfach die alten vertrauten Gerüche aus — wie ein kybernetischer Himmelsbeobachter alle Objekte ausschaltet und ignoriert, deren festgelegte Umlaufbahnen in die Maschine vorher einprogrammiert worden sind.

Aber der Gestank ist noch immer vorhanden. Ich vermute, daß er in das polierte Metall eindringt und nie entfernt werden kann, wenn man nicht das ganze Schiff verschrottet und einschmilzt. Zum Glück ist das menschliche Nervensystem überaus anpassungsfähig.

Mein eigenes Nervensystem allerdings schien bei der ersten hastigen Besichtigung der ›Tricorn‹ nicht besonders anpassungsfähig zu sein; zum Glück hatte ich nicht viel gefrühstückt und überhaupt nichts getrunken. Mein Magen machte mir ein paarmal schwer zu schaffen, aber ich wies ihn streng zurecht — ich wollte mir unbedingt das Raumschiff ansehen.

Nun, die ›Tricorn‹ ist wirklich wunderbar — sie entspricht in jeder Beziehung den Lobpreisungen der Reiseprospekte, wenn man von dem entsetzlichen Geruch absieht. Der Ballsaal ist herrlich und so groß, daß man die Übereinstimmung der Bodenkurven mit denen des Raumschiffs erkennen kann . . . allerdings zeigt sich keine Wölbung, wenn man hindurchgeht. Der Boden ist völlig eben — in diesem Saal als einzigem wird der Boden hochgeschraubt, damit er genau mit der jeweiligen Rotation übereinstimmt. Es gibt einen Aufenthaltsraum mit einem simulierten Sternenhimmel, den man auch blau mit ziehenden Wolken haben kann. Ein paar alte Schachteln hatten sich dort bereits eingefunden und schnatterten wild durcheinander.

Der Speisesaal ist genauso aufwendig, aber er kam mir nicht groß genug vor — was mich an die Warnung im Reiseprospekt über erste und zweite Tische erinnerte. Ich raste in unsere Kabine zurück, um Onkel Tom zur Reservierung zu bewegen, bevor die besten Tische vergeben waren.

Er war nicht da. Ich schaute schnell in alle Kabinen und fand ihn nicht — aber ich erwischte Clark in meiner Schlafkabine, als er gerade eine meiner Reisetaschen zuklappte.

»Was treibst du denn da?« fuhr ich ihn an.

Er sprang auf und zeigte mir ein ausdrucksloses Gesicht. »Ich wollte nur sehen, ob du Tabletten gegen Reisekrankheit hast«, sagte er dumpf.

»Hör auf, in meinen Sachen zu kramen. Du weißt, ich mag das nicht.« Ich trat zu ihm und befühlte seine Wange, er hatte kein Fieber. »Ich habe keine Tabletten. Aber ich weiß, wo der Schiffsarzt ist. Wenn du dich schlecht fühlst, bringe ich dich hin.«

Er machte sich los. »Ach, es geht mir schon wieder besser.«

»Clark, du hörst mir jetzt zu. Wenn du —« Aber er zwängte sich an mir vorbei, lief in seine eigene Kabine und machte die Tür zu. Ich hörte, wie er den Riegel vorschob.

Ich schloß die Tasche, an der er sich eben zu schaffen gemacht hatte — dabei fiel mir etwas auf. Es war die Tasche, die der Inspektor durchsuchen wollte, als Clark den Unsinn von dem ›Glücksstaub‹ erzählt hatte.

Mein jüngerer Bruder tut nie etwas ohne Grund. Nie.

Seine Beweggründe mögen für andere Leute oft unerklärbar sein. Wenn man aber tief genug schürft, findet man immer, daß sein Gehirn logisch wie eine Rechenmaschine arbeitet — und genauso gefühllos.

Ich wußte jetzt, warum er sich die scheinbar unnötigen Unannehmlichkeiten bei der Zollinspektion gemacht hatte.

Ich wußte, warum ich drei Kilo über dem Gesamtgewicht gelegen hatte.

Das einzige, was ich nicht wußte, war: Was hatte er in meinem Gepäck an Bord geschmuggelt?

Zwischenbemerkung

Na, Pod, ich freue mich, daß du dein Tagebuch weiterführst. Deine mädchenhaften Ansichten sind nicht nur sehr amüsant, manchmal verschaffst du mir sogar nützliche Informationen.

Wenn ich etwas für dich tun kann, brauchst du mir nur Bescheid zu sagen. Vielleicht kann ich dir in der Grammatik behilflich sein? Die unvollständigen Sätze, die du so häufig verwendest, verraten ungenaues Denken. Das weißt du doch, nicht wahr?

Nehmen wir zum Beispiel einen ganz hypothetischen Fall: einen Lieferroboter mit unangreifbarer Versiegelung. Da das Siegel tatsächlich nicht angreifbar ist, hat es keinen Sinn, sich darüber den Kopf zu zerbrechen. Eine vollständige Analyse der Situation bringt einen aber auf die Tatsache, daß jedes kubische oder quasi-kubische Objekt sechs Seiten hat und das Siegel nur für eine dieser sechs Seiten gilt.

Auf dieser Überlegung basierend, kommt man zu der Erkenntnis, daß der Quasikubus zwar nicht verändert werden kann, ohne die Anschlüsse zu durchtrennen, daß sich aber der Boden bis zu 48 Zentimeter senken läßt — wenn man einen ganzen Nachmittag Zeit hat.

Handelte es sich hier nicht um einen hypothetischen Fall, so würde ich jetzt die Verwendung eines Spiegels mit Lichtquelle an einem Verlängerungsstab empfehlen, dazu einiges Werkzeug und vor allem viel Geduld.

Das fehlt dir, Pod — Geduld.

Hoffentlich wirft das etwas Licht auf die Angelegenheit des hypothetischen ›Glücksstaubs‹ — und mit deinen kleinen Problemchen kannst du übrigens jederzeit zu mir kommen.

5

Clark hielt seine Kabinentür während der ersten drei Tage auf der ›Tricorn‹ immer abgeschlossen — ich weiß Bescheid, weil ich es jedesmal probierte, sobald er hinausging.

Am vierten Tag vergaß er, sie zu einer Zeit abzusperren, wo er, wie ich wußte, mindestens eine Stunde lang fort sein würde, weil er sich für eine Schiffsbesichtigung angemeldet hatte — die Tour sollte auch diejenigen Einrichtungen umfassen, zu denen die Passagiere normalerweise keinen Zutritt hatten. Daß mir das entging, machte mir nicht allzuviel aus, weil ich inzwischen meinen eigenen ›Poddy Spezial-Begleitdienst‹ eingerichtet hatte. Ich brauchte mir auch Onkel Toms wegen nicht den Kopf zu zerbrechen; er machte die Tour nicht mit, das hätte gegen seine Regel verstoßen, jeder körperlichen Anstrengung auszuweichen, aber er hatte neue Kartenpartner gefunden und saß gut aufgehoben im Rauchzimmer.

Die Schlösser der Kabinentüren sind durchaus zu überwinden, wenn man eine Nagelfeile, ein paar Stückchen von diesem und jenem und Zugang zum Büro des Zahlmeisters hat, wie ich zum Beispiel.

Ich stellte aber fest, daß ich nicht einzubrechen brauchte; das Schloß war nicht ganz eingeschnappt. Ich stieß den üblichen Seufzer der Erleichterung aus, weil ich mir sagte, daß mir dieser glückliche Zufall mindestens zwanzig Minuten Vorsprung verschaffte.

Ich will die Durchsuchung nicht im einzelnen schildern, aber ich schmeichle mir, daß sie die geübtesten Kriminalbeamten nicht klüger oder schneller zuwege gebracht hätten, bei Beschränkung auf die nackten Hände, ohne jedes Gerät. Es mußte sich um etwas handeln, das auf der Liste der verbotenen Gegenstände aufgeführt war, die man uns auf Deimos in die Hand gedrückt hatte — und mein Exemplar hatte ich aufbewahrt und genau studiert. Es mußte knapp über drei Kilo wiegen. Es hatte einen beachtlichen Umfang und war nicht kompressibel, so daß Clark sich gezwungen gesehen hatte, es im Gepäck zu verstekken — im anderen Fall hätte er es an seinem Körper verborgen und sich kühl auf seine Jugend — im Verein mit Onkel Toms Patenschaft — verlassen, sicher durch den Zoll zu kommen.

Sonst hätte er sich nie auf das Risiko eingelassen, es in meiner Reisetasche zu verstecken, weil er nicht sicher sein durfte, es ohne mein Wissen zurückzuerlangen.

Konnte er vorausgesehen haben, daß ich sofort durchs Schiff laufen würde, ohne zuerst auszupacken? Nun ja, vielleicht, wenn ich das auch in einer plötzlichen Aufwallung getan hatte. Ich muß widerstrebend zugeben, daß Clark mir immer um zwei Schritte voraus ist. Als Gegner darf man ihn nie unterschätzen. Trotzdem, für ihn war es ein Risiko, wenn auch ein kleines.

Na schön. Groß, gewichtig, verboten — aber ich wußte nicht, wie es aussah, und mußte davon ausgehen, daß alles, was die ersten beiden Forderungen erfüllte, verändert sein mochte, um unauffällig zu erscheinen.

Also an die Arbeit ...

Zehn Minuten später wußte ich, daß es sich in einem der drei Koffer befinden mußte, die ich mir absichtlich als die unwahrscheinlichsten Fundquellen bis zuletzt aufgehoben hatte. Eine Kabine an Bord eines Raumschiffs verfügt über viele Deckplatten, Luken, abnehmbare Leitungen und so weiter, aber ich hatte in meiner eigenen Kabine gründlich geübt. Ich wußte, welche zu öffnen sich lohnte, welche nicht ohne schweres Werkzeug zu öffnen waren, welche nicht geöffnet werden konnten, ohne deutliche Spuren zu hinterlassen. Ich überprüfte diese Stellen in großer Hast und gratulierte Clark zu der Erkenntnis, sich nicht auf derart offensichtliche Verstecke verlassen zu haben.

Dann durchsuchte ich alles leicht Zugängliche — im Freien, seine Garderobe, et cetera —, wobei ich auch die klassische Methode des ›verschwundenen Briefes‹ nicht außer acht ließ, das heißt, ich unterstellte nie, daß ein Buch ein Buch war, nur weil es so aussah, noch, daß ein Jackett auf einem Bügel nur dies und nichts anderes sei.

Null, negativ, nichts — widerstrebend machte ich mich über seine drei Gepäckstücke her, nachdem ich mir zuerst genau gemerkt hatte, wie und in welcher Reihenfolge sie gestapelt waren.

Der erste Koffer war leer. O ja, natürlich konnte das Futter aufgeschnitten worden sein, aber der Koffer hatte genau das richtige Gewicht, und eine Geheimtasche hätte nichts enthalten können, was der Größe nach meinen Forderungen entsprach.

Der zweite Koffer war ebenfalls leer — und auch der unterste

Koffer schien es zu sein ... Bis ich in einer der Taschen einen Umschlag fand. Er war auch nicht annähernd groß oder schwer genug; einfach ein simpler Briefumschlag, aber ich sah ihn mir trotzdem an.

Und geriet sofort in Wut!

Auf dem Umschlag stand:

›Miss Podkayne Fries
an Bord der S. S. Tricorn‹

Dieser gemeine Kerl! Er hatte meine Post abgefangen! Mit vor Zorn zitternden Händen öffnete ich den Umschlag — und entdeckte, daß er schon geöffnet worden war. Ich konnte mich kaum noch beherrschen. Aber wenigstens war der Brief noch da. Zähneknirschend zog ich ihn heraus und las ihn.

Es waren genau acht Worte:

›Na, Pod? Wieder beim Schnüffeln, wie ich sehe.‹

in Clarks Handschrift.

Ich stand einen endlosen Augenblick lang starr da, während mir das Blut ins Gesicht schoß und ich die bittere Erkenntnis zu verarbeiten suchte, daß ich wieder einmal übertölpelt worden war.

Es gibt nur drei Menschen auf der Welt, die es fertigbringen, daß ich mir dumm vorkomme — zwei davon sind Clark.

Ich hörte hinter mir ein Räuspern und fuhr herum. Im offenen Türrahmen stand mein Bruder. Er lächelte mich an und sagte: »Hallo, Schwesterchen. Suchst du etwas? Kann ich dir behilflich sein?«

Ich vergeudete keine Zeit damit, so zu tun, als wüßte ich von nichts. Ich sagte einfach: »Clark, was hast du in meinem Gepäck an Bord geschmuggelt?«

Er sah mich ausdruckslos an — mit jener bösartigen Idiotie, die schon stabile Lehrer zum Psychiater getrieben hat. »Wovon sprichst du denn, um Himmels willen?«

»Du weißt genau, wovon ich rede! Vom Schmuggeln!«

»Ach so!« Sein Gesicht wurde von einem sonnigen Lächeln verklärt. »Du meinst die zwei Kilo Glücksstaub. Meine Güte,

Pod, machte dir das immer noch Sorgen? Die zwei Kilo Glücksstaub hat es nie gegeben. Ich wollte doch nur den Zollinspektor ärgern. Ich dachte, das wüßtest du.«

»Ich meine nicht dieses Zeug! Ich spreche von mindestens drei Kilo einer anderen Substanz, die du in meinem Gepäck versteckt hast!«

Er machte ein besorgtes Gesicht. »Pod, ist dir nicht gut?«

»Ohhhh-Quatsch! Clark, hör auf damit! Du weißt genau, was ich meine! Als ich aus der Zentrifuge kam, wogen meine Koffer und ich zusammen drei Kilo mehr als erlaubt. Nun?«

Er sah mich nachdenklich und mißfühlend an. »Ich hab' doch schon die ganze Zeit bemerkt, daß du korpulent wirst — aber ich wollte nicht davon anfangen. Es kann nur an dem guten Essen liegen, von dem du hier soviel hinunterschlingst. Du mußt wirklich vorsichtiger sein, Pod. Wenn eine Frau erst einmal anfängt, sich gehenzulassen — na, recht viel mehr als ihre Figur hat sie nicht zu bieten, wie ich höre.«

Ich hätte ihn niedergeschlagen, wäre der Umschlag ein Knüppel gewesen. Ich hörte ein böses Knurren und bemerkte, daß der Laut von mir stammte. Ich nahm mich zusammen. »Wo ist der Brief aus diesem Umschlag?«

Clark sah mich überrascht an. »Na, dort, in der anderen Hand.«

»Das hier? Mehr war nicht da? Kein Brief von einer anderen Person?«

»Nein, nur der Zettel von mir. Hat er dir nicht gefallen? Ich dachte, er paßt genau auf die Situation . . . Ich wußte, daß du ihn bei der ersten Gelegenheit finden würdest.« Er lächelte. »Wenn du wieder einmal in meinen Sachen kramen willst, dann sag mir Bescheid, und ich helfe dir. Ich stelle manchmal Experimente an — und du könntest dir weh tun. So geht es Leuten, die nicht besonders klug sind und die sich nicht zuerst vergewissern, bevor sie losspringen. Dir soll so etwas nicht passieren.«

Ich verzichtete auf weiteren Wortwechsel, ging an ihm vorbei in meine eigene Kabine, schloß ab und heulte mich aus.

Dann stand ich auf und befaßte mich sorgfältig mit meinem Make-up. Ich weiß, wann ich geschlagen bin; umfangreiche Kommentare sind da nicht mehr nötig. Ich beschloß, mit Clark nie mehr über dieses Thema zu sprechen.

Aber was sollte ich tun? Mich an den Kapitän wenden? Ich kannte ihn schon ganz gut; seine Phantasie erstreckte sich bis zur nächsten Ballistikberechnung und keinen Zentimeter weiter. Sollte ich ihm erklären, daß mein Bruder geschmuggelt hatte, ich wisse nicht, was — und daß er wohl besser das ganze Schiff sorgfältig durchsuchen lasse, weil sich das Bewußte nicht in der Kabine meines Bruders befinde? Sei nicht albern, Poddy. Erstens würde er dich auslachen, zweitens willst du gar nicht, daß Clark erwischt wird — Mutter und Papa wären entsetzt.

Onkel Tom Bescheid sagen? Vielleicht wäre er genauso ungläubig . . . oder ginge, wenn er mir glaubte, selbst zum Kapitän — mit demselben katastrophalen Ergebnis.

Ich beschloß, nicht zu Onkel Tom zu gehen — im Augenblick jedenfalls noch nicht. Statt dessen wollte ich Augen und Ohren offenhalten und selbst eine Antwort zu finden versuchen.

Auf jeden Fall verschwendete ich nicht viel Zeit mit Clarks Sünden — wenn es sie gab. Ich war zum erstenmal in einem richtigen Raumschiff, und es gab so vieles zu tun und zu lernen.

Die Reiseprospekte sind ja meist recht ehrlich — aber das richtige Bild liefern sie nicht.

Man braucht sich nur einmal diesen Satz anzusehen, der aus dem Text des elegant aufgemachten Heftchens stammt, wie es die ›Linie‹ verteilt . . . ‹romantische Tage im uralten Marsopolis, einer Stadt, älter als die Zeit; exotische Nächte unter den dahinrasenden Monden des Mars . . .‹

Übersetzen wir's in die Umgangssprache! Marsopolis ist meine Heimatstadt, und ich hänge an ihr — aber von romantisch kann überhaupt keine Rede sein. Die Stadtteile, in denen Menschen leben, sind neu und rein funktionell gestaltet, ohne Rücksicht auf Romantik. Was die Ruinen außerhalb der Stadt angeht — die von den Martianern im übrigen niemals Marsopolis genannt wurde —, so haben eine Menge von intelligenten Leuten, einschließlich Papa, dafür gesorgt, daß die besten Stücke abgesperrt bleiben, damit die Touristen ihre Anfangsbuchstaben nicht in Wände kratzen, die schon uralt waren, als Steinbeile als das Non-Plus-Ultra der Waffentechnik galten. Überdies sind martianische Ruinen weder schön noch pittoresk, noch eindrucksvoll, für menschliche Augen jedenfalls. Wenn man sie schätzen lernen will, muß man ein wirklich gutes Buch mit Illustrationen, Diagrammen und einfachen Erklärungen lesen — wie zum Beispiel Papas ›Andere Pfade‹.

Was die exotischen Nächte angeht, so müßte eigentlich jeder, der nach Sonnenuntergang auf dem Mars ohne Notwendigkeit im Freien bleibt, auf seinen Geisteszustand untersucht werden. Es ist eiskalt. Ich habe Deimos und Phobos nachts genau zweimal gesehen, jedesmal ohne meine Schuld — und ich hatte soviel Mühe, mich vor dem Erfrieren zu retten, daß für Gedanken an ›dahinrasende Monde‹ keine Zeit blieb.

Die Reklamebroschüre ist von ebensolcher peinlichen Genauigkeit und im Endeffekt täuschend, wenn es um die Raumschiffe geht. Ja, die ›Tricorn‹ ist ein Palast, das kann ich bestätigen. Es ist wirklich ein Wunder der Technik, daß ein derart riesiges, luxuriöses, der Gesundheit und Bequemlichkeit menschlicher Wesen so genau entsprechendes Objekt in der Lage ist, durch den Weltraum zu ›rasen‹ — entschuldigen Sie den Ausdruck.

Aber schon die Bilder —

Sie wissen ja, welche ich meine: farbecht und mit Tiefenschärfe, Gruppen von gutaussehenden jungen Menschen, die im Aufenthaltsraum plaudern oder spielen, im Ballsaal fröhlich tanzen — oder die Ansichten einer ›typischen Kabine‹.

Diese ›typische Kabine‹ ist kein Schwindel. Nein, sie ist nur aus einem solchen Winkel und mit einem Objektiv geknipst worden, daß sie doppelt so groß aussieht wie in Wirklichkeit. Und was die schönen, fröhlichen jungen Menschen angeht, nun, bei *meinem* Flug sind sie jedenfalls nicht dabei. Wahrscheinlich handelt es sich um Mannequins.

In der ›Tricorn‹ lassen sich bei diesem Flug die jungen und gutaussehenden Passagiere an den Fingern einer Hand abzählen. Der typische Passagier bei uns ist eine Großmutter von der Terry, verwitwet, reich, das erstemal auf Weltraumflug — und wahrscheinlich auch das letztemal, weil sie nicht so recht weiß, ob es ihr gefällt.

Ehrlich, ich übertreibe nicht; unsere Passagiere sehen aus wie Flüchtlinge aus einem Altersheim. Ich habe nichts gegen das Alter. Ich habe mir sagen lassen, das sei ein Zustand, in den ich auch einmal geraten muß, wenn ich lange genug aus- und einatme — sagen wir, ungefähr noch 900 000 000 mal, ohne körperliche Anstrengungen mitzuzählen. Das Alter kann eine wunderbare Sache sein, man braucht sich nur Onkel Tom anzusehen. Aber es ist keine Leistung; es stößt einem zu, genauso, wie andere Leute die Treppe hinunterfallen.

Und ich muß sagen, daß ich langsam von der Meinung genug habe, die Jugend als strafbare Handlung betrachtet.

Ich hätte wohl nicht überrascht sein dürfen, die ›Tricorn‹ als Super-Luxus-Altersheim vorzufinden, aber meine Erfahrung ist zugegebenermaßen noch recht begrenzt, was sich schon daraus ergibt, daß ich mit einigen ökonomischen Tatsachen nicht vertraut war.

Die ›Tricorn‹ ist teuer. Sogar sehr teuer. Clark und ich wären überhaupt nicht hier, wenn Onkel Tom nicht Dr. Schoenstein die Pistole auf die Brust gesetzt hätte. Onkel Tom könnte sich den Flug sicher leisten, aber er paßt auch altersmäßig, wenngleich nicht dem Temperament nach, in die erwähnte Kategorie. Mutter und Papa hatten beabsichtigt, mit der ›Wanderlust‹, einem Frachtschiff, das niedrige Flugpreise anbot und ökonomisch vertretbare Umlaufbahnen benützte, zu fliegen. Papa und Mama sind nicht arm, aber auch nicht reich — und wenn sie mit der Erziehung und Ausbildung von fünf Kindern fertig sind, werden sie wohl nie mehr reich werden.

Wer kann es sich leisten, Luxus-Linienschiffe zu benützen? Antwort: reiche, alte Witwen, reiche Ehepaare im Ruhestand, hochbezahlte Direktoren, deren Zeit so wertvoll ist, daß ihre Firmen sie mit den schnellsten Schiffen auf die Reise schicken — und hier und da eine Ausnahme.

Clark und ich sind solche Ausnahmen. Wir haben noch eine einzige andere Ausnahme auf dem Schiff, Miss — nun, ich will sie Miss Girdle Fitz-Snugglie nennen, weil das Ganze sehr leicht zu entschlüsseln wäre, schriebe ich ihren richtigen Namen nieder. Ich halte Girdie für einen netten Menschen, gleichgültig, was auf dem Schiff über sie geklatscht wird. Sie zeigt keine Eifersucht mir gegenüber, obwohl die jüngeren Schiffsoffiziere bis zu meinem Erscheinen ihr persönlicher Besitz gewesen sind — während der ganzen Reise von der Erde herauf. Ich habe ihr Monopol stark untergraben, aber sie ist nicht ekelhaft zu mir. Girdie ist ungefähr doppelt so alt wie ich, in dieser Gesellschaft also unglaublich jung; trotzdem wirkt sie vielleicht neben mir ein bißchen gesetzter. Mein etwas unfertiges Aussehen mag ihre reifere Erscheinung aber auch nur um so strahlender hervortreten lassen. Wie dem auch sei, meine Anwesenheit hat den auf ihr lastenden Druck insoweit erleichtert, als dem Klatsch jetzt statt einem Ziel deren zwei geboten werden.

Und geklatscht wird unaufhörlich. Ich habe jemand über sie sagen hören: »Sie hing mehr Männern am Hals als eine Serviette.«

Wenn das wirklich stimmt, hoffe ich nur, daß es ihr Spaß gemacht hat.

Diese herrlichen Tanzabende im Mammut-Ballsaal! Das ist so: Sie finden jeden Dienstag- und Samstagabend statt, solange das Schiff sich im Weltraum befindet. Die Musik beginnt um halb neun, und die Damengesellschaft für moralische Rechtschaffenheit sitzt wie bei einer Totenwache rings um die Tanzfläche verteilt.

Onkel Tom kommt mir zuliebe, und er sieht im Abendanzug sehr distinguiert aus. Ich trete in einem Abendkleid auf, das nicht mehr ganz so mädchenhaft wie beim Kauf mit Mutter wirkt, nachdem ich hinter verschlossenen Türen einige Änderungen vornahm. Sogar Clark erscheint, weil sich nichts anderes tut und er Angst hat, etwas zu verpassen — er sieht so gut aus, daß ich ganz stolz auf ihn bin, weil er in seinen Smoking steigen muß, sonst darf er nicht in den Saal.

Drüben, in weißen Uniformen, sitzt ein halbes Dutzend der jüngeren Schiffsoffiziere, die sich nicht ganz wohl zu fühlen scheinen.

Der Kapitän wählt nach einer Methode, die nur ihm bekannt ist, eine der Witwen aus und bittet sie zum Tanz. Zwei Ehemänner tanzen mit ihren Frauen. Onkel Tom bietet mir seinen Arm und führt mich zur Tanzfläche. Clark benützt die atemlose Spannung, sich auf den Punsch zu stürzen.

Aber niemand bittet Girdie zum Tanz.

Das ist kein Zufall. Der Kapitän hat — wie ich mit absoluter Sicherheit durch meine Spione erfahren konnte — Befehl gegeben, daß kein Schiffsoffizier mit Miss Fitz-Snugglie tanzen darf, wenn nicht mindestens zwei Tänze mit anderen Partnern absolviert sind — und ich bin kein ›anderer Partner‹, weil die Anweisung seit dem Abflug vom Mars auch auf mich ausgedehnt wurde.

Das dürfte für jeden Beweis genug sein, daß der Kapitän eines Schiffes der letzte in der Reihe absoluter Monarchen ist.

Auf der Tanzfläche drehen sich jetzt sechs oder sieben Paare, und die Stimmung erreicht ihren Höhepunkt. Voller kann es nie mehr werden. Trotzdem sind neun Zehntel der Stühle immer noch besetzt, und man könnte mit dem Fahrrad auf der Tanzfläche herumkurven, ohne die Tänzer in Gefahr zu bringen. Die Zuschauer machen Gesichter, als strickten sie Henkerkappen. Eigentlich fehlt nur eine Guillotine mitten auf der Tanzfläche.

Die Musik geht zu Ende; Onkel Tom bringt mich zurück zu meinem Stuhl und fordert Girdie auf — weil er als barzahlender Fluggast dem Kapitän nicht untersteht. Aber ich bin immer noch tabu, also gehe ich hinüber zur Punschtheke, nehme Clark ein Glas aus der Hand, trinke es aus und sage: »Los, komm, Clark. Wir wollen ein wenig üben.«

»Ach, das ist ja ein Walzer!« Oder ein ›Flohhüpfer‹ oder ein ›Chassée‹ oder ein ›Fivestep‹ — was immer es sein mag, er kann es nicht.

»Du machst mit — oder ich erzähle Madame Grew, daß du mit ihr tanzen willst und nur zu schüchtern bist.«

»Wenn du das tust, stell' ich ihr ein Bein! Ich stolpere und stell' ihr ein Bein.«

Clark wird aber schon schwach, also fasse ich nach. »Hör zu, Kleiner, entweder führst du mich auf die Tanzfläche und steigst eine Weile auf meinen Füßen herum — oder ich sorge dafür, daß Girdie überhaupt nicht mit dir tanzt.«

Das genügte. Clark windet sich in den Qualen der ersten Liebe, und Girdie ist so anständig, ihn als gleichberechtigt anzuerkennen und seine Aufmerksamkeit und Höflichkeit zu akzeptieren. Clark tanzt also mit mir. In Wirklichkeit ist er sogar ein recht guter Tänzer, und ich brauche ihn nur ganz wenig zu führen. Er tanzt gerne — aber er möchte keinen Menschen, am wenigsten mich, merken lassen, daß er gern mit seiner Schwester tanzt. Inzwischen macht Girdie großartige Figur mit Onkel Tom, was wirklich als besondere Leistung gelten darf, weil Onkel Tom mit großer Begeisterung und ohne Gefühl für Rhythmus tanzt. Aber Girdie vermag jedem Tänzer zu folgen — wenn ihr Partner sich ein Bein bräche, würde sie ihm folgen und das ihre an der gleichen Stelle brechen. Die Reihen der Tänzer lichten sich aber bereits. Ehemänner, die den ersten Tanz übernommen haben, sind zu müde für den zweiten, und niemand tritt an ihre Stelle.

O ja, wir feiern wirklich rauschende Feste im Luxusschiff ›Tricorn‹!

Aber im Ernst, wir amüsieren uns. Ab dem dritten Tanz haben Girdie und ich die Auswahl unter den Schiffsoffizieren, von denen die meisten gute Tänzer sind oder doch wenigstens Übung haben. Gegen zehn Uhr zieht sich der Kapitän zurück, und kurz danach verschwinden auch langsam die beruflichen Anstandswauwaus. Um Mitternacht sind nur noch Girdie, ich und ein halbes Dutzend der jüngeren Offiziere da — und der Zahlmeister, der pflichtgemäß mit jeder Frau getanzt hat und nun findet, daß er den Rest der Nacht seinem Vergnügen widmen darf. Er tanzt ausgezeichnet, für einen Mann in seinem Alter.

Oh, und Mrs. Grew ist auch noch da — aber sie gehört nicht zu den Klatschtanten und ist immer nett zu Girdie. Sie ist alt und dick und hat ein ansteckendes Gelächter. Sie erwartet nicht, daß jemand mit ihr tanzt, aber sie schaut gerne zu — und die Offiziere, die gerade nicht tanzen, sitzen gerne bei ihr. Sie macht Spaß.

Gegen ein Uhr schickt Onkel Tom Clark herüber, um mir sagen zu lassen, daß ich ins Bett kommen soll, sonst sperrt er mich aus. Das würde er nie tun, aber ich komme — meine Füße tun mir weh.

Ach ja, die gute, alte ›Tricorn‹!

6

Der Kapitän steigert langsam die Rotation des Schiffes, um die künstliche Schwerkraft der Oberflächenanziehung der Venus anzupassen; sie beträgt 0,84 g oder mehr als doppelt soviel, als ich mein ganzes Leben hindurch gewohnt war. Wenn ich also nicht zu sehr mit dem Studium von Astrogation und Schiffssteuerung beschäftigt bin, verbringe ich viel Zeit in der Turnhalle des Schiffes, um mich auf das Kommende vorzubereiten, weil ich nicht vorhabe, mich auf der Venus durch mäßige Kraft oder Beweglichkeit behindern zu lassen.

Wenn ich mich an eine Beschleunigung von 0,84 g gewöhne, wird der spätere Übergang zur Terra-Norm von einem vollen g Spielerei für mich sein. Denke ich mir.

Gewöhnlich habe ich die Turnhalle ganz allein für mich. Die meisten Passagiere sind Erd- oder Venusmenschen, die sich auf die hohe Schwerkraft der Venus nicht vorzubereiten brauchen. Von dem guten Dutzend Marsmenschen scheine ich alleine die kommende Belastung ernst zu nehmen — und die Handvoll fremder Lebewesen im Schiff bekommen wir nie zu Gesicht; alle bleiben in ihren Spezialkabinen. Die Schiffsoffiziere benützen die Turnhalle, manche sind ganz fanatische Gymnastikanhänger, aber sie tun das fast immer zu einer Zeit, da die Passagiere dort nicht erscheinen.

An diesem Tag — eigentlich der 13. Ceres, aber die ›Tricorn‹ verwendet Erddaten und -zeit, was den 9. März ergibt; die merkwürdigen Daten machen mir nichts aus, aber der kurze Erdentag kostet mich jede Nacht eine halbe Stunde Schlaf — am dreizehnten Ceres also, rannte ich in die Turnhalle, so wütend, daß ich Gift und Galle hätten spucken können. Ich gedachte, zwei Fliegen mit einer Klappe zu schlagen, indem ich nicht nur meine Wut abreagierte, zumindest bis zu einem Punkt, wo man mich nicht wegen tätlichen Angriffs in Eisen legen würde, sondern auch meine Muskeln stärkte.

Und fand Clark im Saal, mit Turnhose und einer gewichtigen Hantel.

Ich blieb wie angewurzelt stehen und fragte: »Was tust du denn hier?«

»Meinen Geist schwächen«, knurrte er und konzentrierte sich ganz auf seine Übungen.

Na, geschah mir recht. Es gab keine Vorschriften, wonach Clark die Turnhalle nicht benutzen durfte. Seine Antwort war auch für jeden, der sich in seiner Logik zurechtfand, durchaus vernünftig. Ich wechselte das Thema, warf meinen Morgenmantel ab und begann mit Freiübungen, um mich anzuwärmen.

»Wieviel wiegt sie?« fragte ich.

»Sechzig Kilo.«

Ich warf einen Blick auf das Meßgerät an der Wand, eine Federskala in Bruchteilen eines Stadard g; der Zeiger wies auf 52%. Ich rechnete kurz nach — 52 Siebenunddreißigstel von sechzig — das entspricht also rund 85 Kilo zu Hause auf dem Mars. »Warum schwitzt du denn dann?«

»Ich schwitze nicht!« Er setzte die Hantel ab. »Stemm du mal.«

»Gemacht.« Er trat beiseite, ich ging in die Hocke, um die Hantel hochzustemmen — und überlegte es mir anders.

Glauben Sie mir, ich übe zu Hause gewöhnlich mit neunzig Kilo; ich hatte jeden Tag das Meßgerät an der Wand beobachtet und dieselbe Hantel auf das von zu Hause her gewohnte Gewicht getrimmt, nicht ohne täglich etwas mehr aufzulegen. Mein, wie es scheint, nie erreichbares Ziel ist, unter den Umweltbedingungen der Venus genausoviel hochzubringen wie zu Hause.

Ich war also davon überzeugt, daß ich bei 0,52 g sechzig Kilo heben konnte.

Aber für ein Mädchen ist es ein schwerer Fehler, einen Mann bei Wettkämpfen, die Kraft erfordern, zu besiegen ... auch wenn es der eigene Bruder ist. Vor allem, wenn es der eigene Bruder ist, der ein scheußliches Temperament besitzt, und wenn man plötzlich den Schimmer einer Idee hat, wie sich seine unangenehmeren Eigenschaften in Aktion bringen lassen.

Ich ächzte und stöhnte also, strengte mich maßlos an, brachte die Hantel bis zur Brust, versuchte sie hochzustemmen — und quietschte: »Hilf mir!«

Clark half mit einer Hand nach, und wir bekamen die Hantel hoch. Dann sagte ich mit zusammengebissenen Zähnen: »Fang auf«, und er ließ sie langsam herunter. Ich seufzte. »Mensch,

Clark, du wirst ganz schön stark.«

»Es geht.«

So etwas klappt immer. Clark war jetzt so milde gestimmt, wie es seine Natur überhaupt zuläßt. Ich schlug Bodenakrobatik vor — wenn es ihm nichts ausmache, als Untermann zu fungieren ... weil ich nicht sicher sei, ob ich ihn halten könne, bei 0,52 g ... einverstanden?

Es machte ihm gar nichts aus. Er hatte wieder Gelegenheit, muskulös und maskulin zu erscheinen — und ich wußte, daß er mich heben konnte; ich wog elf Kilo weniger als die Hantel, die er eben gestemmt hatte. Als er noch kleiner war, trieben wir oft Bodenakrobatik, allerdings war ich Untermann — auf diese Weise brachte man ihn wenigstens vorübergehend zum Schweigen. Jetzt, seit er so groß ist wie ich — und stärker, fürchte ich, turnen wir auch noch ab und zu, aber wir wechseln uns ab — zu Hause meine ich.

Da ich aber hier um die Hälfte mehr wog als normal, riskierte ich keine ausgefallenen Kapriolen. Als er mich in einem einfachen Handstand über seinen Kopf gestemmt hatte, brachte ich das Thema zur Sprache, das mich bewegte. »Clark, ist Mrs. Royer eine besondere Freundin von dir?«

»Die?« Er schnaubte verächtlich. »Warum?«

»Ich frage nur. Sie — hm, vielleicht sollte ich das lieber nicht wiederholen.«

»Hör mal. Pod, soll ich dich oben an der Decke stehen lassen?« erkundigte er sich.

»Trau dich!«

»Dann hör' nicht mitten im Satz auf.«

»Na gut. Aber langsam.« Er ließ mich vorsichtig hinabsinken, dann sprang ich auf den Boden. Das Schlimmste bei hoher Beschleunigung ist nicht, wieviel man fällt — und ich argwöhnte, daß Clark durchaus im Stande war, mich mit dem Kopf nach unten hängen zu lassen, wenn ich ihn ärgerte.

»Was ist mit Mrs. Royer?« fragte er.

»Ach, nichts Besonderes. Sie hält alle Marsmenschen für Pack, das ist alles.«

»So? Na, das beruht auf Gegenseitigkeit.«

»Ja. Sie findet es entwürdigend, daß die Schiffslinie uns erlaubt, erster Klasse zu reisen — und der Kapitän dürfte uns keinesfalls gestatten, mit anständigen Leuten im gleichen Speisesaal zu essen.«

»Erzähl weiter.«

»Es gibt nichts zu erzählen. Wir sind Gesindel, nichts weiter. Sträflinge. Du weißt schon.«

»Interessant. Sehr, sehr interessant.«

»Und ihre Freundin, Mrs. Gracia, ist einer Meinung mit ihr. Aber ich hätte dir das lieber nicht verraten sollen. Schließlich haben sie doch ein Recht auf ihre eigene Meinung. Nicht wahr?«

Clark antwortete nicht, was immer ein böses Zeichen ist. Kurz danach verließ er stumm den Saal. Von plötzlicher Angst befallen, daß ich eine unaufhaltsame Lawine ins Rollen gebracht hatte, rief ich ihm nach, aber er drehte sich nicht um.

Tja, jetzt war es zu spät. Ich legte einen Gewichtgurt an, belud mich, bis ich soviel wog wie auf der Venus und begann auf der Tretmühle zu laufen, bis mir der Schweiß herunterlief, und ich mich nach einem Bad und frischen Kleidern sehnte.

Eigentlich war es mir gleichgültig, was den beiden Schreckschrauben zustieß; ich hoffte nur, daß Clarks Tricks dem bei ihm üblichen Niveau entsprachen, damit ihn niemand verdächtigte. Denn ich hatte Clark nicht einmal die Hälfte erzählt.

Glauben Sie's mir, ich habe bis zur Ankunft in der ›Tricorn‹ nie geahnt, daß jemand andere Personen nur wegen ihrer Ahnenreihe oder ihrer Herkunft verachten kann. Gewiß, ich war Touristen von der Erde begegnet, deren Benehmen zu wünschen übrigließ — aber Papa hatte mir erklärt, daß alle Touristen überall unangenehm auffallen, einfach weil sie Fremde sind, die von den örtlichen Gebräuchen keine Ahnung haben . . . Und ich glaubte es, weil Papa sich nie irrt. Die gelegentlich einmal auftauchenden Professoren, die Papa zum Essen mitbrachte, waren jedenfalls immer sehr charmant, was beweist, daß sich Erdbewohner nicht immer schlecht benehmen.

Mir war aufgefallen, daß die Passagiere in der ›Tricorn‹ ein wenig hochmütig wirkten, als wir an Bord gingen, dachte mir aber nichts dabei. Schließlich rennt ein Fremder nicht einfach auf dich zu und küßt dich — nicht einmal auf dem Mars, und wir Marsmenschen legen keinen gesteigerten Wert auf Formalitäten. Wir sind immer noch eine Pioniergesellschaft. Außerdem befanden sich die meisten Passagiere schon seit der Erde im

Schiff; sie hatten Cliquen gebildet und Freundschaften geschlossen. Wir waren neue Kinder in einer fremden Schule.

Aber ich begrüßte jeden freundlich, der mir im Korridor begegnete, und wenn ich keine Antwort bekam, führte ich das einfach auf Schwerhörigkeit zurück — immerhin mochten wirklich sehr viele Passagiere von Schwerhörigkeit befallen sein; ich hatte kein besonderes Interesse daran, mich mit den Passagieren anzufreunden. Ich wollte mich mit den Schiffsoffizieren, vor allem mit den Piloten, bekannt machen, um praktische Erfahrung zu meinem theoretischen Wissen zu gewinnen. Für ein Mädchen ist es nicht einfach, zur Pilotenausbildung angenommen zu werden; sie muß ungefähr viermal so gut sein wie ein männlicher Kandidat — und da kommt es auf jede Kleinigkeit an.

Ich bekam sofort eine wunderbare Chance. Wir saßen am Tisch des Kapitäns!

Onkel Tom, natürlich. Ich bin nicht eingebildet genug, anzunehmen, daß ›Miss Podkayne Fries, Marsopolis‹ auf der Schiffspassagierliste etwas zu bedeuten hat, während Onkel Tom, wenn er auch nur mein kartenspielender, gemütlicher ältester Verwandter war, nichtsdestoweniger Senator der Republik ist. Der Generalagent der ›Triangle‹-Linie in Marsopolis weiß das natürlich und hatte wohl dafür gesorgt, daß es auch der Zahlmeister der ›Tricorn‹ erfuhr, wenn er es nicht schon wußte.

Wie dem auch sei — ich verschmähe Gaben vom Himmel nicht, gleichgültig wie sie herabfallen. Bei der allerersten Mahlzeit begann ich Kapitän Darling zu bearbeiten. So heißt er wirklich: Barrington Babcock Darling. Ob ihn seine Frau wohl ›Baby Darling‹ nennt?

Aber an Bord eines Schiffes hat ein Kapitän natürlich keinen Namen. ›Der Alte‹, wenn er nicht in Hörweite ist. Aber kein Name — eine majestätische Gestalt unpersönlicher Autorität.

Ich möchte nur wissen, ob man mich eines Tages ›die Alte‹ nennen wird, wenn ich nicht in Hörweite bin? Irgendwie klingt das nicht so gut.

Aber bei mir ist Kapitän Darling nicht zu majestätisch oder zu unpersönlich. Ich begann damit, ihm weiszumachen, daß ich furchtbar süß sei, jünger noch als in Wirklichkeit, schrecklich beeindruckt von ihm, überwältigt . . . und nicht allzu helle. Es ist nicht gut, einen Mann wissen zu lassen, daß man Grips hat, nicht bei der ersten Bekanntschaft. Intelligenz bei Frauen macht die Männer argwöhnisch und unsicher. Zuerst muß man einen Mann fest auf seiner Seite haben, dann ist es ziemlich ungefährlich, ihn merken zu lassen, daß man intelligent ist. Im Unterbewußtsein mag er vielleicht sogar glauben, seine Klugheit habe abgefärbt.

Ich bemühte mich also, ihn glauben zu machen, wie schade es sei, daß ich nicht seine Tochter war. Zum Glück hat er nur Söhne. Bevor die erste Mahlzeit vorüber war, hatte ich ihm meine große Sehnsucht anvertraut, nämlich, daß ich Pilotin werden wollte, wobei ich wohlweislich alle weitergehenden Ambitionen verschwieg.

Sowohl Onkel Tom als auch Clark begriffen, was ich vorhatte. Aber Onkel Tom dachte gar nicht daran, mich bloßzustellen, und Clark sah nur gelangweilt und verächtlich in die Runde und schwieg, weil er sich nirgends einmischte, wenn nicht wenigstens zehn Prozent für ihn abfielen.

Aber mir ist gänzlich egal, was meine Verwandten von meiner Taktik halten; sie bringt Erfolge. Kapitän Darling amüsierte sich offensichtlich über meinen grandiosen und ›unmöglichen‹ Ehrgeiz . . . aber er bot mir an, mir den Kontrollraum zu zeigen.

Runde eins nach Punkten für Poddy.

Ich bin jetzt das inoffizielle Maskottchen des Schiffes, mit freiem Zugang zum Kontrollraum — und in der Ingenieurabteilung habe ich beinahe die gleichen Vorrechte. Selbstverständlich hat der Kapitän nicht wirklich den Wunsch, mir stundenlang die praktische Seite der Astrogation beizubringen. Er führte mich durch den Raum und gab mir eine Kindergarten-Erklärung — der ich mit weit aufgerissenen Augen folgte —, aber sein Interesse an mir ist rein gesellschaftlicher Natur. Er möchte mich nicht direkt auf seinem Schoß halten — er ist viel zu praktisch veranlagt, viel zu diskret, um so etwas zu tun! Also lasse ich ihn nicht direkt gewähren und beschränke mich darauf, meine gesellschaftlichen Bindungen zu ihm aufrechtzuerhalten, indem ich ihm mit hingerissenem Gesichtsausdruck lausche, während er mir literweise Tee einflößt. Ich bin wirklich eine gute Zuhörerin, denn man weiß nie, ob man nicht etwas Brauchbares aufschnappt — und eine Frau gilt in der ganzen Welt bei allen Männern als ›charmant‹, wenn sie zuhören kann.

Aber Kapitän Darling ist nicht der einzige Astrogat im Schiff.

Er gab mir freien Zutritt zur Steuerkabine; das Restliche habe ich selbst geschafft. Der zweite Offizier, Mr. Savvonavong, findet es verblüffend, wie schnell ich Mathematik begreife. Er glaubt nämlich, daß er mir das Differentialrechnen beigebracht hat. Nun, das stimmt auch, soweit die komplizierten Gleichungen gemeint sind, die man zur Korrektur des Vektors eines Dauerschubschiffes braucht, aber wenn ich in diesem Wahlfach im letzten Semester nicht so hart gearbeitet hätte, wüßte ich überhaupt nicht, wovon er redet. Jetzt zeigt er mir, wie man einen Ballistikrechner programmiert.

Der dritte Junioroffizier, Mr. Clancy, studiert noch für seine beschränkte Lizenz; er hat also alle Lehrbände und Nachschlagwerke, die ich brauche, und er ist genauso hilfsbereit. Mr. Glancy ist nicht dumm, und ich bemühe mich, zurückhaltend zu erscheinen.

Ich küsse ihn vielleicht — zwei Minuten, bevor ich das Schiff für immer verlasse. Nicht früher.

Sie sind alle sehr hilfsbereit und finden es entzückend, daß ich mich so ernsthaft bemühe. Aber die praktische Astrogation ist viel, viel schwerer, als ich es mir habe träumen lassen.

Ich hatte vermutet, daß ein Teil der Ablehnung, die ich zu spüren bekam, auf die Tatsache zurückzuführen sei, daß wir am Tisch des Kapitäns saßen. Gewiß, das Sprüchlein ›Willkommen auf der Tricorn!‹ in jeder Kabine erklärt rundheraus, daß in jedem Hafen die Sitzverteilung neu vorgenommen wird, und es entspricht der Gewohnheit, die Gäste am Tisch des Kapitäns immer wieder zu wechseln.

Aber ich glaube nicht, daß dieser Hinweis die Entfernung vom Kapitänstisch angenehmer macht, weil es mir sicher auch nicht passen wird, auf der Venus durch andere Leute ersetzt zu werden.

Aber das ist ja nur ein Teil . . .

Nur drei von den Passagieren waren wirklich freundlich zu mir: Mrs. Grew, Girdie und Mrs. Royer. Sie lernte ich als erste kennen, und ich fand sie zunächst, wenn auch ein wenig langweilig, so doch sympathisch; denn sie war sehr liebenswürdig, und ich kann viel Langeweile ertragen, wenn es um einen bestimmten Zweck geht. Ich traf sie am ersten Tag im Aufenthaltsraum. Sie fing meinen Blick auf, lud mich ein, mich zu ihr zu setzen und fragte mich aus.

Ich beantwortete die meisten ihrer Fragen. Ich erzählte ihr, daß Papa Lehrer sei und Mutter Säuglinge pflege, daß mein Bruder und ich mit meinem Onkel reisten. Ich brüstete mich nicht mit meiner Familie; Angeberei ist unhöflich, oft sogar unglaubwürdig — es ist viel besser, die Leute angenehme Dinge selbst herausfinden zu lassen und schlicht zu hoffen, daß sie nichts Peinliches entdecken. Abgesehen davon, wäre das bei Papa und Mama gar nicht möglich.

Ich sagte ihr, daß mein Name Poddy Fries sei.

»›Poddy‹?« sagte sie. »Ich dachte, auf der Passagierliste etwas anderes gelesen zu haben.«

»Oh. In Wirklichkeit heiße ich ›Podkayne‹«, erklärte ich. »Nach dem martianischen Heiligen, wissen Sie.«

Aber sie wußte nichts. »Komisch, einem Mädchen einen Männernamen zu geben«, meinte sie.

Nun ja, mein Name ist merkwürdig, selbst unter Marsmenschen. Aber nicht aus diesem Grund. »Möglich«, sagte ich. «Aber bei Martianern ist das eine Frage des Standpunkts, finden Sie nicht?«

»Sie machen Witze«, meinte sie und blinzelte erschrocken.

Ich begann zu erklären, wie ein Martianer erst kurz vor der Reife entscheidet, welches der drei Geschlechter er wählen will . . . und wie diese Entscheidung auch nur für eine verhältnismäßig kurze Zeit seines Lebens wirksam ist.

Aber ich gab es auf. Ich sah, daß sie mich nicht verstand. Mrs. Royer konnte sich einfach nichts anderes vorstellen als ihre eigenen Gegebenheiten. Ich schaltete also schnell um. »Der heilige Podkayne lebte vor sehr langer Zeit. Niemand weiß genau, ob der Heilige eine Frau war oder ein Mann. Das sind nur Überlieferungen.«

Selbstverständlich sind die Überlieferungen sehr genau, und viele lebende Martianer behaupten, vom heiligen Podkayne abzustammen. Papa meint, wir kennten die martianische Geschichte vor Millionen von Jahren weit genauer als menschliche Geschichte vor nur zweitausend. Auf jeden Fall führen die meisten Martianer ›Podkayne‹ in ihrer langen Namensliste — eigentlich kurzgefaßte Genealogien — weil die Tradition behauptet, jeder nach dem heiligen Podkayne Benannte könnte sich an ihn — oder ›sie‹ oder ›es‹ — in Zeiten der Not wenden.

Wie schon erwähnt, ist Papa ein Romantiker. Er hielt es für glückbringend, einem Baby das mitzugeben, was dem Namen des Heiligen an Gutem anhaftet. Ich bin weder romantisch noch abergläubisch, aber ich habe gerne einen Namen, den nur ich trage und sonst niemand. Ich bin gerne Podkayne. ›Poddy‹ Fries — das ist immer noch besser, als eine aus einer Legion von Elizabeths oder Dorothys zu sein.

Aber ich konnte sehen, daß Mrs. Royer nicht mitkam und wechselte auf ein anderes Thema über. Von ihrer Überlegenheit als ›Veteranin der Raumfahrt‹ aus, die sie von dem einen eben überstandenen Flug von der Erde hierher gründete, erzählte sie mir allerhand über Schiffe und Raumfahrer, was zum größten Teil nicht zutraf, aber ich ließ sie reden. Sie stellte mich einer Reihe von Leuten vor und gab eine Unmenge Klatsch über Passagiere und Schiffsoffiziere weiter. In den Pausen berichtete sie von ihren Leiden, Schmerzen und Symptomen, welche wichtige Stellung ihr Sohn einnehme, wie ungeheuer berühmt ihr verstorbener Mann gewesen sei, und daß ich nach der Ankunft auf der Erde unbedingt darauf achten müsse, die richtigen Leute kennenzulernen. »Vielleicht spielen diese Dinge auf einem vorgeschobenen Posten wie dem Mars keine Rolle, mein liebes Kind, aber in New York muß man das richtige Entree finden.«

Ich stufte sie als schwatzhaft, dumm und wohlmeinend ein.

Aber nach kurzer Zeit entdeckte ich, daß ich sie nicht mehr loswurde. Kam ich durch den Aufenthaltsraum — was unvermeidbar wurde, wenn ich in den Kontrollraum wollte —, fing sie mich ab, und ich konnte nicht mehr weg, ohne unhöflich zu sein oder meine Zuflucht zu faustdicken Lügen zu nehmen.

Sie fing sehr bald an, mich für kleine Dienste einzusetzen. »Podkayne, Liebes, würden Sie mal schnell in meine Kabine laufen und meinen lila Schal holen? Mir ist ein bißchen kalt. Er liegt wohl auf dem Bett — oder im Schrank —, das ist süß von Ihnen.« Oder: »Poddy, Kind, ich habe geläutet und geläutet, und die Stewardeß kommt einfach nicht. Würden Sie mir mein Buch und das Strickzeug holen? Und weil Sie gerade dabei sind, könnten Sie mir eine Tasse Tee mitbringen?«

So etwas ist nicht allzu schlimm. Wahrscheinlich hatte sie Arthritis in den Knien, und ich bin schließlich jung. Aber es nahm kein Ende, und im Handumdrehen war ich nicht nur ihre Privat-Stewardeß sondern auch noch ihre Pflegerin. Zuerst verlangte sie, daß ich ihr vor dem Einschlafen vorlesen sollte. »Ich habe entsetzliche Kopfschmerzen, und Ihre Stimme beruhigt mich so, Liebe.«

Ich las ihr eine Stunde lang vor und hatte ihr anschließend beinahe ebensolange Kopf und Schläfen zu massieren. Na ja, man soll schon ab und zu ein bißchen freundlich zu seinen Mitmenschen sein, um nicht aus der Übung zu kommen — und Mutter hat auch manchmal furchtbare Kopfschmerzen, wenn sie hart gearbeitet hat; eine Massage tut da oft Wunder.

Bei dieser Gelegenheit wollte sie mir ein Trinkgeld geben. Ich lehnte ab. Sie bestand darauf. »Komm, komm, Kleines, streite nicht mit deiner Tante Flossie.«

»Nein, wirklich nicht, Mrs. Royer«, sagte ich. »Wenn Sie es dem Fond für dienstunfähige Raumfahrer überweisen wollen, soll es mir recht sein. Aber ich kann es nicht annehmen.«

Sie schnaubte und versuchte mir das Geld in die Tasche zu stecken, aber ich flüchtete und ging zu Bett.

Beim Frühstück sah ich sie nicht; sie ließ sich immer ein Tablett ans Bett bringen. Am Vormittag sagte mir jedoch eine Stewardeß, daß mich Mrs. Royer in ihrer Kabine zu sprechen wünsche. Ich war nicht sehr begeistert von dieser Aufforderung, weil mir Mr. Savvonavong erklärt hatte, ich könne den gesamten Prozeß einer Ballistik-Korrektur verfolgen, wenn ich vor zehn Uhr erschiene. Nahm sie mehr als fünf Minuten meiner Zeit in Anspruch, dann würde ich zu spät kommen.

Aber ich suchte sie auf. Sie war fröhlich wie immer. »Ach, da sind Sie ja, meine Liebe! Ich habe ja so lange gewartet! Diese dumme Stewardeß — Poddy, Liebe, die Massage gestern hat mir gutgetan . . . Und heute früh ist mein Rücken wieder ganz schlimm. Sie können sich das nicht vorstellen, Liebste. Es ist entsetzlich! Seien Sie ein Engel, und massieren Sie mich nur ein paar Minuten lang — sagen wir eine halbe Stunde. Das wird mir bestimmt guttun. Die Salbe liegt drüben auf dem Frisiertisch, glaube ich . . . wenn Sie mir noch helfen, den Mantel auszuziehen . . .«

»Mrs. Royer —«

»Ja, Liebes! Die Salbe ist in der großen, rosaroten Tube. Nehmen Sie —«

»Mrs. Royer, es geht nicht. Ich bin verabredet.«

»Was, Liebe? Ach, lassen Sie die Leute doch warten. An Bord ist niemand pünktlich. Vielleicht sollten Sie sich vorher lieber die Hände wärmen —«

»Mrs. Royer, ich kann jetzt nicht. Wenn mit Ihrem Rücken etwas nicht in Ordnung ist, sollte ich mich lieber überhaupt nicht damit befassen. Ich mache es nur schlimmer. Aber ich sage dem Arzt Bescheid, wenn Sie wollen.«

Plötzlich war sie gar nicht mehr freundlich. »Sie meinen, daß *Sie* nicht wollen.«

»Wie Sie glauben. Soll ich den Arzt verständigen?«

»Ah, Sie unverschämtes — verschwinden Sie!«

Ich verschwand.

Auf dem Weg zum Mittagessen begegnete ich ihr im Korridor. Sie starrte durch mich hindurch, also sagte ich auch nichts. Sie bewegte sich so leichtfüßig wie ich. Ihr Rückenleiden schien sich gebessert zu haben. An diesem Tag sah ich sie noch zweimal, aber sie bemerkte mich einfach nicht.

Am folgenden Vormittag benützte ich eines der Lesegeräte im Aufenthaltsraum, um einen von Mr. Clancys Lehrbänden über Radarkontakt zu studieren. Das Gerät steht in einer Ecke, abgeschirmt von künstlichen Palmen. Vielleicht bemerkten sie mich nicht, vielleicht war es ihnen auch egal.

Ich hielt den Bandlauf an, um Augen und Ohren auszuruhen, und hörte Mrs. Garcia zu Mrs. Royer sagen:

». . . was ich am Mars einfach nicht ertragen kann, ist die schreckliche Kommerzialisierung. Warum konnte man Primitivität und Schönheit nicht bewahren?«

Mrs. Royer: »Was haben Sie anderes erwartet? Diese gräßlichen Leute!«

Die offizielle Schiffssprache ist Ortho, aber viele Passagiere sprechen untereinander Englisch — und tun oft so, als könne kein Mensch außer ihnen diese Sprache verstehen. Die beiden bemühten sich jedenfalls nicht, leise zu sprechen. Ich lauschte.

Mrs. Garcia: »Genau das, was ich zu Mrs. Rimski gesagt habe. Das sind schließlich Verbrecher —«

Mrs. Royer: »Oder Schlimmeres. Ist Ihnen das kleine martianische Mädchen aufgefallen? Die Nichte — *angebliche* Nichte — des großen, schwarzen Wilden?«

Ich zählte langsam bis zehn und brachte mir die Strafe für Mord in Erinnerung. Es machte mir nichts aus, ›Martianerin‹ genannt zu werden. Sie verstanden nichts davon, und außerdem ist das keine Beleidigung.

Die Martianer waren zivilisiert, bevor die Menschen überhaupt das Gehen lernten. Aber ›der große, schwarze Wilde‹! Onkel Tom ist genauso dunkel, wie ich blond bin; sein Maoriblut und die Wüstenbräunung haben ihm die Farbe herrlichen alten Leders verliehen, und ich finde sein Aussehen hinreißend. Was das andere angeht — er ist gebildet, zivilisiert und gütig . . . und hochgeehrt, wohin er auch kommt.

Mrs. Garcia: »Ich habe sie gesehen. Gewöhnlich, würde ich sagen. Blenderin, ganz billig. Ein Typ, der eine gewisse Sorte von Männern anzieht.«

Mrs. Royer: »Meine Liebe, Sie haben ja keine Ahnung. Ich versuchte ihr behilflich zu sein — sie tat mir leid, und ich finde, daß man zu allen Leuten liebenswürdig sein soll, vor allem zu den Personen, die unter einem stehen.«

Mrs. Garcia: »Aber selbstverständlich, meine Liebe.«

Mrs. Royer: »Ich bemühte mich, ihr ein paar Tips über das richtige Verhalten unter gebildeten Leuten zu geben. Ich bezahlte sie sogar für Kleinigkeiten, damit sie sich unter Höherstehenden nicht unsicher fühlen sollte. Aber sie ist ein undankbares kleines Luder — sie glaubte, mehr aus mir herausholen zu können. Sie war unhöflich, so unhöflich, daß ich um meine Sicherheit fürchtete. Ich mußte sie tatsächlich aus der Kabine weisen.«

Mrs. Garcia: »Gut, daß Sie sie fallengelassen haben. Das Blut macht sich eben immer bemerkbar — gutes Blut oder schlechtes Blut —, da gibt es keine Ausnahme. Und Mischblut ist das allerschlimmste. Verbrecher . . . und dann diese schamlose Rassenvermischung. Sie sehen es ja am besten bei dieser Familie. Der Junge sieht seiner Schwester nicht im geringsten ähnlich, und was den Onkel angeht — hmm —, meine Liebe, Sie haben ja vorhin so etwas angedeutet. Glauben Sie, daß sie nicht seine Nichte, sondern, sagen wir, eine etwas engere Verwandte ist?«

Mrs. Royer: »Zutrauen muß man es ihnen.«

Mrs. Garcia: »Na, kommen Sie, Flossie. Sagen Sie mir doch, was Sie erfahren haben.«

Mrs. Royer: »Ich sage kein Wort. Aber ich habe Augen — und Sie auch.«

Mrs. Garcia: »Und das vor allen Leuten!«

Mrs. Royer: »Was ich nicht verstehen kann, ist, warum die Linie es zuläßt, daß solche Leute sich hier herumtreiben. Vielleicht muß man ihnen Fahrkarten verkaufen — in den Verträgen ist ja allerhand bestimmt worden —, aber wir sollten nicht gezwungen werden, uns mit ihnen abgeben zu müssen ... vor allem bei Tisch!«

Mrs. Garcia: »Ich weiß. Ich werde zu Hause einen sehr deutlichen Brief schreiben. Es gibt doch Grenzen. Wissen Sie, eigentlich hielt ich diesen Kapitän Darling für einen Gentleman ... aber als ich diese Kreaturen an seinem Tisch sah ... ich traute meinen Augen nicht. Ich glaubte, in Ohnmacht zu fallen.«

Mrs. Royer: »Das verstehe ich gut. Aber der Kapitän stammt ja auch von der Venus.«

Mrs. Garcia: »Schon, aber die Venus war nie eine Strafkolonie. Dieser Junge ... Er sitzt im selben Sessel, den ich hatte, dem Kapitän genau gegenüber.«

Ich nahm mir vor, beim Chefsteward einen anderen Stuhl für Clark zu erbitten. Ich wollte nicht zulassen, daß er sich ansteckte.

Danach sprangen sie von uns ›Martianern‹ ab und nahmen Girdie auseinander, beschwerten sich über das Essen und die Bedienung und fielen sogar über einige ihrer Freundinnen her. Aber ich hörte nicht zu. Ich hielt mich still und betete um die Kraft zum Durchhalten, weil ich mich nur mit Mühe davor zurückhalten konnte, sie mit ihren eigenen Stricknadeln zu durchbohren.

Sie gingen schließlich — um sich vor dem Essen auszuruhen —, ich rannte hinaus, zog meinen Turnanzug an und hastete zum Gymnastiksaal, um mich tüchtig auszuschwitzen, statt gewalttätig zu werden.

Dort hatte ich Clark gefunden und ihm genug erzählt — oder vielleicht sogar zuviel.

7

Mr. Savvonavong erklärt mir, daß wir in Kürze einen Strahlungssturm erleben werden. Heute soll zur Vorbereitung darauf eine Übung abgehalten werden. Die Solar-Wetterstation aus Merkur meldet, daß ›Eruptions‹-Wetter naht. Alle Schiffe im Weltraum, alle Satelliten erhielten Sturmwarnung. Die Eruptionen sollen angeblich eine Dauer von etwa —

Wupps! Der Übungsalarm erwischte mich mitten im Satz. Wir haben unsere Übung durchgeführt, und ich glaube, daß es dem Kapitän gelungen ist, seinen Passagieren einen tüchtigen Schreck einzujagen. Ein paar ignorierten den Alarm oder versuchten es jedenfalls, aber sie wurden von Besatzungsmitgliedern in dicken Schutzanzügen abgeholt. Clark mußte auch geholt werden. Ihn fanden sie als letzten, und Kapitän Darling hielt ihm vor allen Leuten eine Standpredigt. Zum Schluß erklärte er ihm, wenn er beim nächsten Alarm nicht als erster im Schutzraum sei, werde er den Rest des Fluges in diesem Raum verbringen, vierundzwanzig Stunden am Tag, statt sich im Passagierdeck frei bewegen zu dürfen.

Clark nahm das mit der bei ihm üblichen ausdruckslosen Miene hin, aber ich glaube doch, daß ihn vor allem die Drohung, eingesperrt zu werden, gehörig beeindruckte. Die Rede machte auch auf die anderen Passagiere großen Eindruck; an Schärfe ließ sie nichts zu wünschen übrig. Vielleicht berechnete der Kapitän vor allem die Wirkung auf die anderen.

Dann veränderte er seinen Ton zu dem eines geduldigen Lehrers und erklärte mit einfachen Worten, was uns erwartete, warum es erforderlich sei, sofort in den Schutzraum zu gehen, selbst wenn man gerade in der Badewanne saß, und warum wir vollkommen in Sicherheit seien, wenn wir das beherzigten.

Die Eruptionen erzeugen Strahlung, berichtete er, ganz gewöhnliche Strahlung, den Röntgenstrahlen verwandt — und andere Arten, fügte ich im stillen hinzu —, wie man sie zu allen Zeiten im Weltraum findet. Die Stärke erreicht jedoch die Intensität des Tausend- bis Zehntausendfachen der ›normalen‹ Raumstrahlung, und da wir uns bereits innerhalb der Erdbahn befanden, war das gefährlich. Ein ungeschützter Mensch mußte ihr im Augenblick erliegen, genauso, als schösse man ihm eine Kugel durch den Kopf.

Dann setzte er uns auseinander, warum wir nicht die tausend- oder zehntausendfache Abschirmung benötigten, um in Sicherheit zu sein. Man nennt das Kaskadenprinzip. Die Außenhülle hält etwa neunzig Prozent der Strahlung ab; dann kommt der ›Zwischendamm‹ — Frachträume und Wassertanks, die noch mehr aufhalten —, schließlich die innere Hülle, bei der es sich praktisch um den Boden des Zylinders handelt, in dem sich die Passagiere der ersten Klasse aufhalten.

So viel Abschirmung ist für alle Normalumstände erforderlich; die Strahlungsstärke in unseren Kabinen ist niedriger als bei uns zu Hause, sehr viel niedriger als in den meisten Orten auf der Erde, vor allem in den Bergen. Ich freue mich schon auf richtige Berge! Ein bißchen Angst ist allerdings auch dabei.

Eines Tages entsteht auf der Sonne ein wirklich gefährlicher wilder Sturm, und die Strahlungsmenge erhöht sich plötzlich auf das Zehntausendfache der Norm — man würde in seinem eigenen Bett davon überrascht werden und es nicht mehr lebend verlassen.

Aber keine Angst. Der Schutzraum befindet sich im Zentrum des Schiffes, vier Schalen weiter im Inneren, von denen jede mehr als neunzig Prozent der auftreffenden Partikel bremst. Und zwar so:

10 000
1 000 nach der ersten Innenschale, der Decke des Passagierdecks,
100 nach der zweiten inneren Schale,
10 nach der dritten
1 nach der vierten — im Schutzraum.

Aber die Abschirmung wirkt sogar noch stärker. Der Aufenthalt im Schutzraum des Schiffes verschafft während eines starken Sonnensturms mehr Sicherheit, als man sie in Marsopolis hätte.

Das einzig Unangenehme ist nur, daß sich der Schutzraum im geometrischen Kern des Schiffes befindet, gleich beim Kontrollraum, und er ist nicht sehr viel größer. Passagiere und Mannschaft müssen sich wie Sardinen zusammenpressen lassen. Mein Platz ist einen halben Meter breit, einen halben Meter tief und nicht wesentlich länger als ich — mit den Ellenbogen streife ich andere weibliche Personen.

Man bekommt nur Nahrung aus Konserven, die dort für Notfälle gestapelt ist; die hygienischen Einrichtungen kann man nur als schrecklich bezeichnen. Den Flug zur Venus im Schutzraum zurücklegen zu müssen, würde ein großartiges Erlebnis in einen Alptraum verwandeln.

Der Kapitän sagte zum Schluß: »Wir werden von der Hermes-Station wahrscheinlich fünf oder zehn Minuten vorher gewarnt werden. Aber brauchen Sie bitte keine fünf Minuten, um hierher zu kommen. Machen Sie sich sofort auf den Weg zum Schutzraum, und zwar so schnell wie möglich, sobald Alarm gegeben wird. Falls Sie nicht angezogen sein sollten, sorgen Sie dafür, daß Kleidung griffbereit neben Ihnen liegt — und ziehen Sie sich hier an. Wenn Sie zurückbleiben, aus welchen Gründen auch immer, riskieren Sie Ihr Leben.

Die Besatzung wird beim Alarm alle Passagierräume durchsuchen, und jeder Offizier ist ermächtigt, Gewalt anzuwenden, um zögernde Passagiere zum Schutzraum zu bringen. Er wird nicht mit Ihnen diskutieren — er wird Sie niederschlagen und davonzerren —, und ich decke ihn.

Ein letztes Wort noch. Manche von Ihnen haben ihre Strahlungsmeßgeräte nicht bei sich. Die gesetzliche Vorschrift erlaubt mir, diese Unterlassung mit einer hohen Geldbuße zu bestrafen. Normalerweise übersehe ich solche Übertretungen — es geht um Ihre Gesundheit, nicht um die meinige. Aber während dieses Notfalls wird die Vorschrift durchgesetzt. Jeder von Ihnen erhält ein neues Meßgerät. Die alten erhält der Arzt, der sie abliest und die Werte notiert.«

Er nickte uns zu, und wir kehrten in unsere Kabinen zurück, verschwitzt und zerzaust — ich wenigstens. Ich wusch mir eben das Gesicht, als der Alarm wieder ertönte. Ich rannte die vier Decks hinauf.

Aber ich war nur Zweite. Clark überholte mich unterwegs.

Es war wieder nur eine Übung. Diesmal hatten sich alle Passagiere binnen vier Minuten im Schutzraum eingefunden. Der Kapitän schien erfreut zu sein.

Ich habe bisher unbekleidet geschlafen, aber heute nacht und alle Nächte werde ich einen Schlafanzug tragen und einen Morgenmantel griffbereit haben, bis das vorbei ist. Kapitän Darling ist ja sehr freundlich, aber er meint wohl im Ernst, was er sagt — und als Nackedei möchte ich lieber doch nicht auftreten.

Weder Mrs. Royer noch Mrs. Garcia erschienen an diesem Abend zum Essen; obwohl sie beide bei den Alarmübungen sehr agil waren. Sie saßen nach dem Essen nicht im Aufenthaltsraum; die Kabinentüren sind geschlossen, und ich habe den Arzt aus Mrs. Garcias Kabine kommen sehen.

Ich zermartere mir das Gehirn. Clark wird ihr doch nicht einen Schabernack gespielt haben? Oder doch? Ich getraue mich nicht, ihn zu fragen, weil ich befürchte, er könnte mir die Wahrheit sagen.

Beim Arzt wage ich mich nicht zu erkundigen, weil das die Aufmerksamkeit auf die Familie Fries lenken könnte. Ich möchte aber Röntgenaugen haben, um zu sehen, was hinter den beiden Türen vorgeht.

Hoffentlich hat sich Clark nicht zuviel zugetraut. Oh, ich war ja so wütend, weil in den Bosheiten dieser beiden Schachteln genug Wahrheit steckt, um die Stiche so schmerzhaft werden zu lassen. Ich stamme von verschiedenen Rassen ab, und ich weiß, manche Leute glauben, das sei schlecht, obwohl man sich auf dem Mars nichts dabei denkt. Ich zähle ›Sträflinge‹ zu meinen Ahnen — aber ich habe mich ihrer nie geschämt. Oder nicht sehr, obwohl ich mich lieber mit den berühmten Leuten befasse. Aber ein ›Sträfling‹ ist nicht immer ein Verbrecher, zugegeben, in der Frühgeschichte des Mars gab es eine Periode, als die Kommissare die Erde beherrschten und der Mars als Strafkolonie Verwendung fand; das weiß jeder, und wir versuchten auch nicht, es zu verbergen.

Aber die überwiegende Mehrheit der Deportieren bestand aus politischen Gefangenen — ›Konterrevolutionären‹, ›Volksfeinden‹. Ist das schlimm?

Jedenfalls gab es auch die viel längere Periode, mit fünfzigmal so vielen Kolonisten, als jeder neue Marsbewohner genauso sorgfältig ausgewählt wurde, wie eine Braut ihr Hochzeitskleid aussuchte — jedoch mit viel größerer wissenschaftlicher Genauigkeit. Schließlich gibt es noch die laufende Periode, seit unserer Revolution und Unabhängigkeit, in der alle Einschränkungen für Einwanderung aufgehoben wurden und wir alle mit offenen

Armen aufnehmen, die gesund und von normaler Intelligenz sind.

Nein, ich schäme mich meiner Ahnen und meiner Familie nicht, welcher Hautfarbe oder Herkunft sie auch sein mögen; ich bin stolz auf sie. Ich kann entsetzlich wütend werden, wenn ich verächtliche Redensarten über sie höre. Meine Güte, die beiden bekämen nicht einmal bei der geltenden Politik der ›offenen Tür‹ Dauervisa! Schwachsinnige ...

Aber ich hoffe doch, daß Clark keine allzu drastischen Schritte gewagt hat. Er soll nicht den Rest seines Lebens auf Titan verbringen. Ich habe ihn doch gern, den Jungen.

Sozusagen.

8

Wir haben den Strahlungssturm hinter uns. Zwanzig Bienenvölker sind mir lieber. Ich meine nicht den Sturm selber; er war nicht einmal so schlimm. Die Strahlung erreichte ungefähr das Hundertfünfzigfache der Norm — für diese Gegend hier —, etwa acht Zehntel einer astronomischen Einheit von der Sonne entfernt, sagen wir 120 Millionen Kilometer. Mr. Savvonavong meint, wir wären schon ungeschoren davongekommen, wenn die Passagiere erster Klasse einfach zum Deck zweiter Klasse gegangen wären — was zweifellos bequemer gewesen wäre, als alle Passagiere und die Besatzung in dieses Mausoleum im Zentrum des Schiffes zu stopfen. Die Quartiere zweiter Klasse sind eng und unbequem, und was die dritte Klasse angeht, so würde ich lieber als Frachtgut reisen. Aber alle beiden Klassen wären im Vergleich zu achtzehn Stunden im Strahlungsschutzraum der ideale Aufenthaltsort.

Zum erstenmal beneidete ich das halbe Dutzend fremder Lebewesen an Bord. Sie suchen keinen Schutz. Sie bleiben einfach, wie gewöhnlich, in ihren Spezialkabinen. Nein, man überläßt sie nicht ihrem Schicksal; diese Kabinen befinden sich sowieso beinahe im Zentrum des Schiffes, bei den Quartieren der Besatzung, und sie haben ihre eigene Abschirmung, weil man von, sagen wir, einem Martianer nicht verlangen kann, daß er die für ihn erträgliche Umwelt verläßt und sich zu uns Menschen im Schutzraum gesellt. Das wäre genauso, als drücke man ihn in einer Badewanne unter Wasser. Wenn er einen Kopf hätte, meine ich natürlich.

Immerhin, achtzehn Stunden Unbequemlichkeit sind wohl immer noch besser, als während des ganzen Fluges in einem kleinen Raum eingesperrt zu sein. Ein Martianer kann während dieser Zeit den subtilen Unterschied zwischen Null und Nichts bedenken, und ein Lebewesen von der Venus ästiviert einfach. Aber das wäre nichts für mich. Ich brauche Unruhe öfter als Ruhe — sonst verliere ich die Nerven.

Aber Kapitän Darling konnte nicht wissen, daß der Sturm nicht lange dauern und verhältnismäßig harmlos sein würde. Er mußte das Schlimmste annehmen und Passagiere wie Besatzung schützen. Elf Minuten Aufenthalt im Schutzraum hatten durchaus ausgereicht, wie die Instrumentenablesung später ergab. Aber das heißt, hinterher klug sein. Ein Kapitän darf sich darauf nicht verlassen, wenn er sein Schiff und die ihm anvertrauten Leute retten will.

Ich beginne langsam zu begreifen, daß ein Kapitän nicht nur ruhmvolle Abenteuer erlebt, daß er nicht nur gegrüßt wird und vier goldene Streifen auf der Schulter tragen darf. Kapitän Darling ist jünger als Papa, aber die Sorgenfalten in seinem Gesicht lassen ihn um Jahre älter erscheinen.

Vor dem Sturm verbrachte ich viel Zeit im Kontrollraum. Die Hermes-Solarwetter-Station warnt uns eigentlich nicht, wenn der Sturm eintritt; was sie tut, ist, uns nicht zu warnen, daß er nicht kommt. Das klingt albern, aber es geht so vor sich:

Die Wetterbeobachter in Hermes sind in Sicherheit, weil sie sich auf der dunklen Seite des Merkurs unter dem Boden befinden. Ihre Instrumente blicken in der Dämmerzone vorsichtig über den Horizont und sammeln Meßergebnisse über das Solarwetter, außerdem nehmen Sie Telefotos in verschiedenen Wellenlängen auf.

Aber die Sonne braucht fünfundzwanzig Tage, um sich einmal zu drehen, so daß die Hermes-Station sie nicht die ganze Zeit beobachten kann. Schlimmer noch: Der Merkur umwandert die Sonne in deren Rotationsrichtung; zu einem Umlauf benötigt er 88 Tage. Sobald die Sonne sich wieder der Stelle zuwendet, wo der Merkur stand, hat er sich fortbewegt. Daraus ergibt sich, daß die Hermes-Station derselben Sonnenhalbkugel nur etwa alle sieben Wochen begegnet. Für die Vorhersage von Stürmen, die innerhalb von einem oder zwei Tagen entstehen, binnen weniger Minuten ihren Höhepunkt erreichen und einen Menschen in Sekunden oder Bruchteilen von Sekunden zu töten vermögen, ist das natürlich nicht ausreichend.

Das Solarwetter wird daher vom Erdmond und von den Satellitenstationen der Venus aus beobachtet, mit zusätzlichen Messungen durch Deimos. Aber die Übermittlung von Informationen an die Zentrale auf Merkur leidet unter der Beschränkung auf Lichtgeschwindigkeit. Von der Luna aus sind das etwa fünfzehn Minuten, und bis zu tausend Sekunden von Deimos ... Zuviel, wenn es um Sekunden geht.

Aber die Zeit der großen Stürme ist nur ein kleiner Teil des Zyklus der Sonne als variabler Stern — ungefähr ein Jahr von je sechs. Echte Jahre, meine ich — Marsjahre. Der Sonnenzyklus beträgt elf von den Erdenjahren, auf die unsere Astronomen immer noch nicht verzichten wollen.

Das erleichtert vieles; in fünf von sechs Jahren riskiert ein Raumschiff selten, von einem Strahlungssturm erfaßt zu werden.

Aber in der stürmischen Zeit wird ein vorsichtiger Kapitän — und nur ein solcher kann sich ein hohes Alter erhoffen — die Umlaufbahn so berechnen, daß er die Zone größter Gefahr, zum Beispiel innerhalb der Erdbahn, nur in einer Zeit durchfliegt, da Merkur zwischen seinem Schiff und der Sonne steht, damit ihn die Hermes-Station jederzeit warnen kann. Genau das hatte Kapitän Darling getan; die ›Tricorn‹ war nahezu drei Wochen länger auf Deimos geblieben, als die Werbeschriften der ›Triangle‹-Linie für die Besichtigung des Mars vorsahen, um seine Annäherung an die Venus so planen zu können, daß Hermes Warnungen durchzugeben vermochte, weil wir uns mitten in der Sturmperiode befinden.

Die Schiffslinie wird von diesen teuren Verzögerungen sicher nicht begeistert sein. Vielleicht hat sie während der Sturmperiode sogar ein Defizit. Drei Wochen Verzögerung sind aber immer noch besser, als ein ganzes Schiff zu verlieren.

Sobald der Sturm kommt, bricht der gesamte Funkverkehr zusammen — die Hermes-Station kann die Schiffe im Weltraum nicht mehr warnen.

Schachmatt? Nicht ganz. Die Station kann die Entstehung eines Sturms beobachten, jene Bedingungen auf der Sonne verfolgen, die binnen kurzer Zeit zu einem Strahlungssturm führen müssen. Sie schickt also eine Sturmwarnung hinaus — und die ›Tricorn‹ und alle anderen Schiffe halten Schutzübungen ab. Dann wird gewartet. Einen Tag, zwei Tage, eine ganze Woche, und der Sturm kommt entweder nicht, oder er entsteht doch und beginnt gefährliches Zeug in großen Mengen hinauszuschießen.

Während dieser Zeit sendet die Funkstation auf der Nachtseite des Merkurs eine ständige Sturmwarnung, ohne Pause, mit laufender Beschreibung der Wetterlage auf der Sonne. — Und plötzlich verstummt sie.

Vielleicht ist der Strom ausgefallen und das Notaggregat springt ein. Vielleicht handelt es sich nur um eine Schwankung, und der Sturm ist noch nicht ausgebrochen, so daß die Sendung mit beruhigenden Worten fortgesetzt werden kann.

Es mag aber auch sein, daß der erste Ausläufer des Sturmes Merkur mit Lichtgeschwindigkeit erreicht hat, ohne Warnung im letzten Augenblick, daß die Augen der Station erblinden und ihre Stimme in der gewaltigen Strahlung untergeht.

Der wachhabende Offizier im Kontrollraum kann keine Gewißheit haben, darf aber auch kein Risiko eingehen. Im selben Augenblick, da die Station verstummt, drückt er auf eine Taste, die eine Uhr mit einem einzigen Sekundenzeiger in Tätigkeit setzt. Sobald die Uhr eine gewisse Anzahl von Sekunden abgezählt hat, und die Station immer noch schweigt, löst er den Alarm aus. Die genaue Sekundenzahl hängt von der Position des Schiffes ab, von seiner Entfernung von der Sonne und davon, wie lange der erste Sturmausläufer brauchen wird, um das Schiff zu erreichen, nachdem er bereits über die Station hergefallen war.

Und genau an diesem Punkt beginnt ein Kapitän sich sein hohes Gehalt zu verdienen und graue Haare zu bekommen, weil er entscheiden muß, auf wie viele Sekunden er die Uhr einstellt. Fegt der erste und stärkste Sturmausläufer mit Lichtgeschwindigkeit heran, dann bleibt ihm überhaupt keine Wartezeit, weil die Unterbrechung des Radiosignals von Hermes und die erste Welle das Schiff im selben Augenblick erreichen. Bei ungünstigem Winkel mag auch die Empfangslage des Schiffes unter Störungen leiden, während Hermes immer noch versucht, ihn im letzten Augenblick zu warnen. Er weiß es nicht.

Was er aber weiß, ist dies: Wenn er Alarm gibt und seine Passagiere jedesmal in den Schutzraum jagt, sobald der Empfang für wenige Sekunden unterbrochen ist, dann wird er sie so auslaugen und gleichgültig machen, daß sie im entscheidenden Augenblick nicht mehr schnell genug reagieren.

Er weiß auch, daß die Außenhülle seines Schiffes nahezu die gesamte Strahlung im Bereich des elektromagnetischen Spektrums abhält. Unter den Photonen — nichts anderes bewegt sich mit Lichtgeschwindigkeit — vermag nur die härteste Röntgenstrahlung bis ins Passagiergebiet zu dringen und selbst dann nur in geringen Mengen. Dahinter aber, mit jeder Sekunde ein bißchen weiter zurückfallend, erscheint das wirklich Gefährliche — große Partikel, kleine Partikel, mittelgroße Partikel, der gesamte Abfall einer nuklearen Explosion. Diese Strahlung bewegt sich sehr schnell, aber nicht ganz mit Lichtgeschwindigkeit. Bevor sie eintrifft, muß der Kapitän seine Leute in Sicherheit gebracht haben.

Kapitän Darling wählte eine Verzögerung von fünfundzwanzig Sekunden, nach unserer Position und den Aussichten der Wetterberichte. Ich fragte ihn, wie er darauf komme, aber er lächelte grimmig und meinte: »Ich frage den Geist meines Großvaters.«

Fünfmal während meiner Anwesenheit im Kontrollraum setzte der Wachhabende diese Uhr in Tätigkeit, und fünfmal wurde der Kontakt mit Hermes wieder hergestellt, bevor die Zeit abgelaufen war.

Beim sechstenmal tröpfelten die Sekunden dahin, während wir den Atem anhielten. Der Kontakt mit Hermes ließ sich nicht mehr herstellen. Der Alarm heulte mit der Gewalt der Posaunen des Jüngsten Gerichts durch das Schiff.

Das Gesicht des Kapitäns wurde hart; er tauchte durch die Luke in den Schutzraum. Ich rührte mich nicht, weil ich annahm, im Kontrollraum bleiben zu dürfen. Eigentlich ist er ein

Teil des Schutzraums, weil er sich unmittelbar darüber befindet und von den gleichen Kaskadenschichten geschützt wird.

Ich wußte, daß ich hier in Sicherheit war, blieb also stehen, und um meine bevorzugte Stellung auszunützen — ich wollte um keinen Preis Stunden oder gar Tage inmitten einer Horde schnatternder und hysterischer Weiber verbringen.

Ich hätte es eigentlich wissen müssen. Der Kapitän zögerte den Bruchteil einer Sekunde, bevor er hinunterstieg, dann fauchte er: »Kommen Sie mit, Miss Fries.«

Ich gehorchte. Er nennt mich sonst immer ›Poddy‹ — und seine Stimme klang scharf.

Die Passagiere der dritten Klasse stürmten bereits herein, weil sie den kürzesten Weg zurückzulegen hatten. Von Angehörigen der Mannschaft wurden sie in ihre Quartiere eingewiesen. Die Besatzung befindet sich seit der ersten Warnung durch die Hermes-Station im Alarmzustand; statt alle drei Wachen einmal eingeteilt zu werden, heißt es jetzt: vier Stunden Dienst, vier Stunden Freiwache. Ein Teil der Mannschaft hatte in den Anzügen bleiben und auf den Passagierdecks herumstehen müssen. Sie dürfen die schwere Armierung unter keinen Umständen ablegen, bis Ablösung kommt. Diese Mannschaften sind die ›Jäger‹, die ihr Leben darauf setzen, daß sie alle Passagierräume durchsuchen, Nachzügler hinaustreiben und den Schutzraum noch rechtzeitig erreichen können, um nicht von Strahlungsschäden befallen zu werden. Sie sind Freiwillige, und die ›Jäger‹ erhalten bei einem Alarm erhebliche Prämien. Die andere Hälfte, die das Glück hat, gerade nicht Dienst zu haben, bekommt nur kleine Prämien.

Der Erste Offizier befehligt die erste Abteilung der ›Jäger‹, der Zahlmeister die zweite — aber sie bekommen keine Prämie, obwohl derjenige von beiden, der bei Alarm gerade Dienst hat, nach Tradition und Gesetz erst als letzter die Sicherheit des Schutzraumes aufsuchen darf. Das scheint nicht fair zu sein, gilt aber nicht nur als Pflicht, sondern auch als Ehre.

Andere Mannschaftsangehörige wechseln sich im Schutzraum ab, ausgerüstet mit Namenlisten und Quartierplänen.

Natürlich war deshalb die Bedienung der Passagiere in letzter Zeit reichlich mangelhaft. Die meisten dieser Notfall-Einsätze müssen vom Steward und anderen Angestellten übernommen werden; normalerweise sind Techniker und Nachrichtenleute nicht entbehrlich. Manche Kabinen werden daher erst am späten Nachmittag aufgeräumt — wenn man sich sein Bett nicht selbst macht, wie ich es tue —, und es dauert doppelt so lange wie normal, bis man sein Essen serviert bekommt.

Die Passagiere begreifen aber die Notwendigkeit solcher vorübergehender Einschränkungen und sind dankbar, weil alles um ihrer Sicherheit willen geschieht.

Glauben Sie? Wenn Sie das glauben, kann man Ihnen aber wirklich viel erzählen. Sie verstehen vom Leben nichts, bis Sie einmal einen reichen, älteren Erdbewohner erlebt haben, dem etwas vorenthalten wird, was er für sein unabdingbares Recht hält, weil er glaubt, dafür bezahlt zu haben. Ich habe einmal einen Mann gesehen — etwa in Onkel Toms Alter —, der vor Wut beinahe geplatzt wäre. Er wurde purpurrot im Gesicht, tatsächlich purpurrot, und er redete irr, nur weil der Bar-Steward nicht auf der Stelle erschien, um ihm ein neues Spiel Karten zu bringen.

Der Bar-Steward war zu dieser Zeit im Schutzanzug und konnte sein Gebiet nicht verlassen, der zweite Steward versuchte an drei Stellen zugleich zu sein und auch noch die Kabinen zu versorgen.

Unseren guten Schiffskameraden störte das nicht; er drohte, die Reederei und alle Direktoren zu verklagen, bis sich sein Gerede in unverständlichem Gestammel verlor.

Natürlich sind nicht alle Leute so. Mrs. Grew hat trotz ihres Umfangs ihr Bett selbst gemacht, und sie wird nie ungeduldig. Einige andere, die normalerweise dazu neigen, sich bei allem bedienen zu lassen, haben sich in letzter Zeit eingerichtet, so gut es eben ging.

Manche dagegen benehmen sich wie zornige Kinder.

Im selben Augenblick, als ich dem Kapitän in den Schutzraum folgte, entdeckte ich, wie zuverlässig der Borddienst funktioniert, wenn es darauf ankommt. Ich wurde hochgerissen — wie ein Ball — und von Hand zu Hand weitergereicht. Natürlich wiege ich bei einem Zehntel Schwerkraft nicht viel — mehr herrscht an der Hauptachse nicht, aber ein merkwürdiges Gefühl ist das doch. Andere Hände schoben mich in meine Koje, gleichmütig und unpersönlich, wie eine Hausfrau ihre frische

Wäsche stapelt. Eine Stimme rief: »Fries, Podkayne», und eine andere sagte: »Notiert.«

Die Plätze oben und unten und auf der anderen Seite füllten sich rasch. Die Matrosen arbeiteten mit der ruhigen Sicherheit einer automatischen Anlage. Irgendwo schrie ein Baby, dann hörte ich den Kapitän sagen: »Ist das die letzte?«

»Ja«, sagte der Zahlmeister »Wie lange?«

»Zwei Minuten und siebenunddreißig Sekunden — und Ihre Leute können sich schon ihre Prämien ausrechnen, weil das diesmal nicht nur eine Übung ist.«

»Hab' ich mir schon gedacht, Chef — ich hab' eine kleine Wette mit dem Obermaat gewonnen.« Der Zahlmeister kam an meiner Koje vorbei. Er trug jemanden. Ich versuchte mich aufzusetzen, schlug mir den Kopf an, und meine Augen weiteten sich entsetzt.

Die Frau auf seinen Armen hatte das Bewußtsein verloren; ihr Kopf hing schlaff herab. Zuerst wußte ich gar nicht, wer das war, so rot schimmerte das Gesicht. Dann erkannte ich sie und wäre selbst beinahe ohnmächtig geworden. Mrs. Royer —

Das erste Symptom von Strahlenkrankheit ist natürlich ein Erythem. Schon bei einem Sonnenbrand, oder nach unvorsichtigem Gebrauch einer Ultraviolettlampe sieht man als erstes die Haut hell- bis feuerrot werden.

Konnte es sein, daß Mrs. Royer in so kurzer Zeit von einer derart starken Strahlung betroffen worden war, daß sich ihre Haut rot wie ›Sonnenbrand‹ zeigte? Nur, weil sie die letzte war?

Dann hatte sie nicht das Bewußtsein verloren, sie war tot.

Und wenn das der Fall war, mußten alle Passagiere, die den Schutzraum als letzte erreicht hatten, das Mehrfache einer tödlichen Dosis empfangen haben. Sie brauchten sich nach Stunden nicht krank zu fühlen; sie mochten noch tagelang leben. Aber sie waren verloren . . .

Wie viele? Ich hatte keinen Anhaltspunkt. Möglicherweise — wahrscheinlich, korrigierte ich mich — alle Passagiere der ersten Klasse; sie hatten den weitesten Weg und waren von Anfang an der Strahlung am stärksten ausgesetzt gewesen.

Onkel Tom und Clark . . .

Mir war plötzlich sterbenselend zumute; ich machte mir Vorwürfe, weil ich im Kontrollraum gewesen war. Wenn mein Bruder und Onkel Tom sterben mußten, wollte ich auch nicht am Leben bleiben.

Ich glaube nicht, daß ich einen Funken Mitgefühl für Mrs. Royer aufbrachte. Ich war entsetzt, als ich das flammendrote Gesicht sah, aber ich konnte sie nicht leiden, ich hielt sie für eine Schmarotzerin mit verachtenswerten Ansichten, und ihr Schicksal hätte mich nicht gekümmert, wenn ich ehrlich sein soll. Niemand weint um die Millionen und Milliarden Menschen, die in der Vergangenheit gestorben sind ... und auch nicht um die jetzt lebenden und noch auf die Welt kommenden, deren einzig sicheres Erbteil der Tod ist, wie bei Podkayne Fries. Warum soll man also Tränen vergießen, nur weil man zufällig in der Nähe ist, wenn jemand, den man nicht leiden konnte — den man sogar verabscheute —, das Zeitliche segnet?

Außerdem hatte ich keine Zeit, etwas für Mrs. Royer zu empfinden. Ich dachte an meinen Bruder und an meinen Onkel. Ich bedauerte, daß ich nicht netter zu Onkel Tom gewesen war, statt seine Gutmütigkeit auszunützen, und zu verlangen, daß er alles liegen ließ, um mir aus meinen albernen Schwierigkeiten herauszuhelfen. Ich bedauerte die vielen Gelegenheiten, bei denen ich mich mit meinem Bruder gezankt hatte. Er war doch noch ein Kind, und ich bin eine Frau. Ich hätte ihm vieles nachsehen müssen.

Tränen liefen mir übers Gesicht, und die ersten Worte des Kapitäns überhörte ich beinahe:

»Freunde«, sagte er mit fester, ruhiger Stimme, »meine Mannschaft, und unsere Gäste an Bord. Es handelt sich um keine Übung. Wir haben es mit einem Strahlungssturm zu tun.

Regen Sie sich nicht auf. Wir alle sind in Sicherheit. Der Arzt hat das Strahlenmeßgerät der letzten Person abgelesen, die in den Schutzraum kam, und der Wert liegt durchaus im Sicherheitsbereich.

Ich wiederhole: Niemand ist krank, niemandem wird etwas zustoßen. Wir müssen nur ein wenig Unbequemlichkeit ertragen. Ich würde Ihnen gerne sagen, wie lange wir hier im Schutzraum bleiben müssen. Ich weiß es nicht. Vielleicht einige Stunden, vielleicht auch mehrere Tage. Der längste Strahlungssturm, von dem wir wissen, dauerte nicht ganz eine Woche. Wir hoffen, daß die Sonne diesmal nicht so schlecht gelaunt ist. Bis wir aber von der Station Hermes erfahren, daß der Sturm vorüber ist, werden wir alle hierbleiben müssen. Sobald wir wissen, daß ein Sturm vorbei ist, dauert es gewöhnlich nicht allzulange, das Schiff zu überprüfen und zu klären, daß Ihre bequemen Quartiere ungefährdet betreten werden können. Bis dahin bitte ich Sie um Geduld und Verständnis füreinander.«

Sobald der Kapitän zu sprechen begonnen hatte, fühlte ich mich besser. Seine Stimme hatte ein beinahe hypnotische Wirkung; sie war so beruhigend wie die Stimme einer Mutter, die ihr Kind in den Schlaf wiegt. Ich atmete auf; nur die Nachwirkungen meiner Ängste hinterließen eine gewisse Schwäche.

Aber dann begann ich nachzudenken. Würde uns Kapitän Darling erklären, alles sei in bester Ordnung, obwohl das ganz und gar nicht stimmte, nur, weil es zu spät war und sich nichts mehr ändern ließ?

Ich ließ mir alles durch den Kopf gehen, was ich jemals über Strahlenkrankheit gelernt hatte, von der einfachen Hygiene, wie man sie im Kindergarten beigebracht bekommt, bis zu einem Lehrgang von Mr. Clancy, mit dem ich mich erst diese Woche befaßt hatte.

Und ich entschied, daß der Kapitän die Wahrheit gesagt hatte.

Warum? Selbst wenn sich meine ärgsten Befürchtungen bewahrheitet hätten, selbst wenn wir so stark und unerwartet getroffen worden wären, als sei in der Nähe eine Atombombe explodiert, ließe sich immer noch etwas unternehmen. Wir würden uns in drei Gruppen aufteilen. Erstens: diejenigen, die überhaupt nicht betroffen waren. Zweifellos zählten hierzu alle Personen, die sich im Augenblick des Ereignisses im Kontrollraum oder im Schutzraum aufgehalten hatten, sowie alle Passagiere der dritten Klasse, die sich beeilt hatten. Zweitens: die Gruppe der so stark Betroffenen, die mit absoluter Sicherheit binnen kurzem sterben mußten, gleichgültig, was getan werden mochte. Die Betroffenen waren vermutlich alle im Erster-Klasse-Deck befindlichen Personen. Drittens: eine Gruppe von unbestimmter Zahl. Alle die dazu gehörten, konnten durch schnelle und drastische Behandlung gerettet werden.

Und in diesem Falle wäre die schnelle und drastische Behandlung längst eingeleitet worden.

Man würde unsere Strahlenmeßgeräte ablesen und uns aufteilen. Man würde die Gefährdeten, die sofortiger Behandlung bedurften, aussortieren. Man würde Morphiumspritzen an jene Passagiere austeilen, die sterben mußten, und die Davongekommenen zur Behandlung der Kranken einsetzen oder zusammendrängen, damit sie nicht im Wege stünden.

Das war gewiß. Aber nichts rührte sich, überhaupt nichts — ich hörte nur ein paar Kinder heulen und ein undeutliches Stimmengemurmel. Bei den meisten von uns hatte man nicht einmal die Strahlungsmesser abgelesen. Der Arzt hatte wohl nur die Nachzügler überprüft.

Demzufolge hatte uns der Kapitän die reine, herrliche Wahrheit gesagt.

Mir wurde so wohl, daß ich vergaß, mich darüber zu wundern, daß Mrs. Royer wie eine überreife Tomate ausgesehen hatte. Ich legte mich hin und badete mich in der wunderbaren Gewißheit, daß der liebe Onkel Tom nicht sterben mußte und mein kleiner Bruder am Leben bleiben würde, um mich weiterhin zu ärgern. Ich wäre beinahe eingeschlafen ...

... und wurde aufgeschreckt durch die Frau zu meiner Rechten, die plötzlich zu schreien anfing: »Laßt mich hier 'raus! Laßt mich hier 'raus!«

Dann konnte ich einmal schnelles und drastisches Vorgehen beobachten.

Zwei Matrosen sprangen zu uns herauf und packten sie; eine Stewardeß war unmittelbar hinter ihnen. Sie drückte der Frau etwas auf den Mund und gab ihr eine Spritze in den Arm. Dann wurde die Patientin noch so lange festgehalten, bis sie aufhörte, sich zu wehren. Als sie still war, hob sie einer der Matrosen hoch und trug sie weg.

Kurz danach erschien eine Stewardeß, die unsere Strahlenmeßgeräte einsammelte und Schlaftabletten verteilte. Die meisten Leute nahmen sie, aber ich lehnte ab — ich mag Tabletten überhaupt nicht und wollte in diesem Fall nichts versäumen. Die Stewardeß drängte mich, aber ich kann furchtbar halsstarrig sein. Sie hob schließlich die Schulter und ging. Es gab noch ein paar Fälle von plötzlicher Platzangst, aber man griff schnell durch. Bald war es still im Schutzraum. Man hörte nur ein paar Stimmen, einige Schnarchlaute und das Weinen von Säuglingen.

In der ersten Klasse gab es keine Babys und überhaupt wenige Kinder. In der zweiten Klasse laufen ein paar Kinder herum, aber sie drängen sich vor allem in der dritten. Jede Familie dort scheint wenigstens einen Säugling zu haben. Das ist auch der Grund, warum sie unterwegs sind. Beinahe alle Passagiere der dritten Klasse sind Erdbewohner, die zur Venus emigrieren. Bei der Überfüllung des Erdballs kann ein Mann mit großer Familie sehr schnell den Punkt erreichen, wo die Auswanderung auf die Venus als bester Ausweg aus einer hoffnungslosen Lage erscheint. Er unterschreibt einen Arbeitsvertrag, und die Venus-Corporation bezahlt als Vorschuß auf seinen Lohn die Flugkarten.

Dagegen läßt sich nicht viel sagen. Sie wollen fort, und die Venus braucht Bewohner. Aber ich bin froh, daß die Mars-Republik die Einwanderung nicht finanziert, sonst würde man uns überfluten. Wir nehmen Einwanderer auf, aber sie müssen sich den Flug selbst bezahlen und haben beim BEG-Amt Rückflugkarten zu hinterlegen, die sie zwei Marsjahre lang nicht erstattet bekommen.

Das hat sich bewährt. Mindestens ein Drittel der Einwanderer, die auf den Mars kommen, vermag sich nicht einzugewöhnen. Sie werden krank vor Heimweh und trübsinnig und fliegen zur Erde zurück. Ich kann nicht verstehen, daß jemand den Mars nicht mag, aber wer sich nicht wohl fühlt, sollte besser heimfahren.

Ich lag da und dachte über diese Dinge nach, ein klein wenig aufgeregt, und ein klein wenig gelangweilt. Vor allem fragte ich mich, warum sich niemand um die armen Säuglinge kümmerte.

Das Licht brannte nur trüb, und als jemand zu meiner Koje kam, konnte ich zuerst nicht erkennen, wer es war. »Poddy?« hörte ich Girdies sanfte Stimme. »Bist du da?«

»Ich glaube schon. Was gibt's, Girdie?« Ich bemühte mich, leise zu sprechen.

»Weißt du, wie man ein Baby wickelt?«

»Na und ob!« Ich fragte mich plötzlich, wie es Duncan ging, und entdeckte, daß ich tagelang nicht an ihn gedacht hatte. Hatte er mich schon vergessen? Würde er Oma Poddy beim nächstenmal überhaupt erkennen?

»Dann komm mit. Es gibt allerhand zu tun.«

Das konnte man wohl sagen! Der unterste Teil des Schutzraums, vier Stockwerke unter meiner Koje, war wie ein Kuchen in vier Teile zerschnitten und enthielt sanitäre Anlagen, zwei Krankenstationen und in einer Ecke dazwischen den traurigen Ersatz für ein Kinderzimmer; nicht mehr als zwei Meter breit und zwei Meter lang. An drei Wänden waren Säuglinge in Tragbettchen übereinandergestapelt, bis hinein in das Krankenrevier der Frauen. Eine überwältigende Mehrheit dieser Säuglinge weinte.

Inmitten dieses Chaos wickelten zwei gequälte Stewardessen Säuglinge. Girdie klopfte einer davon auf die Schulter. »Verstärkung ist da. Ihr könnt euch ausruhen und etwas essen.«

Die ältere Stewardeß protestierte schwach, aber die beiden waren wirklich froh, einmal Pause machen zu können. Sie zwängten sich hinaus, und Girdie und ich machten uns an die Arbeit. Ich weiß nicht, wie lange wir gearbeitet haben, weil wir keine Zeit hatten, darüber nachzudenken — es gab mehr Arbeit, als wir zu schaffen vermochten, und wir kamen nie ganz nach. Aber das war immer noch besser, als in einer Koje zu liegen und die Unterseite der nächsten Koje anzustarren. Das Schlimmste an der ganzen Sache war, daß wir einfach nicht genug Platz hatten. Ich arbeitete mit angelegten Ellenbogen, um weder Girdie noch einen der Säuglinge zu stoßen.

Aber darüber beschwerte ich mich nicht. Der Ingenieur, der den Schutzraum in der ›Tricorn‹ konstruiert hatte, war gezwungen gewesen, möglichst viele Leute in einen möglichst kleinen Raum zu quetschen. Es gab keine andere Möglichkeit, wenn man uns allen während eines Sturms völlige Sicherheit bieten wollte. Ich bezweifle, ob er sich über das Trockenlegen von Säuglingen Sorgen gemacht hat. Er hatte genug Arbeit, sie am Leben zu erhalten.

Aber einem Baby kann man das schließlich nicht erzählen.

Girdie arbeitete mit einer ruhigen Sicherheit, die mich überraschte. Ich hätte nie gedacht, daß sie in ihrem Leben schon mit Säuglingen umgegangen war. Aber sie wußte, was sie tat, und war schneller als ich.

»Wo sind denn die Mütter?« fragte ich, womit ich meinte: Warum helfen uns die ruhigen Vertreterinnen nicht, statt alles den Stewardessen und ein paar Freiwilligen zu überlassen?

Girdie begriff. »Die meisten — vielleicht sogar alle — müssen sich um ihre anderen Kinder kümmern. Sie haben alle Hände voll zu tun. Ein paar verloren die Nerven; sie liegen hinten und schlafen sich aus.« Sie wies mit dem Kopf zur Krankenstation.

Ich hielt den Mund; Girdie hatte natürlich recht. Man konnte sich in einer der kleinen Nischen, wo die Passagiere untergebracht waren, nicht richtig um ein Kleinkind kümmern, und wenn jede Mutter versucht hätte, ihr Kind jedesmal hierherzubringen, wäre ein heilloses Durcheinander entstanden. Nein dieses Fließbandsystem war notwendig.

»Die Windeln gehen zu Ende«, sagte ich.

»Im Schrank hinter dir. Hast du gesehen, was mit Mrs. Garcias Gesicht passiert ist?«

»Was?« Ich kauerte nieder und holte Windeln heraus. »Du meinst doch Mrs. Royer, nicht wahr?«

»Beide meine ich. Aber ich habe zuerst die Garcia gesehen und konnte sie mir genau angucken, während man sie beruhigte. Du hast sie nicht gesehen?«

»Nein.«

»Riskier einen Blick ins Frauenrevier, wenn du einmal Zeit hast. Ihr Gesicht ist von einem überwältigenden Chromgelb, wie ich es noch nie in einem Farbtopf, geschweige denn in einem menschlichen Gesicht gesehen habe.«

Ich sperrte Mund und Augen auf. »Du meine Güte! Ich habe Mrs. Royer gesehen — zinnoberrot statt gelb. Girdie — was kann ihnen nur zugestoßen sein?«

»Ich weiß ziemlich genau, was passiert ist«, erwiderte Girdie zögernd, »aber niemand kann sich einen Vers darauf machen, wie es dazu gekommen ist.«

»Ich verstehe nicht.«

»Die Farben verraten alles. Es sind die exakten Schattierungen von zwei der wasseraktivierbaren Farbstoffe, die man in der Fotografie verwendet. Hast du eine Ahnung von Fotografie?«

»Nicht sehr viel«, erwiderte ich. Ich war nicht bereit, etwas Derartiges einzugestehen, weil Clark ein fähiger Amateurfotograf ist. Und davon wollte ich natürlich erst recht nichts sagen!

»Na, du hast doch sicher schon jemand beim Fotografieren beobachtet. Man zieht den Film heraus und hat sein Bild — nur ist es noch nicht zu sehen. Der Film ist klar wie Glas. Man taucht ihn in Wasser und läßt ihn dort etwa dreißig Sekunden. Immer noch kein Bild. Dann legt man ihn irgendwo ins Licht, bis das Bild erscheint. Wenn die Farben kräftig genug sind, deckt man die Aufnahme zu, um sie im Dunkeln trocknen zu lassen, damit die Farben nicht zu grell werden.« Girdie unterdrückte ein Kichern. »Nach dem Resultat zu schließen, haben sie ihre Gesichter nicht rechtzeitig zugedeckt, um den Prozeß abzustoppen. Wahrscheinlich versuchten sie, das Zeug abzuwaschen, wodurch alles nur schlimmer wurde.«

»Ich verstehe aber immer noch nicht, wie es dazu kommen konnte«, sagte ich rätselnd.

»Das weiß niemand. Aber der Arzt hat eine Theorie entwikkelt. Jemand muß ihre Waschlappen präpariert haben.«

»Was?«

»Jemand an Bord muß einen Vorrat an reinen Farbstoffen mit sich führen. Dieser Jemand hat zwei Waschlappen in den nicht aktivierten Farbstoffen — die in diesem Zustand farblos sind — getränkt und sie dann sorgfältig getrocknet, alles im Dunkeln natürlich. Derselbe Jemand schmuggelte dann die beiden präparierten Waschlappen in die beiden Kabinen und tauschte sie gegen Waschlappen aus, die er an den Waschbecken fand. Für jemand ohne Nerven kann das nicht besonders schwierig gewesen sein — die Bedienung in den Kabinen war die letzten Tage reichlich dürftig, seit der Strahlungssturm angekündigt wurde. Vielleicht taucht ein frischer Waschlappen in der Kabine auf — vielleicht auch nicht —, und alle Waschsachen und Handtücher im Schiff haben dasselbe Muster. Man kann ein Stück einfach nicht vom anderen unterscheiden.«

Hoffentlich nicht, sagte ich mir — und fügte laut hinzu: »Wahrscheinlich nicht.«

»Ganz bestimmt nicht. Es könnte eine der Stewardessen — oder irgendein Passagier gewesen sein. Aber das eigentliche Rätsel ist: Woher stammen die Farbstoffe? Im Schiffsladen gibt es sie nicht. Nur die präparierten Filme . . . und der Arzt meinte, er verstehe genug von Chemie, um behaupten zu können, daß nur ein Fachmann reine Farbstoffe aus einer Filmrolle destillieren kann, und das auch nur mit Hilfe eines Speziallabors. Er glaubt auch, daß der Täter auf der Erde an Bord gekommen sein muß, weil diese Farbstoffe auf dem Mars gar nicht hergestellt werden.« Girdie sah mich an und lächelte. »Du gehörst also nicht zu den Verdächtigen, aber ich.«

»Warum du?« Und wenn ich nicht verdächtig bin, ist es mein Bruder auch nicht! »Das ist doch albern!«

»Und ob . . . Ich hätte mich nicht einmal ausgekannt, wenn ich die Farbstoffe besessen hätte. Andererseits könnte ich sie auf der Erde gekauft haben, und ich habe keinen Grund, die beiden Damen zu verehren.«

»Ich habe dich nie ein Wort gegen sie sagen hören —«

»Nein, aber ich weiß, daß sie ein paar tausend Worte über mich gesagt haben — und andere Leute verfügen auch über Ohren. Ich bin also schwer verdächtig, Poddy. Aber zerbrich dir nicht den Kopf darüber. Ich habe es nicht getan, und kein Mensch kann nachweisen, daß ich es gewesen bin.« Sie lachte. »Hoffentlich erwischen sie den Täter nicht!«

Ich sagte nicht einmal: »Das hoffe ich auch!«, weil ich mir sehr wohl eine Person vorstellen konnte, der es gelungen war, reinen Farbstoff aus einer Filmrolle zu destillieren. Ich ließ mir schnell alle Gegenstände durch den Kopf gehen, die ich bei der Durchsuchung von Clarks Kabine gesehen hatte.

Farbstoffe waren ganz bestimmt nicht dabei gewesen. Auch kein Filmmaterial.

Aber bei Clark beweist das gar nichts. Ich hoffe nur, daß er hinsichtlich der Fingerabdrücke genauso vorsichtig war.

Dann erschienen zwei andere Stewardessen. Wir fütterten alle Säuglinge. Girdie und ich wuschen uns und aßen ein wenig. Anschließend kehrte ich zu meiner Koje zurück und schlief sofort ein.

Ich muß drei oder vier Stunden geschlafen haben, weil mir der ganze Zirkus entging, als Mrs. Dirkson ihr Kind zur Welt brachte. Sie ist eine der Emigrantinnen und hätte es eigentlich erst auf der Venus haben sollen — aber die Aufregung wirkte wohl beschleunigend. Als sie zu stöhnen anfing, brachte man sie jedenfalls in die provisorische Krankenstation. Dr. Torland sah sie an und ließ sie sofort in den Kontrollraum hinaufschaffen, weil er nur dort Platz hatte.

Dort kam das Baby auch zur Welt, auf dem Boden des Kontrollraums, mitten zwischen Kartentank und Datenverarbeiter.

Torland, Kapitän Darling und die Chefstewardeß sind Taufpaten, das Baby heißt ›Radiant‹ — ein schwaches Wortspiel, aber hübsch.

Man baute für Radiant im Kontrollraum einen Inkubator, bevor man Mrs. Dirkson in die Krankenstation zurückschaffte und ihr eine Spritze zum Schlafen gab. Das Baby befand sich immer noch oben, als ich aufwachte.

Ich beschloß, etwas darauf zu wagen, daß der Kapitän milder gestimmt war, schlich mich zum Kontrollraum hinauf und steckte den Kopf zur Luke hinein.

»Darf ich bitte das Baby sehen?«

Der Kapitän machte ein verärgertes Gesicht, dann lächelte er kaum merklich und meinte: »Na schön, Poddy. Wenn es sein muß, aber nur ganz kurz.«

Ich kam herein. Radiant wiegt ungefähr ein Kilo und sieht recht mickrig aus. Dr. Torland meint aber, es ginge ihr glänzend und sie werde einmal ein hübsches, gesundes Mädchen werden — hübscher als ich. Er weiß sicher, wovon er redet, aber wenn sie jemals hübscher werden will als ich, muß sie sich noch ganz schön anstrengen. Sie hat beinahe dieselbe Farbe wie das Gesicht von Mrs. Royer und besteht fast nur aus Runzeln.

Aber das wird wohl noch vergehen, denn sie sieht aus wie eines der Bilder in einem Schulbuch mit dem Titel ›Das Wunder des Lebens‹ — und die anderen Bilder waren noch viel ärger. Es ist vielleicht ganz gut, daß man Babys vor ihrem ersten Auftritt nicht sehen kann, sonst wäre die Menschheit vielleicht schon ausgestorben.

Am besten wäre es wohl, wenn man Eier legen könnte. In dieser Beziehung sind wir eben noch rückständig.

Ich ging wieder hinunter, zu den ein wenig älteren Säuglingen, um festzustellen, ob man mich brauchte. Das war nicht der Fall, im Augenblick wenigstens nicht, weil sie gerade wieder gefüttert worden waren und eine junge Frau, die ich gar nicht kannte, mir erklärte, sie hätten sich eben erst an die Arbeit gemacht. Ich blieb trotzdem. Bald danach machte ich mich nützlich, indem ich an die beiden Frauen, die sich abmühten, vorbeilangte und die Babys überprüfte, um diejenigen herunterzureichen, die ihrer Dienste bedurften.

Dadurch ging es ein wenig schneller. Ich hob ein kleines Ding aus seinem Korb und schaukelte es; die Stewardeß sah auf und meinte: »Ich bin soweit.«

»Oh, er ist nicht naß«, sagte ich. »Oder ›sie‹, je nachdem. Nur einsam.«

»Dafür haben wir jetzt keine Zeit.«

»Na, na.« Das Schlimmste an der ganzen Sache war der Lärm. Die Säuglinge weckten einander, feuerten sich mit ihrem Geschrei an, bis man sein eigenes Wort nicht mehr verstand. Zweifellos waren sie alle einsam und verängstigt — mir wäre es genauso gegangen. »Die meisten brauchen ein bißchen Geschmuse mehr als alles andere.«

»Sie haben alle ihre Flasche bekommen.«

»Eine Flasche kann sie nicht in den Schlaf wiegen.«

Sie antwortete nichts und begann sich um die anderen Säuglinge zu kümmern. Aber ich glaubte mich im Recht.

Girdie tauchte wieder auf. »Kann ich behilflich sein?«

»Natürlich. Hier . . . nimm das mal.«

In wenigen Minuten fing ich drei Mädchen von meinem Alter ein, und als ich auf Clark stieß, der ruhelos umherwanderte, nahm ich ihn auch mit. Er war nicht gerade begeistert, wollte aber immer noch lieber mittun, als untätig herumsitzen.

Ich konnte nicht mehr Gehilfen gebrauchen, weil wir kaum zum Stehen Platz hatten. Wir schafften es, indem zwei Babyschaukler sich in die Krankenstation zwängten, während ich unten an der Leiter stand und mich dünn machte, um die Leute auf die Toiletten und die Leiter hinauf- und hinuntersteigen zu lassen. Girdie stand hinter den beiden an der Wand und teilte Babys aus, die lautesten an mich zur Weitergabe, die feuchten zum Windelaustausch — und umgekehrt; die trockenen zurück in ihre Körbchen, bis sie zu brüllen anfingen, ebenso diejenigen, die vom Schaukeln eingeschlafen waren.

Mindestens sieben Säuglinge konnten zur gleichen Zeit behandelt werden, manchmal sogar bis zu zehn oder elf, weil man bei einem Zehntel Schwerkraft nicht müde wird, und ein Baby hier kein nennenswertes Gewicht hat. Man konnte in jedem Arm eins halten, und manchmal taten wir das auch.

Binnen zehn Minuten hatten wir das ohrenbetäubende Geplärr auf ein erträgliches Maß herabgedrückt. Ich hatte nicht erwartet, daß Clark auf seinem Posten bleiben würde, aber er tat es — wahrscheinlich, weil Girdie mit von der Partie war. Mit einem Ausdruck grimmigen Edelmuts, den ich bei ihm noch nie erlebt hatte, schaukelte er Babys und sagte schließlich sogar: »Da-da-da!« als hätte er zeit seines Lebens nichts anderes getan. Außerdem schienen ihn die Kleinen zu mögen; er konnte sie am schnellsten von uns allen zur Ruhe bringen. Hypnose vielleicht?

Das Ganze dauerte mehrere Stunden. Neue Freiwillige erschienen, die erschöpften zogen sich zurück. Ich wurde einmal abgelöst und genehmigte mir einen kleinen Imbiß und eine Stunde in der Koje, bevor ich wieder zum Dienst erschien.

Ich stand auf meinem Posten, als der Kapitän uns über die Lautsprecher anredete: »Achtung! In fünf Minuten wird der Antrieb abgeschaltet und eine Reparatur an der Außenhülle durchgeführt. Während dieser Zeit befindet sich das Schiff im freien Fall. Alle Passagiere anschnallen. Alle Mannschaftsangehörigen Vorschriften für freien Fall beachten.«

Ich kümmerte mich weiterhin um die Babys; man kann da nicht einfach aufhören. In der Zwischenzeit hatte man die meisten Kleinen in ihre Körbchen zurückgetan, und meine Gehilfen wurden zu ihren Kojen zurückgejagt, um sich anzuschnallen. Die Rotation verminderte sich. Alle zwölf Sekunden eine Umdrehung spürte man im Zentrum des Schiffes kaum, aber die Einstellung der Rotation macht sich um so deutlicher bemerkbar. Die Stewardeß sagte zu mir: »Poddy, gehen Sie hinauf und schnallen Sie sich an. Schnell.«

»Machen Sie sich doch nicht lächerlich, Bergitta, wir haben zuviel zu tun«, sagte ich, schob den Säugling, den ich eben trokkengelegt hatte, in sein Körbchen und zog den Reißverschluß zu.

»Sie sind Passagier. Das ist ein Befehl — bitte!«

»Wer kümmert sich um die Kleinen? Sie? Und was ist mit den vieren auf dem Boden der Krankenstation?«

Bergitta zuckte zusammen und hastete davon, um sie zu holen. Alle anderen Stewardessen waren damit beschäftigt, die Gurte zu überprüfen. Bergitta verzichtete darauf, mich mit Befehlen zu belästigen; sie hatte zuviel zu tun, um die Babys in Sicherheit zu bringen. Ich überprüfte die anderen Körbchen und stellte fest, daß die meisten nicht verschlossen waren.

Ich war immer noch nicht fertig, als die Sirene ertönte und der

Kapitän den Antrieb abschaltete.

Ach du lieber Himmel! Die Sirene weckte die schlafenden Babys und erschreckte die munteren; jedes einzelne von den kleinen Dingern begann aus vollem Hals zu schreien. Ein Baby, das ich noch nicht verstaut hatte, schwebte aus seinem Korb. Ich erwischte es bei einem Bein, verlor selbst den Halt, und wir prallten sanft gegen die Körbchen an der Wand, aber das war keine Wand mehr, sondern nur noch ein Hindernis. Der freie Fall kann sehr verwirrend sein, wenn man nicht daran gewöhnt ist, wie ich.

Die Stewardeß packte uns beide, schob das Baby in seinen Korb und machte den Reißverschluß zu, während ich mich irgendwo festhielt. Inzwischen schwebten zwei andere Säuglinge davon.

Diesmal machte ich es besser — ich fing einen davon ein, ohne loszulassen, während Bergitta sich um den anderen kümmerte. Bergitta fand sich mit der Null-Schwerkraft großartig zurecht. Ich nahm mir vor, das auch recht bald zu lernen.

Ich nahm an, das Schlimmste überstanden zu haben, aber ich irrte mich. Säuglingen behagt der freie Fall nicht; sie bekommen Angst. Außerdem beeinflußt er ihre Verdauung ungünstig. Das letztere konnten wir zumeist ignorieren — aber Windeln sind nicht gegen alles gefeit, und bedauerlicherweise waren sechs oder sieben der Kleinen in der letzten Stunde gefüttert worden.

Ich weiß jetzt, warum Stewardessen ausgebildete Kinderschwestern sein müssen. Wir bewahrten in den nächsten Minuten fünf Kinder vor dem Ersticken. Das heißt, Bergitta half dem ersten, das seine Milch wieder hochbrachte, und ich kümmerte mich um das zweite, während sie sofort das dritte übernahm. Und so weiter.

Dann bemühten wir uns, mit sauberen Windeln die Luft zu reinigen. Die Milch schwebte nämlich wie Rauch umher, und man mußte sie entweder erwischen oder sich von ihr erwischen lassen.

Bis wir die kleine Zelle gesäubert hatten, waren wir von oben bis unten mit saurer Milch bekleckert, und der Kapitän kündigte Beschleunigung an, die zu meiner großen Erleichterung beinahe sofort eintrat. Die Chefstewardeß erschien und war entsetzt, daß ich mich nicht angeschnallt hatte. Ich wünschte sie in höflicher Form zum Teufel und fragte sie, was Kapitän Darling von einem erstickten Baby halten würde, nur weil ich mich befehlsgemäß angeschnallt hätte? Bergitta unterstützte mich und erzählte ihr, daß ich mindestens zwei oder drei Kinder gerettet hatte.

Mrs. Peal, die Chefstewardeß, änderte ihren Ton sofort, entschuldigte sich und dankte mir. Dann seufzte sie, wischte sich die Stirn und begann zu zittern. Man sah, daß sie sich kaum noch auf den Beinen halten konnte. Trotzdem überprüfte sie alle Säuglinge selbst und eilte dann hinaus. Wir wurden bald abgelöst. Bergitta und ich zwängten uns in den Waschraum für Damen und versuchten, uns zu säubern. Viel nützte das nicht, weil wir uns nicht umziehen konnten.

Das Entwarnungssignal erlöste uns aus dem Fegefeuer, und das heiße Bad war der Himmel. Das ›A‹-Deck war bereits strahlengeprüft und für ungefährlich erklärt worden, während man die Reparatur an der Außenhülle ausführte. Die Reparatur selbst gab zu keinerlei Befürchtungen Anlaß, wie ich erfuhr. Manche Antennen und Rezeptoren vermögen einem Strahlungssturm nicht standzuhalten; sie brennen durch — nach einem Sturm müssen also sofort ein paar Männer in Raumanzügen hinaus und sie ersetzen. Das ist normal und unvermeidbar wie das Auswechseln von Leuchtröhren zu Hause. Aber die Männer erhielten die gleiche Prämie wie die ›Jäger‹, weil die Sonne sie mit einem winzigen Zucken zu töten vermochte.

Ich schwelgte im warmen, sauberen Wasser und dachte darüber nach, wie gräßlich diese achtzehn Stunden gewesen waren. Dann sagte ich mir, daß es gar nicht so schlimm gewesen sei.

Es ist viel besser, überanstrengt zu sein, als sich zu langweilen.

9

Ich bin jetzt siebenundzwanzig Jahre alt.

Venusjahre natürlich, aber das klingt eben viel besser. Alles ist relativ.

Es ist nicht so, daß ich hier auf der Venus bleiben möchte, selbst wenn tausend Jahre lang das perfekte Zeitalter garantiert wäre. Venusburg ist eine Art von organisiertem Nervenzusammenbruch, und die Landschaft rings um die Stadt ein Greuel. Soviel ich davon gesehen habe, und das ist wenig. Viel möchte ich gar nicht sehen. Warum man diese trübe, smogbefallene Gegend nach der Liebesgöttin benannt hat, werde ich nie verstehen. Der Planet scheint aus den Resten des Sonnensystems zusammengesetzt zu sein.

Ich glaube nicht, daß ich Venusburg überhaupt verlassen würde, wenn ich nicht unbedingt fliegende Elfen sehen wollte. Die einzige, die ich bisher gesehen habe, befindet sich in der Halle unseres Hotels, und sie ist ausgestopft.

Ich sitze einfach die Zeit ab, bis wir zur Erde starten, denn die Venus ist eine große Enttäuschung — und ich halte jetzt nur die Daumen, daß es mir mit der Erde nicht genauso ergeht. Aber dafür spricht nichts. Schon der Gedanke an einen Planeten, wo man ohne besondere Vorbereitungen ins Freie gehen kann, hat etwas berückend Primitives. Onkel Tom erzählte mir, daß es am Mittelmeer — ein Ozean in Frankreich — Gegenden gibt, wo die Eingeborenen im Ozean baden, ohne viel anzuziehen, geschweige denn Isoanzüge oder Masken tragen müssen.

Das wäre nichts für mich. Ich bin gar nicht eigen, ich mag die Sauna genausogerne wie meine Mitmenschen. Aber ich hätte furchtbare Angst, in einem Meer zu baden; in etwas Größeres als eine Badewanne gedenke ich nicht zu steigen. Ich habe einmal zugesehen, als man im Vorfrühling einen Mann aus dem Großen Kanal fischte. Man mußte ihn auftauen, bevor man ihn verbrennen konnte.

Es heißt aber, daß an der Mittelmeerküste die Luft im Sommer oft die Temperatur des Blutes erreicht und das Wasser auch nicht viel kühler ist. Mag sein. Podkayne wird keine Risiken eingehen.

Trotzdem bin ich ganz begierig darauf, die Erde in ihrer unwahrscheinlichen Pracht zu sehen. Aber sie ist noch viele Wochen fern, und in der Zwischenzeit hat auch die Venus dem Neuankömmling, wie ich einer bin, einiges zu bieten.

Als Reisebegleiter kann ich meinen Onkel empfehlen. Nach der Ankunft gab es keine alberne Warterei in ›Empfangsräumen‹; wir durften uns sofort frei bewegen — zum großen Ärger von Mrs. Royer. Man durchsuchte weder das Gepäck, noch interessierte man sich für die zahlreichen Papiere — Paß und Untersuchungszeugnis und Identifizierungsunterlagen und Geburtsurkunde und neunzehn andere Formulare. Statt dessen wurden wir von der Satellitenstation in der Privatjacht des Generaldirektors zum Raumflughafen geflogen und dort von ihm selbst empfangen — wir nahmen in seinem Rolls Royce Platz und fuhren zum Hilton Tannhäuser.

Wir waren eingeladen, in seiner Villa zu wohnen, aber er hatte wohl nicht eigentlich erwartet, daß wir annehmen würden, weil Onkel Tom nur die linke Braue hob und sagte: »Ich glaube nicht, daß Sie mich als bestechlich hinstellen wollen, selbst wenn Sie mich in der Tasche hätten.«

Aber der Generaldirektor schien nicht beleidigt zu sein. Er lachte, bis sein Bauch zitterte, wie beim Weihnachtsmann — dem er sehr ähnlich sieht, mit Bart und roten Wangen, obwohl seine Augen selbst beim Lachen kühl bleiben.

»Senator«, sagte er, »Sie kennen mich besser. Mein Versuch, Sie zu bestechen wird mit größerer Raffinesse ausgeführt. Vielleicht über diese junge Dame. Miss Podkayne, haben Sie etwas für Schmuck übrig?«

Ich erklärte ihm, daß ich nicht dienen könne, weil ich ihn immer verliere. Er blinzelte kurz und sagte zu Clark: »Und du, mein Sohn?«

»Ich ziehe Bargeld vor«, erwiderte Clark.

Er blinzelte wieder und schwieg.

Er hatte auch zu seinem Fahrer nichts gesagt, als Onkel Tom sich für die Einladung in die Villa bedankte. Trotzdem fuhren wir stracks zum Hotel — und deswegen glaube ich, daß das Angebot gar nicht ernst gemeint war.

Aber ich begreife auch langsam, daß das Ganze für Onkel Tom etwas mehr als eine Vergnügungsreise ist und daß er zwar der beste Kartenspieler in ganz Marsopolis sein mag, häufig aber auch Spiele um höhere Einsätze riskiert. Ich muß gestehen, daß die näheren Begleitumstände außerhalb meines zugegebenermaßen jugendlichen Horizonts liegen — wenn man davon absieht, daß jeder von der bevorstehenden Drei-Planeten-Konferenz weiß.

Frage: Kann Onkel Tom damit etwas zu tun haben? Als Berater oder dergleichen? Hoffentlich nicht, weil er dann unter Umständen wochenlang auf der Venus festgehalten wird. Ich bin aber nicht neugierig darauf, auf einer schäbigen Schlackenkugel meine Zeit zu vertrödeln, während mich die Wunder Terras erwarten — und Onkel Tom würde mir vielleicht doch Schwierigkeiten machen, wenn ich allein zur Erde fliegen wollte.

Aber am liebsten wäre es mir, wenn Clark dem Generaldirektor gegenüber nicht gar so offen gewesen wäre.

Immerhin, für Geld allein würde er seinen Onkel nicht verraten.

Andererseits ist Geld für Clark keine Nebensache. Ich muß nachdenken . . .

Allerdings finde ich es beruhigend, daß jemand, der Clark eine Bestechungssumme aushändigt, feststellen müßte, daß Clark nicht nur das Geld, sondern die ganze Hand nimmt.

Vielleicht ist auch unser Appartement im Tannhäuser als Bestechung gedacht.

Bezahlen wir eigentlich dafür? Ich wage Onkel Tom nicht zu fragen, aber das eine weiß ich: Das Personal nimmt keine Trinkgelder an. Keinen Cent. Ich hatte mich vorher gründlich über die diesbezüglichen Gewohnheiten auf Venus und Erde informiert, um nicht aufzufallen — und ich hatte angenommen, daß alle Leute auf der Venus jederzeit Trinkgelder annehmen, selbst die Kassierer in der Bank.

Aber nicht das Personal, von dem wir bedient werden. Ich habe zwei kleine braunhäutige Mädchen, Zwillinge, die mich unaufhörlich beschatten und sogar baden würden, wenn ich das zuließe. Sie sprechen Portugiesisch, aber nicht Ortho — und im Augenblick kann ich in dieser Sprache nur ›danke schön‹ sagen. Es fällt mir schwer, ihnen zu erklären, daß ich mich selbst an- und ausziehen möchte. Ihre Namen kann ich auch nicht unterscheiden — sie hören beide auf ›Maria‹.

Jedenfalls nehme ich an, daß sie kein Ortho sprechen. Auch darüber muß ich nachdenken.

Die Venus ist offiziell zweisprachig, Ortho und Portugiesisch, aber ich möchte wetten, daß ich allein in der ersten Stunde mindestens zwanzig verschiedene Sprachen gehört habe. Deutsch klingt, als erwürge man die Betreffenden, Französisch hört sich an wie eine Rauferei unter Katzen, während man bei Spanisch an Sirup denken muß, der langsam aus einem Krug träufelt. Chinesisch — na ja, stellen Sie sich einen Mann vor, der Bach in Sprache umzusetzen versucht, ohne ihn zu mögen.

Zum Glück versteht beinahe jeder auch Ortho. Bis auf Maria und Maria. Wenn das stimmt.

Ich könnte sehr gut ohne den Luxus eigener Zofen auskommen, muß aber zugeben, daß unser Appartement für ein einfaches, normales Marsmädchen wie mich schon eine tolle Sache ist. Vor allem deswegen, weil ich mich die meiste Zeit dort aufhalte und sich das noch eine ganze Weile nicht ändern wird. Der Schiffsarzt, Dr. Torland, verpaßte mir auf dem Flug hierher viele von den Impfstoffen, die man auf der Venus braucht, aber ich benötigte noch eine ganze Menge davon, bevor ich die Stadt ungefährdet verlassen oder auch nur längere Zeit in der Stadt selbst herumlaufen kann. Kaum hatten wir unser Appartement erreicht, als auch schon ein Arzt erschien und auf meinem Rükken herumkratzte — drei Stunden später hatte ich ein paar Dutzend Striemen, die allesamt behandelt werden mußten.

Clark entzog sich der Prozedur bis zum nächsten Morgen, und ich bin überzeugt, daß er an irgendeiner geheimnisvollen Seuche sterben würde, hätte ihn nicht das Schicksal für den Galgen bewahren wollen. Onkel Tom lehnte es ab, sich den Tests zu unterziehen. Er hatte das Ganze schon vor mehr als zwanzig Jahren durchgemacht, und außerdem behauptet er, das allzu sterbliche Fleisch sei nichts als Einbildung.

Ich bin also die nächsten Tage auf luxuriöses Dasein im Hotel beschränkt. Wenn ich hinaus will, muß ich Handschuhe und eine Maske tragen, sogar in der Stadt. Eine ganze Wand des Saales wird jedoch auf ein gesprochenes Kommando hin sofort zu einer Stereo-Bühne, live übermittelt von einem beliebigen Theater oder Club in Venusberg — und einige ›Sendungen‹ haben meine Lebenserfahrung beträchtlich gefördert. Vor allem, wenn Onkel Tom abwesend ist. Ich beginne zu erkennen, daß der Mars im Grunde eine sehr puritanische Kultur hat. Selbstverständlich gibt es auf der Venus keine eigentlichen Gesetze, sondern nur Vorschriften der Corporation, die sich mit dem Verhalten im Privatleben nicht zu befassen scheinen. Man hatte mich aber in dem Glauben erzogen, die Marsrepublik sei eine freie Gesellschaft — und das stimmt wohl auch. Allerdings muß man zwischen ›Freiheit‹ und ›Freiheit‹ unterscheiden.

Hier gehört alles Besitzenswerte der Venus-Corporation, und sie betreibt alles Gewinnbringende, und zwar in einer Weise, die Marsbewohner von einer Ohnmacht in die andere stürzen würde. Aber die Venusleute wären wohl ebenso entsetzt, wenn sie wüßten, wie puritanisch wir denken. Jedenfalls wurde ich zum erstenmal seit einer ganzen Ewigkeit feuerrot und schaltete eine Sendung ab, bei der ich beinahe meinen eigenen Augen nicht getraut hätte.

Der Bildschirm ist aber keineswegs das einzig Erstaunliche an diesem Appartement. Die Suite ist so groß, daß man sich bei einem Rundgang am besten mit Proviant ausrüstet, und im Salon würde eine Windhose durchaus als örtliche Erscheinung gelten können. Mein eigenes Bad ist ein Palast für sich, mit so vielen Anlagen, daß ich ein abgeschlossenes Studium an einer technischen Hochschule benötige, bevor ich mir die Hände zu waschen getraue. Ich habe aber den Umgang mit allen Apparaturen gelernt und bin ganz hingerissen davon! Ich hätte mir nie träumen lassen, daß ich bisher ohne die absoluten Notwendigkeiten durchs Leben gehumpelt war.

Bislang hatte sich in dieser Hinsicht mein Ehrgeiz darauf beschränkt, ein Waschbecken nicht mit Clark teilen zu müssen, weil der Griff nach der Kölnischwasser-Flasche immer die Gefahr auftauchen ließ, es könne sich um Salpetersäure oder Schlimmeres handeln! Clark betrachtet das Badezimmer als Hilfslabor; die Sauberkeit an sich bedeutet ihm nicht viel.

Das Erstaunlichste im ganzen Appartement ist jedoch der Flügel. Nein, nein, ich meine keine an das Lautsprechersystem angeschlossene Tastatur, sondern einen echten Flügel. Drei Beine. Holz. Enorm. Die graziöse, geschwungene Form, die zu nichts anderem paßt und sich in keiner Ecke unterbringen läßt. Ein Deckel, den man aufmachen kann und der zeigt, daß sich wirklich Saiten im Inneren befinden und eine sehr komplizierte Anlage für ihre Bedienung.

Ich glaube, daß es auf dem ganzen Mars nur vier richtige Klaviere gibt, eines, auf dem niemand spielt, im Museum, eines in der Lowell-Akademie, ohne Saiten, eines im Rosenhaus — als hätte ein Präsident jemals Zeit, Klavier zu spielen! — und eines in der Halle der Schönen Künste, auf dem manchmal durchreisende Künstler spielen, wenngleich ich das nie gehört habe. Ich glaube nicht, daß es ein fünftes gibt, sonst hätten riesige Schlagzeilen davon berichtet.

Der Flügel hier stammte von einem Mann namens Steinway, und zum Bau muß er wohl sein ganzes Leben gebraucht haben. Ich spielte zweifingrig, bis mich Onkel Tom ersuchte, endlich aufzuhören. Dann klappte ich den Deckel zu, weil ich Clark dabei überrascht hatte, wie er hineinstarrte. Ich erklärte ihm, zwar freundlich, aber bestimmt, daß ich ihm im Schlaf sämtliche Finger brechen würde, wenn er es wagen sollte, auch nur einmal hinzutippen. Er hörte mir nicht zu, weiß aber genau, daß ich es ernst meine. Der Flügel ist den Musen geweiht und soll von unserem jungen Archimedes nicht auseinandergenommen werden.

Was die Elektronikfachleute sagen, ist mir völlig gleichgültig. Zwischen einem ›Klavier‹ und einem richtigen Klavier besteht ein Riesenunterschied. Es spielt gar keine Rolle, ob ihre albernen Oszilloskope ›beweisen‹, daß der Ton gleichwertig sei. Das ist derselbe Unterschied, wie warm angezogen zu sein — oder auf den Schoß seines Pappis zu kriechen, um richtig warm zu werden.

Ich stand nicht die ganze Zeit unter Hausarrest; ich war in den Spielsalons, mit Girdie und Dexter Cunha, dem Sohn des Generaldirektors, Kurt Cunha. Girdie verläßt uns hier, sie wird auf der Venus bleiben, und das macht mich traurig.

Ich habe sie nach dem Grund gefragt.

Wir saßen allein in unserem palastartigen Salon. Girdie bewohnt im selben Hotel ein Zimmer, das nicht sehr viel größer ist als ihre Kabine in der ›Tricorn‹, und ich bin wohl snobistisch genug, ihr die Pracht vorzuführen, aber meine Entschuldigung war, daß ich sie zum Anziehen brauchte. Einlagen in den Schuhen und enge Dinger hier und dort, damit ich nicht wie eine Amöbe auseinanderquelle — ich will lieber nicht sagen, wie

Clark das nennt; Clark ist grob, ungebildet und barbarisch.

Ich hasse sie. Aber bei 84 Prozent eines g brauche ich sie trotz der gymnastischen Übungen im Schiff. Das allein wäre schon Grund genug, nicht auf Venus oder Erde zu leben, selbst wenn die beiden Planeten wirklich so schön wären wie der Mars.

Girdie half mir — sie hatte mir die Sachen sogar selbst gekauft — aber sie zwang mich dazu, mein Make-up zu wechseln, das ich eben erst der neuesten Ausgabe von ›Aphrodite‹ entnommen hatte. Sie sah mich an und sagte: »Wasch dir das Gesicht, Poddy, dann fangen wir von vorne an.«

Ich zog einen Schmollmund und erwiderte: »Denk' gar nicht dran!« Was ich nämlich gleich bemerkt hatte, war die Tatsache, daß jede Frau auf der Venus sich mit Farbe bemalte, wie Indianer auf dem Kriegspfad — sogar Maria und Maria tragen dreimal soviel Make-up wie Mutter bei einem großen Empfang —, und Mutter verzichtet ganz auf Schminke, wenn sie arbeitet.

»Na, Poddy! Sei schön brav!«

»Bin ich doch. Es ist nur höflich, das zu tun, was auch die Einheimischen tun. Das habe ich schon als Kind gelernt. Und sieh dich nur einmal selber im Spiegel an.« Girdie trug ein hochmodernes Make-up à la Venusberg.

»Ich weiß, wie ich aussehe. Aber ich bin fast doppelt so alt wie du, und niemand betrachtet mich als jung und unschuldig. Man muß immer sein, was man ist, Poddy. Nie etwas vorspiegeln. Sieh dir Mrs. Grew an. Sie ist eine großartige, dicke, alte Frau. Sie macht keine Mätzchen, drum fühlt man sich in ihrer Nähe wohl.«

»Ich soll also aussehen wie eine alberne Touristin!«

»Ich möchte, daß du aussiehst wie Poddy. Komm schon, Liebes, wir finden den idealen Mittelweg. Ich gebe zu, daß selbst die Mädchen in deinem Alter hier mehr Make-up tragen als Erwachsene auf dem Mars — also schließen wir einen Kompromiß. Statt dich wie ein Freudenmädchen aus Venusberg zu bemalen, machen wir dich zu einer jungen Dame von erstklassiger Herkunft, weitgereist und an alle Sitten gewöhnt, die ihrer selbst so sicher ist, daß sie weiß, was ihr am besten steht — völlig unbeeinflußt von örtlichen Moden.«

Girdie ist eine Künstlerin, das kann ich nicht leugnen. Sie fing ganz von vorne an und bearbeitete mich eine volle Stunde — als sie fertig war, sah man mir gar nicht an, daß ich Make-up trug.

Was man sah, war folgendes: Ich war mindestens zwei Jahre älter — echte Jahre, Marsjahre, oder ungefähr sechs Venusjahre. Mein Gesicht war schmäler, meine Nase aristokratisch, und ich sah auf wunderbare und tolerante Weise weltklug aus. Meine Augen wirkten riesengroß. »Zufrieden?« fragte sie.

»Ich bin ja schön!«

»Allerdings. Weil du immer noch Poddy bist. Ich habe nur ein Bild von Poddy gegeben, wie sie einmal wirklich aussehen wird. Bald sogar.«

Meine Augen füllten sich mit Tränen, und wir mußten sie schnell trocknen und den Schaden des Make-up reparieren.

»So«, sagte sie fröhlich, »jetzt brauchen wir nur noch einen Knüppel. Und deine Maske.«

»Wozu denn einen Knüppel? Ich trage keine Maske, nicht vor diesem Gesicht.«

»Mit dem Knüppel müssen wir die reichen Aktionäre abwehren, die sich dir zu Füßen werfen wollen. Und die Maske trägst du, sonst gehen wir überhaupt nicht.«

Wir einigten uns. Ich trug die Maske, bis wir ankamen, und Girdie versprach mir, jegliche Beschädigung des Make-up zu reparieren. Sie versprach auch, mich so lange zu unterrichten, bis ich dieses herrliche, lügnerische Gesicht selbst ›herzustellen‹ vermochte. Die Kasinos sind ungefährlich, so heißt es jedenfalls — die Luft wird nicht gefiltert und gereinigt, sondern frisch erzeugt, bis jede Spur von Viren, Sporen und dergleichen verschwunden ist. Dies deswegen, weil viele Touristen sich nicht allen auf der Venus eigentlich nötigen Impfungen unterziehen wollen. Die Corporation denkt aber gar nicht daran, einen Touristen unangezapft entkommen zu lassen. Die Hotels sind also ungefährlich, die Kasinos ebenfalls, und ein Tourist kann sich bei der Corporation gegen eine bescheidene Prämie eine Versicherungspolice kaufen. Er stellt nämlich bald fest, daß er sie jederzeit gegen Spielmarken umwechseln darf, wenn ihn die Lust dazu anwandelt. Wie ich höre, braucht die Corporation auf derartige Policen selten auszuzahlen.

Venusberg beleidigt das Auge und Ohr sogar im Innern eines Taxis. Ich bin für freien Wettbewerb; alle Marsbewohner sind das, es handelt sich da um einen Glaubensartikel, und er ist der

Hauptgrund, warum wir uns mit der Erde nicht zusammenschließen wollen — die uns im übrigen dann überstimmen könnte. Aber freier Wettbewerb ist keine Entschuldigung dafür, daß man einem harmlosen Menschen die Ohren volltrompetet und ihn blendet, sobald er nur einen Fuß aus seinem Haus setzt. Die Läden schließen nie — in Venusburg macht meines Wissens nie ein Unternehmen zu —, und Reklame in allen Farben (Stereo, versteht sich) klettert mit ins Taxi, setzt sich auf deinen Schoß und brüllt dir ins Ohr.

Fragen Sie mich nicht, wie diese furchtbare Illusion erzeugt wird. Der Ingenieur, dem das einfiel, flog wohl auf seinem eigenen Besen davon. Ein roter Teufel von ungefähr einem Meter Größe erschien jedenfalls zwischen uns und der Trennwand zum Fahrer — von einem Bildschirm war nichts zu sehen —, wedelte mit einer dreizinkigen Gabel herum und begann zu kreischen. »Gewöhnen auch Sie sich an Hi-Ho!« heulte er. »Jeder trinkt Hi-Ho! Beruhigend, einmalig, herrlich! Betrinken auch Sie sich mit Hi-Ho!« — Ich drückte mich angstvoll in die Polster.

Girdie nahm den Hörer und verständigte sich mit dem Fahrer. »Bitte schalten Sie das ab.«

Der Teufel wurde zu einem rosaroten Geist, und seine Stimme erstarb zu einem Flüstern, während der Fahrer erwiderte: »Geht nicht. Die Konzession ist verpachtet.« Teufel und Lärm wurden wieder lebendig.

Und ich lernte etwas über Trinkgelder. Girdie nahm Geld aus der Börse und zeigte einen Schein. Nichts rührte sich, bis sie einen zweiten Schein hinzufügte. Lärm und Bild erstarben sofort. Sie reichte das Geld durch einen Schlitz an den Fahrer, und wir wurden nicht mehr belästigt. Der durchsichtige Teufel blieb, und seine Stimme flüsterte weiter, bis er durch eine andere Reklamefigur ersetzt wurde — aber wir konnten uns unterhalten. Die riesigen Reklamen draußen in der Straße waren greller und lauter; ich begriff einfach nicht, wie der Fahrer bei diesem Spektakel überhaupt steuern konnte, zumal alle Straßen überfüllt waren und er das Taxi mit Todesverachtung dahinbrausen ließ.

Bis wir auf dem Dach des Dom Pedro-Kasinos zum Stehen kamen, war ich mit den Nerven völlig fertig.

Ich erfuhr später, warum die Leute dort so irrsinnig fahren.

Der Taxifahrer ist Angestellter der Corporation wie fast alle anderen Bewohner auch — aber nicht gegen festen Lohn, sondern nach Leistung. Jeden Tag muß er eine gewisse Summe an Fahrgeldern einbringen — die in voller Höhe der Firma gehören. Alles, was über die festgelegte Zahl von bezahlten Kilometern hinausgeht, teilt er sich mit der Corporation. Er fährt also wie ein Verrückter, um möglichst schnell sein Pensum zu erledigen und dann in seine eigene Tasche zu arbeiten — er fährt weiterhin schnell, weil er ja viel verdienen möchte.

Onkel Tom meinte, die meisten Leute auf der Erde trieben es genauso, nur das ganze Jahr hindurch, und das Ganze nenne man Einkommensteuer.

Das Dom Pedro-Kasino ist herrlich, imposant, exotisch. Über dem Eingang steht: ›Jegliche Zerstreuung im bekannten Universum‹, und nach allem, was ich so höre, scheint das zu stimmen. Girdie und ich besuchten allerdings nur die Spielsäle.

So viel Geld habe ich in meinem ganzen Leben noch nicht gesehen! — Ein Schild vor dem Spielsektor verkündete:

›Guten Abend, Leichtgläubige!
Hier wird ehrlich gespielt,
das Haus verdient,
gewinnen können *Sie* nicht!
Also herein mit Ihnen und viel Vergnügen!
(Sie werden schon sehen!)
Schecks werden angenommen.
Alle Kreditkarten sind gültig.
Frühstück und Heimfahrt zu Ihrem Hotel kostenlos,
wenn Sie pleite sind

Ihr Gastgeber
Dom Pedro‹

»Gibt es denn wirklich einen Dom Pedro?« fragte ich Girdie. Sie hob die Schultern. »Er ist Angestellter, und sein richtiger Name lautet anders. Aber er sieht aus wie ein Kaiser. Ich zeige ihn dir. Du kannst ihn kennenlernen, wenn du willst, und er wird dir die Hand küssen. Wenn dir so etwas gefällt. Komm.«

Sie ging zu den Roulette-Tischen, während ich alles auf einmal zu sehen versuchte. Es war wie im Innern eines Kaleidoskops.

Elegant gekleidete Leute — in erster Linie Angestellte —,

Menschen in allen möglichen Aufzügen, von Abendkleidung bis zu kurzen Hosen — alles Touristen — grelle Lichter, Stakkato-Musik, Klirren, Schlurfen, Klappern, Klingen, schwere Portieren, bewaffnete Wächter in Operettenuniformen, Tabletts mit gefüllten Gläsern und Speisen, nervöse Erregung und Geld überall.

Ich blieb plötzlich stehen, auch Girdie. Mein Bruder Clark. Er saß an einem halbmondförmigen Tisch, an dem eine schöne Frau Karten austeilte. Vor ihm waren Jetons und eine Riesenmenge Geld gestapelt.

Ich hätte mich nicht zu wundern brauchen. Wenn Sie glauben, daß man einen sechsjährigen — oder nach Ihrer Zeitrechnung — achtzehnjährigen Jungen in Venusberg nicht an den Spieltisch läßt, dann sind Sie noch nie auf dem Planeten gewesen. Hier gibt es nur zwei Regeln: Man muß am Leben sein, und man muß Geld haben. Man braucht weder Portugiesisch noch Ortho zu können, überhaupt keine bekannte Sprache. Solange man nicken, blinzeln, knurren oder einen Fühler ausstrecken kann, nimmt man den Einsatz an. Und das letzte Hemd.

Nein, ich hätte wirklich nicht zu staunen brauchen. Clark marschiert immer in Richtung Geld. Jetzt wußte ich auch, warum er sich am ersten Abend verdrückt hatte, und wo er seither die meiste Zeit gewesen war.

Ich ging hin und klopfte ihm auf die Schulter. Er drehte sich nicht sofort um, aber wie ein Geist tauchte ein Mann auf und packte mich beim Arm. Clark sagte zu meinem Gegenüber: »Teilen Sie aus«, und sah mich an. »Na, Pod. Schon gut, Joe, das ist meine Schwester.«

»Bestimmt?« fragte der Mann zweifelnd, ohne meinen Arm loszulassen.

»Sicher. Sie ist harmlos. Pod, das ist Josie Mendoza, Privatpolizist bei der Corporation. Man hat ihn mir heute abend ausgeborgt. Guten Abend, Girdie!« Clarks Stimme klang plötzlich begeistert. Aber trotzdem vergaß er nicht, zu sagen: »Joe, setz dich an meinen Platz und paß auf. Girdie, das ist ja großartig! Spielst du mit? Du kannst meinen Platz haben.«

Das mußte doch Liebe sein — oder hohes Fieber.

Sie erklärte ihm, daß sie Roulette zu spielen wünsche. »Soll ich euch helfen?« fragte er eifrig. »Da bin ich auch recht gut.«

Sie machte ihm mit milder Stimme klar, daß sie keine Hilfe brauchen könne, weil sie ein System besitze, und versprach ihm, sich später wieder mit ihm zu treffen. Girdie ist unglaublich geduldig mit Clark. Ich hätte . . .

Übrigens hat sie genausoviel Geduld mit mir, wenn man es sich richtig überlegt.

Von einem System bemerkte ich bei Girdie nicht viel. Wir fanden zwei Plätze nebeneinander, und sie wollte mir ein paar Spielmarken geben. Ich hatte keine Lust zu spielen und sagte ihr das auch, worauf sie mir erklärte, daß ich aufstehen müsse, wenn ich nicht mitmachen wollte. Angesichts der Tortur, die 84% eines g für meine armen Füße darstellen, kaufte ich mir selbst ein paar Jetons und tat dasselbe wie sie, nämlich Mindesteinsätze auf die Farben zu wagen oder auf gerade oder ungerade Ziffern. Auf diese Weise kann man weder gewinnen noch verlieren — allerdings fällt die Kugel ab und zu ins Zero, und man verliert sein Jeton.

Der Croupier sah, was wir trieben, aber wir spielten ja innerhalb der Regeln, und er hatte nichts einzuwenden. Ich entdeckte sofort, daß die herumgereichten Tabletts mit Getränken und Speisen nichts kosteten — für die Spieler. Girdie nahm sich ein Glas Wein. Ich trinke nicht einmal zum Geburtstag Alkohol und dachte gar nicht daran, Hi-Ho zu versuchen, nach diesem infernalischen Lärm! Aber ich aß ein paar Sandwiches und bekam ein Glas Milch — das mußte man allerdings erst holen. Ich gab ebensoviel Trinkgeld wie Girdie.

Wir waren ungefähr eine Stunde dort, und ich hatte drei oder vier Jetons gewonnen, als ich mich aufrichtete und dem Mann, der hinter mir stand, das Glas aus der Hand schlug. Der Inhalt ergoß sich teils über ihn, teils über mich.

»Ach du meine Güte!« sagte ich, sprang von meinem Hocker und versuchte, die Flecken an seinem Anzug mit meinem Taschentuch abzuwischen. »Das tut mir aber wirklich leid!«

Er verbeugte sich. »Halb so schlimm. War nur Soda-Wasser. Aber ich fürchte, daß meine Tolpatschigkeit Ihr Kleid ruiniert hat.«

Girdie sagte leise: »Vorsicht!«, aber ich erwiderte: »Das Kleid? Nein, nein. Wenn es nur Wasser war, ist in zehn Minuten nichts mehr zu sehen. Das ist Reisekleidung.«

»Sie sind zu Besuch in unserer Stadt? Darf ich mich vorstellen?«

Er zog eine Karte aus der Tasche. Girdie machte ein grimmiges Gesicht, aber mir gefiel er recht gut. Er war nicht einmal so sehr viel älter als ich — ich schätzte ihn auf zwölf Marsjahre oder sechsunddreißig seiner eigenen —, dabei stellte sich heraus, daß er erst zweiunddreißig war. Er trug einen sehr modernen, eleganten Abendanzug, mit Cape und Stock . . . und einen entzückenden kleinen Schnurrbart.

Auf der Karte stand:

›Dexter Kurt Cunha, Aktionär‹

Ich las den Namen, las ihn noch einmal und sagte dann: »Dexter *Kurt* Cunha — sind Sie etwa verwandt —«

»Mein Vater.«

»Oh, ich kenne Ihren Vater —«, und ich streckte ihm die Hand entgegen.

Ist Ihnen schon einmal die Hand geküßt worden? Man bekommt eine Gänsehaut, die den Arm hinauf-, die Schultern und den anderen Arm wieder herunterläuft — auf dem Mars kennt natürlich niemand so etwas. Das ist ein Nachteil, den ich abstellen werde, und wenn ich Clark dazu abrichten muß.

Bis wir unsere Namen genannt hatten, drängte uns Dexter, mit ihm im Dachgarten zu Abend zu essen und ein bißchen zu tanzen. Aber Girdie machte Schwierigkeiten.

»Mr. Cunha«, sagte sie, »das ist eine sehr schöne Visitenkarte. Ich bin verantwortlich für Podkayne, ihrem Onkel gegenüber — und ich hätte gerne Ihren Ausweis gesehen.«

Für den Bruchteil einer Sekunde erstarrte er zu Eis. Dann lächelte er freundlich und sagte: »Ich weiß noch etwas Besseres«, und hob die Hand.

Der imposanteste aller älteren Herren, die ich je gesehen hatte, eilte heran. Er trug unzählige Orden. Seine Haltung war königlich, und seine Kleidung wirkte überwältigend.

»Ja?«

»Dom Pedro, würden Sie mich diesen Damen vorstellen?«

»Mit Vergnügen, Sir.« Dexter war also wirklich Dexter, und meine Hand wurde wieder geküßt. Dom Pedro machte das mit großem Geschick, aber es hatte nicht ganz dieselbe Wirkung — er strengt sich wohl nicht so an wie Dexter.

Girdie bestand darauf, Clark mitzunehmen — und Clark wäre beinahe toll geworden, denn er hatte gerade wieder eine Glückssträhne. Aber die Liebe siegte, und Girdie schritt an Clarks Arm nach oben, während Josie mit den Moneten folgte. Ich muß schon sagen, daß ich meinen Bruder in mancher Hinsicht bewundere. Bares Geld zum Schutz seines Gewinns auszugeben, mußte ihn härter treffen, als das Spiel aufzugeben, solange er am Gewinnen war.

Der Dachgarten heißt ›Brasilia-Room‹, und er ist noch großartiger als das Casino selbst, mit einem Glasdach, das zahllose Sterne zeigt, die Milchstraße und das Kreuz des Südens, die kein Mensch von der Venus aus jemals gesehen hat. Hinter einer Absperrung warteten zahlreiche Touristen — aber für uns galt das nicht. Es hieß: ›Hier herüber, bitte sehr‹, und man führte uns zu einem erhöhten Tisch an der Tanzfläche, dem Orchester gegenüber.

Wir tanzten und aßen Sachen, von denen ich noch nie etwas gehört hatte, und ich ließ mir ein Glas Sekt eingießen, trank ihn aber nicht, weil mir immer die Kohlensäure in die Nase steigt — am liebsten hätte ich ein Glas Milch gehabt oder wenigstens ein Glas Wasser, weil die Speisen recht scharf gewürzt gewesen waren, aber ich sagte nichts.

Dexter beugte sich zu mir herüber und meinte: »Poddy, meine Spione berichten mir, daß Sie Milch mögen.«

»Allerdings!«

»Ich auch. Aber ich wage keine Milch zu bestellen, wenn sich niemand anschließt.« Er hob den Finger, und augenblicklich wurden zwei Glas Milch gebracht.

Mir fiel jedoch auf, daß er sein Glas kaum anrührte.

Erst später begriff ich, daß man mich zum besten gehalten hatte. Eine Sängerin, die zum Programm gehörte, groß, gutaussehend, im Kostüm einer Zigeunerin, ging von Tisch zu Tisch und sang aktuelle Verse zu einer gängigen Melodie.

Sie blieb vor uns stehen, sah mich an, lächelte, strich ein paarmal über die Saiten der Gitarre und sang:

›Poddy Fries kam in die Stadt,
die hübsche, süße Poddy:
Silberschuh und himmelblaues Kleid,
die schöne Podkayne.
Von den Sternen kam sie her,
füllt die Gläser schnell!
Glück für Dexter, für uns alle,
laßt sie klingen hell!‹

Alle klatschten, Clark trommelte auf den Tisch, die Sängerin machte einen Knicks vor mir, und ich begann zu weinen, bedeckte das Gesicht mit den Händen, erinnerte mich aber, daß ich wegen des Make-up nicht weinen durfte, betupfte meine Augen mit der Serviette und hoffte, nichts beschädigt zu haben, und mit einem Male erschienen auf allen Tischen silberne Eimer mit Champagnerflaschen, und alle Anwesenden tranken stehend auf mein Wohl, nachdem Dexter sich erhoben hatte.

Ich war sprachlos und brachte gerade noch fertig, sitzen zu bleiben und ein Lächeln herbeizuzwingen, als er mich ansah . . .

. . . und er zerschmetterte sein Glas, wie in den Filmen, und alle taten es ihm nach, eine ganze Weile hörte man im Raum nichts als Klirren, und ich konnte kaum noch richtig denken.

Nachdem ich mich wieder erholt hatte und aufstehen konnte, ohne zu zittern, tanzte ich wieder mit Dexter. Er ist ein Traumtänzer — man spürt seine Führung kaum. Während eines langsamen Walzers sagte ich: »Dexter? Sie haben das Sodawasser absichtlich verschüttet.«

»Ja. Woher wissen Sie das?«

»Weil das Kleid wirklich himmelblau ist — oder von der Farbe, die man auf der Erde ›himmelblau‹ nennt —, obwohl ich noch nie einen Himmel von dieser Farbe gesehen habe. Und meine Schuhe sind silbern. Ein Zufall kann das also nicht gewesen sein.«

Er grinste, ohne sich zu schämen. »Nur ein bißchen. Ich bin zuerst in Ihrem Hotel gewesen — und ich brauchte beinahe eine halbe Stunde, um herauszubringen, wer Sie wohin ausgeführt hatte. Ich war wütend, weil Papa sich sehr geärgert hätte. Aber ich habe Sie gefunden.«

Ich dachte darüber nach und war nicht zufrieden. »Dann haben Sie das also getan, weil Ihr Vater es von Ihnen verlangt hat. Sie sollten mich ausführen, weil ich Onkel Toms Nichte bin.«

»Nein, Poddy.«

»Was? Seien Sie doch ehrlich!«

»Nein, Poddy. Papa würde mir nie befehlen, eine Dame auszuführen — außer zu Hause, wenn ich jemanden zu Tisch führen muß. Er zeigte mir Ihr Bild und fragte mich, ob ich Lust hätte. Und ich hatte. Aber es war kein sehr gutes Bild von Ihnen, es wurde Ihnen nicht gerecht — jemand vom Hotelpersonal hat es aufgenommen, ohne Ihr Wissen.«

Maria und Maria mußte ich also loswerden, man will doch schließlich auch sein Privatleben haben.

»... und als ich Sie fand, erkannte ich Sie beinahe nicht«, fuhr er fort, »so überstrahlen Sie Ihr Bild. Ich hätte mich beinahe nicht vorzustellen gewagt. Dann kam mir die großartige Idee, das Ganze als Zufall hinzustellen. Ich stand eine Ewigkeit mit dem Glas hinter Ihnen — und als Sie sich endlich bewegten, taten Sie es so sanft, daß ich das Sodawasser verschütten mußte, um wirklich einen Grund zu haben, mich bei Ihnen zu entschuldigen.« Er setzte ein entwaffnendes Lächeln auf.

»Aha«, sagte ich. »Hören Sie, Dexter, das Foto war doch sicher sehr gut. Auf dieses Gesicht habe ich eigentlich gar kein Anrecht.« Ich erzählte ihm, was Girdie getan hatte.

Er hob die Schultern. »Dann waschen Sie es einmal für mich und zeigen mir die echte Poddy. Ich werde Sie bestimmt erkennen. Im übrigen war der Zusammenstoß nur zur Hälfte gefälscht. Wir sind quitt.«

»Wie meinen Sie das?«

»Man hat mich nach meinem Großvater mütterlicherseits ›Dexter‹ genannt, bevor man herausfand, daß ich Linkshänder bin. Dann versuchte man, mich zum Rechtshänder zu machen. Daraus wurde aber nichts. Ich bin der tolpatschigste Mensch auf allen drei Planeten geworden.

Ich stoße immer etwas um. Das Problem bestand nicht darin, einen Unfall zu arrangieren, sondern den geeigneten Augenblick nicht zu versäumen.« Er grinste wieder. »Ich war begeistert. Aber die Umstellung von der Linkshändigkeit hat mich auch noch zu etwas anderem gemacht, nämlich zu einem Rebellen — und ich halte Sie auch für einen.«

»Äh . . . vielleicht.«

»Ich soll eines Tages in die Fußstapfen meines Großvaters und Vaters treten. Aber da mache ich nicht mit. Ich will in den Weltraum!«

»Oh! Ich auch!« Wir hörten auf zu tanzen und unterhielten uns aufgeregt über Raumfahrt. Dexter möchte Kapitän eines Expeditionsschiffes werden, genau wie ich — nur deckte ich meine Pläne nicht ganz so weit auf. Beim Umgang mit Männern darf man nie durchblicken lassen, daß man sich auch zutraut, was sie können oder wollen. Aber Dexter will nach Cambridge, um Paramagnetik und Davis-Mechanik zu studieren, damit er gleichzeitig mit den ersten echten Sternschiffen einsatzbereit ist.

»Vielleicht können wir sogar gemeinsam hinausfliegen, Poddy. In Sternschiffen gibt es Arbeit genug für Frauen.«

Ich gab ihm recht.

»Aber reden wir von Ihnen, Poddy. Es lag eigentlich gar nicht daran, daß Sie soviel besser aussahen als Ihr Bild.«

»Nein?« — Ich war ein wenig enttäuscht.

»Nein. Hören Sie, ich kenne Ihre Herkunft, ich weiß, daß Sie Ihr ganzes Leben in Marsopolis verbracht haben. Ich war schon überall. Die Schule besuchte ich auf der Erde, von dort aus machte ich die große Tour und war natürlich auch auf Luna; ich kenne die ganze Venus — und den Mars. Damals waren Sie noch ein kleines Mädchen, und ich hätte Sie kennen mögen.«

»Danke.« Ich kam mir vor wie eine arme Verwandte.

»Ich weiß also ganz genau, was für eine Talmi-Stadt Venusburg ist — und wie schockiert die Leute beim ersten Anblick sind. Vor allem jemand, der in einem zivilisierten Ort wie Marsopolis aufgewachsen ist. Ich liebe meine Heimatstadt natürlich, aber ich mache mir keine Illusionen — ich habe Vergleiche ziehen können. Poddy? Sehen Sie mich an, Poddy. Was mich bei Ihnen am stärksten beeindruckt hat, war Ihre Selbstsicherheit.«

»Was?«

»Ihre erstaunliche und vollkommene Haltung . . . unter Bedingungen, die sehr eigenartig für Sie sein müssen. Ihr Onkel ist überall gewesen und Girdie wohl auch. Aber viele Fremde hier, auch ältere Frauen, verlieren halb den Verstand, wenn sie den Spielhöllen Venusburgs zum erstenmal ausgesetzt sind, sie benehmen sich fürchterlich. Aber Sie treten wie eine Königin auf.«

Das gefiel mir! Ich überlegte nicht einmal, ob er das allen Mädchen erzählte.

Wir blieben nicht mehr lange. Girdie stellte klar, daß ich meinen ›Schönheitsschlaf‹ benötigte. Clark kehrte also zu seinem Spieltisch zurück. Josie erschien zum richtigen Zeitpunkt — und ich wollte Clark eigentlich auch nach Hause schicken, sagte mir aber, daß das nicht zu meiner königlichen Haltung paßte; außerdem hätte er mir sowieso nicht zugehört. Dexter brachte uns im Rolls Royce seines Vaters — vielleicht auch in seinem eigenen — zum Hotel zurück, beugte sich über unsere Hände und küßte sie zum Abschied.

Ich fragte mich, ob er versuchen würde, mich auf den Mund zu küssen, und hatte mich entschlossen, keine Gegenwehr zu leisten. Aber er versuchte es nicht. Vielleicht ist das auf Venusburg nicht üblich. Ich weiß es nicht.

Girdie fuhr mit mir hinauf, weil ich mich noch unterhalten wollte. Ich ließ mich auf ein Sofa sinken und sagte: »Oh, Girdie, das war der herrlichste Abend meines Lebens!«

»Für mich war es auch nicht unangenehm«, meinte sie ruhig. »Die Bekanntschaft mit dem Sohn des Generaldirektors kann sicherlich nicht schaden.« Und dann erzählte sie mir, daß sie auf der Venus bleiben wolle.

»Aber warum denn, Girdie?«

»Weil ich pleite bin, Liebes. Ich brauche eine Stellung.«

»Du? Aber du bist doch reich. Das weiß jeder.«

Sie lächelte. »Ich war einmal reich. Mein letzter Mann hat alles durchgebracht. Er war ein optimistischer Mensch und ein idealer Gesellschafter. Aber vom Geschäft verstand er bei weitem nicht soviel, wie er glaubte. Girdie muß also ihre Lenden gürten und sich an die Arbeit machen. Dafür taugt Venusburg besser als die Erde. Zu Hause könnte ich entweder bei meinen alten Freunden schmarotzen, bis mich alle satt hätten, oder jemand müßte mir eine Stellung verschaffen, was reine Wohltätigkeit wäre, weil ich nichts kann. Oder ich müßte untertauchen und meinen Namen wechseln. Für alle Arbeitswilligen gibt es genug zu tun. Ich trinke nicht, ich spiele nicht — Venusburg ist der ideale Platz für mich.«

»Aber was wirst du wirklich tun?« Ich konnte sie mir nur als reiche Dame der Gesellschaft vorstellen, deren Parties und

Streiche sogar auf dem Mars bekannt waren.

»Ich möchte Croupier werden. Sie verdienen am meisten — und ich habe mich damit befaßt. Ich habe aber auch geübt, Karten auszuteilen und die Bank zu halten. Aber ich werde wahrscheinlich als Wechslerin anfangen müssen.«

»Was? Girdie — würdest du wirklich so herumlaufen?«

Sie hob die Schultern. »Meine Figur ist immer noch gut, und Geld kann ich zählen. Das ist ehrliche Arbeit, Poddy — sie muß es sein. Die Geldwechslerinnen haben oft bis zu Zehntausend auf ihren Tabletts.«

Ich verstummte. Man kann wohl ein Mädchen aus Marsopolis herausholen, aber nicht umgekehrt. Die Geldwechslerinnen haben praktisch nicht viel mehr an als die Tabletts mit dem Wechselgeld — aber es ist wirklich ehrliche Arbeit, und Girdie kann sich mit Ihrer Figur überall sehen lassen. Sie wäre ohne weiteres in der Lage gewesen, sich einen reichen Junggesellen zu kapern und damit ihr Auskommen für alle Zeit zu sichern.

Ist es nicht anständiger, zu arbeiten? Und warum sollte sie nicht die ihr von der Natur mitgegebenen Vorzüge ausnützen?

Sie gab mir einen Kuß und schickte mich ins Bett. Ich gehorchte — aber schlafen konnte ich nicht. Sie würde sicher nicht lange Geldwechslerin bleiben. Sie würde in einem herrlichen Abendkleid am Roulettetisch arbeiten, ihr Gehalt und die Trinkgelder sparen, und eines Tages würde sie Aktionärin sein, mit einem Anteil zumindest, und mehr braucht man zur Sicherung seines Alters auf der Venus nicht. Und ich gedachte zurückzukommen und sie zu besuchen, sobald ich berühmt war.

Ich fragte mich, ob ich Dexter bitten durfte, ein Wort bei Dom Pedro für sie einzulegen?

Dann dachte ich an Dexter.

Ich weiß, daß das nicht Liebe sein kann. Ich war einmal verliebt, und das war etwas ganz anderes. Es tat weh.

Jetzt fühle ich mich großartig.

10

Ich habe gehört, daß Clark Verhandlungen eingeleitet hat, um mich an einen der Lizenzträger zu verkaufen, die Frauen an die Vertragskolonisten draußen im Busch verschicken — auf dem Schwarzmarkt natürlich. So heißt es jedenfalls. Die Wahrheit kenne ich nicht. Aber es gibt Gerüchte.

Was mich ärgert, ist nur, daß er mich zu einem lächerlich niedrigen Preis angeboten haben soll!

Eigentlich beweist das aber, daß es sich nur um ein Gerücht handeln kann, von Clark selbst ausgestreut, um mich zu ärgern — weil er aus einem solchen Geschäft herauspressen würde, was nur immer zu erzielen wäre. Das steht fest.

Viel mehr spricht dafür, daß es ihm leid tut, sich neulich abends aufgeschlossen gezeigt und beinahe menschlich benommen zu haben. Er hielt es zweifellos für notwendig, als Gegengewicht dieses Gerücht in die Welt zu setzen, um unsere Beziehungen auf ihr normales, gesundes Maß zurückzuführen.

Ich glaube im übrigen gar nicht, daß er damit durchkäme, auch auf dem Schwarzen Markt nicht, weil ich keinen Vertrag mit der Corporation habe; selbst wenn er ihn fälschen würde, könnte ich immer noch Dexter verständigen. Clark weiß das auch. Girdie hat mir erzählt, der Schwarze Markt in Ehefrauen befasse sich fast nur mit Wechslerinnen, Angestellten und Zimmermädchen, die keinen Mann in Venusburg finden konnten und bereit sind, sich ins Hinterland verkaufen zu lassen, um aus ihren Verträgen zu entkommen. Sie verraten nichts, und die Corporation übersieht solche Machenschaften.

Die meisten verkauften Bräute sind natürlich alleinstehende Frauen unter den Einwanderern. Die Lizenzträger bezahlen ihre Flugkarten und quetschen aus den Frauen und aus den Bergleuten oder Farmern soviel heraus, wie nur irgend möglich.

Nicht, daß ich da mitkäme — ich verstehe überhaupt nichts an diesem Planeten. Es gibt keine Gesetze, sondern nur Bestimmungen der Corporation. Sie wollen heiraten? Suchen Sie sich jemand, der Priester oder Prediger zu sein vorgibt, und leisten Sie sich jede beliebige Art von Zeremonie — gesetzlich bedeutet das gar nichts, weil es sich um keinen Vertrag mit der Corporation handelt. Sie wollen sich scheiden lassen? Packen Sie Ihre Sachen und verschwinden Sie, unter Hinterlassung eines Abschiedsbriefes oder ohne. Uneheliche Kinder? Gibt es nicht. Ein Baby ist ein Baby, und die Corporation läßt keines darben, weil dieses Baby aufwachsen und eine Arbeitskraft sein wird und auf der Venus chronischer Mangel an Arbeitskräften herrscht. Polygamie? Polyandrie? Wer kümmert sich darum? Die Corporation nicht.

Raubüberfälle? Sollte man in Venusburg lieber nicht riskieren; es gibt keine Stadt mit gründlicherer Polizeiüberwachung — Kapitalverbrechen schädigen das Geschäft. Ich suche gewisse Gegenden in Marsopolis ohne Begleitung nicht auf, weil manche Sandratten zuviel Sonne erwischt haben und nicht mehr ganz bei Trost sind. Aber in Venusburg bin ich überall ungefährdet. Der einzige Überfall, den ich zu befürchten habe, kommt von der Super-Verkaufstechnik.

Der Busch ist eine andere Sache. Das liegt nicht einmal so sehr an den Leuten, vielmehr an der Venus selbst. Der Planet ist gefährlich — und es besteht immer das Risiko, daß man einem Venusianer begegnet, der ein paar Gramm Glücksstaub in die Hände bekommen hat. Selbst die kleinen geflügelten Elfen sind blutdurstig, wenn sie Glücksstaub geschnupft haben.

Mord? Das ist ein sehr ernster Verstoß gegen die Vorschriften. Man bekommt viele Jahre lang fast das ganze Gehalt abgezogen, um den Verlust auszugleichen, den der Tote erzielt hätte . . . und seinen ungefähren Wert für die Corporation. All das wird von den Kalkulatoren der Firmen berechnet, die keine Herzen besitzen, sondern Pumpen für flüssiges Helium.

Wenn Sie also vorhaben sollten, jemand auf der Venus umzubringen, tun Sie's lieber nicht! Locken Sie das Opfer auf einen anderen Planeten, wo Mord eine Sache des Gewissens ist und man Sie höchstens aufhängt oder etwas Ähnliches. Auf der Venus lohnt es sich wirklich nicht.

Auf der Venus gibt es drei Klassen: Aktionäre, Angestellte und einiges dazwischen. Aktionärs-Angestellte — Girdies Ehrgeiz — Wettbewerbs-Angestellte — Taxifahrer, Farmer, Prospektoren, manche Einzelhändler und natürlich zukünftige Angestellte, Kinder, die sich noch in der Ausbildung befinden. Und es gibt Touristen, aber Touristen sind keine Menschen. Sie haben eher den Status von Stieren in einem Viehgehege — eine wertvolle Kapitalanlage, die man mit großer Rücksicht, aber ohne Mitleid behandelt.

Eine Person von einem anderen Planeten kann Tourist entweder für eine Stunde oder für ein ganzes Leben sein — solange eben sein Geld reicht. Kein Visum, keine Bestimmungen irgendwelcher Art, alles willkommen. Aber man braucht eine Rückflugkarte, die man erst zu Geld machen kann, nachdem man einen Vertrag mit der Corporation unterschrieben hat. Wenn man es tut. Ich würde es nie tun.

Ich begreife immer noch nicht, wie das System funktioniert, obwohl Onkel Tom mit seinen Erklärungen sehr geduldig war. Aber er behauptet, es auch nicht zu verstehen. Er nennt es ›Konzern-Faschismus‹ — was gar nichts erklärt — und meint, er wisse nicht recht, ob man es als die scheußlichste Tyrannei aller Zeiten . . . oder als die perfekteste Demokratie der Geschichte ansehen sollte.

Er sagt, hier sei in vieler Beziehung nichts so schlimm, wie die Bedingungen, die neunzig Prozent der Menschen auf der Erde erdulden müssen, und hinsichtlich des Komforts und Lebensstandards übertreffe man sogar hier und dort den Mars.

Ich weiß nicht recht. Ich sehe jetzt selbst, daß ich mein ganzes Leben einfach für richtig gehalten habe, was wir auf dem Mars machen. Gewiß, ich habe in der Schule auch etwas über die anderen Systeme erfahren — aber es saß nicht sehr tief. Jetzt beginne ich auch gefühlsmäßig zu begreifen, daß es andere Wege gibt als die unserigen . . . und daß die Leute dabei glücklich sein können. Man braucht nur an Girdie zu denken. Ich verstehe durchaus, warum sie nicht auf der Erde bleiben wollte, nach den großen Veränderungen in ihrem Privatleben. Aber sie hätte auf dem Mars bleiben können. Sie gehört genau zu der Sorte von hochklassigen Einwanderern, die wir uns wünschen. Aber der Mars hat sie überhaupt nicht gelockt.

Das störte mich, weil ich den Mars, wie Sie wohl schon gemerkt haben, für das schlechthin Vollkommene halte. Und Girdie auch.

Dabei hat sie sich ein furchtbares Loch wie dieses Venusberg ausgesucht. Sie meint, das sei eine Herausforderung.

Übrigens behauptet Onkel Tom, sie habe völlig recht; Venusberg werde Girdie in allerkürzester Zeit aus der Hand fressen.

Das stimmt wohl auch. Girdie tat mir entsetzlich leid, als ich hörte, daß sie arm ist. Ich war nie pleite, habe nie eine Mahlzeit ausfallen lassen müssen, machte mir nie Sorgen um die Zukunft — und doch tat mir Poddy leid, wenn das Geld zu Hause ein wenig knapp war und ich kein neues Kleid bekam. Dann fand ich heraus, daß die reiche und berühmte Miss Fitz-Snugglie — ich will ihren richtigen Namen nicht nennen, das wäre nicht fair — nur ihre Flugkarte zur Erde besaß und sich sogar dafür das Geld geborgt hatte. Ich bedauerte sie so sehr, daß es mir weh tat.

Aber jetzt wird mir langsam klar, daß Girdie trotz alledem ›Füße‹ hatte — und immer auf ihnen landen wird.

Sie war tatsächlich Geldwechslerin, zwei ganze Nächte hindurch . . . und sie bat mich, dafür zu sorgen, daß Clark an diesen Abenden nicht Dom Pedros Kasinos betrat. Es war ihr sicher gleichgültig, ob *ich* sie sah oder nicht . . . aber sie weiß, wie sehr Clark in sie verknallt ist, und sie will ihn nicht schockieren.

Aber inzwischen ist sie Bankhalterin geworden und besucht einen Lehrgang für Croupiers — Clark geht jeden Abend hin. Sie läßt ihn aber an ihrem Tisch nicht spielen. Sie erklärte ihm rundheraus, daß er gesellschaftlich oder beruflich mit ihr verkehren könne, aber nicht beides — und Clark findet sich stets mit dem Unausweichlichen ab. Er spielt an einem anderen Tisch und läuft ihr nach, wann immer das möglich ist.

Glauben Sie, daß mein Bruder wirklich übersinnliche Kräfte besitzt? Ich weiß, daß er keine telepathischen Fähigkeiten hat, sonst hätte er mich längst umgebracht. Aber er gewinnt immer.

Dexter versichert mir, daß die Spiele a) absolut ehrlich sind und b) niemand auf die Dauer Sieger bleiben kann, weil das Haus immer kassiert.

»Natürlich können Sie gewinnen, Poddy«, versicherte er mir. »Ein Tourist, der im vergangenen Jahr hier war, nahm eine halbe Million Dollar mit nach Hause. Wir zahlten vergnügt — und machten auf der ganzen Erde Reklame damit —, trotzdem verdienten wir in der Woche, als er seine Glückssträhne hatte, immer noch. Sie brauchen also nicht zu glauben, daß wir Ihren Bruder bevorzugen. Wenn er lange genug weitermacht, werden wir nicht nur alles zurückgewinnen, sondern ihm jeden Cent abnehmen, mit dem er angefangen hat. Wenn er so klug ist, wie Sie behaupten, hört er auf, solange er im Vorteil ist. Aber die meisten Leute sind nicht so klug — und die Venus-Corporation gibt sich nur mit todsicheren Sachen ab.«

Ich weiß nicht recht. Aber es lag sowohl an Girdie wie am Gewinnen, daß Clark sich beinahe menschlich zu mir benahm. Für einige Zeit.

Es war vergangene Woche, an dem Abend, als ich Dexter kennenlernte und Girdie mich ins Bett geschickt hatte, ich aber nicht schlafen konnte und die Tür offenließ, um Clark heimkommen zu hören — oder, falls er nicht erschien, jemanden anzurufen und ihn heimschleppen zu lassen, weil Onkel Tom zwar für uns beide verantwortlich ist, ich aber die Verantwortung für Clark trage. Ich wollte Clark zu Hause und im Bett sehen, bevor Onkel Tom eintraf.

Clark kam ungefähr zwei Stunden später hereingeschlichen, ich sagte ›Pst!‹, und er betrat mein Zimmer.

Sie haben bestimmt noch keinen sechsjährigen Jungen mit so viel Geld gesehen!

Josie hatte ihn bis an die Tür begleitet, erzählte er. Fragen Sie mich nicht, warum er seine Beute nicht im Hotelsafe unterbrachte — oder fragen Sie mich: Ich glaube, er wollte einfach damit spielen.

Auf jeden Fall wollte er sich brüsten. Er legte es in dicken Bündeln auf mein Bett, zählte es und ließ mich deutlich wissen, wieviel es war. Er schob mir sogar ein Bündel zu. »Brauchst du etwas, Poddy? Ich verlange nicht einmal Zinsen — ich kann ja Nachschub besorgen.«

Ich war sprachlos. Nicht des Geldes wegen, ich brauchte es nicht. Aber das Angebot rührte mich. Früher gab es Zeiten, da Clark mir gegen Sicherheit kleinere Beträge lieh — um dann bei der Rückzahlung genau 100% Zinsen zu verlangen. Bis uns Papa erwischte und beide übers Knie legte.

Ich bedankte mich also überschwenglich und umarmte ihn.

»Wie alt ist Girdie wohl?« fragte er plötzlich.

Ich begann sein merkwürdiges Verhalten zu verstehen. »Das kann ich wirklich nicht sagen«, erwiderte ich vorsichtig, obwohl ich genau Bescheid wußte. »Warum fragst du sie nicht selbst?«

»Das habe ich ja getan. Sie lächelte mich nur an und meinte, Frauen hätten keinen Geburtstag.«

»Das ist wahrscheinlich auf der Erde so üblich«, gab ich zurück und beließ es dabei. »Clark, wie hast du nur so viel Geld gewonnen?«

»Kleinigkeit«, sagte er. »Beim Spielen gewinnen die einen, und die anderen verlieren. Ich sorge nur dafür, daß ich zu den Gewinnern gehöre.«

»Aber wie denn?«

Er grinste abscheulich.

»Mit wieviel Geld hast du angefangen?«

Er war plötzlich auf der Hut, blieb aber erstaunlich milde, also setzte ich nach.

»Hör mal«, sagte ich, »so wie ich dich kenne, macht dir das Ganze keinen Spaß, wenn nicht ein anderer auch Bescheid weiß, und bei mir ist das Geheimnis am sichersten aufgehoben. Ich habe dich doch noch nie verpetzt, oder?«

Er gab es zu, indem er schwieg — und es stimmt auch. Als er noch klein genug war, gab ich ihm ab und zu eine Ohrfeige. Aber verraten habe ich ihn nie.

»Na komm schon«, drängte ich. »Ich bin die einzige, bei der du zu prahlen wagst. Wieviel hat man dir bezahlt, um die drei Kilo in meinem Gepäck an Bord der ›Tricorn‹ zu schmuggeln?«

Er grinste in sich hinein. »Genug.«

»Na schön, ich will mich damit nicht abgeben. Aber was hast du eigentlich geschmuggelt? Ich bin nie dahintergekommen.«

»Du hättest es gefunden, wenn du nicht so scharf darauf gewesen wärst, dich im Schiff umzusehen. Poddy, du bist dumm. Das weißt du doch, nicht wahr? Man kann genau voraussagen, was du tun wirst.«

Ich beherrschte mich. Wenn man beleidigt ist, zieht man bei Clark schnell den kürzeren.

»Vielleicht«, meinte ich zurückhaltend. »Sagst du mir, was es war? Doch nicht Glücksstaub?«

»O nein!« sagte er und machte ein schockiertes Gesicht. »Weißt du, was sie einem hier tun, wenn man damit erwischt wird? Man wird Eingeborenen überlassen, die sich mit dem Zeug vollgepumpt haben, das tun sie — und eine Beerdigung ist dann gar nicht mehr nötig.«

Ich schauderte und kehrte zum Thema zurück. »Sagst du es mir?«

»Mmm . . .«

»Ich schwöre beim heiligen Podkayne, es nicht weiterzuerzählen.« Das ist mein Privatschwur, den außer mir niemand leisten kann.

»Lieber nicht«, warnte er mich. »Es wird dir nicht gefallen.«

»Beim heiligen Podkayne!« — Ich hätte lieber still sein sollen.

»Na schön«, meinte er. »Du hast geschworen. Eine Bombe.«

»Was?«

»Oh, keine große Bombe. Ein kleines Ding. Reichweite höchstens ein Kilometer. Nichts Besonderes.«

Ich schluckte. »Warum eine Bombe? Und was hast du damit getan?«

Er hob die Schultern. »Die Leute waren schön dumm. Sie bezahlten mir eine Riesensumme, verstehst du? Nur, damit ich das Paket an Bord schmuggelte. Sie erzählten mir, daß es sich um eine Überraschung für den Kapitän handle — und ich sollte sie ihm anläßlich der letzten Party vor der Landung überreichen. In einer Geschenkpackung. ›Mein Junge‹, sagte dieser Trottel zu mir, ›zeig keinem das Paket, sonst ist die Überraschung futsch — denn am letzten Abend findet nicht nur die große Party statt, sondern der Kapitän hat auch noch Geburtstag.‹

Du weißt, daß ich auf solches Geschwätz nicht hereinfalle. Ein echtes Geburtstagsgeschenk hätte man dem Zahlmeister übergeben. Ich stellte mich dumm und schraubte den Preis in die Höhe. Und die Idioten zahlten. Sie waren ganz aufgeregt, als es zum Zoll ging, und sie blechten, was ich verlangte. Ich schob das Paket in die Reisetasche von dir, als du dich mit Onkel Tom unterhieltest — und dann sorgte ich dafür, daß man dein Gepäck nicht durchsuchte.

Sofort nach der Ankunft im Schiff wollte ich es mir holen — aber ich wurde von einer Stewardeß aufgehalten, die deine Kabine besprühte. Ich mußte mich beeilen und die Tasche wieder zuschließen, weil Onkel Tom zurückkam und seine Pfeife suchte. In der ersten Nacht machte ich das Paket im Dunkeln auf — und zwar von unten; ich hatte schon so eine Ahnung.«

»Woher?«

»Denk doch mal nach, Poddy. Zuerst bietet man mir einen, wie man glaubt, großen Betrag an. Als ich ablehne, erhöht man. Ich setze immer wieder nach, und das Geld wurde wichtig und immer wichtiger. Man bindet mir nicht einmal den Bären auf, daß ein Mann mit einer Blume im Knopfloch auf der Venus an Bord käme und das Losungswort bekanntgibt. Man will um jeden Preis das Paket an Bord haben. Was ergibt sich daraus? Logisch? Eingestellt auf drei Tage nach dem Abflug. Peng!«

Ich schauderte. »Das ist ja furchtbar!«

»Wir wären erledigt, wenn ich so dumm gewesen wäre, wie sie dachten«, meinte er.

»Aber warum denn das Ganze?«

»Das Schiff sollte die Venus nicht erreichen.«

»Nicht?«

»Überleg es dir. Ich habe es auch getan.«

»Äh — was hast du damit gemacht?«

»Oh, aufgehoben. Die wichtigen Teile. Man weiß nie, wann man eine Bombe brauchen kann.«

Mehr brachte ich aus ihm nicht heraus — und mein Schwur bindet mich.

Zu viele Fragen blieben unbeantwortet. War da wirklich eine Bombe? Oder hat mich mein Bruder angelogen? Wenn es sie gegeben hat, wo ist sie? Immer noch in der ›Tricorn‹? Oder hier im Appartement? In einem unschuldig aussehenden Paket im Hotelsafe? Oder bei seinem Leibwächter Josie? Oder an tausend anderen Orten in dieser großen Stadt? Oder habe ich mich in meiner Aufregung einfach um drei Kilo verschätzt, und Clark gab einfach seiner Neugier nach, wie er das immer tut, wenn er nicht anderweitig beschäftigt ist?

Ich weiß es nicht. Ich beschloß also, aus diesem Augenblick der Wahrheit soviel herauszuquetschen, wie nur möglich. »Ich bin sehr froh, daß du sie gefunden hast«, sagte ich. »Aber das Tollste war die Sache mit Mrs. Royer und Mrs. Garcia. Girdie hat das auch bewundert.«

»Wirklich?« fragte er eifrig.

»Bestimmt. Aber ich habe nie zugegeben, daß du das gewesen bist. Du kannst es ihr selber sagen, wenn du willst.«

»Mmm . . .« Er machte ein zufriedenes Gesicht. »Der alten Royer habe ich noch etwas serviert. Eine Maus im Bett.«

»Clark! Großartig! Aber wo hast du eine Maus gefunden?«

»Ich einigte mich mit der Schiffskatze.«

Manchmal wünsche ich mir nette, normale, ein bißchen

dummme Angehörige. Das wäre viel bequemer. Immerhin, Clark hat seine Vorzüge.

Aber ich habe nicht allzuviel Zeit gehabt, mich um die Missetaten meines Bruders zu bekümmern. Venusburg bietet zuviel Ablenkung. Vor allem Dexter —

Ich bin keine Aussätzige mehr; ich kann überall hingehen, sogar die Stadt verlassen, ohne einen Filtermaulkorb zu tragen, mit dem ich aussehe wie ein blauäugiges Ferkel — und der liebe gute Dexter begleitet mich überall. Sogar zum Einkaufen. Unter Verwendung beider Hände konnte ein Mädchen hier allein für Kleider ein Staatsvermögen ausgeben. Aber ich bin — fast — vernünftig und gebe nur so viel Geld aus, wie ich mir für die Venus beiseitegelegt hatte. Dexter würde mir, wenn ich nicht fest bliebe, alles kaufen, was ich bewundere, indem er einfach den Finger hebt. Er hat nie Geld bei sich, nicht einmal eine Kreditkarte, und sogar die Trinkgelder werden irgendwie verrechnet. Aber ich habe mir von ihm nichts Aufregenderes als einen Eisbecher kaufen lassen. Ich denke nicht daran, meinen Amateurstatus für ein paar hübsche Kleider aufzugeben. Aber bei Eis fühle ich mich nicht allzu kompromittiert, und zum Glück brauche ich mir wegen der Taille noch keine Sorgen zu machen.

Nach einem anstrengenden Tag in den Modesalons führt mich Dexter zu einer Eisbar — und er sitzt da, rührt in seinem Kaffee und sieht mir entsetzt zu, während ich esse. Zuerst eine Kleinigkeit, zum Beispiel ein Himbeer-Soda, dann ernsthaftere Bemühungen an einem Eisbecher, von einem Meisterarchitekten gestaltet, aus Sahne, Sirup, importierten Früchten und Nüssen und vielleicht zehn Portionen Eiscreme in diversen Geschmacksrichtungen. Das Ganze heißt ›Taj Mahal‹ oder ›Mount Everest‹.

Auch in anderer Beziehung mußte ich ihm gegenüber stark bleiben, wenn auch weniger auffällig. Dexter hat sich als Meister verführerischer Logik entpuppt und möchte mich immer wieder in den Schlaf singen. Ich habe aber nicht die Absicht, da mitzutun, nicht in meinem Alter. Die Tragödie bei Romeo und Julia war nicht, daß sie so jung starben, sondern, daß der ›boy-meets-girl‹-Reflex so überwältigend war, daß er den gesunden Menschenverstand völlig erdrückte.

Meine eigenen Reflexe sind in Ordnung, vielen Dank, und

mein Hormongleichgewicht geradezu großartig. Dexters erfolglose Bemühungen verleihen mir ein angenehmes Gefühl im Magen und steigern meinen Metabolismus. Vielleicht sollten mich seine Absichten eigentlich beleidigen — und zu Hause wäre es wohl auch ganz anders, aber hier sind wir in Venusburg, wo der Unterschied zwischen einem unmoralischen Vorschlag und einem Heiratsantrag nur im Denken liegt. Dexter mag ebensogut zu Hause sieben Frauen haben, für jeden Wochentag eine. Ich habe ihn nicht gefragt, weil ich unter keinen Umständen Nummer Acht werden will.

Ich habe das alles mit Girdie besprochen und sie gefragt, warum ich keine ›Empörung‹ empfinde. Fehlen mir auch die moralischen Wertmaßstäbe wie meinem Bruder?

Girdie setzte ihr geheimnisvolles Lächeln auf, das immer verrät, daß sie an Dinge denkt, bei denen sie nicht ganz offen sein will. Dann sagte sie: »Poddy, man bringt den Mädchen bei, sich zu ihrem eigenen Schutz über solche Angebote zu ›empören‹ — und das ist eine gute Idee, genausogut, wie einen Feuerlöscher bereitzuhalten, obwohl man nicht mit einem Brand rechnet. Aber du hast recht. Es ist keine Beleidigung, nie — sondern der einzig ehrliche Tribut an den Charme und die Weiblichkeit einer Frau, den ein Mann zu entrichten vermag. Das übrige sind meist nur höfliche Lügen . . . Aber in dieser Hinsicht ist ein Mann von entwaffnender Ehrlichkeit. Ich sehe keinen Grund, beleidigt zu sein, wenn sich ein Mann höflich benimmt.«

Ich dachte nach. »Vielleicht hast du recht, Girdie. In gewisser Hinsicht ist das sicher ein Kompliment. Aber warum sind die Männer so dahinter her? In neun von zehn Fällen.«

»Du siehst das falsch, Poddy. Warum sollte er etwas anderes wollen? Millionen Jahre der Evolution stehen hinter jedem dieser Anträge. Sei lieber froh, daß die Männer gelernt haben, das mit Handküssen abzumachen, statt mit Knüppeln. Manche jedenfalls. Wir haben mehr mitzureden dabei, als jemals zuvor in der Weltgeschichte. Wir leben in einer Welt der Frau, Liebes — genieße es und sei dankbar.«

So hatte ich es noch gar nicht gesehen. Wenn ich überhaupt daran dachte, war ich meistens verärgert gewesen, weil es für ein Mädchen so schwierig ist, sich in einen ›männlichen‹ Beruf wie den des Piloten einzuschmuggeln.

Ich habe angestrengt über dieses Thema nachgedacht und bin zu der Ansicht gekommen, daß alles gut überlegt sein will. Soll ich wirklich ein ›berühmter Expeditionskapitän‹ werden? Oder wäre ich genauso zufrieden, zur Besatzung eines Sternschiffes zu gehören?

Oh, ich will Raumfahrerin werden, das steht fest! Mein kurzer Flug vom Mars zur Venus hat mir das bestätigt. Ich wäre lieber Stewardeß in der ›Tricorn‹ als Präsident der Republik. Das Leben an Bord macht Spaß; man nimmt sein Zuhause und seine Freunde mit, besucht romantische, neue Länder — und mit Davis-Antriebs-Sternschiffen wird man von Jahr zu Jahr weiter vorstoßen können. Poddy wird es schaffen, so oder so.

Machen wir uns aber nichts vor. Wird jemand Poddy zum Kapitän eines dieser irrsinnig teuren Schiffe machen wollen?

Dexters Chancen sind hundertmal größer als die meinigen. Er ist so klug wie ich oder beinahe; er wird die beste Ausbildung vorweisen können, die es für Geld zu kaufen gibt, und außerdem mag es durchaus dazu kommen, daß ihm sein Vater ein Sternschiff kauft. Entscheidend ist aber, daß Dexter zweimal so groß ist wie ich und außerdem ein Mann. Selbst wenn man den Reichtum seines Vaters außer acht läßt, wer von uns beiden käme in Frage?

Aber noch ist nicht alles verloren. Man braucht nur an Kaiserin Theodora, an Katharina die Große zu denken. Man soll ruhig einen Mann die Zügel halten lassen, wenn man diesen Mann beherrscht. Ich habe nichts gegen eine Ehe. Wenn mich Dexter heiraten will, muß er aber mit nach Marsopolis kommen, wo wir in solchen Dingen ziemlich altmodisch sind. Die Ehe sollte das Ziel jeder Frau sein — aber nicht ihr Ende.

Diese achtzehn schrecklichen Stunden während des Sturms in der ›Tricorn‹ — gehören sie nicht zu den schönsten Erlebnissen? Ein Baby macht mehr Spaß als Differentialgleichungen.

Jedes Sternschiff hat ein Säuglingsheim. Was ist also besser? Kindermedizin studieren und Abteilungsleiterin in einem Sternschiff zu sein — oder als frisch gebackene Pilotin nirgends angeheuert zu werden?

Na ja, das muß jetzt noch nicht entschieden sein.

*

Langsam werde ich ungeduldig. Ich will zur Erde. Die Fleischtöpfe Venusburgs wirken auf die Dauer reichlich monoton. Ich habe kein Geld mehr für Einkäufe, wenn ich in Paris noch über Geld verfügen will. Für Glücksspiele habe ich nichts übrig, und der unaufhörliche Lärm und die grellen Lichter machen mich nervös. Dexter scheint sich mit meiner naiven Unfähigkeit, zu begreifen, worauf er hinauswill, auch allmählich zu langweilen.

Wenn es etwas gibt, was ich in meinen achteinhalb Jahren über die Männer gelernt habe, dann die Tatsache, daß man Schluß machen sollte, bevor sie sich langweilen. Ich freue mich auf eine letzte Begegnung mit Dexter: auf den tränenreichen Abschied, bevor ich an Bord der ›Tricorn‹ gehen muß, mit einem so erwachsenen, so unglaublich leidenschaftlichen und bedenkenlosen Kuß, daß er den Rest seines Lebens glauben muß, alles hätte anders kommen können, wenn er seine Trümpfe nur richtig ausgespielt hätte.

Ich war nur einmal außerhalb der Stadt, in einem versiegelten Touristenbus. Dexter sagt, daß er eine Kolonie kennt, nicht einmal zweihundert Kilometer entfernt, die er mir in seinem Rolls zeigen will. Aber ich bin nicht begeistert davon; er möchte selbst fahren — und das blöde Ding hat eine automatische Steuerung. Wenn ich Girdie oder auch Clark mitnehmen kann — dann vielleicht.

Aber ich habe auf der Venus viel gelernt und möchte diese Erfahrung um keinen Preis missen. Vor allem die Kunst des Trinkgeldgebens. Ich komme mir schon vor wie eine erfahrene Reisende.

Onkel Tom macht sich über irgend etwas furchtbare Sorgen. Er ist geistesabwesend; er lächelt mich zwar an, wenn es mir gelingt, seine Aufmerksamkeit zu erregen, was nicht einfach ist, aber das Lächeln verschwindet sofort wieder. Vielleicht liegt das nur an der Venus, und alles wird wieder gut, sobald wir unterwegs sind. Am liebsten wäre ich schon in der ›Tricorn‹, nächste Station Luna.

II

Es sieht wirklich böse aus. Clark ist seit zwei Nächten nicht nach Hause gekommen, und Onkel Tom verzweifelt fast. Außerdem habe ich mich mit Dexter gezankt — was im Vergleich zum Verschwinden meines Bruders nicht so wichtig ist, aber ich würde mich doch gerne irgendwo ausweinen.

Onkel Tom hatte einen ernsthaften Streit mit dem Generaldirektor — was zu meinem Zank mit Dexter führte, weil ich auf Onkel Toms Seite stand, obwohl ich nicht wußte, worum es ging, und feststellen mußte, daß Dexter seinem Vater genauso blind die Treue hält wie ich Onkel Tom. Ich war nur ganz kurz Zeuge der Auseinandersetzung mit dem Generaldirektor, und sie war so beängstigend, kalt, bitter, formell höflich, wie sie früher unweigerlich zu einem Duell geführt hätte.

Viel hat wohl auch nicht gefehlt. Der Generaldirektor erschien in unserem Appartement, ganz und gar ohne Ähnlichkeit mit dem Weihnachtsmann, und ich hörte Onkel Tom sagen: »Es wäre mir lieber gewesen, wenn mich Ihre Freunde aufgesucht hätten, Sir.«

Aber der Generaldirektor überhörte das, und dann bemerkte Onkel Tom, daß ich hinter dem Flügel saß und mich klein zu machen versuchte. Er bat mich, in mein Zimmer zu gehen, was ich auch tat.

Aber ich weiß zum Teil, worum es geht. Ich hatte angenommen, Clark und ich dürften uns in Venusburg ungehindert bewegen — obwohl ich immer Girdie oder Dexter bei mir hatte. Das war ein Irrtum. Man hat uns beide Tag und Nacht bewacht. Ich hätte das nie vermutet und Clark auch nicht, sonst hätte er Josie nicht angeheuert, seine Beute zu bewachen. Aber Onkel Tom wußte es und betrachtete es als Höflichkeit des Generaldirektors, die es ihm gestattete, den Dingen nachzugehen, die ihn hier so beschäftigt haben, ohne auf zwei Jugendliche aufpassen zu müssen.

Soweit ich das rekonstruieren kann, gibt Onkel Tom dem Generaldirektor die Schuld an Clarks Verschwinden — obwohl das nicht gerecht ist, denn Clark kann sich jeder Überwachung entziehen, wenn er es ernstlich darauf abgesehen hat.

Aber Dexter erzählt mir, daß man sich darüber hinaus völlig uneinig sei, wie man Clark finden könne. Ich persönlich glaube, daß Clark sich versteckt hat, weil er vorhat, das Schiff zu verlassen und hier auf der Venus zu bleiben, wo a) Girdie und b) das viele Geld ist. Es mag sein, daß ich die Reihenfolge falsch angegeben habe.

Ich sage mir das immer wieder vor, aber der Generaldirektor behauptet, es handle sich um Entführung, und auf der Venus gäbe es nur eine einzige Möglichkeit, sich damit zu befassen, wenn man den Entführten jemals lebendig wiedersehen wolle.

Auf der Venus ist Entführung so ziemlich das einzige, wovor sich die Aktionäre fürchten. Sie haben sogar solche Angst, daß das Ganze zu einem Ritus geworden ist. Wenn sich der Entführer an die Regeln hält und seinem Opfer nichts tut, wird er nicht nur nicht bestraft, sondern er bekommt auch die Zusicherung der Corporation, daß er das Lösegeld behalten darf.

Hält er sich aber nicht an die Spielregeln, und man erwischt ihn, dann wird es ziemlich grimmig. Manches hat Dexter nur angedeutet. Die mildeste Strafe sei der sogenannte ›Vier-Stunden-Tod‹, Einzelheiten darüber wollte er mir nicht sagen — abgesehen von der Ergänzung, daß es ein Medikament gibt, das Gegenstück zu einem Narkosemittel; alle Schmerzen werden um ein Vielfaches verstärkt.

Dexter meint, Clark sei so lange ungefährdet, als Onkel Tom darauf verzichte, sich mit Dingen abzugeben, von denen er nichts verstehe. ›Alter Trottel‹ war einer seiner Ausdrücke, dann gab ich ihm eine Ohrfeige.

Ein langer Seufzer für meine glückliche Kindheit in Marsopolis, wo ich alles verstand. Hier ist das anders. Ich weiß nur, daß ich das Appartement ohne Onkel Tom nicht mehr verlassen darf — und daß ich mit ihm gehen muß, wenn er weggeht.

Auf diese Weise lernte ich die Villa der Cunhas kennen — und wäre sehr interessiert gewesen, hätten wir Clark bei uns gehabt. Ein bescheidenes kleines Haus, nur unwesentlich kleiner als unser Hotel, aber viel prächtiger. Das Rosenhaus unseres Präsidenten würde in den Ballsaal hineinpassen. Und dort habe ich mich mit Dexter gestritten, während Onkel Tom und der Generaldirektor sich in einem anderen Raum beschimpften.

Bald darauf brachte mich Onkel Tom ins Hotel zurück, und

ich habe ihn noch nie so alt gesehen — mindestens fünfzig, oder sagen wir hundertfünfzig von den Jahren hier auf der Venus. Wir aßen im Appartement, rührten aber beide nichts an, und nachher setzte ich mich an die Bildwand im Wohnzimmer. Die Szene stammte von der Erde, nehme ich an. Der Grand Canyon von El Dorado oder El Colorado, ich weiß nicht genau. Aber ich bekam Angst und begann zu weinen.

Onkel Tom saß einfach da und litt. Ich schob meine Hand in die seine und sagte: »Onkel Tom? Du solltest mich übers Knie legen.«

»Was?« Er schüttelte den Kopf und schien mich jetzt erst zu bemerken. »Poddy! Warum denn?«

»Weil ich an allem schuld bin.«

»Wie meinst du das?«

»Weil ich für Clark verantwortlich bin. Ich bin es immer gewesen. Er hat keinen Funken Verstand. Als er noch ganz klein war, mußte ich ihn hundertmal vor einem Sturz in den Kanal retten.«

Er schüttelte den Kopf. »Nein, Poddy. Die Verantwortung liegt bei mir. Ich vertrete eure Eltern — und sie waren nicht bei Verstand, als sie euch mir anvertrauten!«

»Aber ich fühle mich einfach verantwortlich.«

Er schüttelte wieder den Kopf. »Nein. In Wahrheit kann kein Mensch für ein anderes menschliches Wesen jemals im Ernst verantwortlich sein. Jeder von uns steht dem Universum allein gegenüber, und das Universum mildert die Regeln für keinen von uns ab — im Endeffekt gewinnt es immer. Das erleichtert uns aber die Mühe nicht, wenn wir versuchen, füreinander verantwortlich zu sein — wie du es getan hast, wie ich es getan habe, wenn man zurückblickt und sieht, daß man es hätte besser machen können.« Er seufzte. »Ich hätte Mr. Cunha nicht die Schuld geben dürfen. Er kümmerte sich um Clark. Ich wußte es.«

Er machte eine Pause und fügte dann hinzu: »Ich hatte den schäbigen Verdacht, daß er Clark dazu benützen wollte, mich unter Druck zu setzen. Ich habe mich getäuscht. In seiner Art und nach seinen Regeln ist Mr. Cunha ein ehrenwerter Mann — und seine Regeln sehen nicht vor, daß er einen Jungen zur Erreichung politischer Zwecke benützt.«

»Politische Zwecke?«

Onkel Tom sah mich an, als sei er erstaunt, mich noch im Zimmer zu finden. »Poddy, ich hätte dir mehr erzählen sollen. Ich vergesse, daß du schon eine Frau bist. Ich sehe dich immer noch als das Kind, das auf meinen Knien zu sitzen und um die ›Poddy-Geschichte‹ zu flehen pflegte.« Er atmete tief ein. »Ich will dich nicht mit allem belasten. Aber ich bin Mr. Cunha eine Abbitte schuldig — weil *ich* nämlich Clark für politische Zwecke eingesetzt habe. Und dich auch.«

»Was?«

»Als Deckmantel. ›Tattriger Großonkel begleitet Nichte und Neffen auf Vergnügungsreise.‹ Verzeih, Poddy, aber so ist es ganz und gar nicht. In Wirklichkeit bin ich Sonderbotschafter für die Republik und soll an der Drei-Planeten-Konferenz teilnehmen. Aber ich hielt es für besser, das geheimzuhalten, bis ich meine Vollmacht vorlege.«

Ich erwiderte nichts, weil es mir ein wenig schwerfiel, das alles zu begreifen. Ich weiß, daß Onkel Tom etwas Besonderes ist und allerhand Wichtiges geleistet hat, aber mein ganzes Leben war er der Mensch, der immer Zeit für mich hatte.

»Ich habe dich mitgenommen, Poddy«, fuhr er fort. »Dich und deinen Bruder. Weil — Poddy, willst du wirklich das ganze politische Durcheinander kennenlernen?«

Ich wollte. Aber ich versuchte, erwachsen zu sein. »Was du für richtig hältst, Onkel.«

»Gut. Manches ist recht unangenehm, alles aber kompliziert, und es würde Stunden dauern, dir alles zu erklären. Manches darf ich nicht einmal weitergeben, weil das Sache Bozos — Verzeihung — des Präsidenten wäre. Einiges hängt mit Versprechungen zusammen, die er gegeben hat. Weißt du, wer zur Zeit in Luna City unser Botschafter ist?«

Ich versuchte mich zu erinnern. »Mr. Suslow?«

»Nein, das war unter der letzten Regierung. Artie Finnegan. Artie ist kein übler Bursche . . . aber er findet, daß er Präsident hätte werden müssen, und er ist überzeugt davon, mehr von interplanetarischen Angelegenheiten zu verstehen als der Präsident selbst. Er meint es gut, da gibt es keinen Zweifel.«

Ich sagte nichts, weil ich den Namen ›Arthur Finnegan‹ sofort erkannte — ich hatte einmal Onkel Tom mit Papa über ihn reden hören. Die unfreundlichen Bezeichnungen möchte ich lieber nicht wiedergeben.

»Aber obwohl er es gut meint«, fuhr Onkel Tom fort, »ist er mit dem Präsidenten — und mir — über Angelegenheiten, die bei dieser Konferenz zur Sprache kommen, nicht einer Meinung. Schickt der Präsident aber keinen Sonderbotschafter — in diesem Fall mich —, so vertritt allein der residierende Botschafter automatisch den Mars. Poddy, was weißt du über die Schweiz?«

»Wie? Wilhelm Tell. Apfelschuß.«

»Das genügt wohl, obwohl es den Apfel wahrscheinlich nie gegeben hat. Poddy, der Mars ist die Schweiz des Sonnensystems — oder gar nichts. Das meint der Präsident, und das meine auch ich. Ein kleiner Mann — und ein kleines Land, wie die Schweiz oder der Mars, können sich gegen größere, mächtigere Nachbarn nur halten, wenn sie sich kampfentschlossen zeigen. Wir haben nie einen Krieg gehabt, und ich hoffe, daß sich das nie ändert, weil wir ihn wahrscheinlich verlieren würden. Aber wenn wir die Bereitschaft zeigen, wird er vielleicht nie kommen.«

Er seufzte. »So sehe ich die Dinge. Aber Mr. Finnegan meint, daß wir uns der Terra-Föderation anschließen sollten, weil der Mars klein und schwach ist. Vielleicht hat er recht. Ich glaube aber nicht daran. Ich glaube, das wäre das Ende des Mars als unabhängiges Land, als freie Gesellschaft. Außerdem, wenn der Mars seine Unabhängigkeit aufgibt, kann es nur eine Frage der Zeit sein, bis auch die Venus denselben Weg geht. Ich habe seit unserer Ankunft hier die Zeit damit verbracht, Mr. Cunha davon zu überzeugen und ihn zu bewegen, daß sein Gesandter mit uns gemeinsam Sache gegen Terra macht. Damit könnte man Luna auch zu uns herüberziehen, weil sowohl die Venus als auch der Mars billiger an Luna verkaufen können als Terra. Aber so einfach war das nicht. Die Corporation hat von Anfang an eine Politik der Nichteinmischung betrieben. Sie kauft und verkauft, Fragen werden nicht gestellt.

Aber ich versuchte, Mr. Cunha folgendes deutlich zu machen: Wenn Luna, Mars und Terra — die Jupitermonde zählen kaum — unter derselben Herrschaft stehen, wäre die Venus-Corporation bald ebensowenig frei wie General Motors oder IG-Farben.

Er sah das auch ein — bis ich bei Clarks Verschwinden die Nerven verlor.« Er schüttelte den Kopf. »Poddy, ich bin ein schlechter Diplomat.«

»Du bist nicht der einzige, der zornig geworden ist«, sagte ich und erzählte ihm von der Ohrfeige, die ich Dexter gegeben hatte.

Zum erstenmal lächelte er. »Oh, Poddy, Poddy, du wirst nie eine Dame. Du bist genauso unbeherrscht wie ich.«

Er lächelte diesmal richtig und fuhr mir durchs Haar. »Du bist die blondeste, blauäugigste Wilde, die ich je gesehen habe. Eine Barbarin. Wie ich. Sag ihm lieber, daß es dir leid tut, Kleines, weil Dexter völlig recht hatte. Ich bin ein alter Trottel. Ich werde mich bei seinem Vater entschuldigen, sogar auf den Knien, wenn er es verlangt. Man sollte seine Irrtümer restlos eingestehen. Und du gibst Dexter einen Kuß und versöhnst dich mit ihm — Dexter ist ein feiner Junge.«

»Ich werde mich entschuldigen und versöhnen — aber küssen werde ich ihn nicht. Das habe ich nämlich noch nie getan.«

Er sah mich überrascht an. »So? Magst du ihn nicht? Oder haben wir doch zuviel skandinavisches Blut in die Familie gebracht?«

»Ich mag Dexter sehr gerne, und du bist verrückt, wenn du glaubst, daß schwedisches Blut kälter ist als polynesisches. Ich könnte mich für Dexter sehr erwärmen — deswegen habe ich ihn ja nicht geküßt.«

Er überlegte. »Das ist vernünftig. Lieber junge Männer küssen, die dir nicht den Verstand vernebeln. Aber er ist ein guter Junge, wenn auch lange nicht gut genug für meine wilde Nichte.«

»Vielleicht, vielleicht auch nicht. Onkel, was wirst du wegen Clark unternehmen?«

Seine gute Stimmung verschwand. »Nichts. Gar nichts.«

»Aber wir müssen doch etwas tun!«

»Was, Poddy?«

Eben. Ich hatte mir alles hundertmal durch den Kopf gehen lassen. Die Polizei verständigen? Der Generaldirektor ist die Polizei — alle arbeiten für ihn. Einen Privatdetektiv anheuern? Wenn es sie auf der Venus geben sollte, stehen sie unter Vertrag mit Mr. Cunha oder vielmehr mit der Venus-Corporation.

Anzeigen in den Zeitungen aufgeben? Alle Taxifahrer befragen? Clarks Bild im Fernsehen bringen und Belohnungen aussetzen? Gleichgültig, was man sich auch einfallen lassen mochte, alles auf der Venus gehört dem Generaldirektor. Oder vielmehr der Firma, die er leitet. Das ist dasselbe, obwohl mir Onkel Tom erzählt hat, die Cunhas besäßen nur einen geringen Teil der Aktien.

»Poddy, ich habe alles bedacht und mit Mr. Cunha besprochen — entweder tut er es schon oder er hat mich davon überzeugt, daß es unter den hiesigen Umständen nicht riskiert werden darf.«

»Was sollen wir bloß tun?«

»Warten. Aber wenn dir etwas einfällt, irgend etwas, das uns weiterhelfen könnte, dann sag es mir, und wenn es noch nicht in die Wege geleitet ist, werde ich mit Mr. Cunha telefonieren und fragen, ob man es wagen kann. Du darfst mich jederzeit wekken.«

»Ja.« Ich bezweifelte, daß er schlafen würde. Ich konnte auch kein Auge zutun. Aber mich störte noch etwas anderes. »Was tust du, wenn die ›Tricorn‹ zur Erde fliegt, und Clark noch nicht zurück ist?«

Er antwortete nicht. Die Falten in seinem Gesicht traten stärker hervor. Ich wußte, wie die Entscheidung aussah . . .

Aber ich hatte selbst eine schwere Entscheidung zu fällen, hatte lange Zeit mit dem heiligen Podkayne darüber gesprochen und entschieden, daß Poddy ihren Schwur brechen mußte. Das klingt vielleicht albern, aber nicht für mich. Ich hatte in meinem ganzen Leben noch keinen gebrochen, und in Zukunft werde ich meiner nie mehr ganz sicher sein.

Ich erzählte Onkel Tom von der geschmuggelten Bombe.

Zu meiner Überraschung nahm er das ernst, nachdem ich mich praktisch schon davon überzeugt hatte, daß Clark mich auf den Arm genommen hatte. Schmuggeln, gewiß, ich weiß, daß das auf jedem Schiff üblich ist. Aber keine Bombe. Irgend etwas von Wert, das man durch Bestechung an Bord zu bringen wünscht. Clark war vermutlich noch einmal bezahlt worden, als er das Paket an einen Steward oder irgendeine andere Person ausgehändigt hatte. Ich kenne Clark.

Aber Onkel Tom verlangte, daß ich ihm den Mann, mit dem

sich Clark auf der Deimos-Station unterhalten hatte, genau beschrieb.

»Ich kann doch nicht, Onkel! Ich habe ihn kaum gesehen. Ein Mann, nicht groß, nicht klein, nicht besonders hager oder dick, unauffällig gekleidet — und ich glaube nicht, daß ich sein Gesicht überhaupt gesehen habe. Doch, ja, aber ich kann mich nicht mehr erinnern.«

»Kann es einer der Passagiere gewesen sein?«

Ich dachte angestrengt nach. »Nein. Sonst wäre mir sein Gesicht später aufgefallen. Hm ... Ich bin ziemlich sicher, daß er sich nicht mit uns angestellt hat. Ich glaube, er ging zum Ausgang, durch den man die Fährrakete erreicht.«

»Wahrscheinlich«, meinte er. »Ganz sicher sogar — wenn es wirklich eine Bombe und nicht nur ein Phantasieprodukt Clarks war.«

»Warum sollte es denn eine Bombe gewesen sein?«

Er erwiderte nichts. Ich wußte ja schon Bescheid. Warum wollte jemand die ›Tricorn‹ in die Luft sprengen und alle Leute töten? Nicht, um Versicherungssummen zu kassieren, wie man es manchmal in Romanen liest. Lloyds versichern ein Schiff nicht für solche Summen, daß es sich lohnen würde.

Warum also?

Um das Schiff nicht zur Venus gelangen zu lassen.

Aber die ›Tricorn‹ war doch schon oft auf der Venus gelandet.

Und irgend jemand an Bord sollte nicht die Venus erreichen — oder Luna.

Wer? Nicht Podkayne Fries. Ich war für niemand wichtig, außer für mich.

Die nächsten zwei Stunden durchsuchten Onkel Tom und ich das ganze Appartement. Wir fanden nichts. Ich hatte auch nicht damit gerechnet. Wenn es eine Bombe gab — was ich immer noch nicht ganz glaubte — und Clark sie wirklich vom Schiff geschafft und hier versteckt hatte, war ihm Zeit genug geblieben, sich gründlich damit zu befassen und sie harmlos erscheinen zu lassen.

Wir durchsuchten Clarks Zimmer als letztes, weil es am wenigsten zu versprechen schien. Das heißt, wir fingen gemeinsam an, und Onkel mußte allein weitermachen. In Clarks Sachen zu kramen, wurde mir zuviel, und Onkel schickte mich in den Salon zurück.

Ich hatte mich ausgeweint, bis er zurückkam. Ich hatte sogar einen Vorschlag. »Sollten wir uns einen Geigerzähler bringen lassen?«

Onkel Tom schüttelte den Kopf und setzte sich. »Wir suchen keine Bombe, Liebes.«

»Nein?«

»Nein. Wenn wir sie finden, wäre damit nur bewiesen, daß Clark dir die Wahrheit gesagt hat, und das unterstelle ich vorsichtshalber schon einmal. Weil ... nun, weil ich mehr über die ganze Geschichte weiß, als ich dir vorhin erzählt habe ... und mir auch klar ist, wie weit manche Leute gehen. Politik ist weder ein Spiel noch ein schlechter Witz, wie manche Leute meinen. Der Krieg selbst ist nur eine Fortsetzung der Politik. Also finde ich an einer Bombe in der Politik nichts Überraschendes. Hunderte und Tausende Male sind in der Vergangenheit Bomben politisch eingesetzt worden. Nein, wir suchen nicht nach einer Bombe, sondern nach einem Mann — den du für ein paar Sekunden gesehen hast. Wahrscheinlich nicht einmal nach ihm, sondern nach der Person, zu der uns dieser Mann führen könnte. Wahrscheinlich jemand im Büro des Präsidenten, jemand, dem er vertraut.«

»Wenn ich ihn mir nur richtig angesehen hätte!«

»Mach dir keine Vorwürfe, Kleines. Du hast nichts gewußt. Es gab keinen Grund für dich, genau hinzusehen. Aber du kannst dich darauf verlassen, daß Clark weiß, wie er aussieht. Falls, ich meine, sobald Clark zurückkommt, lassen wir ihn die Fotokartei in Marsopolis durchblättern. Und alle Visumfotos der letzten zehn Jahre, wenn es nötig sein sollte. Der Mann wird gefunden. Und durch ihn die Person, der unser Präsident zu Unrecht vertraut!« Onkel Tom sah plötzlich ganz grimmig aus. »Und wenn wir ihn haben, nehme ich die Sache persönlich in die Hand. Wir werden sehen.«

Dann lächelte er und fügte hinzu: »Aber jetzt geht Poddy ins Bett. Du solltest längst schlafen.«

»Äh ... Wie spät ist es in Marsopolis?«

Er sah auf die andere Uhr. »Viertel neun. Du willst doch nicht deine Eltern anrufen? Hoffentlich nicht.«

»Oh, nein! Ich sage ihnen kein Wort. Wenn Clark nicht — bis Clark zurückkommt. Und dann vielleicht auch nicht. Aber wenn es erst Viertel neun ist, will ich noch nicht ins Bett. Nicht, bis du gehst.«

»Ich lege mich vielleicht überhaupt nicht schlafen.«

»Egal. Ich will bei dir bleiben.«

Er sah mich an, dann sagte er leise: »Gut, Poddy. Niemand wird erwachsen, wenn er nicht wenigstens einmal eine Nacht durchwacht, die Jahre zu dauern scheint.«

Wir blieben eine Weile stumm sitzen, es gab nichts zu sagen, was nicht schon ausgesprochen war.

Schließlich sagte ich: »Onkel Tom? Erzähl mir die Poddy-Geschichte —«

»In deinem Alter?«

»Bitte.«

Er erzählte sie.

12

Er muß mich wohl in mein Zimmer gebracht haben, denn als ich aufwachte, lag ich angezogen im Bett. Er war fortgegangen, hatte mir aber einen Zettel hinterlassen, wonach ich ihn notfalls unter dem Privatcode des Generaldirektors erreichen könne. Ich hatte keinen Grund, ihn zu belästigen und wollte mit niemandem sprechen, also warf ich Maria und Maria hinaus und frühstückte im Bett. Ziemlich viel, muß ich zugeben — der Körper verlangt sein Recht.

Dann holte ich zum erstenmal seit der Landung mein Tagebuch heraus. Ich will damit nicht sagen, daß ich es nicht weitergeführt hätte, nur sprach ich es, statt zu schreiben. Im Schreibtisch der Bibliothek in unserem Appartement war ein Tonbandgerät eingebaut, und ich fand heraus, wie angenehm es war, auf diese Weise Tagebuch zu führen. Eigentlich sogar schon früher, weil mich Mr. Clancy das Gerät im Schiff benützen ließ.

Der einzige Nachteil bei dem Gerät in der Bibliothek war, daß Clark jederzeit hereinschneien konnte. Aber am ersten Einkaufstag entdeckte ich in einem Kaufhaus einen wunderschönen Mini-Recorder — nur zehn fünfzig, und das Gerät paßte genau in die Hand. Man kann hineinsprechen, ohne aufzufallen; ich konnte einfach nicht widerstehen. Seither trage ich es in meiner Geldbörse mit mir herum.

Jetzt wollte ich aber in meinem Tagebuch nachsehen, ob ich etwas erwähnt hatte, was mich an das Aussehen des Mannes erinnerte.

Leider nicht. Keine Spuren. Aber ich fand einen Zettel von Clark. Er schrieb:

›Pod,
wenn Du das findest, wird es Zeit, daß Du es liest. Ich verwende Vierundzwanzig-Stunden-Tinte und hoffe, den Brief abholen zu können, bevor Du ihn zu sehen bekommst.
Girdie ist in Schwierigkeiten, und ich werde sie retten. Ich habe niemandem etwas erzählt, weil das meine Aufgabe ist und ich nicht will, daß sich jemand einmischt. Vorsicht ist trotzdem die Mutter der Porzellankiste. Wenn ich so lange wegbleibe, daß Du diesen Brief lesen kannst, wird es Zeit, Onkel Tom Bescheid zu sagen. Er soll sich an Cunha wenden. Ich kann Dir nur sagen, daß am Südtor ein Zeitungskiosk steht. Dort kaufst Du ein Exemplar des ›Daily Merchandiser‹ und fragst, ob sie Dauerleuchten haben. Dann sagst Du: »Geben Sie mir lieber zwei — wo ich hin muß, ist es sehr dunkel.« Aber du selbst darfst das nicht machen. Ich will nicht, daß es schiefgeht.
Falls ich Pech habe, kannst Du meine Gesteinssammlung haben.

Clark‹

Vor meinen Augen verschwamm alles. Diese letzte Zeile — ich kenne ein Testament, wenn ich es sehe, obwohl ich noch nie eines vor Augen gehabt hatte. Dann richtete ich mich auf und nahm mich zusammen. Ich hatte Arbeit vor mir.

Ich rief sofort Onkel Tom an, weil ich mit Clark in einem Punkt übereinstimmte. Ich verzichtete darauf, den Helden zu spielen, wie er es offensichtlich getan hatte. Ich wollte mir so viel Hilfe beschaffen wie nur möglich.

Ich rief also die Privatnummer des Generaldirektors an — und bekam keine Antwort. Ich wurde einfach an eine andere Nummer verwiesen. Dort meldete sich jemand — aber es war nur ein Tonband. Onkel Tom. Er wiederholte, was er mir schon geschrieben hatte, nämlich, daß er sehr beschäftigt sei und ich unter keinen Umständen das Appartement verlassen dürfe, bis er zurück sei — allerdings fügte er hinzu, daß ich niemand in die Wohnung lassen dürfe, nicht einmal einen Mechaniker, auch kein Personal, abgesehen von Maria und Maria.

Als das Tonband zum drittenmal ablief, schaltete ich ab. Dann rief ich Mr. Cunha in seinem Büro an. Nachdem ich mich als Miss Fries, Nichte von Senator Fries, identifiziert hatte, gelangte ich endlich bis zu seiner Sekretärin.

»Mr. Cunha ist nicht zu erreichen. Tut mir sehr leid, Miss Fries.«

Ich verlangte, daß sie Onkel Tom verständige. »Ich weiß nicht, wo er sich aufhält. Tut mir sehr leid, Miss Fries.«

Dann wollte ich mit Dexter sprechen. »Mr. Dexter ist für Mr. Cunha auf einer Inspektionsreise. Bedaure.«

Sie konnte oder sollte mir nicht sagen, wann Dexter zurückerwartet wurde, und sie wollte oder konnte keinen Weg finden, mich mit ihm zu verbinden. Das glaubte ich einfach nicht, weil ich als Besitzer eines planetengroßen Unternehmens in jedem Bergwerk, auf jeder Farm, in jeder Fabrik, in jedem Flugboot zu erreichen gewesen wäre. Tag und Nacht. Und ich kann mir nicht vorstellen, daß Mr. Cunha von solchen Dingen weniger versteht als ich.

Das sagte ich ihr auch, ohne mich einer höflichen Ausdrucksweise zu befleißigen. Ich wurde richtig wütend und gebrauchte Worte, die ich gar nicht in mir vermutet hatte. Onkel Tom hat recht. In mir steckt doch eine Wilde.

Aber die Wirkung war gleich Null. Sie sagte nur: »Bedaure sehr, Miss Fries«, und ich knurrte wie eine Löwin und legte auf.

Glauben Sie, der Generaldirektor verwendet in seiner Telefonzentrale einen Roboter? Zutrauen würde ich es ihm. Niemand hätte sich bieten lassen, was mir von der Zunge gerutscht war, selbst, wenn sie die meisten Worte nicht verstanden hatte. Ich verstehe selbst nicht alle. Komplimente sind sie jedenfalls nicht.

Ich überlegte mir, ob ich Papa anrufen sollte; ich wußte, daß er die Gebühren übernehmen würde, selbst wenn er sein Gehalt dafür verpfänden mußte. Aber der Mars war elf Minuten entfernt; das stand auf der Wählscheibe. Die Verbindung über die Hermes-Station und Luna City empfahl sich noch weniger. Mit zweiundzwanzig Minuten Pause zwischen jeder Bemerkung würde ich fast den ganzen Tag brauchen, um ihm zu erklären, was geschehen war, obwohl die Wartezeit nichts kostete. Ich hätte vielleicht doch angerufen — aber — nun, was konnte Papa schon tun, dreihundert Millionen Kilometer entfernt? Das einzige, was ich damit zu erreichen vermochte, war, daß seine letzten sechs Haare auch noch weiß wurden.

Erst als ich mich einigermaßen beruhigt hatte, fiel mir auf, daß, abgesehen von Clarks Prahlereien, noch etwas faul war. Girdie ...

Richtig, ich hatte Girdie zwei Tage nicht gesehen, weil sie in einer anderen Schicht arbeitete. Aber ich hatte zu einer Zeit mit ihr gesprochen, als Clark wahrscheinlich schon verschwunden war, obwohl ich angenommen hatte, er sei aus irgendeinem undurchsichtigen Grund sehr früh aufgestanden, statt in dieser Nacht überhaupt nicht nach Hause zu kommen.

Onkel Tom hatte sich tags zuvor mit ihr unterhalten, kurz bevor wir zur Cunha-Villa hinausgefahren waren, und hatte sie ausdrücklich gefragt, ob sie Clark gesehen habe — was sie verneinte.

Es machte mir keinerlei Schwierigkeiten, Dom Pedro zu erreichen — nicht jenen Dom Pedro, den ich an dem Abend mit Dexter kennengelernt hatte, sondern den Dom Pedro der jetzigen Schicht. Inzwischen wissen aber längst alle Dom Pedros, wer Poddy Fries ist; das Mädchen, mit dem Dexter ausgeht. Er erklärte mir sofort, daß Girdie vor einer halben Stunde ihre Schicht beendet habe, ich möge ihr Hotel anrufen. Außer — er erkundigte sich und kam zurück; irgend jemand schien anzunehmen, daß Girdie zum Einkaufen gegangen sei.

Ich wußte schon, daß sie sich nicht in dem kleinen Hotel befand, wohin sie inzwischen gezogen war; eine dort hinterlassene Nachricht hätte sie sofort zu einem Anruf veranlaßt.

Das war das Ende. Ich konnte mich an keinen Menschen wenden, es blieb mir nichts anderes übrig, als im Appartement zu warten, bis Onkel Tom zurückkam, wie er es mir aufgetragen hatte.

Ich nahm meine Tasche und einen Mantel und ging.

Genau drei Meter. Ein großer, muskulöser Mann stellte sich mir in den Weg. Als ich an ihm vorbeischlüpfen wollte, sagte er: »Na, na, Miss Fries. Ihr Onkel hat Anweisungen hinterlassen.«

Ich versuchte es in der anderen Richtung und entdeckte, daß er sehr schnell auf den Beinen war, für seine Größe. Ich wurde in das Appartement zurückbefördert. Irgendwie habe ich das Gefühl, daß mir Onkel Tom nicht ganz traut.

Ich ging in mein Zimmer, machte die Tür zu und dachte nach. Das Zimmer war noch nicht aufgeräumt, überall stand schmutziges Geschirr herum, weil ich Maria und Maria trotz der Sprachschwierigkeiten klargemacht hatte, daß Miss Fries es nicht vertragen kann, gestört zu werden.

Der plumpe, zweistöckige Rolltisch, der mein Frühstück gebracht hatte, stand immer noch an meinem Bett und sah aus wie eine geplünderte Stadt.

Ich leerte die untere Platte, verstaute die Sachen in meinem Badezimmer und bedeckte das Geschirr auf der oberen Platte mit dem Extra-Tuch, das mitgeliefert wurde, um den Blick der Gäste vor schmutzigem Geschirr zu bewahren.

Dann nahm ich das Haustelefon und erklärte, man möge sofort mein Frühstücksgeschirr abholen.

Ich bin nicht sehr groß. Man kann neunundvierzig Kilo von nur 157 Länge in einen sehr kleinen Raum pressen, wenn man sich Mühe gibt. Die untere Platte war hart, aber ich hatte einigermaßen Platz. Allerdings waren mir einige Ketchup-Kleckse zu spät aufgefallen.

Man hielt sich jedoch strikt an die Anweisungen Onkel Toms — oder Mr. Cunhas. Normalerweise kommt ein Küchenjunge, um den Speisewagen abzuholen; diesmal fuhren ihn die beiden Marias durch den Hinterausgang zum Frachtlift — und dabei erfuhr ich etwas Interessantes, wenn auch nicht maßlos Überraschendes. Maria sagte etwas auf portugiesisch, die andere erwiderte in einem Ortho, das sie so geläufig sprach wie ich: »Wahrscheinlich sitzt sie in der Badewanne, das faule Stück.«

Ich nahm mir vor, ihr das heimzuzahlen.

Jemand rollte mich viele Stockwerke tiefer aus dem Lift und

stellte mich in eine Ecke. Ich wartete ein paar Minuten, dann kroch ich hinaus. Ein Mann in einer fleckigen Schürze sah mich verblüfft an. Ich sagte: »Vielen Dank!«, drückte ihm einen Geldschein in die Hand und marschierte hocherhobenen Hauptes zum Hintereingang hinaus. Zwei Minuten später saß ich in einem Taxi.

Ich habe die Notizen ergänzt, während das Taxi zum Südtor rast, um nicht vor Nervosität zu platzen. Ich muß zugeben, daß ich mich trotzdem ausgezeichnet fühle. Handeln ist besser als warten.

Die Tonbandspule ist beinahe voll, also werde ich sie austauschen und am Südtor an Onkel Tom mit der Post zurückschikken. Ich hätte einen Brief hinterlassen sollen, ich weiß — aber das Tonband ist sogar besser als ein Brief. Hoffentlich.

13

Na, ich kann mich nicht beschweren, daß ich keine Elfen gesehen hätte. Sie sind wirklich so süß, wie man sie beschreibt — aber es wäre mir völlig egal, wenn ich nie mehr eine zu Gesicht bekäme.

Mich tapfer in den Kampf werfend, angesichts unüberwindlicher Schwierigkeiten, überwältigte ich durch meine Tollkühnheit . . .

So war es ganz und gar nicht. Ich pfuschte. Und wie. Hier sitze ich, irgendwo draußen im Busch, in einem Raum ohne Fenster, mit nur einer Tür. Diese Tür nützt mir allerdings nicht sehr viel, weil eine Elfe auf dem Rahmen hockt. Sie ist wirklich entzückend, und der grüne Teil ihres Pelzes sieht genau aus wie ein Ballettröckchen. Sie gleicht einem Miniaturmenschen mit Flügeln nur vage — aber es heißt, daß sie um so menschlicher wirken, je länger man hier ist. Sie hat Augen wie eine Katze, und ein hübsches Lächeln.

Ich nenne sie Titania, weil ich ihren richtigen Namen nicht aussprechen kann. Sie versteht ein paar Worte Ortho, aber das ist alles, weil die kleinen Schädel nur knapp die doppelte Gehirnkapazität einer Katze haben. Verstandesmäßig steht sie also auf der Stufe eines Idioten.

Die meiste Zeit hockt sie einfach da und beleckt ihr Baby — kätzchengroß und genauso nett. Ich nenne es ›Ariel‹. Ariel kann noch nicht fliegen, aber Titania bringt es ihm bei — sie wirft ihn in die Höhe, und er sackt ab und schwebt auf den Boden hinunter, wo er kläglich miaut, bis sie ihn holt.

Ich verbringe fast die ganze Zeit mit a) Denken, b) mein Tagebuch aufs laufende zu bringen, c) Titania zu überreden, daß sie mich Ariel auf den Arm nehmen läßt. Kleine Fortschritte habe ich schon erzielt — ich darf ihn aufheben und ihr hinaufreichen. Der Kleine hat überhaupt keine Angst vor mir.

Ich kann in meinem Zimmer alles mögliche tun und überall hingehen, solange ich nicht näher als zwei Meter an die Tür herankomme. Warum? Raten Sie mal! Sie geben es auf? Weil Elfen sehr scharfe Zähne und Klauen haben; sie sind Fleischfresser. Ich habe eine übelaussehende Bißwunde und zwei Kratzer am linken Arm als Beweis, gerötet, schmerzhaft und kaum heilend. Wenn ich der Tür zu nahe komme, stürzt sie sich auf mich.

Im übrigen ist sie recht gutmütig — ich kann mich auch sonst nicht beschweren. Ich bekomme oft genug zu essen; ein Eingeborener bringt mir wirklich gute Speisen auf einem Tablett. Aber ich sehe ihn weder beim Liefern noch beim Abholen. Venusianer sehen menschenähnlich aus; je länger man sie aber betrachtet, desto übler wird einem. Sie haben sicher schon Bilder gesehen, aber den Bildern fehlt der Geruch und der schlaffe, ekelhafte Mund, vor allem der Eindruck, daß dieses Wesen schon lange tot war und jetzt durch scheußliche Zauberkünste wieder zum Leben erweckt worden ist.

Ich nenne ihn ›Pinhead‹, aber für ihn ist das ein Kompliment. Man möchte am liebsten ins Kloster gehen, wenn man ihn sieht.

Ich esse die Speisen, weil ich davon überzeugt bin, daß Pinhead sie nicht gekocht hat. Ich glaube zu wissen, wer sich darum kümmert. Sie ist eine gute Köchin.

Aber ich muß ein bißchen ausholen. Ich sagte zu dem Zeitungsverkäufer: »Geben Sie mir lieber zwei — wo ich hin muß, ist es sehr dunkel.« Er zögerte, sah mich an, und ich wiederholte die Worte.

Bald darauf saß ich in einem anderen Flugwagen, der über

den Busch hinausflog. Sind Sie bei dichtem Nebel schon einmal eine Schleife geflogen? Das reichte. Ich habe nicht die geringste Ahnung, wo ich bin, abgesehen davon, daß ich nicht weiter als zwei Flugstunden von Venusberg entfernt sein kann und daß in der Nähe eine kleine Kolonie von Elfen wohnt. Ich habe sie vor der Landung umherfliegen sehen, und war so interessiert, daß ich mir die Gegend nicht genau ansah, bevor der Wagen landete und die Tür aufging. Allerdings hätte mir das auch nicht sehr viel genützt.

Ich stieg aus, der Flugwagen brauste sofort davon . . . und ich stand vor einer offenen Tür; eine vertraute Stimme sagte: »Poddy! Komm 'rein, Liebling, komm 'rein!«

Und ich war plötzlich so erleichtert, daß ich mich in ihre Arme warf und sie an mich drückte. Es war Mrs. Grew, dick und freundlich wie immer.

Ich sah mich um, und da war Clark — er starrte mich an, sagte: »Dumme Gans!« und wandte sich ab. Und ich sah Onkel Tom — er saß in einem anderen Stuhl, und ich wollte mich gerade mit Freudenschreien auf ihn stürzen — als mich Mrs. Grews Arme plötzlich festhielten und sie beruhigend sagte: »Nein, nein, Liebes, nicht so schnell.« Sie ließ mich erst los, als sich jemand — Pinhead wahrscheinlich — an meinem Nacken zu schaffen gemacht hatte.

Dann bekam ich einen großen, bequemen Stuhl ganz für mich allein, aber ich wollte ihn nicht, weil ich mich vom Hals abwärts nicht bewegen konnte. Bis auf ein gewisses Prickeln fühlte ich mich ganz in Ordnung, aber ich konnte mich nicht rühren.

Onkel sah aus wie Mr. Lincoln nach der Schlacht von Waterloo. Er sagte gar nichts.

Mrs. Grew meinte fröhlich: »So, jetzt haben wir die ganze Familie beisammen. Sind Sie jetzt eher geneigt, die Angelegenheit vernünftig zu besprechen, Senator?«

Onkel Tom drehte den Kopf einen halben Zentimeter zur Seite.

»Na, na«, meinte sie. »Wir wollen ja, daß Sie an der Konferenz teilnehmen. Nur mit der richtigen Einstellung. Wenn wir uns nicht einigen können — nun, wir dürfen nicht zulassen, daß man einen von euch jemals wieder findet. Ist das nicht klar? Das wäre doch wirklich bedauerlich — vor allem für die Kinder.«

»Her mit dem Schierlingsbecher«, sagte Onkel Tom.

»Das ist doch nicht Ihr Ernst!«

»Ganz sicher!« sagte Clark mit schriller Stimme. »Sie drekkige Schlampe! Sie — zensiert —!« Und ich begriff, daß er wirklich mit den Nerven fertig sein mußte, denn er betrachtet den Gebrauch von Schimpfworten sonst als verachtenswürdig.

Mrs. Grew sah Clark gelassen, beinahe sanft an. Dann rief sie Pinhead wieder herein. »Nimm ihn mit und halt ihn wach, bis er stirbt.« Pinhead hob Clark auf und trug ihn hinaus. Aber Clark hatte das letzte Wort. »Und außerdem«, brüllte er, »betrügen Sie beim Kartenspiel! Ich habe Sie beobachtet.«

Für einen kurzen Augenblick sah Mrs. Grew wirklich verärgert aus. Dann ordnete sie ihr Gesicht in die übliche freundliche Miene und sagte zu Onkel Tom: »Nachdem ich jetzt beide Kinder zur Verfügung habe, kann ich ruhig eines davon beseitigen. Vor allem, da Sie Poddy so gern haben. Zu gern, würden manche Leute sagen, Psychiater zum Beispiel.«

Ich dachte darüber nach . . . und beschloß, für den Fall, daß ich jemals aus dieser Patsche herauskommen sollte, sie ausstopfen zu lassen und meinem Onkel zu schenken.

Onkel Tom ignorierte diese Bemerkung. Kurz danach gab es einen Höllenlärm, Metall dröhnte gegen Metall. Mrs. Grew lächelte. »Ein wenig primitiv, aber es funktioniert. Früher war es ein Wasserboiler, als hier noch eine Farm stand. Unglücklicherweise ist er nicht groß genug, um sich hinsetzen oder stehen zu können — ein Kerl wie Clark kann aber keine Bequemlichkeit beanspruchen. Der Lärm kommt daher, daß von außen mit einem Stahlrohr dagegen geschlagen wird.« Sie blinzelte und machte ein nachdenkliches Gesicht. »Ich weiß nicht, wie wir uns unterhalten sollen, bei diesem Lärm. Ich glaube, ich muß den Tank wegschaffen lassen — vielleicht kommen wir aber schneller zu einem Ergebnis, wenn ich ihn hereintragen lasse, damit Sie auch die Laute hören können, die er im Tank macht. Was meinen Sie, Senator?«

»Mrs. Grew!« fuhr ich dazwischen.

»Ja, Liebes? Poddy, es tut mir sehr leid, aber ich bin beschäftigt. Später trinken wir zusammen eine Tasse Tee. Nun, Senator —«

»Mrs. Grew, Sie haben keine Ahnung von Onkel Tom! Auf

diese Weise bringen Sie überhaupt nichts aus ihm heraus.«

Sie überlegte: »Ich glaube, du übertreibst, mein Kleines.«

»Nein, nein, nein! Es gibt überhaupt keinen Weg, wie Sie Onkel Tom dazu bringen können, gegen den Mars etwas zu unternehmen. Aber wenn Sie Clark — oder mir — weh tun, wird er nur um so halsstarriger werden. Ja, er liebt mich, und er liebt auch Clark. Wenn Sie ihn beeinflussen wollen, indem Sie einen von uns mißhandeln, verschwenden Sie Ihre Zeit!« Ich sprach schnell und so aufrichtig, wie es mir möglich war. Ich schien Clarks Schreie zu hören. Nicht sehr wahrscheinlich, nehme ich an, bei diesem Höllenlärm. Aber als Baby fiel er einmal in einen Papierkorb ... und er schrie fürchterlich, bevor ich ihn herausholte. Das habe ich wohl noch im Ohr.

Mrs. Grew lächelte liebenswürdig. »Poddy, du bist ein kleines Mädchen und hast Flausen im Kopf. Der Senator wird genau das tun, was ich von ihm verlange.«

»Nicht, wenn Sie Clark töten.«

»Du bist jetzt still, verstanden, sonst muß ich dir ein paar hinter die Löffel geben. Ich bringe deinen Bruder nicht um —«

»Aber Sie haben doch gesagt —«

»Der Eingeborene, der deinen Bruder mitgenommen hat, kann gar nicht verstehen, was ich gesagt habe. Er kennt nur ein paar Worte Ortho, aber keinen ganzen Satz. Ich habe das nur gesagt, um deinen Bruder zu präparieren, damit er, wenn ich ihn wieder hereinhole, vor deinen Onkel auf die Knie fällt und ihn bittet, zu tun, was ich verlange.«

Sie lächelte. »Man hat dir wohl eingeredet, Patriotismus oder etwas ähnlich Albernes würde das Eigeninteresse eines Menschen übertreffen. Glaube mir, ich habe nicht die geringste Befürchtung, daß ein kluger Politiker wie dein Onkel derart lächerlichen Abstraktionen nachgeben wird. Was ihm Sorgen macht, ist sein eigener politischer Ruin, wenn er tut, was ich möchte. Nun, Senator?«

»Madam«, sagte Onkel Tom gepreßt, »ich sehe keinen Sinn darin, mich mit Ihnen zu unterhalten.«

»Ich auch nicht. Aber Sie können zuhören, während ich es Poddy erkläre. Kleines, dein Onkel ist ein eigensinniger Mann, und er wird seinen eigenen politischen Untergang nicht auf die leichte Schulter nehmen. Ich brauche einen Faden, um ihn tanzen zu lassen — und mit dir glaube ich ihn gefunden zu haben.«

»Nein!«

Sie sah Onkel Tom nachdenklich an. »Senator, ich kann nicht entscheiden, welche von zwei Methoden bei Ihnen schneller wirkt. Sie verstehen, ich möchte Sie nach Ihrem Einverständnis daran erinnern, daß Sie mitmachen wollen. Manchmal bleibt ein Politiker nicht bei seinem Wort. Wenn ich Sie freigelassen habe, wäre es da besser, Ihnen Ihren Neffen mitzugeben, als ständige Mahnung, oder wäre es besser, ihn hierzubehalten und ihn jeden Tag ein bißchen zu mißhandeln — während seine Schwester zusieht? Damit sie genau weiß, was mit ihr geschehen wird . . . wenn Sie in Luna City auf dumme Gedanken kommen sollten. Was meinen Sie, Sir?«

»Die Frage stellt sich nicht.«

»Wirklich nicht, Senator?«

»Weil ich nicht in Luna City sein werde, ohne beide Kinder unverletzt bei mir zu haben.«

Mrs. Grew lachte. »Wahlpropaganda, Senator. Ich befasse mich später mit Ihnen. Aber jetzt« — sie warf einen Blick auf eine Uhr an ihrem umfangreichen Busen — »muß ich diesem schrecklichen Lärm ein Ende machen, ich bekomme Kopfschmerzen davon. Ich bezweifle, ob Ihr Neffe das überhaupt noch hören kann, höchstens durch seine Knochen.« Sie stand auf und ging hinaus. Für eine Frau in ihrem Alter und von ihrem Umfang bewegte sie sich mit erstaunlicher Grazie.

Plötzlich hörte der Lärm auf.

Die Überraschung war so groß, daß ich zusammengezuckt wäre, hätte ich mich unterhalb des Halses bewegen können.

Onkel Tom sah mich an. »Poddy, Poddy —«, sagte er leise.

»Onkel, daß du dieser Frau nicht einen Millimeter nachgibst!« sagte ich.

»Poddy, ich kann ihr nicht nachgeben. Um keinen Fingerbreit, das verstehst du doch? Nicht wahr?«

»Natürlich! Aber hör zu — du könntest doch so tun. Sag ihr irgend etwas. Schau, daß du hier herauskommst und Clark mitnehmen kannst, wie sie vorhin meinte. Dann kannst du mich retten. Ich halte es schon aus. Du wirst sehen!«

Er sah entsetzlich alt aus. »Poddy . . . Poddy, Kleines . . . ich fürchte . . . daß das unser Ende ist. Sei tapfer, Liebes.«

»Äh, ich habe nicht sehr viel Übung. Aber ich werde mir Mühe geben.« Ich forschte in mir nach, ob ich Angst hatte, aber ich war ganz ruhig — solange Onkel Tom da war, wenn er auch nichts unternehmen konnte. »Onkel, was will sie denn eigentlich? Ist sie eine Fanatikerin?«

Er erwiderte nichts, weil wir beide Mrs. Grews Gelächter hörten. »Fanatikerin!« wiederholte sie, kam zu mir und zwickte mich in die Wange. »Poddy, ich bin keine Fanatikerin, und Politik bedeutet mir nicht mehr als deinem Onkel. Aber ich begriff vor vielen Jahren, als ich noch ein junges Mädchen war — sehr anziehend sogar, wie du es nie sein wirst —, daß der beste Freund einer Frau das Bargeld ist. Nein, mein Liebes, ich bin eine bezahlte Professionelle, und eine gute dazu.«

»Senator«, fuhr sie fort, »ich glaube, der Junge ist taub, aber ganz sicher bin ich mir nicht. Er hat das Bewußtsein verloren. Wir besprechen das später, ich muß mich jetzt ausruhen. Vielleicht sollten wir das alle tun.«

Sie rief Pinhead herein. Und ich wurde in den Raum getragen, in dem ich mich jetzt befinde. Als er mich aufhob, war ich wirklich erstaunt — ich konnte Arme und Beine etwas bewegen —, es prickelte so, wie Sie sich das nicht vorstellen können. Ich wehrte mich schwach. Aber es nützte nichts, ich wurde trotzdem hier hereingeschleppt.

Nach einer Weile verschwand die Wirkung des Medikaments, und ich fühlte mich beinahe normal, wenn auch ein wenig zittrig. Kurz danach entdeckte ich, daß Titania wirklich eine ausgezeichnete Bewacherin ist.

Ich besichtigte den Raum. Er enthielt nicht viel. Ein Bett mit Matratze, aber ohne Bettwäsche — die man in diesem Klima sowieso nicht braucht. Ein Tisch, an der Wand befestigt, und ein am Boden angeschraubter Stuhl davor. Leuchtröhren oben an den Wänden. Ich überprüfte alles, nachdem ich auf schmerzhafte Weise erfahren hatte, daß Titania mehr war als ein Spielzeug mit zarten Flügeln. Mrs. Grew, oder wer diesen Raum eingerichtet haben mochte, hatte nicht die Absicht, dort etwas als Waffe dienen zu lassen, gegen Titania oder jemand anderen. Auch Tasche und Mantel sind weg.

Ich bedauerte vor allem, meine Tasche verloren zu haben, weil ich immer eine Menge nützlicher Dinge darin herumschleppe. Zum Beispiel eine Nagelfeile — mit ihr hätte ich mich gegen die blutdürstige Elfe zur Wehr setzen können. Aber ich verschwendete keine Zeit damit. Meine Tasche lag, wo ich sie hatte fallen lassen, als man mich betäubte.

Eines finde ich ganz interessant: In diesem Zimmer hatte man, bevor ich eingetroffen war, Clark festgehalten. Eine seiner beiden Reisetaschen stand da — und ihr Fehlen hätte mir am Abend zuvor in seinem Zimmer eigentlich auffallen müssen, wenn ich nicht die Nerven verloren und Onkel Tom mit seiner Arbeit alleingelassen hätte. Die Tasche enthielt merkwürdige Dinge für einen Ritter, der seine Geliebte retten will: Kleidung . . . drei Sporthemden und zwei Shorts, ein paar Schuhe, einen Rechenschieber und drei Comic-Heftchen.

Ich wäre nicht überrascht gewesen, eine Flammenpistole oder mysteriöse Chemikalien zu finden — das hätte eher zu Clark gepaßt. Wenn man es sich richtig überlegt, ist Clark doch trotz seiner Talente ein kleiner Junge.

Ich machte mir Sorgen, als mir einfiel, er könne taub geworden sein. Dann verscheuchte ich diese Gedanken. Wenn es stimmte, konnte man nichts mehr tun — und seine Ohren würde er am wenigsten vermissen, weil er sowieso nie zuhörte.

Ich legte mich aufs Bett und las seine Comic-Heftchen. Ich habe sonst nicht viel für solche Lektüre übrig, aber sie waren recht unterhaltend, vor allem, weil sie die Helden immer aus Situationen befreiten, die viel schlimmer waren als die meinige.

Nach einer Weile schlief ich ein und hatte heroische Träume.

Ich wurde vom ›Frühstück‹ geweckt. Pinhead holte das Tablett ab; leichte Kunststoffteller und ein Plastiklöffel konnten kaum als tödliche Waffe dienen. Ich stellte aber erfreut fest, daß er mir meine Tasche gebracht hatte.

Ganze zehn Sekunden lang. Keine Nagelfeile. Kein Taschenmesser. Nichts Gefährlicheres als Lippenstift und Taschentuch. Mrs. Grew hatte sich nicht um mein Geld und um mein Tonbandgerät gekümmert, aber sie hatte alles herausgenommen, was mir hätte nützen und ihr schaden können. Ich biß die Zähne zusammen und aß, dann ergänzte ich das nutzlose Tagebuch. Das ist so ungefähr alles, was ich bisher getan habe — essen, schlafen und mit Ariel spielen. Er erinnert mich an Duncan . . .

Ich war aus Langeweile eingedöst, als ich geweckt wurde.

»Poddy —«

»Oh, Mrs. Grew.«

»Na, na, keine hastigen Bewegungen«, sagte sie mahnend. Ich dachte gar nicht daran, eine hastige Bewegung zu machen; sie hielt eine Pistole auf meinen Nabel gerichtet.

»Sei jetzt schön brav und nimm die Hände hinter den Rükken.« Ich tat es, und wenige Augenblicke später war ich gefesselt. Dann zog sie die Schnur über meinen Hals und hatte mich am Gängelband. Also wehrte ich mich nicht.

Oh, ich bin davon überzeugt, daß sie einen Augenblick lang die Waffe nicht auf mich gerichtet hatte, als die Handgelenke noch frei waren. Einer der Helden aus dem Comic-Heftchen hätte diesen Augenblick genützt, sie kampfunfähig gemacht und mit ihren eigenen Stricken gefesselt.

Bedauerlicherweise hieß keiner dieser Helden ›Poddy Fries‹. Meine Ausbildung umfaßt Kochen, Nähen, ziemlich viel Mathematik, Geschichte und Naturwissenschaft, dazu so Nützliches wie Zeichnen und Seifenherstellung. Aber den Kampf von Mann zu Mann habe ich nur sehr ungenügend in gelegentlichen Auseinandersetzungen mit Clark gelernt. Ich weiß, daß Mutter das als Nachteil betrachtet, aber Papa hat es immer wieder hinausgeschoben, mich zu diesen Lehrgängen zu schicken — er möchte nicht, daß seine Tochter solche Dinge lernt.

Titania sah uns an, als wir durch die Tür gingen, aber Mrs. Grew zischte ihr etwas zu, und sie kümmerte sich wieder um Ariel.

Mrs. Grew ließ mich vorausgehen, einen Korridor entlang, durch das Wohnzimmer, wo ich Onkel Tom und Clark zuletzt gesehen hatte, durch eine andere Tür hinaus, einen Korridor entlang und in einen großen Raum . . .

Ich schrak zusammen und unterdrückte einen Schrei!

Mrs. Grew sagte fröhlich: »Schau ihn dir genau an, Kleines. Er ist dein neuer Zellengenosse.«

Der Raum war in der Mitte mit dicken Stahlstäben abgeteilt, wie ein Käfig im Zoo. Im Innern befand sich — nun, es war Pinhead, obwohl ich lange brauchte, bis ich ihn erkannte. Sie werden ja bemerkt haben, daß ich Pinhead nicht für gutaussehend halte. Glauben Sie mir, er war ein Apollo, im Vergleich zu dem Ungeheuer, das ich jetzt vor mir sah.

Dann lag ich auf dem Boden, und Mrs. Grew hielt mir ein Riechfläschchen unter die Nase. Jawohl, Kapitän Podkayne Fries, die berühmte Forscherin, war umgekippt wie eine alberne Jungfrau. Meinetwegen lachen Sie ruhig. Mir macht das nichts aus. Sie sind schließlich noch nie einem solchen Wesen vorgeworfen worden.

Mrs. Grew lachte. »Fühlst du dich besser?«

»Sie werden mich doch nicht mit ihm zusammensperren!«

»Was? O nein, nein, das war nur ein kleiner Scherz. Dein Onkel wird dafür sorgen, daß wir uns das sparen können.« Sie sah Pinhead nachdenklich an — er streckte einen Arm zwischen den Gitterstäben hindurch, um uns zu packen. »Er hat nur fünf Milligramm bekommen, und für einen Süchtigen genügt das kaum, um ihn wütend zu machen. Wenn ich dich — oder deinen Bruder — jemals zu ihm stecken muß, habe ich ihm mindestens fünfzehn versprochen. Ich brauche deinen Rat, Liebes. Ich will nämlich deinen Onkel nach Venusburg zurückschicken, damit er sein Schiff erreicht. Was wird bei deinem Onkel wohl am besten wirken? Er kann das hier beobachten, verstehst du. Er hat dich ohnmächtig werden sehen — du hättest es nicht besser machen können. Oder sollen wir warten und —«

»Mein Onkel sieht uns?«

»Ja, natürlich. Oder sollen wir —«

»Onkel Tom!«

»Ach, sei doch still, Poddy. Er kann dich sehen, aber nicht hören, und helfen kann er dir schon gar nicht. Hmm — du bist so dumm, daß ich deinen Rat gar nicht hören will. Marsch!«

Sie trieb mich in meine Zelle zurück.

Das war vor ein paar Stunden, mir schienen Jahre vergangen zu sein.

Aber es ist lange genug. Lange genug für Poddy, um die Nerven zu verlieren. Hören Sie, ich müßte das nicht erzählen, außer mir weiß es niemand. Aber ich war die ganze Zeit ehrlich und will es auch jetzt sein. Ich habe mich entschlossen, sobald ich mit Onkel Tom zusammenkomme, ihn anzuflehen, daß er alles tut, was man von ihm verlangt, damit ich nicht mit dem Süchtigen zusammengesperrt werde.

Ich bin nicht stolz darauf. Ich glaube nicht, daß ich auf Poddy jemals wieder stolz sein kann. Aber es ist nun einmal so. Ich kann nicht mehr.

Ich fühle mich ein bißchen besser, seit ich das zugegeben habe. Ich hoffe, daß ich, wenn es soweit ist, nicht jammere. Aber ... ich ... weiß ... es ... einfach ... nicht.

Dann wurde jemand zu mir hereingestoßen. Es war Clark!

Ich sprang vom Bett, warf die Arme um ihn, hob ihn hoch und begann zu heulen. »Oh, Clarkie! Bist du verletzt? Was haben sie dir angetan? Sag doch etwas! Bist du taub?«

Er flüsterte mir ins Ohr: »Hör auf mit dem Quatsch!«

Ich wußte, daß ihm nicht allzuviel fehlen konnte, denn das war der alte Clark. Ich wiederholte etwas leiser: »Bist du taub?«

Er hauchte mir ins Ohr: »Nein, aber sie glaubt es, also lassen wir es dabei.« Er befreite sich aus meinen Armen, schaute kurz in seine Tasche, dann durchsuchte er hastig das ganze Zimmer — respektvollen Abstand von Titania haltend.

Er kam ganz nahe heran und sagte: »Poddy, kannst du Lippen lesen?«

»Nein, warum?«

»Unsinn, du hast es doch gerade getan.«

Ganz stimmte das nicht, Clark hatte die Worte gehaucht — und ich stellte fest, daß ich ihn ebensogut durch Beobachtung seiner Lippenbewegungen ›hörte‹ wie mit den Ohren. Das ist merkwürdig, aber Clark behauptet, beinahe jeder Mensch könne von den Lippen ablesen, das sei ihm aufgefallen, er habe es geübt und beherrsche die Kunst wirklich — nur habe er niemandem davon erzählt, weil sich das manchmal als sehr nützlich erweise.

Er brachte mich dazu, so leise zu sprechen, daß ich mich selbst nicht hören konnte, und er sprach auch nicht viel lauter.

»Hör zu, Pod«, sagte er, »ich weiß nicht, ob die alte Schachtel hier irgendwo ein Mikrofon versteckt hat. Anscheinend ist seit dem letztenmal nichts verändert worden, aber es gibt mindestens vier Stellen, wahrscheinlich sogar mehr, wo ein Mikrofon untergebracht sein könnte. Wir müssen also vorsichtig sein — weil sie uns wohl nur zusammengetan hat, um zu hören, was wir einander zu sagen haben. Du darfst so laut sprechen, wie du willst, aber nur Unsinn. Wieviel Angst du hast, und wie schrecklich es ist, daß ich nichts hören kann, und dergleichen.«

Das taten wir denn auch, und ich stöhnte und ächzte und beweinte meinen armen Bruder, und er beklagte sich, daß er kein Wort verstehen könne. Er bat mich, einen Bleistift zu suchen und aufzuschreiben, was ich sagen wolle — und dazwischen besprachen wir uns wirklich.

Ich wollte wissen, warum er nicht wirklich taub geworden sei — hatte er in einen Tank kriechen müssen? »Aber sicher«, erwiderte er, »aber ich war beileibe nicht so erledigt, wie sie annahm. Ich hatte Papier in der Tasche, zerkaute es und steckte mir Pfropfen in die Ohren.« Er sah mich gequält an. »Ein großer Geldschein. Die teuersten Ohrpropfen, die ich jemals gehabt habe. Dann wickelte ich mir das Hemd um den Kopf und kümmerte mich nicht mehr um den Lärm. Aber lassen wir das. Hör zu.«

Er drückte sich noch verschwommener darüber aus, wie man ihn geschnappt hatte. »Na schön, ich bin eben übertölpelt worden — ihr beiden habt es auch nicht klüger angestellt. Und außerdem bist du verantwortlich.«

»Das bin ich nicht!« zischte ich zornig.

»Wenn du nicht verantwortlich bist, bist du unverantwortlich, und das ist schlimmer. Aber lassen wir's, wir haben jetzt Wichtigeres zu tun — paß auf, Pod, wir werden ausbrechen.«

»Wie denn?« Ich sah zu Titania hinauf. Sie hatte Ariel in den Armen, ließ uns aber keine Sekunde aus den Augen.

Clark folgte meinem Blick. »Mit diesem Insekt werde ich schon fertig. Es muß aber bald sein, und zwar nachts.«

»Warum nachts?«

»Weil Jojo dann eingesperrt ist.«

»Jojo?«

»Der Muskelknabe, der für sie arbeitet. Der Eingeborene.«

»Ach, du meinst Pinhead.«

»Pinhead, Jojo, mir egal. Er serviert das Abendessen, spült das Geschirr, dann sperrt sie ihn ein und gibt ihm seine Ration. Glücksstaub. Er bleibt eingesperrt, bis er sich ausgeschlafen hat, weil sie sich auch vor ihm fürchtet, wenn er im Delirium ist. Wir unternehmen den Ausbruchversuch, solange er in seinem Käfig sitzt — und sie vielleicht schläft. Bei etwas Glück wird auch der Kerl, der ihren Flugwagen steuert, fort sein. Er schläft nicht immer hier. Aber darauf dürfen wir uns nicht verlassen. Es muß jedenfalls sein, bevor die ›Tricorn‹ zur Luna startet. Wann ist das?«

»Am achten um zwölf Uhr siebzehn, Schiffszeit.«

»Und das wäre?«

»Hier? Am Mittwoch, dem zwanzigsten, neun Uhr sechzehn Venusburg-Zeit.«

»Stimmt«, sagte er. »Wir merken uns beide Zahlen. Uhren vergleichen.« Wir warfen einen Blick auf unsere Handgelenke.

Wir einigten uns, aber das war nicht, was mir auffiel. Ich sah auf den Datumsanzeiger. »Clark! Heute ist der Neunzehnte!«

»Du hast wohl gedacht, es wäre Weihnachten«, sagte er mürrisch. »Und schrei nicht so. Ich verstehe dich gut.«

»Das ist ja schon morgen.«

»Schlimmer. Wir haben nicht einmal mehr siebzehn Stunden Zeit . . . Und wir können nichts unternehmen, bis der Kerl eingesperrt ist. Wir haben nur eine einzige Chance.«

»Sonst kommt Onkel Tom nicht zur Konferenz.«

Clark hob die Schultern. »Vielleicht, vielleicht auch nicht. Ob er sich dazu entschließt oder hierbleibt und uns zu finden versucht — ist mir völlig gleichgültig.«

Clark war ziemlich gesprächig, gegen seine Gewohnheit. Aber ich verstand ihn trotzdem nicht. »Was meinst du damit — wenn er hierbleibt?«

Anscheinend hatte Clark geglaubt, es mir bereits erzählt zu haben — aber das stimmte nicht. Onkel Tom war schon fort. Ich kam mir ganz verloren vor. »Weißt du das genau, Clark?«

»Natürlich. Sie sorgte schon dafür, daß ich ihn ansah, Jojo lud ihn wie einen Sack Mehl ein, dann flog der Wagen davon. Onkel Tom ist jetzt schon in Venusburg.«

Mir wurde plötzlich besser. »Dann wird er uns retten!«

Clark sah mich gelangweilt an. »Pod, sei nicht so dumm.«

»Aber er wird es tun! Onkel Tom . . . und Mr. Cunha . . . und Dexter —«

Er hob die Hand. »Ach du lieber Himmel, Poddy! Denk doch nach. Du bist Onkel Tom, befindest dich in Venusburg, du hast alle Hilfe, die du brauchst. Wie findest du das Haus hier?«

»Äh . . .«, sagte ich und verstummte. »Äh . . .«, sagte ich wieder. Dann machte ich endgültig den Mund zu.

»Äh«, machte er. »Genau. Du findest es nicht. Na ja, in acht oder zehn Jahren, mit ein paar tausend Leuten, die nichts anderes zu tun haben als zu suchen, müßte man es durch Eliminierung schaffen. Aber damit können wir nichts anfangen. Mach dir nichts vor, niemand wird uns retten, niemand kann uns helfen. Wir brechen heute nacht hier entweder aus — oder wir sind erledigt.«

»Warum heute nacht? Ich habe nichts dagegen, aber wenn wir es heute nicht schaffen —«

»Dann sind wir morgen um neun Uhr sechzehn tot.«

»Was? Warum denn?«

»Überleg doch mal. Versetz dich an Mrs. Grews Stelle. Morgen startet die ›Tricorn‹. Nimm beide Möglichkeiten: Onkel Tom fliegt mit, oder er bleibt hier. Na schön, du hast seine Nichte und seinen Neffen. Was tust du mit ihnen? Denk einmal logisch wie Mrs. Grew.«

Ich bemühte mich. Ich strengte mich wirklich an. Aber vielleicht verstehe ich diese Art von Logik nicht. Ich kann mir nicht vorstellen, daß jemand tötet, nur um sich eine Unbequemlichkeit vom Hals zu schaffen.

Aber ich sah ein, daß Clark recht hatte. Nach dem Abflug des Schiffes fallen wir Mrs. Grew zur Last. Wenn Onkel Tom hierbleibt, um so mehr — und wenn er fliegt und sie damit rechnet, daß er sich in Luna City an ihre Anweisungen hält, riskiert sie jeden Tag, daß wir entfliehen und Onkel Tom verständigen.

Na schön, ich kann mir vielleicht glatten Mord nicht vorstellen, er liegt außerhalb meiner Erfahrung. Aber angenommen, Clark und ich bekämen beide grüne Pocken und stürben — das wäre doch recht günstig für Mrs. Grew, nicht wahr?

»Ich verstehe«, sagte ich.

»Gut«, meinte er. »Ich bringe dir doch noch allerhand bei. Entweder schaffen wir es heute nacht . . . oder sie tötet uns morgen kurz nach neun Uhr . . . und Jojo dazu. Dann zündet sie das Haus an.«

»Warum Jojo?«

»Das ist der wichtigste Punkt, Pod. Der Süchtige. Wir sind auf der Venus . . . und wir haben gesehen, daß sie einem Süchtigen Glücksstaub gibt. Sie wird keine Zeugen hinterlassen.«

»Onkel Tom ist auch Zeuge.«

»Na und sie zählt darauf, daß er den Mund hält, bis die Konferenz vorbei ist . . . Dann ist sie wieder auf der Erde und kann sich unter acht Milliarden Menschen verstecken. Glaubst du etwa, daß sie hierbleibt und riskiert, erwischt zu werden? Pod, sie wartet hier nur so lange, bis sie weiß, ob Onkel Tom mit der ›Tricorn‹ fliegt oder nicht. Dann wird sie entweder Plan A oder Plan B durchführen — aber in beiden Fällen sind wir geliefert. Mach dir keine Illusionen.«

Ich schauderte. »Gut. Ich begreife.«

Er grinste. »Wir warten aber nicht. Wir führen zuerst unseren Plan — meinen Plan — aus.« Er machte ein selbstzufriedenes Gesicht. »Du hast gepfuscht und bist hergekommen, ohne zu tun, was ich dir aufgetragen hatte . . . Und Onkel Tom machte genau denselben Fehler, weil er annahm, einen Handel abschließen zu können . . . aber ich habe mich vorbereitet!«

»Tatsächlich? Womit? Mit deinem Rechenschieber? Oder etwa mit den Comic-Heftchen.«

»Pod, du weißt, daß ich das Zeug nicht lese. Das ist nur Tarnung.«

»Was dann?«

»Nur Geduld. Alles zu seiner Zeit.« Er schob die Tasche hinters Bett und meinte: »Komm hierüber, wo du den Korridor sehen kannst. Wenn Lady Macbeth erscheint, lese ich Comics.«

Ich tat, was er verlangte, stellte ihm aber noch eine Frage. »Clark? Glaubst du, Mrs. Grew gehörte zu der Bande, die die Bombe geschmuggelt hat?«

Er blinzelte und sah mich verständnislos an. »Welche Bombe?«

»Die du an Bord der ›Tricorn‹ mitgenommen hast natürlich. Welche Bombe!«

»Ach die. Du meine Güte, Poddy, du glaubst aber auch alles. Laß dir auf Terra ja nicht die Pyramiden aufschwätzen, sie stehen nicht zum Verkauf.« Er arbeitete weiter, und ich ärgerte mich.

Nach einer Weile meinte er: »Von Bomben in der ›Tricorn‹ kann sie nichts wissen, sonst wäre sie nicht mitgeflogen.«

»Wie soll es denn gewesen sein?«

»Nun, sie könnte von denselben Leuten angeworben worden sein, ohne zu wissen, daß man sie als Reserve einsetzte.«

»In diesem Fall könnte es aber einen dritten Versuch geben, Onkel Tom zwischen Venus und Luna aus dem Weg zu räumen?«

»Möglich. Daß sich sehr viele Leute für ihn interessieren, steht fest. Aber ich sehe nur zwei Gruppen. Die eine — ganz sicher vom Mars — möchte Onkel Tom überhaupt nicht zur Konferenz gelangen lassen. Eine andere Gruppe, wahrscheinlich von der Erde — jedenfalls kommt die alte Schachtel von dort —, möchte ihn dabeihaben, aber er muß parieren. Sonst hätte sie Onkel Tom nie laufenlassen.« Clark kramte etwas aus der Tasche und sah es an. »Pod, wiederhole, was ich dir sage. Du bist genau dreiundzwanzig Kilometer vom Südtor entfernt, fast genau in südlicher Richtung — Süd sieben Grad West.«

Ich wiederholte es. »Woher weißt du das?«

Er zeigte mir einen kleinen schwarzen Gegenstand von der Größe zweier Zigarettenpäckchen. »Spursucher. Infanteriemodell. Man kann ihn überall kaufen. Jeder Mensch im Busch hat einen bei sich.« Er gab ihn mir.

Ich sah ihn interessiert an. Ich hatte noch nie ein so kleines Gerät gesehen.

»Clark! Hatte Onkel Tom eines von diesen Dingern? Denn wenn er —«

Er schüttelte den Kopf. »Wenn er es bei sich hatte, fehlte ihm jede Gelegenheit, es abzulesen. Man hatte ihn betäubt, als sie ihn aus dem Wagen hoben. Und ich hatte keine Gelegenheit, ihm zu sagen, wo wir sind. Steck das Gerät in deine Tasche. Du brauchst es, um nach Venusburg zurückzufinden.«

»Ja — aber in meiner Tasche sieht man es. Du versteckst es besser dort, wo du es vorher gehabt hast. Du verlierst mich nicht, ich hänge mich an.« — »Nein.« — »Warum nicht?«

»Erstens werde ich die Reisetasche nicht mitschleppen, und dort war er versteckt. Ich habe einen falschen Boden eingebaut.

Zweitens gehen wir nicht gemeinsam zurück —«

»Was? Warum denn nicht? Natürlich tun wir das! Clark, ich bin verantwortlich für dich!«

»Das ist Ansichtssache. Hör zu, Poddy, ich werde dich hier herausholen. Aber laß mich machen. Merk dir, was ich sage und halte dich daran — dann klappt alles.« — »Aber —«

»Hast du etwa einen Plan?« — »Nein.«

»Dann halt den Mund. Wenn du jetzt die große Schwester markierst, sind wir alle beide erledigt.«

Ich hielt den Mund. Ich muß zugeben, daß sein Plan vernünftig klang. Laut Clark befindet sich außer uns, Mrs. Grew, Titania, Ariel und Jojo niemand im Haus — gelegentlich auch ihr Fahrer. Ich habe jedenfalls niemanden gesehen, und Mrs. Grew wollte sicher möglichst wenig Zeugen haben.

Ich habe das Gesicht des Fahrers noch nicht gesehen, und Clark auch nicht — Clark behauptet aber, daß er manchmal über Nacht hierbleibe, also müssen wir uns darauf einstellen.

Na schön, angenommen wir tun das. Sobald wir das Haus verlassen haben, trennen wir uns. Ich gehe nach Osten, er nach Westen, ein paar Kilometer weit.

Dann wenden wir uns beide nach Norden — und Clark sagt, die Ringstraße rund um die Stadt befinde sich nur drei Kilometer nördlich. Er zeichnete mir eine Karte nach dem Gedächtnis.

An der Ringstraße gehe ich rechts und er links — und wir nehmen die erste Transportmöglichkeit wahr, um Onkel Tom und Mr. Cunha zu erreichen und Verstärkung zu beschaffen.

Die Idee, sich zu trennen, ist die wichtigste Taktik, damit wenigstens einer von uns durchkommt und Hilfe holen kann. Mrs. Grew ist so dick, daß sie die Verfolgung nicht selbst aufnehmen kann. Wir müssen es also versuchen, solange sie nicht wagen kann, Jojo herauszulassen. Wenn wir verfolgt werden, dann sicher vom Fahrer — und er kann nicht in zwei Richtungen zugleich laufen. Vielleicht kann sie noch andere Eingeborene zu Hilfe rufen, aber trotzdem verdoppelt die Trennung unsere Chancen.

Ich bekomme das Gerät, weil Clark glaubt, daß ich mich ohne diese Unterstützung im Busch nicht zurechtfinde, selbst wenn ich warte, bis es hell wird. Er hat sicher recht. Er behauptet aber, er könne sich mit Hilfe seiner Uhr, eines nassen Fingers für die Windrichtung und einer polarisierten Brille durchschlagen — er hat sie tatsächlich bei sich.

Ich hätte mich nicht über seine Comic-Heftchen lustig machen sollen. Er hat sich wirklich vorbereitet. Wenn er nicht betäubt worden wäre, als er noch im Passagierabteil von Mrs. Grews Flugwagen eingesperrt war, hätte er sie ganz schön zum Schwitzen bringen können. Eine Flammenpistole in der Tasche, einen Revolver unter dem Arm, Messer, Gasbomben — sogar ein zweites Spurgerät, offen in der Tasche, zusammen mit seiner Kleidung, den Heften und dem Rechenschieber.

Ich fragte ihn nach dem Grund. »Wenn etwas schiefging und man mich erwischte, würde man erwarten, daß ich ein Gerät bei mir trug. Also brachte ich es mit ... Es war nicht einmal eingeschaltet ... der arme kleine Trottel, der nicht einmal mit solchen Geräten umgehen kann. Die alte Schachtel lachte sich halb kaputt.« Er schnaubte verächtlich. »Sie hält mich für geistesschwach, und ich habe versucht, diesen Eindruck zu vertiefen.«

Sie taten also mit der Tasche dasselbe, was sie bei mir gemacht hatten — sie nahmen alles heraus, was auch nur annähernd als gefährlich gelten konnte.

Das übrige war im falschen Boden versteckt, der nicht einmal dem Hersteller aufgefallen wäre.

Bis auf das Gewicht. Ich fragte Clark danach. »Ein Risiko«, meinte er achselzuckend. »Wer nicht wagt, der nicht gewinnt. Jojo trug sie herein, und Mrs. Grew durchsuchte sie hier — und erst dann hob sie die Tasche auf.«

Ich will versuchen, etwas Schlaf zu finden, weil Jojo eben unser Essen gebracht hat und wir viel Arbeit vor uns haben. Aber zuerst werde ich das Band zurückspulen und kopieren. Ich habe eine neue Spule in der Tasche. Die Kopie gebe ich Clark für Onkel Tom. Für den Fall, daß Poddy im Moor versinkt. Aber darüber mache ich mir keine Sorgen. Das ist immer noch angenehmer als Jojos Zimmergenossin zu sein. Ich mache mir überhaupt keine Sorgen. Clark beherrscht die Situation.

Aber er warnte mich. »Sag ihnen, daß sie viel früher als um neun Uhr sechzehn hier sein müssen, sonst brauchen sie überhaupt nicht zu kommen.« — »Warum?« fragte ich.

»Du sollst tun, was ich dir sage.«

»Clark, du weißt recht gut, daß zwei erwachsene Männer mir nicht glauben, wenn ich keinen vernünftigen Grund dafür angeben kann.«

Er blinzelte. »Na schön. Es gibt einen sehr triftigen Grund. Eine Bombe von einer halben Kilotonne ist nicht sehr groß, aber es dürfte sich nicht empfehlen, in der Nähe zu sein, wenn sie explodiert. Wenn ihr nicht erscheint und sie entschärft — peng!«

Er hat die Bombe. Ich habe sie gesehen. Schön in den falschen Boden eingepaßt. Die drei Kilo Übergewicht, die ich mir auf Deimos nicht erklären konnte. Clark zeigte mir den Zeitzünder und die Ladungen, durch die der Explosionsdruck erzeugt wird.

Aber er zeigte mir nicht, wie man sie entschärft. Ich rannte gegen eine Mauer. Er rechnet mit der Flucht, ja — und er hofft, mit Verstärkung zurückzukommen und die Bombe entschärfen zu können. Er ist aber unerschütterlich davon überzeugt, daß uns Mrs. Grew umbringen will, und wenn irgend etwas schiefgeht und wir nicht ausbrechen können oder bei dem Versuch zugrunde gehen . . . nun, dann will er sie mitnehmen.

Ich sagte ihm, daß das falsch sei, daß er das Gesetz nicht in seine eigenen Hände nehmen dürfe. »Welches Gesetz?« fragte er. »Hier gibt es kein Gesetz. Und du denkst nicht logisch, Pod. Alles, was eine Mehrheit zu Recht tut, macht auch eine Einzelperson zu Recht.«

Das war mir zu kompliziert, also verlegte ich mich aufs Bitten, aber da wurde er wütend. »Vielleicht willst du lieber zu Jojo in den Käfig.« — »N . . .nein.«

»Dann halt den Mund. Hör zu, Pod, ich habe das alles geplant, als ich im Tank saß und man versuchte, mich taub zu machen. Ich behielt den Verstand, indem ich ignorierte, was man mir antat, und mich darauf konzentrierte, wann und wie ich sie erledigen konnte.«

Ich fragte mich wirklich, ob er noch bei Verstand ist, aber ich behielt meine Zweifel für mich und schwieg. Außerdem bin ich mir nicht sicher, daß er unrecht hat. Vielleicht ängstige ich mich nur vor dem Blutvergießen. Aber mit seiner Logik muß irgend etwas faul sein. Ich habe gelernt, daß es unrecht ist, das Gesetz in die eigenen Hände zu nehmen. Aber ich finde den Fehler nicht. Drehen wir es einmal um. Wenn eine Person etwas Unrechtes tut, kann man es dann zu Recht machen, sobald viele Menschen es gemeinsam tun? Auch wenn Einstimmigkeit herrscht?

Wenn etwas Unrecht ist, ist es Unrecht — und auch die ›vox populi‹ kann das nicht ändern.

Trotzdem bin ich mir nicht sicher, ob ich mit einer Atombombe unter dem Bett schlafen kann.

Nachbemerkung

Das Ende muß wohl ich erzählen.

Meine Schwester schlief bald ein, nachdem ich ihr alles Nötige beigebracht hatte. Ich legte mich auf den Boden, konnte aber lange Zeit kein Auge zutun. Im Gegensatz zu Poddy bin ich grüblerisch veranlagt. Ich ließ mir den Plan noch einmal durch den Kopf gehen, um keine Lücke zu übersehen. Dann schlief ich ein.

Ich kann zu jeder beliebigen Zeit aufwachen, wenn ich es mir fest vornehme, und ich kam genau zum richtigen Zeitpunkt wieder an die Oberfläche, eine Stunde vor dem Anbruch der Morgendämmerung. Hätte ich unser Vorhaben länger hinausgeschoben, dann wäre Jojo vielleicht schon in Freiheit gewesen, umgekehrt wären wir jedoch von der Dunkelheit zu sehr behindert worden. Der Venusbusch ist selbst bei guter Sicht gefährlich. Ich wollte vermeiden, daß Poddy im Sumpf versank oder von einem wilden Tier überfallen wurde. An mich dachte ich dabei natürlich auch.

Aber wir mußten uns in den Busch wagen oder uns von dem alten Ungeheuer Grew umbringen lassen. Im ersten Fall hatten wir eine, wenn auch nicht allzu große Chance, im zweiten war unser Schicksal besiegelt, obwohl ich mir sehr viel Mühe geben mußte, Poddy davon zu überzeugen, daß uns Mrs. Grew töten würde. Poddys größte Schwäche ist ihre Unfähigkeit, zu begreifen, daß es wirklich böse Menschen gibt. Poddy hat das Böse nie verstanden. Mehr als Ungezogenheit schien es für sie nicht zu geben.

Aber ich verstehe das Böse, ich kann mich in einen Menschen wie Mrs. Grew versetzen.

Vielleicht entnehmen Sie daraus, daß ich auch ganz oder teilweise böse bin. Und was wollen Sie dagegen tun? Was ich auch immer sein mag, ich wußte, wen ich in Mrs. Grew vor mir hatte, bevor wir die ›Tricorn‹ verließen, als Poddy und sogar Girdie sie noch für eine wunderbare alte Dame hielten.

Ich traue einem Menschen nicht, der lacht, wenn es gar nichts zu lachen gibt, der guter Stimmung ist, was auch passieren mag. Dabei kann es sich nur um Schauspielerei handeln. Ich beobachtete sie also . . . Das Schwindeln beim Kartenspiel war nicht der einzige Hinweis.

Vor die Wahl zwischen Busch und Mrs. Grew gestellt, entschied ich mich für den Busch.

Falls nicht der Flugwagen hier ist und wir ihn stehlen können. Das wäre allerdings nur ein halber Vorteil, weil wir uns dann mit zwei Bewaffneten auseinandersetzen müßten, während wir ohne Waffen sind. Eine Bombe zähle ich nicht zu den Waffen, man kann sie auf niemand richten.

Bevor ich Poddy weckte, kümmerte ich mich um dieses affenähnliche Wesen, um die ›Elfe‹. Ein gemeines kleines Biest. Ich hatte keine Pistole. Ich hätte sie auch gar nicht verwenden können; die Bestien erkennen Waffen und sind schwer zu treffen; sie greifen sofort an.

Statt dessen hatte ich Schuhspanner in meinem zweiten Schuhpaar, Gummibänder um meine Sachen und noch ein paar Gummibänder in den Taschen, dazu einige kleine Stahlkugeln.

Man braucht nur zwei Schrauben zu verschieben, schon wird aus den langen Teilen der Schuhspanner eine Stahlgabel. Gummibänder dazu, und man hat ein Katapult. Lachen Sie nicht; damit haben schon viele Leute ihr Leben gerettet. Sie machen keinen Lärm, und man bekommt seine Munition wieder.

Ich zielte beinahe dreimal so hoch, wie ich es zu Hause getan hätte, um der Schwerkraft Rechnung zu tragen, und traf das Biest hart am Kopf. Es fiel von der Tür. Das Junge begann zu winseln. Ich schob das betäubte Wesen in eine Ecke und setzte das Junge darauf. Es verstummte. Ich erledigte das alles, bevor ich Poddy weckte, weil ich wußte, daß sie beim Anblick dieser ›Elfen‹ sentimental wird und mich behindert. So ging alles schnell und lautlos.

Sie schnarchte immer noch. Ich zog die Schuhe aus und unternahm einen kurzen Erkundungsgang.

Pech — unsere Hexe war schon wach und griff nach dem Besen; in wenigen Minuten würde sie Jojo herauslassen, wenn das nicht schon geschehen war. Ich hatte keine Gelegenheit, nachzusehen, ob der Flugwagen vor dem Haus stand; nur mit Glück entwischte ich ungesehen, hastete ins Zimmer zurück und weckte Poddy.

»Pod!« flüsterte ich. »Bist du wach?«

»Ja.«

»Ganz wach? Du mußt sofort anfangen. Aber ganz laut.«

»Gut.«

»Hilf mir auf die Tür. Schaffst du das mit dem verletzten Arm?«

Sie nickte, rutschte vom Bett und stellte sich an der Tür auf. Ich packte ihre Hände, schwang mich auf ihre Schultern. Dann saß ich auf der Tür. Ich winkte Poddy zu.

Poddy raste zur Tür hinaus und schrie: »Mrs. Grew! Mrs. Grew! Hilfe! Hilfe! Mein Bruder!« Sie machte ihre Sache wirklich gut.

Und sie kam augenblicklich wieder hereingerannt, verfolgt von der keuchenden Mrs. Grew.

Ich landete auf den Schultern der Hexe, sie klappte zusammen, verlor die Waffe und brach sich das Genick.

Pod war auf Draht, das muß man ihr lassen. Sie hatte die Waffe in der Hand und machte ein erstauntes Gesicht.

Ich nahm ihr die Waffe ab. »Nimm deine Tasche. Wir müssen sofort weg! Bleib dicht hinter mir!«

Jojo war schon in Freiheit, ich hatte zu knapp gerechnet. Er stand im Wohnzimmer, vermutlich, um nachzusehen, was der Lärm zu bedeuten hatte. Ich schoß ihn nieder.

Dann suchte ich nach dem Flugwagen, während ich die Waffe für den Fahrer bereithielt. Beide waren nicht zu sehen — und ich wußte nicht recht, ob ich jammern oder jubeln sollte. Ich war darauf gefaßt, ihn erschießen zu müssen, aber vielleicht hätte er mich zuerst erwischt. Ein Flugwagen wäre aber doch recht angenehm gewesen, um nicht in den Busch gehen zu müssen.

Beinahe hätte ich in diesem Augenblick meinen Plan geändert; vielleicht hätte ich es wirklich tun sollen. Zusammenbleiben, meine ich, und sofort nach Norden gehen, um die Ringstraße zu erreichen.

Aber die Waffe brachte die Entscheidung. Poddy konnte sich damit schützen — und ich mußte eben vorsichtig sein. Ich gab ihr die Pistole und wies sie an, langsam und vorsichtig zu marschieren, bis es hell wurde — sich aber sofort auf den Weg zu machen!

Die Pistole zitterte in ihrer Hand. »Aber ich habe doch noch nie jemand erschossen, Clark!«

»Du kannst es aber, wenn es sein muß.«

»Ich denke schon.«

»Gar nichts dabei. Ziel nur und drück auf den Knopf. Am besten nimmst du beide Hände. Und nur schießen, wenn es nicht mehr anders geht.«

»Gut.«

»Also los. Bis später.«

Und ich zog los. Ich sah mich noch einmal um, aber der undurchdringliche Nebel hatte sie schon verschluckt. Ich legte eine größere Strecke zurück, für alle Fälle, dann konzentrierte ich mich darauf, die Richtung nach Westen zu halten.

Und ich verirrte mich. Das ist alles. Ich brauchte das Spurgerät, aber ich hatte angenommen, es auch so zu schaffen, weil Poddy noch mehr darauf angewiesen war. Ich verirrte mich so hoffnungslos. Der Trick mit den polarisierten Gläsern zur Bestimmung des Sonnenstandortes ist schwieriger, als man glauben möchte. Stunden, nachdem ich die Ringstraße hätte erreichen sollen, irrte ich immer noch zwischen sumpfigen Stellen und Wasserflächen dahin und bemühte mich, irgendeinem Venusbewohner nicht als Frühstück zu dienen.

Plötzlich breitete sich eine unvorstellbare Helligkeit aus, ich ließ mich auf den Boden fallen, verbarg das Gesicht in den Armen und begann zu zählen.

Ich wurde nicht verletzt. Der Druck bewarf mich mit dickem Schlamm, und der Lärm schien mir die Trommelfelle zu zerreißen, aber ich war weit genug vom Explosionsort entfernt. Eine halbe Stunde später fand mich ein Flugwagen der Polizei.

Ich hätte die Bombe natürlich entschärfen müssen. Ich hatte es auch vorgehabt, falls alles gut ging; eigentlich sollte das für den Fall, daß wir nicht lebend entkamen, eine letzte Zuflucht sein.

Vielleicht hätte ich sie sofort entschärfen müssen, nachdem ich der alten Hexe das Genick gebrochen hatte — aber dann hätte uns möglicherweise Jojo erwischt, und das wäre unser Ende gewesen. Ich hatte es nicht getan, dann mußte ich Jojo abknallen, eine Entscheidung treffen, Poddy erklären, wie die

Waffe zu bedienen sei, und sie losschicken. Ich dachte erst wieder an die Bombe, als ich vom Haus schon ein paar hundert Meter entfernt war — und da wollte ich nicht mehr zurück, selbst wenn ich es im dichten Nebel wiedergefunden hätte, was gar nicht so sicher ist.

Aber Poddy scheint es getan zu haben. Ich meine, sie ging zurück. Sie wurde am späten Nachmittag gefunden, ungefähr einen Kilometer vom Haus entfernt, außerhalb des Radius der totalen Zerstörung — aber von der Explosion erfaßt.

Mit einem lebenden Elfenbaby in den Armen — ihr Körper hatte es geschützt; es scheint überhaupt nichts abbekommen zu haben.

Das ist der Grund, warum ich glaube, daß sie zum Haus zurückgegangen sein muß. Ich weiß nicht sicher, ob das Junge wirklich ›Ariel‹ gewesen ist. Sie könnte es auch im Busch gefunden haben. Aber das ist nicht wahrscheinlich; eine wilde Elfe hätte sie zerkratzt, und ihre Eltern hätten sie in Stücke zerrissen.

Ich glaube, sie war von Anfang an entschlossen gewesen, das Kleine zu retten, und hatte sich vorgenommen, mir das zu verschweigen. Sentimental wie immer, meine Schwester.

In der Aufregung über unseren Ausbruch vergaß sie, das Kleine mitzunehmen, genau wie ich vergaß, die Bombe zu entschärfen, obwohl wir sie nicht mehr brauchten. Sie ging also zurück, um es zu holen.

Und verlor irgendwie das Spurgerät. Jedenfalls hat man es in ihrer Nähe nicht gefunden. Sie mußte die Pistole, ihre Tasche und das Kleine tragen und scheint das Gerät irgendwo im Sumpf verloren zu haben. Eine andere Möglichkeit gibt es nicht, weil sie Zeit genug hatte, zurückzukehren und sich dann weit genug vom Haus zu entfernen. Sie hätte mindestens zehn Kilometer zurücklegen können, also scheint sie das Gerät schon sehr bald verloren zu haben und im Kreis herumgeirrt zu sein.

Ich erzählte alles Onkel Tom und war auch bereit, Mr. Cunha zu unterrichten und alles auf mich zu nehmen. Aber Onkel Tom befahl mir, den Mund zu halten. Er gab zu, daß ich gepfuscht hatte — aber das galt genauso für ihn — wie für alle anderen. Er war sehr sanft zu mir. Hätte er mich lieber verprügelt.

Das mit Poddy tut mir leid. Sie hat mir ab und zu Schwierigkeiten gemacht, mit ihren unlogischen Einfällen und ihrem

Kommandieren — aber es tut mir trotzdem leid.

Ihr kleines Tonbandgerät befand sich noch in ihrer Tasche, und ein Teil des Tonbands war besprochen. Viel läßt sich daraus nicht entnehmen; sie sagt nicht, was sie getan hat, sie brachte kaum noch etwas heraus:

»... sehr dunkel, wohin ich gehe. Niemand kann für sich allein existieren. Vergiß das nicht, Clarkie. Oh, es tut mir leid, daß ich alles falsch gemacht habe, aber vergiß das nicht. Es ist wichtig. Sie brauchen alle Liebe. Meine Schulter — heiliger Podkayne! Heiliger Podkayne, hörst du mich? Onkel Tom, Mama, Papa — hört ihr mich? Hört mir bitte zu, es ist sehr wichtig. Ich liebe —«

Dann bricht es ab. Wir wissen nicht, wen sie liebt.

Vielleicht alle.

Ich bin jetzt alleine hier. Mr. Cunha ließ die ›Tricorn‹ zurückhalten, bis feststand, ob Poddy sterben oder wieder gesund werden würde, dann flog Onkel Tom ab und ließ mich hier — allein, abgesehen von den Ärzten, Krankenschwestern und Dexter Cunha, der die ganze Zeit bei Poddy sitzt, und einer Kompanie von Wächtern. Ich kann nicht alleine aus dem Haus. Ich darf auch nicht mehr in die Spielkasinos — aber das macht nichts.

Ich habe zum Teil gehört, was Onkel Tom Papa erzählte. Nicht alles, weil ein Telefongespräch mit einer Verzögerungszeit von zwanzig Minuten recht langwierig ist. Ich hörte natürlich nicht, was Papa sagte, und nur einen einzigen Monolog Onkel Toms:

»Unsinn! Ich weiche meiner Schuld gar nicht aus; sie wird immer auf mir lasten. Ich kann auch nicht hier warten, bis du kommst, das weißt du, und du kennst den Grund — in Mr. Cunhas Händen sind die Kinder sicherer als in meiner Nähe ... und auch das weißt du! Aber ich habe dir etwas zu sagen, was du an deine Frau weitergeben sollst. Nur dies: Leute, die sich nicht die Mühe geben wollen, Kinder aufzuziehen, sollten keine in die Welt setzen. Du steckst dauernd die Nase in deine Bücher, deine Frau rennt in der Welt herum — und eure Tochter wäre beinahe ums Leben gekommen. Es ist nicht euer Verdienst, daß es nicht so gekommen ist. Das war unvorstellbares Glück. Du solltest deiner Frau sagen, daß Brückenbauen und Raumstationen konstruieren ja recht nett ist, daß aber eine Frau wichtigere Aufgaben hat. Ich habe schon vor Jahren versucht, dir das klarzumachen ... und dann hieß es, ich möge mich gefälligst um meine eigenen Angelegenheiten kümmern. Jetzt muß es aber ausgesprochen werden. Deine Tochter wird gesund, ohne dein Verdienst. Aber bei Clark habe ich meine Zweifel. Bei ihm kann es schon zu spät sein. Vielleicht bekommst du eine zweite Chance, wenn du dich beeilst. Ende!«

Ich drückte mich in eine Ecke und wurde nicht erwischt. Aber was meinte Onkel Tom da mit — als er Paps meinetwegen anfuhr? Ich bin ja gar nicht verletzt, das weiß er doch. Ich bekam nur eine Ladung Schlamm auf den Rücken, nicht einmal eine Brandwunde, während Poddy ...

Ich weiß nicht, was er damit sagen wollte.

Ich kümmere mich um ›Ariel‹, weil ihn Poddy bestimmt sehen möchte, wenn sie wieder so gesund ist, daß sie bemerkt, was in der Welt vorgeht. Sie war eben immer sentimental. Ariel braucht sehr viel Aufmerksamkeit, weil er sich so einsam fühlt. Dann muß man ihn in die Arme nehmen und liebkosen, sonst weint er.

Ich bin nachts oft lange wach, seinetwegen — er hält mich wohl für Mutter. Aber das macht nichts, ich habe nicht viel zu tun.

Ich glaube, er mag mich.

25 Jahre
Goldmann Science Fiction
und Fantasy
„Der Goldmann Verlag hat es zu seinem Prinzip gemacht, dem Science Fiction-Leser das Beste zu bieten. Er legt den Schwerpunkt auf jene Science Fiction, die gut geschrieben ist und auf einer realistischen technisch-wissenschaftlichen Basis geschrieben wurde, dabei aber doch jenen ‚sense of wonder' aufweist, der Science Fiction zu etwas macht, das atembeklemmend und faszinierend zugleich ist."
Herbert W. Franke
20 JAHRE GOLDMANN-SF
Peter Wilfert (Hrsg.)
TOR ZU DEN STERNEN
Erstveröffentlichungen von Asimov Clarke
Goldmann Magnum
Peter Wilfert (Hrsg.)
Tor zu den Sternen
23400/DM 9,80 (Jan. '85)
Die Science Fiction-Dokumentation der 80er Jahre in Wort und Bild – so lange Vorrat reicht zum Jubiläumspreis von DM 9,80
ISAAC ASIMOV
DAS IMPERIUM VON TRANTOR
DIE FRÜHE FOUNDATION-TRILOGIE
DER FIEBERNDE PLANET
RADIOAKTIV...!
STERNE WIE STAUB
FANTASY-ROMAN
PATRICIA A. MCKILLIP
ERDZAUBER
1-3
DIE
STAR WARS
SAGA
KRIEG DER STERNE
DAS IMPERIUM SCHLÄGT ZURÜCK
DIE RÜCKKEHR DER JEDI-RITTER
Patricia A. McKillip
Erdzauber – Band 1–3
90215/DM 18,–
Die Trilogie mit den Einzeltiteln „Die Schule der Rätselmeister", „Die Erbin von Feuer und Wasser" und „Harfner im Wind" in einer Geschenkkassette zum Jubiläumspreis von DM 18,–
Isaac Asimov
Das Imperium von Trantor
23500/DM 6,–
Die frühe Foundation-Trilogie, mit der Großmeister Asimov seinen Ruhm begründete – zum einmaligen Sonderpreis von DM 6,–
Die Star Wars Saga – Band 1–3
23743/DM 6,–
Das phantastischste Buch aller Zeiten – jetzt zum Jubiläumspreis von DM 6,–

Science Fiction

ASIMOV, ISAAC
Die phantastische Reise
(23436) DM 6,80
Der fiebernde Planet
(23171) DM 5,80
Radioaktiv...!
(23039) DM 5,80
Sterne wie Staub
(23016) DM 5,80
Wasser für den Mars
(23050) DM 5,80

BIGGLE, LLOYD
Verbrechen in der Zukunft
(23397) DM 5,80
Spiralen aus dem Dunkel
(23387) DM 5,80

BOVA, BEN
Das Beste aus OMNI 1
(23421) DM 5,80
Das Beste aus OMNI 2
(23422) DM 5,80
Das Beste aus OMNI 3
(23435) DM 5,80
Erstkontakt
(23416) DM 8,80
Als der Himmel Feuer fing
(23402) DM 5,80
THX 1138 – Das Drogenparadies
(23307) DM 4,80

BRANDHORST, ANDREAS
Mondsturmzeit
● (23458) DM 8,80

CHALKER, JACK L.
Der Touristenplanet
(23407) DM 5,80

CLARKE, ARTHUR C.
Die andere Seite des Himmels
(23019) DM 5,80
»2001« – Aufbruch zu verlorenen Welten
Das Logbuch der Kapitäne Clarke und Kubrick.
(23426) DM 6,80
Die sieben Sonnen
(23009) DM 5,80
Die letzte Generation
(23070) DM 5,80
In den Tiefen des Meeres
(23011) DM 5,80
Verbannt in die Zukunft
(23054) DM 5,80
Projekt: Morgenröte
(23013) DM 6,80
Inseln im All
(23006) DM 5,80
Unter den Wolken der Venus
(23083) DM 5,80
Im Mondstaub versunken
(23027) DM 5,80

COLLINS, PAUL / WILFERT, PETER (Hrsg.)
SF aus Australien
● (23410) DM 6,80

COWPER, RICHARD
Sänger am Ende der Zeit
(23406) DM 6,80

DICK, PHILIP K.
Zeitlose Zeit
(23269) DM 5,80

FARKAS, VIKTOR
Das SF-Quizbuch
1984 Fragen und Antworten aus Science Fiction und Fantasy.
● (23453) DM 7,80 (Nov. '84)
Das erste SF- und Fantasy-Quizbuch in deutscher Sprache. Wie »funktioniert« ein Schwarzes Loch? Wer ist der höchstbezahlte SF-Autor? Was ist ein Cyborg? Welche SF-Romane schrieb Karl May? Wußten Sie, daß H.G. Wells tatsächlich eine Zeitmaschine erfand?

FRANKE, HERBERT W.
Das Gedankennetz
(23021) DM 5,80
Der Elfenbeinturm
(23049) DM 5,80
Die Stahlwüste
(23062) DM 5,80
Die Glasfalle
(23041) DM 5,80
Der Orchideenkäfig
(23018) DM 5,80
Der grüne Komet
(23037) DM 5,80

FRANKE, H.W. (Hrsg.)
SF international III
● (23412) DM 6,80

GILLILAND, ALEXIS A.
Neuanfang auf Rosinante
(23448) DM 5,80
Unabhängigkeit für Rosinante
(23449) DM 6,80
Machtkampf auf Rosinante
(23450) DM 6,80

GREEN, JOSEPH
Der schlafende Gigant
(23363) DM 5,80

HEINLEIN, ROBERT A.
Die Tramps von Luna
(23359) DM 5,80
Die Leben des Lazarus Long
(23357) DM 8,80
Die grünen Hügel der Erde
(23355) DM 5,80
Bürgerin des Mars
(23354) DM 5,80
Die Ausgestoßenen der Erde
(23353) DM 5,80
Revolte im Jahre 2100
(23352) DM 5,80
Tür in die Zukunft
(23351) DM 5,80

HOGAN, JAMES P.
Die Kinder von Alpha Centauri
(23437) DM 8,80 DE

JEPPSON, J.O.
Der letzte Unsterbliche
(23430) DM 7,80

LE BLANC, THOMAS (Hrsg.)
Halley
● (23454) DM 6,80
Ganymed
Stories deutscher Autoren.
● (23440) DM 6,80
Fomalhaut
● (23425) DM 6,80
Eros
● (23417) DM 5,80
Deneb
● (23405) DM 5,80
Canopus
● (23391) DM 5,80
Beteigeuze
● (23385) DM 5,80

LOGSDON, SYD
Todesgesänge
(23446) DM 5,80

MARK, JAN
Die Welt aus Stein
(23457) DM 7,80 DE (März '85)
Zwei Literaturpreise in England für Marks erste zwei (Kinder-) Bücher. Stilistisch herausragende SF von einer Newcomerin.

Science Fiction

MORRIS, JANET
Traumtänzer
(23418) DM 8,80
Traumschiffe
(23419) DM 7,80
Traumwelt
(23420) DM 8,80

MORROW, JAMES
Der Wein des Frevels
(23432) DM 7,80

OPRITA, MIRCEA / FRANKE, HERBERT W. (Hrsg.)
SF aus Rumänien
»Die beste aller Welten«
● (23424) DM 5,80

PARRY, MICHEL / SUBOTSKY, MILTON (Hrsg.)
Sex im 21. Jahrhundert
SF-Erotika.
(23393) DM 5,80

POHL, FREDERIK
Jenseits der Sonne
(23205) DM 5,80
Sternsplitter
(23423) DM 6,80
Syzygie
(23413) DM 6,80
Der lautlose Krieg
(23392) DM 7,80
Jenseits des blauen Horizonts
(23384) DM 7,80
Jem—die Konstruktion einer Utopie
(23360) DM 6,80
Gateway
(23299) DM 5,80
Der Plus-Mensch
(23266) DM 5,80

POHL, FREDERIK/ KORNBLUTH, C.M.
Die gläsernen Affen
(23224) DM 5,80

PRATCHETT, TERRY
Strata oder die Flachwelt
(23434) DM 5,80

RESNICK, MIKE
Die größte Show im ganzen Kosmos:
1: Hereinspaziert zur Monsterparty!
(23470) DM 6,80 DE (Dez. '84)
2: Applaus für die 3-beinige Stripperin!
(23471) DM 6,80 DE (Feb. '85)
3: Manege frei für fremde Bestien!
(23472) DM 6,80 DE (April '85)
Eine humorvolle Science Fiction-Serie.

SHAW, BOB
Experiment: Erde
(23433) DM 6,80

SHEFFIELD, CHARLES
Der neue Proteus
(23409) DM 6,80
Ein Netz aus tausend Sternen
(23404) DM 6,80

SILVERBERG, ROBERT
Beobachter aus dem All
(23389) DM 4,80

SIMAK, CLIFFORD D.
Raumstation auf der Erde
(23032) DM 5,80
Als es noch Menschen gab
(23036) DM 5,80

SPIELBERG, STEVEN
Unheimliche Begegnung der dritten Art
(23297) DM 5,80

STABLEFORD, BRIAN M.
Die dritte Landung
(23317) DM 5,80
Der Sonnenstaat
(23316) DM 4,80
Zurück ins Licht
(23311) DM 5,80
Die vergessene Hölle unter uns
(23308) DM 4,80
Schmetterlinge im Paradies
(23285) DM 4,80

STURGEON, THEODORE
Aus vielen Ein Horn
(23463) DM 6,80 DE (Jan. '85)
Die zentrale Kurzgeschichtensammlung Sturgeons zum ersten Mal in deutscher Sprache. Sturgeon ist der Literat unter den SF-Autoren.
Hinter dem Ende der Zeit
(23408) DM 5,80
Auf dem Floß der Zeit
(23399) DM 5,80

Science Fiction

Fährmann ins All
(23395) DM 5,80
In einer fremden Haut
(23326) DM 5,80

SUCHARITKUL, SOMTOW
Der intergalaktische Hypermarkt
(23442) DM 6,80
Das letzte Haiku verhallt
(23427) DM 6,80
Singt dem Inquestor dunkle Lieder
(23429) DM 7,80

VARLEY, JOHN
Voraussichten
(23381) DM 4,80
Mehr Voraussichten
(23382) DM 4,80
Noch mehr Voraussichten
(23383) DM 4,80

WILFERT, PETER (Hrsg.)
Tor zu den Sternen
SF-Story-Bildband.
Im Großformat 21 x 28 cm.
● (23400) DM 19,80

WOUK, HERMAN
Das Land im Mond
(23439) DM 5,80

Abenteuerromane

CHANDLER, A. BERTRAM
Abenteuer Randwelt 1:
Grimes reist in die Unendlichkeit
(23756) DM 5,80
Abenteuer Randwelt 2:
Grimes auf El Dorado
(23757) DM 5,80
Abenteuer Randwelt 3:
Grimes macht Karriere
(23758) DM 5,80
Abenteuer Randwelt 4:
Grimes im Paradies des Todes
(23759) DM 5,80
Abenteuer Randwelt 5:
Grimes bei den Rebellen von Sparta
(23760) DM 5,80
Abenteuer Randwelt 6:
Grimes und die vergessene Kolonie
(23761) DM 5,80
Abenteuer Randwelt 7:
Grimes und die Liebesdroge
(23762) DM 6,80
Abenteuer Randwelt 8:
Grimes und das Schiff aus Gold
(23763) DM 6,80
Abenteuer Randwelt 9:
Grimes gegen die Piratenkönigin
(23764) DM 5,80
Abenteuer Randwelt 10:
Grimes in gefährlicher Mission
(23765) DM 5,80 DE (Dez. '84)
Abenteuer Randwelt 11:
Grimes als Gladiator
(23766) DM 5,80 DE (Feb. '85)
Abenteuer Randwelt 12:
Grimes, Freibeuter des Weltraums
(23768) DM 6,80 DE (April '85)
Die größte Abenteuerserie in der SF von einem Autor. Grimes, Kapitän Hornblower des Weltraums in drei neuen Abenteuern.

DALEY, BRIAN
Tron
Abenteuerroman zum Film.
(23755) DM 6,80
Han Solo und das verlorene Vermächtnis
(23747) DM 5,80
Han Solos Rache
(23746) DM 5,80
Han Solo auf Stars'End
(23745) DM 5,80

LARSON, GLEN A./
THURSTON, ROBERT
Kampfstern Galactica
(23748) DM 5,80
Kampfstern Galactica 2
Die Todesmaschine von Cylon
(23749) DM 5,80
Kampfstern Galactica 3
Die Gräber von Kobol
(23750) DM 5,80
Kampfstern Galactica 4
Die jungen Krieger
(23751) DM 5,80

LARSON, GLEN A. /
RESNICK, MICHAEL
Kampfstern Galactica 5
Die Entdeckung der Erde
(23752) DM 5,80

LARSON, GLEN A. /
YERMAKOV, NICHOLAS
Kampfstern Galactica 6
Zu Lebzeiten Legende
(23790) DM 5,80
Kampfstern Galactica 7
Krieg der Götter
(23791) DM 5,80

LARSON, GLEN A. / GOULART, RON
Kampfstern Galactica 8
Grüße von der Erde
(23792) DM 5,80

SMITH, L. NEIL
Neue Abenteuer mit dem Held aus »Krieg der Sterne«:
Lando Calrissian und die Geistharfe von Sharu
(23785) DM 5,80 DE (Nov. '84)
Lando Calrissian und der Flammenwind von Oseon
(23786) DM 5,80 DE (Jan. '85)
Lando Calrissian und die Sternenhöhle von Thon Boka
(23787) DM 6,80 DE (März '85)
Der »Krieg der Sterne« hat neue Kapitel... Nach Han Solo bekommt nun auch die zweite Hauptfigur aus den Erfolgsfilmen ihre eigene Serie. Drei in sich abgeschlossene Einzelabenteuer.

Zeichenerklärung:
DE = Deutsche Erstveröffentlichung
● = Originalausgabe

Edition 84

DIE POSITIVEN UTOPIEN
Wie George Orwells »1984« Maßstäbe für die Anti-Utopien setzte, legt die **Edition '84** beispielhafte, herausragende neue Werke der positiven Utopie vor. Alle Facetten dieser Literaturgattung sind in der **Edition '84** vertreten.

Edition '84 — das ist phantastische Literatur in hochwertiger neuer Ausstattung.

12 phantastische Bücher für
12 phantastische Monate.

Band 1
PAULINE GEDGE
Durch mich geht man hindurch zu Welten der Trauer
Roman, 348 Seiten
(8401) DM 9,80
Die bekannte Autorin historischer Romane mit ihrem ersten utopischen Buch.

Band 2
WERNER ZILLIG
Die Parzelle
Roman, 249 Seiten
● (8402) DM 9,80
Ein deutscher Autor denkt über zukünftige Gesellschaftsmodelle nach.

Band 3
ROBERT HOLDSTOCK
Zeitwind
Roman, 254 Seiten
(8403) DM 9,80
»Weiche« Phantastik im lyrischen Stil der englischen Autoren.

Band 4
MICHAEL SHAARA
Sternengesicht
Kurzgeschichten, 254 Seiten
(8404) DM 9,80
Literarische Phantastik vom Pulitzer-Preis-Gewinner.

Band 5
POUL ANDERSON
Orion wird sich erheben
Roman, 573 Seiten
(8405) DM 14,80
Politisch aktuelle Utopie vom bekannten Science Fiction-Autor.

Band 6
DONALD KINGSBURY
Die Riten der Minne
Roman, 521 Seiten
(8406) DM 14,80
Epische, spannende Utopie auf einer Alternativwelt.

Band 7
GERHARD R. STEINHÄUSER
Unternehmen Stunde Null
Roman, 283 Seiten
(8407) DM 9,80
Ein Österreicher schreibt über das Leben nach dem Weltuntergang in Europa.

Band 8
ASIMOV / GREENBERG / OLANDER (Hrsg.)
Feuerwerk der SF
Kurz-Kurzgeschichten, 363 Seiten
(8408) DM 14,80
Die Altmeister der Science Fiction beleuchten in Kurz-Kurzgeschichten alle Facetten der utopischen Literatur.

Band 9
HARRY HARRISON
Diesseits von Eden
Roman, 589 Seiten
(8409) DM 14,80
Das wichtigste neue Werk der positiven Utopie über eine alternative Gesellschaftsentwicklung vom bekannten SF-Autor.

Band 10
FREDERIK POHL
Der Herr der Himmel
Roman, ca. 320 Seiten
(8410) DM 9,80
Satirische Utopie, das neue Werk vom meist-ausgezeichneten SF-Autor der 70er Jahre.

Band 11
FRED HOYLE / JOHN ELLIOT
A wie Andromeda
Roman, ca. 220 Seiten
(8411) DM 9,80
»Harte«, naturwissenschaftlich-technische Utopie vom bekannten englischen Wissenschaftler.

Band 12
YE YONGLIE / CHARLOTTE DUNSING (Hrsg.)
SF aus China
Kurzgeschichten, ca. 260 Seiten
● (8412) DM 9,80 (Nov. '84)
Phantastik aus einem fernen, unbekannten Land — der erste Band utopischer Literatur aus China, der im Westen erscheint.

Fantasy

BROOKS, TERRY
Das Schwert von Shannara
(23828) DM 5,80
Der Sohn von Shannara
(23829) DM 5,80
Der Erbe von Shannara
(23830) DM 5,80
Die Elfensteine von Shannara
(23831) DM 5,80
Der Druide von Shannara
(23832) DM 5,80
Die Dämonen von Shannara
(23833) DM 5,80

CHALKER, JACK L.
Fünf Zaubersteine zu binden fünf verschied'ne Welten
(23808) DM 6,80

CHANT, JOY
Wenn Voiha erwacht
(23845) DM 6,80
Der Mond der brennenden Bäume
(23803) DM 9,80

COULSON, JUANITA
Das Netz der Magier
(23849) DM 8,80

DREW, WAYLAND
Der Drachentöter
Das Buch zum Film.
(23814) DM 6,80

FEIST, RAYMOND
Midkemia
Erstes Buch: **Pug und Tomas**
(23842) DM 9,80
Midkemia
Zweites Buch: **Milamber und die Valheru** (23843) DM 9,80

FLINT, KENNETH C.
Der Sohn der Sidhe
(23816) DM 7,80

FORD, RICHARD
Melvaigs Vision
(23841) DM 8,80
Das Vermächtnis der Eldron
(23818) DM 9,80

GOLDMANN FANTASY FOLIANT
Band 1: Herausgegeben von Peter Wilfert
● (23819) DM 9,80
Autoren: Chant, Lynn, LeGuin, Ford, Wilder, Hohlbein u.a.
Farbbilder: Gebrüder Hildebrandt
Band 2: Herausgegeben von Thomas Le Blanc
● (23823) DM 9,80
Fantasy aus Deutschland
Autoren: Hohlbein, Kreimeier, Pukallus, Weigand, Morgenthal u.a.
Farbbilder: Ul de Rico
Band 3: Herausgegeben von Peter Wilfert
● (23844) DM 9,80
Geschichten internationaler Autoren: Die deutsche Erstveröffentlichung eines Kurzromans von Joanna Russ, der feministischen SF-Autorin, Welterstveröffentlichungen von Aldiss, Sturgeon, Shaw u.a.

HARRIS, GERALDINE
Die sieben Zitadellen:
1: Der Prinz der Götter
(23852) DM 6,80
2: Die Kinder des Windes
(23853) DM 6,80
3: Das Königreich der Schatten
(23854) DM 6,80
4: Das Tor des Erlösers
(23855) DM 6,80 DE (Nov. '84)
»Ein fesselndes Epos.«
(Sunday Times)

HAZEL, PAUL
Die drei Zweige des Finn:
1: Jahreswald
(23856) DM 7,80 DE (Nov. '84)
2: Meeresgrund
(23857) DM 7,80 DE (Jan. '85)
3: Winterkönig
(23858) DM 7,80 DE (März '85)
»Seit Patricia McKillip hat man kein so vielversprechendes Debüt mehr gesehen.« (Andre Norton)

HOHLBEIN, WOLFGANG E.
Das schwarze Schiff
● (23850) DM 6,80
Die brennende Stadt
● (23838) DM 7,80
Das tote Land
● (23839) DM 7,80
Der steinerne Wolf
● (23840) DM 7,80
Der wandernde Wald
● (23827) DM 8,80

KAHN, JAMES
Neue Zeit und Welt
(23822) DM 8,80
Zeit und Welt genug
(23810) DM 7,80
Der Herbst von Zeit und Welt
(23863) DM 8,80 DE (März '85)
Der phantastischste der drei Bände — ein krönender Abschluß. Die phantastische Welt der ersten beiden Bände geht plötzlich in unsere Realität über.

KRESS, NANCY
Der Weg zum Herz der Welt
(23815) DM 6,80

McKILLIP, PATRICIA A.
Erdzauber.
Die Schule der Rätselmeister
(23805) DM 6,80
Erdzauber.
Die Erbin von Wasser und Feuer
(23806) DM 6,80
Erdzauber.
Harfner im Wind
(23807) DM 6,80

MORRIS, DESMOND
Jason im Wunderland
(23862) DM 8,80 DE (Jan. '85)
Der erste Fantasy-Roman vom Autor des Bestsellers »Der nackte Affe«. In der Tradition von Lewis Carrolls »Alice im Wunderland«.

PINI, WENDY + RICHARD
Abenteuer in der Elfenwelt
(23847) DM 8,80